KB153286

오래된 미래

: 동양 고전에서의 인간다움

ANCIENT FUTURE: SEARCHING FOR HUMANITY IN THE CLASSICS OF ORIENT

오래된 미래

: 동양 고전에서의 인간다움

ANCIENT FUTURE: SEARCHING FOR HUMANITY IN THE CLASSICS OF ORIENT

윤인현 지음

책머리에

『오래된 미래』는 '과거에서 미래를 찾는다.'는 의미이다. 다시 말하자면, 선대 성현(聖賢)들이 이룩하시거나 행해 온 글 또는 자취에서 미래를 찾아보자는 의도에서 기획된 책이다. 성현들의 글과 말씀에는 시대를 초월한 진리가 담겨 있기 때문이다. 알 수 없는 미래를 전대의 글이나 말씀에서 그 실마리를 찾아 예견해 본다면, 우리의 삶은 더욱 풍부해지고 목표가 분명해질 수 있을 것이다. 그 실마리를 찾는 시작이 『오래된 미래』를 읽고 공부하는 것으로부터 시작될 수 있다.

21세기는 산업혁명의 시대로 인공지능(AI)은 사람들이 일상적으로 해 오던 많은 부분을 대신할 것이다. 그 결과 사람들은 편리한 생활을 누리면서도 일자리 감소로 이어져 자못 위기감을 느끼길 수도 있다. 한편으로는 21세기 미래 사회의 편리함의 대명사이면서 과학의 힘인 인공지능이 행할 수 없는 부분도 있다. 그 부분은 이천여 년 동안 진리로 전해져 온 동양적 가치관에서의 인간다움일 수 있다. 그 동양적 가치에서의 인간다움이 왜 21세기 산업혁명 시기에 필요하고 알아야 하는지를 살펴보는 것도 이 책을 내게 된 또 다른 이유이다. 따라서 이 책으로 인해 모든 판단의 가치가 인간의 존엄성보다 물질적 가치를 우선시하는 현 시대에, 조금이나마 인성을 지니게 되면서 따뜻한 감성 회복에 도움이 되었으면 한다. 또한 인간성이 무너진 현실에 사람들은 사람의 인성과 감성을 그리워할 것이기에 『오래된 미래』는 현 시점에 꼭 필요한 책인 것이다.

책의 내용을 소개하자면, 먼저 지도자의 자세를 고사성어(故事成語)와 경서(經書)의 내용을 통해 살펴본 것이다. 21세기 지도자는 시대의 적응을 어떻게 해야 하며, 지도자가 지녀야 할 자세는 어떠해야 하는가? 등을 살펴보고자 하였다. 그리고 바람직한 처세관에서는 옛 분들의 삶의 방식과 그들이 남긴 글을 통해 오늘날 필요한 처세관은 어떤 것이어야 하는가를 알아보고자 했다. 노력하는 삶과 은혜와 배려, 그리고 진정으로 소중한 것 등을 통해 오늘날 현대인들에게 부족한 부분을 채우고자 했다. 또한 인재 고르는 법과 시대의 인물형을 통해 21세기 인재형을 그려보기도 하였다. 문학 작품과 작가와의 인생을 통해 우리는 어떤 삶을 살아야 하는가를 생각하게 하였으며, 지성인으로서의 경서(經書) 한 구절을 통해 우리 주변의 인물들에게 어떤 삶을 살 수 있도록 해 주는 것이 훌륭한 인물로 이루어주는 방법인지 등을 살펴보았다. 모든 것이 이익을 우선시하고 판단은 기계적 수치로 결정할 21세기에, 오히려 인성과 감성이 갖추어진 인재가 왜 필요한가를 성현들이 남긴 글과 행적을 통해 알아보고자 한 것이다.

『오래된 미래』로 인해 21세기를 선도할 인재들이 더욱 인간미를 지니고 세상을 빛나게 할 인재로 거듭나기를 바라는 마음 간절하다. 『맹자(孟子)』에 보면, "인(人)이 유이학지(幼而學之)는 장이욕행지(壯而欲行之)니라."는 구절이 있다. "사람이 어려서 배우는 것은 커서 행하고자 하는 것이다."로 풀이 된다. 학문은 배우는 것으로 끝나면 안 된다. 맹자가 주장한 배운 바를 사회 현실에서 실천으로 행해야 한다. 자기가 처한 위치에서 그 배운 바의 내용 곧 인성과 감성을 지닌 인간미를 실천한다면 우리 사회는 저절로 미풍양속이 실현되는 아름다운 곳으로 거듭날 것이다. 따라서 이 책의 내용으로 인해 인성과 감성이 갖추어진 지성인이 되어 우리 사회에 사람이 살아가는 데 필요한 활력소 같은 인재로 거듭나면 좋겠다. 그러면 사무적이고 비인간적 관계로 맺어진 사회에 단비 같은 존재가 되어 존재 가치가 더욱 빛나게 될 것이다. 인간미

넘치는 지성인은 인공지능도 대신할 수가 없기 때문이다.

『오래된 미래』는 사람들이 인성과 감성을 느끼고 발휘할 수 있도록 하기 위해 집필된 책이다. 독자 여러분도 이 책으로 인해 인성이 갖추어지고 감성이 풍부한 사람이라는 평을 들으면 더욱 좋겠다. 인공지능도 행할 수 없는 인성과 감성은 돈으로도 살 수 없다. 그러니 귀할 수밖에 없다. 그래서 인성과 감성은 21세기 지성인의 필수 덕목이라는 것이다. 아마도 미래는 1등 하는 사람보다 그 1등 하는 친구를 진정으로 축하해 주고 함께 기뻐해 주는 사람이 존중받는 시대가 될 것이다. "엄마 우리 반 애가 또 1등을 했어요." 이처럼 미래는 인성과 감성이 갖추어진 인재가 대우받을 것이다.

2021년 8월 22일

경강(鏡江) 윤인현(尹寅鉉)

차 례

1장 지도자의 자세

1. 지도자는 시대 변화를 읽을 줄 모르면 그루터기에서 토끼를 기다리는 꼴이다

수주대토(守株待兎)는 '묵은 관습이나 방법에 얽매여 새로운 상황에 적응하지 못하는 어리석음을 비웃는' 고사성어이다. 이는 『한비자(韓非子)』 「오두(五蠹)」편에 나온다.

송(宋)나라 사람으로 밭을 가는 자가 있었는데, 밭 가운데에 그루터기가 있었다. 토끼가 달려가다 그루터기에 부딪쳐 목이 부러져 죽었다. 그러자 농부는 쟁기를 버리고 그루터기를 지키며 다시 토끼를 얻기를 기다렸다. 토끼는 다시 얻을 수 없었으며, 그 자신은 송나라 사람들의 웃음거리가 되었다. 지금 선왕의 정치를 좇아 현재의 백성을 다스리려고 하는 것은 모두 그루터기를 지키는 것과 유사한 것이다.[1)]

이는 한비자가 옛사람의 제도나 관습 등을 비판적 태도도 없이 무작정으로 따르면, 마치 송나라 농부가 밭을 갈다가 토끼가 나무그루터기에 부딪쳐

목이 부러져 죽자, 그 그루터기에 앉아 토끼를 기다리는 것과 같다는 말이다. 이와 유사한 고사성어로 각주구검(刻舟求劍)이 있다. '배에 표시를 해 놓고 칼을 찾다.'로, 시대나 상황이 변했음에도 옛 방식의 사고방식을 고집하는 사람을 비유하는 말이다. 각주구검은 『여씨춘추(呂氏春秋)』 「찰금(察今)」편에 나온다.

수주대토(守株待兎)
과거에 얽매여 새로운 상황에 적응하지 못하는 어리석은 사람 풍자

초(楚)나라 사람이 강을 건너다가 칼이 배에서 물속으로 떨어졌다. 그는 급히 뱃전에 칼자국을 내어 표시를 하면서 말했다. "여기가 내 칼이 떨어진 곳이다." 배가 (육지에) 닿자 칼자국이 있는 뱃전 밑 물속으로 뛰어들어 칼을 찾았다. 배는 움직였고 칼은 움직이지 않았는데 이처럼 칼을 찾으니 어찌 의아하지 않겠는가. 옛 법을 가지고 나라를 다스리는 것은 이와 마찬가지이다. 시대는 지나갔지만 그 법은 변하지 않았으니 이로써 나라를 다스린다면 어찌 어렵지 않겠는가?[2)]

수주대토(守株待兎)나 각주구검(刻舟求劍) 모두 지도자가 새겨들어야 할 말이다. 시대를 선도하고 주동자가 될 지도자의 자세는 신중한 것도 좋지만, 옛 것에 얽매여 새로운 제도를 창출하지 못하면 안 된다는 것이다. 그렇게 하지 못했을 경우, 조직이나 우리 사회가 청출어람의 경지로 나아갈 수 없기 때문이다. 시대가 변화하여 주변의 환경이나 시대적 가치가 변화했는데도 여전히 옛날 사고방식에 얽매여 있다면 적극적으로 변화하면서 시대의 트랜

---

1) 韓非子, 『韓非子』 卷19 第49篇 「五蠹」.

2) 『呂氏春秋』 「察今」.

드에 맞추어 변화해 가야 시대의 리더가 될 수 있다는 것이다. 과거에 얽매이고 집착하는 폐단에 벗어나기 위해서 지도자는 시대적 변화에 반응하고 융통성 있게 대처할 줄 알아야 한다.

공자는 『논어』 「공야장」편 '결혜'장에 "누가 미생고를 곧기만 한 사람이라고 이르던가? 어떤 사람이 젓국을 빌리러 왔거늘, 그 이웃에서 빌려다가 주었다더구나."라고 하여, 융통성 있는 미생고를 칭찬하였다. 남의 어려운 처지를 생각하여 평소에 친분이 남다른 이웃집에 가서 젓국을 빌려다 준 행위를 칭찬했던 것이다. 적어도 지도자급은 공자의 말씀처럼 시대의 변화에 적절히 대처하면서 융통성 있게 다른 사람의 어려운 사정을 고려할 줄 아는 사람이 되어야 한다. 주자가 『논어집주』에서 미생고 자신이 '곧다'는 아름다운 이름을 세상에 알리기 위해 한 행위는 아닐 것이다.

2. 갓끈을 끊고 놀자

포용력과 절영지회(絶纓之會)

세간(世間)에 상사가 부하 직원을 홀대해서 불사상사가 일어났다는 소식이 간간히 들려온다. 갑질로 인한 비극은 얼마든지 막을 수 있는 일이기에 안타까운 마음이 앞선다.

춘추(春秋)시대 오패(五覇) 중의 하나였던 초(楚)나라에 장왕(莊王)이 있었다. 춘추시대에는 오패들을 모두 공(公)이라 칭했는데, 유독 초나라 장공(莊公)만 왕(王)이라 칭하였다. 이는 초나라가 남쪽에 치우쳐 있어, 남만(南蠻: 남쪽 오랑캐)으로 간주하여 장공만은 예외로 보았던 것이다. 그 장공 곧 장왕은 처음 왕위에 올랐을 때, 영윤 투월초의 권세에 눌려 왕노릇을 제대로 하지 못하였다. 왕이 되어도 아무 일도 하지 못하고 3년 동안 무위도식이나 다름없는

생활을 하고 있었다. 그때 신무외(申無畏)라는 대신이 찾아와서 말하기를,

"대붕이 있습니다. 몸은 오색으로 덮혀 있고, 초나라의 높은 언덕에 3년 동안 앉아 있었다고 합니다. 그 날고 우는 것을 보지 못했다고 합니다. 어떤 새인지 아십니까?" 라고 하니,

초, 장왕은 자기를 풍자한 것인 줄 알고 웃으면서 말하기를,

"과인이 안다. 이는 비범한 새이다. 3년을 날지 않았으나 한 번 날개를 펴서 날면 하늘을 찌를 듯이 솟아오를 것이고, 3년을 울지 않았으나 한 번 울음을 토하면 반드시 세상을 놀라게 할 것이다. 그대는 기다리라."[3]

신무외의 말을 들은 초나라 장왕은 대붕이 자기를 지칭하고 있다는 것을 알고 이렇게 대답한 것이다. 그 날 이후, 초 장왕은 군사들을 훈련 시켜 이웃의 작은 나라들을 복속 시켜 나갔다. 장왕이 힘을 키워 나가던 중, 자신의 세력이 약해짐을 느낀 재상 투월초가 반란을 일으키자, 단번에 그 반란 세력을 제압하였다.

반란군을 제압한 장왕은 기쁜 나머지 잔치를 베풀어 군사들을 위로 하였다. 왕과 신하는 술을 3잔 이상하면 안 되고, 잔치도 밤까지 이어가면 안 된다는 군신(君臣) 간의 법칙을 깨고, 연회(宴會)는 밤까지 이어지게 되었다. 장왕은 잔치의 기분을 더욱 내기 위해서 평소에 아끼던 애첩(愛妾) 허희(許姬)를 통해 수고한 장수들에게 술을 따르게까지 하였다.

---

3) 『列國演義』 "申無畏曰 '有大鳥 身被五色 止于楚之高阜三年矣. 不見其飛 不聞其鳴 不知此何鳥也.' 莊王知其諷己 笑曰 '寡人知之矣 是非凡鳥也. 三年不非, 飛必沖天. 三年不鳴, 鳴必驚人. 子其俟之.'"

허희가 술을 따르던 중 갑자기 바람이 불어 촛불이 한꺼번에 꺼지자, 누군가 허희의 손목을 잡고 희롱을 하였던 것이다. 그때 허희는 그 장수의 갓끈을 잡아 댕겨 끊고, 재빨리 장왕 곁에 와서 속삭이기를 "지금 어떤 놈이 제 손목을 잡았습니다. 그런데 그 놈이 나는 누구인지 압니다. 제가 그 놈의 갓끈을 끊어 왔기 때문입니다."라고 하였던 것이다.

조용히 듣고 있던 장왕이 생각하기를 '이것 잘못하다가는 계집 때문에 장수도 잃고 잔치도 엉망이 되겠구나'. 생각이 여기까지 미친 장왕은 이르기를, "지금 이 즐거운 자리에 술만 마시고 놀면 재미가 없다. 먼저 촛불을 켜기 전에 모두 갓끈을 끊어라, 우리 오늘 갓끈을 끊고 흠뻑 취해보자."라고 하였던 것이다. 그런 후 촛불을 밝히고 밤을 낮 삼아 잔치를 이어갔던 것이다.

이런 일이 있은 다음, 3년 뒤에 강대국 진(秦)나라가 침입해 오자 장왕은 전쟁터에 나아가게 되었다. 그런데 장왕이 전쟁터에서 수세에 몰리면 틀림없이 한 장수가 나타나 자신을 위기에서 구해주었던 것이다. 장왕이 3번씩이나

절영지회(絶纓之會)
아랫사람의 큰 잘못을 한 번 눈 감아 주면, 언젠가는 큰 보답으로 돌아온다.

위험에 처했는데, 그 장수는 자신의 목숨을 돌보지 않고 그때마다 장왕을 구했던 것이다.

전쟁이 끝난 후, 장왕을 그 장수를 불러 말하기를, "내가 덕(德)이 없어 평상시 그대의 용맹을 몰라봤는데, 위험에 처한 나를 용감하게 달려들어 번번이 구해주니 고맙기가 그지없구려, 그런데 왜 자신의 생명까지 걸고 나를 그렇게 구해줬는가?"라고 물으니, 그 장수가 말하기를, "예전 잔치에서 갓끈이 끊어진 놈이 바로 저입니다. 그때 왕께서 저를 구해주지 않았다면, 저는 지금의 저도 없는 것입니다. 그래서 제가 위험에 처한 왕을 외면할 수가 없었습니다."라고 하였던 것이다.

절영지회(絶纓之會) 곧 '갓 끈을 끊고 노는 잔치'는 이렇게 남의 큰 잘못을 한 번 눈감아주면, 언젠가는 더 큰 보답으로 은혜를 갚는다는 뜻이다. 요즘의 사장님들이나 간부급들이, 아랫사람들이 큰 잘못이 있더라도 장왕과 같은 포용력이 있다면, 한 개인 또는 한 가정사의 불행은 막을 수 있을 뿐만 아니라 사회적 갈등도 최소화할 수 있을 것이다. 이렇듯 지도자의 포용력은 개인뿐만 아니라 나아가서 우리 사회를 지탱하는 근원이 될 수 있다. 상하의 관계가 예전 갖지는 않겠지만 그래도 포용하는 마음과 존경하는 마음이 서로 어울러 살 맛 나는 세상이 되었으면 한다.

3. 군자는 사발이고 물은 대중이다
(한비자韓非子의 『한비자韓非子』)

한비자(韓非子)는 기원전 280년 전국시대 한(韓)나라 제후의 서자로 태어났다. 성은 한(韓)이고 이름이 비(非)이다. 성명 한비(韓非)에 '선생님 자(子)'를 붙여 '한비자(韓非子)'로 이름을 높였다. 한(漢)나라 사마천(司馬遷)은 『사기(史記)』 열전 「노자한비열전(老子韓非列傳)」에서 한자(韓子)라고 하여, 한비자를

'한씨 큰 선생님'으로 칭하였다. 이는 공자(孔子)와 맹자(孟子)처럼 성씨 다음에 '큰 선생님 자(子)'를 붙여서 그 명성을 높인 경우이다. 사마천은 법가 사상의 창시자로 한비(韓非)를 '한씨 큰 선생님'인 '한자(韓子)'로 대우했던 것이다. 그런데 당나라 때 문인인 한유(韓愈)가 한자(韓子)로 불리우면서 전국시대 한비(韓非)는 한비자(韓非子)로 불리게 되었다.

한비자는 당대의 유학자인 순자(荀子)의 문하에 들어가 이사(李斯)와 함께 공부를 하였다. 한비자의 조국 한(韓)나라는 전국시대 당시 칠웅(七雄) 중 가장 작은 나라로 영토가 사방 천리도 못되었다. 또한 서쪽으로는 진(秦)나라, 동쪽으로는 제(齊)나라, 북쪽으로는 위(魏)나라, 남쪽으로는 초(楚)나라 등의 강대국으로 둘려 쌓여 있었다. 그래서 한(韓)나라는 잠시도 평온한 날이 없었다.

한비자는 자신의 조국인 한(韓)나라가 주변의 강대국에 괴롭힘을 당하고 또한 군주는 제도를 정비하고 법률에 따라 나라를 경영하고 인재를 등용하는 것이 아니라 아첨하는 소인배들을 권력자로 등용하는 것을 못마땅하게 생각하였다. 그래서 조국 한(韓)나라를 강대국으로 만들고 인재를 알아주지 않는 세상을 향해 『한비자(韓非子)』라는 책을 지어 자신의 생각을 드러냈던 것이다. 한비자는 『한비자』에서 강대국이 되기 위한 방법으로, 나라를 제도와 법률로 다스리고 인재를 적재적소에 등용해야 함을 역설하였다. 그리고 대중은 지도자(리더)가 '어떻게 처신하느냐?'에 따라 그 모습이 달라진다고 하였다. 마치 그릇 모양에 따라 물의 모습이 네모나기도 하고 둥글기도 하는 것처럼, 대중은 리더의 자세에 따라 얼마든지 달라질 수 있다는 것이다. 여기서는 『한비자』 중에서도 지도자의 자세에 대한 내용을 살펴보고자 한다.

물의 형태는 그릇을 따른다

공자가 말하기를, "군주 된 자는 마치 사발과 같고 백성은 물과 같아, 사발이 네모지면 물도 네모지게 되고 사발이 둥글면 물도 둥글게 된다."라고 했다.

추(鄒)나라 군주가 갓끈을 길게 매는 것을 좋아하자, 주위에 있는 자들도 모두 갓끈을 길게 매어 갓끈이 매우 비싸졌다. 군주가 이를 걱정하며 주위 사람들에게 그 까닭을 물으니 주위에 있는 자들이 말하였다. "군주께서 (갓끈을 길게) 매는 것을 좋아해서 백성들 또한 대부분 (갓끈을 길게) 매기 때문에 비싸진 것입니다." 군주가 먼저 스스로 그 갓끈을 자르고 나오자 나라 안의 사람들이 모두 갓끈을 길게 매지 않았다. 군주가 명령만 내려서는 백성들의 복장을 규정하고 금지할 수 없으므로 곧바로 갓끈을 자르고 나와 백성들에게 보인 것이다. 이것은 먼저 자신을 다스린 뒤에 백성을 다스린 것이다. 지도자의 자세가 어떠해야 하는가를 단적으로 보여준다. 말보다는 행동이 먼저라는 것이다.

상(賞)은 공적과 능력에 따라 내려라

숙향(叔向)이 사냥한 짐승을 나눌 때 공이 많은 자에게는 많이 주고, 공이 적은 자에게는 적게 주었다. 한(韓)나라 소후(昭侯)가 신자(申子: 신불해)에게 말하기를, "법도는 실행하기가 매우 어려운 것이오."라고 하니, 신자가 말하기를, "법이란 공을 세우면 상을 주고 능력에 따라 벼슬자리를 주는 것입니다. 지금 군주께서는 법도를 세웠지만 주위 사람들의 청탁을 듣고 있으니 이것이 시행하기 어려운 까닭입니다."라고 하였다. 소후가 말하기를, "나는 오늘에서야 법을 시행하는 방법을 알게 되었소. 과인이 어찌 (청탁을) 듣겠소?"라고 하였다. 어느 날 신자가 자신의 당형을 벼슬자리에 임명해주기를 부탁하자 소후가 말하기를, "그대에게 배운 것이 아니지 않는가? 그대의 청탁을 들어주고 그대의 도를 깰 것인가? 아니면 그대의 도를 써서 그대의 청탁을 깰 것인가?"라고 하니, 신자는 숙소로 물러나 죄를 청하였다.[4)]

지도자는 명령만 하는 것이 아니라 솔선수범(率先垂範)하여 행동으로 실천함을 보여야 하고, 또한 보고 듣고 익힌 바를 정책으로 옮겨 실천해 나갈 때 진정한 지도자의 자세를 갖출 수 있다는 것이다. 신자(申子)처럼 이론과 실천이 따로 노는 것이 아니라, 배운 바의 이론을 행동으로 실천하는 것이 진정한 지도자의 모습이라는 가르침이다. 그러면 자신이 속한 조직이나 더 나아가서 사회를 위한 정책을 펼쳐 모두에게 도움이 될 수 있다는 것이다. 진정한 지도자는 모든 이의 본보기가 되어야 하면서 몸소 실천하는 자세를 지녀야 한다.

4. 지도자는 순리를 따른다
(유종원柳宗元의 「종수곽탁타전種樹郭橐駝傳」)

유종원의 「종수곽탁타전」에 나오는 이야기를 살펴보고자 한다. 유종원은 당송 팔대가의 한 사람으로 당나라 때 인물이다.

곽탁타는 원래의 이름이 무엇인지 알 수 없다. 곱사병을 앓아, 등이 우뚝 솟아 구부리고 다니기에 낙타와 비슷한 점이 있었다. 그래서 마을 사람들은 그를 타(駝)라고 불렀다. 타는 그것을 듣고 "참 좋아, 이름이 나한테 꼭 맞아"라고 말했다. 그리하여 원래의 이름을 버리고, 또한 자신도 탁타라고 했다 한다. 그 마을은 풍악향(豊樂鄕)이라 하는데 장안(長安) 서쪽에 있다.

타는 나무 심는 것을 업(業)으로 삼고 있다. 모든 장안의 세도가와 부자들 및 정원을 관상하며 노는 사람들과 과실을 파는 사람들이 모두 다투어 그를 맞이하여 나무를 키우고 돌보게 하려 하였다. 타가 심은 나무를 보면 간혹 옮겨 심어도 살지 않는 것이 없었고 무성히 잘 자라서 빨리 열매가 많이

4) 한비자, 김원중 옮김, 『『한비자』 제왕학과 법치의 고전』, (주)휴머니스트출판그룹, 2020, 560~562쪽.

열렸다. 나무 심는 다른 자들이 비록 몰래 엿보고 모방하여도 같게 할 수는 없었다.

어떤 사람이 그 까닭을 물었더니 대답하였다. "나 탁타가 나무를 오래 살게 하고 잘 자라게 할 수 있는 것이 아닙니다. 나무의 천성을 잘 따르고 그 본성을 다하게 하기 때문이죠. 모든 나무의 본성은, 그 뿌리는 뻗어 나가기를 바라고, 그 북돋움을 고르기를 바라며, 그 흙은 본래의 것이기를 바라고, 그 다짐에는 빈틈이 없기를 바랍니다. 이미 그렇게 하고 나면 건드려서도 안 되며 걱정해서도 안 되고 떠나가서 다시 돌아보지 않아야 합니다. 처음에 심을 때는 자식을 돌보듯 하지만 심고 나서는 내버린 듯이 합니다. 그래서 그 천성이 온전해지고, 그 본성이 얻어지게 됩니다. 그러므로 나는 나무의 자람을 방해하지 않을 따름이지 나무를 크고 무성하게 할 수 있는 것이 아닙니다. 나무의 열매 맺음을 제어하고 감소시키지 않을 뿐이지 열매를 일찍 많이 열리게 할 수 있는 것이 아닙니다.

나무의 본성을 그슬리지 않고 나무 심는 곽탁타의 모습으로, 위정자가 어떻게 정치를 행해야 하는가를 깨닫게 하고 있음.

다른 나무 심는 자들은 그렇게 하지 않습니다. 뿌리는 구부러지고 흙은 다른 것으로 바뀌며, 그것을 북돋움에는 지나치지 않으면 모자랍니다. 또한 이와 반대로 할 수 있는 자도 있으나, 그것을 사랑함에 지나치게 은혜롭고, 그것을 걱정함에 지나치게 부지런합니다. 아침에 보고 저녁에 어루만지며 이미 떠난 후에 다시 와서 돌보지요. 심한 자는 그 껍질을 긁어서 그것이 살았는지 죽었는지를 시험해보고, 그 근간(根幹)을 흔들어서 심어진 상태가 성긴지 빽빽한지를 봅니다. 그래서 나무의 본성에서 날로 멀어지는 거지요. 비록 그것을 사랑한다고는 하지만 사실은 그것을 해치는 겁니다. 비록 그것을 걱정한다 하지만 사실은 나무와 원수가 되는 거지요. 그러므로 나와 같을 수가 없는 것입니다. 내가 그 밖에 또 무엇을 할 수 있겠습니까?"

묻는 자가 말하기를 "그대의 도(道)를 관청의 일을 다루는 것에 옮겨보면 괜찮겠소?"라고 하니, 타가 말하였다. "나는 나무 심는 것만을 알 뿐이지, 다스리는 것은 나의 본업이 아니지요. 그런데 내가 살고 있는 고을의 관청 어른 되는 분을 보니 명령을 번거롭게 하기를 좋아하더군요. 백성을 매우 사랑하는 듯 하지만 마침내는 그들에게 화를 입힙니다. 아침저녁으로 관리가 와서 소리칩니다. '관에서 명령하셨다. 너희들의 경작을 재촉하고, 너희들의 종식을 힘쓰게 하고, 너희들의 수확을 감독하라고, 빨리 누에고치에서 실을 뽑고, 빨리 실로 옷감을 짜라. 너희들의 자식을 잘 키우고, 너희들의 돼지와 닭을 잘 길러라!' 북을 울려 백성들을 모으고 딱때기를 두드려 그들을 소집합니다. 우리 소인배들은 아침저녁으로 음식을 갖추어 가지고 관리들을 위로하기도 겨를이 없습니다. 또 어떻게 우리들의 삶을 번성케 하고, 우리들의 본성을 편하게 하겠습니까? 그래서 병들고 게을러집니다. 이와 같으니 나의 직업과 또한 비슷한 점이 있지 않을까요?"

묻는 자가 기뻐하며 말하였다. "매우 훌륭하지 않은가요? 나는 나무 키우는 것을 물었다가 사람 돌보는 방법까지 터득하였습니다. 그 일을 전하여서 관의 경계로 삼도록 하겠습니다."

나무 심는 곽탁타를 통해 어떻게 백성들을 잘 다스릴 수 있는지를 비유적으로 설명한 글이다. 간섭하기보다는 타고난 순리에 맞게 옆에서 도움을 주는 것이 나무를 잘 기르는 방법이라고 하였다. 백성을 다스리는 법도 이와 같다는 말이다. 관청에서 내리는 명령은 백성들을 위한 것이 아니라 오히려 그들의 삶을 구속하게 한다는 것이다. 순리대로 살아갈 수 있도록 도와주는 것이 관리의 자세일 것이다. 지도자가 어떻게 처신해야 하는가를 「종수곽탁타전」은 보여주고 있다.

세상에서 버림받는 꼽추라는 장애인을 주인공으로 내세워 자연의 섭리와 순리를 잘 따르면 크게 성공할 수 있다는 것을 보여주는 글이기도 하다. 우리의 고전 문학 중에서도 하층민의 삶의 태도를 통해 지도자(리더)가 지녀야 할 덕목을 제시한 작품이 있다. 그것이 박지원의 『예덕선생전』이다.

5. 지도자는 겉모습만 보고 판단하지 않는다
(박지원의 『예덕선생전』)

선귤자(蟬橘子)가 벗이 있으니, 이르기를 '예덕선생(穢德先生)'이라고 한다. 종본탑(宗本塔) 동쪽[동대문 밖]에 사는데, 날마다 마을의 거름을 져 나르는 것으로써 업(業)을 삼는지라, 마을 사람들이 모두 일컫기를 '엄항수(嚴行首)'라 하니, '항수(行首)'는 일꾼[役夫]들 중 연로자(年老者)에 대한 칭호요, '엄(嚴)'은 그 성(姓)이다.

자목(子牧)이 선귤자에게 여쭈어 말하기를, "옛적에 제가 선생님으로부터 벗[벗 사귐]에 대해서 들었더니 말씀하시기를, '(같은 집에서 거처하는) 室[아내] 아닌데 아내와 같고, 동기간(同氣間)이 아닌데도 아우[兄弟]와 같다.' 하셨으니, 벗이 이다지도 그 소중하니, 세상의 이름난 사대부[士와 大夫]가 족하(足下)[貴

下와 같은 말. 선생님]를 따라서 아랫 그늘[下風]에서 노닐기를 원하는 자가 많거늘, 선생님께서는 그들 중에서 취하시는 바가 없으십니다. 무릇 엄항수라는 자는 마을 가운데 천한 사람이요 일꾼[役夫]으로서 하류(下流)에 처하면서 치욕이 (그리로) 흘러가는 처지인데, 선생님께서 자주 그 덕을 칭송하셔서 말씀하시기를 '先生'이라 하시면서 마치 장차 교분(交分)[사귐]을 받아들이셔서 벗하기를 청하실 듯이 하시니, 제자[제]가 심히 부끄러워하는지라, 청컨대 문하[門]에서 하직할까 하옵니다." 하였다.

「예덕선생전(穢德先生傳)」에서 자목이라는 제자가 스승인 선귤자에게 벗 사귐에 대해 여쭈는 장면이다. 벗은 아내와 형제와 같은 존재인데, 어째서 스승께서는 동대문 밖으로 인분을 나르는 엄항수와 친구가 되고자 하는지 도무지 알 수가 없다고 하면서, 인분 나르는 천민과 사귀는 스승이 부끄러워 그 곁을 떠나고자 한다는 내용이다.

이에 스승인 선귤자는 사람을 대할 때는 외면 곧 신분이나 직업 등 명분이나 체면이 중요한 것이 아니라, 내면 곧 사람됨이나 삶의 태도인 성실함과 부지런함 등 인성과 능력이 중요하다는 것이다. 따라서 지도자(리더)는 다른 사람을 평가할 때 조건이나 외모 곧 학벌이나 인맥·지연·혈연 등이 아니라, 그 사람이 지닌 인성과 사람됨을 보고 판단해야 된다는 논리이다. 남들이 싫어하는 일도 성실히 해내는 엄항수야말로 의리를 지닌 인물이라는 것이다. 그래서 그를 높여 예덕선생(穢德先生)이라 칭한다고 했던 것이다. 지도자가 어떤 안목을 지녀야 하는지 단적으로 보여주고 있다.

「예덕선생전(穢德先生傳)」에서 연암(燕巖) 박지원(朴趾源)은 겉으로 나타난 신분으로서 사람을 평가하지 않고 참된 삶의 자세로서 사람을 평가하는 정신을 보여 주었다. 신분의 고하(高下)와 관계없이 스스로 제 힘으로 먹고 사는 '자식기력(自食其力)'의 정신이야말로 연암이 표방하고 갈구한 바 진정한 선비정신이면서 지도자(리더)가 지녀야 할 태도라고 할 것이다.

6. 덕을 지닌 사람이 진정한 지도자이다

○子曰(자왈), 道之以政(도이지정)하고 齊之以刑(제지이형)이면 民免而無恥(민면이무치)니라. 道之以德(도지이덕)하고 齊之以禮(제지이례)면 有恥且格(유치차격)이니라.

(『論語』「爲政」篇 '道齊'章)

공자께서 말씀하시기를, "이끌어 나가기를 정사로써 하고 가지런히 다스리기를 형벌로써 하면, 백성들은 (형벌을) 면하기는 하되 부끄러워하는 마음이 없어지게 되느니라. 이끌어 나가기를 덕으로써 하고 가지런히 다스리기를 예로써 하면, 부끄러워하는 마음이 있게 되고 또한 감화(感化)를 받게 되느니라." 하셨다.

백성들을 다스리기를 정책으로 하고 형벌로써만 하면 백성들 중에는 법이 중하고 무서운 줄은 알아서 요리조리 법망을 피해 나갈 궁리만 하려는 사람이 없지 않을 것이다. 그렇게 되면 법망만 피하면 된다는 생각에 만연하여 부끄러워하는 마음이 없어지게 된다는 말이다. 그래서 법치주의와는 달리 백성들을 인도해 나가기를 덕으로써 하고 가지런하게 다스리기를 예로써 하는 덕치주의의 정치를 행할 때 백성들은 부끄러운 마음이 생기고 위정자의 덕(德)에 감화된다고 하였다. 지도자가 어떤 자세를 지녀야 할지 분명한 답을 주고 있다.

○子貢曰(자공왈), 貧而無諂(빈이무첨)하며 富而無驕(부이무교)면 何如(하여)하니잇고. 子曰(자왈), 可也(가야)이나 未若貧而樂(미약빈이락)하며 富而好禮者也(부이호례자야)니라. 子貢(자공)이 曰(왈), 詩云(시운), 如切如磋(여절여차)하며 如琢如磨(여탁여마)라 하니 其斯之謂與(기사지위여)인저. 子曰(자왈), 賜也(사야)는 始可與言詩已矣(시가여언시이의)로다. 告諸往而知來者(고저왕이지래자)오녀.

(『論語』「學而」篇 '貧富'章)

자공이 말씀 드리기를, "가난하면서도 아첨하지 않으며, 부자이면서도 교만 부리지 않으면, 어떻겠습니까?" 하니, 공자께서 말씀하시기를, "좋은 일이기는 하나, 가난하면서도 (도를) 즐기며 부자이면서도 예(禮)를 좋아하는 것만 못하니라." 하셨다.

자공이 말씀 드리기를, "(『시경』의) 시에 이르기를, 마치 오리는 듯 쓰는 듯이 하며 마치 쪼는 듯 가는 듯이 한다고 하였으니, 그 (바로) 이런 경우를 두고 이른 말인가 보군요?" 하였다. 공자께서 말씀하시기를, "(너) '사(賜)'는 (이제) 비로소 (가히) 더불어 '시'를 말할 수 있게 되었구나! 지나간 것을 일러 주었더니, 앞으로 올 것을 아는구나!" 하셨다.

위의 자공의 물음은 스승인 공자께 칭찬을 받고 싶어 여쭌 물음이다. 자공이 스스로 생각하기를, 자기 자신에게 "가난하면서도 아첨하지 않고 부자이면서 교만 부리지 않는 점이 있다."고 보았던 것이다. 이와 같은 경지는 보통의 사람으로서는 도달하기 어려운 경지인 것이다. 가난한 사람은 으레 아첨하기 쉬운 법이며, 부자인 사람은 으레 교만 부리기 쉬운 법이기 때문이다. 집단이나 조직의 지도자는 가난하면서도 아첨하지 않고 부자이면서도 교만 부리지 않아야 된다는 말이다. 그러면서 공자는 더 나아가 가난하면서 도를 즐기고 부자이면서 예를 좋아하는 사람이 될 때 참된 학문과 참된 인생을 즐길 수 있다고 한 것이다.

이어서 자공은 『시경』 구절을 인용하여, 뿔과 뼈 조각을 다스리는 자는 먼저 오리고 나서 다시 갈며, 옥과 돌을 다듬는 자는 이미 쪼고 나서 다시 가는 것처럼, 자공 자신이 진리를 아는 것처럼 여겼는데, 공자의 말씀을 듣고 보니 의리가 무궁함을 알게 되었다는 말이다. 배우는 과정도 순서가 있다는 절차탁마(切磋琢磨)의 가르침이다.

○ 子曰(자왈), 道千乘之國(도천승지국)하되 敬事而信(경사이신)하며 節用而愛人(절요이애인)하며 使民以時(사민이시)니라.

(『論語』 「學而」篇 '千乘'章)

공자께서 말씀하시기를, " '천승지국'을 인도하되, 일을 공경스럽게 하고 미덥게 하며, 씀씀이를 절약하고 사람을 사랑하며, 백성을 부리되 때맞게 하느니라." 하셨다.

위정자 곧 지도자가 나라 다스리는 도리와 그 기본 자세를 밝힌 글이다. 큰 제후국을 다스릴 때, 백성 다스리는 일을 매사 공경스럽게 해야 하고, 법령이나 정책을 조변석개하는 일이 없이 신중하게 결정하고 실천적으로 시행함으로써 깊은 신뢰감을 줄 수 있도록 미덥게 해야 한다는 것이다. 그리고 국가의 예산이나 용도 등 씀씀이를 절약해서 만약 흉년이 들거나 국가의 비상 사태가 왔을 경우에 절약해 두었던 것으로 백성들을 구제하며 세금 거두는 일을 최소화함으로써 민생의 부담을 덜어주어 백성들을 깊이 사랑해야 한다는 것이다. 또한 성을 수리한다거나 도로를 정비할 때는 백성들의 바쁜 농번기를 피하고 농한기를 택하여 백성들을 동원해야 한다는 논리이다.

참된 지도자의 상을 그려볼 수 있다. 지도자는 참된 마음을 지니지 않을 경우에는 참된 정치가 결코 행해질 수 없다는 것이다.

● 哀公(애공)이 問曰(문왈), 何爲則民服(하위즉민복)이니잇고, 孔子(공자)가 對曰(대왈), 擧直錯諸枉(거직조저왕)이면 則民服(즉민복)하고, 擧枉錯諸直(거왕조저직)이면 則民不服(즉민불복)이니이다.

(『論語』「爲政」篇 '民服'章)

애공이 물어 말하기를, "어찌하면 백성들이 따릅니까?" 하니, 공자께서 대답하여 말씀하시기를, "곧은 사람을 들어서 굽은 사람들 있는 (위의) 자리에 (앉혀) 놓으면 백성들이 따르고, 굽은 사람을 들어서 곧은 사람들 있는 (위의) 자리에 (앉혀) 놓으면 백성들이 따르지 않습니다." 하셨다.

지도자가 대중들을 어떻게 대하여야 하는가를 알게 해주는 구절이다. 지도자급은 관리를 임명할 때 정직한 사람을 임명해야 된다는 말이다. 만약 정직하지 못한 사람을 관리자로 임명하게 되면 대중들은 그를 따르지 않을 것이라는 말이다. 윗물이 맑아야 아랫물도 맑아진다는 진리를 말하고 있다.

● 季康子(계강자)가 問(문), 使民敬忠以勸(사민경충이권)하되 如之何(여지하)이리잇고. 子曰(자왈), 臨之以莊(임지이장)이면 則敬(즉경)하고, 孝慈(효자)면 則忠(즉충)하고, 擧善而敎不能(거선이교불능)이면 則勸(즉권)이니라.

(『論語』 「爲政」篇 '使民'章)

계강자가 묻기를, "백성들로 하여금 공경하고 충성하도록 하면서 (착한 백성 되기를) 권장해 나가자면, 어찌해야 하겠습니까?" 하니, 공자께서 말씀하시기를, "(백성들에게) 임해 나가기를 의젓한 태도로써 하면 (백성들이) 공경하고, 효성스러움과 자애로움으로써 하면 (백성들이) 충성하고, 착한 사람을 들어서 쓰고 능하지 못한 사람을 가르쳐 나가면 (백성들이) 권장되느니라." 하셨다.

노나라 대부인 계강자가 공자에게 '어떻게 하면 백성(대중)들을 착한 사람이 되게 할 수 있는가?'를 묻는 장면이다. 이에 공자가 백성(대중)들에게 임해 나가기를 의젓한 태도로써 하면 대중들이 자기 자신의 몸을 공경하고, 어버이에게 효도하고 대중에게 자애를 베풀면 대중들은 자기 자신에게 충성하고, 훌륭한 사람을 들어서 쓰고, 재주가 없거나 있더라도 별로 유능하지 못한 사람을 가르쳐 나가면서, 그 모두가 적재적소에서 제 할 일을 성실히 수행할 수 있도록 한다면, 대중들이 착한 사람이 되는 것이 권장될 것이라는 뜻이다.

● 或(혹)이 謂孔子曰(위공자왈), 子(자)는 奚不爲政(해불위정)이시니잇고. 子曰(자왈), 書云(서운), '孝乎(효호)인져 惟孝(유효)라 하며', '友于兄弟(우우형제)하여 施於有政(시어유정)이라 하니', 是亦爲政(시역위정)이니 奚其爲爲政(해기위위정)이리오.

(『論語』 「爲政」篇 '亦政'章)

어떤 사람이 공자께 일러 말하기를, "선생님께서는 어째서 정사(政事)를 하시지 않으십니까?" 하니, 공자께서 말씀하시기를, "『서경(書經)』에 이르기를, '효도를 할 것인저, 오직 효도를 해야 한다.' 하였으며 '형제에게 우애를 하여 정사가 있는 데에서 베푼다.' 하였으니, 이 또한 정사를 행하는 것이니, 어찌 (그) 정사를 행하는 것만을 목표로 삼으리오?" 하셨다.

● 子曰(자왈), 居上(거상)하여 不寬(불관)하며 爲禮(위례)호대 不敬(불경)하며 臨喪(임상)하여 不哀(불애)면 吾何以觀之哉(오하이관지재)리오.

(『論語』「八佾」篇 '居上'章)

공자께서 말씀하시기를, "윗자리에 있으면서 너그럽지 못하며, '예'를 행하되 공경스럽지 못하며, 상례(喪禮)에 임하여 슬퍼하지 않으면, (그런 사람을) 내가 무엇으로써 살펴보리오?" 하셨다.

● 子曰(자왈), 君子之於天下也(군자지어천하야)에 無適也(무적야)하며 無莫也(무막야)하여 義之與比(의지여비)니라.

(『論語』「里仁」篇 '比義'章)

공자께서 말씀하시기를, "군자가 천하에 있어서 꼭 이래야만 된다는 것도 없으며 꼭 그래서는 안 된다는 것도 없어서, (매사를) 의(義)와 더불어 나란히 하느니라." 하셨다.

○ 子曰(자왈), 德不孤(덕불고)라, 必有隣(필유린)이니라.

(『論語』「里仁」篇 '有鄰'章)

공자께서 말씀하시기를, "덕은 외롭지 않은지라, 반드시 이웃이 있느니라." 하셨다.

● 子曰(자왈), 父在(부재)에 觀其志(관기지)요, 父沒(부몰)에 觀其行(관기행)이나 三年(삼년)을 無改於父之道(무개어부지도)라야 可謂孝矣(가위효의)니라.

(『論語』「學而」篇 '觀志'章)

공자께서 말씀하시기를, "아버지가 살아 있을 때에 그[자식의] 뜻을 살펴보고, 아버지가 돌아갔을 때에 그[자식의] 행실을 살펴볼 것이나, 3년을 아버지의 도(道)에 대하여 고치는[바꾸는] 일이 없어야, 가히 '효(孝)'라 이를 것이니라." 하셨다.

● 子曰(자왈), 不患人之不己知(불환인지불기지)요, 患不知人也(환부지인야)니라.

(『論語』「學而」篇 '不患'章)

공자께서 말씀하시기를, "남이 자기를 알아주지 않는 것을 근심하지 않고, (내 자신이) 남을 알아주지 못하는 것을 근심하느니라." 하셨다.

7. 지도자는 정성을 다해 남들이 알아줄 만한 일을 찾아서 해야 한다

● 子曰(자왈), 不患無位(불환무위)요, 患所以立(환소이립)하며, 不患莫己知(불환막기지)요, 求爲可知也(구위가지야)니라.

(『論語』「里仁」篇 '立位'章)

공자께서 말씀하시기를, "지위(地位)가 없는 것을 근심하지 말고 (무슨 방법으로 그런 자리에 설 수 있는지) 설 수 있는 방법을 근심하며, 자기를 알아주지 않는 것을 근심하지 말고 알아줄 만한 일을 할 것을 구해야 하느니라." 하셨다.

위의 공자 말씀은, 세상에 자기를 알리기 위해서는 부단히 자기 자신을 갈고 닦아 실력을 쌓아야 되고, 지위가 없음을 근심하는 것은 바람직하지 못한 태도라고 하였다. 그리고 남들이 자연히 알아줄 만한 참된 일을 하는 것이 급선무이며, 어떤 지위나 명성을 얻기 위하여 자기 자신을 알아주는 사람이 없는 것을 근심하는 것은 바람직하지 못하다고 하였다.

● 子曰(자왈), 不患人之不己知(불환인지불기지)요, 患不知人也(환부지인야)니라.

(『論語』「學而」篇 '不患'章)

공자께서 말씀하시기를, "남이 자기를 알아주지 않는 것을 근심하지 않고, (내 자신이) 남을 알아주지 못하는 것을 근심하느니라." 하셨다.

지도자는, 자기 자신의 발전을 추구해 나가며, 남이 자기를 알아주거나 칭찬해 주는 등 남이 자기에게 잘해 주기를 결코 기대하지 않는다. 그보다는 오히려, 내 자신이 남을 제대로 알지 못하거나 알아주지 못하는 것을 근심한다는 것이다.

● 子曰, 居上하여 不寬하며 爲禮호대 不敬하여 臨喪하여 不哀면
자왈 거상 불관 위례 불경 임상 불애
吾何以觀之哉리오.
오하이관지재

(『論語』「八佾」篇 '居上'章)

공자께서 말씀하시기를, "윗자리에 있으면서 너그럽지 못하며, '예'를 행하되 공경스럽지 못하며, 상례(喪禮)에 임하여 슬퍼하지 않으면, (그런 사람을) 내가 무엇으로써 살펴보리오?" 하셨다.

남의 윗자리에 있을 때 가질 몸가짐을 이러신 말씀이다. 지도자는 마치 장마에 큰 강물이 모든 것을 휩쓸고 흘러가듯이 관용을 베풀 줄 아는 너그러운 마음을 지녀야 한다는 것이다. 너그러움이 남을 사랑하는 마음(愛人) 곧 사랑의 본질이기 때문이다. 공경스럽게 행함은 예의 본질이며, 슬퍼함은 상례(喪禮)의 본질이다. 그러므로 윗자리에 있으면서 너그럽지 못하며, 예를 행하는데 공경스럽지 못하며, 상(喪)을 당하여 애처로워하지 않는다면, 그런 사람은 볼 장 다 본 것이나 마찬가지이다. 지도자의 평상시 몸가짐을 어떻게 해야 하는지를 알려주고 있다.

○ 子謂子産하사대, 有君子之道가 四焉이니 其行己也가 恭하며
자위자산 유군자지도 사언 기행기야 공
其事上也가 敬하며 其養民也가 惠하며 其使民也가 義니라.
기사상야 경 기양민야 혜 기사민야 의

(『論語』「公冶長」篇 '子産'章)

공자께서 자산(子産)에 대하여 이르시기를, "군자다운 도(道)가 네가지가 있었으니, (그) 몸을 행하는 것이 공순하였으며, (그) 윗사람을 섬기는 것이 공경스러웠으

며, (그) 백성들을 기르는 것이 은혜로웠으며, (그) 백성들을 부리는 것이 의로웠느니라." 하셨다.

군자 곧 지도자의 4가지 자세를 제시하였다. 자산은 정(鄭)나라 대부 공손교이다. 그 자산을 공자는 몸가짐은 공손하였으며, 윗사람을 대하기를 늘 공경스러웠으며, 대중들에게는 사랑하고 이롭게 하였으며, 대중을 부릴 때에는 의롭게 했다는 말이다.

● 子(자)가 在陳(재진)하사, 曰(왈), 歸與(귀여)인저, 歸與(귀여)인저. 吾黨之小子(오당지소자)가 狂簡(광간)하여 斐然成章(비연성장)이나 不知所以裁之(부지소이재지)로다.

(『論語』「公冶長」篇 '狂簡'章)

공자께서 진(陳) 나라에 계시면서 말씀하시기를, "돌아갈까 보다. 돌아갈까 보다. 우리 고을[고장. 고향 마을]의 젊은이들이, 뜻이 크고 사소한 일은 빠뜨려서, 찬란하게도 문장(文章)[문채(文采)]을 이루고는 있으나, 재단(裁斷)할 줄을 모르도다." 하셨다.

위의 구절은 공자께서 고향 마을의 젊은이를 교육시키고자 했던 마음에서 행하신 말씀이다. 우리 고향 마을 젊은이들이 정의감만 강한 채 물불을 가릴 줄 모르고 우락부락한 '미치광이'처럼 뜻이 커서 사소한 일들을 빠뜨리고 문제를 삼지 않는 사람들이기에, 그 나름대로 적극적인 문화 활동을 해 나가면서 찬란하게도 도덕이 빛나 문장을 이루는 모습을 보이고는 있으나, 문채나는 '천'을 재단하여 옷을 만들듯이 매사를 취하여 절도 있고 융통성 있게 재단할 줄 모르는 것이 아쉬우므로, 어서 빨리 고향 마을로 돌아가서 그 젊은이들의 학문적 방향을 바로잡아 주고 일을 제대로 처리하는 능력을 향상시켜 주어야겠다는 뜻을 나타낸 말씀이다.

○孔子曰(공자왈), 君子(군자)가 有九思(유구사)하니 視(시)에 思明(사명)하며 聽(청)에 思聰(사총)하며 色(색)에 思溫(사온)하며 貌(모)에 思恭(사공)하며 言(언)에 思忠(사충)하며 事(사)에 思敬(사경)하며 疑(의)에 思問(사문)하며 忿(분)에 思難(사난)하며 見(견)에 得思義(득사의)이니라.

(『論語』「季氏」篇 '九思'章)

공자께서 말씀하시기를, "군자가 '생각할 것'이 아홉 가지가 있으니, 보는 데에는 '눈이 밝을 것'을 생각하며, 듣는 데에는 '귀가 밝을 것'을 생각하며, 얼굴빛에 있어서는 '온화할 것'을 생각하며, 외모에는 '공순할 것'을 생각하며, 말에는 '진실될 것'을 생각하며, 일에는 '공경스럽게 할 것'을 생각하며, 의심나는 데에는 '물을 것'을 생각하며, 분에 못 이길 때에는 (나중에) '어려워질 것'을 생각하며, 얻는 것을 볼 경우에는 (얻음이) '의로울 것'[경우(涇渭)에 맞을 것]을 생각하느니라." 하셨다.

군자 곧 지도자가 생각할 9가지를 소개하였다. 보는 데에는 눈이 밝아야 하고 듣는 데에는 귀가 밝아야 한다. 이는 단순이 시력이 좋고 청력이 좋은 것만 뜻하는 말이 아니라, 보고 듣는 것을 사리에 맞게 판단할 수 있어야 한다는 의미이다. 그리고 얼굴빛은 온화하게 가지며, 외모는 늘 공순하게 행하고, 말은 진실될 것을 생각하며, 일에는 공경스럽게 할 것을 생각하라고 하였다. 이는 공적인 일과 사적인 일을 잘 구분해서 매사에 의리를 해치지 않으면서 공경스럽게 해야 할 것이라는 뜻이다. 의심 나는 데에는 물을 것을 생각하면 의심이 쌓이지 않게 되고, 나중에 어려워질 것을 생각하면 성냄을 삼가게 되며, 얻는 것을 볼 경우에는 경우에 맞을 것을 생각하면 얻는 것이 구차스러워지지 않게 된다는 것이다. 따라서 지도자가 생각해야 할 9가지는 정성스럽게 생각하는 것을 전제로 하였다.

●子夏(자하)가 爲莒父宰(위거보재)라, 問政(문정)한대, 子曰(자왈), 無欲速(무욕속)하며 無見小利(무견소리)니 欲速則不達(욕속즉부달)하고, 見小利則大事(견소리즉대사)가 不成(불성)이니라.

(『論語』「子路」篇 '莒父'章)

자하가 (노나라) '거보(莒父)' 땅의 원님[읍장]이 되었는지라, 정사에 대하여 여쭈었는데, 공자께서 말씀하시기를, "속히 하고자 하지 말 것이며, 작은 이익을 바라지[보려 하지] 말 것이니, 속히 하고자 하면 잘 이루어지지 않고 작은 이익을 바라면 큰 일이 이루어지지 않느니라." 하셨다.

이는 공자가 제자 자하에게 인인시교(因人施教)를 베푼 가르침이다. 문학에 능한 제자 자하가 노나라 거보 땅에 원님이 되어 정사에 대해 여쭌 것이다. 이에 공자는 그 제자의 능력에 맞게 가르침을 베풀었다. 평상시 자하는 일이 속히 이루어지기를 바라고, 작은 이익에 얽매였음을 알 수 있다. 그래서 공자는 일이 속히 이루어지기를 바라면 급하고 갑작스러우며 질서가 없어서 도리어 일이 잘 이루어지지 않고, 작은 이익에 얽매이면 성취하는 바가 작고 잘못되는 바가 클 수 있음을 지적해 주었다. 따라서 지도자는 계획을 잘 세운 뒤에 일을 행해야 하고 작은 이익에 얽매여 큰 일을 그르치면 안 된다는 것이다.

● 季康子(계강자)가 問(문), 仲由(중유)는 可使從政也與(가사종정야여)잇가. 子曰(자왈), 由也(유야)는 果(과)하니 於從政乎(어종정호)에 何有(하유)리오. 曰(왈), 賜也(사야)는 可使從政也與(가사종정야여)잇가. 曰(왈), 賜也(사야)는 達(달)하니 於從政乎(어종정호)에 何有(하유)리오. 曰(왈), 求也(구야)는 可使從政也與(가사종정야여)잇가. 曰(왈), 求也(구야)는 藝(예)하니 於從政乎(어종정호), 何有(하유)리오.

(『論語』「雍也」篇 '從政'章)

계강자가 묻기를, "중유(仲由)[자로(子路)]는, 가히 (그로) 하여금 정사(政事)에 종사하게 할 만합니까?" 하였다. 공자께서 말씀하시기를, "유(由)는, 과단성(果斷性)이 있으니, 정사에 종사함에 무슨 어려움이 있으리오?" 하셨다. (계강자가) 말하기를, "사(賜)[단목사(端木賜): 자공(子貢)]는, 가히 하여금 정사에 종사하게 할 만합니까?" 하였다. (공자께서) 말씀하시기를, "사(賜)는, 사리에 밝으니[통달하였으니], 정사에 종사함에 무슨 어려움이 있으리오?" 하셨다. (계강자가) 말하기를, "구(求)

[염구(冉求): 염유(冉有)]는, 가히 하여금 정사에 종사하게 할 만합니까?" 하였다. (공자께서) 말씀하시기를, "구(求)는, 다재다예(多才多藝)하니, 정사에 종사함에 무슨 어려움이 있으리오?" 하셨다.

● 子(자)는 溫而厲(온이려)하시며 威而不猛(위이불맹)하시며 恭而安(공이안)일러시다.

(『論語』「述而」篇 '溫厲'章)

공자께서는, 온화하시면서도 엄숙하시며, 의젓하시면서도 사나운 기운을 풍기지 않으시며, 공순(恭順)하시면서도 차분하시더라.

○ 子曰(자왈), 唯仁者(유인자)라야 能好人(능호인)하며 能惡人(능오인)이니라.

(『論語』「里仁」篇 '好惡'章)

공자께서 말씀하시기를, "오직 '인자(仁者)'라야 능히 남을 좋아할 줄 알며 능히 남을 미워할 줄 아느니라." 하셨다.

○ 子曰(자왈), 放於利而行(방어리이행)이면 多怨(다원)이니라.

(『論語』「里仁」篇 '放利'章)

공자께서 말씀하시기를, "(매사를) 이익에 의지해서 행하게 되면, 원망 받는 일이 많으니라." 하셨다.

창의적으로 생각하기

1. 한유(韓愈)의 「종수곽탁타전(種樹郭橐駝傳)」을 참고하여, 어떤 지도자(리더)가 훌륭한 지도자인가?

2. 공직이나 기업에 취업을 하려고 하는데, 번번이 고배를 마신다. 그리고 주변의 사람들도 내 자신의 가치를 잘 모르는 것 같다. 이럴 때 어떻게 해야 하는가?

2장 바람직한 처세관

1. 필요할 때 바른 말을 해야 한다

1.1. 「경설(鏡說)」: 이규보와 먼지 낀 거울

거사(居士)에게 거울 하나가 있는데, 먼지가 끼어서 마치 구름에 가려진 달빛처럼 희미하였다. 그러나 아침저녁으로 들여다보고 마치 얼굴을 단장하는 사람처럼 하였더니, 어떤 손[客]이 보고 묻기를,

"거울이란 형체를 비치는 것이요, 그렇지 않으면 군자가 대하여 그 맑은 것을 취하는 것인데, 지금 그대의 거울은 마치 안개 낀 것처럼 희미하니, 이미 얼굴을 비칠 수가 없고 또 맑은 것을 취할 수도 없네. 그런데 그대는 오히려 얼굴을 비추어 보고 있으니, 무슨 까닭인가?"

하였다. 거사는 말하기를,

"거울이 밝으면 잘생긴 사람은 기뻐하지만 못생긴 사람은 꺼려하네. 그러나 잘생긴 사람은 수효가 적고, 못생긴 사람은 수효가 많네. 만일 못생긴 사람이 한 번 들여

다보게 된다면 반드시 깨뜨리고야 말 것이네. 그러니 먼지가 끼어서 희미한 것만 못하네. 먼지가 흐리게 한 것은 그 겉만을 흐리게 할지언정 그 맑은 것은 상하지 못하니, 만일 잘생긴 사람을 만난 뒤에 닦아도 시기가 역시 늦지 않네. 아, 옛날 거울을 대한 사람은 그 맑은 것을 취하기 위한 것이었지만 내가 거울을 대하는 것은 그 희미한 것을 취하기 위함인데, 그대는 무엇을 괴이하게 여기는가?"

하였더니, 손은 대답이 없었다.[1)]

흐린 거울을 바라보는 거사의 모습

위의 「경설(鏡說)」은 백운 이규보(1168~1241)의 소극적인 인생관이 드러난 글이다. 먼지 낀 거울을 들여다보는 거사가 백운을 대변하고 있기 때문이다. '說(설)' 장르는 현대의 수필과 같은 개념의 장르이다. 개인적인 경험과 생각을 담아 쓴 글이기에 백운의 생각이 담겨 있다. 나그네가 묻기를, '왜 거사께서는 흐린 거울을 보고 있느냐?'고 했다. 그러자 거사가 대답하기를, '지금은 못 생긴 사람이 많아 거울을 깨끗하게 하면 못생긴 자들의 모습이 비춰져 자칫 잘못하다가는 거울을 깨버릴 수도 있다.'는 것이다. 차라리 거울이 깨지기보다는 흐린 채 자신의 본모습을 감추고 있다가 잘 생긴 사람이 많아지면 그때 깨끗이 닦아도 늦지 않을 것이라는 말이다.

이를 백운이 살았던 시기와 관련해서 생각해 보자. 백운이 살았던 시기는

1) 李奎報, 『東國李相國全集』 卷第二十一 說, 「鏡說」. "居士有鏡一枚, 塵埃侵蝕掩掩, 如月之翳雲. 然朝夕覽觀, 似若飾容貌者, 客見而問曰, 鏡所以鑑形, 不則君子對之, 以取其淸, 今吾子之鏡, 濛如霧如, 旣不可鑑其形, 又無所取其淸, 然吾子尙炤不已, 豈有理乎. 居士曰, 鏡之明也, 姸者喜之, 醜者忌之, 然姸者少醜者多, 若一見, 必破碎後已, 不若爲塵所昏, 塵之昏, 寧蝕其外, 未喪其淸, 萬一遇姸者而後磨拭之, 亦未晩也. 噫, 古之對鏡, 所以取其淸, 吾之對鏡, 所以取其昏, 子何怪哉, 客無以對."

소극적인 인생관으로 현실에서 호의호식하며 흐린 거울을 보는 거사와 같은 지식인

무신의 난이 일어나 무신들이 정치하던 시기이다. 백운이 벼슬살이하던 때도 최충헌과 최우의 무신 정권이 주도하던 시기이다. 이는 마치 부당한 정권이 날뛰는 시기에는 흐린 거울처럼 조용히 있다가 잘 생긴 사람들 곧 좋은 시절이 돌아오면 그때 거울을 닦듯이 바른 말을 할 것이라는 뜻이다. 부정한 정권이 지배하는 시대에 공연히 바른 말을 하다가 변을 당하기보다는 조용히 시절이 좋아지기를 기다리다가 시절이 좋아지면 그때 바른 소리를 하겠다는 속셈이다. 지극히 소극적인 인생관이다.

1.2. 「주뢰설(舟賂說)」: 이규보와 술 한 병

이자(李子, 이규보)가 남쪽으로 어느 강을 건너는데, 때마침 배를 나란히 해서 건너는 사람이 있었다. 두 배의 크기도 같고, 사공의 수도 같으며, 배에 탄 사람과 말의 수도 거의 비슷하였다. 그런데 잠깐 있다가 보니, 그 배는 나는 듯이 달려서 벌써 저쪽 언덕에 닿았는데, 내가 탄 배는 오히려 머뭇거리고 뱅뱅 돌기만 하면서

뇌물에 따라 배의 속도가 확연히 차이나는 모습

앞으로 나아가지 못하였다. 그 까닭을 물었더니, 배에 탄 사람이 말하기를,

"저쪽은 술이 있어서 노 젓는 사람들에게 먹이니, 노 젓는 사람들이 있는 힘을 다해 노를 저은 까닭입니다."

하였다. 나는 부끄러워하지 않을 수 없었으며, 따라서 탄식하기를,

"슬프도다. 이 조그마한 배가 가는 데도 오히려 뇌물의 있고 없음에 따라 그 나아가는 것이 빠르고 느리고 앞서고 뒤에 처지는 일이 있거늘, 하물며 벼슬을 경쟁하는 마당에 있어서랴? 나의 수중에 돈이 없는 것을 생각하매, 오늘날까지 하급 관직 하나도 얻지 못한 것이 당연하구나."

하였다. 그리하여 글로 써서 뒷날의 볼거리를 삼고자 한다.[2)]

---

2) 李奎報, 『東國李相國全集』 卷第二十一 說 「舟賂說」. "李子南渡一江, 有與方舟而濟者. 兩舟之大小同, 榜人之多少均, 人馬之衆寡幾相類. 而俄見其舟離去如飛, 已泊彼岸, 予舟猶邅廻不進, 問其所以, 則舟中人曰, 彼有酒以飮榜人, 榜人極力蕩槳故爾. 予不能無愧色, 因歎息曰, 嗟乎, 此區區一葦所如之間, 猶以賂之之有無, 其進也有疾徐先後, 況宦海競渡中, 顧吾手無金, 宜乎至今未霑一命也. 書以爲異日觀."

위의 「주뢰설(舟賂說)」은 백운의 모습을 어느 정도 가늠해 볼 수 있게 하는 글이다. 지고지순한 유자들의 선비정신에 비추어 보면, 도덕적으로 잘된 점은 뇌물 없이 정당하게 살기 어려운 사회적 병폐를 지적하여 글로나마 기록함으로써 밝은 사회를 기약하고자 한 비판정신의 표현이라 할 것이다. 그러나 "하물며 벼슬을 경쟁하는 마당에 있어서랴? 나의 수중에 돈이 없는 것을 생각하매, 오늘날까지 하급 관직 하나도 얻지 못한 것이 당연하구나."와 같이 수중에 일전 한 푼 없으니, 지금까지 벼슬자리에 나아가지 못했다는 말이다. 만약 내 손안에 돈 푼이나 있었다면, 돈을 주고라도 벼슬자리에 나아갔을 것이라는 의미가 된다. 이와 같은 끝맺음은 유자 곧 선비의 글이라기보다는 문장가의 글에 가깝다.

백운 이규보는 늘 유자(儒者)이기를 바랐고 유자라고 칭했다. 만약 그가 바라던 유자의 삶을 살기를 바랐다면, '철모르던 젊은 날에 차라리 뇌물 줄 돈이 없었기에 뇌물로 벼슬자리를 살 생각조차 하지 못했던 것이 오히려 나로서는 다행스러운 일이다.' 정도의 끝맺음을 했어야 했다. 그러면 그가 바라던 유자의 문장이라 할 수 있을 것이다.

평생을 고려 시대 무신 정권 아래 삶을 살았던 백운 이규보는 소극적이면서 주어진 여건에 순응하는 듯한 삶을 살았다. 환경이 사람을 그렇게 만들었는지도 모르겠다. 하지만 공자와 맹자 그리고 주자, 퇴계나 남명, 율곡과 다산 등 역대의 선비 정신에 투철했던 유자들의 문장에는 시대를 탓하거나 시대에 순응하는 듯한 표현은 없다. 백운의 삶과 행적을 통해 어떤 삶을 지향하고 살아야 되겠는지를 살펴본 것이다.

2. 이윤·백이·유하혜·공자의 처세관

『맹자(孟子)』「만장장구(萬章章句)」하(下)에는 중국 고대 국가의 인물인 백이(伯夷)와 이윤(伊尹), 유하혜(柳下惠) 그리고 공자(孔子)의 처세관에 대한 내용이 나온다.

중국의 고대국가는 우(禹)왕이 세운 하(夏)나라, 탕(湯)이 세운 상(商)나라(은殷나라), 문왕(文王)과 무왕(武王)이 건국한 주(周)나라로 이어진다. 『맹자(孟子)』에 소개된 인물들은 고대국가인 하나라와 은(상)나라 주나라 때 살았던 인물들이다.

백이(伯夷)는 동생 숙제(叔齊)와 상(商)나라[은(殷)나라] 말기, 작은 나라 고죽군의 후계자였다. 고죽군의 왕인 아버지가 왕위 자리를 3남인 숙제에게 물려주고자 했기에 집을 나오게 된다. 셋째인 숙제도 큰 형인 백이를 따라 나오게 되어, 결국 고죽군의 왕은 둘째가 되었다. 집을 나온 두 형제는 훗날 주나라

청렴결백한 삶의 자세를 추구하기 위해 수양산에서 나물을 캐 먹는 백이와 숙제 형제

문왕이 된 서백이 훌륭하다는 말을 듣고 서백인 창(昌)을 찾아가지만 이미 죽고 그의 아들 훗날 주나라를 통일한 무왕인 발(發)이 군대를 모아 상나라 주왕(紂王)을 치려고 하였다. 이에 돌아가신 아버지 서백의 장례도 치르지도 않은 채 상나라를 치는 것은 효도 아니고 충도 아니라면서 말고삐를 부여잡고 만류하였다. 이에 주 무왕인 발(發)이 백이와 숙제를 살해하고자 하였는데, 강태공의 만류로 살려주었다. 그 길로 수양산에 들어가 채미(採薇)를 하면 연명하였는데, 왕자미라는 사람이 와서 '수양산도 주나라 땅이며 고비[미(薇)]도 주나라 음식이다.'라고 나무라니, 그 길로 단식하여 결국 굶어 죽게 된 인물들이다. 후대에 이들은 지조와 신의를 지킨 인물로 상징화되었다. 백이는 상나라 말기의 충신이다.

이윤(伊尹)은 하(夏)나라의 신하로서 걸왕(桀王)의 폭정을 무너뜨리고 탕(湯)을 도와 상(商)나라를 세운 공신이다. 가노 출신으로 유신씨의 딸이 시집갈 때 딸려간 몸종이었다고 전해진다. 이름이 '이(伊)'이고 '윤(尹)'은 관직명이다. 이윤은 상나라 초기의 재상이다.

유하혜(柳下惠, B.C.720~B.C.621)는 중국 춘추시대 노(魯)나라 대부이다. 성은 전(展)이고 이름은 획(獲)이다. 식읍(食邑)이 유하(柳下)였고 시호가 혜(惠)였다. 그래서 후세 사람들이 유하혜라 칭했다. 노나라에서 옥(獄)을 다스리는 사사(士師: 재판관) 벼슬을 하였다. 동생은 당시 이름난 도둑 도척(盜跖)이다.

공자(孔子, B.C.551~B.C.479)는 춘추시대 노나라 창평향 추읍에서 태어났다. 공자의 이름은 구(丘)이고 자는 중니(仲尼)이다. 아버지는 숙량흘(叔梁紇)인데, 숙량은 자(字)이고 이름이 흘(紇)이다. 어머니는 안씨로 안징재(顔徵在)이다. 노나라 양공(襄公) 22[B.C.551]년에 출생하여 애공(哀公) 16[B.C.479]년에 73세의 나이로 타계하였다.

이들 처세관 중 오늘날 우리들에게 필요한 바람직한 처세관은 어떤 것일까?

맹자께서 말씀하셨다. 백이(伯夷)는 눈으로 나쁜 빛을 보지 아니하며, 귀로 나쁜 소리를 듣지 아니하고, 섬길 만한 군주가 아니면 섬기지 아니하며, 부릴 만한 백성이 아니면 부리지 아니하여, 세상이 잘 다스려지면 나아가 벼슬하고 혼란하면 물러가서, 나쁜 정사(政事)가 나오는 곳과 나쁜 백성들이 거주하는 곳에는 차마 거처하지 못하였으니, 속인(俗人)들과 함께 있는 것을 마치 좋은 옷을 입고 더러운 곳에 앉은 듯이 여겼으며, 주(紂: 은나라 마지막 왕으로 폭군)가 나라를 다스리자 멀리 북해(北海)에 거처하면서 천하가 맑아지기를 기다렸다. 그러므로 백이(伯夷)의 행적과 기풍을 들은 자들은 완악한 지아비라도 청렴해지고, 나약한 지아비도 뜻을 세울 수 있게 된다.

이윤(伊尹)은 말하기를 "어느 사람을 섬기더라도 군주는 군주이며, 어느 사람을 부리더라도 백성은 백성이다."라고 하여, 세상이 잘 다스려져도 나아가 벼슬하고 혼란해도 나아가 벼슬해서, 말하기를 "하늘이 이 백성을 낸 것은 먼저 안 사람으로 하여금 뒤늦게 아는 사람을 깨우쳐 주며, 선각자(先覺者)로

모든 책임을 자신의 탓으로 돌리고 무엇이든지 자기가 선도적으로 해 나가야 된다고 생각하는 이윤의 선각자적인 태도. 이런 태도는 민주주의 사회에서는 통하지 않음.

하여금 뒤늦게 깨닫는 자를 깨우치게 하신 것이니, 나는 하늘이 낸 백성 중에 선각자이니, 내 장차 도(道)로써 이 백성을 깨우치겠다."라고 하였으며, 천하의 백성 중에 필부필부(匹夫匹婦)라도 요순(堯舜)의 혜택을 입는 데 참여하지 못한 자가 있으면, 마치 자기가 그를 밀쳐서 도랑 가운데로 쳐 넣은 것처럼 여겼으니, 이는 스스로 천하(天下)의 일을 자신의 책임으로 자임(自任)한 것이다.

유하혜(柳下惠)는 더러운 군주를 섬김을 부끄러워하지 않으며, 작은 벼슬을 사양하지 않으며, 나아가면 어짊을 숨기지 아니하여 반드시 그 도리대로 하며, 벼슬길에서 버림을 받아도 원망하지 않고, 곤궁을 당해도 걱정하지 않으며, 속인(俗人: 일반 대중)들과 더불어 처하되 차마 유유(悠悠)하게 떠나지 못해서 말하기를 "너는 너이고 나는 나이니, 네가 비록 내 옆에서 옷을 걷고 벗는다 한들 네 어찌 나를 더럽히겠는가?"라고 하였다. 그러므로 유하혜의 행적과 기풍을 들은 자들은 비루한 지아비라 하더라도 인심이 후해진다.

공자(孔子)께서 제(齊)나라를 떠날 적에 밥을 지으려고 쌀을 담갔다가 건져 가지고 떠나셨고, 노(魯)나라를 떠날 적에는 말씀하시기를 "더디고 더디다. 내 걸음이여!" 하셨으니, 부모국을 떠나는 도리가 이러했다. 속히 떠날 만하면 속히 떠나고, 오래 머무를 만하면 오래 머물며, 은둔할 만하면 은둔하고, 벼슬할 만하면 벼슬한 것은 공자이시다.[3)]

백이는 청렴결백한 인물이었고, 이윤은 책임감이 강했으며, 유하혜는 남들

3) 『孟子』「萬章章句下」. "孟子曰, 伯夷, 目不視惡色, 耳不聽惡聲. 非其君不事, 非其民不使. 治則進, 亂則退. 橫政之所出, 橫民之所止, 不忍居也. 思與鄕人處, 如以朝衣朝冠坐於塗炭也. 當紂之時, 居北海之濱, 以待天下之淸也. 故聞伯夷之風者, 頑夫廉, 懦夫有立志. 伊尹曰, 何事非君 何使非民 治亦進, 亂亦進. 曰, 天之生斯民也, 使先知覺後知, 使先覺覺後覺. 予, 天民之先覺者也. 予將以此道覺此民也. 思天下之民匹夫匹婦有不與被堯舜之澤者, 若己推而內之溝中, 其自任以天下之重也. 柳下惠, 不羞汙君, 不辭小官. 進不隱賢, 必以其道. 遺佚而不怨, 阨窮而不憫. 與鄕人處, 由由然不忍去也. 爾爲爾, 我爲我, 雖袒裼裸裎於我側, 爾焉能浼我哉. 故聞柳下惠之風者, 鄙夫寬, 薄夫敦. 孔子之去齊, 接淅而行; 去魯, 曰, 遲遲吾行也. 去父母國之道也. 可以速而速, 可以久而久, 可以處而處, 可以仕而仕, 孔子也."

과 어울리는 조화로운 기질이 남달랐으며, 성인(聖人)이신 공자는 시중(時中)에 맞게 행동할 줄 아는 분이셨다.

3. 현대인에 필요한 처세관

『맹자』에 나오는 네 분의 처세관을 현대적으로 풀이해 보자.

백이는 눈으로 나쁜 빛을 보지 아니하며, 귀로 나쁜 소리를 듣지 않을 만큼 인의(仁義)와 예(禮)를 소중히 여겼던 사람이다. 때문에 인의를 갖추어 섬길 만한 군주(君主)가 아니면 섬기지 아니하였고, 본성이 착하여 인의로 교화(敎化)될 가능성이 있는 백성이 아니면 자신이 나서서 그들을 다스리지 않았다. 그리하여 세상이 인의로 잘 다스려지면 자신의 능력을 발휘하기 위해 나아가 벼슬하였지만, 정치가 문란하면 자신의 몸이 더럽혀지지 않도록 물러나서 벼슬하지 않았다. 그래서 그는 은(殷)나라 폭군이었던 주(紂)가 나라를 다스렸던 시절에 멀리 한적한 곳에 숨어 천하가 맑아지기를 기다린 것이다. 또 그가 제후였던 무왕(武王)이 자신이 섬겼던 주왕(紂王)을 해치고 왕위에 오르자 세상을 멀리하고 산 속으로 들어가 살았던 것도 다 이런 정신 때문이었다.

이런 점에서 보면 현대 사회에서 백이와 같은 인물은 민주주의에 대한 신념이 투철하고 원리 원칙을 중시하는 인물이며 불의와 조금의 타협도 허용하지 않는 인물이라 할 수 있을 것이다. 이런 인물은 민주주의의 원리 원칙이 잘 지켜지고 모든 국민들이 시민 의식을 잘 갖추고 있는 사회라면 공직에 흔쾌히 나가 자신의 능력을 충분히 발휘할 수 있을 것이나, 그렇지 못할 경우에는 그저 평범한 사람으로 살아갈 것이다. 그런데 현대 사회에서 지나치게 원리 원칙을 중요시하면 사회가 경직되고 비인간화될 우려도 있으므로 가장 바람직한 인물이라 하기는 힘들 것이다. 특히 이와 같은 유형의 인물이라면 공직 중에서도 정책을 수립하고 결정하는 공직에 적합하지, 일반 시민들의 생활과 관계 있는 공직에는 적합하지 않을 것이다. 융통성이 발휘될 수 없기 때문이다.

이윤의 경우에는 어느 사람을 섬기더라도 자신의 직책을 일단 맡았다면 최선을 다하는 인물로 생각할 수 있다. 이윤은 자신을, 하늘이 낸 백성 중에 선각자(先覺者)라 자임하고서는 도(道)로써 백성을 깨우치겠다고 한 인물로서, 이런 인물은 세상이 잘 다스려져도 나아가 벼슬하고 혼란해도 나아가 벼슬해서, 선각자로서 도(道)를 알지 못하는 백성을 깨우치고자 한다. 그래서 천하(天下)의 백성 중에 필부필부(匹夫匹婦)라도 요순(堯舜) 시절과 같이 태평성대의 혜택을 입지 못한 자가 있으면, 마치 자기가 그를 밀쳐서 도랑 가운데로 넣은 것처럼 여겼으니, 백성이 잘못된 것을 자신의 책임으로 여기는 인물이다.

현대 사회에서 이윤과 같은 인물은 국민을 위해서라면 자신을 기꺼이 희생할 각오가 되어 있어, 일단 바람직한 인물로 생각할 수 있을 것이다. 그러나 만일 자신의 그릇 크기가 자신의 맡고자 하는 책임에 미치지 못할 경우에는 큰 문제를 일으킬 수도 있다. 뜻이 아무리 숭고하고 이상적인 것이라 하여도 그것을 감당할 능력이 부족하다면 오히려 세상을 혼란스럽게 만들 수 있기 때문이다. 군인이 나라를 잘 다스리는 일을 하늘이 자신에게 부여한 책임으로 삼을 때 일어날 수 있는 위험성을 우리는 역사를 통해 직접 경험한 바가 있다. 국민이 모두 잘 살 수 있도록 하는 것을 자신의 책임으로 느끼는 마음가짐 자체는 바람직하나 그 자체가 교만한 발상일 수 있고, 실제로 그러한 책임을 실천해 보려고 한다면 이는 매우 위험한 결과를 초래할 수 있다. 현대 사회의 원리 중의 하나가 대통령도 개인 자격으로 일개 시민에 불과하다는 것이기에 더욱 그렇다.

유하혜는 어떤 상황에서도 자신에게 주어진 책임과 도리를 다하는 인물이다. 더러운 군주를 섬김을 부끄러워하지 않으며, 작은 벼슬을 사양하지 않으며, 벼슬길에 나가서는 어짊을 숨기지 아니하여 반드시 그 도리대로 하는 인물이다. 그는 자신과 남을 엄격하게 구별하여 자신이 올바르기만 하면 주위의 힘이 자신을 더럽히지 못하리라 생각하는 인물이다. 사람에 따라 약간의 차이가 있을 수 있겠지만 오늘날의 관점에서 본다면 가장 바람직한 인물이라 할 수 있을 것이다. 남의 이목(耳目)에 구애되지 않고 정도(正道)를 지키며 주어진 직책이 있다면 최선을 다하는 적극적인 인물이기 때문이다. 이러한 인물이 많아야 사회가 점차 안정되고 정의로운 사회로 나갈 수 있을 것이다.

이에 비하자면, 공자(孔子)와 같은 유형은 속히 떠날 만하면 속히 떠나고, 오래 머무를 만하면 오래 머물며, 은둔할 만하면 은둔하고, 벼슬할 만하면 벼슬하는 중용(中庸)적 삶을 미덕으로 삼는 인물이다. 공자가 쌀을 씻다가 떠났다 함은 쌀을 건져 장차 밥을 하려고 하다가 빨리 떠나고자 하였으므로, 손으로 물을 받아 쌀을 건져 가지고 떠나 미처 밥을 안치지도 못함을 말한 것이다. 이것은 오래 머물고 속히 떠나며, 벼슬하고 그만두는 일을 마땅하게

자기의 위치에서 주어진 일에 최선을 다하는 유하혜 같은 인물이 다분화된 오늘날 필요한 인물일 수 있다.

생각되는 경우에 얽매임 없이 하였음을 나타낸 것이다. 한 마디로 말하자면 자신의 능력이 미치지 못하는 일은 하지 않으며 반드시 그렇게 해야 한다는 기필함이 없어 어디에 얽매임 없이 자신의 뜻에 따라 살아가는 인물이다. 따라서 중용적인 삶의 태도는 어디에 처해도 도리에 벗어나지 않는 삶이다. 중용(中庸)은 언제나 도리에 딱 들어맞는 삶이기 때문이다.

현대 사회에서 공자와 같은 인물 유형도 바람직하다 할 수 있겠는데, 물러서야 할 때 물러설 시기를 놓침으로써 자신의 명예를 더럽힘은 물론, 다시는 자신의 능력을 사회와 국가를 위해 봉사할 수 없는 지식인들을 우리는 주변에서 많이 보아 왔다. 지나치게 자신만을 돌보다가 자신의 능력과 경륜을 보다 가치 있고 의미 있는 일에 쓰지 못한다면, 이는 개인에게 주어진 사회적 책임을 다하지 못한 소치이다. 따라서 공자와 같은 인물은 개인으로서도 바람직하며 사회로 볼 때도 바람직한 인물 유형이라 할 것이다.

공자(孔子)는 일찍이 머물 곳이 아니면 한시도 머물지 않아, 밥을 안치다가도 그 쌀을 건져 그곳을 떠나셨다. 이런 자세가 중용(中庸) 곧 시중(時中)인 것이다.

경남 산청군 시천면에 위치한 산천재의 지금 모습

물질 만능시대에 살다보니, 하루아침에 생각과 지조까지 바꾸어 버리는 일이 우리 주변에서 일어나고 있다. 이런 현실에 참조할 처세관을 한 번 살펴보자.

조선 시대 유학자 중 자신의 신념을 지키거나 어려운 처지에 놓여도 자신이 처한 환경에서 최선의 삶을 살았던 유자(儒者)도 있다. 조선 중기를 살았던 남명 조식(1501~1572)의 예를 보자.

남명 조식은 10번의 벼슬을 내려도 한 번도 벼슬자리에 나아가지 않은 징사(徵士)[4]이다. 징사(徵士)는 임금이 벼슬을 내려도 관직에 나아가지 않은 선비를 부르는 명칭이다. 벼슬자리에 나아가지는 않았지만 그렇다고 세상을 등지고 세상일에 무관심한 것은 아니었다. 남명의 행적과 문학을 보면 끊임없이 세상을 바로잡고자 하는 유자로서의 선비정신이 반영되어 있다. 선비는 어디에 처해도 현실을 잊지 않기 때문이다. 『논어(論語)』「술이(述而)」편 '용행(用行)'장에 공자가 제자 안연에게 이른 말씀에 "써 주면 행하고 버려지면 몸을 감추어 숨는 것은, 오직 나와 네가 그런 점이 있도다."라고 한, 구절이 있다. 이는 세상이 제 뜻을 써 주면 도를 행하고 제 뜻을 써 주지 않아 버려지게 되면 몸을 감추어 숨을 줄 아는 군자의 현실 대응 자세를 말한 것이다. 여기서의 '몸을 감추어 숨는다'는 것은, 세상을 등지고 숨는 것을 말한 것은 아니다. 숨는 것을 제일로 여기지 않고, 위정자가 세상을 밝히고자 하는 제 뜻을 써 준다면 언제든 도를 펴기 위해서 벼슬길에 나아갈 수 있다는 것이다.

4) 중국 동진(東晉) 때 인물 도연명(陶淵明)을 징사(徵士)라 칭했음.

남명을 배향한 덕천서원으로 경남 산청 시천면에 있음

그러기에 같은 『논어(論語)』「술이(述而)」편 '집편(執鞭)'장에서도 공자는 만일 부(富)를 구할 수 없고 구해서도 안 되는 세상이라면 모르겠으되 구할 수 있고 구할 만한 세상이라면, 말채찍 잡는 미관말직의 마부 노릇이라도 마다하지 않겠다고 했던 것이다. 남명도 그와 유사한 뜻을 「을묘사직소」에서 "훗날 전하(명종)께서 왕천하의 지경에 이르도록 덕화를 베푸신다면 신(臣, 남명 자신)은 마부의 끝자리에서 채찍을 잡고 그 마음과 근육의 힘을 다해서 신하의 직분을 다할 것이니, 어찌 임금을 섬길 날이 없겠습니까?"라고 피력함으로써 출사(出仕)에 대한 자신의 분명한 뜻을 밝히기도 하였다. 또한 같은 상소문에서 "자전(문정왕후, 명종의 어머니)께서 생각이 깊으시기는 하나 깊숙한 궁중의 한 과부에 지나지 않고, 전하(명종)께서는 어리시어 다만 선왕의 한 외로운 아드님이실 뿐입니다."라고 하여, 정당하지 못한 정권에 대한 바른 소리를 하였다.

뿐만 아니라 산림에 묻혀 살고 있으면서도 후학을 기르는데 게을리 하지 않았다. 경상 우도에서 경의(敬義) 사상을 중심으로 제자들을 가르쳤으며, 특히 제자들에게 '의(義)'의 중요성을 강조하였다. 훗날 임진왜란 시 남명의 제자들은 대거 의병에 참여하여 백척간두의 나라를 구하는데 일조하기도 하였다. 대표적인 의병장은 정인홍·곽재우·조종도 등을 들 수 있다.

다산 정약용(1762~1836)은 천주교 서적과 관련된 일로 참소를 입어 18년 동안 강진에서 유배 생활을 하였다. 유배생활 중에도 저술 활동과 제자들을 가르치면서 세상일을 등지지 않았다. 저서는 『목민심서』·『경세유표』를 비롯한 500여 권에 달하며, 위정자의 가렴주구를 풍자하는 참여문학 창작과 강진의 학동을 가르치기도 하였다. 그 학동 중에 이름이 세상에 알려진 황상이라는 제자도 있다. 이런 일들이 모두 세상에 대한 관심에서 비롯되었던 것이다. 선비는 어디에 처해도 세상을 잊지 않기 때문이다. 이런 삶의 태도 역시 현대에도 필요할 것이다.

전남 강진에 위치한 사의재(四宜齋).
'생각'·'외모'·'말'·'움직임', 이 4가지를 마땅히 바로잡는 집.

전남 강진군 만덕산에 위치한 다산초당 모습

창의적으로 생각하기

1. 『맹자』에 제시된 네 사람의 삶의 태도 중 자신이 생각하는 바람직한 삶의 태도는 누구인가? 한 분의 삶을 선택하고 그 이유를 서술해 보시오.

2. 고려 무신 시대 때 삶을 살았던 백운 이규보의 삶을 생각하면서, 어떻게 살아야 잘 살았다고 할 수 있을까? 각자 의견을 제시해 보세요.

3장 노력하는 삶

1. 포기하지 않고 나아가면 뜻을 이룬다

자강불식(自强不息)·마저성침(磨杵成針)·우공이산(愚公移山)

스스로 힘써 해 나가면서 쉬지 않는다는 자강불식(自强不息)은 『주역(周易)』「건괘(乾卦)」편(篇)의 "천행건(天行健) 군자이자강불식(君子以自强不息)"에서 왔다. 곧 "우주의 운행이 굳세고 튼튼하니 군자는 그런 우주의 정신으로 자신의 정신으로 삼아 스스로 강해지기를 쉬지 않는다."는 의미이다. 자강불식의 의미는 『논어』에도 있다.

공자께서 말씀하시기를, "비유하건대 마치 산을 만듦에 한 삼태기를 마저 완성하지 못하고서 그만두듯이 하는 것도 산을 만드는 조산자로서의 내가 그만두는 것이며, 비유하건대 마치 땅을 고름에 비록 한 삼태기만을 덮었으나 진전해 나아가듯이 하는 것도 내가 나아가는 것이니라." 하셨다.1)

위의 공자 말씀은 배우는 자가 학문을 하되 자강불식하는 자세로써 스스로 힘써 해 나가면서 쉬지 않는 것을 권장한 것이다. 큰 산을 만드는 것도 땅을 고르게 만드는 것도 자기 자신의 노력 여부에 달려 있다는 것이다. 따라서 꾸준히 노력하면 자신이 바라던 바를 이룰 수 있다는 것이다.

『논어(論語)』「자한(子罕)」편 '수실(秀實)'장의 내용도 살펴보자.

> 공자께서 말씀하시기를, "싹이 나고 이삭이 패지 못하는 것이[경우가] 있으며, 이삭이 패고서도 알맹이가 여물지 못하는 것이[경우가] 있느니라." 하셨다.[2)]

위의 말씀은, 곡식이나 화초가 싹만 나고는 이삭이 패거나 꽃이 피지 못하는 경우가 있으며, 이삭이 패거나 꽃이 피더라도 열매를 맺거나 알맹이가 여물지 못하는 경우가 있으니, 공부와 학문의 경우도 그와 마찬가지라서 '스스로 힘써 해 나가면서 쉬지 않는' 자강불식(自强不息)의 자세로 끝까지 최선을 다하는 데서 마침내 성취하고 성공하게 된다는 뜻을 밝힌 것이다.

노력하는 삶의 모습을 보여주는 고사성어도 살펴보자.

마저성침(磨杵成針)은 '절굿공이를 갈아 바늘을 만든다'는 뜻으로, 아무리 힘든 일도 노력과 인내하면 결국 이룰 수 있다는 의미이다. 마부위침(磨斧爲針)이라고도 한다. 이는 남송(南宋) 때 축목(祝穆)의 『방여승람(方輿勝覽)』과 『당서(唐書)』「문예전(文藝傳)」에 나오는 중국 당나라 때 이백과 관련 있는 고사성어이다. 젊은 날 이백이 젊은 날 사천성(泗川省) 상의산(象宜山)에서 공부를 하다가 싫증을 느껴 중도에 하산을 하였다. 산을 내려오는 도중 절굿공이를 숫돌에 가는 노파를 보았던 것이다. 이백이 그 노파에게 절굿공이를 가는

---

1) 『論語』「子罕」篇 一簣章. "子曰, 譬如爲山에 未成一簣하여 止도 吾止也며 譬如平地에 雖覆一簣나 進도 吾往也니라."

2) 『論語』「子罕」篇 秀實章. "子曰, 苗而不秀者가 有矣夫며 秀而不實者가 有矣夫니라."

중국 안휘성 마안산시 당도현 청산 서쪽에 위치한 시선성경(詩仙聖境, 묘지공원) 입구에 판각되어 있는 '마저성침(磨杵成針)'의 그림이다.

이유를 물으니, 바늘을 만들기 위해서라고 하였다. 포기하지 않고 꾸준히 하다보면 바늘이 된다는 것이다. 이에 감명은 받은 이백은 다시 발걸음 돌려 학업에 매진하였다는 고사이다.

이와 유사한 의미의 고사가 우공이산(愚公移山)이다. 『열자(列子)』「당문(湯問)」편[3]에 나온다.

---

3) 『列子』「湯問」篇. "太形, 王屋二山, 方七百里, 高萬人仞. 本在冀州之南, 河陽之北. 北山愚公者, 年且九十, 面山而居. 懲山北之塞, 出入之迂也. 聚室而謀曰, 吾與汝畢力平險, 指通豫南, 達於漢陰, 可乎. 雜然相許. 其妻獻疑曰, 以君之力, 曾不能損魁父之丘, 如太形王屋何. 且焉置土石. 雜曰, 投諸渤海之尾, 隱土之北. 遂率子孫荷擔者三夫, 叩石墾壤, 箕畚運於渤海之尾. 鄰人京城氏之孀妻, 有遺男, 始齔, 跳往助之. 寒暑易節, 始一反焉. 河曲智叟笑而止之曰, 甚矣汝之不惠. 以殘年餘力, 曾不能毁山之一毛, 其如土石何. 北山愚公長息曰, 汝心之固, 固不可徹, 曾不若孀妻弱子. 雖我之死, 有子存焉. 子又生孫, 孫又生子. 子又有子, 子又有孫. 子子孫孫, 無窮匱也, 而山不加增, 何苦而不平. 河曲智叟亡以應. 操蛇之神聞之, 懼其不已也, 告之於帝. 帝感其誠, 命夸娥氏二子負二山, 一厝朔東, 一厝雍南. 自此冀之南, 漢之陰, 無隴斷焉."

태형산(太形山)과 왕옥산(王屋山)은 사방 700리에 높이가 만 길이나 되었다. 두 산은 기주(冀州)의 남쪽과 하양(河陽)의 북쪽 사이에 있다. 북산(北山)의 우공은 나이가 아흔이 다 되었는데, 산이 마주 보이는 곳에 거주했다. 북산이 막고 있어서 출입을 하려면 길을 우회해야 했다. 우공은 집안 식구들을 모아 놓고 꾀를 말했다. "나와 너희들이 힘을 다해 험준한 산을 평평하게 만들면 예주(豫州)의 남쪽으로 곧바로 통할 수 있고, 한수(漢水)의 남쪽에 다다를 수 있는데, 할 수 있겠느냐?" 모두들 찬성했는데 그 처가 의문을 제기하기를, "당신의 역량으로 괴보(魁父)의 언덕도 깎아 내지 못했는데, 태형과 왕옥을 어떻게 해낸단 말이오? 더구나 흙과 돌은 어디다 버린단 말이오?"라고 했다. 그러자 모두가 말하기를, "발해(渤海)의 끝과 은토(隱土)의 북쪽에다 버리면 됩니다."라고 했다. 마침내 짐을 질 수 있는 자손 셋을 데리고 돌을 깨고 흙을 파서 삼태기로 발해의 끝으로 운반했다. 이웃집 과부 경성씨도 칠팔 세 된 어린 아들을 보냈는데, 통통 뛰어다니며 도왔다. 추위와 더위가 바뀌는 동안 비로소 한 번 반복을 했다. 하곡(河曲)의 지수(智叟: 지혜가 있는 늙은이)가 비웃으며 말하기를, "심하도다, 그대의 총명하지 못함은. 당신의 남은 생애와 남은 힘으로는 산의 풀 한 포기도 없애기 어려울 텐데 흙과 돌을 어떻게 한단 말이오."라고 했다. 북산 우공이 길게 탄식하며 말하기를, "당신 생각이 막혀 있어 그 막힘이 고칠 수가 없는 정도구려. 과부네 어린아이만도 못하구려. 내가 죽더라도 아들이 있고, 또 손자를 낳으며, 손자가 또 자식을 낳으며, 자식이 또 자식을 낳고 자식이 또 손자를 낳으면 자자손손 끊이지를 않지만, 산은 더 커지지 않으니 어찌 평평해지지 않는

우공이산(愚公移山)
한 가지 일을 꾸준히 노력하면 목적을 이룰 수 있다.

다고 걱정할 필요가 있겠소."라고 하였다. 하곡의 지수는 대꾸할 수가 없었다. 조사의 신(神)이 듣고 그만두지 않을 것을 두려워하여 하느님께 고했다. 하느님은 그 정성에 감동하여 과아씨의 두 아들에게 명해 두 산을 업어다 하나는 삭동에 두고, 하나는 옹남에 두게 했다. 이로부터 기주의 남쪽과 한수의 남쪽에는 낭떠러지도 없게 되었다.

우공이산 곧 우공이 산을 옮긴다는 뜻으로, 남들은 어리석게 여기나 한 가지 일을 꾸준히 하면 목적을 달성할 수 있다는 뜻이다. 한 번 도전해 보지도 않고 지레 짐작 포기하는 현대인들에게 들려주는 말이다. 도전도 하기 전에 포기하는 법은 없어야 할 것이다. 우공처럼 무모하게 보일지라도 "한 번 해봤냐?"처럼, 노력하면 이룰 수 있다.

2. 노력하는 후배는 두려운 존재이다.

후생가외(後生可畏)·청출어람(靑出於藍)·괄목상대(刮目相對)

후생가외(後生可畏)

공자는 젊어서 배움에 힘쓰지 않아 늙어서 소문 들리는 일이 없으면 가히 두려워할 만한 인물은 아니라고 하였다.

공자께서 말씀하시기를, "뒤에 난 사람들이 (가히) 두려워할 만하니, 앞으로 올 사람들이 (우리와 같은) 지금 사람[기성세대(旣成世代)]만 못한 줄을 어찌 알리오? 사십·오십이 되어서도 소문 들리는[소문나는] 일이 없으면, 이 또한 족히 두려워할 만하지 못할 따름이니라." 하셨다.[4)]

위의 공자 말씀은 후생으로 하여금 제때에 배움에 힘쓰도록 하신 것이다. 유교에서는 전통적으로, 배우는 자가 요란하게 소문나는 것이 좋은 일로 여겨지거나 권장되지는 않았다. 『맹자』 「이루」 장하(「離婁」章下)의 "성문과정, 군자치지(聲聞過情, 君子恥之)[소리 나고 소문 들리는 것이 실제보다 지나치는 것을, 군자가 부끄럽게 여긴다]."라는 말씀으로도 그런 의미를 확인할 수 있다.

하지만 본문의 말씀에 나타난 뜻은, 나이가 마흔이나 쉰이 되도록 어느 것 하나라도 분명하게 잘한다는 소문이 세상에 나지 못한다면, 그 또한 무엇인가를 성취할 만한 가망성이 없다고 해야 할 것이기에, 그런 지경에 이르지 않도록 평소에 부단히 노력하지 않으면 안 된다는 것이다.

사람이란 미래를 예측할 수 없는 법이다. 후배들은 아직 정력이 강하기 때문에 마음만 먹는다면 무한히 발전할 가능성이 있다. 기성세대나 선배는 아무리 대단한 실력을 지녔다 해도 나의 노력 여하에 따라 그를 따라잡을 수 있으며, 또 선배인 만큼 나보다 나은 것이 두려울 것도 없다. 그래서 공자는 "후생가외(後生可畏)"라고 한 것이다. 그러나 후배를 두려워하는 것도 진취성이 있는 사람에 한하여 서지, 후배 전부를 뜻하는 것은 아니다. 때문에 다시 "사오십이 되어도 그 학문과 덕이 못 이루어져서 그 이름을 얻은 바가 없다면 그런 사람은 두려워 할 것이 못 되느니라."고 한 것이다. '후생가외'는 젊은이들 앞에 무한히 발전할 여지가 있음을 뜻하며, 그것은 젊은이들의 노력 여하에 달린 것이다. 끊임없는 '절차탁마(切磋琢磨)'가 필요한 것이다.

청출어람(靑出於藍)

청출어람은 『순자』 「권학」편에서 유래한 고사성어이다. 쪽풀에서 나온 물

4) 『論語』 「子罕」篇 可畏章. "子曰, 後生이 可畏니 焉知來者之不如今也리오. 四十五十而無聞焉이면 斯亦不足畏也已니라."

감이 쪽보다 더 푸르다는 뜻이다.

군자는 말하기를, "학문이란 도중에 그만 둘 수 없다. 푸른 물감은 쪽풀에서 얻지만 쪽보다 더 푸르고, 얼음은 물이 얼어서 되지만 물보다 더 차다."고 하였다.5)

이렇게 제자가 스승보다 뛰어나게 되는 것은 칭찬을 받을 일이기에 '청출어람의 기림을 받는다'는 뜻으로 '출람지예(出藍之譽)'라는 말이 파생되어 나왔다. 그러나 '청출어람'이란 말과 이러한 뜻은 원래 고전에 있던 말에서 변형되어 뒷날에 덧붙여진 것이다. 애초에 '청·람(青藍)'이 쓰인 글 『순자(荀子)』에서 말하고 있는 것은 이와 다르다.

청출어람(靑出於藍)
제자가 스승보다 뛰어날 수 있다.

군자는 말하였다.

"배움(학문)은 그쳐서는 안 된다. 푸른색[靑]은 이것을 쪽[藍]에서 취하였지만 쪽빛보다 더 푸르고, 얼음은 물로 이루어진 것이지만 물보다 차다."

학문에 뜻을 둔 사람은 끊임없이 발전과 향상을 목표로 하여 노력해야 하고 중도에서 그만두어서는 안 되는 것이니 그렇게 함으로써 그 사람의 학문은 더욱 깊어지고 순화되어, 한 걸음 더 완성에 가까워질 수 있다는 것이다. 곧 푸름은 쪽[藍]이라는 풀에서 취해 온 색깔이지만 그 원료인 쪽보다

5) 『荀子』「勸學」篇. "君子曰, 學不可以已. 靑取之於藍, 而靑於藍. 冰水爲之, 而寒於水."

더 푸르고 얼음도 물을 얼려 만들어지나 원래의 물보다 더 차갑게 되듯이, 사람의 학문도 그 연마의 과정을 거듭함으로써 그 배운 바의 내용이나 성질이 이전의 상태보다 더욱 깊어지고 순화되어 간다는 말이다.

괄목상대(刮目相對)

눈을 비비고 본다는 뜻이니, 상대방의 학식이나 재주가 이전보다 매우 늘어 눈을 비비고 다시 볼 정도라는 것이다. 『삼국지(三國志)』「오지(吳志)」「여몽전(呂蒙傳)」의 다음과 같은 고사에서 나온 말이다.

괄목상대(刮目相對)
상대방의 학식이 이전보다 늘어 눈을 비비고 다시 볼 정도라는 뜻임.

여몽은 어려서 집이 가난하여 글공부를 못해 매우 무식하였으나 무예를 닦아 오(吳)나라 창업주 손권(孫權)의 장수가 되었다. 전쟁의 공으로 장군이 된 그에게 손권은 그 학식이 부족한 것을 염려하여 공부할 것을 권하였다. 어쩔 수 없이 뒤늦게나마 공부를 시작한 여몽은 얼마 후 널리 학식을 인정받는 경지에 다다랐다. 손권의 신하 중 학식이 가장 뛰어난 노숙(魯肅)이 국정을 의논할 일이 있어 여몽을 찾아가 대화를 나누다가 그의 박식함에 깜짝 놀라 감탄하자 여몽은 말했다. "선비가 사흘 동안 헤어졌다가 다시 만나게 되면 곧 눈을 비비고 다시 보는[괄목상대하는] 법이랍니다."

3. 주변 환경은 극복의 대상이다

형설지공(螢雪之功)·와신상담(臥薪嘗膽)·맹호연(孟浩然)의 행보

형설지공(螢雪之功)

형설지공(螢雪之功)은 반딧불과 눈빛[설(雪)]에 책을 비춰 읽어 가며 학업에 정진하여 벼슬자리에 나아가게 되었다는 고사이다, 어려운 처지에서도 학문에 힘써 이룬 공을 말한다. 『몽구(蒙求)』상에 「손강영설(孫康映雪)」과 「차윤취형(車胤聚螢)」으로 전하고 있다. 소개하면 다음과 같다.

『손씨세록(孫氏世錄)』에 이르기를, 손강은 진(晉)나라 사람이다. 집이 가난하여 기름이 없어서 책을 눈[雪]에 비쳐가며 글을 읽었다. 젊었을 때 맑고 절조가 굳었는

형설지공(螢雪之功)
어려운 환경에서도 학문에 힘써 공을 이룬다는 뜻임.

데 뜻을 같이하지 않는 사람과 사귀지 않았다. 뒤에 벼슬이 어사대부에 이르렀다.

진(晉)나라 차윤의 자는 무자이니 남평 사람이다. 공손하고 부지런하고 게으르지 않아서 널리 책을 보아 많이 통했다. 집이 가난해서 항상 기름을 얻지 못하여 여름이면 명주주머니에 수십 마리의 반딧불이를 담아가지고 이것을 책에 비춰 가면 밤을 새워 글을 읽었다.

중국 동진(東晋)시대의 손강(孫康)과 차윤(車胤)은 집이 가난하여 등불을 밝힐 기름을 얻지 못해 겨울철이면 눈빛에 반사된 달빛과 여름철 달밤이면 얇은 비단주머니에 수십 마리의 반딧불을 넣어 그것으로 책을 비춰 가며 공부해 학문으로 이름을 떨치고 어사대부(御史大夫)와 이부상서(吏部尙書)라는 높은 벼슬까지 했다. 이처럼 가난을 뚫고 어렵사리 고학(苦學)하며 쌓은 학문의 공이 '형설의 공'이 되겠는데, 요즘은 좀 더 보편적인 의미로 '힘들여 열심히 공부한 공'이라는 뜻으로 '형설의 공'이란 뜻으로 전이되어 사용되고 있다.

와신(臥薪)과 상담(嘗膽)

『사기(史記)』「월(越) 세가(世家)」와 『십팔사략(十八史略)』에 나오는 이야기인 와신(臥薪)과 상담(嘗膽)은 춘추시대 오(吳)나라 부차(夫差)와 월(越)나라 구천(句踐)의 이야기로 구성된 고사성어이다.

부차의 아버지인 오나라 왕 합려(闔閭)는 초(楚)나라를 정벌한 후 그 여세를 몰아 월나라를 공격하니(기원전 496년) 월나라 왕 구천은 취리 땅에서 그들을 맞아 진을 치고 있었다. 월나라 왕 구천은 두 차례나 결사대를 보내 오나라 군대를 흔들어보았지만 요지부동이었다. 그때 구천이 세 번째 방책으로 생각한 방법이 자살특공대였다. 어차피 죽을 사형수들을 모아, 자살특공대를 만들었던 것이다. 구천은 사형수들을 모아 놓고 명예회복과 더불어 그들의 가족들에게는 많은 돈을 내려 차후 생활에는 문제가 없게 해준다고 약속하였다.

그날 이후 매일 한 명의 사형수 곧 자살특공대가 진지 밖으로 나와, 오나라 왕 합려를 욕하고는 할복자살을 하는 것이었다. 그 다음날에도 정해진 시간에 한 명의 자살특공대가 나와 동일한 방법으로 할복을 하고는 죽는 것이었다. 매일 같이 그와 같은 행위를 하니, 오나라 군사들이 싸울 생각은 하지 않고 그 정해진 시간에 자살특공대가 나오기만을 기다리고 있었던 것이다. 월나라 구천은 이 기회를 놓치지 않고, 반격을 가해 오나라 군대를 물리칠 수가 있었다. 그때 오나라 왕 합려는 퇴각하다 월나라 장수 영고부의 창에 엄지발가락을 다쳐, 결국 죽음에 이르게 되었다. 합려가 죽으면서 아들 부차에게 말하기를, "이 아비의 원한을 잊지 말라."고 당부하였다.

아들 부차는 왕이 된 후, 아버지의 복수를 잊지 않기 위하여 섶(마른 잎이나 풀, 짚 등) 위에서 잠을 자고(臥薪), 방 출입구에 사람을 세워 놓고서 출입을 할 때마다 "부차여, 너는 월나라 군대가 너의 아버지를 죽인 것을 잊었는가?"라고 말하게 하였다. 이후 부차는 오자서와 손무(손자)의 도움으로 월나라 왕 구천을 회계산으로 몰아넣어 항복을 받게 되고, 구천을 포로로 삼았다.

오나라 왕 합려를 죽게 만든 월나라 구천은 늘 오나라 부차가 마음에 걸려 예의주시하던 차에, 오나라에 숨어 있는 첩자들로부터 들려오는 첩보가 지금 오나라를 침략하기에 딱 좋은 때라는 것이다. 범려와 문종의 반대에도 오나라를 침략하기로 한 월나라 구천은, 첩보의 내용들을 모두 사실로 믿었다. 그런데 오나라에는 『손자병법』을 쓴 손무(손자)가 있는 관계로, 이 모든 것이 손무의 계략이었다. 손무는 오나라에 월나라 첩자들이 많은 것을 알고, 일부러 감호(경호)에서 수중 전투 훈련을 졸전으로 치르게 하였던 것이다. 오나라에 와 있던 수많은 월나라 첩자들이 이 사실을 모르고 오나라 군대는 오합지졸이라고 보고하였던 것이다. 오나라 손무는 월나라 군대가 올 것을 예상하고 기다리고 있다가, 월나라 구천을 회계산으로 몰아넣어 항복을 받아 냈던 것이다.

오나라 부차의 복수로 회계산에서 항복을 하게 된 월나라 왕 구천은 아내와 함께 오나라 포로가 되어 온갖 수모와 고역을 당하면서 영원히 오나라 속국이 되기를 맹세하고는 부차의 마부가 된다. 항복을 할 때는 엉금엉금 기어 눈물이 얼굴에 범벅이 되도록 비굴하리만큼 저자세로 빌면서 목숨을 부지한 구천에게는 문종과 범려의 조언이 있었던 것이다. 어떡하던 목숨만은 부지하여 훗날을 도모하자는 범려의 당부로 부차의 마부도 거절하지 않았던 것이다. 부차는 월나라 통치를 재상 문종(文宗)에게 맡기고 기꺼이 볼모의 신세를 자처하였던 것이다.

월나라 범려는 3년 동안 부차의 마부가 된 구천을 보필하고 있던 중, 부차가 열병이 났다는 말을 듣고 탈출할 방법을 생각하게 되었다. 구천을 조용히 부른 범려는 "지금 오나라 왕 부차가 열병이 났으니, 먼저 부차의 똥 맛을 보고, 2~3일 내로 쾌차할 것이"라고 아뢰려고 하였다. 범려가 부차의 관상을 보니 죽을 병은 아니고 심한 열병임을 알았기에, 이와 같은 계책을 구천에게 일러 준 것이다. 그런데 거짓말처럼, 3일 후 부차는 자리를 털고 일어나, 마치 구천 때문에 병이 나은 것으로 간주하여, 구천을 불러 치하하게 되었다. 그 자리에서 소원을 말해 보려고 하니, 월나라로 돌려보내 달라고 하였다. 이 모든 것은 범려의 생각에서 나온 것으로, 범려가 구천에게 미리 당부해 두었던 것이다. 오나라 재상 오자서와 대장군 손무는 이 사실을 알고 월나라로 달아나는 구천을 뒤쫓아지만 끝내 잡지 못하고 되돌아오고 말았다. 훗날 화근을 돌려보낸 사실에 통탄을 하지 않을 수 없었다.

월나라로 귀국한 구천은 회계산의 치욕을 잊지 않고 원한을 갚기 위해 온갖 노력을 다 하였다. 그런 노력 가운데 짐승의 쓸개를 자리 옆에 걸어 놓고, 앉을 때나 누울 때나 늘 쓸개를 쳐다보고 음식을 먹을 때도 쓸개를 핥았다[상담(嘗膽)]. 그러면서 혼자 말로 "너는 회계의 부끄러움을 잊었는가?"라고 하면서 복수의 그 날을 다짐했다고 한다. 복수의 날을 다지면서 아울러 미인계도 활용했다. 저라산 나무꾼과 모시 베를 짜는 어머니 사이에서 태어난 서시(西施)를 오나라 부차에게 받쳐 정사를 제대로 행하지 못할게 할 뿐만 아니라, 월나라 구천에 대한 처벌도 못하게 방해를 놓게 하였던 것이다. 오나라 간신 백비에게는 많은 뇌물을 받쳐 바른 정사(政事)를 위해 올바른 말을 하는 오자서를 모함하게 하여, 결국 오자서를 황천객이 되게 하였다. 오자서는 죽으면서 자신의 목을 시장 어귀에 매달아 달라고 하면서, 오나라 부차가 망하는 꼴을 두 눈으로 똑똑히 보겠다는 말을 남기고 죽었다. 십여 년의 노력 끝에 힘을 기른 월나라 구천은 결국 오나라를 쳐서 부차를 사로잡게 되었고, 지난 날의 복수를 갚게 되었다. 사로잡힌 오나라 부차는 월나라 구천에게 "내가 저승에 가면 오자서를 볼 면목이 없으니, 눈을 가려 달라"는 말을 남기고 죽는다. 지금도 오나라 땅이었던 소흥에 가면 장례 풍습으로, 붉은 천으로 얼굴을 가린다고 한다. 따라서 이 장례 풍습은 오나라 부차에게서 비롯된 것이다.

와신상담(臥薪嘗膽)
목적하는 바를 이루기 위해 온갖 고초를 견뎌내며 노력하는 태도를 이르는 말임.

오나라 부차와 월나라 구천의 고사가 합쳐 만들어진 와신상담(臥薪嘗膽)은, '목적한 바를 이루기 위해 온갖 고초를 견뎌내며 노력한다.'는 의미로 사용되고 있는 고사성어이다. 오늘날에는 '마음먹은 일을 이루려고 괴롭고 어려운 일을 참고 견디다.'는 내용으로도 사용되고 있다.

맹호연(孟浩然)의 행보

맹호연(689~740)은 당(唐)나라 때 시인이며 자(字)는 호연(浩然)이고, 호북성(湖北省) 양주(襄州) 양양(襄陽) 사람이다. 맹호연은 당나라 산수시인의 대표적인 문인이다. 이백보다 12살 연장으로, 이백이 가장 존경했던 시인이기에, 「증맹호연(贈孟浩然)」 시를 짓기도 하였다. 「증맹호연」 시 구절 중 절창으로 회자(膾炙)되는 "달에 취해서 성인에 꼭 맞고, 꽃에 홀려서 임금을 섬기지 않았다(醉月頻中聖, 迷花不事君)."는 구절이 있다. 시구절처럼 이백이 맹호연을 칭송하고 예찬했던 자연 속 은거를 처음부터 선호했던 것은 아니다. 맹호연도 일반 지식인처럼 벼슬을 하기 위해 여러 번 과거시험도 보았다. 그러나 번번이 낙방하였다. 낙방 후 심정을 담은 시를 감상해 보자.

「숙건덕강(宿建德江건덕강에서 잠자다)」

맹호연(孟浩然)

안개 낀 물가에 배를 대고,	移舟泊烟渚이주박연저,
날 저무니 나그네 시름 깊어지더라.	日暮客愁新일모객수신.
들이 넓어서 하늘이 나무에 나직하게 내려왔고,	野曠天低樹야광천저수,
강이 맑아서 달이 사람에 가깝더라.	江清月近人강청월근인.

위의 시는 진사시험에 낙방하고 혼자서 배를 타고 돌아다니다가 절강성 건덕강(전당강) 가에서 자면서 쓴 시로, 수심이 깊다. 배를 옮겨 안개 낀 강가에 정박시켰다. 날이 저무니 강가에 안개가 내려앉고 나그네는 수심만 깊다. 배 안에서 바라본 들판은 굉장히 넓어 보이고 저 멀리 지평선에 하늘과 나무가 맞닿아 있다. 강물이 맑아 달이 비쳐, 마침 사람과 가깝게 느껴진다.

「숙건덕강」은 일반적인 한시 구성인 기승전결의 구조로 되어 있지 않은 시구조이다. 전과 결이 없는 병렬구조의 대구법으로 되어 있다. 이 시의 주제

불혹의 나이인 맹호연이 과거 시험에 낙방한 후, 배 위에서 해 저무는 서쪽 하늘을 바라보면서 수심에 잠기고 있다. 맹호연은 왜 수심에 잠길까?

는 수심(愁心)이다. 과거 낙방 후, 배를 이리저리 타고 다니다가 수심이 깊어진 것이다. 그런데 그 수심이 이미 2구에서 드러났다. 천하의 명구로 회자되는 3구와 4구는 일반적인 시구에서 벗어났으나, 최고로 평가받고 있는 구(句)이다. 먼 지평선과 맑은 강물로 원경과 근경의 대비를 통해 수심의 마음을 드러내고 있기 때문이다. 맹호연의 수심은 어디서 연유한 것일까? 고향이 그리워서, 아니면 과거 낙방에 따른 수심일까? 알 수는 없지만 어쨌든 맹호연은 수심에 잠겨 있다. 세상은 나하고 먼데 달은 가깝다. 다시 말하자면, 인간세상의 벼슬살이는 멀기만 한데, 자연물인 달은 내 가까이 있다. 이것이 수심인 것이다. 자꾸 세상과 멀어지고 자연에 다가가기 때문이다.

결국 장구령의 추천으로 낮은 벼슬을 잠시 하다가 녹문산에 은거하는데, 추천을 바라는 구관시를 살펴보자.

「임동정호상장승상(臨洞庭湖上張丞相)」(望洞庭湖贈張丞相)

맹호연

8월이 호수가 평평하여,	八月湖水平팔월호수평,
허공을 품고 있어 태청과 뒤섞여 있더라.	涵虛混太淸함허혼태청.
물기운은 운몽택까지 뻗었고,	氣蒸雲夢澤기증운몽택,
물결은 악양성을 흔드네.	波撼岳陽城파감악양성.
건너고자 하나 배는 없고,	欲濟無舟楫욕제무주즙,
한가롭게 사니 태평성대에 부끄럽네.	端居恥聖明단거치성명.
앉아서 낚시 드리운 자를 보니,	坐觀垂釣者좌관수조자,
공연히 물고기를 부러워하는 마음이 생기네.	空有羨魚情공유선어정.

「임동정호상장승상(臨洞庭湖上張丞相)」은 동정호에 이르러 장 승상(장구령)에게 올린 시로, 벼슬을 구하는 시이다. 맹호연은 40살 무렵에 진사 시험에 응했으나 낙방하고 녹문산에 은거하였다. 맹호연이 처음부터 은거를 한 것이 아니라 과거시험에 거듭 낙방을 했기 때문에 은거를 한 것이다. 당나라 때 산수시인으로 대표적인 시인이 왕유와 맹호연이다. 왕유는 벼슬살이를 하면서 은거하고자 했다면, 맹호연은 벼슬살이에 대한 집착이 있었다.

악양루와 동정호수의 모습

위의 시에서도 동정호수에 물이 불어서 하늘인 듯 물인 듯하고 호수에서 피어오르는 물기운이 호수를 뒤덮고 있다. 전반부는 동정호수를 바라보는 장면이다. 후반부는 구관(求官)의 내용인데도 그런 흔적이 겉으로 드러나지 않았다. 그래서 이 시가 예술시이다. '저 호수를 건너고자 해도 배가 없다'는 것은 승상 장구령에게 내가 벼슬살이 생활을 하고자 해도 연줄이 없어 못하니 추천해 달라고 하면서, 태평성대(太平聖代)에 벼슬살이 하지 않고 사는 것은 오히려 부끄럽다는 것이다. 태평성대에는 인재를 적재적소(適材適所)에 등용하는 시기이므로, 이런 태평성대에 관직에 나아가지 못하는 것은, 나에게 작은 재주라도 없기 때문이다. 밝은 임금이 다스리는 시대에는 인재를 알아보고 다 등용하는 것이 당연하기 때문이다. 맹호연이 장구령에게 '나도 물고기를 잡을 수 있게 나를 천거해 주시오'라고 호소하고 있다. 마침내 장구령의 도움으로 작은 벼슬살이를 조금 행하다가 그만 두었다. 어쨌든 맹호연의 이런 노력이 결실을 본 것이라고 할 것이다. 노력하면 다 이루어지기 마련이다.

창의적으로 생각하기

1. 『논어(論語)』「자한(子罕)」편 '수실(秀實)'장의 공자 말씀에 "싹이 나고 이삭이 패지 못하는 경우가 있으며, 이삭이 패고서도 알맹이가 여물지 못하는 경우가 있느니라."는 내용이 있다. 이는 노력해도 결과가 신통치 않았을 경우를 이른 말이다. 이럴 때, 여러분은 어떻게 하여야 하는가?

4장 은혜와 배려

1. 은혜 갚음도 때가 있다

결초보은(結草報恩)·반포지효(反哺之孝)·풍수지탄(風樹之嘆)

결초보은(結草報恩)

결초보은(結草報恩)은 '죽어서라도 은혜를 잊지 않고 꼭 갚는다.'는 뜻으로, 직역하면 "풀을 엮어서 은혜를 갚는다."는 것이다. 『춘추(春秋)』「좌씨전(左氏傳)」에 실려 있다.

은혜를 받으면 갚는 것이 인지상정(人之常情)일 것이다. 우리는 알게 모르게 주변의 많은 사람들로부터 도움을 받고 살아간다. 우리가 먹는 음식물, 우리가 입는 옷가지들 우리가 사용하는 모든 물건들 또한 이웃들의 정성으로 만들어진 것들이다. 이 또한 주변으로부터 도움을 받은 것이다. 그 사용에 대한 값은 치르기는 하지만, 만약 농부들의, 상인들의, 일용노동자 등 주변인들의 활동이 없었다면, 우리는 일상생활을 유지하기가 쉽지 않을 것이다. 돈이 많은 사람이 많은 재물을 가지고 고해절도의 섬에 갇혔다고 해보자. 그러면 그 많은 재물이 소용이 있겠는가?

우리는 진작 공기의 고마움을 모르고 생활하듯이 주변인들에 대한 고마움 역시 모르고 살고 있다. 주변인에 대한 고마움은 고사하고 간혹 은혜 받은 일까지도 망각한 채 살고 있기도 한다. 결초보은의 이야기를 살펴보자.

> 진(晋)나라의 제후 위무(魏武)가 첩(妾)을 얻었는데, (그만) 병으로 앓게 되자, 그 아들 위과(魏顆)에게 일러 말하기를, "내가 죽으면 이 첩을 다른 사람에게 개가를 시켜라."하더니, 병이 심해지자 또 말하기를, "(내가 죽으면) 죽여 순장을 시켜라."고 유언을 하였다. 죽음에 이르러 위과가 말하되, "차라리 정신이 있을 때의 명령을 좇아서 개가를 시키리라." 진(秦)과 진(晋)의 싸움에 이르러 위과가 노인이 풀을 엮어 묶는 것을 보고서 두회(杜回)에게 대항했는데 두회가 풀에 걸려 넘어지니 마침내 사로잡았다. 뒤에 위과의 꿈에 노인이 이르기를 "나는 개가를 시켜 준 부인의 아버지니라. 네가 너의 아버지의 정신이 있을 때의 유언을 좇아서 (내 딸을 개가를 시켜 주어서) 내가 이로써 갚는 것이다.[1]

춘추시대 진(晋)나라 제후 위무자가 젊은 첩을 얻어 살다가 병을 얻어 아들 위과에게 유언하기를 내가 죽으면, 너의 젊은 서모(庶母)를 다른 곳에 시집을 보내달라는 이야기이다. 그런데 돌아가시기 며칠 전에는 내가 죽으면 너의 서모를 함께 순장 시켜 달라는 말을 남기고 운명하였다는 것이다. 난처했던 아들 위과는 아버지 진심이 어디에 있을까? 평상시 입버릇대로 말씀한 개가

1) 『春秋』「左氏傳」. "魏武有妾 武子病, 謂其子顆曰, '我死 嫁此妾.' 病極 又曰, '殺爲殉.' 及死顆曰, '寧從治時命而嫁之.' 及秦晉之戰 魏顆 見老人結草 以抗杜回 回跌而顚 遂獲之. 後顆夢 老人 云, '我而所嫁婦人之父也. 爾從治命. 余是以報'."

인가? 아니면 순장인가? 위과가 생각하기를 평상시 말씀한 것이 맞을 것이다. 돌아가시기 얼마 전에는 정신이 온전하지 못해, 아버지 진심이 아닐 것이다. 이렇게 판단한 아들은 젊은 서모를 다른 곳으로 시집을 보냈던 것이다.

그런 후 강대국 진(秦)나라가 맹장(猛將) 두회(杜回)를 앞세워 진(晋)나라를 쳐들어왔는데, 위과가 대적하기에는 역부족이었다. 진나라 두회의 군대에 쫓기는 신세가 되어 달아나고 있었는데, 백발의 노인이 나타나 풀을 엮고 있지 않은가? 말을 타고 뒤좇던 두회의 군대가 노인이 엮은 풀에 걸려 쓰러지고 이를 틈타 두회를 사로잡아 죽였다.

그 날 밤 위과가 꿈을 꾸게 되었는데, 꿈에 오늘 낮에 풀을 엮고 있던 백발의 노인이 나타난 말하기를 "나는 당신이 시집보내준 서모의 아비입니다. 당신이 아버지의 정신이 맑았을 때 명을 따라 내 딸을 구해 주었으므로 이렇게 보답합니다."라고 하고는 사라졌다.

꿈을 깬 위과는 '전쟁터에 나타나 풀을 엮어 도움을 주고는 다시 꿈속에 나타난 노인은 서모의 아버지 혼령으로, 죽어서도 그 은혜를 갚는구나.'라고 생각하였다. 이렇듯 죽어서도 받은 은혜를 잊지 않고 갚는다는 결초보은(結草報恩)은 이렇게 하여 생겨난 고사(故事)이다.

결초보은(結草報恩)
죽어서도 은혜를 잊지 않고 갚는다.

결초보은(結草報恩)과 유사한 의미로 각골난망(刻骨難忘)이 있다. '은혜를 뼈에 새겨 잊지 않는다.'는 의미이다. 각골난망의 유래는 전국시대 어느 벼슬아치가 나라의 공금을 잃어버린 것으로부터 시작된다. 공금을 관리하던 벼슬아치는 큰 공금을 잃어버리고 그 돈을 갚을 능력이 못되었다. 그런데 평상시 엄하기만 하던 대감이 이를 대신 갚아주자 "엄교후은(嚴敎厚恩)은 각골난망(刻骨難忘)"이다. 곧 '엄교후의 은혜는 뼈에 새겨 잊기가 어렵다'에서 유래되었다. 받은 은혜는 잊지 말고, 여건이 조성되면 꼭 갚는 것도 인간으로서 해야 할 도리일 것이다. 그런데 세상은 타락하여 자기를 낳아준 부모마저 해하고 있으니, 통탄스럽기 그지없다.

반포지효(反哺之孝)

받은 사랑을 되갚은 효라는 뜻이다. 곧 '반포(反哺)'는 '안갚음'이다. '받은 사랑을 되돌려 갚는다.'는 뜻으로, 자식이 커서 부모를 봉양하는 것을 이르는 말이다.

까마귀 어미가 늙어 눈이 멀자 다 자라 새끼들이 먹이를 물어 와 눈 먼 어미를 먹여 살렸다는 이야기이다. 반포지효는 중국 진(晉)나라 무제(武帝) 때 효자 이밀의 「진정표(陳情表)」에 나온다.

저 신(臣) 밀(密)이 말씀 올립니다. 저는 불행하게도 일찍이 부모를 여의고, 생후 6개월 된 갓난아이 때 아버님과 사별하였고, 나이 네 살 때 외삼촌이 수절하려는 어머니의 뜻을 빼앗아 버렸습니다. 조모(祖母) 유씨(劉氏)께서 제가 고아가 되고 몸이 약한 것을 불쌍히 여기시어, 몸소 어루만지며 키워주셨습니다. 저는 어릴 적에 병이 많아서 아홉 살이 되도록 걷지를 못하였고 외롭고 쓸쓸하게 홀로 고생하면서 성인(成人)이 되었습니다. 가문이 쇠퇴하고 박복해서 늦게 서야 자식을 두었으나, 밖으로는 기년복(朞年服)이나 대소공복(大小功服)을 입을 가까운 친척도 없고, 안으로는 문 앞에서 손님을 응대할 어린 시동(侍童)하나 없습니다. 홀로 외롭게 살아가면서 내 몸과 그림자가 서로 위로할 따름이었는데, 조모(祖母) 유씨(劉氏)도 일찍이 병에 걸려 늘 자리에 누워 계셨습니다. 저는 탕약(湯藥)을 달여 올리며 한 번도 곁을 떠난 적이 없습니다.

지금의 조정을 받들게 되면서 맑은 교화(敎化)를 온몸 가득 입고 있습니다. 전의 태수(太守)인 규(逵)는 저를 효렴(孝廉)으로서 발탁하였고, 후에 자사(刺史)인 영(榮)은 저를 수재(秀才)로 천거해주었습니다. 그러나 저는 조모의 공양을 맡아줄 사람이 없어서 사퇴하고 부임하지 않았는데, 마침 조서(詔書)가 특별히 내려져서 저를 낭중(郎中)으로 임명하였고, 얼마 안 있어 나라의 은혜를 입어 저에게 선마(洗馬)의 벼슬이 내려졌습니다. 외람되게도 미천한 몸으로 동궁(東宮)을 모시기에 이르렀으니, 제가 목을 바친다 해도 그 은혜를 다 보답할 수 없을 것입니다.

저는 사사로운 모두 아뢰는 표(表)를 올리고, 사퇴하여 관직에 나아가지 않았습니다. 다시 조서(詔書)를 내리시어 절실하고도 준엄하게 제가 책임을 회피하고 태만함을 책망하시고, 군(郡)과 현(縣)에서는 다그쳐서 제가 길을 떠나도록 재촉하며, 주(州)의 관리들도 문 앞에 와서는 성화(星火)같이 서두르라 이르고 있습니다. 제가 조서(詔書)를 받들어 금방 달려가고 싶지만, 조모 유씨의 병환이 날로 위독한데, 구차스럽게 사사로운 정을 따르고자 하소연해도 들어주지 않으니, 제가 벼슬길에 나아가야 하는지 물러가야 하는지 참으로 낭패(狼狽)스럽습니다.

엎드려 생각하옵건대 지금의 조정은 효도로서 천하를 다스려서 무릇 노인들이 긍휼(矜恤)함을 받아 봉양(奉養)받고 있습니다. 하물며 저는 외롭고 고달픔이 남보다 더욱 심하니 더 아뢸 바 없습니다.

또한 저는 젊었을 때, 위조(僞朝)인 촉(蜀) 나라를 섬겨 낭서(郎署)에서 근무하였습니다. 본래 출세하기를 바랐을 뿐, 명예나 절개도 중히 여기지 않았습니다. 지금 저는 망국의 천한 포로로서, 지극히 미천하고 지극히 비루한데도 과분하게 발탁되니, 어찌 감히 주저하며 바라는 것이 있겠습니까. 단지 조모 유씨가 마치 해가 서산에 지려는 것처럼 숨이 끊어지려고 하여 사람의 목숨이 위태로우니, 아침나절에 저녁 무렵의 일이 어찌 될지를 알 수가 없습니다. 저에게 조모가 없었더라면 오늘에 이를 수 없었을 것이며, 조모께서는 제가 없으면 여생을 마칠 수 없을 터이니, 조모와 손자 두 사람이 서로 목숨을 의지하고 있는 것입니다. 신(臣) 밀(密)은 금년에 나이 44세이고, 조모 유씨는 금년에 연세가 96세입니다. 그러니 제가 폐하께 충성을 다 할 날은 길고, 유씨께 은혜를 보답할 날은 짧습니다.

까마귀가 어미 새의 은혜를 보답하려는 마음으로, 조모가 돌아가시는 날까지 만이라도 봉양하게 해 주십시오. 저의 괴로움은 촉(蜀)의 인사(人士)들만이 아니라, 양주(梁州)와 익주(益州) 두 주(州)의 장관들도 훤히 아는 것이며, 천지신명께서 실로 모두 보고 있는 것입니다.

반포지효(反哺之孝)
자식이 연로하신 부모님을 봉양한다는 고사성어

원하옵건대 폐하께서는 어리석은 저의 정성을 가엾게 여기시어 저의 작은 뜻을 들어주소서. 제가 바라는 것은 조모 유씨께서 다행히 여생을 끝까지 보존하게 된다면, 제가 살아서는 목숨을 바쳐 충성하고, 죽어서는 결초보은(結草報恩)하려는 것입니다. 저는 두려운 마음을 이기지 못해, 삼가 절하며 이 표(表)를 올려 아룁니다.[2]

---

2) 李密, 「陳情表」『古文眞寶』. "臣密言. 臣以險釁, 夙遭愍凶, 生孩六月, 慈父見背, 行年四歲, 舅奪母志, 祖母劉閔臣孤弱, 躬親撫養, 臣少多疾病, 九歲不行, 零丁孤苦, 至于成立. 旣無叔伯, 終鮮兄弟, 門衰祚薄, 晩有兒息, 外無朞功强近之親, 內無應門五尺之童, 煢煢孑立, 形影相吊, 而劉夙嬰疾病, 常在牀褥, 臣侍湯藥, 未嘗廢離. 逮奉聖朝, 沐浴淸化, 前太守臣逵, 察臣孝廉, 後刺史臣榮, 擧臣秀才, 臣以供養無主, 辭不赴, 會詔書特下, 拜臣郎中, 尋蒙國恩, 除臣洗馬, 猥以微賤, 當侍東宮. 非臣隕首所能上報. 臣具以表聞, 辭不就職, 詔書切峻, 責臣逋慢, 郡縣逼迫, 催臣上道, 州司臨門, 急於星火. 臣欲奉詔奔馳, 則以劉病日篤, 欲苟順私情, 則告訴不許, 臣之進退, 實爲狼狽. 伏惟聖朝以孝治天下, 凡在故老, 猶蒙矜育, 況臣孤苦特爲尤甚. 且臣少事僞朝, 歷職郎署, 本圖宦達, 不矜名節. 今臣亡國之賤俘, 至微至陋, 過蒙拔擢, 豈敢盤桓, 有所希冀. 但以劉日薄西山, 氣息奄奄, 人命危淺, 朝不慮夕. 臣無祖母, 無以至今日, 祖母無臣, 無以終餘年, 母孫二人, 更相爲命, 是以區區不能廢遠. 臣密今年四十有四, 祖母劉今九十有六, 是臣盡節於陛下之日, 長, 報劉之日, 短也. 烏鳥私情, 願乞終養, 臣之辛苦, 非獨蜀之人士, 及二州牧伯所見明知. 皇天后土實所共鑑, 願陛下矜憫愚誠, 聽臣微志, 庶劉僥倖, 卒保餘年, 臣生當隕首, 死當結草. 臣不勝怖懼之情, 謹拜表以聞."

『삼국지(三國志)』「촉지(蜀志)」에 이밀에 대한 기록이 있다. 이밀은 아버지가 일찍 죽고 어머니 하씨(何氏)가 다른 사람에게 개가하였다. 그리하여 이밀은 할머니에게 양육을 받았는데, 효성(孝誠)으로 알려져 할머니를 병석에서 모심에 밤낮으로 일찍이 옷의 띠를 풀지 않았다. 촉한(蜀漢: 유비가 세운 나라)이 평정된 다음, 진(晉)나라 무제(武帝)가 불러 태자선마(太子洗馬)를 삼고자 하자, 이밀이 표문을 올렸다. 이에 진(晉)나라 무제는 그의 정성을 가상히 여겨 노비 두 사람을 하사하고 군현(郡縣)으로 하여금 할머니를 공양하여 음식과 의복을 받들게 하였으며, 할머니가 돌아가시자 진 무제는 한중태수(漢中太守)로 임명하였다.

반포지효에 어울리는 이야기이다. 아버지는 돌아가시고 어머니는 개가하여 어릴 적부터 할머니 손에 양육된 이밀이 연로하신 할머니를 봉양하기 위해 벼슬자리까지 사양했다는 이야기이다. 한나라가 망하고 조조의 위(魏)·손권의 오(吳)·유비의 촉(蜀) 등 삼국(三國)이 일어났다가 위나라로 통일된 후 사마 의(사마 중달)의 손자인 사마 염에 의해 진(晉)나라가 들어서게 된 것이다. 그 사마 집안이 세운 진(晉)나라 무제 때 이밀의 이야기이다. 이 이야기에서 반포지효가 유래된 것이다.

풍수지탄(風樹之嘆)

효(孝)에 대한 이야기로 풍수지탄(風樹之嘆)을 들어보자.

풍수지탄(風樹之嘆)은 '바람에 흔들리는 나무의 한탄'으로, 효도를 하지 못한 자식의 슬픔이라는 뜻이다. 『한시외전(韓詩外傳)』과 『공자가어(孔子家語)』「치사(致思)」편에 나오는 이야기이다.

공자(孔子)가 길을 가고 있는데, 몹시 슬피 우는 곡소리가 들렸다. 공자가 말하기를, "말을 달려라"라고 하였다. 현자(賢者) 앞에 이르니 고어였다. 베옷을 입고 낫을 쥐고 길가에서 울고 있었다. 공자가 수레에서 내려와 그 까닭을 묻기를, "너는 상을 당한 것도 아닌데 어찌 그리 슬피 우는가?"라고 했다. 고어가 대답하기를, "저는 세 가지 잃은 것이 있습니다. 어려서 공부하여 제후에게 유세하느라 어버이를 뒤로 했습니다. 이것이 잃은 첫 번째입니다. 내 뜻을 고상하게 하느라 나는 임금을 섬기는 일을 등한히 했습니다. 두 번째 잃은 것입니다. 친구와 사이가 두터웠으나 젊어서 멀어졌습니다. 세 번째 잃은 것입니다. 나무가 고요하고자 하나 바람이 그치지 않고, 자식이 봉양하고자 하나 어버이는 기다려 주지 않습니다. 가면 쫓아갈 수 없는 것이 세월이요, 떠나가면 볼 수 없는 것이 어버이입니다. 내가 청컨대 여기서 작별을 할까 합니다."라고 하였다. 선 자리에서 죽고 말았다. 공자가 말하기를, "제자들이여, 이 말을 교훈으로 삼아라. 족히 알아야 할 것이다."라고 하였다. 족히 문인 중에 고향으로 돌아가 어버이를 봉양한 자가 열에 세 명이나 되었다.[3]

풍수지탄(風樹之嘆)
효도를 하려고 했으나 이미 부모님이 돌아가셔서 효도를 행하지 못하는 자식의 슬픔을 이르는 말임.

어버이에게 일찍이 효도하지 못함을 "수욕정이풍부지, 자욕양이친부대(樹

3) 『韓詩外傳』. "孔子行, 聞哭聲甚悲. 孔子曰, 驅驅, 前有賢者至, 則皐魚也. 被褐擁鐮, 哭於道傍. 孔子辟車與言曰, 子非有喪, 何哭之悲也. 皐魚曰, 吾失之三矣. 少而學, 遊諸侯, 以後吾親, 失之一也. 高尚吾志, 閑吾事君, 失之二也. 與友厚而少絶之, 失之三也. 樹欲靜而風不止, 子欲養而親不待也. 往而不可追者, 年也. 去而不可得見者, 親也. 吾請從此辭矣. 立槁而死. 孔子曰, 弟子誡之, 足以識矣. 於是門人辭歸而養親者十有三人."

欲靜而風不止, 子欲養而親不待).”로 표현하고 있다. 여기서 유래된 말이 풍수지탄(風樹之嘆)이다. 풍수지탄과 관련 있는 조선시대 시조 한 편을 감상해 보자.

조홍시가(早紅柹歌)

박인로(朴仁老)

반중(盤中) 조홍(早紅) 감이 고아도 보이ᄂᆞ다.
유자(柚子) 안이라도 품엄즉도 ᄒᆞ다마ᄂᆞᆫ
품어가 반기 리 업슬ᄉᆡ 글노 설워 ᄒᆞᄂᆞ이다.

위의 「조홍시가」는 박인로가 벗인 이덕형을 찾아갔을 때, 감 홍시 대접을 받고 돌아가신 부모님이 그리워 읊은 시이다. 소반 위의 감 홍시가 곱아도 보인다. 그 감 홍시를 보는 순간 오나라 육적의 회귤고사(懷橘故事)가 생각이 난 것이다. 그 내용이 시조의 중장이다. 육적이 6살 무렵 구강에 사는 원술의 집에 갔을 때 귀한 귤을 내놓자 그 귤 3개를 품에 품었다는 것이다. 품어 집에 돌아가려고 인사할 때 품속에 있던 귤이 굴러 떨어지자, 원술이 '왜 먹지 않고 품속에 품어 가져가려고 했느냐?'고 물으니, '어머니 가져다 드리려고 했다.'는 답을 듣게 된다. 이처럼 육적과 원술 사이에서 생긴 이야기가 회귤고사이다. 이는 『몽구』상 「육적회귤」편에 나오는 이야기이다.

이 회귤고사는 효의 대명사처럼 인식된 이야기이기도 한다. 조선시대 박인로가 이 이야기를 시조 작품에 용사(用事)하여 풍수지탄(風樹之嘆)을 이끌어낸 것이다. 그래서 나도 육적처럼 귤은 아니지만 감 홍시라도 품어 가 부모님 드리고 싶지만, 품어가도 이제는 부모님이 돌아가시고 계시지 않는다는 것이다. 철이 들어 효도를 하려고 하는데, 부모님은 돌아가시고 이 세상에 존재하지 않는 것이다. 그래서 슬프고 안타깝다. 효도를 하지 못하는 자식의 슬픔이 묻어나고 있다. 이것이 풍수지탄인 것이다.

2. 자기를 알아주는 사람이 최고이다

관포지교(管鮑之交)·지음(知音)·조강지처(糟糠之妻)

관포지교(管鮑之交)

관중(管仲)과 포숙(鮑叔)의 사귐이라는 말로서, 서로의 가치를 인정하는 진정한 친구 사이라는 뜻이다. 『사기(史記)』에서 관중이 한 다음과 같은 말에서 유래하였다.

> 내가 처음 곤궁할 때 포숙과 장사를 했다. 이익을 나누면 내가 더 많이 가져갔으나 포숙은 나를 욕심이 많다고 여기지 않았다. 내가 가난하다는 것을 알아주었기 때문이다. 포숙과 일을 도모하다가 큰 곤궁에 빠진 적이 있었지만 포숙은 나를 어리석다 여기지 않았다. 시세에 좋고 나쁨이 있다는 것을 알아주었기 때문이다. 나는 세 번 벼슬자리에 나아갔으나 세 번 모두 쫓겨났다. 그래도 포숙은 나를 못났다고 여기지 않았다. 내가 때를 못 만났음을 알아주었기 때문이다. 나는 세 번 전투에 나갔다가 세 번 모두 도망쳤지만 포숙은 나를 겁쟁이라 생각하지 않았다. 내게 늙은 어머니가 계시다는 것을 알아주었기 때문이다. 공자 규가 패하자 소홀(召忽)은 죽고 나는 죄수가 되어 굴욕을 당했지만 포숙은 나를 수치를 모른다고 생각하지 않았다. 내가 작은 절개를 지키는 것에는 부끄러움을 느끼지 않지만 천하에 공명을 드러내지 못하는 것을 부끄러워한다는 것을 알아주었기 때문이다. 나를 낳아주신 분은 부모지만, 날 알아준 이는 포숙이다.[4]

4) 『史記』「管晏列傳」. “管仲曰, 吾始困時, 嘗與鮑叔賈, 分財利多自與, 鮑叔不以我爲貪, 知我貧也. 吾嘗爲鮑叔謀事而更窮困, 鮑叔不以我爲愚, 知時有利不利也. 吾嘗三仕三見逐於君, 鮑叔不以我爲不肖, 知我不遭時也. 吾嘗三戰三走, 鮑叔不以我爲怯, 知我有老母也, 公子糾敗, 召忽死之, 吾幽囚受辱, 鮑叔不以我爲無恥, 知我不羞小節而恥功名不顯於天下也. 生我

위의 관중과 포숙 두 사람의 이야기에서 알 수 있는 것처럼, 장사로 번 돈 중, 이익을 많이 가져가는 관중을 이해하는 포숙이고, 그리고 관중의 여러 번의 실패에도 끝까지 믿어 준 포숙이다. 이는 포숙의 우정과 배려 없이는 있을 수 없는 이야기이다. 그뿐만 아니라 제나라 양공이 사촌 동생에게 살해된 후, 왕자 소백과 규의 싸움에서 포숙이 지원한 소백이 대권을 쟁취하였다. 그런 후 포숙이 행한 행보는 보통 사람들의 상식으로는 이해할 수 없는 일이었다. 정쟁(政爭)의 관계에 있다가 죽음 직전에 처한 관중을 오히려 천거하여 제나라 재상이 되게 하였기 때문이다. 포숙의 추천으로 재상이 된 관중은 소백을 도와 춘추시대 오패의 한 사람인 제 환공이 되게 하였다. 포숙은 관중 자신을 추천하여 제나라 재상이 되게 하였지만, 관중은 죽으면서 포숙을 재상으로 천거하지 않았다. 난세에는 포숙처럼 결단력이 부족한 인물은 제 명대로 살 수 없다는 것을 알고 있기에, 타고난 제 수명을 다 누리고 살기를 바랐기 때문이다. 오히려 난세에는 결단력이 있는 관중을 제나라 재상으로 천거했던 포숙이고 보면, 두 사람은 진정으로 벗을 아는 사람들이었다. 이처럼 서로의 장·단점을 알고 서로 도울 수 있는 사이가 관포지교인 것이다.

지음(知音)

지음(知音)은 직역하면 '소리를 알다'·'음악을 알아듣다'는 뜻으로, 자기를 진정으로 이해해 주는 친구라는 뜻이다. 『열자(列子)』 「탕문(湯問)15」와 『몽구(蒙求)』 상(上)에는 「백아절현(伯牙絶絃)」으로 전해진다. 이 고사성어는 백아(伯牙)와 종자기(鍾子期)의 이야기에서 유래한 말이다.

먼저 『열자』의 「탕문」편을 살펴보자.

者父母, 知我者鮑子也. 鮑叔旣進管仲, 以身下之. 子孫世祿於齊, 有封邑者十餘世, 常爲名大夫. 天下不多管仲之賢而多鮑叔能知人也."

> 백아는 거문고를 잘 탔고, 종자기는 듣기를 잘하였다. 백아가 높은 산에 올라가는 뜻을 지니고 거문고를 타면, 종자기가 말하기를, "참 좋구나. 높고 높구나. 마치 태산에서 물이 흘러내리는 뜻을 지녔구나."라고 하였으며, 종자기가 말하기를 "참 좋구나. 넘실넘실 흘러가는구나. 마치 장강과 황하의 물소리와 같구나." 백아가 생각하는 바를 종자기는 반드시 터득하였다. 백아가 태산 북쪽에 놀러 갔다가, 갑자기 폭우를 만나, 큰 바위 밑에서 비가 그치기를 바라면서 마음이 슬퍼졌다. 마침내 거문고를 당겨 연주하였다. 처음에는 소나기가 좍좍 내리는 곡이요, 그 다음은 태산이 무너지는 곡이었다. 곡을 연주할 때마다 종자기는 번번이 그 뜻을 알았다. 백아는 마침내 거문고를 놓고, 감탄하면서 말하기를, "참으로 대단하구나. 자네는 그 뜻을 듣고, 오히려 나의 마음을 상상하는구나.[5]

위의 내용은 『여씨춘추(呂氏春秋)』「본미(本味)」에도 나온다. 백아는 거문고를 잘 탔고 은둔자 종자기는 그 거문고 소리를 잘 알아들었다는 말이다. 백아가 높은 산을 마음속에 그리면서 거문고를 타면, 종자기는 "좋구나, 태산같이 우뚝하다."라고 평하고, 백아가 흐르는 강물을 속으로 그리면서 연주를 하면, "좋다, 장강과 황하가 넘실넘실 흐르는 듯하다."라고 평했다는 것이다. 이렇듯 백아의 거문고 소리를 마음으로 이해해 주었던 종자기 죽자, 백아는 자신의 거문고 소리를 알아 줄 사람이 없다고 생각하여 거문고 줄을 끊어버렸다.

'지음(知音)'은 백아와 종자기의 이야기처럼 자기의 속마음을 알아주는 친구라는 뜻이다. 그러면서 음악을 이해하는 사람, 자신의 예술 세계를 이해해 주는 친구(사람)라는 뜻으로도 쓸 수 있다. 그리고 자신의 속마음까지 알아주던 종자기가 죽자 백아는 거문고 줄을 끊었다는 내용이 『여씨춘추(呂氏春秋)』

5) 『列子』「湯問」 15. "伯牙善鼓琴, 鍾子期善聽. 伯牙鼓琴, 志在登高山. 鍾子期曰, '善哉峩峩兮若泰山志在流水.' 鍾子期曰, '善哉洋洋兮若江河' 伯牙所念, 鍾子期必得之. 伯牙遊於泰山之陰, 卒逢暴雨, 止於岩下 心悲, 乃援琴而鼓之. 初爲霖雨之操, 更造崩山之音, 曲每奏, 鍾子期輒窮其趣. 伯牙乃舍琴而歎曰,'善哉善哉, 子之聽夫志, 想象猶吾心也'."

중국 호북성 무한시에 위치한 고금대(古琴臺)와 지음(知音)의 주공인 백아(伯牙)와 종자기(鍾子期)의 모습이다.

「본미(本味)」와 『몽구(蒙求)』 상(上) 「백아절현(伯牙絶絃)」에 나온다. 백아와 종자기 두 사람의 이야기에서 백아절현(伯牙絶絃)의 고사성어가 생겼다. 곧 자기를 알아주는 참다운 벗의 죽음을 슬퍼한다는 뜻이다. 그리고 '절현(絶絃)'은 자기를 알아주는 이의 죽음을 슬퍼한다는 의미로도 확대되어 사용되고 있다. 자기 주변에 자기를 잘 알아주는 사람은 아마도 아내일 것이다. 그래서 아내의 죽음을 절현(絶絃)이라고도 한다.

그런데 지금 현대인들 중 마음속에 현(絃)을 몇 개씩 품고 살아가는 사람도 있다. 부부 간의 신뢰가 없어졌다는 말이다. 하물면 아내가, 아니면 남편이 세상을 떠나자마자 각기 다른 현(絃)을 찾아 이어가기도 한다. 백아가 종자기를 그리워했던 것처럼, 진정으로 자기를 알아주고 아껴주던 사람이 자기 곁을 떠났다면, 다른 줄을 품으려고 할 것이 아니라 얼마간은 절현(絶絃)을 하여야 할 것이다. 그것은 부부간의 신뢰이고 사랑이기 때문이다. 백아와 종자기의 고사가 전해지는 중국 호북성 무한시에 가보니, 백아와 종자기의 이름을 딴 악기 상점들이 거리에 즐비하였다. 약 2,000여 년 전의 백아와 종자기가 현대의 중국인을 먹여 살리고 있다고 생각하니, 문화의 힘이 새삼 느껴졌다.

조강지처(糟糠之妻)

조강지처(糟糠之妻)는 술지게미와 쌀겨로 끼니를 이으며 고생하던 아내이니, 남편을 뒷바라지하느라 온갖 고생을 하며 함께 살아온 아내를 말한다. 『후한서(後漢書)』「송홍전(宋興傳)」에 다음과 같은 고사가 전한다.

후한(後漢) 광무제(光武帝) 때 인물 송홍(宋興)은 온후하고 강직한 사람으로 대사공(大司空)이라는 높은 벼슬을 하였다. 광무제는 홀로 된 누이 호양공주(湖陽公主)에게 신하 중 누가 마음에 드는가 물어 송홍이라는 답을 들었다. 그 후 황제는 어느 날 공주를 병풍 뒤에 앉혀 두고 송홍을 불러, "속담에 이르기를 '귀해지면 사귀는 친구들도 바뀌게 되고, 부유해지면 아내도 바꾼다' 하는데 이것이 인지상정(人之常情) 아니겠소?"라고 하였다. 송홍은 대답하기를, "저는 듣기를, '가난하고 천할 때 친구는 잊지 말아야 하며, 조강지처는 버리지 말아야 한다.' 했습니다." 이 말을 들은 황제는 공주 쪽을 돌아보며, "일이 잘 안 되는구나."라고 하였다.

여기서 나온 고사가 조강지처로, '지게미와 쌀겨로 끼니를 이을 때의 아내'라는 뜻이다. 이는 몹시 가난하고 천할 때에 고생을 함께 겪어 온 아내를 이르는 말이기도 하다. 고생을 함께 하여 살림을 일군 아내를 버리고 다른 현(絃)을 품으면 의리상 맞지 않는 일이기 때문이다.

부부 간의 의리를 의미하는 파경중원(破鏡重圓)도 알아보자. 부부가 헤어짐을 뜻하는 파경(破鏡)은 원래 파경중원(破鏡重圓)에서 나온 말이다.

낙창공주(樂昌公主)는 6세기 말 중국 남조(南朝)의 진(陳)나라 마지막 임금인 후주(後主) 숙보(叔寶)의 여동생으로, 미색이 뛰어났는데 서덕언(徐德言)에게 시집을 갔다. 진(陳)나라가 쇠약해져 수(隋)에 의해 멸망할 적에 서덕언은 아내와 헤어지며, 거울을 쪼개 반쪽씩을 아내 낙창공주(樂昌公主)와 나누어 가지고, 이듬해 보름날 만날 때의 징표로 삼자 약속했다. 진(陳)이 망하자 공주는 권세가 양소(楊素)의 손으로 넘어가게 되었다. 피난 갔던 서덕언이 서울에 다시 돌아온다고 한, 약속한 날이 다가오자, 공주는 자신의 거울 조각을 저자에 판다고 내어 놓고 이를 알아볼 남편을 찾았다. 서덕언은 어떤 집 종이 반쪽짜리 깨어진 거울을 판다는 소문을 듣고 자기 것을 맞춰 보고는 아내인 줄 알고 시를 써 주어 보냈다. 낙창공주가 이 시를 보고는 슬프게 눈물을 흘리며 음식을 먹지 않자, 양소가 사연을 알고는, 덕언을 불러 공주를 돌려보냈다 한다.

파경(破鏡)
파경중원(破鏡重圓)에서 온 말이다. 파경중원은 헤어진 부부가 다시 합침을 뜻한다.

『태평광기(太平廣記)』라는 유명한 이야기책에 실려 있는 소설 같은 이야기이다. 이 이야기의 주인공들은 깨어진 거울을 다시 합쳐 부부의 인연을 다시 찾게 되었으므로, "깨어진 거울이 다시 합쳐 둥글게 되었다"는 뜻의 '파경중원(破鏡重圓)'이라는 성어가 만들어져 헤어진 부부가 다시 합침을 뜻하는 말로 쓰이게도 되었다. 그러나 오늘날 '파경'은 이처럼 아름다운 이야기와는 달리 부부간의 이혼을 뜻하는 말로 쓰이고 있다. 원래의 뜻이 다시 합친다는 의미이니, 파경을 맞을 경우 한 번 더 생각해 보는 지혜도 필요할 것이다. 서로에게 사랑과 배려가 부족했음을 알면 파경도 되돌릴 수 있기 때문이다.

3. 남을 배려하는 마음

음덕양보(陰德陽報)·매요신의 마음

음덕양보(陰德陽報)

『회남자(淮南子)』「인간훈(人間訓)」에 "음덕을 쌓으면 반드시 밝은 보답이 있고, 은밀하게 선을 행하는 사람은 (그 숨은 행실이) 반드시 밝게 드러난다(有陰德者, 必有陽報. 有隱行者, 必有昭明)."라는 구절이 있다. 음덕양보는 이 구절에서 유래하였다. 남모르게 덕을 쌓으면, 밝은 보답을 받게 된다는 뜻이다. 『몽구(蒙求)』 상(上)에는 「숙오음덕(叔敖陰德: 숙오는 세상에 알려지지 않은 덕이 있었다)」로 전하고 있다.

배려(配慮)는 '이리저리 마음을 쓴다.'는 뜻이다. 특히 타인을 근심하고 걱정한다는 의미까지도 포함되어 있다. 우리는 삶을 살아가면서 타인에 대한 배려하는 마음을 가져야 한다고 많이 듣기도 하고 그렇게 생각하기도 하면서 삶을 살아가고 있다. 그런데 뉴스에 나오는 험악한 일들은 하루도 거르지 않고 헤드라인을 채우고 있다. 그러면 어떤 삶이 진짜 배려하는 마음일까?

춘추(春秋)시대 초(楚)나라 장왕(莊王) 시절의 인물에 관한 이야기이다. 성은 위(蔿)고 이름은 오(敖)로, 자(字)가 손숙(孫叔)이다. 사람들은 그를 손숙오(孫叔敖)로 불렀다. 숙오가 어렸을 때 일화를 통해, 그가 남을 배려하는 마음이 어떤 것인지를 살펴보자.

초나라 시절에 '대가리가 둘 달린 뱀을 보면 죽는다.'는 속설이 있었다. 그런데 어느 날 손숙오가 그 대가리가 둘 달린 뱀을 보고 말았다. 그 뱀을 본 손숙오는 울면서 집에 돌아와서는 어머님께 고하기를,

"어머님 저는 오늘 대가리가 둘 달린 뱀을 보았습니다. 그래서 저는 이제 죽을 것입니다."라고 하였다.

음덕양보(陰德陽報)
남 모르게 선행(善行)을 베풀면 언젠가 그 보답을 받게 된다.

"그래, 어디서 보았느냐?"

"저기 길가에서 보았습니다."

"그러면 그 뱀을 어떻게 하였느냐?"

"저는 이미 그 뱀을 보았기에 죽게 될 것이고, 다른 사람이 그 뱀을 보면 죽을까 봐 제가 그 뱀을 돌멩이로 쳐서 죽였습니다. 그리고 땅에 묻고 왔습니다."

" 그래, 그러면 됐다. 얘야 무서워하지 마라. 뱀이 너를 물지도 않았는데, 어찌 네가 죽을 수 있겠느냐? 더군다나 네가 남을 위하는 착한 마음으로 그 뱀을 죽이고, 남이 볼까 두려워하여 묻어주기까지 안했느냐? 그러니 무서워할 일이 없을 것이며, 또한 죽지도 않을 것이다."

손숙오가 어릴 때 행한 이 일화가 '음덕양보(陰德陽報)'의 대표적인 이야기인 것이다. '남 모르게 착한 일을 행한 사람은 반드시 그 보답을 받는다.'라는 뜻이다. 어린 나이에도 대가리가 둘 달린 뱀을 다른 사람이 보면, 자기처럼 죽게 될까 봐, 그 뱀을 죽이고 땅에 묻기까지 한 마음, 그 마음이야 말로 타인을 배려하는 마음일 것이다. 훗날 손숙오는 초나라 재상의 자리까지 올라 백성들을 진정으로 위하는 정사(政事)를 펼쳤으며, 그 결과 당시 강대국인 진(晋)나라와 어깨를 나란히 할 수 있게 하였다.

남을 배려하는 마음은 손숙오의 일화에서 보았던 것처럼, 남들이 보지 않은 곳에서도 묵묵히 선행을 행하는 그 마음이 참다운 배려심이 아닐까? 날로 각박해져 가는 오늘날 이런 보이지 않은 곳에서의 선행을 한 사람 한 사람이 행해간다면, 우리 사회 또한 살기 좋은 사회일 뿐만 아니라 도덕적으로 초강대국의 나라로 거듭날 것이다. 그러면 뉴스의 헤드라인도 매일같이 훈훈한 미담으로 가득찰 것이다. 이런 미래가 기대된다.

매요신의 마음

중국 송나라 매요신(梅堯臣, 1002~1060)은 자(字)가 성유(聖兪)이고 호(號)는 완릉(宛陵)이다. 안휘성(安徽省) 선성(宣城) 출신이다. 선성의 옛 이름을 완릉이라고 했기 때문에 그를 매완릉이라고 하였다. 매요신은 초시에 낙방하여 음직으로 하남주부가 되어 말단 관리생활을 하다가 49세(1051)에 진사가 되어 태상박사(太常博士)가 되었다. 그리고 벼슬자리에 있으면서 고문운동의 대표적 옹호자였던 구양수(歐陽修, 1007~1072)를 만나 친구가 되었다. 또한 구양수의 추천으로 55세에 중앙의 관리인 국자감직강(國子監直講)이 되었고, 상서도관원외랑(尙書都官員外郎)의 벼슬자리까지 올랐다. 구양수와 매요신 같은 고문운동 주창자들은 성리학의 영향을 받아 문학이 현시대의 생활상을 반영하면서 그 사회의 잘못을 비판해야 한다는 문학관을 지닌 인물들이었다. 따라서 매요신은 사회적·정치적 문제를 시의 주제로 삼았고 일상적인 사건과 사람들 속에서 소재를 찾았다. 또한 그의 시에는 타인에 대한 배려의 마음이 담겼다.

「陶者(도자)」

매요신(梅堯臣)

도공의 집 문 앞은 흙이 없을 정도인데,	陶盡門前土도진문전토,
집엔 기와 한 장 이지 못하네.	屋上無片瓦옥상무편와.
열 손가락에 진흙을 묻히지 않아도,	十指不沾泥십지불첨니,
즐비하게 늘어선 대궐 같은 집에 산다네.	鱗鱗居大廈인린거대하.

도공의 집 문 앞의 흙은 도기를 굽느라 다 써 버릴 정도인데, 정작 도공의

집 지붕에는 기와 조각 하나 덮지 못한다. 그러나 부자들은 기와 조각 하나 만지지도 않았는데, 즐비하게 늘어선 대궐 같은 집에 살고 있다.

북송 때 시인 매요신의 '도자기 굽는 사람'이라는 시이다. 봉건사회의 모순을 비판하였다. 도공은 죽으라고 기와를 굽어내지만, 진작 자기의 집은 초가집이다. 오히려 손에 흙 한번 묻히지 않은 부자들의 집은 즐비하게 늘어선 대궐 같은 기와집이라는 것이다. 봉건적 사회에서 지배층과 피지배층의 모순적 행위를 도공과 기와를 통해 비판적으로 바라보았다. 고려시대 문장가 이규보도 매요신의 시가 최고라고 하였다. 아마도 이런 비판적인 정신 때문일 것이다.

정신적 여유는 물론이거니와 물질적 여유가 있다면 나보다 못한 사람이나 계층을 따뜻한 시선으로 바라볼 줄 알아야 할 것이다. 세상은 더불어 살아나갈 때 더 빛나고 아름답기 때문이다. 매요신의 「도자」 시가 빛나는 이유도 여기에 있다.

북송시대에는 도자기가 주로 북쪽 지방에서 생산되었다. 그런데 남송 때 경제적 중심이 남쪽으로 옮겨오면서, 남쪽 지방에 있던 경덕진의 도자기가 발전하게 되었고, 명·청시대에 절정을 이루었다.

중국 강서성 경덕진의 도자기 상가의 오늘날 모습이다.

창의적으로 생각하기

1. 친구와 발표 과제를 준비하기로 했는데, 친구는 준비에 참여하지도 않은 채 자꾸 발표 준비가 다 되었다면 자료를 달라고만 한다. 관중과 포숙아의 관포지교를 생각하면서 친구와의 관계를 어떻게 하는 것이 좋을까?

2. 진정한 배려란?

5장 진정으로 소중한 것

1. 모든 행위의 근원은 효(孝)에서 비롯된다.

효(孝)는 인간의 존엄성을 나타내는 단적인 말이다. 부모자식 간의 관계를 천륜지간이라고 한다. 하늘이 낸 사이기에 떼려야 뗄 수 없는 사이기도 하다. 그런 관계를 인식하고 그 고마움에 보답하려는 인간의 태도가 효인 것이다. 이는 인간만이 행할 수 있는 최고의 선이기도 하다. 효에 대해서 『효경(孝經)』의 내용을 통해 살펴보고자 한다.

『효경(孝經)』은 공자(孔子)와 증자(曾子)가 효도에 관하여 문답한 것을 기록한 책으로 13경(十三經) 중의 하나이다. 저자에 대해서는 공자가 지었다는 설, 증자가 지었다는 설, 증자의 제자들이 편찬했다는 설 등 여러 설이 있으나 증자 계통의 문인들이 편찬했다는 견해가 우세하다. 『효경(孝經)』은 부모에 대한 효도가 곧 나라에 대한 충으로 이어진다고 하였다. 그러면 모든 계층이 행해야 할 윤리 규범이라고도 하였다. 『삼국사기(三國史記)』에 보면 신라시대 국학에서 가르쳤던 주요 교과목이었다.

『효경(孝經)』「개종명의장(開宗明義章)」 제일(第一)에는 공자가 증자에게 효에 대해서 일러 주신 말씀이 있다.

> 공자께서 말씀하시기를, "대저 효(孝)라는 것은 인간의 모든 덕성의 근본이며, 교화(敎化)가 모두 그로 말미암아 생겨나는 것이다. (…중략…) 너의 몸통[신(身)]과 사지[체(體)], 그리고 머리카락[발(髮)]과 피부[부(膚)]가 부모로부터 받은 것이다. 감히 훼손하지 아니 하는 것이 효의 시작이다. 입신출세하고 도를 행하여 이름을 후세에 떨쳐 부모님의 이름을 세상에 드러나게 하는 것이 효의 마지막인 것이다. 무릇 효라는 것은 부모님을 섬기는 것으로부터 시작하여, 임금을 섬기는 것으로 진행되다가, 결국은 자기 몸을 반듯이 세우는 것으로 완성되느니라."[1] 하셨다.

효의 처음과 마지막을 일러 주신 말씀이다. 부모님으로부터 물러 받은 신체를 온전히 보존하는 것이 효의 시작이라고 하였다. 부모님으로부터 받은 육체를 마치 본래부터 자기 것인 양 함부로 하기도 하고 극단적인 선택을 하여 다시는 회복할 수 없는 경우에까지 다다르게 하기도 한다. 『효경(孝經)』의 공자의 이 말씀을 새긴다면 자기 신체를 함부로 할 수는 없을 것이다. 그리고 효의 마지막은 입신출세하여 도를 행함에 부모님의 이름을 세상에 알리는 것이라고 하였다. 이를 입신양명(立身揚名)이라 한다. 집안에서 행한 효도는 결국 나라 다스림에 근원이 되기에 밖으로 확산되어 나가면 나라를 위한 행위도 되는 것이다. 또한 공자는 예부터 형벌이 3천 가지나 되는데 그 중에서 가장 큰 죄가 불효라고 하였다.[2]

---

1) 『孝經』「開宗明義章」第一. "子曰, 夫孝, 德之本也, 敎之所繇生也. (…중략…) 身體髮膚, 受之父母, 不敢毁傷, 孝之始也. 立身行道, 揚名於後世, 以顯父母, 孝之終也. 夫孝, 始於事親, 中於事君, 終於立身."

2) 『孝經』「五刑章」第十四. "子曰, '五刑之屬三千, 而辜莫大於不孝'."

또한 공자는 "자기의 부모를 사랑할 줄 아는 자들은 그 마음을 확대시켜 타인을 미워할 수 없으며, 자기의 부모를 공경할 줄 아는 자들은 그 마음을 확대시켜 타인을 깔보지 아니 한다."[3]라고 하였다. 부모께 효도하는 사람이야 말로, 남을 좋아하고 미워할 수도 있다는 것이다. 인간관계의 근원은 효라는 것이다.

그리고 공직자의 효도에 대해서도 밝힌 곳이 있다.

> 공자께서 말씀하시기를, "윗자리에 거(居)하면서도 교만하지 않고, 높은 곳에 처하면서도 자신과 주변을 위태롭게 하지 아니 하고, 삶의 상황들을 제어할 줄 알고 매사의 정도를 지나치지 않게 절제하며, 재화가 가득 차도 넘치도록 하지마라.'고 하였다.[4]

높은 곳에 처하면서도 위태롭게 하지 아니 하니, 그 높은 지위를 오래 지킬 수 있고, 재물이 가득차도 넘치도록 하지 아니 하니, 그 부(富)를 오래 지킬 수 있다. 풍요로운 재력과 권위 있는 높은 지위가 그 몸을 떠나지 않은 연후에나 비로소 사직을 보전(保全)할 수 있는 것이요, 자기 영내의 거주하는 주민들을 화목하게 만들 수 있는 것이다. 이와 같은 행위가 제후의 효로, 곧 공직자의 효라 할 수 있다. 『시경』 소아(小雅) 「소민(小旻)」의 노래에 다음과 같은 구절이 있다. "전전긍긍(戰戰兢兢)하여라. 깊은 못에 임하는 듯이, 살얼음을 밟듯이 조심하며 살아가라."[5] 이는 모든 일에 조심하라는 의미이다.

선비의 효도 방법도 있다.

---

3) 『孝經』「天子章」第二. "子曰, '愛親者, 不敢惡於人. 敬親者, 不敢慢於人'."

4) 『孝經』「諸侯章」第三. "子曰, '居上不驕, 高而不危, 制節謹度, 滿而不溢. 高而不危, 所以長守貴也. 滿而不溢'."

5) 『詩經』小雅「小旻」. "『詩』云, '戰戰兢兢, 如臨深淵, 如履薄水'."

공자께서 말씀하시기를, “아버지를 섬기는 마음으로써 어머니를 섬길 때, 거기에 공통된 것은 애(愛, 아낀다는 뜻)이다. 그리고 똑같이 아버지를 섬기는 마음으로써 임금을 섬길 때는, 거기에 공통된 것은 경(敬, 공경심과 긴장감)이다. 그러므로 어머니를 섬길 때는 아버지를 섬기는 마음 중에서 애(愛)의 마음을 취하고, 임금을 섬길 때는 아버지를 섬기는 마음 중에서 경(敬)의 마음을 취한다. 그러니까 애(愛)와 경(敬)을 겸비한 마음은 아버지를 섬기는 마음이다.”[6]라고 하였다. ‘그러므로 애와 경을 겸비한 효(孝)의 마음으로써 임금을 섬기면 충(忠, 진실되게 내 마음 다 바칠 충)할 수밖에 없고, 제(弟, 아랫사람의 공손함)로써 어른을 섬기면 순(順: 순종)할 수밖에 없다. 충순(忠順)을 잃지 않고 윗사람을 섬기는 선비는 작록을 보존할 수 있고, 제사를 지킬 수 있다. 이것이 바로 사(士)의 효이다. 『시경』의 소아(小雅) 「소완」 노래에 다음과 같은 시구가 있다. ‘아침 일찍 일어나고 밤늦게 자며, 너를 낳아주신 부모를 욕되게 하지 마라.’[7]

선비의 효도 방법은 부모님을 사랑과 공경심으로 모시면 곧 나라에 보탬이 되고, 아랫사람에게는 공손하게 하고, 웃어른을 섬기면 벼슬뿐만 아니라 집안도 잘 다스릴 수 있다고 하였다.

서민들의 효도도 말씀하셨다.

공자께서 말씀하시기를, “하늘의 시(時: 시간의 변화)에 인순(因順)하고 땅의 리(利: 공간적 다양성의 이로움)를 활용하여 생업에 부지런히 종사하고, 근신(身)하며 재용(財用)을 절약(約)하여 정성껏 부모님을 봉양한다. 이것이 서인(庶)의 효이니라.”[8]고 하였다.

6) 『孝經』「士章」第五. “子曰, ‘資於事父以事母, 其愛同. 資於事父以事君, 其敬同. 故母取其愛, 而君取其敬, 兼之者父也’.”

7) 위의 책. “故以孝事君則忠, 以弟事長則順. 忠順不失, 以事其上, 然後能保其爵祿, 而守其祭祀. 蓋士之孝也. 『詩』云, ‘夙興夜寐, 亡忝爾所生’.”

자연의 순리를 따르면서 생업에 부지런히 종사하면서 물자를 절약하여 부모님을 정성껏 봉양하면 된다고 하였다.

『효경(孝經)』에 부모 모심을 다섯 가지로 제시한 곳이 있다.

> 공자께서 말씀하시기를, '효자가 부모를 섬길 때, 거처함에 그 공경함을 다하고, 봉양함에 그 즐거움을 다하며, 편찮을 때에는 그 근심을 다하고, 상(喪)을 당했을 경우는 그 슬픔을 다하며, 제사를 모실 때에는 엄숙함을 다한다.'라고 하였다.[9]

위의 다섯 가지를 온전히 다 했을 경우 부모님을 잘 모셨다고 할 수 있다는 것이다. 그리고 또 '부모님을 모시는 자는, 높은 자리에 있을 때는 교만하지 말아야 하며, 아랫자리에 있을 때는 함부로 난동을 부리면 아니 되며, 군중 속에 있을 때는 다투지 말아야 한다. 윗자리에 있으면서 교만하면 결국 그 지위를 잃게 되고, 아랫자리에 있으면서 난동을 부리면 형벌을 받게 되며, 군중 속에 있으면서 함부로 다투면 칼에 찔리고 마는 것이다. 이 세 가지 위험을 삶에서 제거하지 않으면 매일 소·양·돼지를 희생으로 삼아 맛있게 봉양해 드려도, 여전히 불효함을 벗어나지 못한다.'[10]고 하였다.

증자가 효에 대해서 궁금한 것이 많았던가 보다. "자식이 아버지의 명령을 좇기만 하면 효라고 말할 수 있겠습니까?"[11]라고 여쭈니, 공자가 말씀하시기를, "예로부터 천자(天子)에게 천자의 잘못을 간쟁해주는 신하가 일곱만 있어도, 비록 천자가 무도한 사람일지언정 천하를 잃는 법은 없었다. 제후에게

8) 『孝經』「庶人章」第六. "子曰, '因天之時, 就地之利, 謹身節用, 以養父母. 此庶人之孝也'."

9) 『孝經』「紀孝行章」第十三. "子曰, '孝子之事親也, 居則致其敬, 養則致其樂, 疾則致其憂, 喪則致其哀, 祭則致其嚴'."

10) 위의 책. "事親者, 居上不驕, 爲下而不亂, 在醜不爭. 居上而驕則亡, 爲下而亂則刑, 在醜而爭則兵. 此三者不除, 雖日用三牲之養, 猶爲弗孝也."

11) 『孝經』「諫爭章」第二十. "敢問子從父之命, 可謂孝乎."

제후의 잘못을 간쟁해주는 신하가 다섯만 있어도, 비록 제후가 무도한 사람일지언정 나라를 잃는 법은 없었다. 대부에게 대부의 잘못을 간쟁해주는 신하가 셋만 있어도, 비록 대부가 무도한 사람일지언정 가(家)를 잃는 법은 없었다. 사(士)에게 그의 잘못을 간쟁해주는 벗이 한 사람만 있어도 그 몸이 명예로운 이름을 잃는 법은 없었다. 아버지에게 그의 잘못을 간쟁해주는 아들 한 사람만 있어도 그 몸이 불의(不義)에 빠지는 일은 없었다."[12]라고 하여, 불의에 빠지기 전에 신하는 천자와 제후, 대부에게, 자식은 부모님께 잘못을 간쟁하여야 한다는 말이다. 이것이 진정한 충이면서 효도라는 것이다.

우리가 어디서 왔는가를 생각해 보면, 왜 효도를 행하여야 하는지를 단번에 알 수 있다. 그래서 자신이 처한 처지에서 행할 수 있는 도리를 다하면 되는 것이다. 지도자나 공직자는 자신이 있는 위치에 걸맞게 행하면 일반 대중들은 자신이 종사하는 생업에 열중하면서 물자를 절약하여 효를 행하면 된다고 하였다. 그렇다고 무조건적인 복종과 명령을 좇기보다는 부모님이 불의에 떨어지게 하지 않기 위해서 올바른 소리로 간할 필요도 있다는 것이다. 그것이 진정한 효도이기 때문이다.

12) 위의 책. "昔者, 天子有爭臣七人, 雖無道, 弗失天下; 諸侯有爭臣五人, 雖無道, 弗失其國; 大夫有爭臣三人, 雖無道, 弗失其家; 士有爭友, 則身弗離於令名; 父有爭子, 則身弗陷於不義."

2. 피는 물보다 진하다

형제투금(兄弟投金)·칠보시(七步詩)·『격몽요결(擊蒙要訣)』

형제투금(兄弟投金)

하루가 멀다 하고 돈 때문에 형제간의 의(義)가 상(傷)하는 일이 우리 주변에서 일어나고 있다. 의만 상하면 그나마 다행이다. 심지어 칼부림뿐만 아니라 총질까지 했다는 뉴스 소식을 접하기도 한다. 강상(綱常)의 도가 무너지고 있다.

반대로 물질보다는 형제애를 중시했다는 이야기로, 고려 말 이억년, 이조년 형제에 대한 고사(故事)가 전해지고 있다.

> 고려 공민왕 시절에 백성 중 형제가 함께 길을 가다가 동생이 황금 두 덩이를 주워, 그 하나를 형에게 주고, 공암진에 이르러 같이 배를 타고 건너다가 아우가 갑자기 금덩이를 물에 던지거늘 형이 괴상히 여겨 물으니, 대답하기를, "내가 평소에 형님을 돈독히 사랑했는데, 지금 금을 나눔에 문득 형님을 꺼리는 마음이 싹틉니다. 이것은 이에 상서롭지 못한 물건이라 강물에 던져 잃어버리는 것만 같지 못합니다."라고 하였다. 형이 말하기를, "너의 말이 진실로 옳다."라고 하고 또한 물에 금을 던졌다.[13)]

형제투금(兄弟投金)으로, 한강의 마지막 나루인 공암나루에 얽힌 이야기이

13) 『高麗史』 卷121 列傳 34, 『新增東國輿地勝覽』 卷10 陽川縣山川, 孔巖津條. "高麗恭愍王時, 有民兄弟偕行, 弟得黃金二錠, 以其一 與兄 至孔巖津, 同舟而濟 弟忽投金於水 兄怪而問之, 答曰 吾平日 愛兄篤 今而分金 忽萌忌兄之心. 此乃不祥之物也. 不若投諸江而忘之. 兄曰 汝之言 誠是矣, 亦投金於水."

다. 두 형제가 길을 가다가 아우인 이조년이 황금 두 덩이를 발견했다는 내용이다. 그리고 공암나루를 건너다가 그 아우가 황금 한 덩이를 강물에 던졌다는 것이다. 형이 그 까닭을 물으니 이 황금 덩이를 얻기 전에는 형님을 사랑하는 마음이 많았는데, 이 황금을 얻은 후부터 욕심이 앞서 형님을 꺼려하는 마음이 생겼다는 말이다. 누구나 가질 수 있는 견물생심(見物生心)이다. 그런데 그 욕심을 넘어 형제애로 승화되고 있다. 아우 못지않게 형님도 아우를 사랑했던 것이다. 아우의 자초지종을 듣고는 형님도 상서롭지 못한 물건이라 하여 바로 강물에 던졌다. 평소 두 형제의 우애를 가늠할 수 있는 대목이다. 이 사건이 세상에 알려지자 공암나루는 황금을 던진 곳이라 하여, 투금탄(投金灘)이라 했다. 그리고 사람들이 '황금을 버린 포구'라 하여 '금포(金浦)'라 칭하였는데, 오늘날은 김포(金浦)가 되었다.

교훈적인 이야기는 사람들에게 회자(膾炙)되면서 여러 이야기를 생산하게 된다. 이 투금탄 이야기도 여러 지역에 전승되어 설화로 채록되기도 하였다. 그 중 하나만 예를 들어 보자.

서울 강서구 가양동 영등포공고 뒤쪽에 위치한 공암나루터의 현재 모습이다. 한강의 개발로 예전의 공암나루터는 한강과 동떨어져 마치 작은 연못처럼 고립되었다. 그곳에 형제투금의 이야기를 바탕으로 재현해 놓았다.

옛날에 천애 고아인 두 남자가 의형제를 맺고 함께 다니기로 하였다. 어느 날 형제가 길을 가다가 길에 떨어져 있는 다듬잇돌만한 생금덩이 하나를 발견하였다. 그 금덩이를 형이 지고 가기로 하였는데, 형은 금덩이를 지고 가면서 '내가 결의형제를 하지 않았으면 이 금덩이를 혼자 가지는 건데 아까워서 어쩌나' 하는 생각을 하게 되었다. 아우도 마찬가지로 '형님만 아니었으면 저 금덩이를 나 혼자 발견해 가질 수 있었을 텐데' 하는 생각을 하게 되었다.

얼마쯤 길을 가던 아우는 형님을 불러 세우고 금덩이를 버리라고 하였다. 형님이 왜 그러느냐고 물으니 아우는 "형님이 금덩이를 지고 가시니 자꾸 금덩이에 흑심이 생겨서 안 되겠어요. 옛날 말에 황금 보기를 돌같이 하라는 말씀이 있는데 금덩이가 생기니 자꾸 흑심이 생겨요. 이대로라면 형님과의 의리가 끊어지게 될 테니 버리세요."라고 하였다. 이 말을 들은 형님은 "오냐, 버리마. 너도 그런 마음이 생기니? 나도 오는 도중에 네가 아니면 이 금덩이를 혼자 가질 수 있을 텐데 괜히 의형제를 맺었다는 생각이 자꾸 들었다. 나 역시 못된 마음이 들어 버리고 싶었다. 그래, 버리자."라고 하였다.

형제가 금덩이를 길바닥에 내버리니 금덩이가 황금 구렁이로 변하여 형제를 물려고 덤벼들었다. 형제는 그냥 길을 가려고 했다가는 구렁이에 물려서 죽을 것 같아 가지고 있던 작대기로 구렁이를 내리쳤다. 구렁이가 형에게 덤비면 형이 내리치고, 아우에게 덤비면 아우가 내리쳤더니 어느 순간 구렁이가 반 동강이 나면서 나동그라졌다. 그런데 반 동강이 난 구렁이가 다시 금덩이로 변한 것이었다. 두 동강이 난 금덩이는 어느 것이 조금 더 작지도 크지도 않게 똑같아 보였다. 형제는 금덩이 두 개를 사이좋게 나누어 갖고 잘 살았다.[14]

---

14) 『한국구비문학대계』 1-4-의정부시·남양주군 편, 1981.

설화의 전형적인 구조로, 행복한 결말을 맺고 있다. 설화는 전설과 달리 구체적 지명과 대상이 없다. 옛날에 누구 어디에서로 시작된다. 아마도 형제투금(兄弟投金)의 이야기가 전국적으로 확산되면서 구체적 지명과 인물에 대한 정보는 빠지고, 의형제를 맺은 평범한 사람의 이야기로 전개되고 있다. 그래도 전하고자 하는 주제는 더욱 뚜렷하게 부각되었다. 물질보다는 형제애가 먼저라는 주제 전달이 명료하기 때문이다. 이렇듯 우리 선조들은 형제애를 중히 여겨 새로운 이야기 형식을 만들어냈다. 이런 선인들의 사상을 계승하여, 이제는 물질보다는 우애를 먼저 생각하는 여유 있는 삶을 살았으며 하는 바람이다. 형제투금을 계기로 자꾸만 물질 만능주의로 변해가는 세대에 경종을 울리면서, 피를 나눈 형제애가 물질보다 우선하다는 것을 가슴에 새겼으면 한다. 형제는 한 부모 밑에서 태어났기 때문이다.

칠보시(七步詩): 일곱 걸음이 살린 생명의 시

우리는 시를 잘 짓는 사람을 칠보지재(七步之才)라고 한다. 이는 중국 삼국시대 위(魏)나라 조조(曹操)의 아들 조식(曹植)의 「칠보시(七步詩)」로부터 시작된 말이다. 「칠보시(七步詩)」는 조조가 운명한 후, 그의 아들 조비(曹丕)가 위나라 후계자가 되어 권력의 경쟁 대상자였던 조식과의 갈등에서 나온 시이다. 조조와 그의 아들 조비, 조식은 모두 문학에 뛰어난 재능을 지녔던 인물들이다. 조조는 특히 조식의 문학적 재능을 아꼈다. 그래서 작은 아들 조식에 대한 애정도 특별하였다. 조조의 이와 같은 태도로 인해, 상대적으로 후계자의 우선순위에 있던 조비가 위기의식을 느껴 잠재적인 대권의 경쟁자였던 동생 조식을 미워했던 것이다.

아버지 조조가 타계한 후, 왕위에 오른 조비는 권력의 경쟁 관계에 있던 조식을 궁궐로 불렀지만, 조식이 무시하고 오지 않았다. 이에 분노한 조비가 군사를 보내 동생 조식을 붙잡아 오게 하였다. 능력 있던 조식의 후환이 두려웠던 조비는 붙잡혀 온 조식을 당장 죽이고자 하였다. 그때 대장군 사마 의가 나서 조식이 시를 지는 능력이 뛰어나다고 하니 그 능력을 시험해 보고 난 후 그때 죽여도 늦지 않다고 조언하였다. 조비도 사마 의의 말처럼 그의 능력을 시험하고자 문제를 내게 되었던 것이다. 그 문제는 형제애에 대한 시를 짓는데 '형(兄)'자와 '제(弟)'자를 제외한 상태에서 일곱 발자국 내에 지어라는 것이었다. 당연히 일곱 발자국 내로 짓지 못하면 화(禍)를 입을 것이라고 하였다. 그때 조식이 일곱 발자국 만에 지었기에 「칠보시(七步詩)」라고 한다.

「칠보시(七步詩)」

조식(曹植)

콩 삶는데 콩깍지로 불을 때니,	煮豆燃豆萁자두연두기,
콩이 솥 가운데에서 울고 있네.	豆在釜中泣두재부중읍.
본디 한 뿌리인 것을,	本是同根生본시동근생,
들볶기를 어찌 심하게 하나요?	相煎何太急상전하태급.

같은 형제로 태어나 권력으로 인해 骨肉相爭을 당해야 함을 콩깍지와 콩으로 비유한 칠보시의 내용 삽화

형제를 콩깍지와 콩으로 비유하여, 형제간의 갈등을 절묘하게 표현한 시이다. 콩과 콩깍지는 같은 뿌리에서 나온 것인데, 어찌하여 하나는 그 콩을 삶는 역할을 하고 있느냐는 것이다. 불을 지피는 콩깍지는 조비일 것이고 솥에서 삶김을 당하는 콩은 핍박받는 조식일 것이다. 일곱 발자국 만에 읊은 조식의 시를 조비가 듣고 형제애가 생겨 죽이지는 않고 다시 그가 관할하던 지역으로 돌려보냈다고 한다. 그래서 시를 잘 짓는 사람을 '칠보지재'라고 하는 것이다.

조비와 조식은 권력욕 때문에 형제애를 저버렸지만, 그래도 다행히 동생의 문학적 능력으로 피비린내는 살육의 장면을 면할 수 있었다. 그런데 지금의 우리들은 어떠한가? 돌고 도는 돈 때문에 부모형제도 저버리는 막되어 먹은 짓을 하는 부류의 모습을 텔레비전 뉴스화면으로 접하기도 한다. 이런 현실에 조비와 조식과 관계된 이야기를 통해 진정한 형제애는 어떤 것이며, 나를 나은 준 부모님은 어떤 형제애를 원하는지 등을 생각해 보면, 앞으로의 행보가 정해질 것이다. 형제는 수족과 같아 어느 하나가 아프면, 내 몸과 마음이 아픈 것과 같다.

조선시대 시 중에 「칠보시(七步詩)」를 모방한 시가 있다. 광해군 15(1623)년 선조의 손자 능양군을 왕으로 추대한 반정이 일어났다. 광해군이 명나라를 배신하고 청나라와 외교 관계를 유지했으며, 폐모살제의 패륜을 저질렀다는 이유를 들어 반정(反正)을 일으켰다. 서인 중심의 반정은 훈련대장 이흥립이 궁궐문을 열어 주어 쉽게 성공을 거두었고, 능양군은 인조(仁祖)가 되었다. 이 사건이 인조반정(仁祖反正)이다. 이로 인해 광해군의 아들 세자(世子) 질(侄) 은 강화 교동에 유배되었다. 유배된 질이 그때 지은 시 중에 형제애의 역설과 유배의 안타까움을 읊은 시가 있다.

「**재위롱중음(在圍籠中吟**조롱 속에서 읊조리다**)**」

이질(李侄)

본시 같은 뿌리인데 어찌 심하게 하나요? 是同根何太薄본시동근하태박,
이치로는 마땅히 사랑하고 함께 애달파 해야죠. 理宜相愛幷相哀이의상애병상애.
어찌하면 이 새장 속을 벗어나, 緣何脫此樊籠去연하탈차번농거,
녹수청산을 마음대로 오갈까? 綠水靑山任去來녹수청산임거래.

폐세자가 된 질(侄)이 위리안치(圍籬安置)된 교동에서 애처롭게 읊은 시이다. 하루아침에 울타리 안에 갇힌 질은 답답함을 이기지 못하고 위리안치된

곳을 탈출하기 위해, 시중드는 궁녀들의 다리미와 인두를 이용하여 밤마다 몰래 울타리 밑으로 굴을 파 간신히 탈출을 하였다. 그러나 금방 붙잡히고 도리어 죽음을 당하게 된다. 26세의 나이였다. 광해군의 세자 질도 이런 시를 지어 형제애를 호소한 것을 보면 이미 조식의 「칠보시(七步詩)」를 알고 있었을 것이다. 그러나 비정한 권력은 형제애를 무시했으며, 일곱 발자국의 시도 생명을 살릴 수는 없었다.

『격몽요결(擊蒙要訣)』

율곡(栗谷) 이이(李珥)의 『격몽요결(擊蒙要訣)』 「거가(居家)」장에도 형제애에 대한 내용이 있다.

> 형제는 함께 부모님의 끼치신 몸을 받아서 나와 더불어서 마치 한 몸과 같으니, 보기를 마땅히 나와 저쪽이 아무 상관이 없어서 음식 의복이 있고 없음에 모두가 마땅히 함께 해야 하느니라. 가령 형은 굶주리고 아우는 배부르고, 아우는 추워 떨고 형은 따뜻하다면, 이는 한 몸 가운데에 사지와 몸뚱이가 혹은 병들고 혹은 건강한 것이니, 어찌 치우치게 편안할 수 있으리오? 오늘날의 사람이 형제가 서로 사랑하지 않는 것은 모두 부모를 사랑하지 않은 말미암은 까닭이니 만약 부모를 사랑하는 마음이 있다면 어찌 가히 부모의 자식을 사랑하지 않을 수 있으리오. 형제가 만약 착하지 않는 행실이 있거든 마땅히 정성을 쌓아 진실되게 간하고, 점차 깨우쳐 주기를 바른 이치로써 해서 느껴서 깨닫기를 기약하고 갑자기 엄한 안색과 귀에 거슬리는 말을 가해서 그 화락함을 잃어서는 안 되느니라.[15]

15) 李珥, 『擊蒙要訣』 「居家章」. "兄弟는 同受父母遺體하여 與我如一身하니 視之를 當無彼我之間하여 飮食衣服有無를 皆當共之니라 設使兄飢而弟飽하고 弟寒而兄溫이면 則是一身之中에 肢體或病或健也니 身心이 豈得偏安乎아 今人이 兄弟不相愛者는 皆緣不愛父母故也라 若有愛父母之心이면 則豈可不愛父母之子乎아 兄弟 若有不善之行이면 則當積誠忠

위의 율곡 선생의 「거가(居家)」장은 형제간에 어떻게 해야 하는지를 분명히 보여주고 있다. 형제는 부모님의 몸을 받고 태어난 관계로 어느 한 쪽이 치우치면 안 된다는 것이다. 형만 배불리 먹으면 안 되고, 반대로 동생만 따뜻한 곳에 처해도 안 된다는 것이다. 형제는 한 몸뚱이와 같아서 어느 한 쪽이 치우치면, 마치 한 몸에 병이 든 것과 같다는 것이다. 그리고 형제가 서로 사랑하지 않는 것은 부모를 사랑하지 않는 것과 같다고 하였다. 한 부모님의 정기를 받고 태어났기 때문이다.

또한 형제 중에 착하지 못한 행위를 하거든 마땅히 정성을 쌓아 진실된 마음으로 충간해야 한다는 것이다. 갑자기 화난 얼굴과 큰 목소리로 귀에 듣기 거부하게 행하면 형제간의 화목함만 잃어버린다고 하였다. 진실되고 정성된 마음으로 점차적으로 행하면, 바른 마음으로 돌아올 수 있다는 것이다. 율곡 선생께서 형제간의 우애와 충간을 어떻게 행해야 하는지를 잘 설명하고 있다.

3. 믿음도 이익을 전제로 한다

믿음 곧 신뢰는 어떻게 하면 생길까? 『논어』 「안연」편 '덕풍'장의 내용을 먼저 살펴보자.

> 계강자가 공자께 정사에 대하여 물어서 말하기를, "만일 무도(無道)한 자들을 죽여서 도(道) 있는 데에 나아가게 한다면, 어떻겠습니까?" 하였다. 공자께서 대답하여 말씀하시기를, "그대가 정사를 행함에, 어찌 살인(殺人) 정책을 쓴다는 말인가? 그

諫하여 漸喩以理하여 期於感悟요 不可遽加厲色拂言하여 以失其和也니라."

마치 바람이 불면 풀들이 바람 부는 대로 눕는 것처럼, 자연의 순리대로 윗사람이 모범을 보이면 아랫사람들은 믿고 따라온다.

대가 선(善)해지고자 하면 백성들이 선해질 것이니, 군자의 덕은 바람이요 소인의 덕은 풀인지라, 풀에 바람이 불고 지나가면 반드시 쓰러지느니라." 하셨다.[16)]

계강자가 정치에 대해 여쭈자, 공자가 답한 내용이다. 계강자가 '무도한 자를 죽여 도리가 바로 서게 하면 어떻겠느냐?'고 물었다. 이에 공자는 위정자는 백성들의 본보기가 되어야 하지, 강압적으로 백성을 다스리면 신뢰가 무너질 수 있다는 것이다. 그리고 더 나아가 강압은 폭력을 불러 폭동까지 일어나게 할 수 있다는 논리이다. 마치 바람이 불면 풀들이 바람 부는 대로 눕는 것처럼, 자연의 순리대로 윗사람이 모범을 보이면 아랫사람들은 믿고 따라온다는 것이다. 윗사람이 선해지면 아랫사람은 저절로 선해진다는 논리이다. 이는 윗물이 맑으면 아랫물이 맑은 것처럼 자연의 섭리를 따르는 것과 같다는 논리이다.

『논어』「팔일」편 '군신'장에 노나라 임금 정공이 임금은 신하를 어떻게 부려야 하고 신하는 임금을 어떻게 섬겨야 하는 지를 묻는 장면이 있다.[17)] 이에 공자는 임금과 신하는 관계는 남남의 관계이므로, 임금은 신하를 예로써 부리고 신하는 임금을 충 곧 진실된 속마음을 바쳐 충성을 다해야 한다고 하였다. 이는 혈연관계로 맺어진 사이가 아닌 군신이나 남녀 간의 사이, 그리

16) 『論語』「顔淵」篇 '德風'章. "季康子가 問政於孔子(하여) 曰, 如殺無道하여 以就有道인댄 何如하니잇고. 孔子가 對曰, 子가 爲政에 焉用殺이리오. 子가 欲善이면 而民이 善矣리니 君子之德은 風이요 小人之德은 草라 草上之風이면 必偃하느니라."

17) 『論語』「八佾」篇 '君臣'章. "定公이 問, 君使臣하며 臣事君하되 如之何잇고. 孔子가 對曰, 君使臣(을) 以禮하며 臣事君(을) 以忠이니이다."

고 붕우의 관계에서도 서로 예를 다하며 진실된 마음으로 신의를 지키는 것이 최우선이라는 뜻이다. 따라서 공자의 주장을 살펴보면 인간사 모든 일들은 신의 곧 믿음이 절대적으로 중요한 일임을 알 수 있게 한다.

『논어』「안연」편 '병식'장을 보자.

> 자공이 정사[정치]에 대하여 여쭈었는데, 공자께서 말씀하시기를, "먹을 것[식량]을 풍족하게 해 주고 무기[병장기]를 풍족하게 하면, 백성들이 믿을 것이니라." 하셨다. 자공이 말씀 드리기를, "반드시 이 세 가지 중에서 마지못해 버리기로 하자면, 무엇을 먼저 해야 하겠습니까?" 하였다. (공자께서) 말씀하시기를, "무기[병장기]를 버리느니라." 하셨다. 자공이 말씀 드리기를, "반드시 이 두 가지 중에서 마지못해 버리기로 하자면, 무엇을 먼저 해야 하겠습니까?" 하였다. (공자께서) 말씀하시기를, "먹을 것[식량]을 버려야 하니, 예로부터 모두가 죽음이 있거니와, 백성들이 신의(信義)가[신뢰감이] 없으면 존립하지 못하느니라." 하셨다.[18]

공자는 백성들이 신뢰감을 가지기 위해서는 먹을 것이 풍족해야 하고 나라의 군사력도 튼튼해지며 교화가 행해지며 또한 지도자에 대한 신뢰가 생겨 민심이 떠나거나 등지지 않는다고 하였다. 이에 공자의 제자 자공이 '이 3가지 중에 하나를 먼저 버리면 무엇이냐?'고 하니, 무기를 버리고 그 다음은 식량이라고 하면서 믿음은 끝까지 지켜야 할 덕목이라고 하였다. 무기와 식량이 있으면 아랫사람들이 지도자에 대한 신뢰감이 있기에 인심이 이반하지 않는다. 하지만 사람은 언젠가는 죽음을 맞이한다. 식량이 없어 죽을 수도 있을 것이다. 하지만 죽은 것만을 죽음이라고 할 수 없기에 차라리 죽는 것이

18) 『論語』「顔淵」篇 '兵食'章. "貢이 問政한대 子曰, 足食足兵이면 民이 信之矣리라. 子貢이 曰, 必不得已而去於斯三者인댄 何先이리잇고. 曰, 去兵이니라. 子貢이 曰, 必不得已而去於斯二者인댄 何先이리잇고. 曰, 去食이니 自古(로) 皆有死어니와 民無信(이면) 不立이니라."

큰 수레는 수레 횡목이 없고, 작은 수레는 수레갈고리가 없으면, 수레 역할을 하지 못하는 것처럼, 사람도 믿음이 없으면 사람 구실도 못한다는 말임

나을 경우도 있다. 따라서 사람들과의 신뢰감이 훼손되면 죽은 것이나 다름이 없을 것이고 살아가는 의미도 상실되기에 지도자는 반드시 신뢰감을 잃지 않아야 된다는 주장이다, 어떠한 일이 있어도 믿음 곧 신뢰감은 지켜져야 한다는 말이다.

그렇다면 신뢰의 가치는 무엇인가? 『논어』 「위정」편 '예월'장을 보자.

> 공자께서 말씀하시기를, "사람으로서 신의(信義)가 없으면, (그) 그래도 될는지 알지 못하겠노라. 큰 수레가 수레 횡목(橫木)이 없으며 작은 수레가 수레 갈고리가 없으면, (그) 무엇으로써[어떻게] 가겠는가?" 하셨다.[19]

'큰 수레'는 소나 말의 멍에로부터 끈이 수레 횡목에 와서 걸리도록 되어 있었고, '작은 수레'는 말의 멍에로부터 끈이 수레 끌채 앞쪽 끝의 갈고리에 와서 걸리도록 되어 있었다. 그와 같이 마소로부터 끈이 수레에 와서 걸릴 수 있도록 하는, '수레 횡목'이나 '수레 갈고리'가 있어야 수레가 나아갈 수 있는 것이므로, 사람에게 신의가 있어야 세상을 살아갈 수 있는 것과 마찬가지이다. 위 본문의 공자의 말씀은, 그런 의미에서 세상을 살아가는 데에는 반드시 신의가 있어야 할 것임을 밝힌 것이다.

소통의 전제는 신뢰에 있다. 『논어』 「위령공」편 '문행'장을 보자.

19) 『論語』 「爲政」篇 '輗軏'章. "子曰, 人而無信이면 不知其可也케라. 大車가 無輗하며 小車가 無軏이면 其何以行之哉리오."

자장이 (세상에서) 행세할 수 있는 길을 여쭈었는데, 공자께서 말씀하시기를, "말이 진실되고 믿음직스러우며 행실이 독실하고 공경스러우면, 비록 만(蠻)·맥(貊)의 오랑캐 나라에서라도 (그 뜻이) 행해지려니와, 말이 진실되고 믿음직스럽지 못하며 행실이 독실하고 공경스럽지 못하면, 비록 주(州)·리(里)와 같은 (도회의) 문명지라 하더라도 행해질 성싶으랴? 서 있을 때에는 (말과 수레의) 앞에 놓인 (그) 멍에[參(참)]를 보고, 수레[輿(여)]에 앉아서는 (말과 수레가) (그) 횡목에 의지한 것을 볼 것이니, 무릇 그런 뒤에라야[言忠信(언충신)·行篤敬(행독경)한 뒤에라야] 행세하느니라." 하셨다.[20]

다른 나라나 다른 고장에 가서라도 말은 진실되고 행동이 공경스러우면 소통은 가능하다는 말이다.

신뢰를 쌓는 방법은 무엇인가? 『논어』「위령공」편 '의질'장을 보자.

공자께서 말씀하시기를, "군자가, 의(義)로써 바탕을 삼고, (매사를) 예(禮)로써 행하며, (말을) 겸손함으로써[겸손하게] 내고, (매사를) 믿음성으로써 이루나니, (그렇게 한다면) 군자다운 사람이로다." 하셨다.[21]

군자다운 사람을 말씀한 부분이기는 하나, 어떻게 생활해야 하는가를 보여주는 부분이다. 따라서 신뢰감을 쌓는 방법은 매사에 의리를 바탕 삼고 예의로써 행하며, 말에는 늘 겸손해야 하며 매사를 성실하게 해 나간다면 믿음이 쌓일 수 있다는 것이다.

20) 『論語』「衛靈公」篇 '文行'章. "子張이 問行한대 子曰, 言忠信하며 行篤敬이면 雖蠻貊之邦이라도 行矣어니와 言不忠信하며 行不篤敬이면 雖州里나 行乎哉아. 立則見其參於前也요 在輿則見其倚於衡也이니 夫然後(에) 行이니라 (하신대) 子張이 書諸紳하니라."

21) 『論語』「衛靈公」篇 '義質'章. "子曰, 君子가 義以爲質이요 禮以行之하며 孫以出之하며 信以成之하나니 君子哉라."

『논어』「자장」편 '노간'장도 살펴보자.

> 자하가 말하기를, "군자가, 미덥게 한 뒤에 그 백성들을 수고롭게 할 것이니, 미덥지 못하면 (백성들이 생각하기를) '자기들을 해친다'고 생각하느니라. 미덥게 한 뒤에 바른 말을 할[충간(忠諫)할] 것이니, 미덥지 못하면 (윗사람이 생각하기를) '자기를 비방(誹謗)한다'고 생각하느니라." 하였다.[22]

위의 말씀은, "군자가, 아랫사람을 부리든 윗사람을 섬기든 간에, 반드시 뜻을 정성스럽게 하여 매사를 믿음성 있게 한 뒤에라야, 비록 수고롭게 만드는 일이 있더라도 (백성들은) '자기네를 해치려고 하지 않는다'고 생각하게 되는 것이며, 비록 바른 말을 하더라도 (윗사람은) '자기를 비방하려 하지 않는다'고 생각하게 되는 것이다."라는 뜻의 말씀이다.

믿음의 중요성을 말씀한 내용들이다. 수많은 갈등은 믿음이 없는데서 비롯되기 때문이다. 백성들을 부역에 징발할 때도 백성들의 이익을 위한 것[도움되는 것]이라는 믿음이 있어야 하고, 지도자의 잘못을 충간할 때도 이익을 위해 충심에서 우러나온 말[도움되는 것]이라는 것을 알게 해야 한다. 심지어 친구의 잘못을 지적할 때도 친구의 이익을 위해 한다는 믿음[도움이 된다는 믿음]을 주어야 할 것이다. 믿음이 부족한 상태에서 행하는 충간은 두 사람의 사이만 멀어지게 하기 때문이다. 충고와 직언은 신뢰가 충분히 쌓은 후에 행해져야 한다는 말이다. 사람은 생각이 각기 다르기 때문에 동일한 사물을 보고도 생각의 차이가 나기 때문이다. 그래서 신뢰부터 쌓은 후에 소통도 가능하다는 말이다. 『논어』에서 공자는 신뢰를 쌓는 출발점으로 의리를 제시하였다. 이는 예와 겸손으로 행동하고 신뢰 곧 믿음으로 완성되는 관계라고 하였다.

---

22) 『論語』「子張」篇 '勞諫'章. "子夏가 曰, 君子가 信而後에 勞其民이니 未信(이면)則以爲厲己也니라. 信而後에 諫이니 未信(이면)則以爲謗己也니라."

믿음 곧 신뢰는 개인과 개인, 나라와 나라 관계에서 믿음이 쌓일 때 사회의 기본을 이루는 요소가 될 수 있다. 믿음은 억지로 이루어지는 것이 아니므로, 서로 간의 신뢰를 쌓아 의로운 관계로 나아가야 할 것이다. 그러면 개인은 물론 집단과 집단, 나아가서는 나라와 나라 간의 관계도 바로 설 수 있을 것이다. 그래서 믿음은 중요한 것이다.

창의적으로 생각하기

1. 형제간에 불화가 있을 경우 어떻게 해야 하는가?

2. 믿음 곧 신뢰를 쌓기 위해서는 어떻게 해야 하는가?

6장 인재 알아보는 법

1. 분서(焚書)의 장본인도 인재등용을 중시했다

이사(李斯)의 작가론(作家論)과 시대 상황 알기

이사(李斯, ?~B.C.208)는 초(楚)나라의 상채현(上蔡縣) 출신이기에 그의 무덤도 지금의 하남성 주마점시 상채현(駐馬店市 上菜縣, 開封市의 남쪽에 위치)에 있다. 초나라 출신 이사는 젊은 시절에 자기의 큰 꿈을 실현하기 위해 진(秦)나라를 찾아 갔다. 초나라 말단 관리였던 이사는, 그곳에서 법가 사상을 설파하는 순자(荀子, B.C.300년경~B.C.230년경)의 제자로 7년간 제왕학을 공부하였다. 초나라가 천하를 통일할 가능성이 없고, 진(秦)의 조정(趙政: 훗날 진시황제)이 천하를 통일할 재목이라고 생각한 그는 기원전 247년 진나라에 입성해 당시 승상이던 여불위(呂不韋)의 문객이 되었다. 문객으로 지내는 동안 자기의 능력을 보여, 결국엔 진왕(秦王: 조정)을 만나, 진나라가 천하를 통일하는 방안을 제시하였다. 이사는 "진나라의 국력과 현명하신 폐하의 지도력이라면 여섯 제후국을 멸망시키고 천하를 통일할 수 있사옵니다. 만약 그 기회를 놓쳐 제후국들이 연합한다면 천하 통일은 멀어질 것입니다."라고 진언하였다. 이 일로 이사는 조정(진왕)의 신임을 받아 승상의 장사가 되었다. 장사는 궁궐의 모든 일을 총괄하던 관직으로, 이사는 진왕에게 구체적인 통일 전략을 제안하였다. 이사가 진언한 계책은 '이간책'으로, 진왕은 이사의 계책에 따라 금은보화로 여러 제후국의 유력 인사들을 자기편으로 만들어 진(秦)나라에 복종하도록 하였다. 뇌물을 거부하면 자객을 보내 죽이거나 군대를 파견하여 공격하기도 했다. 이 공으로 이사는 타국 출신의 대신인 객경(客卿)에 올랐다.

기원전 237년 한(韓)나라 출신의 정국(鄭國)이 진나라의 국력을 소진시키고자 수로(水路) 건설을 계획하는 음모를 꾸몄다. 그러나 이 음모론은 발각되었으며, 이로 인하여 진왕은 다른 나라 출신의 관리를 추방한다는 '축객령'을 공포하였다. 이사도 초나라 출신이기에 이 법령에 적용되었다. 이사는 「상진황축객서(上秦皇逐客書)」를 올려 축객의 부당함을 호소하고 명을 철회해 달라고 요청하였다. 진나라에서 사용하는 금은보화나 미인도 외국에서 온 것들이 많음을 들어, 진나라가 강성해지기 위해서는 외국으로부터 인재를 수용해야 함을 역설하였다. 이는 능력이 있으면 출신지를 가리지 않아야 한다는 말이다. 이사의 글로벌한 생각이 먹혔던 것이다. 이후 이사를 정위(廷尉: 최고 사법관)로 임명하였다.

기원전 233년 이사는 한(韓)나라 사신 한비(韓非)를 제거하였다. 한비는 이사와 함께 순자(荀子) 아래에서 동문수학한 사이로, 진왕이 한(韓)나라를 공격했을 때 한나라의 사신으로 진(秦)나라에 왔다. 법가 이론의 집대성자인 한비의 『고분(孤憤)』과 『오두(五蠹)』를 읽은 진왕은 그를 좋아하여 진나라에 머물게 하려고 했다. 이사는 한비가 자신의 지위를 위협할 것이라고 생각해 그를 모략하여 옥에 가두고, 독약을 건네 자살하게 하였다.

기원전 221년 진왕은 중국 통일의 과업을 완성하였다. 진(秦)나라는 한(韓)나라(기원전 230), 조(趙)나라(기원전 228), 위(魏)나라(기원전 225), 초(楚)나라(기원전 223), 연(燕)나라(기원전 222), 제(齊)나라(기원전 221)를 차례차례 멸망시켰다. 진왕은 왕을 높여 '황제'라 부르게 했으며 스스로를 최초의 황제라는 의미의 '시황제'라고 칭하였다.

통일 후, 당시 승상 왕관(王綰)은 봉건제를 주장하였지만, 이사는 군현제(36 군현제)를 제안하였다. 그리고 이사는 도량형과 화폐를 통일하고, 잡스러웠던 문자들을 전서체로 통일시켰다. 이로써 진나라는 중앙집권적이고 나라 전체를 효율적으로 통치하기에 적절한 제도들을 확립해 나갔다.

기원전 213년 분서(焚書) 사건이 발생하였다. 제나라 출신의 순우월이 진나라의 군현제를 비판하고 주(周)나라의 봉건제를 부활시킬 것을 간언한 일이 발단이었다. 이에 전국의 유생들이 봉건제를 예찬하며 부활을 주장하기에 이르렀다. 시황제는 이것을 조정의 공론에 부쳤고, 승상 이사는 순우월과 같은 유생들의 위험한 사상의 근원이 되는 학술, 시서(詩書), 백가(百家)를 금지시키고 30일 내에 진나라에 도움이 되는 역사와 의(醫), 약(藥), 복서(卜筮), 농경(農耕) 등에 관한 책 이외의 모든 책들을 태워 버리라고 주청하였다. 시황제는 이사의 의견을 받아들였다.

그 다음 해인 기원전 212년에는 시황제가 총 460여 명의 도사와 유생을 생매장시킨 갱유(坑儒) 사건이 벌어졌다. 시황제는 만년에 불로장생에 관심을 갖고 방사를 시켜 영약을 가져오라고 명령했는데, 방사 후생(候生)과 노생(盧生)이 시황제를 배신하고 오히려 그의 부덕함을 비판하며 도망쳤다. 이에 격분한 시황제는 도사와 유생들을 함양 교외의 산골짜기 구덩이에 넣고 생매장시켜 버렸다. 기원전 213년의 분서와 기원전

기원전 212년에는 진(秦)나라 시황제가 총 460여 명의 도사와 유생을 생매장시키는 장면의 갱유

212년의 갱유를 합쳐 '분서갱유(焚書坑儒)'라고 하는데, 이 사건은 시황제와 승상 이사가 엄격한 법을 시행함으로써 집권 초기의 불안정한 정국을 안정시키고 진(秦)나라를 막강한 국가로 성장시키고자 벌인 일이었다.

기원전 210년 시황제는 승상 이사와 옥새를 관리하는 중거부령인 환관 조고 그리고 18번째 아들이자 막내인 호해(胡亥, B.C.230~B.C.207)와 함께 전국 순행에 올랐다. 순행 도중 사구 지방에서 병을 얻은 시황제는 병세가 악화되어 기원전 210년 50세의 나이로 세상을 떠났다. 시황제는 군은 몽염 장군이 맡고 황태자 부소를 후계자로 삼으라는 유언을 남겼으나, 옥새를 관리하던 조고가 호해를 설득하여 큰아들 부소와 몽염 장군은 자결하라는 내용으로 유언을 조작하였다.

여기에 이사도 가담하였다. 조고가 작성한 유언장은 승상 이사의 승인으로 완성되는 것이기 때문이다. 이사는, 분서와 갱유 등 위법적인 사건에 반대하다가 변방으로 추방된 부소가 황제가 되면 지금까지 자신이 누리던 부귀영화도 끝날 것으로 생각하였다. 그리고 부소가 황제가 되면 '부소와 관계가 돈독한 몽염이 등용되어 자신의 자리를 위협할 것'이라는 조고의 위협과 협박에, 결국 이사는 조고와 호해 등과 결탁하여 시황제의 유언장을 조작해 부소를 자결시키고 호해를 2세 황제로 옹립하였다.

2세 황제 호해는 모든 정치는 조고와 이사에게 맡기고 사치와 향락에 빠졌다. 또한 그는 시황제 능묘와 아방궁 짓기, 만리장성 건설 등을 재촉하여 백성들의 원성을 샀다. 기원전 209년 진나라에 불만을 품은 진승이 봉기를 일으키는 등 반란이 끊이지 않으면서 진나라는 대혼란의 위기에 빠졌다. 진나라가 무너질 조짐이 보이자 이사는 2세 황제를 만나 아방궁 축조(築造)를 중단하고, 농민의 조세를 감면시키자는 등의 대책을 진언하였다. 그러나 조고의 방해로 이사는 2세 황제인 호해에게 분노만 사게 되었다.

기원전 208년 조고는 이사의 아들 이유(李由)가 농민 봉기를 일으킨 진승과 친분이 있다는 모함으로 이사를 투옥시켰다. 결국 이사는 장남 이유가 초나라 군과 내통하고 있었다는 거짓 죄목으로 기원전 208년에 진나라 수도 함양 거리에서 요참형(腰斬刑)을 당하였다. 그의 가족도 몰살되었다. 환관인 조고 역시 진왕(부소의 아들 자영)의 사약을 받고 죽었다. 승상 이사와 환관 조고가 죽고 얼마 후 진(秦)나라도 항우와 유방에 의해 멸망되었다.

중국 하남성 주마점시 상채현에 위치한 이사(李斯)의 묘지로, 온통 옥수수밭으로 둘러싸여 있다.

이사(李斯)는 기회를 찾아 다른 나라로 삶의 근거지도 옮겼으며, 자신에게 찾아온 기회도 잘 포착하여 말단의 자리에서 최고의 위치인 승상까지 올랐다. 그러나 대의(大義)를 지켜야 할 때 개인의 이익을 좇아 결국 자신을 망치고 국가를 패망의 길로 접어들게 했다. 그는 시황제를 도와 진(秦)이 중국 통일을 이룩하는 데 가장 큰 공을 세웠고, 낙후된 진나라에 법가 사상을 도입하여 강력한 중앙집권 국가로 만들었지만, 결국 시황제의 유언 위조에 가담함으로써 진(秦)나라를 멸망에 일조하였다.

어떻게 사는 삶이 참된 삶일까? 그의 삶의 행적과 그가 남긴 글은 어떻게 바라보아야 할까?

이사(李斯)의 인재 등용

『논어(論語)』 「헌문(憲問)」편 '유덕(有德)'장에 "유덕자(有德者)는 필유언(必有言)이어니와 유언자(有言者)는 불필유덕(不必有德)이니라."가 있다. 곧 "덕이 있는 사람은 반드시 말이 있거니와, 말이 있는 사람이 반드시 덕이 있는 것은 아니다."로 풀이된다. 덕이 있는 사람은 말을 잘하는 것을 목표로 삼지 않더라도 반드시 말다운 말, 글다운 글을 후세에 남겨놓지만, 말다운 말, 글다운 글이 있다고 해서 반드시 덕이 있는 것은 아니라는 것이다.

이사는 진시황제를 도와 진나라로 중국을 통일하는데 일조하였으며, 도량형을 통일하여 진정한 통일 국가로 나아가게 하였다. 그러나 자기 생각과 다른 사람을 용납하지 못하고 분서(焚書)에 동조하였으며, 진시황제 사후에는 유언 조작에 간여하여 결국 진나라가 망하게 할 뿐만 아니라 개인의 불행도 가져왔다. 개인적인 삶을 요약해 보면 잘한 점과 잘못된 점이 나누어진다. 진나라를 패망의 길로 나아가게 했던 이사도 후세에 남을 명문을 남기도 하였다. 「상진황축객서(上秦皇逐客書)」이다.

「상진황축객서(上秦皇逐客書)」는 객경(客卿) 이사가 승승장구하다가 노애의 반란으로 타국 출신의 대신들을 추방한다는 위기에 놓이게 되자 지은 글이다. 그의 행적과 관계없이 「상진황축객서(上秦皇逐客書)」는 지금도 명문으로 이름이 나 있다. "신이 듣건대 … "로 시작되는 글로, 크게 3단락으로 되어 있다. 첫 번째 단락은 진(秦)나라 왕들이 외국의 인재들을 등용해서 진나라를 크게 번성한 예를 들고 있다. 그리고 두 번째 단락은 옥과 구슬의 예를 들어, 지금 사용하고 있는 보석들도 대부분 외국 산인데, 왜 하필 사람만 진(秦)나라 신하를 고집하고 있는지 모른다고 반문한 내용이다. 그러면 3번째 단락의 내용을 살펴보자.

신이 듣건대, 땅이 넓은 나라는 곡식이 많고 나라가 크면 인구가 많으며, 군대가 강한 나라는 군사들이 용감합니다. 그래서 태산은 흙을 외부에 양보하지 않기 때문에 능히 거대해질 수 있는 것이고, 황하와 바다는 가는 물줄기도 가리지 않고 받아들이기 때문에 능히 물이 깊어질 수 있는 것입니다. 왕은 여러 사람들을 물리치지 않음으로써 능히 그 덕을 밝힐 수가 있는 것입니다. 그래서 땅은 사방을 가리지 않고 모두 그의 땅이 되고, 사람은 다른 나라를 따지지 않고 모두 그의 신하가 되면 사시사철 언제나 충실하고 아름답게 되고 귀신도 그에게 복을 내려주게 됩니다. 이것이 옛날 오제와 삼대의 임금들에게는 적이 있을 수 없었던 근거입니다.

지금 마침내 머리가 검은 사람 곧 백성들을 버리어 적국의 자산이 되게 하고, 다른 나라 출신 인사들을 물리침으로써 다른 제후들의 패업(霸業)을 돕고, 천하의 선비들로 하여금 모두가 물러나며 감히 서쪽 진나라로 향하지 않고 발을 싸매 놓은 듯이 진나라로 들어오지 않게 만들 것입니다. 이것이 이른바 적에게 무기를 빌려주고 도둑에게 양식을 대어 주는 거나 다름없는 일입니다. 물건 중에도 진나라에서 나지 않는 것이면서도 보배가 될 만한 것이 많고, 선비 중에서 진나라 출신이 아니면서도 충성을 다하고자 하는 사람들이 많은 것입니다. 지금 외국 출신 인사들을 내쫓음으로써 적국에 보탬이 되게 하고 백성들을 버림으로써 원수에게 이익이 되게 한다면 나라 안은 자연히 허하게 되고 밖으로는 제후들에게 원한만을 지니게 할 것입니다. 그 나라가 위태롭지 않게 되려 한다 하더라도 그렇게 될 수 없을 것입니다.[1)]

이는 노애의 반란으로 외국 출신의 관리자들을 쫓아내자는 여론이 일자, 이사(李斯)가 그 주장의 부당함을 들어 간한 내용의 글이다. 왜, 외국 출신의

1) 李斯, 「上秦皇逐客書」. "臣聞地廣者粟多, 國大多者人衆, 兵强則士勇. 是以秦山不辭土壤, 故能成其大, 河不擇細流. 故能就其深. 王者不郤衆庶. 故能明其德. 是以地無四方, 民無異國, 四時充美, 鬼神降福, 此五帝三王之所以無敵也. 今乃棄黔首, 以資敵國, 郤賓客, 以業諸侯, 使天下之士, 退而不敢西向, 裹足不入秦. 此所謂敵寇兵而齎盜糧者也. 夫物不産於秦, 可寶者多, 士不産於秦 願忠者衆. 今逐客以資敵國, 損民以益讐, 內自虛而外樹怨於諸侯. 求國無危, 不可得也."

관리가 쫓겨나는 것이 부당한가를 구구절절이 표현한 글이다. 이 글로 인해 진왕(훗날 진시황제)의 마음도 돌려놓았다.

문학 연구에서 문학 작품은 작품대로 작가와 결부시키지 않고 따로 떼어놓고 연구해야 한다는 주장도 있고, 작가의 삶과 무관한 작품은 없기 때문에 작가의 일생과 맞물리면서 연구해야 한다는 주장도 있다. 이사(李斯)의 「상진황축객서(上秦皇逐客書)」를 읽어보면, 작가와 그가 쓴 글과 무관하게 연구해야 된다는 주장은 허무맹랑한 주장처럼 들린다.

그런데 『논어(論語)』 「위령공(衛靈公)」편 '언거(言擧)'장에 "군자(君子)는 불이언거인(不以言擧人)하며 불이인폐언(不以人廢言)이니라."가 있다. 곧 "군자는 말로써 사람을 천거하지 않으며, 사람으로서 말을 버리지는 않는다."로 풀이되는 이 말씀은, 말만 들어보고 그 사람을 천거한다거나 인정하지 않으며 그 사람의 행실이 나쁘다고 해서 그 사람이 남긴 좋은 말이나 글까지도 버리지 않는 것이 군자(君子)로서 취해야 할 태도라는 것이다. 다시 말하자면, 사람됨이 가장 중요한 요소인데, 그렇다고 해서 행실이 올바르지 않은 사람의 좋은 말이나 글까지도 모두 버리는 것이 군자로서 취할 태도는 아니라는 것이다. 그 행실이 바르지 않은 사람의 말이나 글을 통해서도 타산지석(他山之石)처럼 교훈적인 내용을 취할 수는 있다는 것이다. 이사(李斯)는 훌륭한 문장을 후세에 남겨 다른 사람이나 타민족을 배척하지 않아야 강대국이 될 수 있다는 인재 등용론도 알 수 있게 하였고, 또한 강력한 군주제를 위해 행한 나쁜 행실이 후세 사람들의 가십거리가 될 수 있다는 점도 아울러 알게 해주었다. 세 사람이 길을 가면 반드시 스승이 있게 마련이라는 공자(孔子)의 말씀이 떠오른다. 취할 것은 취하고 버릴 것은 버리면 될 것이다.

2. 서시(西施)와 도주공(陶朱公)의 인재등용법

서시(西施)와 동시효빈(東施效嚬)

춘추시대 말기 오(吳)나라 부차(夫差)의 군대에 의해 회계산으로 몸을 숨긴 월(越)나라 구천(句踐)은 이 난세를 타개할 방법을 신하들에 묻자, 구천의 책사 범려(范蠡)가 "힘이 없을 때에는 복종을 맹세하고 힘을 키우는 것이 상책"이라고 일러 주었다. 이에 월나라 대부 문종(文種)은 오나라에 사신으로 달려가서 화친 맺을 것을 구걸하였다. 문종은 오나라 태재 백비를 찾아가 비굴한 글과 뇌물을 받쳐 월나라 죄를 용서해 줄 것을 간곡히 청원하였다. 그런데 오나라 충신인 오자서가 강력하게 반대하자, 문종은 범려의 계책대로 서시(西施)를 비롯한 월나라 미녀 8명을 백비에게 바쳤다. 온갖 뇌물과 미녀를 받은 백비는 서시(西施)를 부차에게 바치면서 "옛말에 다른 나라를 정벌할 때 복종시키면 그만이지 더 이상 요구할 것이 없다고 했습니다. 이미 월나라가 항복을 해왔으니 무엇을 더 바라겠습니까?"라고 하니, 부차는 백비의 말을 듣고 화친을 하였다.

이후 서시(西施)는 부차의 후궁이 되어 월나라가 오나라를 멸망시키는 데 큰 역할을 한다. 부차의 바른 판단을 흐리게 하면서 충신인 오자서까지 죽음에 이르게 하기 때문이다. 그러면서 한편으로는 고급 정보를 월나라 책사 범려에게 전하기도 하였다. 본명은 시이광(施夷光)이며 월나라 저라산(苧羅山) 약야계(若耶溪)의 나무꾼의 딸로 태어났다. 모습은 얼굴이 검은 편의 미인형이

중국 절강성 소흥시 저라산에 위치한 서시의 옛집

었다고 한다. 범려의 눈에 띄어 월나라의 미인계로 활약하게 된 것이다.

서시(西施)는 출중한 미모로 인해 마을의 젊은이들에게 언제나 인기가 많았다고 한다. 그래서 강가에서 빨래를 하거나 연못가에서 연밥 딸 때, 서시(西施)의 아름다운 모습에 반한 마을 총각들이 서시(西施)를 보려고 그 주변에 언제나 득실거렸다고 한다. 서시(西施)가 강가에서 빨래를 할 때는 물에 비친 서시(西施)의 모습에 반한 물고기들이 헤엄치는 것도 잊어버려, 물속으로 가라앉았다고 한다. 그래서 서시의 별명이 침어(沈魚)인 것이다. 물에 비친 서시(西施)의 모습에 물고기가 반할 정도의 미모이니 경국지색(傾國之色)의 미모였던 것이다. 범려는 나라를 기울게 할 만큼의 미모를 지녔던 서시(西施)를 오나라 부차에게 바쳤던 것이고, 범려의 뜻대로 부차는 여인에 빠져 결국 망국의 길로 치닫게 되었던 것이다.

옆 동네에는 동시(東施)가 살았는데, 그녀는 추녀(醜女)였다. 그래서 마을 청년들에게 인기가 없었다. 그래서 하루는 인기가 많은 서시(西施)를 미행하기로 하여, 그녀의 뒤를 따라 다녀보았다. 그런데 서시(西施)가 미간을 찡그리며 인상을 쓰는 모습에 모든 마을의 청년들이 매료되어 어쩔 줄을 몰라 했다. 서시(西施)의 그런 모습을 본 동시(東施)는 이제는 자신감을 회복하여, 자신도 '서시처럼 하면 되겠구나' 생각하고, 마을 사람들이 모인 곳에 가서 서시(西施)가 했던 것처럼 얼굴을 찡그리는 표정을 지었던 것이다. 그런데 어떻게 된 일인지 그곳에 모여 있던 마을 사람들은 모두 달아나고, 심지어는 대문을 걸어 잠그고 밖으로 외출도 하지 않았다고 한다. 일부 가난한 집의 사람들은 아예

서시의 옛집 내부의 모습인 고월대

하화신녀와 빨래하는 서시의 모습

이삿짐을 꾸려 마을을 떠났다고도 한다. 무턱대고 흉내 낸 결과는 감당하기 어려운 지경까지 갔다.

서시(西施)는 평소에 심장병이 있어 발작을 일으키는데, 통증이 올 때마다 서시(西施)는 멈추어 서서 한손으로 가슴을 누르면서 미간을 찌푸렸다. 그런데 그 모습이 마을 총각들에게는 정말 예쁘게 보였다고 한다. 그래서 추녀인 동시(東施)도 이마를 찡그리면 가슴을 움켜쥐었던 것이다. 못생긴 여자가 미간을 찡그리니 그 모습은 말을 하지 않아도 알 것 같다. 여기서 ‘빈축(嚬蹙)’이라는 말이 생겨났다. ‘빈축(嚬蹙)’ 곧 ‘얼굴을 찡그리다.’는 의미로 사용되고 있는 어휘이다. 그리고 남의 흉내를 무턱대고 내다가 낭패를 본다는 동시효빈(東施效嚬)도 서시(西施)와 동시(東施)의 이야기에서 유래되었다. 오늘날 우리들도 동시(東施)처럼 무턱대고 남을 모방하거나 따라하고 있지 않은지 성찰(省察)할 필요가 있다. 광고에 나오는 연예인들의 모습을 모방하기도 하고 한 술 더해서 예쁜 연예인의 모습을 닮게 성형 수술도 과감히 한다. 옳고 그름을 따지지도 않은 채 모방하기도 하고 흉내 낸다. 이처럼 자기의 개성을 고려하지 않은 흉내 내기는 오히려 개인 본래의 개성을 잃게 하여 매력적인 부분이 감소될 수도 있다. 어설픈 흉내 내기는 주변의 모든 사람들의 눈살을 찌푸리는 경우도 될 수 있으니, 특별히 조심하여야 할 것이다. 따라서 자기 특성은 고려하지 않은 무조건 남의 흉내 내기는 지양되어야 할 것이다. 모든 사람들이 수군거리면서 자기의 주변을 떠날 수 있기 때문이다.

도주공(陶朱公)의 인재 등용법

오(吳)나라 부차(夫差)를 망하게 한 범려(范蠡)와 서시(西施)는 목적을 달성한 후 월(越)나라 구천(句踐)의 관상을 보니 고난은 함께 할 수 있는 상이지만 즐거운 삶은 함께 누리지 못할 관상임을 알고, 붙잡는 구천을 뒤로 하고 월나라를 떠나게 된다. 범려도 처음 저라산 약야계에서 빨래하는 서시를 보고 그 미모에 마음이 빼앗겼지만, 오나라 부차에 대한 복수가 우선이기에 온갖 재주와 정보수집술 등을 가르쳐 부차에게 바쳤던 것이다. 이제는 오나라 부차도 죽고 복수도 하였기에 두 사람만의 사랑을 나눌 수 있는 여건이 되었다.

월나라가 오나라를 멸한 후 범려와 서시(西施)에 대한 이야기가 여러 가지 버전으로 전하고 있다. 그 예는, 부차가 자살하고 나서 죄의식에 사로잡힌 서시(西施)도 그를 따라 자살했다는 설과 오나라가 망하자 월나라 왕 구천의 부인이 물에 빠뜨려 죽였다는 설, 그리고 두 사람이 다른 나라로 가서 함께 살았다는 설 등등이다. 미인에 대한 후대인들의 관심사를 드러내는 대목이다.

부귀공명(富貴功名)을 다 얻은 범려는 한(漢)나라의 한신(韓信)처럼 토사구팽(兎死狗烹), 곧 '토끼 사냥이 끝나면 그 토끼를 몰던 사냥개를 삶는다.'는 생각을 했던 것이다. 그래서 이용 가치가 다 된 지금, 월나라 왕 구천을 떠날 때가 되었다고 판단했다. 그래서 절세미인 서시(西施)를 데리고 월나라를 떠나 제나라로 잠적했던 것이다. 제나라에 갔던 범려는 장사를 하여, 많은 돈을 모은 후, 당시 가난한 사람들에게 다 나누어주고 다시 산동성에 있는 도(陶) 지방으로 가서, 이름도 도주공(陶朱公)으로 개명하여 살았다. 그러면서 막내아들도 낳고 행복한 삶을 살고 있는데, 둘째 아들이 초(楚)나라 땅에서 살인을 하여, 감옥에 갇혀 있다는 소식을 듣게 된다. 이 소식을 접한 도주공은 살림이 넉넉할 때 낳은 막내아들을 보내 둘째아들을 구출하려고 하였다. 그런데 큰아들이 왜 멀쩡한 자신을 두고 막내 동생을 보내려고 하느냐고 어머니와 함께 난동을 부리는 것이었다. 이에 도주공은 어쩔 수 없어 많은 돈을 주면서, 초나라에 있는 장생(莊生)을 찾아가서 도움을 요청하라고 당부하였다. 아버지의 부탁으로 장생을 찾아간 큰아들은 많은 돈과 편지를 전하였다. 돈과 편지를 받은 장생은 초나라 왕을 찾아가 설득하여 대사면 령을 내리게 하였다. 얼마 후 대사면 령을 내린다는 소문이 초나라 땅에 퍼지자, 큰아들은 장생을 다시 찾아가 대사면이 내릴 것 같다는 말과 더불어 먼저 주었던 많은 돈을 찾아오게 되었던 것이다. 이에 격분한 장생은 다시 초나라 왕을 찾아가 대사면 령이 도주공의 아들을 위해 내린다는 소문이 돌기 때문에, 도주공의 아들만 제외하고 대사면 령을 내려달라고 상소를 하였다. 그 후 큰아들은 자기 동생의 시체만 끌고 집으로 돌아왔다.

사마천(司馬遷)은 『사기(史記)』 「화식열전(貨殖列傳)」에서 범려의 경제적 성공을 '택인임시(擇人壬時)'로 설명하는데, 이는 '유능한 인재를 곁에 두고 부리면서(擇人), 때의 흐름과 시대의 변화를 잘 알아 임기응변의 자세로 몸을 때에 맡기라는 것(壬時)이다.'라고 하였다. 이는 인물을 적재적소(適材適所)에 맞게 등용했다는 말이다. 범려 곧 도주공의 큰아들은 재물이 넉넉하지 않은 때 태어난 인물이기에 돈 아까운 줄을 아는 인물이라는 것이다. 그래서 반드시 돈을 아껴 일을 그르칠 수 있다는 것을 보인 예이다. 그러나 살림이 넉넉할 때 태어난 막내아들은 돈 아까운 줄 모르고 돈을 물 쓰듯이 펑펑 쓸 수 있는 인물이었던 것이다. 그래서 도주공은 그 사람됨을 알고 막내아들을 중재자로 보내자고 했던 것이다.

도주공이 거부(巨富)가 되고 여러 면에서 성공할 수 있었던 이유는 인재를 그 소임에 맞게 잘 등용했기 때문이다. 범려는 인재 등용뿐만 아니라 자신의 처신도 잘 했던 인물이다. 성공을 이루자 곧바로 몸을 숨겨 후환을 없애버렸기 때문이다. 따라서 사마천의 '택인임시(擇人壬時)'의 전제는 바로 범려의 '공성신퇴(功成身退)' 곧 '성공하면 물러간다.'는 구체적 행보에서 살펴 볼 수 있다. 따라서 범려는 공치사하지 않고 처신도 잘 했던 인물이다. 그래서 정치인으로서나 경제인으로서나 성공할 수 있었던 인물이다. 주변의 사람 관리도 잘 하고 처신도 잘 해야 명성도 얻고 부(富)도 축적할 수 있다는 교훈적인 이야기이다.

침어(沈魚)이면서 경국지색(傾國之色)의 미녀 서시(西施)를 예찬한 송(宋)나라 때 시인인 소식(蘇軾, 蘇東坡)의 한시 한 편을 감상해보자.

중국 절강성 항주 서호의 모습

「음호상초청후우(飮湖上初晴後雨서호에서 술을 마시니 맑다가 비가 오네)」

소식(蘇軾)

물빛은 빛나고 맑아 가득 찰랑이니 좋고, 水光瀲灩晴方好수광렴염청방호,
가는 비 오니 산색 또한 기이하다. 山色空濛雨亦奇산색공몽우역기.
서호(西湖)를 서시에 대비한자면, 欲把西湖比西子욕파서호비서자,
엷은 화장이든 짙은 화장이든 다 아름답구나. 淡裝濃抹總相宜담장농말총상의.

서호(西湖)를 서시(西施)에 대비하자면 '담장농말(淡裝濃抹)'이라는 말이다. 곧 흐릴 때나 맑을 때나 다 좋다는 뜻이다. 이는 서시(西施)를 느낌으로 말하자면 슬프거나 기쁘거나 상관없이 다 좋다는 의미가 될 것이다. 그만큼 서시(西施)는 서호(西湖)처럼 예쁘다는 말이다.

3. 인재(人才) 고르는 법

백락(伯樂)과 천리마

세상에 인재는 있는데, 그 인재를 발굴하고 등용할 위정자가 없음을 한탄한 글이 있다. 그것이 당(唐)나라 때 유학자 퇴지(退之) 한유(韓愈)가 지은 「잡설(雜說)」이다.

세상에 백락(伯樂)이 있은 후에야 천리마(千里馬)가 있는 것이다. 천리마는 항상 있지만 백락은 늘 있지 않다. 그래서 비록 명마(名馬)가 있을지라도 다만 노예의 손에서 욕이나 당하며 말뚝과 말구유 사이에서 보통의 말과 나란히 죽어가 천리마로 칭하지 못하는 것이다. 천리마는 한 번 먹을 때에 혹 겉곡식 한 섬을 먹어치운다. 말을 먹이는 자는 그 말이 천리를 달릴 수 있는지도 모르고 먹인다. 이 말은 비록

천리를 달릴 능력이 있다 하더라도 먹는 것이 배부르지 않아 힘이 부족하여 재능의 훌륭함이 밖으로 드러나지 않고, 또한 보통 말과 더불어 같아지려 해도 될 수 없으니 어찌 그 말이 천리를 달릴 수 있기를 바라겠는가? 채찍질을 하는데 도리(道理)로써 하지 않고 먹여주지만 재능을 다 발휘하게 하지 못하고, 울어도 그 뜻을 알아주지 못하면서 채찍을 쥐고 다가서서 말하기를 "천하에 말이 없다"고 한다. 아! 정말로 양마가 없는가? 참으로 말을 알아보지 못하는 것인가?[2)]

「잡설(雜說)」은 인재를 고르는 글이다. 그 방법을 말[마(馬)]을 통해 설명하고 있다. 백락(伯樂)은 춘추시대 인물로, 말을 잘 알아보는 명인이었다. 이름은 손양(孫陽)이다. 하늘에서 말 관리하는 별이름이 백락이다. 그래서 별호(別號)를 '백락'으로 붙인 것이다. 말을 잘 고르고 훈련을 잘 시키기 때문이다.

여기서 퇴지 한유가 하고자 한 말은, 인재를 알아보는 재상이 있어야 한다는 것이다. 이 세상에는 천리마가 있는데, 그 천리마를 알아보는 백락 같은 어진 재상이 없어, 재능 있는 사람을 적재적소(適材適所)에 등용하지 못하고 있다는 것이다. 그래서 그 천리마가 재능이 있는데, 그 먹이를 충분히 주지 않기 때문에, 힘을 제대로 쓸 수가 없다는 것이다. 그리고 보통의 말로 대하여, 충분히 먹이를 먹지 못하니, 소금 수레를 끄는 말만도 못하고, 이놈의 말이 먹이만 축냈다고 비난 받는다는 것이다. 그래서 말이 자신의 재능을 다하지 못하여 울면 그 뜻을 알아듣지도 못하고 채찍질만 엄하게 하면서 세상에는 천리마가 없다고 탄식한다는 것이다.

2) 韓愈, 「雜說」. "世有伯樂한 然後에 有千里馬하나니 千里馬는 常有로대 而伯樂은 不常有라 故로 雖有名馬나 祇辱於奴隷人之手하여 駢死於槽櫪之間이요 不以千里稱也라. 馬之千里者는 一食에 或盡粟一石이어늘 食馬者가 不知其能千里而食也하니 是馬가 雖有千里之能이나 食不飽하며 力不足하여 才美가 不外見하여 且欲與常馬로 等이나 不可得이니 安求其能千里也리오. 策之를 不以其道하며 食之를 不能盡其材하며 鳴之에 不能通其意하고 執策而臨之하여 曰, 天下에 無良馬라 하니 嗚呼라 其眞無馬耶아. 其眞不識馬耶아."

진(秦)나라 구방고가 전국을 돌아다니며 구해 온 천리마

그러나 세상에는 천리마가 있다. 다만 백락 같이 천리마를 알아보는 인재를 알아보지 못할 뿐이다. 그런데 간혹 인재를 발굴하고도 그 재능을 알아보지 못하기도 한다. 인재를 발굴했는데, 인재에 맞는 먹이를 주지 않았기 때문이다. 인재가 재능을 펼치기 위해서는 인재의 재주에 맞는 위치 곧 벼슬자리를 주어야 하고, 또한 그에 맞는 많은 봉급도 지불해야 한다. 그러면서 자신의 재능을 펼칠 수 있는 충분한 재량권도 주어야 한다. 이런 것이 천리마에 맞는 먹이일 것이다. 이런 대우도 하지 않고, 세상에 인재가 없다고 탄식하면 안 될 일이다. 세상에는 천리마가 존재하듯이 인재도 널려 있기 때문이다. 그 능력에 맞는 대우를 해줘서, 자신의 능력을 충분히 펼 수 있는 토대를 마련해 주면, 인재는 그 능력을 우리 사회를 위해 쓸 것이다.

춘추시대 오패(五覇) 중 한 사람인 진(秦)나라 목공(穆公)이 백락의 후계자를 걱정하게 되었다. 그래서 백락에게 이제는 연로하니 '후계자를 누구로 하면 좋을까?' 하고 물으면서, '당신의 아들로 하면 어떻겠는가?'라고 물었다. 백락은 "우리 아들은 우둔하여 후계자가 될 수 없습니다. 구방고(九方皐)라는 사람이 있는데, 저보다 뛰어납니다." 목공은 백락에게 "구방고의 능력도 시험할 겸, 그럼 구방고에게 천리마를 구해 와 보라고 명령을 내려 보라."고 하였다. 그래서 구방고는 전국을 다니면서 천리마를 구해 왔다.

진나라 목공이 구방고에게 묻기를,

"암놈이냐? 수놈이냐?"

"암놈일 것입니다."

"색깔은?"

"검은색인 것 같습니다."

"그럼 말을 가져 와 봐라."

말을 가져와 보니, 수놈이고 누런색 털의 말이었다.

"아니, 다 틀리지 않았느냐? 추천을 잘못했다."

이때, 백락이 말하기를,

"구방고는 말을 볼 때, 정(精)만 보지 추(麤)는 보지 않습니다."

라고 하였다. 다시 말하자면, 구방고는 사람을 볼 때, 핵심만 보지 곁가지는 따지지 않는다는 것이다. 이 같은 백락의 주장은 인재를 고를 때, 곁가지인 학벌·학연·지역·혈연 등을 보지 않고 그 사람이 지닌 능력만 본다는 것이다.

우리의 현실에서도 관리를 뽑을 때, 그 관리의 능력만 보아야지 곁가지인 학벌, 혈연 등을 보고 선택하면 훌륭한 인재를 뽑을 수 없다는 것이다. 대통령이나 국회의원을 뽑거나 총리, 장관 등을 지명할 때도 먼저 그 인물의 능력을 보아야 한다는 것이다. 곁가지인 학벌이나 지역의 연고 그리고 부동산 투기, 재산 등만 따지지 말고, 국태민안(國泰民安)할 수 있는 사람인가 아닌가를 먼저 평가해 보아야 한다는 것이다. 옛날 전국시대 제(齊)나라 관중(管仲)도 제왕보다 화려한 삶을 살았다. 마치 재벌이 국무총리가 된 셈이다. 그런데도 재상이 되어 중화(中華)를 수호한 능력을 보였다.

『논어(論語)』「자장(子張)」편 '대덕(大德)'장에 "子夏曰(자하왈), 不踰閑(불유한)이면 小德(소덕)은 出入(출입)이 可也(가야)니라."라고 한 부분이 있다. "자하가 말씀하시를, '큰 덕이 한계를 벗어나지 않으며, 작은 덕은 출입하더라도 괜찮다'고 할 것이다."라로, 번역된다. 자하의 말씀처럼, 큰 덕에 벗어나지 않으면, 작은 잘못들, 곧 곁가지는 덮어 줄 수도 있다는 것이다. 만약 곁가지 때문에 그 사람이 지닌 능력을 우리 사회를 위해 한 번 봉사할 기회도 주지 않는다면, 그것은 개인적인 손해일 뿐만 아니라, 우리 사회를 위해서도 큰 손실이 될 수 있기 때문이다. 그래서 앞으로는 인재를 알아보는 위정자가 많이 나오기를 바라면서 아울러 우리가 인재를 뽑을 때는 곁가지에 얽매이지 말고 그 사람이 지닌 능력을 먼저 고려하면서, 우리 사회를 위해 봉사할 수 있는 환경을 만들어 주어야 할 것이다. 그렇게 되었을 때 우리 사회는 한층 성숙한 사회가 될 것이다.

다른 사람을 추천해 줄 것을 바라는 글도 살펴보자.

「**위인구천서(爲人求薦書**남을 위하여 추천해 주기를 요구한 글**)**」

한유

나무가 산에 있고 말이 시장에 있되 그들 앞을 지나면서 거들떠보지 않는 이가 하루에 수천수만 명에 이른다 해서 재목감이 못된다거나 나쁜 말이 되는 것은 아닙니다. 그러나 유명한 목수 장석(匠石)이 그 앞을 지나면서도 눈여겨보지 않고, 유명한 말 감정가 백낙(伯樂)이 그것을 대하고도 거들떠보지 않는다면, 그런 뒤에야 그것이 좋은 재목이 아니고 재빠른 발을 가진 말이 아님을 알게 됩니다.

모(某)는 공의 문하에서 지낸 지 하루 이틀이 아니며, 또한 인척관계로도 욕되이 뒷자리를 차지하고 있으니, 이는 장석(匠石)의 뜰에서 생장하고 백락의 마구간에서 자란 것과 같습니다. 여기에서 알아줌을 얻지 못한다면, 비록 보고 알아주는 사람이 천만 인이 있게 된다 해도 어찌 족하다 할 수 있겠습니까? 지금은 다행히도 천자께서 해마다 명을 내리시어 공경대부들에게 선비들을 추천케 하시는 덕분에, 모(某)와 비슷한 사람들도 모두 천거되어 알려졌습니다. 이 때문에 무례를 무릅쓰고 이러한 말씀을 올려 공께 누를 끼쳐 드리는 것입니다. 또한 스스로를 헤아리지 못한 짓이기도 합니다만, 공께서는 모(某)를 어떠한 사람으로 알고 계시는지요?

옛날에 어떤 사람이 말을 시장에 내다가 팔려고 했으나 팔리지 않자, 백락이 말을 잘 감정하는 것을 알고는 그에게 가서 말을 보아줄 것을 청했답니다. 백락이 한 번 보아주자, 말 값이 세배로 뛰었다 합니다. 모(某)의 경우와 그 일이 몹시 비슷합니다. 그런 까닭에 처음부터 끝까지 그 이야기를 말씀 드린 것입니다.[3]

---

3) 韓愈, 「爲人求薦書」. "木在山, 馬在肆, 過之而不顧者, 雖日累千萬人, 未爲不材與下乘也. 及至匠石過之而不睨, 伯樂遇之而不顧然後, 知其非棟梁之材, 超逸之足也. 以某在公之宇

위의 글은 한유가 어떤 권력자에게 한 인물을 추천하기 위해서 쓴 글이다. 말 감정의 대가인 백락이 인기 없는 말을 한 번만 쳐다보고만 가도 그 가격이 3배나 뛴다고 하면서, 인재가 자기를 알아주는 사람을 만나게 되면 크게 쓰일 수 있다는 추천서이다. 어떤 사람에게 누구를 추천했는지 알 수는 없다. 한편으로는 한유가 자기 자신을 자천(自薦)한 글이라고 하는 사람도 있다. 어쨌든 인재는 인재를 알아보는 법이다. 실력을 겸비하고 있으면 언젠가는 인재의 눈에 띄어 자신의 능력에 맞는 위치에 등용될 것이다. 먼저 실력을 기르자.

下非一日, 而又辱居姻婭之後, 是生于匠石之園, 長于伯樂之廐者也. 於是而不得知, 假有見知者千萬人, 亦何足云耳. 今幸賴天子每歲詔公卿大夫貢士, 若某等比, 咸得以薦聞. 是以冒進其說, 以累於執事, 亦不自量已. 然執事其知某何如哉. 昔人有鬻馬不售於市者, 知伯樂之善相也, 從而求之, 伯樂一顧, 價增三倍, 某與其事, 頗相類, 是故始終言之耳."

창의적으로 생각하기

1. 분서(焚書)의 장본인이고 진(秦)나라 멸망에 일조한 이사(李斯)도 「상진황축객서(上秦皇逐客書)」라는 유명한 글을 남겼다. 말과 행동이 일치하지 않는 인물이다. 우리 역사에도 이런 인물들이 있다. 일제 치하 때 많은 지식인들이 친일 행각을 하였다. 이들이 남긴 좋은 문학 작품도 있다. 이들에 대한 평가는 어떻게 하는 것이 좋을까?

2. 현실이 자신을(인재를) 알아주지도 않고, 현실 또한 도덕적으로 타락한 상태이다. 이런 현실 속에서 자신이(인재가) 행할 수 있는 일이 무엇이 있을까?

7장 시대의 인물형

1. 항우(項羽)와 유방(劉邦)

초(楚)나라 패왕(霸王) 항우(項羽)

항우[항적(項籍)]는 어릴 적 삼촌 항량(項梁)에게 가르침을 받았다. 항우의 집안은 대대로 초나라 장군의 직책으로 하남성[項] 지방을 봉읍(封邑)으로 받았기 때문에 항(項)씨로 성을 삼았다. 그리고 진(秦)나라 장수 왕전(王翦)이 조부 항연(項燕)을 죽인 선대의 원한 관계로 인해 진시황의 태자 부소(扶蘇)의 아들 자영(子嬰, 진왕)은 항우에게 죽임을 당했다.

항우는 어려서부터 공부하기를 싫어하여 검술을 익혔으나 신통하지 않았다. 이에 삼촌 항량이 나무라자 "글은 제 이름만 써도 족하다(書足以記姓名)"라고 하여, 병법을 가르쳤다고 한다. 삼촌 항량이 항우에게 병법을 가르치자 항우는 크게 기뻐했지만, 그 뜻만 대략 알고는 끝까지 배우려고 하지 않았다고 한다. 삼촌 항량이 살인을 하여 항우와 강소성 소주 오중으로 도망을 하였다.

오중에는 항량의 수하 출신들이 많았기 때문이다. 부역과 상사(喪事)가 있을 때마다 주도적인 일을 하면서 그곳 지방의 사람들의 능력을 알아 두었다. 진시황제가 순유(巡遊)하고 절강을 건널 때 항량과 항우가 함께 바라보았는데, 항우가 "저 사람의 자리를 빼앗아 내가 대신할 것입니다."라고 했다고 한다. 항우는 신장이 8척이 넘었으며 힘은 커다란 솥을 들어 올릴 정도였고, 재주와 기운이 남보다 뛰어나 오중의 자제들이 모두 항우를 두려워했다고 한다.

항우가 24세 되던 해, 회계 군수 목을 베어 군사를 일으켰다. 사람을 시켜 회계군 아래 현들을 거두고 정예병 8천명을 얻었다. 항량이 8천 명을 이끌고 강수를 건너 서쪽으로 갔다. 계속 군사들이 모여 들어 6~7만이 되었으며, 거소 사람 범증을 만나 그의 계책대로 초나라 회왕의 손자 심(心)을 찾아내어 초회왕으로 세웠다(기원전 208년). 항량 자신은 무신군(無信君)이라 칭했다. 거듭된 승리로 자만에 빠진 항량은 진(秦)나라 장함(章邯) 군대의 공격을 받아 마침내 전사하고 말았다.

초나라 회왕은 송의를 상장군으로 삼고 항우를 차장으로 삼았으며, 70세 고령의 범증을 말장으로 삼아 북쪽의 조나라를 구원하게 하였다. 조나라 구원 문제로 송의와 항우는 견해를 달리해서 결국 항우가 송의를 목을 베었다. 이로 인해 항우가 임시로 상장군이 되었다. 결국 초회왕은 항우를 상자군으로 임명하게 되었으며, 항우는 조나라를 거록에서 구원하게 되었다. 이 일로 항우는 제후들의 군대에서 상장군이 되었고 제후들이 모두 항우에게 속하게 되었다. 진나라 장수 장함이 드디어 항우에게 귀의하였으며, 항우의 초나라 군대는 진나라 군졸을 공격해서 20만 명을 파묻었다. 기원전 207년 10월에 유방은 함양을 점령하였으며, 항우는 207년 12월에야 희수(戲水) 서쪽에 이르게 되었다. 함양을 점령한 유방은 재물을 탐하지 않고 민폐를 끼치지 않도록 하였다. 이에 범증은 유방이 작은 뜻에 머물지 않고 큰 뜻을 지녔음을 알고 항우에게 제거하라고 건의하였다. 이 사실을 유방의 군대에 있는 장량에게 항우의 막내 삼촌인 항백이 알려 주었다. 항우가 유방을 제거하려는 계획을 세우고 있으니, 당장 항우를 만나 그 간의 사정 이야기를 하라고 일러 주었다. 이전에 항백은 유방과 친분이 있었던 관계로, 항백이 도움을 준 것이다. 항백의 말대로 다음 날 일찍 군사 100여 명만 거느리고 와서 항우를 홍문에서 만났다. 여기서 홍문지연(鴻門之宴)의 고사가 만들어졌다. 겉과 속이 서로 다른 상황을 가리키거나 살벌한 정치적 담판을 뜻하는 말로 쓰이고 있다.

담판에서 두 사람이 말한 내용을 살펴보자.

유방은 홍문에 이르러 항왕(항우)에게 사과하면서 말했다. “신이 장군과 함께 힘을 다해 진나라를 공격했는데, 장군께서는 하북에서 싸웠고 신은 하남에서 싸웠습니다. 그러나 제 뜻과는 다르게 먼저 관(關)으로 들어가 진(秦)나라를 쳐부수고 이곳에서 다시 장군을 뵙게 되었습니다. 지금은 소인배들의 이간이 있어 장군과 신으로 하여금 틈이 벌어지고 있습니다.” 항왕이 말하기를 “당신이 ‘관중이 된다’고 한 것은 패공(유방)의 좌사마 조무상의 말이오. 그렇지 않았다면 내가 어찌 이렇게 했겠소.”라고 하였다. 사마천의 『사기』에 유방의 좌사마 조무상이 사람을 보내 항우에게 “유방이 관중에서 왕 노릇하려고 자영으로 재상을 삼아 귀한 보물을 송두리째 차지하려고 합니다.”라고 진언하는 장면이 있다.

패공 유방은 자신을 낮추어 어떻게 하든 자신이 처해 있는 상황을 극복하려는 계략이 나타나 있다. 그에 비해, 항우는 단순한 성격임을 드러내었다. 패공 유방이 함양을 먼저 점령했을 때, 유방의 수하인 조무상이 항우에게 와서, “패공(유방)이 관중의 왕이 되고 자영(子嬰)을 재상으로 삼아서 진귀한 보물들을 모두 차지하고자 합니다.”라고 일러바친 일이 있었다. 이 일을 항우가 이야기함으로써 계책의 부족과 성격의 단순함을 드러낸 것이다.

홍문의 잔치에서 사촌 동생 항장을 시켜 패공 유방을 죽이고자 항장검무를 행하였으나, 옛적 살인 사건으로 유방의 도움을 받은 막내 삼촌 항백의 방해로 뜻을 이루지 못하였다. 이에 유방의 장수 번쾌가 들어와 위기 사태를 수습하게 하였다. 이 틈을 탄 유방은 자기 군대가 주둔하고 있는 패상으로 달아났던 것이다. 이에 결단을 단행하지 못한 항우를 범증은 어린 아이와 천하를 도모할 수 없다고 한탄하게 되었던 것이다.

며칠 후 항우는 군사를 이끌고 함양으로 가서 항복한 진(秦)나라의 왕 자영을 살해하고 진나라 궁실을 불태웠다. 그런 후 항우는 재물과 부녀자들을 거두어 고향 동쪽으로 향했다. 이에 어떤 사람이 설득하여 말하기를, "관중은 산과 물로 막혀서 사방이 요새이면서도 토지가 비옥하니 도읍하면 패왕이 될 것입니다."라고 하니, 항왕은 "부귀해졌는데 고향으로 돌아가지 않는다면 비단옷을 입고 밤길을 걷는 것이나 마찬가지 일 것이니 누가 알아주겠는가?"라고 하였다고 한다. 여기서 금의야행(錦衣夜行) 곧 '캄캄한 밤에 비단옷을 입고 다녀봐야 알아주는 사람이 없다.'는 말로, '남이 알아주지 않는 행동은 보람이 없다.'는 의미로 사용되고 있다. 항우가 범부(凡夫: 평범한 사내) 같은 모습을 의연 중에 드러내었다.

초회왕을 높여 의제(義帝)로 삼았다. 그런데 여기서의 의(義)는 가짜라는 의미이다. '의족(義足)'·'의부(義父)' 등의 '가짜 발', '가짜 아버지'처럼, 가짜 곧 '가(假)'의 뜻이다. 따라서 항우는 스스로 왕이 되고 제후들을 왕으로 임명하기 위해 초회왕을 가짜 황제로 등극시킨 것이다.

마침내 진나라를 멸하고 스스로 서초패왕(西楚霸王)이라 일컬으며 봉기군의 장수 18인에게 분봉을 하는 등 패업을 이루는 듯했으나, 부하 장수들의 충언도 듣지 않고 독단을 행하다 점차 궁지로 몰려 B.C.202년 유방과의 천하를 양분하기에 이르게 되었다.

초(楚)나라 패왕(霸王) 항우(項羽, B.C.233~B.C.202)는 한(漢)나라 왕 유방(劉邦)과 5년에 걸쳐 중국 천하를 걸고 싸웠지만, 차츰 유방의 한나라 군사에 밀려 천하를 나누어 통치하기에 이르렀다. 그래서 항우와 유방은 홍구(鴻溝)의 동쪽을 초나라, 서쪽을 한나라가 차지하는 데 합의하였다. 그러나 유방의 신하 장량(張良)과 진평(陳平)은 "지금이야말로 한나라와 초나라의 세력의 우열이 분명합니다. 이 기회를 놓쳐서는 안 됩니다. 지금 놓아주고 공격하지 않는다면 이것이 이른바 호랑이를 길러 스스로 근심거리를 남겨두는 것과 같습니다."라고 하여, 유방을 설득하였다.

그러나 장수들이 군대를 움직이지 않았다. 그래서 유방이 초나라를 무너뜨리면 진(陳) 땅부터 동쪽 바다까지는 제왕 한신에게 주고, 수양에서 북쪽 곡성까지는 팽월에게 준다고 선언하였다. 그러자 한신(韓信)은 제(齊)나라로부터, 팽월(彭越)은 양(梁)나라로부터 군대를 이끌고 와 해하(垓下)에서 항우의 군대를 포위하였다.

항왕의 군대는 해하에 방벽을 쌓고 진을 쳤는데 군사는 적고 식량은 다 떨어졌으며 한나라 군대와 제후의 군사들이 여러 겹으로 포위하였다. 한밤중에 한나라 군영의 사방에서 초나라 노래 소리가 들리자 항왕은 크게 놀라 말하였다.

"한나라가 이미 초나라를 빼앗았는가? 어째서 저렇게 많은 초나라 사람들이 (한나라 군대에) 있단 말인가?"

초나라 항우가 한나라 군사들로부터 사면초가를 당하는 모습

여기서 사면초가(四面楚歌)라는 고사성어(故事成語)가 나왔다. 사면초가는 사방이 온통 자기에게 등을 돌린 적으로 둘러싸여, 고립무원(孤立無援)인 상태를 비유하는 말이다. 다시 말하자면, 사면이 모두 적에게 포위되어 고립된 상황을 이르는 말로 『사기(史記)』 중 「항우본기(項羽本紀)」 및 『십팔사략(十八史略)』에 나오는 고사(故事)이다.

패배를 직감한 초(楚) 패왕 항우는 장막 안에서 우미인과 결별의 잔치를 벌였다. 항우는 항시 희첩(姬妾) 우미인(虞美人)을 그림자처럼 데리고 다녔다. 항우는 전쟁에서 지면 사랑하는 우희(虞姬)도 적장인 유방의 시녀가 될 것임에 마음이 아팠다. 슬픔을 이기지 못한 항우는 시를 지어 노래를 불렀다.

「해하가(垓下歌)」[1)]

항우(項羽)

힘은 산을 뽑고 기운은 온 세상을 덮어도,	力拔山兮氣蓋世역발산혜기개세,
때가 이롭지 못하니 오추마도 나아가지 못하네.	時不利兮騅不逝시불리혜추불서.
오추마가 가지 않으니 어찌할 것인가?	騅不逝兮可奈何추불서혜가내하,
우미인이여 우미인이여 그대를 어찌할 것인가?	虞兮虞兮奈若何우혜우혜내약하.

힘은 천하장사요, 기운은 세상을 뒤 덮을 만한데, 때가 불리하니 이제는 오추마마저도 나아가지 않는구나! 우희여 이 일을 어쩌면 좋단 말인가? 우희여 그대를 어찌할까?

항우와 우미인이 이별하기 직전의 모습

1) 「해하가」는 중국 칠언시의 효시이다. B.C.202년 항우가 해하에서 한나라 유방에게 포위되어 孤立無援 상태에서 지은 시이다.

낙담한 항우가 이 「해하가」를 몇 번 부르니 우미인은 이렇게 화답했다고 한다. 『초한춘추(楚漢春秋)』에 나온다.

한나라 군사가 이미 우리 땅을 침략해, 漢兵已略地한병이략지,
사방에는 초나라 노래 소리뿐입니다. 四方楚歌聲사방초가성.
대왕께서 의기가 다했으니, 大王意氣盡대왕의기진,
천첩이 어찌 무료히 살아 있겠나이까? 賤妾何聊生천첩하료생.

한나라 유방의 군사가 이미 우리 초나라 땅을 침략해서 동서남북 사방은 이미 초나라 노래로 가득합니다. 이제 대왕의 기상이 다한 것 같습니다. 이런 판국에 천한 첩이 어찌 혼자 살길을 찾겠습니까?

이 노래를 들은 항우는 뜨거운 눈물을 흘렸고, 좌우가 다 울면서 서로 쳐다보지도 못했다고 한다. 비통한 기운이 맴도는 장막 안에서 새어나오는 한마디 "소첩이 구차하게 살아남아 무엇 하겠습니까?"라고 하여, 우희는 마지막 애절한 말을 남기고 항우의 장검을 뽑아 자결하였다. 멋진 대장부의 부인다운 선택이었다. 우희는 의리로 생을 마감하였다.

그러나 우미인과는 다른 선택을 한 군주의 여인도 있었다. 진(陳)나라 왕 진후주[숙보(叔寶)]의 첩 장여화(張麗華)는 수(隋)나라 양제 앞에서 춤까지 춘 인물이다. 먼저 당나라 말기 두목의 한시를 감상해 보자.

「박진회(泊秦淮)」

두목(杜牧)

안개가 한수를 덮어씌우고 달은 모래사장을 비추고, 煙籠寒水月籠沙연롱한수월롱사,
밤에 진회의 술집 가까이 배를 댄다. 夜泊秦淮近酒家야박진회근주가.
술집 여자는 망국의 한을 모르고서, 商女不知亡國恨상녀불지망국한,
강을 격해서 아직도 후정화를 부르고 있네. 隔江猶唱後庭花격강유창후정화.

안개는 찬물에 가득하고 달빛은 모래사장에 쏟아진다. 밤에 진회 근처 술집에 배를 정박했다. 그리고 노래 소리를 들어보니 술집 여자는 망국의 한을 알지 못하고 강 저 넘어서 아직도 옥수후정화를 부르고 있다.

두목이 당나라의 패망을 직감하고 이런 시를 지은 것 같다. 진회는 지금의 남경으로 옛날부터 유명한 술집이 많은 곳이고 수많은 왕조가 생겼다가 망한 곳이기도 하다. 두목이 진회 가까이 와서 노래 소리를 들어 보니, 옛날 진나라 마지막 왕이 부르던 음탕한 노래 '옥수후정화(玉樹後庭花)'가 아닌가? '옥수후정화'는 진의 마지막 왕 숙보가 지은 노래로 후궁들에게 부르게 하였다. 그리고 진후주는 수많은 궁중여인과 술독에 빠져 있다가 수나라의 침략에 손수무책으로 당한 인물이다. 수나라가 쳐들어올 때, 애첩 장여화와 함께 우물 속에 숨어 있다가 수나라 병사들에게 사로잡힌 군주이다. 그때 수 양제에게 구걸하여 진후주는 수 양제의 식객 노릇을 하였고, 장여화는 수 양제 앞에 나아가서 무희 노릇을 하였다. 항우의 부인 우희와 대비되는 행적을 남겼다.

두목은 위의 시에서 후정화를 부르는 술집 여인을 꾸짖은 것이 아니고, 진회에 와서 술 마시고 놀고 있는 당나라 고관대작들을 나무라는 것이다. 고관대작의 방탕한 생활을 보니 당나라의 국운도 기울었다는 것이다. 육조를 통일한 수 양제는 경항 대운하(북경과 항주를 잇는 운하)를 건설하느라 국력을 낭비하여 쇠망의 한 원인이 되었지만, 수 양제가 죽은 후 많은 문학 작품이 나오게 되는 계기가 되었을 뿐만 아니라 중국의 물류 운송에도 크게 기여했다는 평가를 받고 있다. 마치 고려 무신 정권의 2대 집권자 최우가 '팔만대장경'을 만들어 역사에 길이 남을 문화유산을 남긴 것과 같다. 참 역사의 아이러니라 할 만하다.

현재 안휘성 영벽현 숙사공로(宿泗公路) 변에 우희의 무덤이 있다. 묘비에는 "우미인이여! 어째서 예부터 홍안은 박명한가? 우희여 어디 있는가? 홀로 황혼 중의 무덤으로 남았구나(虞兮奈何自古紅顔薄命, 姬耶安在獨留青塚向黃昏)." 라는 글귀가 새겨져 있다. 미인은 떠나도 그에 대한 사람들의 호기심은 여전

우희의 무덤에 피었다는 우미인초 곧 개양귀비꽃이다. 선명한 빛깔이 항우에 대한 변함없는 마음을 보여주는 듯하다.

한가 보다. 우미인의 무덤에서 꽃이 피어나는데, 그 이름을 우미인초, 또는 여춘화(麗春花)·선인초(仙人草)라고 부르며, 우리나라에서는 개양귀비꽃이라 한다. 그리고 이 꽃 앞에서 우미인곡을 부르면 꽃이 저절로 잎과 가지가 춤을 추었다고 한다. 참으로 한 미인에 대한 전설이 여러 가지로 회자되고 있다.

이에 항우가 한나라 군사들의 포위망을 뚫고 나왔는데, 그때 따르는 병사는 겨우 800여 명이었다. 5,000여 명의 기마병인 한나라 군사가 추격해 오는 중에 항우는 회수(淮水)를 건너는데, 이미 군사는 100여 명에 불과했다. 다시 안휘성 음릉에 이르자 길을 잃은 항우의 군대는, 한 농부에게 초나라로 가는 길을 물으니, 그 농부가 속여 '왼쪽입니다.'라고 하여, 왼쪽으로 가다가 늪지대에 빠졌다. 이 때문에 한나라 추격군이 따라 붙었다. 간신히 그곳을 벗어나 안휘성 동성에 이르니 말 28기만 남아 있었다.

드디어 오강(烏江)에 이르자 정장(亭長, 이장)이 배를 준비해 놓고 있다가 항우를 만나자 "강동이 좁다지만 사방 천 리에 인구도 수십만입니다. 강을 건너가 재기하십시오."라고 하자. 항우는 "내가 강동을 떠날 때 8,000명의 자제를 데리고 서진했다가 이제 혼자 돌아가면 그들의 부형이 무엇이라 하겠는가? 나를 다시 왕으로 추대하려 한다 해도 내가 어찌 그들을 대면하겠는가? 나는 부끄러워 갈 수 없다."라고 하여, 항우는 거절하면서 자신의 명마인 오추마도 정장에게 건네주었다고 『사기(史記)』는 전하고 있다. 신의(信義)를 강조하는 『사기』의 저자 사마천(司馬遷)의 면모를 읽을 수 있는 부분이다.

기원전 99년 전한(前漢)의 명장 이광(李廣)의 손자 이릉(李陵)이 군대를 이끌고 흉노와 싸우다 투항하는 사건이 발생했다. 그때 사마천은 절대 군주 한

무제 앞에 나아가 친구 이릉을 적극적으로 변호하다가 무제의 노여움을 사 사형을 받게 되었다. 당시 사형을 면할 수 있는 방법은 50만전 돈을 내면 사형을 면할 수 있었다. 주변의 아는 분들과 친구들이 모두 그 돈을 마련하는 데 협조할 것이라고 하여 사형을 면하고 풀려나지만, 막상 그 돈을 마련하려고 하니 쉽게 모이지 않았다. 약속한 날까지 돈을 준비하지 못한 사마천은 그 대가로 궁형[남자의 성기를 제거하는 형벌]을 받게 되었던 것이다. 신의(信義)가 무너짐을 통절히 느꼈을 사마천은 『사기』 곳곳에서 신의의 중요함을 강조하였다. 사마천은 궁형을 받으면서 "세상 사람들은 내가 형을 받은 것쯤은 구우(九牛)의 일모(一毛)를 잃은 것으로밖에 생각하지 않을 것이다."라고 말하면서 형을 달게 받았다고 한다. 구우일모(九牛一毛)[아홉 마리 소의 털 가운데 한 오라기털로, 많은 것 중에 아주 사소한 것]라는 고사성어도 여기서 유래되었다.

마지막 결전 때, 그의 앞에 나타난 이는 어릴 적 친구 곧 죽마고우(竹馬故友)였던 여마동(呂馬童)이었다. 항우를 배반하고 유방에게 항복했던 것이다. 항우는 "너는 내 친구가 아닌가?" 하니, 그 물음에 아랑곳 하지 않고, 오히려 초나라 장수 왕예(王返)에게 "이 자가 초왕 항우이다."라고 일러 주었다. 항우가 말하기를, "한나라 왕이 내 목에 천금의 상을 걸고 만호(萬戶)의 식읍(食邑)을 준다 하니, 내 너를 위하여 은덕을 베풀리라."라고 하여, 자신의 목을 친구인 여마동에게 내어 주었다. 『사기』의 저자 사마천은 끝까지 친구와의 신의로 끝을 맺고 있다. 신의가 없는 현실 때문에 한 무제로부터 궁형을 당한 그의 아픔을 짐작하고도 남음이 있다.

사마천은 항우에 대해서 평하기를, 항우는 순 임금과 같이 두 눈동자를 가지고 태어난 인물이라고 하면서도 한 자 한 치의 세력도 없이 태어나 진(秦)나라 말기 혼란한 상태에 3년 만에 다섯 제후를 거느리고 진(秦)나라를 멸망시킨 인물이라고 하였다. 천하를 힘으로 제압하여 패왕으로 자칭하였으나 스스로 약속을 지키지 않아 제후들이 배반하게 만들었다고도 하였다. 뿐만 아니라 자신의 공만을 자랑하고 그 사사로운 지혜만을 떨치면서 옛날 일을 스승으로 삼지 않고 패왕의 사업만을 말하면서 힘으로 천하를 정벌해서 경영하려다가 5년 만에 망하게 되었다고 하였다. 항우 자신도 안휘성 동성에서 죽으면서 오히려 잘못을 깨닫지 못하고 스스로를 책망하지도 않은 것이 그의 과오라고도 했다.

한 마디로 사마천은, '항우는 능력은 출중하였는데 아랫사람들에게 약속을 제대로 이행하지 않았고 모든 일을 독단으로 처리하였으며 자신의 힘만 믿고 행동하려는 데에서 실패의 길을 걸을 수밖에 없었다.'는 평이다. 난세에도 독단은 금물이었다.

한(漢)나라 고조(高祖) 유방(劉邦)

한(漢)나라를 세운 유방(劉邦)은 농부의 아들로 지금의 강소성 패현 풍읍의 중양리에서 태어났다. 지금도 제왕의 고향을 풍패(豊沛) 또는 풍패지향(豊沛之鄕)이라 한다. 유방은 천하를 통일한 후 고향 사람들에게 세금과 부역을 면제해 주었다. 그 뒤로 황제 또는 임금의 고향은 모두 풍패라고 칭했으며, 우리나라 전주도 이성계의 조상이 살던 곳으로서 조선 왕조의 풍패지향이고 풍패루가 있는 곳이다. 그리고 이성계가 왕위를 물려준 후 살았던 함흥에도 풍패루가 있다.

유방의 어머니 유온이 큰 연못 뜰에서 쉬다가 조는데 꿈속에서 신(神)을 만났다. 그때 천둥번개가 치면서 암흑천지가 되었다. 아버지 태공이 가서 보니, 교룡이 유온의 배 위에 올라 있었다. 그로부터 유씨가 유방을 낳았다. 이름은 방(邦)이고 자(字)는 계(季)이다. 유방의 집안은 애초에 비천해서 아버지와 어머니 이름이 없다고 한다. 후대의 황보밀이라는 사람이 고조 유방의 계통을 아름답게 윤색하기 위해서 아버지는 태공(太公)이란 이름과 어머니는 온(媪)이란 이름을 적었다고 한다.

그는 진(秦, B.C.221~206)의 하급관리인 사수(泗水) 지방의 정장(亭長: 치안을 유지하고 여객을 접대하며 민사를 다스리는 일을 맡아보던 가장 낮은 직책의 관직, 지금의 통장이나 이장)으로 출발하여 경력을 쌓기 시작하였다. 유방은 집안이 미천하다보니 관청의 관리들로부터 무시당하고 술과 여색도 좋아하였다. 술은 외상술을 마시고 술을 먹은 후에 잠이 들면 몸에 용 그림이 나타나기도 하고 술을 먹은 술집은 항상 손님들로 붐볐다. 유방이 함양에 부역 갔다가 진시황의 행차를 보고 탄식하며 말하기를, "아아! 대장부라면 마땅히 저와 같아야 할 것이다."라고 했다고 한다.

유방이 정장의 일로 죄수들을 여산으로 호송하였는데 도망친 자가 있었다. 풍읍 서쪽의 늪지대 안에 도착하자 가던 길을 멈추고 술을 마시다가, 밤이 되자 호송하던 죄수들을 모두 풀어주었다. 그 죄수들 중에 따르고자 하는 장사(壯士)가 10여 명이 있었다.

중국을 처음으로 통일한 진(秦)의 시황제(始皇帝)가 죽은 다음 각지에서 영웅들이 모반을 일으켰다. 유방도 군사를 일으켜 항우의 작은 아버지인 항량의 주둔지로 가서 그를 만났다. 항량을 따라 다닌 지 한 달 남짓 되었는데, 항우가 하남성 허창시 양성현을 빼앗고 돌아왔다.

거듭된 승리로 교만해진 항량은, 옛날 초나라 영윤 벼슬을 했던 송의가 간했으나 듣지 않다가 진(秦)나라 장수 장함의 공격을 받아 죽었다. 유방과 항우가 하남성 개봉시 진류를 공격하려고 하다가 항량이 죽었다는 소식을 접하고 동쪽으로 향했다. 초회왕은 항량의 군대가 패배한 것을 보고 우이에서 팽성으로 천도하고 항우를 장안후로 봉하였다. 조나라가 위태롭게 되어 구원을 청하자, 송의를 상장군, 항우를 차장, 범증을 말장으로 삼고 조나라를 구원하고자 하였으며, 유방은 서쪽 지역을 공략해서 관(關)으로 쳐들어가도록 하였다. 더불어 여러 장수들과 약속하기를, '먼저 관중을 차지하는 자가 왕이 된다'고 하였다. 초회왕은 진(秦)나라를 공격함에 항우는 사납고 교활하여 정복할 수가 없고, 유방은 너그럽고 덕망이 있어 그를 보내면 마땅히 항복을 받아 낼 것이라고 하였다. 진나라 환관 조고가 진의 2세를 살해했는데,

사자를 유방에게 보내어 관중을 나누어 각자 왕이 될 것을 약속 받으려 했다. 유방은 이를 거짓으로 여겨 장량의 계책으로 진(秦)나라 장수들을 설득하여 무관을 무너뜨렸고 진나라는 결국 패망하였다.

한나라 원년 서기전 206년 10월 유방의 군사들이 제후의 군사보다 먼저 패상(함양성 동남쪽 위치)이 이르렀다. 진시황제 장자 부소의 아들인 진왕 자영이 흰 수레를 타고 와서 유방에게 항복을 하였다. 이에 유방은 함양 궁에 머물면 휴식을 취했다. 번쾌와 장량의 간언에 따라 보물과 재물 창고를 봉하였다. 그리고 진나라 백성들을 편안하게 생활할 수 있도록 법을 만들었다.

11월에 항우가 제후의 군사를 이끌고 함곡관으로 들어오고자 했으나 관문이 닫혀 있었다. 항우는 유방이 이미 관중을 평정했다는 소식을 접하고 함곡관을 공격하여 부수라고 명했다. 이에 범증은 항우에게 유방을 공격하라고 권하기도 하였다. 마침 항백이 장량을 살리기 위해 유방의 군영을 방문했다가 그들이 살 수 있는 방법을 알려 주었다. 이에 다음 날 아침 유방이 100여 기병을 이끌고 홍문으로 가서 사과하였던 것이다.

진(秦)나라에 대한 반군은 명목상 항우(項羽)의 지휘 아래 있었다. 항우는 진의 군대를 쳐부수고 많은 옛 귀족들을 복권시켰으며 자신의 장수들에게 토지를 나누어주면서 진나라 이전의 봉건제도를 다시 시행하였다. 그때 주요한 반군 지도자였던 유방은 지금의 사천성(四川省)과 산서성(山西城) 남쪽, 곧 중국 서부지역의 제후인 한왕(漢王)으로 봉해졌다. 이에 한신이 한왕 유방을 설득하여 동쪽으로 진격할 것을 권하였다. 이때 항우는 형산왕과 임강왕을 시켜 의제(義帝)를 강남에서 죽였다.

항우와 유방이 대치한 지 1년이 넘었다. 항우는 한나라 군대를 침략해서 한나라 군사들의 식량이 부족하게 하다가 마침내 한나라 왕을 포위하였다. 한나라 왕 유방이 강화를 요청하면서 형양 서쪽을 한나라에게 할애하라고 했지만 항우가 들어 주지 않았다. 이에 한나라 왕 유방이 계책을 써서 항우와 범증의 관계를 이간질하였다. 이에 범증이 벼슬에 물러나고 곧바로 죽었다.

한나라 군대는 속임수를 이용하여 포위망을 뚫고 한나라 왕 유방이 탈출할 수 있게 하였다. 드디어 한 왕은 형양을 탈출하여 관중으로 들어가 군사들을 수습할 수 있게 되었다. 그러나 계속 수세에 몰리던 유방의 한나라 군사들이 한신의 군대를 얻어 위세를 떨치기 시작하였다. 초나라와 한나라가 대치한 지 오래되어도 결판이 나지 않자, 장정들이 지쳐갔다. 하남성 형양현 광무진에서 항우가 유방에게 말하기를 홀몸으로 싸울 것을 요청하였다. 그런데 유방이 항우에게 10가지 죄목을 들여 싸울 필요가 없다고 하였다. 앞으로 항우는 주살될 것이라고 하였다. 이 말을 들은 항우는 화가 나서 숨겨 놓았던 쇠뇌를 당겨 한나라 왕 유방을 맞췄다. 가슴을 맞았는데 발가락을 만지면 심한 상처가 아님을 보여주고자 하였다. 한나라 왕 유방이 병이 나자 서쪽 관중으로 들어갔다. 이때 팽월은 군사를 거느리고 양 땅에서 초나라 군사를 괴롭히면서 군량미를 차단하였다. 항우가 수차례 팽월을 공격하자 제나라 왕 한신은 초나라로 진격하였다. 항우가 두려워서 한 왕과 천하를 둘로 나누어 홍구 서쪽은 한나라에 할애하고 홍구 동쪽은 초나라 땅으로 하는 것으로 조약을 맺었다. 항우가 군사를 철수해서 동쪽으로 돌아갔다. 유방도 군사를 이끌고 서쪽으로 돌아가려고 할 때, 유후 장량과 진평의 계책에 따라 항우의 군대를 추격하였다. 기원전 202년 한 고조는 제후의 군사들과 함께 초나라 군대를 공격해서 항우와 해하에서 승부를 결정짓기로 하였다. 회음후 한신이 30만 명의 군사를 거느리고 스스로 맞섰다.

항우는 마침내 한나라 군진 안에서 부르는 초나라 노래 소리를 듣고 한나라가 초나라 땅을 모두 손에 넣었다고 여겼다. 그로인해 항우는 패해서 달아났다. 이로써 군사는 크게 무너졌던 것이다. 한나라 군사는 항우를 추격하여 안휘성 동성에서 항우를 포위하여 자살케 하였다. 이때 그의 나이 32세였다. 싸움에 승리한 한나라 장상들이 한 왕을 황제로 높일 것을 권유하니, 3번 사양하다가 마침내 수락하였다.

유방이 황제가 된 후, 자신이 항우보다 잘 한 것을 3가지로 말한 부분이 있다. 첫 번째는 장막 안에서 계책을 짜내서 천 리 밖의 승부를 결정짓는 것은 내가 장량(張良)만 못하고, 두 번째 나라를 진정시키고 백성들을 위로하며 군량을 공급하거나 군량의 수송로가 끊어지지 않게 하는 것은 내가 소하(蕭何)만 못하다. 그리고 세 번째 백만 군사를 연합해서 싸우면 반드시 승리하고 공격하면 반드시 빼앗는 것은 내가 한신(韓信)만 못하다. 이 세 사람은 모두 인걸인데, 내가 그들을 등용할 수 있었으므로 이것이 천하를 취하게 된 것이다. 이에 비해 '항우는 범증 한 사람도 등용하지 못했기에 나에게 포로가 되었던 것이다.'라고 하였다. 이렇듯 유방은 아랫사람을 잘 두었기에 승자가 될 수 있었던 것이다.

유방은 농민 출신으로서 민심을 얻는 법을 알고 있었을 뿐만 아니라 영리함까지 갖추면서 정치적인 면에서 항우보다 한 수 위였다. 그는 점점 서쪽 지역의 경쟁자들을 물리치고 입지를 강화해 나아갔다. 반면에 항우는 봉건제를 재현시키고 있었다. 항우는 장신(長身)에 우람한 체구를 가지고 있었고 학식을 갖춘 시인이었으며, 탁월한 군사 전략가였다. 그러나 일반인들의 마음을 끌어당기고 그들의 충성심을 불러일으키지는 못했다. 결국 항우가 해하에서 비련의 주인공이 되면서 두 사람의 경쟁 관계도 끝이 났다.

유방이 B.C. 196년 회왕의 반란을 평정하고 장안으로 돌아가던 도중에 고향 패현에 들렀다. 그때 일가친척뿐만 아니라 친구들까지 120명이 모여 환영회를 열어 주었다. 유방은 술이 취하여 노래를 부르고 춤까지 추었으며, 120명의 고향 자제들에게 자신이 지은 「대풍가(大風歌)」를 부르게 하였다. 이 시를 새겨 놓은 비를 대풍가비(大風歌碑)라고 한다. 강소성 패현문화관(沛縣文化館)에 전해지고 있다.

「대풍가(大風歌)」[2)]

센 바람이 부니 구름이 높날리네.	大風起兮雲飛揚대풍기혜운비양.
위엄을 해내에 떨치고 고향으로 돌아가네.	威加海內兮歸故鄕위가해내혜귀고향.

어찌하면 용맹한 무사를 얻어 사방을 지킬까? 安得猛士兮守四方안득맹사혜수사방.

위의 시는 제왕의 기상을 읊은 시이다. 제1구는 강하고 센 바람이 부니 모든 구름이 흩어져 달아나 없어진다는 뜻으로, 유방 자신이 군사를 일으켜 세상의 난리를 평정함이 마치 바람이 구름을 날려 없애는 것과 같다고 했다. 바람은 유방이고 구름은 군웅에 비유되었다. 제2구는 유방 자신이 황제 자리에 올라 위세를 사방에 떨치고 득의양양하여 고향으로 돌아가는 개선장군의 모습이다. 제3구는 수성의 어려움을 강조하였다. 수성하기 위해서는 어떻게 용맹하고 지혜로운 사람들을 얻어 사방을 지킬까? 염려하고 있는 모습이다.

유방은 학자들을 싫어하여 학자의 관(冠)에 오줌을 누어 혐오감을 표시하기도 했으나, "마상(馬上)에서 천하를 얻을 수는 있어도 마상에서 천하를 다스릴 수 없다"는 신하의 간언을 받아들여 유교의 예를 채택하였다. 그는 농업을 부흥시키고 농민들의 세금부담을 덜어주는 데 각별한 관심을 보였다. 유방은 한나라 개국에 공이 많은 부하장수들과 친인척들을 제후(諸侯)·열후(列侯)로 봉해 각지에 내보냈다. 그러나 후에 그는 항우를 물리치고 천하를 통일하는 데 가장 공이 컸던 한신(韓信)·팽월(彭越)·영포(英布) 등의 공신 제후들을 모두 처형하고 제후는 한나라의 일족에 한 한다는 규정을 만들어 왕조의 기초를 다졌다. B.C. 200년 스스로 흉노(匈奴) 원정에 나섰다가 백등산(白登山)에서 패하여 포로가 될 뻔한 적도 있었다.

한나라와 초나라가 천하를 두고 다툴 때 유방은 한신의 군사를 얻기 위해 그를 제왕(齊王)에 봉했으며 해하에서 항우를 크게 이긴 후에는 한신의 모반을 염려하여 병권(兵權)을 빼앗고 초왕(楚王)에 봉했다. 한나라가 수립한 후에는 그의 고향이었던 회음후에 봉해지니 "교활한 토끼 잡고 나면 좇던 개

2) 유방이 B.C.196년에 지은 파격시이다. 이 시는 유방이 자신의 포부를 피력한 것으로, 후대에 제왕이 되려는 사람은 누구나 이 시를 애송했다고 한다.

삶아 먹고, 높이 나는 새 다 잡아 없애면 좋은 활 감추고, 적국이 패망하면 모신(謀臣)도 망하는 법, 천하가 이미 안정되었으니 나도 마땅히 팽되겠지(狡兎死 走狗烹, 高鳥盡 良弓藏, 敵國破 謀臣亡, 天下已定 我固當烹)."라며, 한탄했다고 한다. '토사구팽(兎死狗烹)' 곧 '토끼 사냥이 끝나면 개 삶아 먹는다'는 뜻으로 이용 가치가 없으면 버린다는 것이다. 한신의 이런 처지를 노래한 시가 있다. 이처럼 유방은 자신의 목표를 위해서는 작은 명분에 얽매이지 않았다.

「**한신묘(韓信廟)**」

유우석(劉禹錫)

장군의 뛰어난 전략과 용병술 세상의 영웅이었으되,	將略兵機命世雄장략병기명세웅,
창황한 종실에서 뛰어난 무예를 한탄했었네.	蒼黃鍾室歎良弓창황종실탄양궁.
마침내 후대로 하여금 이 단에 오를 자에게 알리니,	遂令後代登壇者수령후대등단자,
항상 깊이 생각하여 공업을 이룬 후엔 두려워하기를.	每一尋思怏立功매일심사앙립공.

한신 장군은 지략과 용병술로 일세의 영웅이 되었으나 서한의 종실 내에서 음모로 살해되었다. 후세에 군권을 쥔 장군들은 이 일을 교훈으로 삼아 뒷일을 생각해야 한다. 적들을 물리치고 전공을 세운다는 게 두려울 수도 있다.

한신은 어린 시절 회음에서 가난하게 살았다. 이웃마을 남창 정장 집에서 기식하면서 정정의 처자로부터 냉대 받았으며 강가에서 물고기를 잡아 생계를 이어가기도 하였다. 그러면서 강가 빨래하던 여인에게서 밥을 얻어먹기도 하였다. 또 시장에서는 남의 가랑이 사이로 기어가는 욕을 당하기도 하였다. 그 후 회음후에 봉해졌을 때, 한신은 자신에게 은혜를 베풀었던 사람은 물론 욕을 보였던 사람에게도 감사의 뜻을 전하는 선행을 베풀었다.

농민 출신이었던 유방은 포용력을 지닌 인물이기도 하였지만, 한신의 예처럼 천하 패권에 걸림돌이 될 수 있는 인물은 과감히 제거하는 비정함도 보였다. 이런 그의 태도가 천하의 패자가 될 수 있게 하였던 것이다. 한신을 유방에게 적극적으로 추천한 이도 소하(蕭何)였고, 천하를 통일한 후 장락궁 종실로 한신을 유인한 후에 한신을 죽이도록 계략을 꾸민 이도 소하였다. 그래서 '성공한 것도 소하 때문이고, 패망한 것도 소하 때문이다(成也蕭何, 敗也蕭何).'라는 고사가 전해지기도 한다. 천하를 제패한 유방도 인생은 유한한 것이라 한나라 황제에 즉위한 지 8년 만에 장락궁에서 생을 마쳤다. 유한한 삶을 살아가는 우리들도 현재의 삶을 한 번 돌아보면서 어떻게 사는 것이 정말로 참된 삶인가를 생각해 봐야 될 것 같다. 인생은 유한하기 때문이다.

진(秦)나라가 망하고 초(楚)나라와 한(漢)나라가 일어나 항우와 유방이라는 영웅이 천하를 두고 겨루기를 하였다. 하지만 능력과 힘 모두 앞 선 항우보다는 동료들의 말을 경청하고 의견을 모아 실천을 감행하고 아랫사람의 능력을 하나로 모아 시너지 효과를 낼 줄 알았던 유방을 그 시대는 필요로 했던 것이다. 아랫사람의 의견에 귀 기우리고 그들의 능력을 존중하는 리더는 그들이 살던 그 시대에만 필요로 했던 인물만은 아닐 것이다. 21세기 인공지능이 판도를 주름잡을 시대에도 인간만의 특성으로 여러 사람들의 의견을 경청하고 요구를 수용할 줄 아는 유방 같은 인물이 필요할 것으로 예견된다. 인공지능은 경청과 수용의 판단이 자유롭지 못하기 때문이라는 이유도 있지만, 인류 역사를 살펴보아도 독단보다는 여러 사람의 의견에 귀 기우리는 태도가 결국은 역사의 승자가 되었기 때문이다. 여전히 유방 같은 인물이 필요한 시대이다.

2. 군자(君子)와 소인(小人)

군자(君子)의 개념

군자(君子)는 '대군[임금]의 아들' 곧 '대군지자(大君之子)'라는 찬사(讚辭)의 말에서 왔다. 요순(堯舜)을 거쳐 우(禹) 임금으로 이어질 때까지는 어진 사람을 찾아 지위를 물려준다는 선양제(禪讓制)였다. 그런데 우(禹) 임금은 어진 신하 익(益)보다는 현명한 아들 계(啓)가 더 백성들이 좋아하기에 임금의 자리를 아들에게 물려주었다. 그때부터 임금의 아들이 세습하여 임금이 되는 세습제(世襲制)가 행해지게 되었고, 임금의 아들 곧 군자(君子)가 차츰 임금을 가리키는 말로 굳어져서 쓰이게 되었다.

따라서 군자(君子)는 처음에는 임금의 자리에 계신 분이라는 뜻으로 사용되었으나, 세월이 지남에 따라 실질적인 정신적 지도자인 선각자(先覺者)의 의미로 쓰이게 되었다. 선각자란 공자(孔子)와 같은 도(道)로써 이루어지고 덕(德)으로써 만인 앞에 우뚝 선 분 곧 '도성덕립자(道成德立者)'와 같은 의미이다. 공자와 같은 성인(聖人)을 군자(君子)로 칭하기도 하며, 선비 중의 선비가 군자인 셈이다. 국가와 민족을 위해 자신의 소중한 목숨을 초개와 같이 버릴 줄 아는 안중근·윤봉길 같은 분을 우리는 의사(義士), '의로운 선비'라고 부른다. 그와 같은 선비 중의 선비가 군자(君子)인 것이다.

동양에선 매(梅)·란(蘭)·국(菊)·죽(竹)을 '사군자(四君子)'라고 한다. 그 까닭은, 그러한 초목들이 각각 군자적 자질과 면모를 보여 주기 때문이다. '매화(梅花)'는 겨울이 채 끝나지 않은, 다른 꽃이 피지 않는 이른 봄, 눈 속에서 시련과 고난을 견뎌내면서도 은은한 향기를 지니고 피어나기 때문이다. 그리고 '난초(蘭草)'는 누가 알아주지 않는 심산유곡(深山幽谷)에서 피어나되 청초한 자태와 은은한 향기를 지니기 때문이다. 이는, 『논어(論語)』「학이(學而)」편 '시습(時習)'장의 "인부지이불온(人不知而不慍), 불역군자호(不亦君子乎)."와 같은 구절에서 보이는 군자적 자질을 생각나게 한다. 남이 알아주지 않더라도 속상해하지 않고 오히려 자기의 능력이 부족함을 깨달아 더욱 발전하고자 노력하는 자세가 진정한 군자의 자세일 것이다. '국화(菊花)'는 '오상고절(傲霜孤節)'이라는 말과 같이, 다른 꽃들이 다 지고 난 늦가을에서 겨울에 이르기까지 고난과 시련을 겪어내며 은은한 향기를 지닌 채 홀로 피어 있는 꽃이다. 또한 '국화(菊花)'는 큰 바람이 불거나 일부러 손으로 꽃을 따기 전에는 절대로 꽃잎이 떨어지지 않는 채 그 꽃잎이 핀 그대로 시들 따름이다. '죽(竹)' 곧 대나무는 욕심 없이 속을 비운 채 허심탄회한 아량과 포용력을 지니고서 절도(節度) 있게 마디가 있어 한계를 지킬 줄 알며 변치 않는 늘 푸른 빛깔을 고수(固守)하고 있다. 매(梅)·난(蘭)·국(菊)·죽(竹) 곧 '사군자(四君子)'와 같은 속성을 지닌 분이 군자(君子)인 것이다.

『맹자(孟子)』「진심(盡心)」장(章) 상(上)에 보면, 군자(君子)의 세 가지 즐거움을 말한 곳이 있다.

> 맹자가 말씀하시기를, 부모가 함께 살아 계시며 형제가 아무 탈(사고)이 없는 것이 한 가지 즐거움이요, 우러러 하늘에 부끄럽지 않으며 굽어보아 이 세상 사람들에게 부끄럽지 않는 것이 두 번째 즐거움이요, 천하의 영재를 얻어서 가르쳐 길러 내는 것이 세 번째 즐거움이니라.[3)]

맹자께서 군자(君子)는 세 가지 즐거움이 있다고 하셨는데, 천하의 왕노릇하는 즐거움은 여기에 포함되지 않는다고 하였다. 첫 번째 즐거움 중 부모님이 일찍 돌아가신 분들도 계실 것이다. 공자, 퇴계 같은 분들이다. 공자는 3살 때 아버지를 여의고 퇴계는 생후 7개월 만에 아버지를 잃었다. 이처럼

---

3) 『孟子』「盡心章」上. "孟子曰, 父母俱存 兄弟無故 一樂也, 仰不愧於天 俯不怍於人 二樂也, 得天下英才而教育之 三樂也."

군자의 즐거움은 부보님이 다 살아계시고 형제자매가 아무 탈이 없는 것임

운명적으로 일찍 돌아가실 수 있다. 우리 주변에도 운명적으로 아버지나 어머니, 아니면 두 분 모두 일찍 돌아가실 수도 있다. 이는 운명적으로 돌아가셔서 어쩔 수 없는 것이므로, 살아 계시면 오죽 좋을까하고 생각하면서 돌아가신 부모님의 뜻을 받들고 부모를 욕되게 하지 않게 참되게 살면 된다. 만약 부모님이 살아 계셨더라면 어떤 사람이 되기를 바랐을까? 아마도 착한 사람이 되기를 바랐을 것이다. 그러면 착하게 살면서 이웃들에게 도움 되는 일들을 하면서 살면 그것이 즐거움인 것이다. 두 번째 즐거움은 세상 사람들에게 부끄럽지 않은 삶을 살면 된다는 것이다. 윤동주 시인이 그의 시 「서시」에서 한 점 부끄러움 없는 삶을 살고자 다짐한 것도 이 구절에서 용사(用事)한 것이다. 하늘과 세상 사람들에게 부끄러움 없는 삶은 자신의 양심에 거리낌이 없으면 될 것이다. 이익에 따라 판단할 것이 아니라 양심에 따라 행하면 부끄러울 것이 무엇이 있겠는가? 세 번째 즐거움 중 천하 영재를 길러 내는 것이 있는데, 이미 이루어진 천하 영재를 얻어서 길러 낸다면 그것은 누워서 떡 먹기이다. 천하 영재의 자질이 있는 사람을 발굴해내고 또 그런 자질을 타고난 사람들을 잘 키워주고 가르쳐 주어서 진정한 천하 영재로 육성했을 때 비로소 천하 영재를 얻어서 가르쳐 길러 내는 것이 된다. 그러면, 왜 영재를 육성하는 것이 즐겁냐하면, 하루 빨리 좋은 세상 되게 하고 이 세상을 밝힐 인재를 육성하였기 때문이다. 맹자(孟子)가 말씀한 세 가지 즐거움은 그 중요도에 따라 세 가지로 차등을 둔 것이 아니라, 이 세 가지 모두 대등하게 중요한 것이다.

『논어(論語)』에 나타난 군자(君子)와 소인(小人)의 차이점을 살펴보자.

子曰, 君子는 喩於義하고, 小人은 喩於利니라.
자왈 군자 유어의 소인 유어리

(「里仁」篇 '喩義'章)

공자께서 말씀하시기를, "군자는 (매사를) 의(義)에 견주어서 깨닫고, 소인은 (매사를) 이익에 견주어서 깨닫느니라." 하셨다.

군자는 매사를 의(義)에 견주어서 깨닫고, 소인은 매사를 이익[利(리)]에 견주어서 깨닫는다. 그러므로 군자가 세상을 살아가며 세상사를 행해 나감에는 '의'에 가치를 두고 '의'를 매사의 판단 기준이나 평가 기준으로 삼는다. 그에 비하여 소인은, 이익에 가치를 두고 이익을 매사의 판단 기준이나 평가 기준으로 삼는다. 군자는, 인의(仁義)를 행하다가 죽는 한이 있어도 결코 '인의'를 저버리지 않기 때문에, '인의'를 행하는 것을 마음 편히 여긴다. 그러나 소인은, 이익이 있다고 하면 눈이 번쩍 뜨이고 귀가 솔깃해질 만큼 이익에 정신이 팔리고, 이익을 놓치게 될까 봐 눈이 휘둥그레진다.

子(가) 謂子夏曰, 女爲君子儒요 無爲小人儒하라.
자 위자하왈 녀위군자유 무위소인유

(「雍也」篇 '爲儒'章)

공자께서 자하에게 일러 말씀하시기를, "너는 군자로서의 '선비 공부'를 할 것이요, 소인으로서의[소시민적인] '선비 공부'를 하지 마라." 하셨다.

공자의 제자 가운데 자유(子游)·자하(子夏)와 같이 문학에 능했던 제자도, 오늘날의 글공부[글 배움]에 능한 사람들과는 달리, 도덕적으로 매우 훌륭한 인물들이었을 것이다. 그럼에도, 스승 공자는 제자 자하가 혹시라도 이익을 추구하는 소시민적인 학문과 삶의 태도를 지닐까 염려되기에 결코 그래서는 안 될 것이며 반드시 원대한 목표에 뜻을 두는 포부가 큰 사람으로서의 군자적인 학문적 자세를 지닐 것을 바라는 관점에서 일부러 위와 같은 가르침을 내렸다. 공자가 제자 자하에게 권장한 '군자유(君子儒)'는 자기 몸부터 잘 다스려 바로잡고, 나아가 경세지학(經世之學)으로 만민을 구제하라는 뜻의 '선비공부'이다.

'군자유'와 '소인유'를 구별은 '위기(爲己)'·'위인(爲人)'이라는 말로써 '위기지학(爲己之學)'과 '위인지학(爲人之學)'을 말한 것이다. 제14편 「헌문」편 '위기'장('爲己'章)에서의 '고지학자(古之學者), 위기(爲己), 금지학자(今之學者), 위인(爲人). 곧 옛날의 학자들은 자기 몸을 위했더니, 오늘날의 학자들은 남을 위하도다.'라는 말과 의미가 같다. 그리고 '군자와 소인의 구분됨은 의(義)와 이익[利(리)]의 차이일 따름이다.'라고 한 것은, '군자와 소인의 다른 점은, '의'를 숭상하느냐 '이익'을 추구하느냐의 차이에 달려 있을 따름'이라는 뜻을 말한 것이다.

> 子曰(자왈), 君子(군자)는 周而不比(주이불비)하고 小人(소인)은 比而不周(비이부주)니라.
>
> (「爲政」篇 '周比'章)
>
> 공자께서 말씀하시기를, "군자는 의리로 두루 친하기는 하되 이익으로 나란히 따르지는 않으며, 소인은 이익으로 나란히 따르기는 하되 의리로 두루 친하지는 못하느니라." 하셨다.

군자는 의리로 두루 친하기는 해도 이익으로 편을 짓지 않고, 소인은 이익으로 편을 짓기는 해도 의리로 친하지 못하다는 말이다. 이익에 따라 패거리를 짓는 무리를 우리는 소인배라고 부른다. 『논어』 제13편 「자로」편의 '화동'장('和同'章)에, 위의 글과 거의 같은 뜻의 '군자(君子), 화이부동(和而不同), 소인(小人), 동이불화(同而不和).'라는 말씀이 있다. '군자는 의리로 화합하기는 해도 이익에 따라 부화뇌동(附和雷同)하지 않으며, 소인은 이익에 따라 뇌동(雷同)하기는 해도 의리로 화합할 줄 모르느니라.'라는 뜻의 말씀이다. 그러므로 여기에 쓰인 '주(周)'자는 '화(和)'와 같은 뜻의 글자로 이해되고, '비(比)'자는 '동(同)'과 같은 뜻의 글자로 이해된다. 위의 '주이불비(周而不比)'에서의 '주(周)'는

'두루·주'자로서, '의리로써 두루 친하게 지낸다'는 뜻의 글자이다. 그리고 '비(比)'는 '나란할·비'자로서, '이익으로 나란히 따른다', '이익으로 나란히 따르며 편당(偏黨)한다'는 뜻의 글자이다.

> 子曰, 君子는 泰而不驕하고 小人은 驕而不泰니라.
> 자왈 군자 태이불교 소인 교이불태
>
> (「子路」篇 '泰驕'章)
>
> 공자께서 말씀하시기를, "군자는 태연자약(泰然自若)하고 교만하지 않으며, 소인은 교만하고 태연자약하지 못하니라." 하셨다.

군자는 이치를 따르니 편안하고 느긋하면서도 자랑하거나 방자하지 않으며, 소인은 욕심을 채우려하니 군자와 반대되는 행위를 행하거나 처하게 된다는 말이다.

위의 공자의 말씀 중 '태(泰)'라는 글자는, 『주역(周易)』의 '태'괘('泰'卦)가 내실(內實)이 있는 모양인 것처럼 '태연자약(泰然自若)하다'는 뜻으로 쓰인 글자이다. '태연자약(泰然自若)'은 '편안한 듯하고 자연스러운 듯함'이라는 의미의 말이다.

> 子曰, 君子는 懷德하고 小人은 懷土하며 君子는 懷刑하고 小人은 懷惠니라.
> 자왈 군자 회덕 소인 회토 군자 회형 소인 회혜
>
> (「里仁」篇 '懷德'章)
>
> 공자께서 말씀하시기를, "군자는 덕을 (행할 것을) 마음속에 품고 소인은 (거처하며 먹고 살) 땅을 마음속에 품으며, 군자는 법을 (지킬 것을) 마음속에 품고 소인은 은혜를 (입을 것을) 마음속에 품느니라." 하셨다.

군자는 남에게 덕을 베풀 것을 생각하는 데 비해, 소인은 먹고 살 땅을 얻거나 땅을 넓히는 것만을 생각하며 과거에 급제하여 출세하거나 이익을 얻을 것만을 생각한다. 그런 소시민적인 마음을, 공자의 말씀에서는 '회토(懷

土)'라는 말로 나타냈다. 오늘날에도 잘 먹고 잘 사는 것만을 목표로 삼고 넓은 평수의 아파트나 편한 거처를 소유하려고 하며, 그리하여 출세하기만을 바라거나 갖은 방법으로 이익을 추구하려고 하는 것 등이, 바로 그 '회토(懷土)'라는 말의 뜻에 가까울 것이다. 군자는 언제나 법을 존중하며 법을 지킬 것을 마음속으로 생각하는 데 비해, 소인은 그렇지 못하며 남에게서 은혜 입을 것만을 생각한다.

요즘 세상에도 재벌이나 기업인 또는 일반인 중에 자기네가 가진 땅을 넓히려 하고 특혜를 받아 사업의 확장을 꾀하려 하며 변칙적으로 탈법하여 세금을 내지 않으려 하고 재산의 증여(贈與)와 상속(相續)을 정당한 방법으로 행하지 않으려고 하는 등, 모순된 법적 혜택이 있기만을 꾀하는 사례가 없지 않다. 이로 보자면, 위의 공자 말씀에서의 '소인(小人)'들의 경우는, 반드시 가난한 서민들에게만 해당되는 경우가 아니라고 하겠다. 아마도 그런 사례들이, 위의 말씀에서 일컫는 바 '소인'의 '회토(懷土)'·'회혜(懷惠)'와 무관하지 않을 것이다.

子曰(자왈), 君子而不仁者(군자이불인자)는 有矣夫(유의부)이어니와 未有小人而仁者也(미유소인이인자야)이니라.

(「憲問」篇 '君子'章)

공자께서 말씀하시기를, "군자로서도 인(仁)하지 못한 자[어질지 못한 경우]가 있거니와, 소인으로서 인(仁)을 행하는 자[경우]는 아직 있지 않았느니라." 하셨다.

군자로서 간혹 어쩌다가 '인'을 행하지 못하는 경우가 있거니와, 소인으로서 '인'을 행하는 경우는 아직 있지 않았다는 의미이다. 군자가 인(仁)에 뜻을 두지만, 갑작스런 사이에도 마음이 그 '인'에 있지 않으면, 어질지 못한 일[不仁(불인)]을 행하는 것을 면치 못한다는 뜻이다. 언제나 인(仁)을 생각하면서 생활할 것을 권장한 내용이다.

위의 『논어(論語)』의 공자 말씀만 보아도 우리가 어떤 인물을 지향해 나가야 하는지 알 수 있다. 그렇다고 부귀영화를 멀리 하라는 말은 아니다. 노력하여 정당하게 번 재산은 군자적 자세일 것이다. 그렇게 획득한 소유를 혼자만 누리지 말고 어려운 이웃들과 함께 하면 진정한 군자의 모습일 것이다. 그것이 물질적이든지 아니면 육체적 봉사 활동이든지 상관은 없을 것이다. 멋진 군자가 되기를 바란다.

3. 21세기 융·복합형 인재와 인성과 감성을 갖춘 인재

21세기는 융·복합의 시대이다. 아니 이미 융·복합 시대에 살고 있다. 우리가 매일 가지고 다니는 스마트폰만 보아도 확인이 가능하다. 스마트폰에는 전화 기능과 컴퓨터 기능, 그리고 카메라 기능까지 갖추어져 있다. 그런데 이 기능들은 이미 우리들이 현실 생활에서 사용하던 기기(器機)들이었다. 각기 다른 용도로 사용하던 물건을 한 형로 모아놓은 것이 스마트폰인 것이다. 이처럼 앞으로의 삶에는 이런 복합적 기능의 일상이 펼쳐질 것이다. 이과는 문과의 능력을, 문과는 이과의 능력까지 겸비했을 경우 각광받는 지성인이 될 것이다. 따라서 21세기는 융·복합형 인재가 필요한 시대이다.

子曰(자왈), 君子(군자)는 不器(불기)니라.

(「爲政」篇 '不器'章)

공자께서 말씀하시기를, "군자는, (어느 한가지만으로) 그릇 노릇 하지 않느니라." 하셨다.

위의 공자 말씀은 군자는 한 가지 그릇에 얽매이면 안 된다는 말이다. 군자는 문(文)·사(史)·철(哲) 곧 이과와 문과에 모두 뛰어난 인물이다. 그렇기 때문에 어느 한 가지 그릇의 기능만 하는 지성인은 아니라는 말이다. 출중한 능력이 있으신 분이기에 어느 위치에 있어도 그 능력을 다 발휘할 수 있다는 의미인 것이다. 가령 예를 들어 보자. 군자의 능력을 지닌 분에게 초등학교 선생을 하게 하면, 사랑과 정성으로 어린 학생들을 잘 가르칠 것이다. 또한 국방부 장관을 시키면 군대를 효율적으로 운용하여 국민을 편안하게 하고 국가의 방위를 안전하게 지켜낼 것이다. 인품과 능력을 겸비한 분이기에 어느 위치에 있어도 적재적소에서 그 능력을 다 발휘할 수 있는 인물이라는 말이다. 마치 밥 담으면 밥그릇이 되고, 국 담으면 국그릇이 되는 것처럼, 어떤 위치에 있어도 제 능력을 다 발휘할 수 있는 분이 군자라는 말이다.

子曰(자왈), 鄕原(향원)은 德之賊也(덕지적야)니라.

(「陽貨」篇 '鄕原'章)

공자께서 말씀하시기를, "시골뜨기 착한 사람[鄕原(향원)]은, 덕(德)을 해치는 자이니라." 하셨다.

군자는 능력뿐만 아니라 삶의 태도까지도 우리 사회에 이바지할 수 있도록 하여야 한다. 위의 공자 말씀은 향원 곧 시골뜨기 착한 사람이 우리 사회의 덕을 해지는 도둑이라고 하였다. 그러면 향원은 어떤 인물을 의미할까? 시골뜨기로 번역하기는 했지만 지역과는 무관한 말이다. '향원(鄕原)'은, 이를테면 좋은 게 좋다는 식으로, 물에 물 탄 듯 술에 술 탄 듯, 남을 나무라는 것도 없고 그르게 여기는 것도 없이 참된 도로 나아갈 의지나 가능성도 전혀 없는 사람들로서, 어찌 보면 덕이 있는 것 같으면서도 그렇지 않은 '사이비(似而非)'를 뜻하는 말이다. 그들은 세상에 영합하는 탓으로, 세상을 바로잡을 만한 참된 선비들의 의지와 덕을 가로막고 해치게 되는 경우가 적지 않은데, 그것이 바로 참된 방향으로 나아갈 수 있는 그 시대의 덕을 어지럽히고 해치는 것이기 때문에, 그런 점을 미워하여 이와 같은 공자 말씀이 있게 된 것이다. 21세기 형 인재는 실력뿐만 아니라 참된 뜻도 겸비하여 우리 사회가 바른 곳으로 나아가게 하는데 일조해야 할 것이다. 잘 하면 잘 한다고 칭찬할 줄도 알아야 하고 못하면 잘할 수 있도록 바른 길을 안내하는 지성인 되어야 할 것이다.

21세기 곧 산업혁명의 시대는 말 그대로 혁명의 시대이다. 지금까지 인류가 경험하지 못한 인공지능(AI)·사물인터넷(IoT)·빅데이터(Big Data)·머신러닝(Machine Learning) 등 대표적인 기술이 우리들이 사는 세상을 변화시키고 있기 때문이다. 어느 분야 최고의 고수 중의 한 명이었던 전문가가 인공지능에 의해 처참하게 패배하는 것을 우리는 텔레비전 화면으로 지켜보았다. 그리고 사물인터넷의 물리적 편리함을 넘어 사업의 기초 자료 조사도 빅데이터를 이용해 사업장을 물색하고 고객의 선호도까지 탐색하는 시대이다. 이런 데이터 분석을 넘어 이제는 축적된 방대한 분량의 데이터를 이용해 미래를 예측하는 기술인 머신러닝의 시대로 접어들었다. 미래는 한 걸음 더 나아가 딥러닝(Deep Learning) 시대 곧 사람이 가르치지 않아도 컴퓨터가 스스로 학습하여, 미래를 예측하는 시대가 온다.

4차 산업혁명의 청사진은 우리의 삶을 편리하면서도 물질적으로 풍족하게 할 수 있을 것이다. 그러나 한편으로는 인공지능에 의해 일자리가 줄어들어 소득 격차에 따른 계층이 형성되고, 노령화는 가속화 되어 생산 가능 인구가 급속도로 줄어드는 인구절벽의 시대를 맞이할 수도 있다. 뿐만 아니라 모든 것이 효율성과 이윤의 극대화로 인해 인간의 가치가 훼손될 수도 있다. 따라서 장·단점이 공존하는 미래의 삶은 인공지능에 의존하면서도 인간적 공감과 스킨십에 대한 목마름이 강해질 수 있다. 이미 여러 분야에서 그런 징후가 나타나고 있다. 인공지능의 산물인 인공지능인 스피커 '지니'에게 가장 많이 건 말이, "지니야 사랑해"라고 하니, 인간적 교감은 21세기 산업혁명 시기에도 필요할 것이다.

이런 불확실하고 불균형적인 미래가 펼쳐질 앞날에 필요한 인간상은 어떤 모습이어야 할까? 적어도 인성과 감성을 갖춘 인간상은 필요할 것이다. 인공지능은 이 부분을 대신해 줄 수도 없을 뿐만 아니라 사람들이 그리워하는 부분이기도 하다. 또한 감성과 인성은 인간만이 행할 수 있는 분야인 것이다.

개인주의가 성행하고 기기(器機)들이 발달된 미래 사회에는 사람과 사람 사이에 필요한 것이 예의와 정직, 원만한 소통 등일 것이다. 도구의 발달로 미래 사회는 언택트(비대면)가 더욱 기성을 부릴 것이다. 지금도 비대면으로 인해 발생하는 분쟁은 서로 간에 예의를 지키지 않았기 때문이다. 우리 고전 중에 예의를 대한 부분을 살펴보자.

퇴계 이황 선생이 손자 이안도(李安道, 1541~1584)에게 당부한 예(禮)에 대한 글이다.

> 어제 모든 예는 어떻게 하였느냐? "'공경히 너의 상(相)을 맞이하여 우리 집 종사(宗事)를 잇되 힘써 공경으로 거느리어 선비(先妣: 돌아가신 어머니)를 이을지니, 너는 떳떳함을 지니라.' 하니, 대답하기를, '오직 그 일을 감당하지 못할까 두려울 뿐, 감히 그 명을 잊지 않겠습니다.'"라는 말은 초례사(醮禮辭)이다. 너도 들어서 아는 바이니, 천번 만번 경계하여라. 무릇 부부란 인륜의 시작이고 만복의 근원이니, 아무리 지극히 친하고 지극히 가까워도 또한 지극히 바르고 지극히 삼가야 하는 자리이다. 그러므로 "군자의 도는 부부에서 시작된다."고 하는 것이다. 세상 사람들이 예우하고 공경하는 것은 온통 잊어버리고 다짜고짜 친압하여 마침내 업신여기고 능멸하여 못할 짓이 없는 데까지 이르게 되는 것은, 모두가 서로 손님같이 공경하지 않는 데서 나오는 것이다. 이 때문에 그 집안을 바르게 하려면 마땅히 그 시작을 삼가야 하는 것이니, 천 번 만 번 경계하여라.[4)]

---

4) 『退溪先生文集』 第40券 書6 「與安道孫」. "昨日凡禮, 何以爲之. 敬迎爾相, 承我宗事, 勖率以敬, 先妣之嗣, 若則有常. 對曰, 唯恐不堪, 唯敢忘命, 右醮禮之辭. 汝所聞知, 千萬戒之. 大抵夫婦, 人倫之始, 萬福之原, 雖至親至密, 而亦至正至謹之地. 故曰, 君子之道, 造端乎夫婦. 世人都忘禮敬, 遽相狎昵, 遂致侮慢凌蔑, 無所不至者, 皆生於不相賓敬之故. 是以, 欲正其家, 當謹其始, 千萬戒之."

전통 혼례식의 모습

퇴계 선생은 손자에게 부부간의 예를 강조하였다. 혼례식 때 행한 말을 떠올리게 하면서 부부 간의 지극한 예를 잊지 말고 행할 것을 권장하였다. 부부의 출발은 인류의 시작이기 때문에 서로 손님처럼 공경할 것을 당부하였다. 그래야 집안도 순리대로 돌아가기 때문이다. 배우자에 대한 존중을 어떻게 하면 되는가를 퇴계는 잘 보여주었다. 요즘 부부 간의 예우는 고사하고, 작은 잘못에도 서로 참지 못하고 부부의 인연을 끊어, '부부 싸움은 칼로 물 베기'라 했던 선인들의 말씀이 퇴색되고 있다. 부부의 갈등이 있기 전에 퇴계가 말씀한 '친압하여 능멸할 것이 아니라 서로 손님처럼 공경하여 존중해'주면, 혹시 크고 작은 잘못이 있더라도 그 잘못은 칼로 물 베기처럼 묵인되고 이해될 수 있을 것이다. 부부 간의 예뿐만 아니라 타인을 대할 때도 예의로써 행하면 갈등은 더 줄어들 것이다. 특히 비대면일 때, 소통의 예절만 지켜도 더불어 사는 사회가 저절로 이루어질 것이다.

창의적으로 생각하기

1. 항우는 능력과 군사력 등 모든 면에서 유방보다 앞섰다. 그런데 유방에게 패배하였다. 무엇이 문제였나?

2. 군자(君子)와 소인(小人)의 차이점은?

8장 문학을 통해 본 인간다움

1. 굴원(屈原)의 어보사(漁父辭)

굴원(屈原, B.C.339~B.C.277)은 이름이 평(平)이며, 자(字)는 원(原)이며, 초(楚) 위왕(威王) 원년 정월 14일에 출생하였다.[1] 초나라의 종실(宗室)과 동성(同姓)이며 삼려대부(三閭大夫)로서 초(楚) 회왕(懷王)의 좌도[左徒: 좌습유(左拾遺)와 같은 벼슬] 노릇을 하였다. 많은 책을 읽었으며 기억력도 뛰어났다. 그리고 역대의 잘 다스려지는 세상과 어지러운 세상에도 밝으며 문장에 익숙하여, 들어와서는 왕과 더불어 국사(國事)를 도모하고 의논하여 임금의 명령을 내고, 나가서는 귀한 손님을 접견하고 제후(諸侯)들을 응대하니, 회왕이 신임하였다. 상관대부(上官大夫)가 더불어 반열(班列)을 같이하였는데, 총애를 다투어 마음속으로 그 재주를 해롭게 여겼다. 회왕이 굴원으로 하여금 헌법을 만들

1) 蒲江淸, 「屈原生年月日的推算問題」, 『楚辭硏究論集』, 台北: 學海出版社, 民國74年, 31~40쪽.

게 하였더니 굴원이 초고를 작성하여 다 이루지 못하였을 때에, 상관대부 근상(靳尙)이 먼저 보고자 했으나 보여주지 않았다. 근상이 그로 인해 헐뜯어 말하기를, "왕께서 굴평으로 하여금 헌법을 짓게 하신 것은 누구든 알지 못하는 사람이 없습니다마는, 매양 한 번 헌법을 지어낼 때마다 평이 그 공을 자랑하여 '내가 아니면 능히 할 사람이 없다'고 합니다." 하니, 회왕이 노하여 굴원을 멀리하였다. 굴원이 왕의 청정(聽政)이 총명하지 못해 참소하고 아첨하는 무리만 좋아하는지라, 근심하고 깊이 생각하여 「이소(離騷)」를 지어[2] 회왕이 깨달아 바른길로 돌아가서 자기에게 돌아오기를 바랐다.

그 후에 진(秦)나라가 장의(張儀)로 하여금 회왕을 속여서 더불어 무관 땅에서 회맹하자고 꾀어내거늘, 굴원이 왕에게 가지 말기를 간하였으나 회왕이 듣지 않고 자란(子蘭)의 권고로 갔다가[3] 협박당하여 끌려가는 바가 되어 마침내 진(秦)나라에서 객사하고, 경양왕(頃襄王)이 즉위하자 다시 영윤(令尹) 자란(子蘭)의 참소하는 말을 받아들여 굴원을 강남 땅에 귀양을 보내니, 굴원이 다시 「구가(九歌)」·「천문(天問)」·「구장(九章)」·「원유(遠游)」·「복거(卜居)」·「어보(漁父)」 등의 글을 지어 자기의 뜻을 펴서 임금의 마음을 깨닫게 하기를 바랐는데 끝내 반성하는 것을 보지 못했으니, 조국[宗國]이 장차 망하는 것을 차마 볼 수 없어 마침내 멱라수(汨羅淵: 湖南省의 湘江 물)에 빠져 63세의 일생[4]을

---

2) 「離騷」의 창작시기는 명확하지 않다. 劉向은 「新序」 「節士」篇에서는 懷王 때 작품이라고 하였으며, 「九歎」의 「思古」篇에서는 頃襄王 때 작품이라 하였다. 王逸은 『楚辭章句』, 「離騷序」에서는 懷王 때 굴원이 추방되었을 때 지었다고 했으며, 「世溷濁而嫉賢兮, 好蔽美而稱惡」의 註에서는 頃襄王 때 지어졌다고 하였다. 劉向과 王逸 모두 굴원이 추방되었을 때 「離騷」가 창작되었다고 하였다.

유성준 교수는 「『楚辭』란 무엇인가」에서 「離騷」의 창작 시기는 楚나라 회왕과 경양왕 두 시기의 설이 있지만 그 어느 설도 정설이 못된다고 했다(『楚辭』, 문이재, 2002, 141쪽). 그리고 범선균은 굴원이 「離騷」를 지을 때는 60세 이상 70세 미만으로, 경양왕 시절이라고 하였다(「屈賦硏究」, 연세대학교 중어중문학과 박사논문, 1988, 62쪽). 司馬遷은 『史記』, 「屈原賈生列傳」에서 「離騷」를 회왕 때 지었다고 하였다. 어쨌든 굴원의 「離騷」는 유배시기에 지은 작품이라는 것에, 의견이 일치한다.

3) 『史記』 「楚世家」. "…… 懷王子子蘭勸王行, 曰…… '秦何絶秦之驩心'."

마쳤다.[5]

남방 문학의 대표작은 『초사(楚辭)』이다. 『초사』는 굴원의 작품을 비롯하여 몇 명의 초나라 작가의 작품까지 총칭하여 이르는 말이다. 『초사』는 전국시대(戰國時代) 후기 남쪽 지방인 초(楚)나라의 고유한 언어와 음악을 이용해 지은 새로운 시체로, 북방 문학의 진수인 『시경(詩經)』 시의 영향을 받았다. 그러나 내용적으로 『초사』는 『시경』의 현실적 내용의 시들과 달리 개인의 고뇌와 번민을 비유와 대구로 표현하여 중국 고대문학에 환상성과 낭만성을 더했다. 형식적으로는 매구의 중간 혹은 끝에 '혜(兮)', '사(些)', '지(只)' 같은 어조사를 두어 운율미를 갖게 하였을 뿐만 아니라, 3구 두 구절을 이어 7언구의 시를 만들어 내용을 더욱 풍부하게 하였다. 그리고 문장 끝에 "난왈(亂曰)"이 있어 작품 전체를 요약하는 역할이면서 가창의 형식이었다. 전하는 『초사』는 굴원의 작품이 25편으로 다른 작가에 비해 압도적으로 많이 실려 있다.[6] 그래서 일부 연구자들은 굴원의 작품만 떼어 '굴부(屈賦)' 또는 '굴소(屈騷)'라고 칭하기도 한다.

『초사』는 굴원이 활동할 당시에는 새로운 시체였지만 '초사'라는 말이 처음으로 등장한 것은 한(漢)나라 때였다. 전한(前漢) 성제(成帝) 때 유향(劉向, B.C.77~B.C.6)이 옛문헌을 정리하면서 초나라의 굴원과 송옥(宋玉)의 작품을 비롯한 한(漢)나라의 가의(賈誼)·회남소산(淮南小山)·동방삭(東方朔)·유향(劉向)·왕포(王褒)·엄기(嚴忌) 등의 작품들을 한 곳에 엮어 『초사』라고 명명(命名)한

---

4) 范善均은 「屈賦硏究」에서 繆天華의 「離騷淺釋」과 王宗樂의 「屈原與屈賦」의 내용을 근거로 하여 굴원이 B.C.343년에 출생하여 B.C.277년 5월 5일에 67세의 나이로 죽어 단오절이 생겼다고 하였다(范善均, 「屈賦硏究」, 연세대학교 중어중문학과 박사논문, 1988, 27쪽).

5) 司馬遷, 『史記』 卷八十四 「屈原賈生列傳」과 「楚世家」, 朱熹, 「離騷經」의 朱子 序 참조.

6) 班固의 『漢書』 「藝文志」 '詩賦略'에는 "屈原賦二十五篇"으로 기록되어 있다. 후대의 연구자에 따라 작품명의 차이를 보이지만, 范善均은 「屈賦硏究」(연세대학교 박사논문, 1988)에서 굴원의 초사 작품 수는 九歌 10편, 九章 9편, 離騷·天問·遠遊·卜居·漁父·招魂 등 25편이라고 했다.

것에서 시작되었다.

후한(後漢) 안제(安帝) 때 왕일(王逸)은 유향이 엮은 『초사』에 주석을 달고 자신이 직접 쓴 「구사(九思)」를 넣어 『초사장구(楚辭章句)』라는 책을 펴냈다. 후대로 오면서 유향이 엮은 『초사』는 실전(失傳)되고, 왕일의 주석서인 『초사장구』만 전해졌다. 지금 우리가 『초사』의 작품을 볼 수 있게 된 것도 왕일의 『초사장구』가 전해지기 때문이다.

문학 작품에 '경(經)'자를 붙이는 작품이 2개가 있다. 성인(聖人)이신 공자(孔子)의 손을 거쳐 311작품으로 정리된 『시경(詩經)』과 그리고 굴원이 지은 「이소(離騷)」 두 작품이다. 세상 사람들은 쫓겨난 굴원이 나라를 생각하는 마음이 간절함이 느껴져 문학으로서는 최고의 경지를 보여 준 작품이기에 「이소(離騷)」를 「이소경(離騷經)」이라 부른다. 이소의 창작 시기는 두 가지이다. 회왕 때와 경양왕 때 두 가지 설이다. 어쨌든 추방된 후 창작된 것은 사실이다. 「이소(離騷)」의 내용을 요약하면 다음과 같다.

굴원의 자전적 성격을 띤 「이소(離騷: 소란스러운 시대를 만나다)」는 굴원이 초나라 왕족 출신이고 인년(寅年) 정월(正月) 경인일(庚寅日)에 태어났다는 소개로 시작된다. 자신의 청렴함을 난초에 비유한 굴원은 자신의 의지와 품행에는 한 치의 거짓됨이 없고 세상은 이미 소인배들이 차지하여 그 혼탁함이 이루 말할 수 없을 정도라고 하였다. 그래서 굴원은 타락한 세상과 나라를 구하기 위해 자신의 책임이 막중함을 느낀다. 나라에 대한 절절한 충심을 알아주지 않는 왕을 원망하면서 자신을 비방하는 사람과 법을 지키지 않는 사람들에게 낙담하여, 난초가 우거진 언덕으로 달려가 쉬고자 한다. 그러나 누나 여수(女嬃)가 세상 사람들과 섞이지 못하는 굴원 자신의 청렴한 절개를 나무라자 난처한 처지에 빠지지만 죽음이 닥쳐와도 처음 지녔던 깨끗한 지조의 마음을 생각할 것이라고 호소하였다.

굴원은 자신의 진심을 호소하기 위해 신(神)을 찾아 네 마리 옥룡이 끄는 봉황수레를 타고 하늘로 올라간다. 하늘의 문을 열라 하니 문지기가 열어주지 않고, 땅의

신도 그에게 도움을 주지 않아, 왕에게 충심을 전할 수가 없다. 회의에 빠진 굴원은 무당인 영분(靈氛)을 찾아 점을 쳤는데, 아름다운 사람은 반듯이 아름다운 짝이 있을 것이니, 그 짝을 찾아 떠나라고 말해 준다. 그래서 무당 무함(巫咸)에게는 저녁에 복을 빌어 달라고 요청할 판이다. 무함이 하늘과 땅을 부지런히 오르내리면 법도를 지켜 나갈 사람을 찾을 수 있을 것이라고 위로해주었다. 영분이 좋은 점괘를 일러주었으니 굴원은 길일을 골라, 자신이 추구하는 삶을 찾아 하늘을 주유하고자 한다. 하늘을 날면서 노래하고 춤도 추고 즐기는데, 태양이 떠올라 아래쪽을 바라보니 고향이 보인다. 그런데 마부는 슬퍼하고 말은 그리워하며 머뭇머뭇 쳐다보면서 나아가지 않는다. 굴원은 그제서야 조국 초(楚)나라를 떠날 수 없음을 깨닫고, 이제 그만할 것이라고 노래한다. 또한 이 나라 곧 초나라에 자신을 알아주는 사람도 없으니, 고국에 미련도 없다고 하였다. 또한 아름다운 정사를 행할 수 없으니 팽함의 거처를 따르고자 한다. 추방당한 굴원 자신의 처신 문제를 노래함으로써 결국 「이소(離騷)」는 '자신의 깨끗함을 알아주지 않는 세상에 미련도 없어 죽음을 택하고 싶다.'로 마무리 되었다. 굴원의 충절이 느껴지는 작품이다.

경양왕 때 강남 땅에 쫓겨난 후 지은 「어보사(漁父辭)」도 살펴보자.

먼저 어부(漁夫)와 어보(漁父)의 차이점을 아고 가자. 어부(漁夫)는 고지잡이를 직업으로 하는 사내이고, 어보(漁父)는 고지잡이를 취미로 하는 노인을 이르는 말이다. 「어보사」에 나오는 어보(漁父)는 고기잡이를 취미로 하는 노인이다. 다시 말하면, 세월을 낚는 노인이기에 '어보'로 독음을 읽어야 한다.

굴원이 이미 내쳐짐[추방당함]에 강과 못에서 놀고 못가[방죽 가]를 거닐며 읊조릴 때에, 안색이 마르고 근심스러우며 형용[형체와 얼굴]이 마르고 여위었더니, 漁父[어보: 고기잡이를 취미로 삼는 노인]가 보고는 물어서 말하기를, "선생은 삼려대부[三閭大夫: 초(楚)나라 세 왕족의 성(姓) 소씨(昭氏)·굴씨(屈氏)·경씨(景氏)의 집안에 관한 업무를 담당하던 大夫]가 아니신가? 무슨 까닭에 이 지경에 이르셨는고?"

하였다.

굴원이 말하기를, "온 세상이 모두 흐리거늘 나 홀로 맑고, 뭇 사람들이 모두 취했거늘 나 홀로 말똥말똥한지라[취하지 않았는지라], 그래서 쫓겨나는 꼴을 보았노라[쫓겨났노라]." 하였다.

어보가 말하기를, "성인(聖人)은 물(物)에[외물(外物) 때문에] 엉겨 붙거나 막히지 않고 능히 세상과 더불어 옮기고 옮겨 가나니, 세상이 모두 흐리거든 어째서 (한술 더 떠) 그 진흙을 파서 그 물결을 들치지는 않고, 뭇 사람들이 모두 취했거든 어째서 (한술 더 떠) 그 술지게미를 먹고 그 모주[술지게미]를 훌훌 마시지는 않고서, 무슨 까닭에 깊이[심각하게] 생각하고 고상(高尙)하게[고답적(高踏的)으로] 행동하여 스스로로 하여금 내쳐지게[추방당하게] 하신단 말이오?" 하였다.

굴원이 말하기를, "나는 들으니, '새로 머리감은 사람은 반드시 갓의 먼지를 털고, 새로 멱감은 사람은 반드시 옷의 먼지를 턴다.'고 합니다. 어찌 능히 내 몸의 맑고 밝음으로써[맑고 밝은 내 몸으로써] 物[外物]의 때 끼고 더러운 것을 받아들일 수 있겠습니까? 차라리 상강(湘江)의 흐르는 물에 내달려 가서 강 물고기의 뱃속에 (내 몸을) 묻을지언정, 어찌 능히 희고 흰 깨끗한 몸으로써 세속의 티끌과 먼지를 무릅쓸[뒤집어쓸] 수 있단 말입니까?" 하였다.

어보(漁父)가 빙그레 웃고는 뱃전을 두드리고 가면서 마침내 노래하여 이르기를, "창랑(滄浪)의 물이 맑거든 가히 내 갓끈을 씻고, 창랑의 물이 흐리거든 가히 내 발을 씻으리로다." 하고는 마침내 떠나가면서 다시는 더불어 말을 하지 않았다.[7)]

7) 굴원, 「漁父辭」. "屈原, 旣放, 游於江潭, 行吟澤畔, 顔色憔悴, 形容枯槁, 漁父, 見而問之曰, 子非三閭大夫與. 何故至於斯. 屈原曰, 擧世皆濁, 我獨淸, 衆人皆醉, 我獨醒, 是以見放. 漁父曰, 聖人不凝滯於物, 而能與世推移, 世人, 皆濁, 何不淈其泥而揚其波, 衆人, 皆醉, 何不餔其糟而歠其釃, 何故, 深思高擧, 自令放爲. 屈原曰, 吾聞之, 新沐者, 必彈冠, 新浴者, 必振衣, 安能以身之察察, 受物之汶汶者乎. 寧赴湘流, 葬於江魚之腹中, 安能以皓皓之白, 而蒙世俗之塵埃乎. 漁父, 莞爾而笑, 鼓枻而去, 乃歌曰, 滄浪之水淸兮, 可以濯吾纓, 滄浪之水濁兮, 可以濯吾足, 遂去不復與言."

어보가 굴원에게 맑으면 맑은 대로, 흐리면 흐린 대로 살라하고 말을 전하고 떠나가는 장면

「어보사」도 동양 역대 최고의 문학적 경지를 보여주는 한 작품이다. 「어보사」는 '어떻게 살 것인가?' 하는 삶의 문제를 노래함으로써 맑고 지조 있는 선비정신을 보여준 작품이라 할 수 있다. 추방된 굴원이 상강 가를 거닐고 있으니까, 은둔자 어보(漁父)가 초나라 대부인 것을 알아보고 '무슨 이유로 이 오지까지 쫓겨오게 되었는가?'를 묻고 있다. 이에 굴원이 말하기를, 온 세상이 다 흐린데 나만 맑고, 뭇 사람이 다 취했는데 나만 취하지 않아 쫓겨나는 꼴을 보았다고 대답한다. 어보가 다시 묻기를, '성인(聖人)은 세상사물에 막히거나 얽매이지 않고 세상을 따라 변하여 갈 수 있어야 한다. 세상이 탁하면 한 술 더 떠 진흙을 파서 그 물을 더 흐리게 하고, 세상 사람들이 모두 취해 있다면 한술 더 떠 더 많은 술을 마시지 않고, 나라만 걱정하는 행동을 해서 추방당하게 하단 말인가?'로 반문하니까? 굴원이 다시 답하기를, '새로 목욕한 사람은 먼지 하나도 용납 못하는데, 내 맑고 밝은 내 몸으로써 어떻게 세속의 티끌을 뒤집어 쓸 수 있다 말인가?'로 마무리 한다. 이에 어보는 강가의 마을 아이들이 부르던 「창랑가」 곧 세상이 맑으면 맑은 대로 흐리면 흐린 대로 살아가라고 충고하면서 그 자리를 떠나고 있다.

물에 빠진 굴원을 걱정하여 쫑쯔를 던지는 장면과 용선의 모습

이는 청렴결백한 삶을 구현하고자 하는 굴원이, 세상과 타협하여 살아가는 어보와 문답식으로 된 글이다. 어떻게 사는 것이 잘 사는 것일까? 어보 말대로 세상의 흐름대로 사는 것이 맞는 것일까? 아니면 자신이 지향하던 삶의 방식을 끝까지 고수하면 꼿꼿한 정신 자세로 지조 있게 사는 것이 맞는 삶일까?

굴원의 상

생육신(生六臣)의 한 사람이었던 매월당(梅月堂) 김시습(金時習, 1435~1493)의 굴원상을 살펴보자. 매월당의 시 중에는 굴원을 소재로 한 시가 의외로 많다.[8] 굴원을 소재로 한 시가 많은 이유를, 조동일 교수는 '현실적 어려움이 닥치거나 국가의 위기가 왔을 때 자신은 불가항력을 느낄 때 굴원이 강하게 소생한다'[9]라고 하였다. 생육신의 삶을 살았던 매월당도 수양대군의 왕위 찬탈이라는 불가항력적인 현실을 목도하고 자신의 신념이 달성하지 못할 것을 알고 일찍이 충언을 고하다가 추방된 충절의 대명사 굴원을 생각했던 것이다. 반고가 「양웅전(揚雄傳)」에서 양웅이 「이소」를 짓고 강물에 투신한 굴원을 비난한 것에 대하여, 매월당은 "굴원은 이미 왕을 만나지 못하여 소상강 남쪽으로 추방되었으므로 스스로 그 정과 뜻을 진술할 수가 없었다. 마침내 음사(淫祀)의 노래에 기탁하고 충신의 밝은 왕을 만나지 못한 심정을 서술하여 왕의 마음을 깨우치려 했으나 끝내 반성하지 아니하였다. 그러므로 그 노래에는 '원(沅)에는 지초가 있고, 풍(灃)에는 난초가 있네.

8) 金蓮洙, 「梅月堂詩에 나타난 屈原 思想의 受容 樣相」, 『개신어문연구』 9, 개신어문연구회, 1992, 100쪽.

9) 조동일, 『한국소설의 이론』, 지식산업사, 1991, 218쪽 참조.

공자(公子)를 생각함이여! 말로 감히 할 수 없네.'라고 하였는데, 가히 왕에게 충성하고 나라를 사랑하는 마음을 볼 수 있을 것이다. 어디에 음사(淫祀)에 빠져 그 황탄함을 돕고 부추긴 것이 있는가?"[10]라고 하여, 자기의 뜻을 나타낼 수가 없는 상태에서 「이소」와 「어보사」 등의 노래를 지어 우국충절의 뜻을 드러낼 수 있었다는 것이다.

「십월초길(十月初吉). 견잔국한봉유감(見殘菊寒蜂有感)」

맑은 향기는 쇠했어도 아직도 꽃답게 여기는데, 　清香到老猶芬馥청향도로유분복,
냉랭한 꽃 끝내는 말라 꽃가지에 붙어 있네. 　冷蘂終枯附花枝냉예종고부화지.
삼려대부 아직도 초나라 잊지 못하는 듯, 　還似三閭猶戀楚환사삼려유련초,
원수와 상수 못가에서 근심에 잠기네. 　沅湘澤畔守憂思원상택반수우사.[11]

국화는 찬서리에도 꽃망울을 떨어뜨리지 않는다. 그래서 절개를 상징하는 꽃이 되었다.

마치 국화가 서리를 맞고 시들어도 사람이 꺾기 전에는 꽃봉오리가 떨어지지 않듯이 삼려대부 굴원도 상강가에 추방되어 왔지만, 여전히 초나라를 잊지 못하고 있다. 매월당에 있어서 굴원은 가을 서리의 시련에도 지조를 굽히지 않는 국화와 같은 절개가 있는 숭모의 대상인 것이다.

이렇듯 굴원은 불우지사이면서 지조를 지킨 인물로 각인되고 있다. 특히 개인적으로 억울한 일을 당한 문인이라면 자기의 문학 작품에 소환하여 억울한 심정을 드러내고자 하였다.

10) 金時習, 『梅月堂詩集』 권17 '雜著' 「鬼神第八」. "屈原旣不遇若主, 放逐湘南, 自不能陳其情志. 乃托淫祀之歌, 以抒忠臣不獲明主之情, 冀悟君心, 而終不省也. 故其歌有云, 沅有芷兮, 澧有蘭, 思公子兮, 未敢言可以見忠君愛國之心矣. 焉有昵於淫祀, 以助揚其荒誕乎."

11) 金時習, 『梅月堂詩集』 券3 詩 節序 「十月初吉. 見殘菊寒蜂有感」.

2. 자연으로 돌아간 도연명(陶淵明)

도잠(陶潛, 365~427)은 자(字)가 연명(淵明)이고, 호(號)가 오류선생(五柳先生)이다. 벼슬이 낮아 시호가 따로 없다. 그래서 후인들이 사시(私諡)인 '정절(靖節)'을 올렸다. 동진(東晉) 말기부터 남조(南朝)의 송(宋: 劉宋이라고도 함) 초기에 걸쳐 생존했던 인물이다. 도연명은 술·국화·시를 좋아했다. 그래서 국화와 술에 대한 시가 많다. 그는 자신의 자전(自傳)인 「오류선생전(五柳先生傳)」에서 언급한 것처럼 특히 술을 좋아했다. 그의 고향 땅에는 취석(醉石)이 있어 애주가임을 단적으로 알 수 있게 한다. 취석은 여산(廬山) 남쪽 기슭 호조애(虎爪崖) 밑에 있는데, 도연명이 술에 취하면 드러누워 자연에 몸을 맡겼다고도 한다. 이 취석이 있는 계곡에 탁영지(濯纓池)가 있는데, 도연명이 몸을 씻던 곳이다. 굴원의 「창랑가」의 내용이 연상되는 지명이다. 이 탁영지 아래 큰 바위가 있는데, 높이가 2미터쯤 되고 넓이는 3미터쯤 된다. 이곳에는 도연명이 술을 과하게 먹고 토했다는 흔적도 남아 있다. 전설에 의하면, 은연중에 이 바위 위에 사람 자취가 보인다고도 한다.

도연명은 '불위오두미절요(不爲五斗米折腰: 다섯 되 가량의 쌀 때문에 허리를 굽힌다는 말인가?)' 고사(故事)와 '호계삼소(虎溪三笑: 호계에서 셋 사람이 크게 웃었다)' 고사로 유명한 인물이다. 405년에 팽택현(彭澤縣)의 현령(41세)이 되었으나, 80여 일 뒤에 「귀거래사(歸去來辭)」를 남기고 관직에서 물러나 귀향하였다. 이유는 심양군 장관의 직속인 독우(督郵: 순찰관)가 순찰을 온다고 하여 서리(胥吏)가 "필히 의관을 갖추고 나아가 맞이하라."고 하니, 도연명은 '하찮은 봉록 오두미(五斗米: 월급) 때문에 소인배에게 허리를 굽혀 섬길 수 없다.'고 말한 뒤 그날로 사임하고 집으로 돌아갔다고 한다. 「귀거래사(歸去來辭)」 서(序)에는 누이의 부음으로 인해 귀향하게 되었다고 하였다.

호계삼소(虎溪三笑)는 '호계(虎溪)에서 세 사람이 웃다.'의 뜻이다. 이는 학문이나 예술 등에 열중하여 평소의 습관이나 규칙에서 벗어나는 것을 비유하는 고사이다. 중국 여산 서쪽 기슭에 유명한 동림사(東林寺)와 서림사(西林寺)가 있다. 호계는 동림사 앞에 흐르는 계곡을 이르는 말이다. 중국 불교의 정토종파의 개창자 혜원법사가 386년에 이 절을 세우고 여기에서 30년간 『화엄경(華嚴經)』을 번역하였다. 처음 혜원법사가 『화엄경』을 번역하면서 다짐하기를 '이 『화엄경』을 다 번역하지 않으면 호계 밖을 넘지 않을 것이다'라고 단언하였다고 한다. 그러면서 그곳에 사는 신령스런 호랑이와 약속하였다고 한다. 그런데 어느 날 유가(儒家)의 대표격인 도연명과 도교(道教)를 대표하는 육수정(陸修靜) 도사(道士)와 혜원법사 셋이 모여 삼교(三教)의 교리(教理)를 논하고 오찬을 마친 후 헤어지려 했는데, 헤어지기가 아쉬워 그들도 모르게 호계를 넘었다고 한다. 이에 신령스런 호랑이가 크게 울자 세 사람은 서로 바라보면서 크게 웃었다는 고사이다. 그런데 그 호계삼소에 나오는 '호계'가 생각했던 것처럼 그렇게 큰 시내는 아니었다. 다음 장 사진이 동림사와 호계이다.

도연명, 육수정, 혜원법사 세 명이 호계삼소하는 장면

호계를 건너야 동림사로 들어갈 수 있다. 호계는 1~2미터밖에 안 되는 작은 도랑이었다.

동림사 옆 서림사와 소식의 「제서림벽」 시이다. 정철의 『관동별곡』에 인용된 "여산 진면목이 여긔야 다 뵈ᄂᆞ다."는 소동파의 「제서림벽」 시 중 "不識廬山 眞面目(불식여산 진면목, 여산의 참모습은 알 수가 없네)"을 인용한 것이다. 바윗돌에 새겨져 있는 것이 아니고 비석에 새겨져 있다.

도연명은 자연을 노래한 시가 많으며, 당(唐)나라 이후 육조(六朝) 최고의 시인이라 불린다. 시 외의 산문 작품에 「오류선생전(五柳先生傳)」과 「귀거래사(歸去來辭)」 그리고 「도화원기(桃花源記)」 등이 있다.

그가 팽택 현령을 그만 두고 고향으로 돌아가서 「귀원전거」를 지었다.

「귀원전거(歸園田居전원생활로 돌아오다)」 제3수

도잠(陶潛)

콩을 남산 밑에 심었더니,	種豆南山下종두남산하,
풀이 무성하여 콩 싹이 드무네.	草盛豆苗稀초성두묘희.
새벽에 일어나 김을 매고	晨興理荒穢신흥리황예,
달빛을 지고 호미 메고 돌아온다.	帶月荷鋤歸대월하서귀.
길이 좁고 초목은 무성하여	道狹草木長도협초목장,
저녁 이슬이 내 옷을 적신다.	夕露沾我衣석로첨아의.
옷이 젖는 것은 아깝지 않지만	衣沾不足惜의첨불족석,
다만 소원이 어긋나지 않게 되어라.	但使願無違단사원무위.

남산 밑에는 콩을 심었는데 풀만 무성하고 콩 싹은 드문드문 나 있다. 그래서 새벽 일찍 일어나 콩밭에 가 김을 매다가 저녁에 달빛을 띠고 호미를 메고 집으로 돌아온다. 좁고 초목이 무성한 길을 돌아오려니 저녁 이슬이 나의 옷을 적신다. 옷이 젖는 것은 아깝지 않지만 콩 잘 자라 좋은 결실이 있기를 바라는 소원이 어긋나지 않았으면 한다.

「귀원전거」는 도연명이 41세 때 팽택령 사임 후 고향으로 돌아온 후 42세

1985년에 구강(九江)에 개원한 도연명 기념관의 도연명 조각상과 채국도(採菊圖)의 모습

에 지은 시로, 「귀거래사(歸去來辭)」와 같은 취지의 시이다. 전원시의 대표적인 작품이기도 하다. 소박한 전원생활의 풍경을 사실적으로 잘 그렸다. 도연명의 이런 시어의 사용과 정신적 여유는 논밭에서 늙은 사람이 아니면 알 수 없는 경지이다. 따라서 도연명의 이런 진실성과 사실성은 그가 농사를 직접 지었기 때문에 나올 수 있었던 것이다. 그래서 도연명을 최초의 자연시(전원시) 시인이라고 부른다.

「음주(飮酒술을 마심)」 제5수

도잠

여막을 짓고 사람들이 사는 경내에 있지만,	結廬在人境결려재인경,
수레나 말이 드나드는 시끄러움은 없네.	而無車馬喧이무거마훤.
그대에게 묻노니 어떻게 그럴 수가 있는가?	問君何能爾문군하능이,
마음이 속세와 머니 땅도 저절로 치우쳐 있네.	心遠地自偏심원지자편.
동쪽 울타리 밑에서 국화를 꺾고,	採菊東籬下채국동리하,
물끄러미 남산을 바라보니.	悠然見南山유연견남산.
산 경치는 해질 무렵에 더욱 좋고,	山氣日夕佳산기일석가,
날던 새들도 서로 더불어 돌아오누나.	飛鳥相與還비조상여환.
이 가운데 참 뜻이 있는데,	此中有眞意차중유진의,
가리고자 하나 이미 말을 잃었네.	欲辨已忘言욕변이망언.

초가집을 사람들이 사는 마을 안에 지었지만, 동네 사람들과의 왕래는 드물다. 왜냐고 묻는다면, 마음이 속세와 멀어지면, 사는 곳도 세상 사람들과 멀어진 것으로 생각된다는 것이다. 다만 외딴 집에 숨어 홀로 파묻혀 사는데 어느 날 동쪽 울타리 밑에 핀 국화를 한 송이 꺾어 들고 문득 남산 쪽을 바라보니 저녁노을이 아름다운데 새들은 끼리끼리 둥지로 돌아오고 있다. 이 자연의 멋, 이 풍경 속에 천지조화의 진리가 있는데 그것을 표현해 보려

했더니 문득 표현할 말을 잊었도다.

「음주」는 가을밤 술을 마시고 짓은 시이다. 전체 20수로 술을 마시는 음주시(飮酒詩)와 음주 후의 회포를 읊은 영회시(詠懷詩)로 나눌 수 있다. 제5수는 영회시로 「음주」 20수 중에서도 가장 유명하고 사람들의 입에 오르내리는 시이다.

「음주」는 '의재언외(意在言外)'의 시이다. 말로써 마음속의 뜻을 다 표현하려고 하나 그 뜻을 드러낼 수가 없다. 이 자연의 멋, 이 풍경 속에 천지조화의 진리가 있는데, 그것을 표현해 보려 했더니 문득 표현할 말을 잊었다는 것이다.

중국 춘추전국시대를 시황제가 통일한 것도 잠시, 유방(劉邦)에 의해 한(漢)나라가 건국되어 한 동안 평화를 유지하던 중국도 다시 삼국시대를 맞이하고, 거듭되는 이민족의 압박을 받아 지금의 남경에 도읍한 것이 동진(東晋)이다. 거듭된 전란과 혼란 속에 한(漢)민족에게 일찍이 보지 못한 새로운 정신적 영역이 생겼다. 그것이 도연명이 추구했던 자연과 더불어 살아가는 자연친화적 모습이었다. 이 「음주」 시가 그 중 대표적인 시이기도 하다.

도연명이 사는 집은 마을 속에 있다. 하지만 사람과의 왕래는 드물다. 어째서 그런가 하면, 자기의 마음이 세속적 삶과 멀어졌기 때문이다. 도연명 자신

중국 강서성 구강(九江)에 위치한 여산(廬山)의 일부로 도연명이 바라본 남산과 도연명 기념관 안에 있는 버드나무와 연꽃이 있는 연못의 정경이다.

은 국화를 꺾고 욕심 없는 마음으로 물끄러미 남산을 바라본다. 산의 경치는 해질 무렵의 모습이 더욱 좋고 황혼이 되니 새들도 보금자리를 찾는다. 이런 가운데 자연과 인생의 참된 의미가 있는데, 말로 표현하려니 문득 표현할 말이 없다는 것이다.

도연명이 사랑한 것은 국화와 산, 그리고 나는 새들이다. 이런 것들이야말로 권력과 야망과 탐욕이 날뛰는 세상에서 추구해야 할 가치 있는 대상으로 여겼다. 현실적으로는 가난한 삶이었지만 그래도 자기 곁에 있는 국화와 새와 산 그리고 구름 혹은 가정, 나아가서는 지금의 삶을 지켜나가면서 주변의 것들을 사랑하고자 했던 것이다. 이것이 도연명이 추구했던 '무심(無心)'의 경지였던 것이다. 도연명은 「귀거래사(歸去來辭)」에서 '무심(無心)'을 통해 욕심 없는 마음을 노래하였다. "구름은 무심히 산골짜기에서 피어나고(雲無心以出岫운무심이출수), 새는 나는 것이 권태로워서 돌아올 줄 안다(鳥倦飛而知還조권비이지환)."라고 하여, 도연명의 심정을 잘 표현하였다.

도연명은 시에서 자연과의 융화를 통해 자신의 주관적인 감정과 이상을 문학적으로 승화시킨 것이 특징이다. 또한 그 이전까지 없었던 자연시[전원시]를 시도했다는 점도 높이 평가해야 할 부분이다. 시 외의 산문 작품에 「귀거래사」·「도화원기」 등이 있다.

도연명의 무덤으로 오르는 계단과 도연명의 무덤. 무덤의 비석에는 "진징사도공정절선생지묘(晋徵士陶公靖節先生之墓)"[진나라 징사 도공 정절 선생의 묘]라고 적혀 있다. '징사(徵士)'는 조정에서 부른 선비라는 뜻이다.

감상할 「유사천(遊斜川)」은 우리나라 선비들의 풍류 생활에 지대한 영향을 미친 시이다.

「유사천(遊斜川) 병서(幷序)」

도연명(陶淵明)

신축년 정월 5일 날씨가 따뜻하고 한가롭고 아름답다. 두세 이웃들과 더불어 사천(도연명이 살던 동네, 율리 남쪽에 있는 개울 이름)의 흐르는 긴 물굽이에서 놀면서 층을 이룬 성을 바라본다. 방어와 잉어가 장차 저녁때에 비늘을 번쩍이고, 물 가운데 갈매기가 온화한 때를 타서 퍼덕이면서 난다. 저 남쪽 언덕(여산)은 이름이 실로 예스럽다. 그렇다고 다시 감탄하지 않는다. 저 층을 이룬 성은 옆에 의지하거나 인접한 것도 없이 가운데 언덕에 홀로 빼어나다. 멀리 영산[곤륜산]을 상상하니 아름다운 이름이 사랑스럽다. 흔연히 대하기가 부족하여 즉석에서 시를 짓는다. 일월이 드디어 가버림을 슬퍼하고 내 나이가 머물러 있지 않음을 애도한다. 그래서 각자 나이와 고향을 적고 그 날짜를 기록한다. (辛丑正月五日, 天氣澄和, 風物閑美. 與二三隣曲, 同遊斜川臨長流, 望曾城. 魴鯉躍鱗於將夕, 水鷗乘和以飜飛. 彼南阜者, 名實舊矣, 不復乃爲嗟歎. 若夫曾城, 傍無依接, 獨秀中皐. 遙想靈山, 有愛嘉名. 欣對不足, 率爾賦詩. 悲日月之遂往, 悼吾年之不留. 各疏年紀鄕里, 以記其時日.)

새해 들어 어느새 초닷새,	開歲倏五日개세숙오일,
내 일생도 멈추려 한다.	吾生行歸休오생행귀휴.
생각하니 속마음 흔들리니,	念之動中懷염지동중회,
때가 되자 이 놀이를 행하는 것이다.	及辰爲玆遊급진위자유.
공기 온화하고 하늘도 맑은데,	氣和天惟澄기화천유징,
긴 물줄기 따라 늘어앉았다.	班坐依遠流반좌의원류.
느린 여울에는 아롱진 방어가 치닫고,	弱湍馳文魴약단치문방,
한적한 골짜기에 우는 갈매기 날아오른다.	閒谷矯鳴鷗한곡교명구.

멀리 연못 쪽 즐거운 눈으로 사방을 둘러보니, 逈澤散游目형택산유목,
아득히 층이 진 언덕을 바라본다. 緬然睇曾丘면연제증구.
비록 아홉 겹의 빼어남이 없지마는, 雖微九重秀수미구중수,
둘러보아도 이에 짝할 것이 없다. 顧瞻無匹儔고첨무필주.
술병을 가지고 손님들 접대할 때, 提壺接賓侶제호접빈려,
잔에 가득 술을 따라 주고받네. 引滿更獻酬인만갱헌수.
지금 이후의 일이야 알 수 없으니, 未知從今去미지종금거,
마땅히 다시 이같이 놀 수 있으리. 當復如此不당부여차불.
술잔을 가득 채워 초탈한 속마음 멋대로 풀어놓고, 中觴縱遙情중상종요정,
많은 근심을 잊노라. 忘彼千載憂망피천재우.
바야흐로 오늘의 즐거움 맘껏 누릴 것이요, 且極今朝樂차극금조락,
내일 일이야 알 바가 아니도다. 明日非所求명일비소구.

신축년 정월이면, 401년 도연명이 37세가 되는 해이다. 도연명이 새해를 맞이하여 한 해의 계획을 세우는 서문과 시이다. 신축년 정월 초닷새 날씨도 따뜻하고 풍경도 아름다운데, 이웃 두세 명과 율리(栗里) 남쪽에 위치해 있는 개울 사천에서 야유회를 즐긴다. 길게 흐르는 개울가에서 층을 이룬 성 같은 구름을 바라보다 보면, 물고기는 물속에서 비늘을 번득이고 갈매기는 온화한 날씨에 퍼덕이면서 날아오른다. 저 남쪽으로 보이는 여산(廬山)은 이름 그대로 예스러워 다시는 감탄하지 않아도 된다. 저 층을 이룬 성과 산은 늪과 연못 지대에 있어 곁에 의지할 것이 없어 홀로 언덕 위에 빼어난 모습으로 서 있다. 이 산의 모습을 보면 멀리 영산인 곤륜산이 연상되어, 그 아름다운 이름이 더욱 사랑스럽다. 그래서 기쁜 마음으로 이 산의 경치를 보다가 아쉬움을 느껴 즉석에서 시를 짓게 된다. 이런 영산을 대하자니, 세월이 빨리 감을 슬퍼하고, 내 나이가 멈추어 있지 않음을 애도하게 된다. 이에 각자 나이와 고향을 기록하고 또 날짜를 적는 것이다. 이처럼 서문에서 「유사천」을

짓게 된 동기를 설명하였다.

새해 신축년이 벌써 초닷새가 되었는데, 생각하니 내 삶도 죽음이 하루하루 가까워지는구나. 이런 것을 생각할 때 내 마음은 움직여 이 기회에 놀이나 한 번 해 보는 것이다. 날씨는 맑고 따뜻한데, 길게 흐르는 개울가에 늘어앉아 사방을 보니, 하늘에는 구름이 날고 물속에는 아롱진 방어가 뛰고 물 위로는 한가롭게 물새들이 높게 날고 있다. 저 멀리 연못 쪽을 바라보니 층을 이룬 산들이 보인다. 비록 아홉 겹으로 된 훌륭한 산봉우리는 없지만 이 산들을 바라보니 가히 필적할 만한 산도 없는 듯하다. 술병을 가져다 손님들과 잔을 주고받을 때, 잔에 술이 넘치듯이 인정이 넘쳐흐른다. 앞으로의 일은 알 수가 없으며 또 이런 멋진 놀이가 있을 수 있을까? 술잔을 돌리는 중에 속세를 벗어난 기분에 싸여 많은 근심도 다 잊는 것 같다. 오늘 지금 이 즐거움은 오늘로 다 할 것이요, 내일은 내일이니, 내일로 미루어 다시 찾을 것이 없을 것이다.

도연명의 낭만성과 풍류가 느껴지는 시이다.

중국 강서성(江西省) 구강시(九江市) 도연명 기념관에서 바라본 여산(廬山)의 한 줄기인 남산의 모습과 유사천(遊斜川)이 흐르는 계곡이 있는 산이다.

「五柳先生傳(오류선생전)」

도연명 문 앞에 버드나무 다섯 그루를 심고 인하여 스스로 오류 선생전을 지었다.

陶淵明 門栽五柳 因自著五柳先生傳
도연명 문재오류 인자저오류선생전

선생은 어떤 사람인지 알지 못하고 자세하지 않으며 집 주변에 다섯 그루의 버드나무가 있으므로 인하여 호를 삼았다. 한가롭고 고요하여 말이 적고 영리를 바라지 않으며 글 읽기를 좋아하되, 깊이 파고들지는 않고 매번 뜻이 맞는 글이 있으면 곧 즐거이 밥 먹기를 잊었다. 성품이 술을 좋아하되 집이 가난하여 항상 얻지는 못하였다. 친구들이 이와 같은 처지를 알고 혹 술자리를 마련하여 부르면, 나아가 마시되 번번이 다 마셔서 반드시 취하는 데 기약하였고 이미 취하고 나면 물러나와 일찍이 떠나고 머무는데 미련을 두지 않았다. 좁은 방은 쓸쓸하여 바람과 햇빛을 가리지 못하고 짧은 베옷은 뚫어지고 기웠으며, 도시락의 밥과 표주박의 물이 자주 떨어졌으나 편안하였다. 항상 문장을 지어 스스로를 즐기면서 자못 자기의 뜻을 보이고 (마음에) 품은 득실을 잊어 이것으로써 일생을 마쳤다.

(先生은 不知何許人이오 亦不詳其姓字나 宅邊 有五柳樹하여 因以爲號焉이라.
선생 부지하허인 역불상기성자 택변 유오류수 인이위호언

閑靖少言하며 不慕榮利하고 好讀書하되 不求甚解요 每有意會면 便欣然忘食이
한정소언 불모영리 호독서 불구심해 매유의회 편흔연망식

중국 강서성(江西省) 구강시(九江市)에 있는 동림사(東林寺)와 서림사(西琳寺) 사진이다. 호계삼소의 고사가 전해지는 동림사와 소동파의 「제서림사벽」 시가 있는 서림사이다.

라. 性嗜酒하되 家貧不能常得하니 親舊知其如此하고 或置酒而招之면 造飮輒盡
성기주 가빈불능상득 친구지기여차 혹치주이초지 조음첩진
하여 期在必醉요 旣醉而退하여 曾不吝情去留라. 環堵蕭然하여 不蔽風日하고
기재필취 기취이퇴 증불린정거유 환도소연 불폐풍일
短褐穿結하며 簞瓢屢空하되 晏如也러라. 常著文章自娛하여 頗示己志하고 忘懷
단갈천결 단표누공 안여야 상저문장자오 파시기지 망회
得失하여 以此自終하니라.)
득실 이차자종

찬(전기문 뒤에 붙여서 주인공을 칭찬하는 말)하기를, 검루가 말하기를 빈천에 두려워하지 않으셨고 부귀에 급급해하지 않으셨다고 하였으니, 그 말을 지극히 한다면(잘 새겨보면) 이 사람(오류 선생)과 같은 무리일 것이다. 술에 취하여 시를 지어 그 뜻을 즐겼으니 무회씨(욕심 없이 순박한 사람들) 시대의 백성인가? 갈천씨(순박한 태고 시대의 백성들) 시대의 백성인가?

(贊曰, 黔婁有言하되 不戚戚於貧賤하고 不汲汲於富貴라 하니 極其言이면 玆若
찬왈 검루유언 불척척어빈천 불급급어부귀 극기언 자약
人之儔乎인저. 酣觴賦詩하여 以樂其志하니 無懷氏之民歟아 葛天氏之民歟아.)
인지주호 감상부시 이락기지 무회씨지민여 갈런씨지민여

「귀거래사(歸去來辭)」

돌아가자! 歸去來兮귀거래혜
전원이 황폐해져 가는데 어찌 돌아가지 않겠는가? 田園將蕪胡不歸전원장무호불귀
이미 스스로 마음을 육신의 노예로 만들어 버렸다. 旣自以心爲形役기자이심위형역
어찌 상심하여 슬퍼하기만 할 것인가? 奚惆悵而獨悲해추창이독비
이미 지난 일은 돌이킬 수 없고, 悟已往之不諫오이왕지불간
앞으로 다가올 일은 추구할 수 있음을 알았다네. 知來者之可追지래자지가추
사실 길을 잘못 들긴 했으나 아직 멀리 벗어나지 않았고,
實迷塗其未遠실미도기미원
지금이 옳고 어제는 잘못이었음을 깨달았다네. 覺今是而昨非각금시이작비
배는 흔들흔들 가볍게 흔들리고, 舟遙遙以輕颺주요요이경양
바람은 한들한들 옷깃에 불어오네. 風飄飄而吹衣풍표표이취의
길가는 나그네(길손)에게 앞길을 물으니, 問征夫以前路문정부이전로

새벽빛이 희미한 것을 한스럽네. 恨晨光之熹微한신광지희미
마침내 초라한 우리 집 보이니, 乃瞻衡宇내첨형우
기쁜 마음에 급히 뛰어가네. 載欣載奔재흔재분
하인들이 기쁘게 맞아주고, 僮僕歡迎동복환영
어린 것들 대문에서 기다리네. 稚子候門치자후문
뜰 안의 세 갈래 작은 길에는 잡초가 무성하지만, 三徑就荒삼경취황
소나무와 국화는 아직도 그대로 있네. 松菊猶存송국유존
어린 놈 손잡고 방으로 들어가니, 携幼入室휴유입실
술독에 술이 가득, 有酒盈樽유주영준
술병과 술잔 들고 자작하며, 引壺觴以自酌인호상이자작
뜰의 나뭇가지 바라보며 웃음 짓네. 眄庭柯以怡顔면정가이이안
남쪽 창가에 기대어 마냥 의기양양하니, 倚南窓以寄傲의남창이기오
무릎 하나 들일 만한 작은 집이지만 편안한 곳이네. 審容膝之易安심용슬지이안
정원을 날마다 거닐노라면 즐거운 정취 생겨나고, 園日涉以成趣원일섭이성취
문이야 달아 놓았지만 항상 닫혀 있네. 門雖設而常關문수설이상관
지팡이 짚고 다니다가 발길 멎는 대로 쉬다가, 策扶老以流憩책부노이류게
때때로 머리 들어 먼 곳을 바라보네. 時矯首而遐觀시교수이하관
구름은 무심히 산골짜기에서 피어나고, 雲無心以出岫운무심이출수
새는 나는 것이 권태로워서 돌아올 줄 아네. 鳥倦飛而知還조권비이지환
날이 어두워지며 서산에 해가 지려 하는데, 影翳翳以將入영예예이장입
외로운 소나무를 어루만지며 서성이네. 撫孤松而盤桓무고송이반환
돌아가자! 歸去來兮귀거래혜
청컨대 세상의 교유를 끊어버리자. 請息交以絶遊청식교이절유
세상과 나는 서로 어긋났거늘, 世與我而相違세여아이상위
다시 벼슬길에 올라 무엇을 구할 것이 있겠는가? 復駕言兮焉求부가언혜언구
친척들과 정담을 나누며 즐거워하고, 悅親戚之情話열친척지정화

거문고를 타고 책을 읽으며 시름을 달랜다. 樂琴書以消憂낙금서이소우
농부가 내게 찾아와 봄이 왔다고 알려주니, 農人告余以春及농인고여이춘급
장차 서쪽 밭에 나가 밭을 갈련다. 將有事於西疇장유사어서주
혹은 작은 수레를 타고, 或命巾車혹명건거
혹은 한 척의 배를 저어, 或棹孤舟혹도고주
깊은 골짜기의 시냇물을 찾아가고, 旣窈窕以尋壑기요조이심학
험한 산을 넘어 언덕을 지나가리라. 亦崎嶇而經丘역기구이경구
나무들은 즐거운 듯 생기 있게 자라고, 木欣欣以向榮목흔흔이향영
샘물은 졸졸 흐르기 시작한다. 泉涓涓而始流천연연이시류
만물이 때를 얻어 즐거워하는 것을 부러워하며, 羨萬物之得時선만물지득시
나의 생이 머지않았음을 느낀다. 感吾生之行休감오생지행휴
그만두어라! 已矣乎이의호
이 몸이 세상에 남아 있을 날이 그 얼마나 되리? 寓形宇內復幾時우형우내부기시
어찌 본심 따라 모든 행동을 맡기지 않겠는가? 曷不委心任去留갈불위심임거류
황황히 어디로 가고자 하는가? 胡爲乎遑遑欲何之호위호황황욕하지
부귀는 내가 바라는 게 아니요. 富貴非吾願부귀비오원
죽어 신선이 사는 나라에 태어날 것도 기대하지 않는다. 帝鄕不可期제향불가기
좋은 때라 생각되면 혼자 거닐고, 懷良辰以孤往회양신이고왕
때로는 지팡이 세워 놓고 김매기도 한다. 或植杖而耘耔혹치장이운자
동쪽 언덕에 올라 긴 휘파람 불고, 登東皐以舒嘯등동고이서소
맑은 시냇가에서 시를 짓기도 한다. 臨清流而賦詩임청류이부시
자연의 변화를 따라 죽음에로 돌아가리니, 聊乘化以歸盡료승화이귀진
주어진 천명 즐길 뿐 다시 무얼 의심하겠는가? 樂夫天命復奚疑낙부천명부해의

「도화원기(桃花源記)」

진(晉)나라 태원(太元) 연간(377~397), 晉太元中진태원중

무릉(武陵)에 고기를 잡는 어부[黃道眞]가 살고 있었다.

武陵人捕魚爲業무릉인포어위업

시내를 따라 가다가, 緣溪行연계행

어디쯤인지에서 길을 잃고 말았다. 忘路之遠近망로지원근

홀연히 복숭아꽃 숲을 만났다. 忽逢桃花林홀봉도화림

강 양쪽 언덕을 끼고 수백 보를 가는 동안 夾岸數百步협안수백보

도중에 잡목은 보이지 않았고 中無雜樹중무잡수

향기 드높은 꽃들이 선연히 아름답게 피어 있었으며, 芳草鮮美방초선미

꽃잎들은 어지러이 날리며 떨어지고 있어 落英繽紛락영빈분

어부는 아주 기이하게 여겼다. 漁人甚異之어인심이지

다시 앞으로 나아가니 숲이 끝나려는 곳에 復前行欲窮其林부전행욕궁기림

숲이 다하자 수원(水源)이 있었고 林盡水源림진수원

문득 산이 하나 막아섰다. 便得一山편득일산

산에는 작은 동굴이 있었는데 山有小口산유소구

희미한 빛이 새어나오고 있었다. 髣髴若有光방불약유광

문득, 어부는 배를 버리고 동굴입구로 들어갔다. 便捨船從口入편사선종구입

처음에는 구멍이 아주 좁아 初極狹초극협

겨우 사람 하나 정도 들어갈 만하더니, 纔通人재통인

다시 몇 십 발자국 나서자 復行數十步부행수십보

시야가 훤하게 트여왔다. 豁然開朗활연개랑

토지가 넓은 들판에는 土地平曠토지평광

집들이 늘어서 있었다. 屋舍儼然옥사엄연

기름진 전답이며 아름다운 연못 有良田美池유량전미지

뽕나무나 대나무 등속이 눈에 들어왔다. 桑竹之屬상죽지속

옛날의 (즉 진시황 이전의) 토지구획 그대로　阡陌交通천맥교통

개와 닭소리가 서로 들렸다.　鷄犬相聞계견상문

그 사이를 사람들이 오가며 경작하고 있었는데　其中往來種作기중왕래종작

남녀가 입은 옷이　男女衣著남녀의저

모두 이국풍이었다.　悉如外人실여외인

기름도 바르지 않고 장식도 없는 머리를 하고,　黃髮垂髫황발수초

한결같이 기쁨과 즐거움에 넘치는 모습들이었다.　竝怡然自樂병이연자락

어부를 보더니　見漁人견어인

마침내 크게 놀라　乃大驚내대경

어디서 왔느냐고 물었다.　問所從來문소종래

함께 대답했더니,　具答之구답지

문득 집으로 초대해　便要還家편요환가

술을 내고 닭을 잡아 음식을 베풀어 주었다.　設酒殺鷄作食설주살계작식

낯선 사람이 있다는 소문이 온 마을에 돌아　村中聞有此人촌중문유차인

모두들 찾아와 이것저것 물었다.　咸來問訊함래문신

스스로 이르기를,　自云자운

“자기네들은 옛적 선조들이 진(秦) 통일기의 난을 피해　“先世避秦時亂선세피진시란

처자와 마을사람들을 이끌고　率妻子邑人솔처자읍인

이 절경에 왔는데,　來此絶境래차절경

그 이후 다시 밖으로 나가지 않는 바람에　不復出焉불부출언

외부와 단절되고 말았다.”라고 하였다.　遂與外人間隔수여외인간격”

그러면서 “지금이 대체 어느 시대냐”라고 묻기도 했다.　問“今何世”문금하세

진(秦) 이후 한(漢)이 선 것도,　乃不知有漢내부지유한

한(漢) 이후 위진(魏晉)시대가 온 것도 알지 못했다.　無論魏晉무론위진

어부가 아는 대로 일일이 대꾸해주자　此人一一爲具言所聞차인일일위구언소문

모두들 놀라며 탄식했다.	皆歎惋개탄완
사람들은 교대로 돌아가며 그를 집으로 초대해	餘人各復延至其家여인각부연지기가
모두 술과 음식을 내주었다.	皆出酒食개출주식
그렇게 며칠을 머문 후, 떠나가겠다고 말하니,	停數日辭去정수일사거
마을 사람 가운데 누군가가 말하기를,	此中人語云차중인어운
"바깥세상에는 말하지 말아 달라"고 하였다.	"不足爲外人道也부족위외인도야"
이미 동굴을 나서서 배에 올라,	旣出得其船기출득기선
곧 방향을 잡아 나가면서	便扶向路변부향로
곳곳에 표시를 해 두었다.	處處誌之처처지지
고을로 돌아와	及郡下급군하
태수[劉歆, 유흠]에게 나아가 자초지종을 고했더니,	詣太守說如此예태수설여차
태수는 사람을 보내어 오던 길을 되짚어	太守卽遣人隨其往태수즉견인수기왕
표시를 해 둔 것을 더듬어 나가게 했으나	尋向所誌심향소지
다시 그 길을 찾아내지는 못했다.	遂迷不復得路수미불부득로
남양(南陽)의 유자기(劉子驥)는	南陽劉子驥남양유자기
뜻이 높은 은사(隱士)이다.	高尙士也고상사야
듣고	聞之문지
기뻐하며 친히 찾아가려 했으나	欣然親往흔연친왕
뜻을 이루기 전에 병이 들어 죽고 말았다.	未果尋病終미과심병종
그 후로는 그 나루를 다시 찾아 나서는 사람이 없었다.	後遂無問津者후수무문진자

3. 강직한 소동파(蘇東坡)의 인생관

소식(蘇軾, 1037~1101)은 중국 북송(960~1126)시대의 시인이자 문장가·학자·정치가이다. 자(字)는 자첨(子瞻)이고 호(號)는 동파거사(東坡居士)이다. 흔히 소동파(蘇東坡)라고 부른다. 현 사천성(四川省) 미산현(眉山縣)에서 태어났다. 그는 송(宋)나라 때 저명한 문인 가문의 사람이다. 그의 아버지는 소순(蘇洵, 1009~1066)이었고, 그 아우도 소철(蘇轍, 1039~1112)로 모두 유명한 문인이다. 이 세 부자를 사람들은 삼소(三蘇)라고 불렀는데, 모두 당송팔대가들이다.

아버지 소순이 두 아들을 위해 지은 설(說) 작품이 있다. 옛적에는 아기가 태어나면 3개월쯤 지난 뒤에 조부나 부친은 길일(吉日)을 택해 아기를 안고 조상을 모신 사당으로 가서 이름을 지어 조상신에게 고(告)하면서 아이에게 일러 주었다. 그러면서 새 생명의 손을 잡고 아기의 장수와 출세 그리고 부귀영화 등을 나타내는 뜻을 지닌 글자나 신(信)과 의(義)를 근거하여 부르기 쉽거나 쓰기 편한 글자로 지기도 하였는데, 그 이름에는 가족의 소망이 담기기도 하였다. 이 이름과 관계된 유명한 글이 소순(蘇洵)의 「명이자설(名二子說)」이다.

> 수레바퀴와 수레바퀴살과 수레덮개와 수레 뒤의 가로나무는 모두 수레에서 맡은 일이 있으나, 수레 앞 가로나무만은 홀로 하는 일이 없는 것 같다. 그렇더라도 수레 앞 가로나무를 없애버리면 우리는 그것이 온전한 수레가 된다고는 보지 않는다. 식(軾)아! 나는 네가 겉치레 않음을 두려워한다. (언행을 삼가고 세상 일에 융통성 있게 대처하지 않는 것을 두려워한다.)
>
> 천하의 수레는 수레의 바퀴자국을 따라가지 않음이 없으나, 수레의 공로를 말함에 수레의 바퀴자국은 끼어들지 않는다. 그러나 수레가 넘어지고 말이 죽어도 재난이 수레의 바퀴자국에는 이르지 않는다. 이 수레의 바퀴자국이라는 것은 화(禍)와 복(福)의 사이에 있는 것이다. 철(轍)아! 나는 네가 화(禍)를 면할 것임을 알겠구나.[12]

아버지 소순(蘇洵)이 두 아들에게 식(軾)과 철(轍)이라는 이름을 지어준 이유를 설명한 글이다. 이들 삼부자가 살았던 시기가 북송 시절로, 이민족의 침략이 빈번하던 때이다. 그래서 아버지 소순은 태어난 아들들이 험난한 세상에 목숨만은 부지할 것을 바라면서 수레횡목 식(軾)과 수레바퀴 철(轍)로 이름을 지어 준 것이다. 수레가 그 임무를 다해도 수레횡목과 수레바퀴는 살아남듯이, 두 아들도 이 험난한 세상에 생명을 부지하기를 바라는 아버지의 마음을 담았다.

이름은 아이가 태어난 지 한 달쯤 지나면 아버지가 아들이 앞으로 어떤 사람이 되기를 바라는 마음을 담아 짓는 것이다. 그러나 자(字)는 20살 관례식을 할 때, 지금까지 자라온 모습을 보면서 아버지의 소망과 염려를 담아 지는 것이다. 20살까지 살아오면서 살펴 본 소식(蘇軾)은, 마음속에 생각을 거침없이 말해버리는 강직한 성격의 소유자였다. 아버지 소순은 아들의 직선적인 언행을 우려하면서 자첨(子瞻)이라는 자(字)를 지어주었다. '첨(瞻)'이란 '바라보기만 하고 말을 많이 하지 말라'는 뜻이다. 과연 소식은 왕안석의 신법(新法)을 반대하다가 감옥살이와 유배(流配)라는 굴곡이 심한 생애를 보냈다. 결국 유배지 해남도에서 돌아오다 강소성 상주에서 66세로 객사(客死)하였다.

소철(蘇轍)은 남을 잘 따르는 유순한 성격을 지녔다. 이에 아버지 소순은 관례를 마친 20살 아들에게 자유(子由)라는 자(字)를 지어주었다. '유(由)'도 역시 '따른다'는 뜻이다. 소철은 소순이 짐작한 대로 풍파 없이 원만한 생애를 보냈다.

아버지 소순은 시대상을 염두에 두고 두 아들의 이름을 지어 주었다고 할 수 있다. 수레가 생명을 다해도 수레횡목과 수레바퀴가 살아남아 세상에

---

12) 蘇洵, 「名二子說」. "輪輻蓋軫 皆有職乎車 而軾獨若無所爲者. 雖然 去軾則吾未見其爲完車也. 軾乎, 吾懼汝之不外. 天下之車 莫不由轍, 而言車之功 轍不與焉. 雖然 車仆馬斃 而患不及轍. 是轍者 禍福之間. 轍乎 吾知免矣."

이리저리 뒹굴게 되듯이, 혼란한 시기에 태어난 두 아들도 수레횡목과 수레바퀴처럼 살아남기를 바라는 마음을 담아 「명이자설(名二子說)」을 지었던 것이다.

그리고 20살 때 짓는 자(字)에는 그 동안의 아들들의 성품을 고려하여, 조심할 것을 당부하는 아버지의 마음을 담아 지었던 것이다. 이는 자(字)를 짓는 원칙 중 대문(對文)에 해당된다. 대문(對文)은 이름에 쓰인 글자의 의미와 상대(相對, 짝)가 되도록 지어서 이름의 편재성(偏在性)과 미완성(未完成)을 자(字)로 보완하는 것이다.

지금 현 시대를 살아가는 우리들은 어떤가? 부모님의 소망이 담긴 이름을 마음속에 새기면서 그런 인간상으로 살기 위해 노력하고 있는지 한 번쯤 생각해 볼 일이다. 이름에는 부모님의 뜻이 담겨 있기 때문이다.

소식은 당송팔대가의 한 사람인 구양수(1007~1072) 문하에서 배웠으며, 22세에 과거에 급제하여 일찌감치 문재를 알렸다. 당시 북송(北宋)은 왕안석(1021~1086)이 주창한 신법을 둘러싸고 구법당인 사마광과 당쟁이 확산될 시기였는데, 소동파는 신법인 청묘법에 반대하는 입장이었다. 신법에 반대하는 파를 구법당이라 하며, 구법당의 영수는 '자치통감'의 저자인 사마광이었다. 이로 인해 정치적인 부침을 거듭하였다.

소식은 1079년에는 호북성 좌천되었다. 왕안석의 신법에 반대했던 그는 신법과 신법파 인사들을 비난하는 시문을 지었다. 그 결과 '시문을 지어 조정과 대소 신료들을 비방하는데 두려워하거나 꺼려하지 않았다.'는 죄명으로 지사로 있던 호주에서 붙잡혀 변경의 어사대 감옥에 4개월가량 갇혔다. 당시 조정의 원로 중신 오충(吳充)과 범진(范鎭) 그리고 신종(神宗)의 조모인 태황태후 조씨(趙氏) 등의 도움으로 그 해 11월 풀려나면서 황주로 좌천되었다. 그러나 황주에서의 황주단련부사(黃州團練副使)는 아무 권한도 없는 허관말직(虛官末職)이었다. 물론 보수도 없는 자리였다. 이를 안타깝게 여긴 옛 친구 마정경(馬正卿)이 그를 위해 얼마간의 황무지를 마련해 주었다. 소식은 친구가 마련해 준 황무지를 개간하며 시름을 달랬다. 그 황무지가 동쪽 언덕에 있었기 때문에 동파거사(東坡居士)라고 자칭했던 것이다. 이후로 그를 동파(東坡)라 불렀다.

황주로 온 후, 1082년 7월 16일에는 「전적벽부」를 지었고, 10월 15일에는 「후적벽부」를 지었다. 그는 낙천적인 성격으로 6년간의 유배 생활을 잘 견디었다. 황주에 와서 지은 「적벽부(赤壁賦)」를 감상해 보자.

「전적벽부(前赤壁賦)」

소식(蘇軾)

임술년(壬戌年) 가을 7월[음력] 열엿새날[旣望, 기망], 소동파['蘇子'는 존칭이라기보다 '蘇氏'라는 뜻 정도로 객관화시킨 말] 내가 객(客)과 더불어 배를 띄우고 적벽(赤壁)의 아래에서 놀았더니, 맑은 바람은 느릿느릿 불어오고 물결은 일지 않더라. 술[술잔]을 들어 객에게 부쳐주고[권하고] (『시경』의 달을 노래한 詩篇들인) 「명월(明月)」의 시를 외고 「요조」(窈窕)의 장(章)을 노래하였더니, 잠간 후에 달이 동산 위에 떠서 북두성(北斗星)과 견우성(牽牛星) 사이에서 배회하니, 흰 이슬은 강에 비끼었고 물빛은 하늘에 맞닿았더라. 한 조각배[葦: 갈대배]가 가는 대로 놓아 주고 만경창파(萬頃蒼波)의 아득한 강 바다를 능질러 가니[타고 넘어가니], 하도 넓고 커서 마치 허공에 기댄 채 바람을 타고서 그 그칠 줄[멈출 곳]을 알지 못하는 듯하고, 하도 나부끼고 나부껴서 마치 세상을 버린 채 홀로 서서 날개 돋쳐 신선되어 올라가는[羽化而登仙] 듯하더라.

이에 술을 마시고서 심히 즐거워 뱃전을 두드리며 노래하니, 노래에 이르기를, "계수나무 노에 모란 돛대로 밝은 허공을 치면서 흐르는 빛[물빛]을 거슬러 올라가도다. 아득하고 아득한 나의 회포여! 하늘 한쪽 끝에 아름다운 사람[美人: 임금. 항상 나라를 잊지 않는 마음의 표현]을 바라보도다." 하였다.

객이 퉁소[洞簫: 통소. 구멍 셋이 뚫린 대]를 부는 자가 있어서 노래에 맞추어 화답(和答)하니, 그 소리가 하도 구슬프고 구슬퍼서 마치 원망하는 듯 사모하는 듯하며 마치 우는 듯 하소연하는 듯하고, 여음(餘音)이 가냘프고 가냘퍼서 끊어지지 않는 것이 마치 실오라기와 같으니, 깊숙한 골짜기[바다 골짜기]에 잠긴 교룡[이무기]을 춤추게 하고 외로운 배에 탄 홀어미[孤舟之嫠婦(이부): 옛 노(魯)나라 고사]를 울려 주더라.

소동파 내가 (갑자기 심각한 생각이 들어) 근심스레[구슬피] 옷깃을 여미고서 오똑 앉아서 객에게 물어 말하기를, "어찌 하길래 그 모양인고?" 하니, 객이 말하기를, "달은 밝고 별은 드문데, 까막까치가 남쪽으로 날아가는 것['月明星稀, 烏鵲南飛.'의 이 장면]은 이 바로 (그 옛날) 조맹덕[조조의 字]의 시가 아니던가? 서쪽으로 하구(夏口) 땅을 바라보고 동쪽으로 무창(武昌) 땅을 바라보니, 산천이 서로 얽히고 얽혀서 울창하고도 울창하도다. 이 바로 (그 옛날) 맹덕(孟德)이 주랑(周郎: 조조를 적벽에서 격파한 오(吳)나라의 주유]에게 곤욕을 겪던 곳이 아니던가? (그때) 바야흐로 그 형주(荊州) 땅을 쳐부수고 강릉(江陵) 땅으로 내려가며 물 흐르는 대로 동쪽으로 갈 때에 고물[배의 뒷부분]과 이물[배의 앞머리]이 천리에 이어지고 화려한 깃발이 허공을 휘덮었더라. 술을 걸러 (술잔을 들고) 강가에 나아가서 창을 비껴 든 채 시를 읊으니 진실로 일세(一世: 아주 긴 한 시대)의 영웅이더니, (그런데) 지금은 어디에 있단 말인가? 하물며 그대[子: 선생]와 더불어 강 물가의 언덕에서 고기잡이하고 나무꾼 노릇 하면서 물고기와 새우를 짝하고[반려삼고] 고라니와 사슴을 벗삼는지라, 한 잎의 조각배[一葉片舟]를 타고서 포주박 술잔을 들고서 서로 부쳐주니[권하니], 하루살이 목숨을 천지간에 부쳤음에[맡겼음에] 아득한 큰 바다에 뜬 한 곡식 낟알에 불과하니, 우리 인생의 짧고 덧없음을 슬퍼하고 장강(長江)의 무궁함을 부러워하여, 나는 신선[飛仙, 비선]을 끼고서 거드렁거리며 놀고 밝은 달을 안고서 길이 (인생을) 마치고 싶도다. (그러나 이것은 神仙風이 부족한 우리로서) 갑자기 얻을 수 없는 것인 줄을 알기 때문에, 남은 소리[여운]를 슬픈 바람에 (흘러가도록) 부치노라[맡기노라]." 하였다.

소동파 내가 말하기를, "객은 또한 저 물과 달을 아시는가? 가는 것이 이와 같은데 일찍이 아주 간 것이 아니며, 차고 비는[기우는] 것이 저와 같은데 마침내 아주 없어지거나 커난[자란] 것이 아니니, 대개 장차 그 변하는 것[만물은 변한다는 관점]으로부터 살펴보자면 천지도 일찍이 능히 한 순간으로써도 하지 못했고[한 순간인들 변하지 않고 버틸 수 없었고], 그 변하지 않는 것[만물은 변하지 않는다는 관점]으로부터 살펴보자면 물(物)[外物]과 내가 모두 다함[끝]이 없는지라, 또 무엇을 부러워하리오? 더군다나 무릇 천지간에 물(物)은 각각 주인이 있는지라, 진실로 나의 소유가 아닐진댄 비록 하나의 터럭[털끝만큼]이라도 취해서는 안 되거니와, 오직 강가의 맑은 바람과 산간(山間)에 뜬 밝은 달은 (애써 귀로 들어 취하려고 하지 않아도) 귀로 얻으면 소리가 되고 (애써 눈으로 보아 취하려고 하지 않아도) 눈에 부치면[눈에 맡기면. 눈만 뜨면] 빛깔이 되어[物色(물색)을 이루어] 취해도 말리는 사람 없고 (아무리) 써도 다함이 없으니, 이는 조물주(造物主)의 다함이 없는 갈무리[조물주가 베풀어 준 무진장의 보고(寶庫)]요 나와 그대[선생]의 함께 즐기는 바이니라." 하였더니, 객이 기꺼워하며 웃고는 잔을 씻어서 다시 따라 주니, 안주[肴(효): 魚肉의 고기 안주]와 과일[核]이 이미 다 떨어지고 술잔과 소반이 어지럽게 흩어졌더라. 서로 더불어 배 가운데[舟中]에서 베기도 하고 깔기도 하여 동방(東方)이 이미 허옇게 밝은 줄도 알지 못하더라.[13]

13) 蘇軾, 「前赤壁賦」. "壬戌之秋七月旣望, 蘇子與客泛舟遊於赤壁之下, 淸風徐來, 水波不興, 擧酒屬客, 誦明月之詩, 歌窈窕之章, 少焉, 月出於東山之上, 徘徊於斗牛之間, 白露橫江, 水光接天, 縱一葦之所如, 凌萬頃之茫然, 浩浩乎如憑虛御風而不知其所止, 飄飄乎如遺世獨立, 羽化而登仙. 於是, 飮酒樂甚, 扣舷而歌之, 歌曰, 桂棹兮蘭檣, 擊空明兮溯流光, 渺渺兮余懷, 望美人兮天一方. 客有吹洞簫者, 倚歌而和之, 其聲, 嗚嗚然, 如怨如慕, 如泣如訴, 餘音, 嫋嫋, 不絶如縷, 舞幽壑之潛蛟, 泣孤舟之嫠婦. 蘇子愀然正襟, 危坐而問客曰, 何爲其然也. 客曰月明星稀, 烏鵲南飛, 此非曹孟德之詩乎. 西望夏口, 東望武昌, 山川相繆, 鬱乎蒼蒼, 此非孟德之困於周郎者乎, 方其破荊州, 下江陵, 順流而東也, 舳艫千里, 旌旗蔽空, 釃酒臨江, 橫槊賦詩, 固一世之雄也, 而今安在哉. 況吾與子, 漁樵於江渚之上, 侶魚蝦而友麋鹿, 駕一葉之扁舟, 擧匏樽以相屬, 寄蜉蝣於天地, 渺滄海之一粟, 哀吾生之須臾, 羨長江之無窮, 挾飛仙以遨遊, 抱明月而長終, 知不可乎驟得, 託遺響於悲風. 蘇子曰, 客亦知夫水與月乎. 逝者如斯, 而未嘗往也, 盈虛者如彼, 而卒莫消長也, 蓋將自其變者而觀之, 則天地, 曾不能以一瞬, 自其不變者而觀之, 則物與我, 皆無盡也, 而又何羨乎. 且夫天地之間, 物各有主, 苟非吾之所有, 雖一毫而莫取, 惟江上之淸風, 與山間之明月, 耳得之而爲聲, 目寓之而成色, 取之無禁, 用之不竭, 是造物者之無盡藏也, 而吾與子之所共樂. 客喜而笑, 洗盞更酌, 肴核

소식이 신법당으로부터 제거의 대상으로 몰려 사형당할 뻔했다가 주변의 도움으로 황주로 좌천되어 가서 지은 작품이 「전적벽부」이다. 좌천은 되었지만, 정신적·경제적 고통까지 당하는 가운데서 그는 자연으로부터 위로를 받고 새로운 삶의 의미를 찾아가는 마음을 작품에 담았다. 「전적벽부」는 거시적 안목에서 유한한 삶을 자연의 영원성으로 극복하면서 서정적인 분위기도 잘 드러낸 작품이다. 줄거리를 요약하면 다음과 같다.

임술년 7월 16일 소자는 손과 함께 적벽(赤壁) 아래에서 놀았다. 손[客]과 더불어 술을 마시고 달밤의 아름다운 정취를 시로 읊으며 배를 타고 노닐면서 신선이 된 듯한 기분을 흠뻑 취했다. 이에 흥취가 도도해 흥겨운 노래를 부르고 손은 퉁소로 화답하는데, 그 퉁소 소리가 매우 애달프다.

그래서 소자는 객(客)에게 '퉁소의 가락이 왜 슬프냐?'고 묻자, 객(客)은 '이곳에서 이름을 떨쳤던 조조와 같은 천하의 영웅도 간 곳이 없으니, 우리 같은 하찮은 인생은 오죽 유한하겠는가. 그래서 허무한 마음이 들어 퉁소 가락에 그 슬픔을 실었노라.'고 말한다.

그래서 소자는 다음과 같은 말로 객(客)을 위로한다. '변하는 것으로 보면 천지도 눈 깜짝할 동안에 변하는 것이고, 변하지 않는 것으로 보면 천지가 무궁한 것이라.' 그래서 '자연이든 우리 인간의 삶이든 다 함이 없는 것이니 걱정하지 말고 자연을 즐기기나 하자.'라고 위로하는 인생의 달관적인 모습을 보여주고 있다. 변화하지만 순환함으로써 늘 그 자리에 머무는 것이 자연이니, 짧은 인생을 사는 우리도 자연이 베푸는 아름다움을 마냥 누리다가 가는 것이 최선의 삶이라는 것이다. 유한한 삶을 무한한 경지로 극복하고 있다. 이처럼 「전적벽부」는 생사(生死)의 문제를 초월한 호방한 기상을 보여준 작품이다.

旣盡, 盃盤狼藉. 相與枕藉乎舟中, 不知東方之旣白."

「후적벽부(後赤壁賦)」

소식

이 해 시월 보름에 설당(雪堂: 소식이 살던 눈 쌓인 초가집)에서 걸어 나와 임고정(臨皐亭)으로 돌아가려 하는데, 두 손님이 나를 따라 왔다. 황니(黃泥) 고개를 지나는데 이미 서리와 이슬이 내려 나뭇잎은 모두 지고 사람의 그림자가 땅에 비치고 있기에 고개 들어 밝은 달을 쳐다보고 주위를 돌아보며 즐거워하며 걸어가면서 노래 불러 서로 화답하였다. 조금 뒤에 내가 탄식하며 말했다. "손님은 있으나 술이 없고, 술이 있다 해도 안주가 없으니 달 밝고 바람 맑은 이 좋은 밤을 어이하면 좋단 말인가?" 이에 손님이 화답하였다. "오늘 해질 무렵 그물에 물고기 한 마리가 걸렸는데, 입이 크고 비늘이 가는 것이 마치 송강의 농어 같았소. 그러나 술은 어디에서 구할 수 있겠소?" (나는) 생각 끝에 집으로 돌아와 아내에게 이 일을 상의했더니, 아내가 말하기를, "제게 술 한 말이 있는데, 간직해 온 지 오래되었습니다. 당신이 갑자기 찾을 것에 대비하여 둔 거지요."라고 했다. 이리하여 술과 고기를 가지고 다시 적벽 아래로 가서 놀게 되었다. 강물은 소리 내어 흐르고 깎아지른 듯한 언덕은 천척이나 되었다. 산이 높아 달은 작은데, 강물이 줄어서 돌들이 드러나 있었다. 그 후로 세월이 얼마나 지났다고 이토록 알아볼 수가 없단 말인가? 나는 그대로 옷자락을 걷어쥐고 산을 올라 깎아지른 듯한 험한 바위를 밟으며 무성하게 자란 풀숲을 헤치고 나아가서, 호랑이나 표범 같이 생긴 바위에 걸터앉기도 하고 뱀이나 용 같이 구부러진 나무에 올라 매가 사는 높은 가지의 둥지를 만져보기도 하였으며, 빙이(馮夷, 水神이 하백)의 궁전이 있는 깊은 물속도 내려다보았다. 그러나 두 손님은 나를 도저히 따라 올 수가 없었다. 문득 긴 휘파람 소리 나더니, 초목이 진동하고 산이 울고 골짜기는 메아리치며 바람이 일고 강물은 솟구쳤다. 나도 문득 쓸쓸하여 슬퍼지고 숙연하여 두려운 생각이 들더니 몸이 오싹한 나머지 더 이상 머무를 수가 없었다. 산에서 내려와 이번에는 배에 올랐다. 강 가운데에서 물 흐르는 대로 흘러가다가 배가 멈추면 나도 멈추어 쉬었다. 때는 거의 한밤중이었다. 사방은 고요하고 적적한데 때마침 외로운 학 한 마리가 강을 가로질러 동쪽에서 날아오는데, 날개는 수레바퀴처럼 크고 검정치마 흰 저고리를 입은 듯한데, 끼룩끼룩 길게 소리 내어 울며 우리 배를 스쳐서 서쪽으로 날아갔다. 잠시 뒤에 손님들은 가고, 나도 집에 돌아와 잠이 들었다. 꿈에 한 도사가 새털로 만든 옷을 펄럭이며 임고정 아래를 지나와 내게 읍하며 말했다. "적벽의 놀이는 즐거웠소?" 나는 그의 성명을 물었으나, 그는 머리를 숙인 채 대답하지 않았다. "아하! 이제야 알았소. 지난밤에 울면서 나를 스칠 듯이 지나간 학이 바로 그대가 아니오?" 도사는 나를 돌아보며 웃었다. 나도 또한 놀라 잠에서 깨어나 문을 열고 내다보았지만 그가 있는 곳을 찾을 수 없었다.[14]

「전적벽부」를 짓고 3개월 후에 다시 적벽에 와서 이 「후적벽부」를 지은 것이다. 그런데 강가의 모습은 확연히 달라져 있었다. 그동안 강물이 줄어들어 강바닥이 다 드러나 있었다. 그러나 소식은 변함없이 자연의 아름다운 풍광을 즐기고 있다. 비록 좌천되어 왔지만 그의 마음은 여전히 넓고 광활한 것이다. 「전적벽부」는 실경을 노래했다면, 「후적벽부」는 허경(虛景)을 묘사한 것이다. 신선인 선학을 등장시켜 신선사상까지 드러내었다. 현실의 어려움을 신선사상으로 극복하려고 했는지도 모르겠다.

이후 소동파는 승진을 거듭하여 한림학사의 지위에 올랐다. 그러나 1094년 다시 신법당이 득세하면서 광동성 혜주로 다시 유배되었다. 소식이 혜주로

---

14) 蘇軾, 「後赤壁賦」. "是歲十月之望, 步自雪堂, 將歸于臨皐, 二客從予. 過黃泥之坂, 霜露既降, 木葉盡脫. 人影在地, 仰見明月. 顧而樂之, 行歌相答. 而已歎曰; 有客無酒, 有酒無肴, 月白風清, 如此良夜何. 客曰; 今者薄暮, 擧網得魚, 巨口細鱗, 狀如松江之鱸. 顧安所得酒乎. 歸而謀諸婦, 婦曰; 我有斗酒, 藏之久矣. 以待子不時之需. 於是, 攜酒與魚, 復遊於赤壁之下, 江流有聲, 斷岸千尺. 山高月小, 水落石出. 曾日月之幾何. 而江山不可復識矣. 予乃攝衣而上, 履巉巖披蒙茸, 踞虎豹登蛇龍, 攀棲鶻之危巢, 俯馮夷之幽宮, 蓋二客不能從焉. 劃然長嘯, 草木震動, 山鳴谷應, 風起水涌. 予亦悄然而悲, 肅然而恐, 凜乎其不可留也. 反而登舟, 放乎中流, 聽其所止而休焉. 時夜將半. 四顧寂寥, 適有孤鶴, 橫江東來, 翅如車輪, 玄裳縞衣, 戛然長鳴, 掠予舟而西也. 須臾客去, 予亦就睡, 夢一道士, 羽衣翩僊, 過臨皐之下, 揖予而言曰; 赤壁之遊樂乎. 問其姓名, 俛而不答. 嗚呼噫嘻, 我知之矣. 疇昔之夜, 飛鳴而過我者, 非子也耶. 道士顧笑, 予亦驚悟, 開戶視之, 不見其處."

폄직되었을 때는 애첩 왕조운과의 사랑 이야기가 전해지고 있다. 1074년 항주통판을 지내던 38세의 소식은 왕조운을 첩으로 받아들인다. 그 후, 두 사람은 늘 함께 했다고 한다. 소식이 혜주로 폄직되었을 때도 왕조운은 소식을 따라 혜주로 왔다고 한다. 그때 왕조운의 나이는 32세였고 소식의 나이는 57세였다. 두 사람은 영생을 꿈꿀 정도로 함께 하기를 소망했으며, 조운당이라는 집을 짓기도 하였다. 그러나 왕조운은 34세의 나이로 병사(病死)했고 소식은 서선사(棲禪寺) 동남쪽에 무덤을 만들고 무덤 주위에 육여정(六如亭)이라는 정자를 지었다. 육여(六如)란 왕조운이 죽을 때 외웠던 금강경의 사구게(四句偈)에서 따온 말이다. 왕조운은 소식이 혜주로 귀양 와 정신적·경제적 고통에 시달리던 시절에 유일한 안식처였을 것이다. 그런 그가 갑자기 병사를 하였으니, 소식이 받은 충격은 말을 하지 않아도 알 것 같다.

혜주 유배된 뒤, 3년 후인 1097년(60세) 중국 최남단인 해남도까지 귀양을 갔다. 당시 해남도는 주민 대부분이 소수민족인 여족으로 이루어진 섬이었다. 그런 곳에 소동파는 셋째아들 소과만을 데리고 갔다. 해남도에서도 소동파는 뛰어난 적응력을 발휘해 주민들로부터 신망을 얻었다. 그곳 주민들을 위해 교육 사업을 했기 때문이다. 그래서 중앙의 명을 받고 살던 집에서 쫓겨났을 때에도 해남도 사람들의 도움을 받아 오두막을 지어 살 수 있었다. 해남도 사람들은 해남도에 소식이 머물던 객사를 소공사와 동파서원으로 만들어 놓았다. 이렇게 해남도 사람들이 소식을 받드는 이유는 그가 해남의 유배 기간 동안 있으면서 해남도 교육 사업에 힘써 주었기 때문이다. 그 후 162년 간 해남도에서 진사(進士)가 12명이나 배출되었다. 이후 신법당을 지지했던 철종이

소식은 6년 동안의 유배생활을 마치고 돌아오다 상주에서 객사하였다.

죽고 소식은 복권되었으나, 귀양지에서 고향으로 돌아오는 도중 상주에서 66세를 일기로 사망하였다.

좌천되었던 동파(東坡)에서 지은 한시(漢詩)와 사(詞)를 감상해 보자.

「동파(東坡)」

소식

빗물이 씻어 내린 동파의 달빛 맑은데,	雨洗東坡月色淸우세동파월색청,
시장 사람들 발걸음 끊어지자 시골 사람들이 오간다.	市人行盡野人行시인행진야인행.
동파에 오르는 길, 험한 바위 언덕길 개의치 않고,	莫嫌犖确坡頭路막혐락확파두로,
탁탁 지팡이 끌리는 소리 즐긴다네.	自愛鏗然曳杖聲자애갱연예장성.

비가 갠 뒤에 떠오른 맑은 달은 동쪽 언덕인 동파를 비추고, 시장 사람들 돌아가고 나니 시골 사람들 모여들어 달구경한다. 동파에 오르는 길 울퉁불퉁 바위 가득하고 험한들 개의치 않고, 지팡이 짚고 오르는 길 탁탁 지팡이 끄는 소리 도리어 즐기면서 동파에 오른다.

시의 내용은 거의 달관의 경지이다. 좌천되어 무보수에 지낼 집도 없는 처지였는데, 그래도 동파 언덕을 개간하여 나름대로 삶을 즐기고 있다. 동파의 적벽은 황강현 서북쪽 장강 변에 있는데, 황갈색 모양의 코와 비슷하다고 해서 '적비산(赤鼻山)' 또는 '적비기(赤鼻磯)'라고도 한다. 당대 일부 문인들이 이곳을 삼국시대 적벽대전이 일어났던 곳과 연계시키기도 하였다. 소동파도 「전적벽부」에서 호북성 가어현에서 일어났던 적벽대전과 연계를 시키기도 하였다. 소식이 적벽대전이 일어났던 곳을 몰라서 그랬던 것은 아니고, 옛 풍류 인물의 공업을 기리면서 마음속에 있는 슬픔을 담아내기 위해서 일부로 황강 적비기에서 삼국시대 적벽대전을 배경으로 했던 것이다. 그래서 후세인들은 황강의 적벽을 문적벽(文赤壁)이라 칭하고, 조조와 주유가 싸워 적벽대전이 일어났던 곳을 무적벽(武赤壁)이라 한다. 현실적 어려움을 시와 술과 자연을 벗삼아 유유자적한 생활을 즐기던 동파는 4년 3개월 동안의 동파 언덕에서 유배생활을 보냈던 것이다. 그가 동파 유배생활에서 해먹던 동파병(東坡餠)과 동파육(東坡肉)은 지금은 관광 상품이 되어 여러 사람들이 즐기는 기호품이 되었다.

「**적벽회고(赤壁懷古**적벽에서 옛일을 그리워하다**)**」

소식

장강은 물결 따라 동으로 흘러가며,	大江東去浪淘盡대강동거랑도진,
먼 옛날 풍미하던 인물들을 데려갔구나.	千古風流人物천고풍류인물.
옛 성 서쪽 가 사람들은 이렇게 말하지,	故壘西邊人道是고루서변인도시,
삼국시대 주유(周瑜)의 적벽이라고.	三國周郎赤壁삼국주랑적벽.

중국 호북성 황주의 문적벽의 모습이다. 소동파가 유배나 다름없는 단련부사(團練副使)라는 지방관으로 좌천되어 「적벽부」를 지은 곳이다. 『삼국지연의』에 나오는 조조와 주유의 적벽대전을 무적벽(武赤壁)이라 하고, 이곳을 문적벽(文赤壁)이라고 부른다. 소동파가 『전벽부』를 지은 후, 적벽대전의 적벽은 사람들의 관심에서 멀어졌다. 문학의 위대함을 알게 한다.

험난한 바위 절벽 하늘 뚫을 듯하고, 亂石穿空란석천공,
큰 물결은 기슭을 부숴 버릴 듯, 驚濤拍岸경도박안.
천 겹으로 쌓인 눈(물보라)을 휘감아 올린다. 捲起千堆雪권기천퇴설.
강산은 그림 같은데, 江山如畫강산여화,
그 시절에 호걸은 몇몇 이었던가? 一時多少豪傑일시다소호걸.
먼 옛날 당시의 공근(주유)을 떠올리니, 遙想公瑾當年요상공근당년,
소교가 처음 시집왔을 때로, 小喬初嫁了소교초가료,
영웅의 풍채가 당당했었네. 雄姿英發웅자영발.
깃털 부채에 윤건 쓴 제갈량과 담소하는 동안, 羽扇綸巾談笑間우선윤건담소간,
강력한 조조 군대 재 되어 날고 연기처럼 사라졌네. 强虜灰飛煙滅강로회비연멸.
마음은 고향을 향해 가니, 故國神游고국신유,
다정한 사람들은 응당 나를 보고 웃겠지. 多情應笑我다정응소아.
벌써 머리가 세어버렸냐고? 早生華髮조생화발,
인생은 꿈과 같아, 人生如夢인생여몽,

『삼국지연의』 일명 『삼국지』에 나오는 조조와 주유의 적벽대전을 벌렸던 곳으로 무적벽(武赤壁)이라 한다. 중국 호북성 가어현 동북 장강가에 있다.

한잔 술 들어 강물 속 달에게 부어 주노라. 一尊還酹江月일준환뢰강월.

동쪽으로 흐르는 장강(長江)의 물결은 옛 영웅들의 흔적을 씻어 내리고, 사람들은 이곳을 주유가 조조의 대군을 물리쳤던 적벽대전의 장소라고.

바위절벽은 하늘로 치솟아 있고 큰 물결은 강기슭을 부숴 버릴 듯 물보라를 휘감아 올린다. 강산은 그림 같은데, 한 때의 호걸들은 얼마나 많았던가?

주유의 그 당시를 회상하니 소교가 처음 시집왔을 때 영웅의 풍채가 당당했지. 깃털 부채를 들고 윤건 쓴 제갈량과 이야기를 나누는 사이 조조의 배들은 재가 되어 연기로 사라졌다네.

마음은 옛 고향을 향해 내달리니 다정한 사람들은 벌써 백발이 된 나를 비웃으리라. 인간 만사가 꿈과 같으니, 한 잔 술을 강물에 비친 달에게 바치노라.

위의 시는 일명 「백자요(百字謠)」 또는 「염노교(念奴嬌)」라고 칭하는 사(詞)이다. 글자 수가 100자라서 「백자요(百字謠)」이고, 「염노교(念奴嬌)」는 중국 당나라 현종 때 유명한 가기(歌妓) 염노의 아름다움을 연상시킨다고 하여, 아름다울 교(嬌)자를 붙여 「염노교(念奴嬌)」라 칭하는 것이다. 가기(歌妓)였던 염노가 죽고 난 후, 당나라 궁중에는 「염노교(念奴嬌)」라는 사패(詞牌)가 생겼는데, 그 글자 수가 100자였다. 사(詞)는 노래 가사를 이르는 말이다.

사(詞)인 「적벽회고(赤壁懷古)」에서 소동파는 적벽대전에서 활약했던 주유와 제갈량 등 영웅호걸의 삶일지라도 장엄하고 영원한 자연에 비하면 한낱 보잘 것 없는 꿈에 지나지 않는다고 하였다. "장강은 동으로 묵묵히 흘러가고, 아득한 옛날의 풍류 인물들 옛 성의 서편 사람들은 이곳을 말하네. 삼국시대 주유의 적벽대전 터라고 구름 뚫고 솟아오른 절벽에 기슭을 부숴버릴 듯한 파도가 천 겹의 물보라를 휘감아 올리네. 강산은 그림 같은데 한 시절 호걸은 몇이었던가?"로 반문하는 장면에서 소동파의 호방하고 거시적인 인생관을 확인할 수 있다. 또한 그는 한 잔 술을 강에 비친 달에 바침으로써 영원히 자연에 귀의하려는 자신의 열망을 표현하였다. 이와 같이 자연을 영원한 것으로 인식하고 이에 융화되고자 하는 인생관의 철학적인 배경을 깔아 지은 대표적인 작품이 「적벽회고(赤壁懷古)」이다. 유배나 다름없는 동파의 시련을 자연에 의지해서 견디어내고 있는 듯하다.

창의적으로 생각하기

1. 굴원·도연명·소동파 세 사람의 삶의 모습을 그들이 남긴 문학 작품을 통해 살펴보았다. 두 사람은 유배, 한 사람은 자진하여 산수 자연에 은둔 한 인물이다. 이 세 사람 중 닮고 싶은 한 사람의 삶을 선택하여 그 이유를 서술해 보시오.

2. 「어보사(漁父辭)」와 「전적벽부(前赤壁賦)」를 대비하여 두 작품의 우열을 논한다면 어느 작품이 더 격조가 높을까? 그 이유를 서술해 보시오.

9장 『논어』와 공자의 삶

1. 『논어(論語)』와 공자(孔子)

1.1. 『논어(論語)』 소개

『논어(論語)』의 명칭은 한(漢)나라 경제(景帝) 말에서 무제(武帝) 사이에 쓰인 것으로 추정되고 있다. 그 이전은 전(傳)·기(記)·공자왈(孔子曰)·론(論)·어(語) 등으로 일컬어져 왔다. 그리고 편저자는 명확히 알려져 있지 않으나, 공자의 제자 또는 제자의 제자들과 그 문인들이 편찬한 것으로 추정하고 있는데, 특히 증자(曾子)와 유자(有子) 계통의 제자들이 참여한 것으로 알려져 있다.

『논어』는 「학이(學而)」편으로부터 「요왈(堯曰)」편에 이르기까지 모두 20편(篇) 499장(章) 12,700자(字)로 구성된 책이다. 『논어』 20편의 편명(篇名)들은, 대개 각 편 첫 구절의 말씀이나 첫 구절의 글구가 시작되는 부분에 있는 글자들 또는 인명(人名) 등을 따서 정한 것이다. 그리고 장(章)의 명칭은 청(淸)나라 때 학자 장대(張岱)의 저술 『사서우(四書遇)』에서 시작되었다.

『논어』는 공자의 언행(言行)을 중심으로 하여 그 가르침과 사상을 계승한 제자들과의 언행 등을 기록한 책으로, 예로부터 오늘날까지 중국과 한국 등 동양에서, 그리고 근래에는 동서양에서 두루 글공부하며 도(道)를 추구하는 사람들에 의해 많이 읽히고 사상적으로 많은 영향을 끼쳤다. 그 내용은 배움의 즐거움·가르침의 도(道)·인간관계의 중요성·자기 성찰과 선비정신 등 우리가 삶을 살아가면서 이웃과 더불어 소통하고 이해하면서 배려하는 것들의 내용이다. 그래서 『논어』는 시공을 초월해서 사람들이 올바르게 행동하고 사고하는데 기준이 되었기에 2,500여 년이 지난 오늘날에도 사람들로부터 사랑받고 있는 것이다.

우리나라에 『논어』가 들어온 것은 삼국시대로 추정이 된다. 『삼국사기(三國史記)』 권제38 「잡지(雜志)」 제7 관직 상 '국학(國學)'에 국학은 신문왕 2년에 설치하였고, 교수 방법에 "박사 혹은 조교 한 사람이 더러는 『예기』·『주역』·『논어』·『효경』 등으로 교수하였다."는 내용이 있다. 그리고 『삼국사기(三國史記)』 권제47 「열전(列傳)」 '설총(薛聰)'조에 "그(설총)의 성질이 총명하고 예민하여 어려서부터 도술을 알았으며 방언으로 『구경(九經)』을 읽어 후배들을 가르쳤다."는 내용이 있다. 『구경(九經)』에 『논어』가 포함된다. 또한 『삼국사기(三國史記)』 권제47 「열전(列傳)」 '죽죽(竹竹)'조에 죽죽(竹竹)이라는 화랑이 "그대의 말이 당연하다. 그러나 나의 아버지가 나를 죽죽이라고 이름 지은 것은 나로 하여금 참대와 같이 한겨울에도 시들지 말며 꺾일지언정 굽히지 말라는 뜻이니 어찌 죽기를 두려워하여 살아서 항복하겠는가?"로 말한 부분은 『논어』의 구절 "해가 차가워진 연후에야, 소나무와 백송이 뒤늦게 시드는 줄을 아느니라."[1]를 인용한 것이다. 『삼국사기(三國史記)』 권제46 「열전(列傳)」 '강수(强首)'조에 아버지가 강수의 뜻을 알아보기 위해 "네가 불교 공부를 하겠느

1) 『論語』 「子罕」篇 '歲寒'章. "子曰, 歲寒然後에 知松柏之彫也니라."

냐? 유교 공부를 하겠느냐?"라고 물으니, 강수가 대답하기를, "내가 들으니 불교는 세속을 떠난 교리로서 세상 사람들을 어리석게 한다하니 어찌 불교 공부를 하겠습니까? 나는 유가의 도를 배우고자 합니다."라고 대답하는 장면이 있다. 강수의 대답처럼, 신라시대 때 이미 유학이 전파되었음을 확인할 수 있다. 이와 같이 『삼국사기(三國史記)』에 산재된 내용으로 파악할 수 있는 것은 삼국시대에 이미 『논어』는 국학의 교재였으며 유학도 공부의 대상이었다. 이런 사실로 미루어 볼 때, 『논어』는 삼국시대에 사용된 경서(經書)임을 알 수 있다.

예로부터 글공부하는 사람들은 누구나 『논어』를 읽고 그 배운 것을 실천할 경우에는, 삶의 참된 도리를 터득하여 자기 자신의 심성을 수양하고 인격을 높일 수 있을 것으로 여겨 왔다. 그리고 나라를 바르게 다스리거나 세상을 바로잡아, 마침내 나라를 도덕이 빛나게 하고 세상을 밝은 세상이 되도록 변화시킬 수 있을 것으로 여겨 왔다. 따라서 『논어』의 구절구절에 담긴 말씀과 기록된 글의 뜻이 모두 의미심장하기 때문에, 고금(古今)의 글공부하는 사람들이 모두 실천의 도(道)로 여겨 온 것이다. 이런 이유로 동양 고전의 정수(精髓)인 『논어』를 공부하는 바이다.

1.2. 제자가 바라본 공자

『논어』에서 제자들이 스승인 공자를 바라본 모습은 어떠했을까?

(1) 子禽자금이 問於子貢曰문어자공왈, 夫子부자가 至於是邦也지어시방야하사 必聞其政필문기정하시나니 求之與구지여아 抑與之與억여지여아.

子貢자공이 曰왈, 夫子는 溫良恭儉온량공검하사 讓以得之양이득지시니 夫子之求之也부자지구지야는 其諸異乎人之求之與기저이호인지구지여인저.

(『論語』 「學而」篇 '問政'章)

'자금'이 '자공'에게 물어서 말하기를, "선생님께서 이 나라에 이르러 오셔서는 반드시 그 정사(政事)를 들으시나니, (그 정사를 들으실 기회를) 구하신 것입니까? 아니면 드린 것입니까?"라고 하였다. '자공'이 말하기를, "선생님께서는 온화하시며 곧으시며 공손하시며 검약하시며, (그리고서도) 사양하셔서 얻으셨으니, 선생님께서 구하심은 그 사람들이 구하는 것과는 다를 것이다."라고 하였다.

위의 내용은 공자가 다른 사람들을 대할 때의 모습을 온(溫)·량(良)·공(恭)·검(儉)·양(讓) 다섯 가지로 나타낸 것이다. 공자가 14년을 중국 천하를 주유한 후 돌아온 후, 제자 자금이 궁금한 바를 선배인 자공에게 물어보는 형식이다.

스승인 공자께서는 다른 나라를 방문했을 때 그 나라에서 정사를 물어온 것인지 아니면 공자께서 스스로 먼저 그 정사에 대해서 말씀한 것인지 궁금했던 것이다. 그에 대해서 자공이 말하기를, 스승인 공자께서는 일찍이 그런 기회를 스스로 구한 적이 없으시되 다만 그 덕의 용모와 성품이 온화하고 마음이 평탄하며 공경스러우면서도 절제하시면서도 사양하신 뒤에도 어쩔 수 없이 그런 말씀을 행했다고 일러 주었던 것이다.

따라서 제자가 바라본 공자의 모습은 성품이 온화하고 인정은 두터우면서 마음은 편안하고 곧았으며 모습은 의젓하면서도 공경스러웠다. 그리고 인품만 훌륭한 것이 아니라 매사에 근검절약하시는 분으로 늘 겸손한 태도를 유지했다는 것이다.

(2) 顔淵안연이 喟然歎曰위연탄왈, 仰之앙지에 彌高미고하며 鑽之찬지에 彌堅미견하며 瞻之첨지에 在前재전일러니 忽焉在後홀언재후로다. 夫子가 循循然善誘人순순연선유인하사 博我以文박아이문하시고 約我以禮약아이례하시니라. 欲罷욕파(에) 不能불능하여 旣竭吾才기갈오재호니 如有所立여유소립이 卓爾탁이라 雖欲從之수욕종지나 末由也已말유야이로다.

(『論語』 「子罕」篇 '喟然'章)

안연(顔淵)이 크게 한탄하며 말하기를, "우러러볼수록 더욱 높으며, 뚫을수록 더욱 견고하며, 바라봄에 앞에 있더니, 문득 뒤에 있도다. 선생님께서 차근차근 잘도 사람을 이끄셔서, 나를 넓혀 주시기를 글공부로써 하시고, 나를 조여 주시기를 예로써 하셨느니라. (학문을) 그만두고자 해도 능히 그만둘 수가 없어서 이미 내 재주를 다했으니, 마치 서 계신 바가 우뚝함이 있는 듯하여, 비록 따르고자 하나 어디로부터 시작해야 할지 모를 따름이다."라고 하였다.

제자 안연이 스승 공자의 도와 학문적 경지가 높은 것을 찬탄한 것이다. 공자님의 도는 우러러볼수록 더욱 높으며 뚫고 들어가려 해도 견고해서 불가하며, 나 안연을 글공부로써 넓혀주시고 예로써 자기 몸을 조일 수 있게 하여 아는 바를 행하게 하시고 도리에 어긋나게 하지 않게 해주셨다는 것이다.

(3) 子자는 溫而厲온이려하시며 威而不猛위이불맹하시며 恭而安공이안일러시다.

(『論語』「述而」篇 '溫厲'章)

공자께서는 온화하시면서도 엄숙하시며, 위엄이 있으면서도 사나운 기운을 풍기지 않으시며, 공순(恭順)하시면서도 편안하시더라.

위의 글은 공자님의 평상시 모습을 문인이 소개한 글이다. 온화하시면서도 엄격하시고 위엄이 있으면서도 사납지 않았으며 항상 공손하면서 편안했다는 것이다. 이런 모습은 공자가 신비로움을 거부하고 경이로운 기적을 부정하면서 오로지 인간다움을 한결같이 간직했다는 것이다. 이는 공자의 덕성과 도체가 평소에 얼굴과 모습을 통하여 나타난 것이다. 『論語(논어)』「述而(술이)」篇(편) '燕居(연거)'章(장)에 "子之燕居(자지연거)에 申申如也(신신여야)하시며 夭夭如也(요요여야)러시다."라는 구절에서도 "선생님께서 한가롭게 거처하심에 낯빛이 환히 펴지는 듯하셨으며, 즐거운 듯하시더라."고 한 것처럼, 제자들이 스승인 공자가 공적인 일을 보지 않고 한가로이 집안에 계실 때의 모습을 보고서 그 얼굴 모습을 말한 부분이다. 마치 모습이 환하게 쫙 펴지는 듯하며,

안색이 따뜻한 봄기운처럼 즐거운 빛이 흐르는 듯하다고 하였다.

보통 사람들은 한가로이 거처할 때 오히려 태만하게 굴거나 방자하게 군다. 아니면 심히 엄격한 얼굴로 까다롭게 굴기도 하는데, 공자께서는 평상시에도 편안하고 온화한 모습과 안색을 지녔다는 것이다. 남이 보거나 보지 않거나 사람들을 만나거나 어떤 환경에 처하든 그런 데에 구애되지 않고 모두 화평하고도 화락하게 모습과 얼굴빛을 유지하여 언제나 바른 도를 쓸 수 있도록 준비해 두었다는 것이다.

2. 공자(孔子)에 대한 평(評)

2.1. 공자에 대한 후대의 평

(1) 『중용(中庸)』 제30장 '조술'장('祖述'章)에, 다음과 같은 기록이 있다.

> 仲尼는 祖述堯舜하시고 憲章文武하시며 上律天時하시고
> 중니 조술요순 헌장문무 상률천시
> 下襲水土하시니라. 辟如天地之無不持載하며 無不覆幬하며
> 하습수토 비여천지지무부지재 무불부도
> 辟如四時之錯行하여 如日月之代明이니라. 萬物이
> 비여사시지착행 여일월지대명 만물
> 並育而不相害하며 道가 並行而不相悖라, 小德은 川流요 大德은
> 병육이불상해 도 병행이불상패 소덕 천류 대덕
> 敦化이니 此가 天地之所以爲大也니라.
> 돈화 차 천지지소이위대야

중니[공자]께서는, 요(堯) 임금과 순(舜) 임금의 도를 할아비 삼아 찬술(纘述)하셨으며, 문왕(文王)과 무왕(武王)의 도를 본받아 빛내셨으며, 위로는 천시(天時)[하늘의 때]를 본받으시고 아래로는 수토(水土)[산천의 이치]를 승습(承襲, 잘 이어 받는 것)하셨느니라. 비유하자면, 마치 천지가 지니고 싣지 않는 것이 없으며 덮어 주고 가려 주지 않는 것이 없는 것과 같고, 비유하자면 마치 사시(四時)가 교대로 행해지

는 것과 같으며, 마치 해와 달이 교대로 밝은 것과 같으니라. 만물이 아울러 길러지면서도 서로 해(害)가 되지 않으며, 도가 아울러 행해지면서도 서로 어긋나지 않는지라, 소덕(小德)은 냇물처럼 흘러가게 가르치시고, 대덕(大德)은 두터이 화(化)해 주시니, 이것이 바로 천지가 큰 것이 되는 까닭이니라.

공자의 도는 마치 천지 자연의 조화가 이루어지는 것처럼, 조화롭다는 것이다. 마치 사계절이 순환되는 것처럼, 더위가 가면 추위가 오고 낮이 지나면 밤이 되는 것처럼 서로 행해지면서도 해가 되지 않는 도이다.

⑵ 『맹자』(孟子) 『공손추』 장상(「公孫丑」章上)에서의 '양기'장('養氣'章)에 다음과 같은 기록이 있다.

> 公孫丑問(공손추문) 曰(왈), 伯夷伊尹(백이이윤)은 何如(하여)하니잇고.
> 孟子曰(맹자왈), 不同道(부동도)하니 非其君不事(비기군불사)하며 非其民不使(비기민불사)하여 治則進(치즉진)하고,

중국 산동성 곡부 대성전

亂則退(난즉퇴)는 伯夷也(백이야)오, 何事非君(하사비군)이며 何使非民(하사비민)이리오 하여 治亦進(치역진)하며, 亂亦進(난역진)은 伊尹也(이윤야)요, 可以仕則仕(가이사즉사)하며 可以止則止(가이지즉지)하며 可以久則久(가이구즉구)하여 可以速則速(가이속즉속)은 孔子也(공자야)시니 皆古聖人也(개고성인야)라, 吾未能有行焉(오미능유행언)이어니와 乃所願(내소원)이면 則學孔子也(즉학공자야)로다.

(공손추가 여쭈어서) 말씀 드리기를, "백이·이윤은 어떤 분들이었습니까?" 하였다. (맹자께서) 말씀하시기를, "길[道(도)]을 같이하지 않았으니, 그만한 임금이 아니면 섬기지 않으며 그만한 백성이 아니면 부리지 않아서, 잘 다스려지는 세상이면 벼슬길에 나아가고 어지러운 세상이면 물러난 것은 '백이'였으며, 누군들 섬기면 임금이 아니겠으며 어떤 백성인들 부리면 백성이 아니겠는가 하여, 잘 다스려지는 세상에서도 벼슬길에 나아가고 어지러운 세상에서도 벼슬길에 나아간 것은 '이윤'이었으며, 벼슬할 만하면 벼슬하시고 그만둘 만하면 그만두시고 오래 머물 만하면 오래 머무시고 속히 떠날 만하면 떠나신 것은 공자였으니, 모두가 옛날의 성인(聖人)인지라, 내가 (그 중에) 제대로 행하는 것이 아직 있지 못하나, 마침내 바라는 바는 공자님을 배우는 것이로다." 하셨다.

맹자가 공손추에게 한 말씀으로, 공자의 도는 중용(中庸) 곧 시중(時中)인 것이다. 중용의 '중(中)'은 '도리에 꼭 들어맞게 행하는 것, 곧 의리를 바탕으로 하여 최선책을 택하는 자세'를 의미하는 말이며, '용(庸)'은 '중(中)'을 택하는 자세를 항구불변하게 유지해 나가는 것을 이르는 말이다. 이를테면 '중용(中

중국 산동성 곡부 공묘 대성전에 모셔져 있는 공자의 모습

庸)'은, 언제나 도리에 들어맞는 가장 올바른 길을 항구불변하게 유지해 나가 간다는 뜻을 지닌 말이다. 다시 말하자면 언제나 도리에 들어맞는 최선책을 택하되 그때그때마다 옳은 길이 되도록 하는 것이라는 뜻에서 '시중(時中)'을 의미하는 말이 된다. 공자의 이런 자세는 '무가무불가(無可無不可)' 곧 '꼭 이래야 된다는 법도 없고 저래서는 절대로 안 된다는 법도 없는' 태도인 것이다. 마치 저울추처럼, 융통성 있게 행하는 '권도(權道)'라고 할 수 있다.

맹자는 '출처(出處)'의 문제와 관련하여, 『맹자(孟子)』「공손추(公孫丑)」장(章)의 "벼슬할 만하면 벼슬하시고, 그만둘 만하면 그만두셨다(可以仕則仕, 可以止則止)."[2]라는 말씀과, 「만장(萬章)」장의 "벼슬하지 않고 처(處)할 만하면 처하셨으며, 벼슬할 만하면 벼슬하셨다(可以處而處, 可以仕而仕)."라는 말씀, 그리고 "공자님은 성인(聖人) 중에서도 '시중(時中)'을 행하신 분이다(孔子, 聖之時者也)."라는 말씀[3] 등으로써, '벼슬자리에서 떠나고 벼슬길에 나아가는 도리[去就之義]'가, 깨끗하고 '출처(出處)의 분수[出處之分]'가 분명한 공자를 지극한 '중용(中庸)'의 도를 행한 분이라고 칭송했던 것이다.

(公孫丑問)曰, 伯夷伊尹이 於孔子에 若是班乎잇가.
(공손추문 왈 백이이윤 어공자 약시반호)

(孟子)曰, 否라, 自有生民以來로 未有孔子也시니라.
(맹자 왈 부 자유생민이래 미유공자야)

(공손추가 여쭈어서) 말씀 드리기를, "백이·이윤은, 공자님에 대해서 그처럼 같은 반열이 될 수 있습니까?"라고 하였다. (맹자께서) 말씀하시기를, "그렇지 않은지라, '하늘이 내신 백성'[生民(생민): 인류]이 있음으로부터 그 이래로 아직 공자님 같은 분은 없으셨느니라." 하셨다.

맹자가 공자에 대해서 평한 생민미유(生民未有) 곧 백성이 있은 이후로 공자 같은

2) 『孟子』「公孫丑」章上 '養氣'章 참조.

3) 『孟子』「萬章」章下 '大成'章 참조.

분은 아직 있지 않았다는 말씀이다. 산동성 곡부 대성전에 가면 청나라 황제 옹정제의 어필로 “生民未有”가 현판으로 걸려 있다.

생민미유(청나라 옹정제 어필)

(公孫丑問(공손추문))曰(왈),
敢問其所以異(감문기소이이)하노이다.
(孟子(맹자))曰(왈), 宰我(재아)·子貢(자공)·有若(유약)은
智足以知聖人(지족이지성인)이니 汙不至阿其所好(오부지아기소호)니라, 宰我曰(재아왈),
以予觀於夫子(이여관어부자)컨대 賢於堯舜(현어요순)이 遠矣(원의)셨다, 子貢曰(자공왈),
見其禮而知其政(견기례이지기정)하며 聞其樂而知其德(문기낙이지기덕)이니 由百世之後(유백세지후)하여,
等百世之王(등백세지왕)컨대, 莫之能違也(막지능위야)니 自生民以來(자생민이내)로 未有夫子也(미유부자야)시니라,
有若(유약)이 曰(왈), 豈惟民哉(개유민재)리오. 麒麟之於走獸(기린지어주수)와 鳳凰之於飛鳥(봉황지어비조)와
泰山之於丘垤(태산지어구지)과 河海之於行潦(하해지어행로)에 類也(류야)며, 聖人之於民(성인지어민)에
亦類也(역류야)시니, 出於其類(출어기류)하며 拔乎其萃(발해기췌)나 自生民以來(자생민이내)로
未有盛於孔子也(미유성어공자야)시니라.

(공손추가 여쭈어서) 말씀 드리기를, “감히 그 다른 점을 여쭙습니다.”라고 하였다. (맹자께서) 말씀 하시기를, “재아·자공·유약은, 지혜로는 족히 성인(聖人)을 알아볼 만하였는지라, 뜻을 굽혀 가면서 제 좋아하는 사람[공자 같은 분]께 아첨하는 데에 (결코) 이르지 않았을 것이다. 재아가 말하기를, 나의 식견으로 공부자님을 보자면, 요 임금·순 임금보다 나으신 것이 훨씬 나으시도다 하였고, 자공이 말하기를, 그 나라의 예속을 보면 그 나라의 정사를 알 수 있고, 그 나라의 음악을 들어 보면 그 나라의 도덕을 알아볼 만하니, 백 왕조의 뒷시대를 말미암아 백 왕조의 임금들을 등급을 매겨 보자면, (공자님의 판단에서) 어긋날 수가 없었으니, ‘하늘이 내신 백성’[인류]이 있음으로부터 그 이래로 공부자님과 같으신 분은 아직 없으셨느니라 하였고, 유약이 말하기를, 어찌 백성[民(민)]으로만 비유할 것이랴, 기린 같은 신령

한 동물의 길짐승에 대해서와, 봉황 같은 신령한 동물의 날짐승에 대해서와, 태산 같은 큰 산의 '언덕이나 개미 뚝'에 대해서와 하해 같은 큰 물의 '길가 지스락물'에 대해서가 같은 류이며, 성인(聖人)의 백성들에 대해서가 또한 같은 류이니, 같은 류에서 나오고 그 모아놓은 데에서 빼 왔으나, '하늘이 내신 백성'[인류]이 있음으로부터 그 이래로 공자님보다 거룩하신 분은 아직 없으시도다 하였느니라."고 하셨다.

재아는 공자를 요순보다 나으셨다고 하였고, 자공과 유약은 공자를 '생민미유로 평하였다'고 하였다. 맹자는 이 세 분은 자기 뜻을 굽혀 가면서 아첨할 분이 아니라고 하면서, 세 사람이 공자에 대해서 평한 내용을 들어준 것이다. 유약이 말한 것처럼, 공자는 상상의 동물인 기린 같고 봉황 같으면 태산 같고 하해 같은 거룩한 존재라는 말이다.

『논어』 제19편 「자장(子張)」 편의 '일월(日月)' 장에 다음과 같은 기록이 있다.

叔孫武叔이 毁仲尼어늘 子貢이 曰, 無以爲也하라. 仲尼는
숙손무숙 훼중니 자공 왈 무이위야 중니
不可毁也이니 他人之賢者는 丘陵也라, 猶可踰也어니와, 仲尼는
불가훼야 타인지현자 구릉야 유가유야 중니
日月也라, 無得而踰焉이니 人雖欲自絶이나 其何傷於日月乎리오.
일월야 무득이유언 인수욕자절 기하상어일월호
多見其不知量也로다.
다현기불지량야

'숙손무숙'이 '중니'[공자]를 헐뜯거늘, 자공이 말하기를, "그리[써] 하지 마라. 중니께서는 헐뜯을 수 없는 분이니, 다른 사람의 어진 점은 구릉[언덕]과 같은지라 그래도 뛰어넘을 수 있거니와, 중니께서는[공자의 어진 점은] 일월(日月)과 같은지라 뛰어넘을 수[길이] 없으니, 남이 비록 스스로를[스스로의 관계를] 끊으려고 해도 그 어찌 해와 달에 해(害)가 되리오? 마침내[다만. 흔히. 많이도] (그) 양(量)을 알지 못함만을 보여줄 따름이니라." 하였다.

숙손무숙이 공자를 헐뜯어 말한 데 대한 자공이 만류하는 장면이다. 공자

는 일월과 같은 분이라 아무리 훼방하고 끊어 버리려고 해도, 자기 자신만 해로울 뿐이며 해와 달에 해될 것이 없는 것과 같이, 공자의 높은 도덕에 손상될 것은 없다는 말이다.

『논어』 제19편 「자장(子張)」편의 '유천(猶天)'장에 다음과 같은 기록이 있다.

> 陳子禽이 謂子貢曰, 子가 爲恭也언정, 仲尼가 豈賢於子乎리오.
> 진자금 위자공왈 자 위공야 중니 개현어자호
> 子貢이 曰, 君子가 一言에 以爲知하며 一言에 以爲不知니
> 자공 왈 군자 일언 이위지 일언 이위부지
> 言不可不愼也니라. 夫子之不可及也는 猶天之不可階而升也이니라.
> 언불가불신야 부자지불가급야 유천지불가계이승야
> 夫子之得邦家者인댄 所謂立之에 斯立하며 道之에 斯行하며
> 부자지득방가자 소위립지 사립 도지 사행
> 綏之에 斯來하며 動之에 斯和하며 其生也에 榮하고 其死也에 哀니
> 뉴지 사래 동지 사화 기생야 영 기사야 애
> 如之何其可及也이리오.
> 여지하기가급야

'진자금'이 자공에게 일러 말하기를, "그대가 공순한 태도를 취해서일지언정, 중니[공자]가 어찌 그대보다 훌륭하리오?" 하였다. 자공이 말하기를, "군자가 한마디의 말에 지혜로운 사람이 되며, 한마디의 말에 지혜롭지 못한 사람이 되니, 말을 삼가지 않을 수 없느니라. (우리) 선생님께 미칠 수 없는 것은, 마치 하늘을 사다리를 놓고서 오를 수 없는 것과 같으니라. 선생님께서 (큰 나라이든 작은 나라이든) 나라를 얻으실 경우에는, 이른바 (도덕을) 세우심에 이에 세워지며, (백성을) 인도하심에 이에 행해지며, (백성을) 편안하게 해 주심에 이에 (백성들이) 이르러 오며, 고무시켜 주심에 이에 화합되며, 그 살아 계심에 (세상이) 영광되고 그 돌아가심에 슬퍼지게 되니, 어떻게 (그) 가히 미칠 수 있으리오?" 하였다.

이 유천장의 진자금과 자공의 문답은 아마도 공자가 돌아가신 후의 대화인 것 같다. 진자금이 공자보다 자공 자신이 훌륭하다고 하니, 자공이 진자금에게 말을 삼가 줄 것을 바라면 나무라면서 한 말이다. 그러면서 우리 선생님 공부자께서는 하늘에 사다리를 놓고 오르려고 해도 오를 수 없는 것과 같이

존재라고 하였다. 공자께서 나라를 얻어 다스릴 때는 백성을 편안하게 해 주었으며 백성들이 잘 되기를 고무시키기를 해와 달 같이 해주셨다는 말이다. 해와 달이 없으면 살기 어려운데 우리는 평상시 그 존재를 몰라 고마움을 잊고 사는 것처럼, 공자의 존재가 그와 같다는 것이다. 그래서 살아 계심에 영광이고 돌아가심에 슬퍼지게 된다는 말이다. 후대의 훌륭한 분을 추억하여 칭송할 때 쓰는 '생영사애(生榮死哀)' 곧 '살아 계시면 세상이 영광이고, 돌아가시면 세상이 슬퍼지게 된다.'는 말이 생겼다.

2.2. 공자 자신에 대한 평

공자께서는 본인에 대한 스스로의 평은 어떠했는가를 살펴보자.

초(楚)나라 섭현(葉縣)의 현령인 섭공(葉公)은 공자와 대화할 기회가 있었다. 그런데 그 공자에 대한 고매한 인격과 달관한 식견이니 학문의 깊이 등을 측량할 수 없었다. 그러던 중 어느 날 제자인 자로에게 공자의 훌륭한 점을 물었던 것이다. 이에 자로가 스승님과 여러 번 대화를 했다면 그 위대함을 즉시 깨달았을 것인데 아직 깨닫지 못하는 것을 보고 대답조차 하지 않았던 것이다. 이 사실을 공자에게 아뢰었던 것이다.

> 葉公이 問孔子於子路어늘 子路가 不對한대 子曰, 女가
> 섭공 문공자어자로 자로 부대 자왈 녀
> 奚不曰其爲人也가 發憤忘食하며 樂以忘憂하여
> 해불왈기위인야 발분망식 낙이망우
> 不知老之將至云爾오.
> 부지노지장지운이

(『論語』「述而」篇 '葉公'章)

섭공이 자로에게 공자의 인물됨을 묻거늘 자로가 대답하지 않았다. 공자께서 말씀하시기를, "네가 어째서 '그 사람됨이 마음으로 통하려고 애쓰는 뜻을 내서 음식을 먹는 것도 잊어버리며, (이치를 터득하면) 즐거워하면서 근심도 잊어서, 늙음이 장차 이르러오는 줄도 알지 못한다.'고 일러 말하지 않았는가?"라고 하셨다.

섭공이 자로에게 공자에 대해서 물었지만, 자로는 제대로 대답을 해주지 않았다. 섭공이 공자와 여러 번 대화했음에도 그 위대함을 깨닫지 못하는 것을 보고 대답하지 않았던 것이다. 그리고 물을 처지도 못되기 때문으로 여겼다. 이에 공자가 대답하지 않은 자로를 꾸짖으면서 인간관계에 있어 진지하게 임하라고 하면서 한 말씀이다. 따라서 공자는 자기 자신을 '그 사람됨이 아직 터득하지 못하셨거든 마음으로 통하려고 애쓰는 뜻을 내어 밥 먹는 것도 잊어버리시고, 이미 터득하셨거든 즐거운 마음으로 열심히 일하며, 근심을 잊고 살아서 그 자신이 늙어가는 줄도 모르는 사람이라고 왜 말하지 않았는가?' 라고 소개하였다. 배우기를 독실하게 함을 강조하였다.

子曰, 我(는)非生而知之者라 好古(하여) 敏以求之者也로라.
자왈 아 비생이지지자 호고 민이구지자야

(『論語』「述而」篇 '敏求'章)

공자께서 말씀하시기를, "나는 (도리를) 나면서부터 아는 자가 아니라, 옛 것을 좋아하여 민첩하게 해서 구하는 자이다."라고 하셨다.

공자께서 스스로 나면서부터 도리를 안 사람이 아니라고 하였다. 그러면서 옛 것인 성현들의 도를 좋아해서 부지런히 힘써 구하기를 좋아하는 사람이라고 했던 것이다. 그런데 후대의 사람들은 공자야말로 생이지지(生而知之) 곧 '나면서부터 안 사람'이라고 칭했던 것이다. 아마도 당시 사람들이나 제자들이 공자의 거룩함을 보시고 나면서부터 도의를 아신 분이 아닐까 생각해서 그렇게 여겼던 것이다.

하지만 공자는 세상 사람들과 제자들에게 의리(義理)를 추구하는 학문에 부지런히 힘쓰기를 권장하기 위해 했던 말씀으로 평가된다. 그리고 공자는 『論語(논어)』「述而(술이)」篇(편) '默識(묵지)'章(장)에서 "黙而識之(묵이지지)하며 學而不厭(학이불염)하며 誨人不倦(회인불권)이 何有於我哉(하유어아재)오." 곧 "말 없는 가운데 마음속에 새겨 두며 배우되 싫증 내지 않으며 남을 가르치기를 게을리 하지 않는 것이 나에게 있어서 (그리 대단하다고 할 것이) 무엇이 있단 말인가?"라고 하여, 선현들의 말씀이나 도덕을 말없는 가운데 묵묵히 마음속에 새겨 두며 배우되 싫증 내지 않으며, 남에게 가르치고 깨우쳐 주기를 게을리 하지 않는 것이 나의 전부이다. 그러니 그런 점이 나에게 대단한 일은 아닐 것이다. 남들에게도 있을 수 있는 일이기 때문이다. 그래서 배움을 싫증 내지 않고 가르치기를 게을리 하지 않는 것은 자랑거리도 되지 못한다는 겸사이다.

> 子曰(자왈), 出則事公卿(출즉사공경)하고 入則事父兄(입즉사부형)하며 喪事(상사)를 不敢不勉(불감불면)하며 不爲酒困(불위주곤)이 何有於我哉(하유어아재)오.
>
> (『論語』「子罕」篇 '何有'章)
>
> 공자께서 말씀하시기를, "나가서는 공경(公卿)을 섬기고, 들어와서는 부형(父兄)을 섬기며, 상사(喪事)를 감히 힘쓰지 않음이 없으며, 술에 곤욕(困辱)되지 않는 것이, 나에게 있어서 대단하다고 할 것이 무엇이 있겠는가?"라고 하셨다.

공자께서 내 생활의 전부를 4가지로 말씀하신 것이다. 밖에 나가서는 공경을 섬기고 집안에 들어와서는 부형을 섬기며 상(喪)을 당했을 시는 정성을 다하며 술에 취하여 곤욕을 당하지 않는 것이 내 평소 생활의 전부라고 할 것이라는 말이다. 이 네 가지가 내가 내세울 만한 것이기에 남달리 칭송까지 받을 수 있는 일도 아니라는 것이다.

공자는 『논어』에서 인(仁)을 강조하였다. 그러면서 나의 도(道)는 충서(忠恕) 하나라고 하였다. 충서는 나를 미루어 남의 마음을 헤아려 주는 도이다. 남을 배려하는 마음, 이것도 인(仁)을 행하는 한 방법일 것이다. 인(仁)이란 인간중심 사상이다. 모든 일의 주체는 사람으로, 사람이 사람답게 사는 것이다. 고대 사회에서 사람의 귀천을 신분에 따라 나누던 것을, 공자는 예의범절에 의해서 군자(君子)와 소인(小人)으로 나누어진다고 하였다. 인(仁)한 사람 곧 군자

(君子)가 되기 위해서는 끊임없이 자기 수양을 해야 했다. 극기복례(克己復禮) 곧 자기 욕심을 이겨 예(禮)로 돌아간다는 것과 사욕(私慾)에 빠진 육신을 죽이고 인(仁)을 이루기 위해서는 살신성인(殺身成仁)의 길로 행해야 한다는 것 등이 모두 인(仁)의 구체적인 방법들이었다. 그래서 군자는 대의(大義)를 위해서 자신의 목숨도 걸었던 것이다.

이렇듯 개인적인 인(仁)을 이루는 것만이 진정한 의미의 인(仁)의 전부는 아닐 것이다. 세상 사람들의 어짊을 모아 정의로운 사회를 만드는 것이 궁극적인 목표이기 때문이다. 공자는 이를 위해 올바른 위정자의 모습을 중요시하였다. 위정자는 성의(誠意)·정심(正心)·수신(修身) 등 근본을 중시해야 한다고 하였으며, 그런 다음 제가(齊家)·치국(治國)·평천하(平天下) 등을 이루어야 한다고 하였다. 그래서 각자가 자기의 위치에서 자기가 해야 할 일을 다해낼 때, 인(仁)의 세계 곧 대동인(大同仁)은 이루어질 수 있다고 하였다. 임금은 임금답게 신하는 신하답게 자기 본분을 다하면 되는 것이다.

공자는 『논어』에서 현실에 대해 관심이 많은 참여적 개혁가였다. 『논어』

중국 산동성 곡부시 공묘(孔廟)·공부(孔府)·공림(孔林) 입구

「양화」편 '향원'장에서 "자왈(子曰), 향원(鄕原)은 덕지적야(德之賊也)니라."고 한 것만 보아도, 그가 현실 참여적인지 아닌지를 알 수 있다. "공자께서 말씀하시기를 '향원은 우리 사회의 덕을 해치는 도둑이다.'라고 하셨다."로 해석되는데, 향원은 이래도 좋고 저래도 좋은 마치 주견 없이 사는 소시민적 삶을 사는 사람을 이른다. 향원은 세류에 영합하여 자기의 이익만 앞세우는 사람으로, 이익이 있고 자기에게 피해만 안 되면 우리 사회가 어디로 흘러가던 관심이 없는 인물이다. 이런 분류의 사람이 많으면 많을수록 우리 사회는 나쁜 쪽으로 흘러갈 수 있다. 우리는 이미 경험했다. 과거 군사독재 시절에 향원 같은 부류가 말없는 다수로 남아, 18년이라는 독재의 기간을 보내야 했다. 2,500년 전 공자는 우리 사회를 위한 길은 말없는 다수의 침묵이 아니라 참여적 의식을 요구했던 것이다. 이런 의식이 우리 사회를 좋은 사회로 발전할 수 있는 원동력이 되기 때문이다. 공자의 『논어』가 21세기에도 유효한 이유가 이런 이유 때문일 것이다.

3. 공자의 생각

사람을 편안하게 해 주는 법[安人(안인)]

● 子曰(자왈), 事父母(사부모)하되 幾諫(기간)이니 見志不從(현지부종)하고도 又敬不違(우경불위)하며 勞而不怨(노이불원)이니라.

(「里仁」篇 '幾諫'章)

공자께서 말씀하시기를, "부모를 섬기되 은근히 간(諫)하나니, 제 뜻이 따르지 않을 것을 보여 드리고서도 더욱 공경하여 (부모의 뜻을) 어기지 않으며, 수고스럽더라도 원망하지 않느니라." 하셨다.

사람 곧 부모님을 편안하게 해 드리는 법이다. '부모를 섬기되, 바른 말을 하고 싶은 경우가 생기더라도, 너무 직설적으로 말씀 드리지 않고 슬며시 빗대어서 은근하게 말씀을 드려야 한다.'는 뜻과, '부모의 명령대로 따르는 것이 도리에 맞지 않거나 그 명령의 말씀이 지나치게 힘든 무리한 말씀일 경우라도, 일단 그 명령을 따르기가 어렵다는 제 뜻을 부드럽게 나타내 보이기는 하되, 더욱 공경하는 마음을 잃지 않고서 따르기 힘든 명령을 어기지 않으려고 노력하며, 비록 힘이 들더라도 원망하지 않다가 뒷날 부모의 기분이 좋아졌을 때에 다시금 바른 말씀으로 은근히 간(諫)해야 한다.'는 뜻을 밝힌 것이다. 그러면 집안에 평화가 올 것이다.

○ 子路(자로)가 問君子(문군자)한대, 子曰(자왈), 脩己以敬(수기이경)이니라. 曰(왈), 如斯而已乎(여사이이호)잇가. 曰(왈), 脩己以安人(수기이안인)이니라. 曰(왈), 如斯而已乎(여사이이호)잇가. 曰(왈), 脩己以安百姓(수기이안백성)이니, 脩己以安百姓(수기이안백성)은 堯舜其猶病諸(요순기유병저)시니라.

(「憲問」篇 '脩己'章)

자로가 '군자'에 대하여 여쭈었는데, 공자께서 말씀하시기를, "자기 몸을 닦아 나가되 공경심으로써 하느니라." 하셨다. (자로가) 말씀 드리기를, "그리하면 그만입니까?" 하였다. (공자께서) 말씀하시기를, "자기 몸을 닦아서 다른 사람을 편안하게 해 주느니라." 하셨다. (자로가) 말씀 드리기를, "그리하면 그만입니까?" 하였다. (공자께서) 말씀하시기를, "자기 몸을 닦아서 백성들을 안보(安保)하는 것이니, 자기 몸을 닦아서 백성들을 안보하는 것은 요(堯)·순(舜) 임금도 (그) 오히려 어렵게 여기셨다고나 할까!" 하셨다.

자로가 군자로서 행할 일을 여쭈어 본 것이다. 군자는, 자기 몸을 닦아서 백성들을 편안하게 하고, 공순함을 독실하게 하여 천하가 고르게 다스려지게 하니, 오직 천자와 서민 등 상하(上下)가 공경스러움에 한결같으면, 천지가 절로 자리 잡히고 만물이 절로 길러져서, 세상 사람들도 편안하게 된다고 하였다. 먼저 수신(修身)하고 공경심으로 남을 대하면, 다른 사람이 편안해질 수 있다는 말이다.

● 子曰(자왈), 君子(군자)가 無所爭(무소쟁)이나 必也射乎(필야사호)인저. 揖讓而升(읍양이승)하여 下而飮(하이음)하나니 其爭也(기쟁야)가 君子(군자)니라.

(「八佾」篇 '無爭'章)

공자께서 말씀하시기를, "군자가 다투는 바가 없으나, (있다면) 반드시 '활쏘기'에서라고나 할까. 읍(揖)하며 사양하고서 (활터에) 올라갔다가 (지면) 내려와서 (벌주 잔을) 마시나니, 그 다투는 것이 군자적(君子的)이니라." 하셨다.

위 공자의 말씀은, 대사례(大射禮)나 향사례(鄕射禮) 등에서 활터 곧 덕(德)을 살펴보자는 '관덕정(觀德亭)'에서의 활쏘기에 임하는 군자의 도를 밝힌 것이다. 군자는 공손하여 남과 다투는 일이 없는데, 오직 활쏘기에서만 다툴 수 있다는 말이다. 위의 말씀에서는, 활쏘기의 예(禮)를 대강 거론함으로써, 군자의 다투는 자세가 지극히 질서정연하면서도 사양하는 모습을 잃지 않는 것이었음을 비유하였다.

대사례 때 짝을 지어 나아가서 세 번 읍하고 그런 후에 활터에 오른다. 그리고 활쏘기가 끝났을 때에 읍하고 내려와서, 모든 사람이 활터에서 내려오기를 기다렸다가, 이긴 사람이 먼저 읍하거든 진 사람이 술잔을 받아 선 채로 벌주 잔을 받아 마시는 예이다. 활쏘기에서 진 사람에게 벌주 잔을 마시게 하는 것부터가 군자의 세계가 아름다운 모습을 보여 주는 것이었음을 확인할 수 있다. 만약 경쟁에서 진 사람으로 하여금 먼저 술을 마시게 하지 않고서, 이긴 사람에게 먼저 술을 마시게 하였다면, 진 사람으로서는 얼마나 부끄럽고도 쑥스러운 일이었겠는가? 이처럼 진 사람이 먼저 술을 마시게 한 배려가 남을 편안하게 해주는 방법들이다.

● 子貢이 曰, 如有博施於民而能濟衆한댄 何如하니잇고.
자공 왈 여유박시어민이능제중 하여
可謂仁乎잇가. 子曰, 何事於仁이리오. 必也聖乎인저. 堯舜도
가위인호 자왈 하사어인 필야성호 요순
其猶病諸시니라. 夫仁者는 己欲立而立人하며 己欲達而達人이니라.
기유병저 부인자 기욕립이입인 기욕달이달인
能近取譬면 可謂仁之方也已니라.
능근취비 가위인지방야이

(「雍也」篇 '施濟'章)

자공이 말씀 드리기를, "만일 백성들에게 널리 (은혜를) 베풀고 능히 대중을 구제하는 일이 있을진댄[있다면], 어떠하겠습니까? 가히 '인(仁)'이라고 이를 만합니까?" 하였다. 공자께서 말씀하시기를, "어찌 인(仁)만을 일삼는 것이리오? 반드시 '성(聖)'이라고나 할까! 요(堯)·순(舜) 임금도, 그 오히려 (그것을 행하지 못하는 것을) '마음의 병으로'[어렵게] 여기셨다고나 할까! 무릇 인(仁)한 자는, 자기가 (만인 앞에 우뚝) 서고자 하는지라 남을 세워 주며, 자기가 현달(顯達)하고자 하는지라 남을 (벼슬을 함으로써 뜻을 펼 수 있도록 추천하든지 하여) 현달시켜 주느니라. 능히 (자기 몸과 같은) 가까운 데서 비유를 취한다면, 가히 인(仁)을 행하는 방술(方術)이라고 이를 수 있을 따름이니라." 하셨다.

공자의 제자 자공이 '백성들에게 은혜를 베풀고 대중을 구제하면 인(仁)이라고 할 수 있습니까?'라고 여쭈니, 공자는 '인이라고만 할 것인가? 성(聖)이라고 할 만하다.'고 하였다. 그러면서 인(仁)한 자는 자기가 출세하고자 하면 남을 칭찬하고 잘 될 수 있도록 해주어야 하며, 자기가 높은 관직에 나가고자 하면 남에게도 출세할 수 있도록 추천하여 나아갈 수 있게 해야 한다고 하였다. 이런 태도가 남을 이루게 하고 편안하게 해주는 삶의 태도인 것이다. 요즘 자기만 잘 되면 된다는 개인주의 의식이 만연한 이때, 한 번쯤 생각해 볼 공자의 사상이다.

○ 子曰, 吾가 有知乎哉아. 無知也로다. 有鄙夫가 問於我라도
자왈 오 유지호재 무지야 유비부 문어아

空空如也(공공여야)하여 我(아)가 叩其兩端而竭焉(고기양단이갈언)하노라.

(「子罕」篇 '鄙夫'章)

공자께서 말씀하시기를, "내가 아는 것이 있던가? 아는 것이 없노라. 촌 사내가 나에게 묻는 일이 있더라도 텅 빈 듯 아무것도 속에 든 것이 없어서, 내가 '물(物)의 본말(本末)과 사(事)의 종시(終始)' 그 양단(兩端)을 두드려 보고서 (최선을) 다했노라." 하셨다.

위의 내용은 공자께서 겸손하게 말씀하시기를, "이미 아는 것이 없으나 다만 (그) 남에게 일러줌에 비록 지극히 어리석은 사람에게도 감히 정성을 다하지 않을 수 없었을 따름이다."라고 하신 것이다. 이런 것이 남에 대한 배려일 것이다. 나보다 능력이나 지적인 면 또는 경제적인 면에서 부족하다고 깔보거나 무시하는 것이 아니라 자기가 아는 범위 내에서 최선의 방법으로 대해야 한다는 것이다. 그러면 매사의 질문에 관한 공자의 대답과 가르침은, 수준 높은 사람에게 답하더라도 수준 낮은 사람 또한 전혀 알아듣지 못할 대답과 가르침은 아니었으며, 수준 낮은 사람에게 답하더라도 수준 높은 사람 또한 교훈을 삼을 수 있는 대답과 가르침이었다. 그리고 사물의 이치를 말하면서도, 사물 또는 사물의 본질 그 자체를 벗어나거나 버리지 않는 대답과 가르침이었다.

● 食不厭精(사불염정)하시며 膾不厭細(회불염세)러시다. 食饐而餲(사의이애)와 魚餒而肉敗(어뇌이육패)를 不食(불식)하시며, 色惡(색악)을 不食(불식)하시며, 臭惡(취악)을 不食(불식)하시며, 失飪(실임)이어든 不食(불식)하시며, 不時(불시)어든 不食(불식)일러시다.

(「鄕黨」篇 '飮食'章)

밥은 곱게 찧은 곡식을 싫어하시지 않으셨으며, 회(膾)는 잘게 친 것을 싫어하시지 않으시더라. 밥이 쉬고 뜬[맛이 변한] 것과 물고기가 곯고 짐승 고기가 상한[부패(腐敗)한] 것을 잡수시지 않으셨으며, 빛깔이 나쁜 것을 잡수시지 않으셨으며, 냄새가 고약한 것을 잡수시지 않으셨으며, 적당히 익지 않았거든 잡수시지 않으셨으며, 제철 음식이 아니거든 잡수시지 않으시더라.

공자의 음식이다. 거친 음식보다는 소화가 잘 될 수 있게 곱게 찧은 곡식을 선호했으며, 소고기나 염소 고기 등 육회도 잘게 썬 회(膾)고기를 선호했다는 말이다. 곡식이 곱게 찧은 것이면 능히 사람을 보양할 수 있다 그러나 회가 굵으면 능히 사람을 해칠 수 있게 되니, 그것을 싫어했다는 말이다. 곱게 찧은 곡식의 밥이나 잘게 친 회를 싫어하지 않았다는 말은 이런 것을 좋게 여겼다는 말이지, 꼭 이와 같이만 하려고 이른 말씀은 아닌 것이다. 따라서 남들에게 음식을 대접할 때 공자의 음식이 기준이 되어 대접한다면 상대방 또한 편안하게 받아들일 수 있을 것이다.

割不正(할부정)이어든 不食(불식)하시며, 不得其醬(부득기장)이어든 不食(불식)일러시다. 肉雖多(육수다)나 不使勝食氣(불사승사기)하시며, 唯酒(유주)는 無量(무량)하사대 不及亂(불급란)일러시다. 沽酒市脯(고주시포)를 不食(불식)하시며 不撤薑食(불철강식)하시며 不多食(불다식)일러시다.

(「鄕黨」篇 '飮食'章)

썬 것이 반듯하지 않거든 잡수시지 않으셨으며, 그[제] 장(醬)을 얻지 못하거든 잡수시지 않으시더라. 고기가 비록 많더라도 (그로) 하여금 밥 기운을 이기지 않게 하셨으며, 오직 술에 있어서는 (일정한) 양(量)이 없으셨는데, 어지러운 지경[의지나 혈기를 어지럽히는 데]에는 미치지 않게 하시더라. 사 온 술과 사 온 말린 고기를 잡수시지 않으셨으며, 생강 잡수시는 것을 그만두시지 않으셨으며, (모든 음식을) 많이 잡수시지 않으시더라.

썬 고기가 모나거나 바르지 않은 것을 잡수시지 않았다는 것은, 다급한 지경에도 바른 데서 벗어나지 않은 것이다. 또한 음식 궁합이 맞게 드셨다는 논리로 돼지고기에는 새우젓, 생선회에는 겨자 장 등을 구비해서 드셨다는 말이다. 술은 적당히 상대방과 더불어 분위기 맞출 정도의 양을 드셨다는 말씀이고, 사온 술과 사온 말린 고기는 잡수시지 않았다는 말은 아마도 위생상 염려되어 함부로 먹지 않았다는 말씀이다. 개인 위생에 철저했던 공자이다.

> 祭於公(제어공)에 不宿肉(불숙육)하시며, 祭肉(제육)은 不出三日(불출삼일)하시더니, 出三日(출삼일)이면 不食之矣(불식지의)시니라.
>
> (「鄕黨」篇 '飮食'章)

(노나라의) 임금께 제사[조제(助祭)] 지내심에, 받아 온 고기를 밤새우게 하지 않으셨으며, (집안에서) 제사 지낸 고기는, 3일 만에 내놓지 않으시더니, 3일 간이나[3일이 지나도록] 내놓으면, 잡수시지 않으셨느니라.

제사를 모신 음식을 비롯하여 고기를 먹지 않고 3일이 지나면 부패가 염려되어 그 음식을 취하지 않았다는 말이다.

> 食不語(식불어)하시며 寢不言(침불언)일러시다. 雖疏食菜羹(수소사채갱)이라도 瓜[必]祭(과[필]재)하사대 必齊如也(필재여야)러시다.
>
> (「鄕黨」篇 '飮食'章)

음식을 잡수시면서는 말씀을 하시지 않으셨으며, 누우셔서는 말씀을 하시지 않으시더라. 비록 거친 밥과 나물국이라도 반드시[必(필)] 제사를 지내시되['고수레'를 하시되], 반드시 재계 드리는 듯이 하시더라.

음식을 먹을 때 말씀을 상대방에게 하지 않는 것을 대화를 할 상황이 아니기 때문이며, 누워 있을 때 스스로 말씀을 하시지 않았다고 한 것은 자신의 몸이 기도(氣道)가 막혀서 손상될 우려가 있기 때문이다. '어(語)'는 두 사람 이상 대화를 할 때 쓰는 글자이고, '언(言)'은 남이 그 말을 듣든 듣지 않든 혼자서 스스로 이르는 말이다.

○ 升車(승거)하사 必正立執綏(필정립집수)러시다. 車中(거중)에 不內顧(불내고)하시며 不疾言(불질언)하시며 不親指(불친지)러시다.

(「鄕黨」篇 '升車'章)

수레에 오르셔서는, 반드시 똑바로 서서 수레 끈을 잡으시더라. 수레에 타셨을 때에는, 안쪽으로[뒤를] 돌아보시지 않으셨으며, 빠르게 말씀하시지 않으셨으며, 친히[직접] (손으로) 가리키시지 않으시더라.

공자가 수레를 타실 때의 모습이다. 수레를 탈실 때에도 수레 끈을 똑바로 잡아 몸과 마음이 바르게 될 수 있게 했다는 말이다. 그리고 수레를 타신 후에는 뒤를 돌아보지 않으셨고 말씀을 빠르게 하지 않았으며, 손으로 직접 가리키는 일이 없었다는 것이다. 이 세 가지는 모두 용모를 잘못 가지는 것이기 때문이다. 오늘날 차를 타를 때 주의해야 할 사항들이다. 곧 운전자를 편안하게 해 주는 태도인 것이다. 바른 용모를 지니고, 운전자를 혼란스럽게 하는 일이 없어야 운전도 편안하게 할 것이기 때문이다.

창의적으로 생각하기

1. 『논어』는 누가 편찬한 책인가?

2. 맹자가 평했던 것처럼, 공자의 제자 자공과 유약은 스승인 공자를 평할 때 '生民未有'라고 하였다. '生民未有'가 무슨 뜻인가?

3. 공자는 내가 뜻을 이루기 위해서는 먼저 무엇을 어떻게 하라고 했는가?

10장 한시를 통해 본 이백의 생애

1. 이백이 벼슬하기 전까지 생애

이백(李白, 701~762)의 생애는 5기로 나눌 수가 있다. 1기는 유년시절로 24세까지이고, 2기는 24세부터 42세까지로 당나라 궁중에 들어가기까지 유람의 시기이다. 3기는 42세부터 44세까지로, 당나라 궁중에서 보낸 시절이다. 4기는 44세부터 55세까지로, 당나라 궁중에서 쫓겨난 뒤 2번째 유람하는 시기이다. 5기는 55세부터 62세로, 일생을 마치기까지이다. 이 기간에 안사의 난(안녹산과 사사명의 난 755~763)이 일어나기도 하였다.

먼저 이백이 벼슬하기 전까지 생애 곧 1기와 2기까지의 삶을 살펴보고자 한다.

문학이나 명저(名著)의 내용을 공부할 때는 그 작품의 내용도 중요하지만, 그 작품을 잉태해낸 작가의 행적 역시 중요하다. 이는 작품 파악과 연구에 있어 중요시되어야 할 것이 무엇인가로 전착된다. 문학 작품이나 명저를 읽는 이유는 그들로부터 새로운 가치를 이끌어내고 배워 더 나은 삶을 살기 위한 밑바탕을 마련하는 일이기 때문이다. 그런 이유로 그 작품을 생성해낸 작가의 일생을 살펴보는 것은 정말 중요한 일 중의 하나이다. 그래서 명저나 훌륭한 작품을 생산해낸 작가의 사상 또는 뜻을 아는 것은 작품의 내용을 파악하는 것 이상 중요한 일이기도 하다. 왜냐하면 작가가 나타낸 사상 또는 뜻의 심천(深淺)에 따라 작품의 우열(優劣)이 드러나기 때문이다. 사상이나 뜻이 높지 않은 사람이 아무리 재주를 부려도 위대한 작품은 나올 수가 없는 것이다. 그리고 삶의 행적이 도덕적이지 못한 작가의 글은 허위로 비춰져 감동을 상쇄시킬 뿐만 아니라 후대의 나쁜 영향까지 남길 수도 있다. 이런 여러 가지 이유로 작가론은 중요한 작업 중의 하나인 것이다.

또한 독자는 글쓴이가 나타내고자 한 뜻을 제대로 파악하기 위해서는, 평소에 부단히 학문적 역량을 쌓아야 한다. 그 첫 번째 행보가 독서에서 시작된다고 해도 과언이 아니다. 글에 대한 배경 지식이 축적되면 글쓴이의 본뜻을 거슬러 미루어보는 이의역지(以意逆志)의 태도도 필요할 것이다. 글쓴이의 뜻을 자신의 생각과 사상을 보태 더 나은 가치로 승화시켜, 자기의 가치관을 완성시켜 나갈 수도 있기 때문이다. 이런 여러 가지 이유로 인해 작가 연구는 필요한 것이다.

작품은 작가가 남겨 놓은 우리 얼굴의 주름살 같은 삶의 흔적이라 할 수 있다. 그 삶의 흔적을 통해 그 작가의 일생을 되돌아보면서 어떤 삶이 올바른 삶인지, 어떻게 살아야 바르게 살 수 있는지 등 그 방법의 일부를 살펴볼 수 있다. 그래서 작품 또는 한시(漢詩)를 알게 되면, 일상적인 삶의 문제뿐만 아니라, 사리에 통달하여 학문이며 정치·외교 등 세상을 다스리는 일에 이르기까지 모든 일에 익숙해질 수 있는 역량과 융통성이 생기며, 인생의 지극한 도(道)를 터득할 수 있다. 그래서 선인(先人)들은 한시가 세상을 살아가는 바른 길을 제시할 뿐만 아니라 성정 순화에도 이바지할 수 있다고 하였다. 좋은 시 한 편이 온 세상을 훈훈하게 할 수 있는 것처럼 선인들의 훌륭한 한시 한 편이 무한한 감동을 줄 수도 있을 것이다. 따라서 이백(李白)의 한시에도

키르키스스탄의 정경이다.

키르키스스탄의 이식쿨 호수, 멀리 설산이 보인다.

키르키스스탄 천산(天山)에서 흘러내리는 물이 강을 이루고 있음

후대인들에게 전할 분명한 깨우침이 있을 것이다. 그 한시를 창작한 작가의 전기적 고찰을 먼저 살펴, 훗날의 이백의 한시 감상을 할 수 있는 배경의 기초가 될 수 있도록 하자는 의도도 있다. 시선(詩仙)의 작품이 어떤 삶의 배경에서 나오게 된 것일까?

첫 번째는 촉(蜀) 중 시기로 5세에서 26세(705~726)에 해당된다. 그 이전의 시기는 행정 구역상 안서도호부(安西都護府)의 쇄엽(碎葉: 지금의 키르키스스탄)에서 태어나, 상인(商人)이었던 아버지를 따라 5세 때 촉(蜀) 지방인 사천(四川: 면주(綿州)) 강유(江油: 昌隆(창융))로 이사를 했던 것이다. 이백의 선조는 오호십육국(五胡十六國)의 하나인 서량(西凉)의 창건자 무소왕(武昭王) 이고(李暠)의 9대 손이며, 본적은 감숙(甘肅, 농서(隴西)) 진안(秦安, 성기(成紀))이었다. 수(隋)나라 말경에 이백의 선조가 죄를 지어 서역의 쇄엽으로 도피한 후, 성을 숨기고 이름까지 바꾸어 5세대를 살다가, 당(唐)나라 중종(中宗) 신룡(神龍) 원년인 705년에 이백의 부친인 이객(李客)이 식솔을 데리고 촉의 면주 창융으로 왔던 것이다.

유년 시절을 보낸 촉 땅 사천의 강유는 이백이 학문을 익혔던 시기이다. 5세 때 60갑자를 외웠으며, 사학

(私學)의 일종인 사숙(私塾) 곧 초등교육을 쇄엽에서는 받았는데, 사천 강유 청련향(靑蓮鄕)으로 이주한 이후로는 가학(家學)으로 학문을 하였다. 10세 이후 경서(經書)뿐만 아니라 제자백가(諸子百家)들의 사상을 습득하였으며,[1] 시부(詩賦)를 창작하였을 뿐만 아니라 검술을 익히기[2]도 하였다. 그러면서 촉 땅의 명승지를 유람하였으며, 익주자사(益州刺史)였던 문장가 장사(長史) 소정(蘇頲)을 만나, 이백 자신의 시부가 사마상여(司馬相如)에 비견할 만하다는 칭찬을 듣게 된다. 그리고 『장단경(長短經)』의 저자이면서 도사(道士)였던 조유(趙蕤)로부터 왕도(王道)와 패도(霸道)의 통치술을 배우기도 하였다. 이후 이백은 관중(管仲)과 제갈량(諸葛亮)을 흠모하여, 그들처럼 제왕을 보좌하면서 세상을 다스리는 정치에 뜻을 두었다. 또한 이백은 젊어서 용맹스럽고 호방하며 의협심이 있는 사람인 임협(任俠)을 숭상하여 검술을 익혔으며, 일찍부터 당시 유행하던 도교에 관심이 있어 아미산(峨眉山, 3333미터)에 올라 도사(道士)들과 교유하면서 신선사상의 영향을 받았다.

10대 무렵에 관한 일화가 송(宋)나라 축목(祝穆)이 편찬한 『방여승람(方輿勝覽)』에 전하기도 한다. 이백이 미주(眉州)의 상이산(象耳山)에서 공부를 할 때 그만 싫증이 나, 집으로 돌아갈 생각을 하고 하산을 하는데, 청련향 근처에서 성(姓)이 무(武)라는 노인을 만나게 된다. 노인이 시냇가에서 쇠로 된 절구공이를 갈고 있었다. 궁금한 이백이 무엇 때문에 절구공이를 갈고 있느냐고 물으니 바늘을 만들기 위해서라고 말하니, 크게 깨달은 봐가 있어, 다시 산을 올라 학문에 정진하였다는 일화이다. 이 일화로 만들어진 고사성어가 마저성침(磨杵成針) 곧 '절구공이를 갈아 바늘을 만든다'는 뜻으로, 끈기 있게 노력하

---

1) 李白이 안육에 있을 때 배장사(裵長史)에게 보낸 편지 글 「상안주배장사서(上安州裵長史書)」에서 5세에 60갑자를 외웠고 10세 때 제자백가를 섭렵했다고 하였다.

2) 이백이 형주장사(荊州長史) 한조종(韓朝宗)에게 보낸 편지 「여한형주서(與韓荊州書)」에서 15세에 검술을 좋아하였다고 하였다.

면 언젠가는 성공을 이룰 수 있다는 의미이다.

15세 이후 이백은 고향 근처에 위치한 대광산(大匡山, 또는 대천산(戴天山)) 대명사(大明寺)에 들어가 독서를 하였다. 공자가 정리했다는 『시경(詩經)』 시를 비롯하여 굴원의 『이소(離騷)』와 악부시(樂府詩) 등을 섭렵하게 된다. 개원 7(719)년 19세에 지은 시 한 편을 감상해 보자.

「**방대천산도사불우(訪戴天山道士不遇**대천산 도사를 방문했는데 만나지 못하다**)**」

물소리 들리는데 개 짖는 소리 들리고,	犬吠水聲中견폐수성중,
복숭아꽃은 이슬 짙게 머금고 있네.	桃花帶露濃도화대로농.
나무 우거져 이따금 사슴 보이고,	樹深時見鹿수심시견록,
계곡의 한낮인데도 종소리 들리지 않네.	溪午不聞鐘계오불문종.
들판의 대나무는 푸른 아지랑이를 가르고,	野竹分靑靄야죽분청애,
튀는 물은 푸른 봉우리에 걸려 있네.	飛泉挂碧峰비천괘벽봉.
도사가 간 곳을 아는 이가 없으니,	無人知所去무인지소거,
시름에 겨워 두세 그루 소나무에 기대네.	愁倚兩三松수의양삼송.

인간 세상과 단절된 분위기의 시이다. 물소리와 개 짖는 소리가 섞여 들리는데, 그곳은 이상세계의 무릉도원(武陵桃源)이다. 그래서 사슴은 보이지만, 인간 세상에 들리는 종소리는 들을 수 없다. 안개가 낀 폭포수는 푸른 산봉우리에 걸려 있는데, 도사는 어디를 갔는지 알 수 없어 소나무에 기대고 있다. 젊은 시절 이백의 모습이다. 신선 사상을 동경은 하지만 그렇다고 무작정 몰입하는 것도 아니다. 그래서 고민스럽다.

20세 무렵 쓴 시도 감상해 보자.

「**등금성산화루(登錦城散花樓**금성[촉의 성도]의 산화루에 올라**)**」

해가 금성(錦城)을 비추니,	日照錦城頭일조금성두,
아침 햇살 산화루에 흩어지네.	朝光散花樓조광산화루.
황금 창 수놓은 문 드리우고,	金窓夾綉戶김창협수호,
구슬발은 은고리에 매달려 있네.	珠箔懸銀鉤주박현은구.
나는 듯한 층계 구름 속에 푸르고,	飛梯綠雲中비제록운중,
한껏 바라보니 근심이 다 사라지네.	極目散我憂극목산아우.
저녁 비는 삼협으로 향하고,	暮雨向三峽모우향삼협,
봄 강물은 두 줄기 강물을 돌아 흐르네.	春江繞雙流춘강요쌍류.
이제 산화루에 한번 올라 바라보니,	今來一登望금래일등망,
마치 하늘 꼭대기에 올라 노니는 듯하네.	如上九天遊여상구천유.

금성(錦城)은 촉의 성도(城都)이다. 촉에서 나는 비단이 천하의 명물이기에 '비단 금' 자(字)를 사용하여, 촉의 수도 성도(城都)를 금성(錦城)이라고 칭한 것이다. 성도에 위치한 산화루에 올라 감회를 읊은 시이다. 먼저 전반부는 햇살 받은 산화루의 모습을 그렸고, 후반부는 산화루에 올라 느끼는 감회와 하늘 끝까지 올라 신선을 동경하는 듯한 모습을 보인 시이기도 한다. 산화루에 올라 근심을 잊어버리고 하늘에 노니는 듯한 기분을 표현하였기 때문이다.

이렇듯 10대와 20대 초반의 이백은 산천을 유람하면서 신선의 세계를 동경하기도 하였으며, 한편으로는 명사들을 찾아뵙고, 그들로부터 문장에 대한 칭찬을 들으면서 장차 출사(出仕)의 뜻을 굳혀가게 되었다. 이 시기에 쓴 시로 현재 전해지는 것은 10여 수 정도이다.

둘째 시기(724~742)는 24세부터 42세로, 집을 떠나 만유(漫遊)하는 시기로, 곧 세상을 자유롭게 유람하던 시절이다. 만유라고는 하지만 이백 당시는 당대의 선비들이 사회 교제를 통해 식견도 넓히고 벼슬길에 나아갈 수 있는 기회를 얻을 수 있는 방법 중에 하나이기도 하였다. 이백도 이 시기 명성을 얻어 추천을 받아 벼슬자리에 나아가고자 했다. 촉 땅을 떠나 삼협(三峽)을 둘러보고, 호북(湖北)의 강릉(江陵)과 호남(湖南)의 동정호(洞庭湖)를 유람하고, 동쪽으로 금릉(金陵)·양주(揚州)와 소흥(紹興) 등지를 유람하였다. 북쪽으로 올라오면서 하남(河南)의 방성(方城)과 임녀(臨汝)를 거쳐, 다시 남하(南下)하여 호북의 안육(安陸)에 정착하였다. 안육에서 재상을 지낸 허어사(許圉師)의 손녀와 결혼하여 10년을 살았는데, 이 기간 동안 안육 이외에 호복의 양양(襄陽)·하남의 낙양(洛陽)과 산서(山西)의 태원(太原, 지금의 북경)을 유람하였다. 35세 이후에는 가족과 함께 집을 임성(任城), 지금의 산동(山東) 제녕(濟寧)으로 옮기고 자신은 남북으로 유람하였다.

안육에서 10년 동안 비교적 안정된 결혼 생활을 하면서 쓴 시를 살펴보면, 세상에 대한 뜻을 두고 있었다. 『맹자(孟子)』에 나오는 "사람이 어려서 배우는 것은 커서 행하고자 하는 것이다."[3]라고 한 것처럼, 학문을 하는 궁극적 목표는 도(道)를 세상에 펼치는 것이다. 만약 뜻한 대로 세상에 도를 펼치지 못하면, 홀로 몸을 닦고 자연과 더불어 살아가기도 한다. 그렇다고 해서 완전히 세상을 등진 채 은둔하지는 않는다. 여전히 세상에 대한 관심을 지닌 채 세상이 밝아지기를 기다리는 것이 유가(儒家)의 선비들이 지닌 기본적인 태도였다. 도(道)가 서지 않은 혼란한 시기에 능력도 되지 않은데 벼슬길에 나아가 미숙한 기량을 발휘했다가는 더 큰 혼란을 초래할 수 있기 때문이다. 그래서 세상이 장차 밝아지기를 기다리면서 자신의 실력도 키우고 때를 기다리는 것이다.

그런데 이백이 출사의 길을 모색할 때, 당나라는 도교 사상을 장려하던 시기였다. 특히 현종은 도교를 신봉하여 장안과 낙양 각 주에 현원황제묘(玄元皇帝廟)를 세우고 도교를 관장하는 숭현학(崇玄學)을 두었으며, 도교들에게는

---

3) 『孟子』 「梁惠王」章下 '巨室'章. "人, 幼而學之, 壯而欲行之."

『노자(老子)』·『장자(莊子)』·『열자(列子)』 등을 배우도록 장려하였다. 이백도 이런 사회적 분위기로 인하여 도교적인 시를 짓기도 하였다.

「등아미산(登峨眉山아미산에 오르다)」

촉 땅에 시선이 사는 산이 많지만,	蜀國多仙山촉국다선산,
아미산이 아득하여 필적하기 어렵다.	峨眉邈難匹아미막난필.
두루 돌아서 한 번 올라 바라보더라도,	周流試登覽주류시등람,
빼어남과 기괴함을 어찌 다 알겠는가?	絶怪安可悉절괴안가실.
짙푸른 산세는 하늘에 의지해 펼쳐 있고,	靑冥倚天開청명의천개,
화려한 경관은 그림에서 나온 듯하네.	彩錯疑畫出채착의화출.
사뿐히 올라 자줏빛 노을을 감상하노니,	泠然紫霞賞영연자하상,
과연 비단 주머니의 비결을 얻겠구나.	果得綿囊術과득면낭술.
구름 사이에서 옥으로 만든 퉁소를 불고,	雲間吟瓊簫운간음경소,
바위 위에서 화려한 거문고를 희롱하네.	石上弄寶瑟석상농보슬.
평소에 조그만 바람이 있었는데,	平生有微尙평생유미상,
즐겁게 웃다보니 이로써 다 이루었네.	歡笑自此畢환소자차필.
안개로 가려진 모습이 내 얼굴에도 있는 것 같고,	煙容如在顔연용여재안,
세속의 번뇌가 홀연 사라졌다.	塵累忽相失진누홀상실.
만일 양을 탄 이를 만난다면,	儻逢騎羊子당봉기양자,
손을 붙잡고 밝은 태양을 넘어가리라.	携手凌白日휴수릉백일.

위의 시는 이백이 약관(弱冠, 20살)의 나이에 지은 것으로, 다분히 신선 사상이 반영되어 있다. 이는 당시의 분위기가 도교를 권장하던 시대이기에 가능했던 것일 수도 있다. 당시 사회적 분위기는 왕실의 권장으로 도교를 숭상하고 신선이 되는 도술이 있다고 여겨, 장생불사(長生不死)를 추구하는 풍조가 만연하였기 때문이다.

촉 땅에는 신선이 사는 산이 많지만 아미산만 한 산도 없다는 것이다. 그 모습은 절묘하고 기이한 풍경이며 짙푸른 산봉우리가 하늘에 맞닿아 있는 듯하다. 그런 산을 가볍게 올라 비단 주머니 도술을 얻었다는 것이다. '비단 주머니 도술'은 신선이 되는 도술의 의미이다. 『한무내전(漢武內傳)』에 의하면 한무제(漢武帝)가 서왕모(西王母)와 상원부인(上元夫人)이 전수한 선경(仙境)을 자줏빛 비단 주머니에 넣어두었다고 했는데, 이백이 이 고사의 내용을 인용하였다. 그리고 작은 희망이 아미산에서 신선처럼 보석 거문고를 타고 신선의 도술을 익혀 신선처럼 사는 것이다. '양을 탄 사람'은 갈홍(葛洪)이 쓴 『열선전(列仙傳)』에 나오는 고사로, 주나라 갈유(葛由)가 나무로 양을 깎아 팔았는데, 한 번은 양을 타고 촉 땅으로 들어가서 아미산에 오르는 촉의 왕후 귀족들을 따라 갔다가, 신선이 되어 하늘로 올라갔다는 이야기이다. 이런 이야기들이 모두 이백도 신선이 되어 하늘로 올라가고픈 심정일 것이다. 신선 사상을 흠모하면 노닐던 아미산도 이별하고 삼협으로 떠나면서 지은 『아미산월가(峨眉山月歌)』도 있다.

장강(長江)의 삼협(구당협) 모습

아미산의 가을 반달, 峨眉山月半輪秋아미산월반륜추,
달빛 평강강에 비춰 물 따라 흐르네. 影入平羌江水流영입평강강수류.
밤에 청계를 떠나 삼협으로 향하는데, 夜發淸溪向三峽야발청계향삼협,
그대 그리며 못본 채 유주(渝州)로 내려간다. 思君不見下渝州사군불견하유주.

24살(724) 촉의 아미산을 떠나면서 지은 시이다. 그런데 7언 절구로, 아미산 위에 가을 반달이 떠 있고, 달그림자는 강에 비치어 물과 함께 흐른다. 밤에 청계에서 삼협으로 향할 때, 달이 협곡에 가리어 보이지 않는다. 삼협은 협곡이라 하늘에 달이 보이지 않는다는 말이다. 이제나 볼까 저제나 달을 구경할까 하며 기대감으로 삼협을 지나는데 어느 듯 날이 새고, 나는 유주(사천성 중경)로 간다는 것이다. 그대는 달을 이른다. 아미산과 장강(長江)의 지류인 평강강, 사천성 건위현의 청계역 그리고 삼협과 유주(중경)에 이르는 긴 여정의 지명을 연결시키면서도, 그 연결이 매끄럽고 어색함이 없다. 그래서 만고의 절창(絶唱)이라는 평을 받는다.

삼협을 지나 이백은 1년여를 장강 중류를 유람하고 형주로 가면서 「추하형문(秋下荊門)」을 지었는데, 25세 때의 이백의 생각을 읽을 수 있는 시이다.

「**추하형문(秋下荊門**가을에 형문으로 내려가면서**)**」
형문산에 서리 내려 강가 나무 앙상하니, 霜落荊門江樹空상락형문강수공,
근심 없이 베돛을 가을바람에 걸었네. 布帆無恙掛秋風포범무양괘추풍.
이번 길은 농어회 때문이 아니라, 此行不爲鱸魚膾차행불위노어회,
스스로 명산이 좋아 섬중으로 가는 것이라네. 自愛名山入剡中자애명산입섬중.

고향 촉을 떠난 1년이 지난 후, 호북 형무에서 동정호 방면으로 향할 때 쓴 시이다. 그래서 고향 생각이 날 뻔도 한데, 오히려 고향으로 가지 않고 장강 상류에 위치한 절강성 섬계로 갈 것을 다짐하고 있다. 고향의 이미지는

장강 삼협의 백제성 모습

농어회로부터 시작된다. 서진(西晉) 때 장한(張翰, 258~319)의 고사 때문이다. 장한이 고향인 남쪽 오(吳)나라를 떠나 북쪽 수도 낙양에서 벼슬살이를 하고 있었는데, 가을바람이 불자 "지금쯤 고향에서는 순나물과 농어회를 먹는 계절인데, 그 맛있는 것도 못 먹으면서 무엇을 바라는 것일까? 인생에서 귀한 것은 자기 마음에 만족을 얻는 것인데, 마음에도 없는 벼슬자리가 무엇이란 말인가?"라고 반문하면서 그 길로 벼슬을 내놓고 고향으로 돌아갔다는 이야기이다.

그러나 위의 시에서 이백은 자신의 이번 여행은 장한과 같이 농어회가 생각나서 떠나는 여행길은 아닌 것이다. 이 길은 농어회 때문이 아니다. 그러면 무엇 때문인가? 스스로 명산을 사랑하여 섬중(剡中)에 들어간다고 하였다. 이는 일종의 반어적 표현으로 정말 산수자연에 은둔한다는 것이 아니라, 세상을 유람하면서 장한의 행적과는 반대의 길을 걷고자 한다는 의미이다. 고향을 떠난 원래의 목적이 세상을 바로잡는 것이었다. 그래서 유람도 시작되었고 앞으로 천거를 통해 출사(出仕)의 목적도 달성해야 하기 때문이다. 상업의 중심지인 형주의 수도 강릉에 도착한 이백은 전 초나라 도읍지인 영성의 유적을 유람하기도 하면서 강릉 지방의 민간 가요를 듣고 매료되기도 하였다.

「형주가(荊州歌)」

백제성(白帝城) 가에는 풍파(風波)가 많아서,	白帝城邊足風波백제성변족풍파,
오월의 구당협(瞿塘峽)을 누가 감히 건너리.	瞿塘五月誰敢過구당오월수감과.
형주에서는 보리가 익고 누에고치가 나방이 되어,	荊州麥熟繭成蛾형주맥숙견성아,

명주실 뽑으며 임 생각하니 마음만 심란하다.	繅絲憶君頭緒多조사억군두서다.
곡식 거두고 뻐꾸기 울며 날 때 첩은 어찌하리오.	獲穀飛鳴奈妾何획곡비명나첩하.

악부시(樂府詩)이다. 민간 민요에서 사용하는 쌍관어(雙關語) 수법을 사용하였다. 누에가 뽑아내는 실(絲)의 의미를 생각 사(思)로 환치되면서 보리 익고 뻐꾸기 우는 계절에 임 생각이 절로 난다는 것이다. 여기서 '군(君)'을 고향으로 환치하면 고향 생각이 절로 난다는 의미도 된다. 이백의 악부시는 육조 악부민가의 영향을 받았다. 육조 악부시의 특징은 상인과 소시민의 생활과 감정을 표현한 것과 남녀의 애정 생활을 노래한 것들이다. 이 악부시의 대표적인 작품 하나를 감상해 보자.

「**장간행(長干行**남경 진회하 마을의 노래(장간의 노래)**)**」

저의 머리카락이 이마를 막 덮을 적에,	妾髮初覆額첩발초복액,
꽃을 꺾으며 문 앞에서 놀았죠.	折花門前劇절화문전극.
그대는 죽마(竹馬)를 타고 와서는,	郎騎竹馬來낭기죽마래,
침상을 뱅뱅 돌며 푸른 매실로 장난쳤죠.	遶牀弄青梅요상농청매.
장간(長干, 남경 진회하) 마을에 함께 살면서,	同居長干里동거장간리.
두 꼬맹이 사이엔 허물이 없었죠.	兩小無嫌猜량소무혐시.
열넷에 당신의 아내가 되어,	十四爲君婦십사위군부,
수줍어 얼굴을 들지 못했죠.	羞顏未嘗開수안미상개.
고개를 숙인 채 어둔 벽을 향해 있으면서,	低頭向暗壁저두향암벽,
천 번 불러도 한 번도 돌아보지 못하였지요.	千喚不一回천환불일회.
열다섯에 비로소 눈썹을 펴고,	十五始展眉십오시전미,
함께 티끌이나 재가 되기를 원했죠.	願同塵與灰원동진여회.
항상 기둥을 껴안는 믿음을 가졌기에,	常存抱柱信상존포주신,
어찌 망부대(望夫臺)에 오를 줄을 알았나요?	豈上望夫臺기상망부대.

열여섯에 당신은 멀리 행상을 떠나, 十六君遠行십육군원행,

구당협의 염예퇴(灩澦堆, 수중바위)를 지나게 되지요.

瞿塘灩澦堆구당염여퇴.

오월엔 가기 어려운 곳이고, 五月不可觸오월부가촉,

원숭이 하늘 향해 울어대죠. 猿聲天上哀원성천상애.

문 앞 임이 떠나기 싫어 한 발자국, 門前遲行跡문전지행적,

발자국 하나마다 푸른 이끼 돋아나지요. 一一生綠苔일일생녹태.

이끼는 깊어서 쓸 수도 없는데, 苔深不能掃태심불능소.

낙엽은 가을바람에 일찍도 떨어지네요. 落葉秋風早낙엽추풍조,

팔월에 나비가 나와서는, 八月胡蝶來팔월호접래,

쌍쌍이 서쪽 동산 풀밭 위를 날아다니지요. 雙飛西園草쌍비서원초.

이에 느꺼워 저의 마음은 아파, 感此傷妾心감차상첩심,

앉은 채로 수심에 잠겨 홍안만 늙어가네요. 坐愁紅顔老좌수홍안로.

조만간 삼파(三巴, 사천성 동부)로 내려가실 모양인데,

早晩下三巴조만하삼파,

백제성 안의 모습으로 유비 탁고 장면이다.

미리 집으로 기별이나 해 주세요. 豫將書報家예장서보가.

마중 나가는 길 멀다 안 하고, 相迎不道遠상영부도원,

곧장 장풍사(長風沙, 안휘성 지주 부근)까지 가겠어요.

直至長風沙직지장풍사.

남조(南朝) 때 건업(建鄴: 지금의 남경) 근처에서 유행하던 민가(民歌)로써 청상곡사(淸商曲辭) 중의 하나이다. 장간(長干)은 당시의 동네 이름인데, 지금의 남경시 중화문(中華門) 바깥 진회하(秦淮河) 남쪽이다. 상인의 아내가 남편에게 보내는 편지 형식의 노래이다. 이러한 내용은 장강(長江)을 중심으로 수운업이 발달한 육조(六朝: 오, 동진, 송, 제, 양, 진으로 229년부터 589년까지 360년) 이래 많이 나온 것으로써, 남성에 비해 행동반경이 넓지 못하고, 감정 표현에 있어서도 소극적이고 수동적인 경향이 강했던 당시 여성들의 여린 정서가 담겨 있다. 이백은 강남에서 삼을 기르거나 누에를 쳐 길쌈하고, 연밥을 따는 등 힘써 일하는 강남의 아리땁고 청순한 여인들을 사랑하였고, 그들의 독수공방 처지를 누구보다도 애처롭게 묘사해내었다. 그 중에서도 「장간행(長干行)」은 어릴 적 소꿉 친구였던 사내를 신랑으로 맞이하여, 겨우 사랑의 감

지금의 남경 진회 모습

정을 알아가게 될 무렵으로 장사길 떠난 남편의 대한 그리움과 걱정을 곡진하게 풀어놓은 걸작의 시이다.

제2수도 있는데, 이는 중당(中唐) 시절 이익(李益, 748~827)의 작품이라는 설이 있다. 하지만 『이태백집(李太白集)』이나 『전당시(全唐詩)』에 이백의 작품으로 되어 있어, 소개하기로 한다.

「장간행(長干行)」(2)

생각건대 제가 깊은 규방 속에서, 憶妾深閨里억첩심규리
먼지인지 안개이지 분간도 못했어요. 烟塵不曾識연진불증식
장간 사람에게 시집가서, 嫁與長干人가여장간인
모래사장에서 바람결만 바라보네. 沙頭候風色사두후풍색
오월 남풍이 불어올 제면, 五月南風興오월남풍흥
그대 파릉(巴陵)으로 내려간 일을 생각하네요. 思君下巴陵사군하파능
팔월 서풍이 일어날 때면, 八月西風起팔월서풍기
그대가 장강을 출발할 줄로 상상하네요. 想君發揚子상군발양자
가나오나 슬픔이 어떠할까? 去來悲如何거래비여하
짧은 만남에 이별은 많네요. 見少別離多견소별리다
상담(湘潭)에는 언제나 오시려나, 湘潭几日到상담궤일도
저는 풍파를 넘는 꿈을 꾸어요. 妾夢越風波첩몽월풍파
지난 밤 일진광풍 쓸고 가더니, 昨夜狂風度작야광풍도
강어귀 나뭇가지 꺾어놓았어요. 吹折江頭樹취절강두수
물은 질펀하고 아득하게 펼쳐졌는데, 淼淼暗無邊묘묘암무변
길 떠난 그 이는 어디 계실까요. 行人在何處행인재하처
뜬구름같이 날랜 말 타고 가서, 好乘浮雲驄호승부운총
난이 핀 동쪽 물가에서 아름답게 만나고 싶어요. 佳期蘭渚東가기난저동
원앙새는 푸른 부들 위에서 다정히 놀고, 鴛鴦綠蒲上원앙녹포상

비취새는 비단 병풍 속에서 사랑하고 있네요.	翡翠錦屛中비취금병중
가련도 하네요, 내 나이 열다섯 때는,	自憐十五余자련십오여
얼굴빛이 복사꽃처럼 아름다웠지요.	顏色桃花紅안색도화홍
어쩌다 상인의 아내가 되어,	那作商人婦나작상인부
강물도 근심, 바람도 근심이네요.	愁水復愁風수수부수풍

시집오기 전에는 날씨에 별 관심이 없었는데, 어쩌다 장사꾼에게 시집와서는 강가에 나와서 날씨까지 염려하면서 남편을 기다리는 것이 예사 일이 되었다는 것이다. 5월 남풍이 불면 남편은 파릉으로 내려갈 것으로 여기고, 8월 서풍이 불면 남편은 장강을 떠날 것으로 짐작하게 되었다는 것이다. 남편은 물건을 사고 팔 때 그 슬픔은 얼마나 클까? 우리들의 만남은 적고 이별의 날은 많기 때문이다. 나는 꿈을 꾸는데, 남편이 풍파를 만나는 꿈을 꾸었다. 광풍이 불어 강가의 나뭇가지 다 부러지고 강물은 불어 아득히 끝도 없는데, 지금 남편은 어디에 계실까? 나는 날아가는 구름같이 빠른 말을 타고 남편이 장사하는 곳 난초가 피는 동쪽까지 가서 남편을 멋지게 만나고 싶다. 원앙새 한 쌍은 푸른 물가에서 놀고, 물총새 한 쌍은 비단 병풍 속에서 속삭이는 것을 보니 부럽기 짝이 없다. 그리고 내 스스로 가엾은 생각이 드는 것은 15살 복사꽃처럼 예쁜 얼굴이었는데, 어쩌다 장사꾼의 아내가 되어 홍수 걱정, 폭풍 걱정 속에 날들을 보내려 하니 더욱 더 서글퍼다는 것이다.

이백이 남경을 여행하면서 들은 노래들을 점화(點化)하여 더욱 감동적으로 읊었다. 특히 제1수는 시선(詩仙)의 경지가 느껴지는 시이기도 하다. 어릴 적 고향 마을에 함께 자란 소꿉친구와 14살에 결혼하여 1년 동안 눈도 맞추지 못했는데, 정들자 이별이라고 16살에 장사를 떠난 남편 걱정으로, 장강의 강물만 줄어들어도 남편의 뱃길이 근심이 된다는 것이다. 아내의 솔직한 심정이 꾸민 없는 고백형으로 잘 묘사되었기에 최고의 작품으로 평을 받고 있는가 보다.

이백은 남악 형산을 유람하던 중 도교 상청파(上清派) 사마승정(司馬承禎, 647~735)을 만나게 되고 그로부터 큰 격려를 받은 후 도교와 인연을 맺게 된다. 당나라 왕실과 관련이 있는 사마승정과의 인연은 이백이 출사를 위한 한 방편이었음을 알 수 있게 한다. 훗날 도사 오균과 도교에 귀의한 옥진공주의 추천으로 당나라 왕실에 입성하였기 때문이다. 또한 744년 당나라 왕실로부터 쫓겨났을 때, 도교도로 도록(道籙)을 전수받는 계기도 된다.

이백은 개원 14(726)년 26세 되던 해에 강서성 구강 남쪽에 위치한 여산에 올라 여산 폭포에 대한 시 2수를 남기게 된다.

「망여산폭포수(望廬山瀑布水)」

서쪽으로 향로봉에 올라,	西登香爐峯서등향로봉,
남쪽으로 폭포수를 바라본다.	南見瀑布水남견폭포수.
물줄기 걸려 있기 3백 길,	挂流三百丈괘류삼백장,
수십 리 골짜기로 뿜어낸다.	噴壑數十里분학수십리.
갑자기 번개가 날아 스치는 것 같고,	欻如飛電來홀여비전래,
은연히 흰 무지개가 일어난 것 같다.	隱若白虹起은약백홍기.
처음에는 은하수 떨어졌나 놀랐는데,	初驚河漢落초경하한락,
절반은 구름 속에 숨은 것 같네.	半灑雲天裏반쇄운천리.
우러러보니 형세가 갑자기 웅장해져,	仰觀勢轉雄앙관세전웅,
장하다 조물주의 공이로다.	壯哉造化功장재조화공.
바다 바람이 불어 멈추지 않으니,	海風吹不斷해풍취불단,
장강의 달은 비추면서 또 공허하다.	江月照還空강월조환공.
공중에서 쏘아대는 물줄기는 어지러이,	空中亂潀射공중란총사,
양쪽에 이끼 낀 벽 씻어 내리네.	左右洗靑壁좌우세청벽.
나는 구슬은 가벼운 노을에 흩어지고,	飛珠散輕霞비주산경하,
흐르는 물거품은 커다란 돌에 스치네.	流沫沸穹石류말비궁석.

그리고 나 이런 명산을 즐기노니, 而我樂名山이아락명산,
이런 광경을 보자 마음이 더욱 한가롭다. 對之心益閑대지심익한.
구슬 같은 물에 양치질함은 물론이고, 無論漱瓊液무론수경액,
또한 먼지에 묻은 얼굴도 씻을 수 있다. 還得洗塵顔환득세진안.
바야흐로 원래부터 좋아하던 바에 맞으니, 且諧宿所好차해숙소호,
인간 세속 떠나기를 영원히 바란다. 永願辭人間영원사인간.

해가 향로봉 비치니 안개 피어나고, 日照香爐生紫煙일조향로생자연,
멀리 폭포를 바라보니 앞내에 걸려 있네. 遙看瀑布掛長川요간폭포괘장천.
날아 흘러 곧장 밑으로 3천척이나 되니, 飛流直下三千尺비류직하삼천척,
아마도 은하수가 하늘에서 떨어지는 듯. 疑是銀河落九天의시은하락구천.

서쪽으로 향로봉에 올라 남쪽으로 여산 폭포를 바라본다. 그 폭포수는 물줄기 길이가 3백 길이나 되고 수십 리 골짜기로 흘러내린다. 여산폭포가 문득 번쩍이는 번개 같이 다가오더니 어느 결에 흰 무지개가 걸쳐 있다. 처음에는 하늘에 있는 은하수가 떨어졌나 하고 놀랐는데, 우러러보니 그 형세가 갑자기 웅장해져 조물주의 공이 위대함을 보겠다. 그때 바다(파양호) 바람이 쉴 새 없이 불어오고 강 속에는 달이 비치는데, 또한 공허하다. 공중에서는 폭포수가 어지러이 쏟아져 좌우의 이끼 낀 절벽을 씻어 내고, 구슬 같이 튀는 물방울은 가볍게 낀 노을에 흩어지며, 그 흐르는 물거품이 큰 바위를 덮는다. 나는 원래 명산을 즐기는데, 지금 이 여산 폭포를 대하자 마음은 더욱 한가롭고, 그 아름다운 폭포수로 양치질함은 물론, 또한 인간 세상의 찌든 때를 말끔히 씻어 낸다. 이런 아름다운 자연의 세계를 예초부터 좋아하였으니 인간 세상을 영원히 떠나고 싶을 뿐이다.

햇빛이 향로봉에 비치니 향로에서 붉은 연기 나는 듯하고, 향로봉 위에는 붉은 안개가 끼어 있어 멀리 여산 폭포가 앞내에 걸려 있는 듯이 보인다.

중국 강서성 여산폭포

중국 여산폭포 아래쪽 파양호의 모습

여산 폭포에서 쏟아지는 물줄기가 3천척이나 되는 듯이 곧장 흘러내리니 혹시 하늘 높이 있던 은하수가 떨어져 내리는 것 같다.

여산(廬山)은 주(周)나라 때 광속(匡俗)이 은둔하던 곳이었다. 은둔하던 광속을 정왕(定王)이 출사를 명하였으나 응하지 않자 사자(使者)를 보내어 그의 살던 곳을 방문하니 광속은 이미 신선이 되어 하늘로 오르고 빈 초려(草廬, 초가집)만 남았다고 하여 여산(廬山) 또는 광산(匡山) 혹은 광려(匡廬) 등으로 부르게 되었다. 여산의 주봉은 1,474m의 한양봉(漢陽峯)이고 그 아래에 향로봉이 있다. 1연은 멀리서 바라보는 향로봉과 여산 폭포를 그리고 있다. 그러면서 후반부에서는 인간 세상을 벗어나고픈 뜻을 은연중에 드러내었다. 2연은 사람들에게 회자(膾炙)되는 연이다. 역시 향로봉과 여산폭포에 대한 묘사이다. 향로봉의 은밀한 모습과 3천척이나 되는 여산폭포를 통해, 이백의 웅장한 포부를 살필 수 있게 하였다. 그런데 현실은 뜻대로 되지 않아 자꾸 그 현실을 벗어나고픈 것이다.

호남성 동정호숫가의 악양루 모습

이백은 724년에 친구 오지남(吳指南)과 남쪽의 초(楚)땅으로 여행을 떠나는데, 먼저 사천의 아미산(峨眉山), 성도(成都) 부근, 평강강(平羌江), 청계(淸溪), 삼협(三峽)의 장강(長江)을 따라 유주(渝州: 지금의 사천성 중경(重慶)), 동정호(洞庭湖) 등을 구경하는데, 725년 친구 오지남이 동정호 부근에서 죽었다. 금릉(金陵, 지금의 남경), 광릉(廣陵, 지금의 양주(揚州)), 여매(汝梅), 운몽(雲夢)을 거쳐 안육(安陸)의 수산(壽山)에 은거하였다.

25살 무렵 친구 오지남의 죽음에 대한 일화를 보면, 이백의 인물됨을 짐작할 수 있게 한다.

예전에 고향 촉 땅 친구인 오지남(吳指南)과 함께 초 지방을 유람하던 중 그가 동정호 부근에서 죽었습니다. 저는 흰 상복을 입고 통곡하기를 형제의 상(喪)을 당한 것과 같이 하였습니다. 더운 여름 시체를 끓어 안고 울 때 눈물이 마르자 이어서 피가 나오니 길손들이 이를 듣고 모두 상심하였습니다. 사나운 호랑이가 앞에 이르러도 굳게 지키고 움직이지 않았으며, 이윽고 임시로 시체를 호숫가에 가매장하고 금릉(남경)으로 떠났다가 수년 후 다시 돌아와서 보니 힘줄과 뼈가 아직도 그대로 있었습니다. 저는 눈물을 거두고 칼로 손수 씻고 깍은 뼈를 추슬러 등에 지고 자나 깨나 몸에 지닌 채 악성의 동쪽으로 가서 돈을 구해 장례를 지냈습니다.

이백의 의리를 단적으로 알 수 있게 하는 일화이다.

25살 무렵 광릉에서 친구와 헤어지면서 지은 시를 감상해 보자.

「광릉증별(廣陵贈別)광릉에서 헤어지며 주다」

옥병에 좋은 술을 사서,	玉瓶沽美酒옥병고미주,
몇 리를 가서 돌아가는 그대를 보내네.	數里送君還수리송군환.
수양버들 아래 말을 매어 놓고,	繫馬垂楊下계마수양하,
큰 길에서 술을 마시네.	銜盃大道間함배대도간.
하늘 끝에는 푸른 산이 보이고,	天邊看綠水천변간녹수,
바닷가에는 푸른 산이 보이네.	海上見青山해상견청산.
흥이 다하면 각자 헤어지는 것이니,	興罷各分袂흥파각분몌,
어찌 이별의 얼굴을 취해야 할 것인가?	何須醉別顏하수취별안.

광릉은 지금의 강소성 양주시이다. 광릉 땅에서 벗과 이별하는 장면이다. 양주의 대명사인 버드나무 아래 말을 매어 놓고 큰길가에서 옥병의 술을 마시는 풍경으로, 푸른 하늘과 푸른 물, 산이 보인다고 하여 광활한 풍경을 드러내었다. 그리고 이별의 안타까움을 굳이 드러내지 않고 즐겁게 마시면서 흥이 다하면 자연스럽게 헤어지면 될 것이라는 것이다. 이백의 젊은 날의 호방함이 느껴지는 장면이다.

26세에 안육에 와서, 고종(高宗) 때 재상이었던 허상공(許相公)의 손녀와 결혼하고, 장안으로 떠나던 730년까지 가정을 꾸리며 살았다. 이 무렵 이백의 시문이 제법 무르익었고("三十成文章", 「與韓荊州書」), 맹호연(孟浩然, 689~740)도 만났다.

어린 시절 아버지 권유로 읽게 된 사마상여(司馬相如)의 「자허부(子虛賦)」에 나오는 운몽(雲夢) 대택(大澤) 곧 큰 연못을 보기 위해 안육(安陸)에 오게 되었다. 안육에 온 이백은 개원 14(726)년 26세에 고종(高宗) 때 재상을 지낸 허어사(許圉師)의 손녀와 결혼하였던 것이다. 옛날 재상 집안에 장가를 든 이백은 아마도 천거를 염두에 둔 정략적인 결혼을 한 것 같다. 그의 출사의 의지는 변함이 없기 때문이다. 그는 안육에 와서 약 10년 간 살았다. 그때도 하남의 남양(南陽), 임여(臨汝)와 낙양(洛陽) 등을 유람하기도 하였다. 안육의 결혼 생활을 알게 하는 시 한 편을 감상해 보자.

「**증내(贈內**아내에게 주다**)**」

일 년 삼백 육십 일,	三百六十日삼백육십일,
날마다 곤드레만드레 취했네.	日日醉如泥일일취여니.
비록 이백의 부인이 되었지만,	雖爲李白婦수위이백부,
태상의 처와 무엇이 다르리.	何異太常妻하이태상처.

이백이 27살 무렵에 아내인 허씨 부인에게 준 시이다. 매일 술을 마셔 정상적인 부부생활이 어려웠던 모양이다. '태상의 처'의 '태상'은 후한 때 주택(周澤)으로, 제사와 예악을 주관하는 관리였다. 주택은 어느 날 병이 들어 제사를 주관하지 못하고 눕게 되었다. 병든 소식을 듣게 된 처가 남편을 찾아오자, 주택은 제사의 금기를 어겼다고 그의 처를 감옥에 가두었다. 이런 주택의 행동을 보고 당시 사람들이 말하기를, '세상에 잘못 태어나 태상의 처가 되었다네, 1년 360일 중 359일은 재계하고, 하루는 술에 취해 있다네.'라고 하였다. 지금 이백이 태상처럼 정상적인 결혼 생활을 못하고, 늘 술에 취해 있다는 것이다.

20대 후반 이백은 호걸 및 유협들과 교류하였는데, 그 무렵에 쓴 시에는 역사적인 인물에 대한 추앙이 두드러지게 나타난다. 이 무렵 쓴 시로 협객을 표현한 작품을 감상해 보자.

「**협객행(俠客行)**」

조나라 협객은 머리띠를 둘렀고,	趙客縵胡纓조객만호영,

오구검이 서리와 눈처럼 빛난다. 吳鉤霜雪明오구상설명.
은 안장은 백마를 비추고, 銀鞍照白馬은안조백마,
날쌔기가 마치 유성 같다. 颯沓如流星삽답여류성.
열 걸음 한 사람을 죽이고, 十步殺一人십보살일인,
천리를 가도 막을 자가 없다. 千里不留行천리불유행.
일 끝내고 옷 털고 가서, 事了拂衣去사료불의거,
몸과 이름을 깊이 감춘다. 深藏身與名심장신여명.

한가하면 신릉군과 술을 마시고, 閑過信陵飮한과신릉음,
칼을 벗어 무릎 앞에 가로 놓았다. 脫劍膝前橫탈검슬전횡.
장차 구운 고기 주해(신릉군의 문객)가 먹게 하고, 將炙啖朱亥장자담주해,
술잔을 잡는 것은 후영(신릉군의 문객)에게 권하였다. 持觴勸侯嬴지상권후영.
석 잔이면 승낙을 말하고, 三杯吐然諾삼배토연락,
오악을 오히려 가볍게 여긴다.(승낙이 중하다) 五岳倒爲輕오악도위경.
눈이 흐려지고 귀가 달아오른 후, 眼花耳熱后안화이열후,
의기는 무지개처럼 피어난다. 意氣素霓生의기소예생.

조나라 구하려고 휘두르니, 救趙揮金鎚구조휘금추,
한단이 먼저 흔들려 놀란다. 邯鄲先震惊한단선진양.
천추에 남은 두 장사, 千秋二壯士천추이장사,
대량성에 명성이 자자하다. 烜赫大梁城훤혁대량성.
설령 죽어도 협객의 향기는, 縱死俠骨香종사협골향,
세상 영웅들에게 부끄럽지 않다. 不慚世上英불참세상영.
누가 능히 서가에서 誰能書閣下수능서각하,
백수가 되도록 양웅처럼 『태현경』을 쓰며 지낼 것인가?
白首太玄經백수태현경.

위의 시는 3단락으로 나눌 수 있다. 첫 번째 연은 협객(俠客: 의롭고 씩씩한 기개가 있는 사람으로 의협심 있음)의 모양새와 출중한 무술과 명리(名利)를 따지지 않는 자유분방한 모습을 그렸다. 두 번째 연은 고사를 인용하여 신릉군·후영·주해 3명의 협객을 찬양하였다. 위(魏)나라 신릉군(信陵君)은 전국(戰國)시대 사군(四君) 중에 한 분이다. 제(齊)의 맹상군(孟嘗君, 田文, ?~B.C.279), 조(趙)의 평원군(平原君, 조승(趙勝, ?~ B.C.250), 초(楚)의 춘신군(春申君) 황헐(黃歇, ?~B.C.238)과 함께 이른바 '전국사군(戰國四君)'이라 칭한다.

기원전 260년 진(秦)나라 소양왕(昭襄王, 昭王이라고도 함)은 장평(長平)에서 조(趙)나라 군대에 큰 승리를 거두고, 기원전 257년에는 조나라의 도성인 한단(邯鄲)을 포위하였다. 위기에 빠진 조나라는 초(楚), 위(魏) 등의 주변 나라들에 도움을 청하였다. 위나라 신릉군의 누이는 조나라 혜문왕(惠文王)의 동생인 평원군(平原君) 조승(趙勝)의 부인이었다. 그래서 평원군(平原君)은 위(魏)나라 안리왕과 신릉군에게 여러 차례 사신과 편지를 보내 구원을 요청하였다. 안리왕은 진비(晉鄙)를 장군으로 하여 10만의 군사를 조나라에 원군으로 파견하려 했으나, 진(秦)나라의 위협을 두려워하여 진비 장군에게 업(鄴)에 머무르며 사태를 좀 더 지켜보도록 하였다. 이에 신릉군이 다시 조나라에 군대를 서둘러 파견해야 한다고 간언하였으나, 안리왕은 따르지 않았다. 그래서 신릉군은 후영(侯嬴)의 계책에 따라, 안리왕의 총애를 받는 여희(如姬)의 도움을 받아 병부(兵符)를 훔쳐 진비 장군의 병권(兵權)을 빼앗았다. 이 과정에서 왕의 명령을 의심하는 진비를 백정 주해(朱亥)가 살해하였던 것이다. 그리고 신릉군은 진비 휘하의 군대를 이끌고 초(楚), 조(趙)의 군대와 연합하여 진(秦)의 군대를 물리치고 조나라를 위기에서 구했다. 여기에서 '절부구조(竊符救趙)'라는 고사성어(故事成語)가 생겼다. 이는 '병부를 훔쳐 조(趙)나라를 구하다'라는 뜻으로 '큰 목적을 위해 절차나 정리(情理) 등을 무시한다'는 뜻이다.

세 번째 연은, 두 장사 곧 후영과 주해에 대한 칭송이 대량에 자자하다는 것이다. 그래서 협객은 의(義)를 행하다가 죽어도 책상 앞에서 글이나 쓰는 양웅(揚雄)보다는 낫다는 것이다. 이백의 젊은 시절 생각을 엿볼 수 있는 시이다. 머리가 희도록 치국(治國)에 대한 이론을 내세웠던 양웅보다는 실천적 행동을 취하는 후영과 주해 같은 협객을 중용(重用)한 신릉군이 더 멋지다는 것이고, 이백도 그런 삶을 살고 싶다는 것이다. 그러면서도 신릉군 같이 인재를 등용해 줄 군주가 없음을 안타까워하고 있다.

결혼 한 이듬해 이백은 맹호연과 황학루를 유람하기도 하였는데, 그때(728년) 헤어지면서 지은 시가 있다.

「황학루송맹호연지광릉(黃鶴樓送孟浩然之廣陵)」

내 친구 서쪽으로 황학루를 떠나고,	故人西辭黃鶴樓고인서사황학루,
안개 끼고 꽃 만발한 3월 양주(광릉)로 내려간다.	煙花三月下揚州연화삼월하양주.
외로운 돛단배의 먼 그림자가 벽공에서 다하는데,	孤帆遠影碧空盡고범원영벽공진,
오직 장강만이 하늘가로 흐르더라.	惟見長江天際流유견장강천제류.

양주 땅으로 가는 맹호연을 전송하는 시이다. 그런데 이별의 이미지는 없다. 오히려 나도 꽃 피는 양주 땅으로 가보고픈 심정을 보인 시이다. 그러면서 보내는 이의 그리운 감정을 '외로운 돛단배 하늘가로 사라진다'라고 하여, 그 정(情)이 끝이 없음을 표현하였다. 이백의 시문이 세상에 알려지기 시작했는지 맹호연과 이별한 후 729년 안주의 도독(都督) 마공(馬公)이 이백을 초청하였으며, 그의 시문을 "맑고 웅대하고 자유분방하여 아름답고 빼어난 말들이, 유창하여 막힘이 없고, 명확하여 도리에 맞아, 구구절절 사람들을 감동시킨다."[4]라고 극찬하였다고 「상안주배장사서(上安州裵長史書)」에 기록되어 있다. 그러면서 이백은 배장사에게 올리는 이 편지 글에서 마공이 이백 자신을

4) 李白, 「上安州裵長史書」. "清雄奔放, 名章俊語, 絡繹間起, 光明洞徹, 句句動人."

중국 호북성 무한시 황학산에 위치한 황학루이다. 황학루 내부에는 당나라 때 황학루의 모습을 그린 벽화가 있다.

풍훤에 비유하였다면서, 자신도 풍훤처럼 배장사를 빛나게 할 수 있음을 보여, 자신의 출사(出仕) 의지를 보이면서 천거(薦擧)해 줄 것을 당부하였다. 풍훤은 맹상군의 식객으로, 나중에 맹상군을 제(齊)나라 재상에 다시 나아가게 한 인물이다. 이렇듯 안육의 삶은 자연 속의 유람과 천거의 삶을 병행하고 있었다.

이백 34살 무렵에 지은 「여한형주서(與韓荊州書)」를 살펴보자.

저, 이백은 듣자니 천하에 이야기 좋아하는 사람들이 모여서 말하기를 '살아생전에 만호를 지배할 수 있는 지방장관으로 임명되는 것보다 형주지방을 다스리는 한자사(韓刺史: 이름은 한조종(韓朝宗))를 한 번 만나 뵙고 싶다'라고 합니다. 어찌하면 사람들이 우러러 사모하기를 이와 같이 할 수 있습니까? 이는 한 자사께서 옛날

서주(西周) 초기에 정승이었던 주공(周公)의 풍모를 가지시어 인재를 급히 만나고 싶은 나머지 식사 중에 입에 씹던 밥도 뱉어놓고, 머리를 감다가도 물이 뚝뚝 떨어지는 머리칼을 움켜쥔 채 달려 나왔다는 고사(故事)를 몸소 실천하시었기 때문에, 온 나라의 호걸들이 앞 다투어 찾아오는 것이 아니겠습니까? 이는 자사이신 군후의 힘을 빌려 한 번 출세의 길에 오르면 그 명성이 열배는 더 높아지기 때문입니다. 이리하여 아직 때를 만나지 못한 걸출한 선비들이 모두 군후에게 이름을 알리고 평가를 받으려고 하는 것입니다.

한편 군후께서는 스스로 부귀한 신분인데도 교만하지 않으시고 인재가 가난하고 천한 신분이라고 해서 소홀히 여기지 않으시니, 옛날 전국시대에 평원군의 문하에 3천 명이나 되는 식객 중에 모수(毛遂) 같은 걸출한 사람이 주머니 속에 넣은 송곳이 밖으로 끝을 드러내겠다고 하면서 스스로 자신의 재능을 추천한 것처럼 저, 이백도 거두어 주신다면 그 송곳의 자루까지 밖으로 튀어 나오도록 하는, 바로 그런 사람이 되겠습니다.

이백은 농서(隴西: 감숙성(甘肅省), 진안(秦安)) 지방에서 출생한 서민으로 초한(楚漢: 형주(荊州), 서안(西安)) 지방을 떠돌아다니었습니다. 열다섯 살에 검술을 배워 제후(諸侯: 지방관)들을 두루 찾아다니며 출세의 길을 구하였고, 서른 살에 문장을 성취하여 경상(卿相: 중앙의 높은 벼슬)을 접촉하였습니다. 비록 일곱 자도 못 되는 작은 키지만, 마음만은 만 명의 사나이를 압도할 만한 포부를 가지니 왕공대인(王公大人: 왕실 친척 어른)들이 모두 의로운 기운을 인정해 주었습니다. 이는 모두 지난날의 자취이니 군후에게 어찌 하고 싶은 말을 다하지 않을 수 있겠습니까?

군후의 문장과 작문은 신의 총명에 짝할 만하고, 덕성과 행동은 천지를 감동시키며, 붓글씨는 천지조화에 참여한 듯하고, 학문은 하늘과 인간을 모두 연구해 내었습니다.

바라건대 마음을 크게 열어서 제발 이 사람을 읍하는 예만 하고 거절하지 말아주십시오. 그리고 걸쭉한 연회를 베풀어 맞이해 주시고 고상한 이야기를 하라고 맡겨주신다면 하루에 만개의 글자로 문장을 만들라고 하셔도 길 떠나는 이가 말에 기대어 있는 동안 다 써서 올리겠습니다.

지금 천하에는 군후를 문장에 있어서 최고의 명령자로 생각하고, 인물을 평가하는 저울대로 여기어 한 번 군후에게 좋은 품평을 받으면 그 즉시 훌륭한 선비로 인정됩니다. 그러니 지금 군후께서는 뜰 앞에 한자 남짓한 공간을 아끼지 마시고 이 이백으로 하여금 눈썹을 치켜들고 호방한 기운을 내뱉도록 하여 청운의 부푼 뜻을 고무해 주시지 않으시렵니까?

옛날 왕자사는 예주자사가 되어 임지에 도착하기도 전에 순자명을 불러 벼슬을 주었고, 임지에 도착한 뒤에는 또 공문거를 불러서 썼습니다. 산도는 기주 자사가 되고 난 뒤에 30여 명을 뽑아 썼는데, 이들 중에는 뒤에 시중과 상서 같은 높은 벼슬을 하게 되어 그 시대의 칭찬을 받기도 하였습니다. 그리고 군후께서도 첫 번째 엄협률을 뽑아 왕궁에 추천하여 비서랑 벼슬을 하게 되었고, 중간에 최종지나 방습조, 여흔, 허영지 등을 뽑아 썼는데 이 중 어떤 이는 재주로 알려지기도 하고 어떤 이는 청백리로 포상을 받았습니다.

이백은 늘 이들이 은혜를 입어 몸을 스스로 닦으며 충의로써 분발하는 것을 보았습니다. 이백은 이것으로 감격하였는데 이는 군후께서 여러 사람들의 마음에 진심을 불어넣어 주었다는 것을 뜻하는 것입니다. 그리하여 이백도 다른 사람에게 가지 않고 국사인 군후에게 몸을 맡기기를 바랍니다. 만약 급하고 어려울 때 이용해 주신다면 감히 하찮은 목숨이라도 바쳐 보답하겠습니다.

또한 사람이 요순처럼 완벽한 이가 못되니 누군들 다 훌륭할 수야 있겠습니까? 게다가 이백이 가지고 있는 지혜나 계획을 어찌 자랑할 수 있겠습니까마는 문장을 제작하는 일에 있어서는 그 동안 지은 작품이 두루마리 축으로 만들어져 있는데 곧 군후에게 보여 들리려고 하나 하찮은 기교로 만든 작품이 어른에게 합당하지 않을까 두렵습니다.

그러나 만일 서툰 글 솜씨라도 보아 주신다면 종이와 붓을 내려 주시고 겸하여 글씨 쓰는 사람도 보내 주십시오. 그러면 집안을 깨끗이 쓸고 잘 베껴 써서 올려드리겠습니다. 그리하여 청평 같은 칼과 견록 같은 옥이 뛰어난 감정가인 설촉(薛燭)이나 변화(卞和)에 의하여 훌륭한 가치가 발휘되었던 것처럼 군후께서도 이 하찮은 신분의 하류를 추천하여 크게 포장하고 꾸며 주시기를 오로지 바랍니다.[5]

위의 글을 통해 보면, 이백이 안육에서 결혼 생활을 하면서 당시 삶이 도교의 영향으로 자연 속에 살면서도 여전히 현실 정치에 대한 미련은 버리지 않았다. 이는 마치 유학에서 말하는 선비정신의 하나로, 어디에 처해도 현실을 잊지 않은 자세인 것이다. 먼저 추천자 한조종을 예찬하면서 마치 모수자천(毛遂自薦)처럼, 낭중지추(囊中之錐)가 될 수 있도록 주머니 속에 넣어 달라 하였다. 또한 이백은 자신을 소개하면서, 자신은 충절도 있고 글재주도 있어 언제 어디서든지 글을 지어 올릴 수 있다고 하였다. 그러니 제발 한 번만이라도 추천해 달라고 호소하였다. 그러나 한형주(한조종)는 이백을 천거하지 않았다.

5) 李白, 「與韓荊州書」. "白이 聞天下談士가 相聚而言曰 生不用封萬戶侯오. 但願一識韓荊州라 하니 何令人之景慕가 一至於此오? 豈不以周公之風으로 躬吐握之事하여 使海內豪俊으로 奔走而歸之아? 一登龍門이면 則聲價十倍니 所以龍蟠鳳逸之士가 皆欲收名定價於君侯라. 君侯不以富貴而驕之하고 寒賤而忽之면 則三千之中에 有毛遂하리니 使白得穎脫而出이면 卽其人焉이라. 白은 隴西布衣라. 流落楚漢하여 十五에 好劒術하여 徧干諸侯하고 三十에 成文章하여 歷抵卿相하고 雖長不滿七尺이나 而心雄萬夫라. 皆王公大人이 許與氣義하니 此疇曩心跡이라. 安敢不盡於君侯哉아? 君侯制作이 侔神明하고 德行動天地하고 筆參造化하고 學究天人하니 幸願開張心顏하여 不以長揖見拒하고 必若接之以高晏하며 縱之以淸談이면 請日試萬言을 倚馬可待리라. 今天下以君侯로 爲文章之司命과 人物之權衡하여 一經品題면 便作佳士어늘 而今君侯 何惜階前盈尺之地하여 不使白으로 揚眉吐氣하여 激昂靑雲耶아? 昔王子師爲豫州하여 未下車에 卽辟荀慈明하며 旣下車에 又辟孔文擧하고 山濤는 作冀州하여 甄拔三十餘人하여 或爲侍中尙書하니 先代所美라. 而君侯亦一薦嚴協律하니 入爲秘書郎하고 中間崔宗之房習祖 黎昕許瑩之徒는 或以才名見知하고 或以淸白見賞하니 白이 每觀其銜恩撫躬하여 忠義奮發이라. 白이 以此感激하고 知君侯推赤心於諸賢腹中하니 所以不歸他人하고 而願委身國士하여 儻急難有用이면 敢效微軀리라. 且人非堯舜이니 誰能盡善이리오? 白이 謨猷籌畫을 安能自矜이리오만 至於制作하여는 積成卷軸하니 則欲塵穢視聽이나 恐雕蟲小伎가 不合大人이로다. 若賜觀芻蕘)인대 請給紙筆하고 兼之書人이면 然後退掃閑軒하여 繕寫呈上하리라. 庶靑萍結綠이 長價於薛卞之門이오. 幸推下流하여 大開獎飾이니 惟君侯圖之하라."

이백이 안육에 머물고 있던 733년 조정에서는 다시 장구령(張九齡, 678~740)을 재상으로 임명하게 된다. 이백이 위의 글 「여한형주서(與韓荊州書)」에서 밝힌 것처럼, 당시 형주의 한조종에 대한 이백의 믿음은 대단하였다. 그래서 이백도 734년 봄에 한조종이 있는 양양으로 가서, 그를 만나보고, 자신도 모수(毛遂)처럼 스스로 추천을 한 것이다. 사마천의 『사기』 「평원군 열전」에 보면, 모수에 관한 이야기가 나온다. 조(趙)나라 재상 평원군 조승(趙勝)이 인재를 초빙하여 3천 명을 거느리고 있었다. 그런데 진(秦)나라가 조나라를 침략하여 조나라 수도 한단(邯鄲)을 포위하자 평원군이 이웃나라 초(楚)나라에 지원군을 청하려 갈 때, 모수가 자청하여 데리고 갈 것을 요구한 것이다. 그러자 평원군이 "인재는 마치 주머니 속의 송곳처럼 그 재능이 밖으로 나타나거늘, 선생은 3년이나 있으면서도 그 재능을 드러내지 못했다. 이는 선생이 재능이 없는 것이 아닌가?"라고 하니, 이에 모수가 말하기를 "저는 오늘 처음으로 주머니에 넣어 달라고 원하는 것입니다. 만일 일찍 주머니 속에 넣어주셨다면 송곳 끝뿐만 아니라 송곳 자루까지 벗어나와 있었을 것입니다."라고 하였다. 여기서 낭중지추(囊中之錐) 곧 주머니 속의 송곳처럼, 뛰어난 재능이 있으면 반드시 밖으로 나타나 남의 눈에 띄기 마련이라는 고사성어가 생겨났다. 이백도 주머니 속에 넣어 달라는 것이다. 이 시기 이백은 한조종뿐만 아니라 친척인 이호(李皓)에게도 천거를 구하는 시를 지어 바쳤다.

「**증종형양양소부호(贈從兄襄陽少府皓**친척 형님 양양 현위 이호[6])께 드리며**)**」

머리 묶고 아직 세상물정 모를 때에도,	結髮未識事결발미식사,
사귀는 바는 모두 호걸영웅이라네.	所交盡豪雄소교진호웅.
진(秦)나라 물리치고 상도 받지 않았는데,	却秦不受賞각진불수상,

6) 이백이 752년에 지은 「贈臨洺縣令皓弟(임명 현령 李皓 아우에게 주며)」라는 글을 지었는데 여기의 李皓와는 다른 사람이다.

진비(晉鄙, 위나라 장수)를 치고 어찌 공으로 여겼겠습니까?

擊晉寧爲功격진녕위공.

이런 것들은 작은 일로 뭐 말할게 있나요?, 小節豈足言소절기족언,

물러나 용릉(안육)의 동쪽에서 밭이나 갈 뿐이지. 退耕舂陵東퇴경용릉동.

돌아와 보니 집안 살림이 형편없어, 歸來無産業귀래무산업,

먹고사는 일이 구르는 쑥대 같습니다. 生事如轉蓬생사여전봉.

하루아침에 까만 가죽옷 해지고, 一朝烏裘敝일조오구폐,

백량(이천 냥)의 황금도 다 써버렸습니다. 百鎰黃金空백일황금공.

칼 두드리려 공연히 마음의 격앙했을 뿐, 彈劍徒激昂탄검도격앙,

문을 나서면 길이 막혀 있음을 슬퍼합니다. 出門悲路窮출문비로궁.

우리 형님 덕이 높은 선비시라, 吾兄青雲士오형청운사,

그렇게 승낙한 일은 지킨다고 여러분들께 들어요. 然諾聞諸公연낙문제공.

그래서 도움의 말씀(천거의 부탁) 올리니, 所以陳片言소이진편언,

부탁의 말로 정을 통하는 것을 귀하게 여기기 때문입니다.

片言貴情通편언귀정통.

아가위나무 꽃 같은 우애를 형제간에 받아주지 않는다면,

棣華儻不接체화당불접,

기꺼이 가을 풀과 같은 신세가 되겠습니다. 甘與秋草同감여추초동.

위의 시에서 이백은 자기가 사귀는 인물이 영웅호걸임을 내세웠다. 그러면서 전국시대 제(齊)나라의 노중련을 제시하였다. 노중련은 조(趙)나라를 진(秦)나라로부터 구하는 큰 공을 세우고도 상 받기를 거절하고 은거했던 인물이다. 그리고 위(魏)나라 협객 주해(朱亥)는 위나라 장수 진비를 죽이고 신릉군의 은혜에 보답하기 위해 진(秦)나라를 공격하여 조나라를 위기에서 구한 인물이다. 이백도 이들처럼 나라를 위해 자신의 뜻을 펼친 후 동쪽 언덕으로 물러나 밭이나 갈면서 은거할 것이라는 것이다. 노중련과 같은 삶을 살겠다는 것이

다. 벼슬자리에 나아가는 것은 자신의 부귀공명을 위한 행위가 아니고 나라를 위해 행하는 충절의 뜻이라는 것이다. 그래서 공을 세운 뒤에는 미련 없이 인간 세상을 떠난 삶을 살겠다는 것이다. 그리고 전국시대 맹상군의 문객인 풍훤의 고사도 있다. 풍훤이 밥상에 생선이 없자 칼을 치면 불평을 말하자 생선을 차려주고 대우도 달리해주었다는 이야기로, 이후 큰 공을 세우게 되었다는 것이다. 그런데 이백 자신은 풍훤의 예처럼 맹상군 같이 자신을 천거해 줄 사람이 없어, 앞길이 막혀 슬퍼다는 것이다. 그래서 친척 형뻘인 이호에게 천거를 부탁하는 것이다. 그러나 친척 형님도 천거를 해주지 않았다. 그래서 이백은 시름을 술과 유람으로 달래게 된다. 당시 이백의 심정을 비교적 잘 드러낸 시가 「양양가(襄陽歌)」이다.

「襄陽歌(양양가)」

석양이 현산(峴山) 서쪽에 지려 하는데,	落日欲沒峴山西낙일욕몰현산서,
흰 모자 거꾸로 쓰고 꽃 아래에서 헤매네.	倒著接䍦花下迷도착접리화하미.
양양(襄陽)의 아이들 일제히 손뼉 치며,	襄陽小兒齊拍手양양소아제박수,
길을 막고 다투어 백동제(노래명) 부르네.	攔街爭唱白銅鞮난가쟁창백동제.
옆 사람 무슨 일로 웃느냐고 물으니,	傍人借問笑何事방인차문소하사,
산간(山簡)이 곤드레 취하여 웃어 죽겠다네.	笑殺山翁醉似泥소살산옹취사니.
가마우지 술 국자와 앵무새 모양의 잔으로,	鸕鷀杓, 鸚鵡杯노자표, 앵무배,
백년이면 삼만 육천 일을,	百年三萬六千日백년삼만육천일,
하루에도 모름지기 삼백 잔은 기울이게 한다네.	一日須傾三百杯일일수경삼백배.
멀리 한수 바라보니 오리 머리처럼 푸르러,	遙看漢水鴨頭綠요간한수압두록,
흡사 포도주가 처음 발효하는 것 같네.	恰似葡萄初醱醅흡사포도초발배.
이 강물이 만약 봄술로 변한다면,	此江若變作春酒차강약변작춘주,
쌓인 누룩으로 곧 조구(糟丘)의 대를 쌓으리라.	壘麴便築糟丘臺누구편축조구대.
어린 첩을 천금의 준마로 바꾸고는,	千金駿馬換小妾천금준마환소첩,

웃으며 금안장에 앉아 낙매가(落梅歌) 부르네.	笑坐雕鞍歌落梅소좌조안가락매.
수레 곁에 한 병의 술을 매달고,	車傍側挂一壺酒차방측괘일호주,
봉황 생황 용 피리 서로 행락을 재촉하네.	鳳笙龍管行相摧봉생룡관행상최.
이사가 함양의 시장에서 누런 개 한탄한 것이	咸陽市中歎黃犬함양시중탄황견,
어찌 달 아래에서 금술잔 기울임만 하겠는가?	何如月下傾金罍하여월하경금뢰.
그대는 보지 못했는가,	君不見군불견,
진(晉)나라 양공(羊公)의 한 조각 비석이,	晉朝羊公一片石진조양공일편석,
거북머리 깨져 떨어지고 이끼만 끼어 있네.	龜頭剝落生莓苔구두발락생매태.
눈물 역시 이 때문에 흘릴 수 없고,	淚亦不能爲之墮누역불능위지타,
마음 역시 이 때문에 슬퍼할 수 없네.	心亦不能爲之哀심역불능위지애.
청풍명월은 돈 주고 살 필요 없으니,	清風朗月不用一錢買청풍랑월불용일전매,
옥산은 스스로 넘어지지 남이 밀어서가 아니네.	玉山自倒非人推옥산자도비인추.
서주의 술 국자와 역사(力士)의 술 항아리여,	舒州杓, 力士鐺서주표, 역사당,
이백은 이것들과 생사(生死)를 함께 하리라.	李白與爾同死生이백여이동사생.
양왕의 운우(雲雨)는 지금 어디에 있는가?	襄王雲雨今安在양왕운우금안재,
장강은 동쪽으로 흐르고 원숭이는 밤에 우는데.	江水東流猨夜聲강수동류원야성.

해질 무렵 술 취한 이백의 모습에 백동제를 부르는 아이들이 즐거워하고 있다. 일 년 내내 술을 마시며 그 술 취한 눈으로 바라보는 한수(漢水)는 마치 포도주가 발효하는 것처럼 보인다. 그러면 위(魏)나라 조창(曺彰)이 준마가 탐나서 자신의 첩과 바꾸었다는 고사와 죽림칠현의 혜강 고사와 그리고 이사(李斯) 이야기, 진(晋)나라 양공의 송덕비 내용과 양왕(襄王) 고사가 인용되어 낭만적인 분위기를 연출하고 있다.

서진 때 양호(羊祜)가 형주의 도독으로 있으면서 양양을 잘 다스렸다는 것이다. 그가 양양을 다스릴 때, 현산(峴山)에 자주 올라 술을 마시며 시를 지었다고 한다. 한 번은 그가 이곳에 올라 주위 사람들을 돌아보며 '우주가 있고

난 뒤에 이 산이 생겨났는데, 그 이후로 여러 어진 사람들이 이곳을 올라 멀리 바라보았으나 우리 같은 사람들이 얼마나 많았겠는가? 그런데 그 사람들은 모두 연기처럼 사라져서 사람을 애달프게 한다. 만일 죽은 후 100년 후에 지각이 있다면 영혼이 여전히 이곳을 오를 것이다'라고 하였다. 그가 죽자 후대인들이 양호의 선정(善政)과 행적을 기념하기 위해, 현산에 비석을 세웠다. 그리고 보는 사람들마다 슬픔에 젖어 눈물을 흘렸기 때문에, 타루비(墮淚碑)라고 했다는 것이다.

그런데 지금은 그 비석이 깨지고 무너졌는데도, 눈물은 고사하고 슬픈 마음도 들지 않는다고 하였다. 이는 일종의 반어적 표현으로 자신도 양호처럼 벼슬자리에 나아가 선정을 베풀고 싶다는 것이다. 그런데 현실은 그런 기회조차 주지 않아 슬퍼다는 것이다. 세월은 흘러 옛사람은 가고 없지만, 강물은 지금도 동쪽으로 흐르고 원숭이가 밤이면 슬피 울 듯 사람들에게는 시름이 끝이 없다. 예부터 뜻 있는 일을 하여 이름을 전하기도 하는 사람이란 술 마시는 사람들밖에 없다. 그러니 이백 자신도 매일 술이나 벗하고 뉘우침 없이 살다가 가겠다는 논리이다. 다소 낭만적인 분위기가 느껴지는 시이지만, 이백이 인용한 고사의 내용을 잘 의미해 보면, 출사의 의지가 밑바탕에 깔려 있음을 확인해 볼 수 있는 시이기도 하다. 초나라 양왕이 무산 신녀를 만나 하룻밤 총애를 내렸듯이, 이백도 현종으로부터 은총을 받고 싶은 마음이기 때문이다.

이백이 강하(지금의 호북성 무한시)에 머물면서 많은 시를 지었는데 몇 편만 소개하면 다음과 같다.

「적벽가송별(赤壁歌送別)」

두 용이 전쟁으로 자웅을 겨룰 적에, 二龍爭戰決雌雄이룡쟁전결자웅,
적벽의 누선들을 말끔히 쓸어버렸네. 赤壁樓船掃地空적벽루선소지공.
불길 하늘에 닿아 구름바다 비추며, 烈火張天照雲海열화장천조운해,

주유가 이곳에서 조공(曺公)을 물리쳤네. 周瑜於此破曹公주유어차파조공.
그대 푸른 강에 가 맑고 푸른 물 바라보면, 君去滄江望澄碧군거창강망징벽,
괴수의 잔당들이 흔적 남겼으리. 鯨鯢唐突留餘跡경예당돌류여적.
낱낱이 적어서 벗에게 보내며, 一一書來報故人일일서래보고인,
나 또한 심지를 장히 해보려네. 我欲因之壯心魄아욕인지장심백.

적벽에서 벗을 전송하면서 이백 자신의 웅대한 포부까지 함께 드러내고 있다. 적벽대전의 주 등장인물을 소재로 하여 천하 영웅들의 모습을 형상화하였다. 그러면서 자신도 그들처럼 천하를 평정하고픈 심정임을 은연중에 드러내었다.

호북성 무한시의 황학루에서 바라본 장강의 모습

「강하송우인(江夏送友人강하에서 벗을 보내고)」

비취색 구름 갖옷에 눈송이 점점 내리고,	雪點翠雲裘설점취운구,
그대를 황학루에서 보내다.	送君黃鶴樓송군황학루.
황학은 구슬 깃털을 떨치며,	黃鶴振玉羽황학진옥우,
서쪽 장안으로 날아가는구나.	西飛帝王州서비제왕주.
봉황은 대나무 열매 없으니,	鳳無琅玕實봉무랑간실,
무엇으로 멀리 가는 이를 전송할까?	何以贈遠游하이증원유.
배회하다가 그림자 돌아보고는,	徘徊相顧影배회상고영,
한강물에 눈물을 떨군다.	淚下漢江流누하한강류.

이 시는 강하(무창, 지금의 무한시) 황학루에서 친구를 전송하면서 지은 것이다. 이별하는 친구는 황학에 비유되어 날아가는 곳이 장안이다. 송별한 친구가 누구인지를 자세히 알 수 없으나, 장안으로 구슬 깃털을 떨치러 가는 것으로 보아 영전되어 가는 것이다. 봉황에 비유된 이백 자신도 친구처럼 장안으로 가고 싶은 것이다. 영전되어 가는 친구의 황학보다 더 큰 뜻을 품은 봉황이 이백 자신인 것이다. 그러나 현실은 어느 누구도 자기를 천거해 주지 않아 장강의 지류인 한강에 눈물을 떨구고 있다.

이 무렵 강하(무한)에서 송별한 시가 한 편 더 있다.

호북성 무한의 황학루

「강하별송지제(江夏別宋之悌강하에서 송지제와 헤어지다)」

초 땅의 물은 맑기가 하늘같고, 楚水清若空초수청약공,
멀리 푸른 바다와 통해 있다네. 遙將碧海通요장벽해통.
사람은 천리 밖에 나눠지겠지만, 人分千里外인분천리외,
흥취는 한 잔 술에 담겨 있네. 興在一杯中흥재일배중.
계곡의 새들은 맑게 갠 날에 지저귀고, 谷鳥吟晴日곡조음청일,
강가의 원숭이는 저녁 바람에 불어대네. 江猿嘯晚風강원소만풍.
평소 눈물을 흘리지 않았건만, 平生不下淚평생불하루,
여기서는 눈물이 그치질 않네. 於此泣無窮어차읍무궁.

제목에 언급된 송지제는 당나라 초기의 유명한 시인인 송지문(宋之問)의 동생이며 송약사(宋若思)의 아버지이다. 송약사는 이후 이백이 영왕 이인의 막부에 들어갔다가 반란죄로 심양 감옥에 갇혔을 때, 출옥을 도와준 인물이기도 하다. 송지제가 어떤 일에 연루되어 지금의 베트남인 주연(朱鳶)으로 유배 가다가 강하에서 이백을 만났던 것이다. 이 시는 그때 이백이 송지제와 헤어지면서 지은 시이다. 송지제와의 이런 인연으로 인해 30년 후 이백은 그의 아들 송약사에 의해 도움을 받게 되었던 것이다. 인간사 거미줄처럼 얽혀 있음을 확인할 수 있다.

이백은 734년에 낙양을 유람하게 된다. 낙양에 간 이유는 천거를 받기 위한 것이었으나 뜻을 이루지 못하였다. 결국 숭산에 은거하는 친구 원단구를 만나기도 하였다. 당시 원단구의 생활상을 노래한 시가 있다.

「제원단구산거(題元丹丘山居원단구의 산속 거처에 쓰다)」

오랜 친구가 동쪽 산에 살며, 故人棲東山고인서동산,
스스로 산속의 아름다움을 사랑하네. 自愛丘壑美자애구학미.
푸른 봄날 빈숲에 누워서, 青春臥空林청춘와공림,

환한 대낮에도 오히려 일어나지 않네. 白日猶不起백일유불기.
솔바람은 깃과 소매를 깨끗이 해주고, 松風淸襟袖송풍청금수,
바위 연못은 마음과 귀를 씻어주네. 石潭洗心耳석담세심이.
그대가 세속의 시끄러움 없이, 羨君無紛喧선군무분훤,
푸른 노을 속에 편히 누운 것이 부럽네. 高枕碧霞裏고침벽하리.

원단구가 산속에 은거하는 삶을 그린 시이다. 원단구의 삶은 세속과 멀리 떨어진 생활이다. 화창한 봄날 빈산에 누워서 한낮인데도 일어나지 않고 맑은 자연과 함께 하고 있다. 이백은 이런 원단구의 삶이 부러운 것이다.

원단구는 당나라 현종의 누이동생인 옥진공주와도 인연을 맺고 있었다. 735년 이백이 낙양을 유람할 때 지은 시를 한 번 감상해 보자.

「옥진선인사(玉眞仙人詞)」

옥진의 선녀, 玉眞之仙人옥진지선인,
이따금 태화봉(화산)에 가네. 時往太華峰시왕태화봉.
맑은 아침에 이 두드리며 도를 닦다가, 淸晨鳴天鼓청신명천고,
갑자기 용 두 마리 솟구쳐 오르네. 飇欻騰雙龍표홀등쌍룡.
우레로 장난치며 손에서 놓지 않고, 弄電不輟手농전불철수,
구름처럼 본시 자취가 없네. 行雲本無蹤행운본무종.
언젠가 소실산(숭산)에 들어가, 幾時入少室기시입소실,
서왕모를 응당 만나야 한다. 王母應相逢왕모응상봉.

위의 시에서 도사로서의 옥진공주를 그리고 있다. 선녀인 그녀는 도교의 성지인 화산도 가고, 이른 아침에 일어나면 도교의 양생법의 하나인 명천고법(鳴天鼓法)을 행하기도 한다. 아래 위 앞니 4개를 마주쳐 울리면서 입을 다물고 볼을 부풀려 깊은 소리를 내는 것이다. 그러다가 갑자기 바람을 일으켜

쌍용을 몰기도 하고 천둥 번개를 치게 하면서 동에 번쩍 서에 번쩍 하기도 한다. 그러면서 선녀의 우두머리 서왕모를 조만간에 만날 것이라고 하여, 도사로서의 옥진공주에 대한 기대감을 드러내고 있다. 도교에 대한 믿음과 도사로서의 옥진공주의 모습을 그렸다. 이백과 옥진공주의 만남은 이렇게 시작되었다.

735년 초여름에 태원(太原, 북경)으로 떠났다. 그때 동행했던 인물이 안휘성 초군 참군이었던 원연(元演)이다. 이백은 호방한 성격의 소유자인 원연과 막역지우(莫逆之友)로 지내면서 1년을 함께 보낸다. 그런데 자기가 원하던 천거를 받지 못한 채 세월만 흘러가니, 고향 생각이 났던 것이다.

「**태원조추(太原早秋**태원(북경)의 초가을**)**」

한해가 기울어가니 초목의 향기가 끝나가고,	歲落衆芳歇세락중방헐,
때마침 가을별인 대화가 흘러가네.	時當大火流시당대화류.
찬 서릿발은 북쪽 변경 밖에 일찍 내리고,	霜威出塞早상위출새조,
구름은 황하를 건너가며 가을빛으로 바뀌네.	雲色渡河秋운색도하추.
꿈은 국경 지방의 성에 비친 달을 둘러싸고,	夢繞邊城月몽요변성월,
마음은 고향의 누각을 향해 날아가네.	心飛故國樓심비고국루.
돌아갈 생각 분수같이,	思歸若汾水사귀약분수,
흐르지 않는 날이 없어라.	無日不悠悠무일불유유.

위의 시는 35세의 이백이 지금의 북경 근처인 태원 지방에서 가을을 맞으며 멀리 호북성 안육 지방에 있는 아내와 자식을 은근히 그리워하는 내용이다. 그리하여 차가운 달이 높이 걸린 달밤에 도도히 흐르는 분수의 물결 소리를 들으며 가족을 그리워하고 있다.

736년 5월에 태원(북경)을 떠나게 된다. 태원을 떠나 안육 집으로 돌아온 이백은 식솔을 이끌고 동로(東魯) 지금의 산동(山東) 연주(兗州)로 이사하였다. 이후 이백의 가족은 이 산동의 동로에서 20여 년을 살았다.

산동성 연주 동로에 정착한 이백은 공소보(孔巢父)·한준(韓準)·배정(背政)·장숙명(張叔明)·도면(陶沔) 등과 조래산에서 모여 술로 세월을 보냈는데, 이를 죽계육일(竹溪六逸)이라고 하였다. 이들은 자연에 은거하는 인물들로 세속의 부귀영화에 큰 뜻이 없는 인물들이었다. 이들 중에 공소보만 당나라 덕종 때 어사대부의 벼슬을 했던 인물이다.

동로에서 현령과 은사 그리고 도사들을 만나면서 천거의 기회를 엿보았으나, 뜻을 이루지 못하고 결국 이백은 738년에 강소성 진강 지역의 운양(雲陽)에서 운하를 타고 낙양으로 향했다. 그런데 그 운양 지역의 백성들이 운하 건설에 강제로 동원되어 힘들게 노역하는 현장을 이백은 악부시로 고발하기도 하였다.

「**정독호가(丁督護歌**독호(督護) 정오(丁旿)를 노래하며**)**」

운양(雲陽)으로 치고 올라가는데,	雲陽上征去운양상정거,
양쪽 언덕에 장사꾼들 북적이네.	兩岸饒商賈양안요상가.
오나라 소 달 보고 헐떡일 때,	吳牛喘月時오우천월시,
배 끌어당기니 어찌나 고달픈가?	拖船一何苦타선일하고.
물 탁해 마실 수 없고,	水濁不可飮수탁불가음,
단지 속에는 반쯤 흙이네.	壺漿半成土호장반성토.
독호가(督護歌) 한 번 부르니,	一唱督護歌일창독호가,
마음 무너져 눈물 비 오 듯하네.	心摧淚如雨심최루여우.
만 명이 반석 뚫어도,	萬人鑿磐石만인착반석,
강기슭에 닿을 방도 없네.	無由達江滸무유달강호.
그대 깎아 놓은 돌보며,	君看石芒碭군간석망탕,
눈물 삼키며 천 년을 울었으리.	掩淚悲千古엄루비천고.

위의 시는 운양의 근처 운하의 모습으로 장사꾼이 북적대는 장면을 먼저 소개하였다. 그러면서 '오우천월(吳牛喘月)' 곧 '무더운 오나라의 소는 달만 봐도 숨을 헐떡거린다.'는 뜻으로, 무더위 속에 배를 끌어당기는 노동자들의 고달픈 인생을 소개하였다. 그 무더위 속에 물은 탁해 마실 수도 없고 남조(南朝)시대 송(宋)나라 고조(高祖) 유유(劉裕)의 사위가 죽임을 당하자 고조의 딸이 남편의 죽음을 물으면서 불렀다는 노래 '독호가'를 부르니 마음이 슬퍼 눈물이 비 오듯 흐른다는 것이다. 그리고 운하를 만들기 위해 깍은 놓은 큰 돌들을 옮길 생각을 하니 천년을 두고도 울음이 그칠 것 같지 않다는 것이다.

739년 낙양을 떠나 회남(淮南)으로 가던 도중 지금의 하남 등봉인 영양(潁陽)에서 친구 원단구를 만났다. 그때 원단구와 헤어지면서 지은 시를 감상해 보자.

「영양별원단구지회양(潁陽別元丹丘之淮陽영양에서 원단구와 헤어지고 회양으로 가다**)」**

나와 원단구는, 吾將元夫子오장원부자,
성은 다르지만 형제나 다름없다. 異姓爲天倫이성위천륜.
본래 부귀권세로 사귀지는 않았고, 本無軒裳契본무헌상계,
평소 안개와 노을(신선세계)로써 친했다. 素以煙霞親소이연하친.
일찍이 세상의 속박에 몰려서, 嘗恨迫世網상한박세망,
마음에 새긴 뜻을 모두 펴지 못했다. 銘意俱未伸명의구미신.
송백(은자의 절개)이 비록 춥고 괴로워도, 松柏雖寒苦송백수한고,
속세의 화려한 명성을 좇는 것을 부끄러워했다. 羞逐桃李春수축도리춘.
저자와 조정(명리를 구하는 곳)에서 덧없이 사노라, 悠悠市朝間유유시조간,
옥 같은 얼굴(젊은 시절)은 날마다 늙고 시들었다. 玉顏日緇磷옥안일치린.
함께 가진 뜻(신선술 연마)은 산보다 무겁지만(소중), 所共重山岳소공중산악,
세상에서 얻은 것(부귀영화)은 먼지보다 가볍네. 所得輕埃塵소득경애진.
정신은 점점 황폐해지고, 精魄漸蕪穢정백점무예,

노쇠함이 기대며 따라오네(곁을 떠나지 않는다). 衰老相憑因쇠로상빙인.
나에게는 비단 주머니의 비결(신선되는 비결)이 있어, 我有錦囊訣아유금낭결,
그대의 몸을 유지할 수 있다. 可以持君身가이지군신.
응당 황금약(신선들이 복용하는 약)을 먹고, 當餐黃金藥당찬황금약,
가서 자양의 손님(도사 호자양)이 되어야 하리라. 去爲紫陽賓거위자양빈.
만 가지 일을 모두 이루기는 어렵고, 萬事難並立만사난병립,
백년은 아침나절처럼 짧을 뿐이라네. 百年猶崇晨백년유숭신.
그대와 헤어지고 남동쪽으로 가니, 別爾東南去별이동남거,
아득하니 슬프고 괴로운 심사가 많네. 悠悠多悲辛유유다비신.
전에 가진 뜻을 바꾸지 말지니, 前志庶不易전지서불역,
먼 길(신선술 연마 길)이라도 따라 가기를 기약하네. 遠途期所遵원도기소준.
이제 그만 두고 돌아가는데, 已矣歸去來이의귀거래,
천진교(낙양에 있는 다리)에 흰 구름이 떠가네. 白雲飛天津백운비천진.

영양은 지금의 낙양 남동쪽에 있는 영양진이다. 회양은 지금의 하남성 회양현으로 영양의 남동쪽에 있다. 원단구는 이백과 아주 친한 도사(道士)이다. 이백은 원단구와 헤어지면서 쇠락해져가는 신세를 한탄하지만, 이를 극복하자고 결의를 다지고 있다. 이백과 원단구는 성만 다른 형제와 다름없는 관계이다. 그리고 본래 부귀영화와는 거리가 멀고 평소 신선의 세계를 동경해왔다. 일찍이 속세의 그물에 걸려서 마음속에 새긴 뜻인 신선이 되는 것을 모두 펴지 못해 한탄스럽다. 은자(隱者)의 고고한 절개가 비록 춥고 괴로워도 속세의 명성을 좇는 것을 부끄러워한다. 명예와 부귀를 추구하면서 덧없이 사노라니 옥(玉) 같은 젊은 얼굴이 날마다 늙어 간다. 은거하면서 신선술을 연마하기로 한 뜻은 소중하지만 세상의 부귀영화는 먼지보다 하찮은 것이다. 정신은 점점 황폐화되고 노쇠함만 따라온다. 나에게는 신선이 되는 방책인 서왕모가 지녔던 비단 주머니가 있어 그대의 몸을 유지할 수 있으며, 응당 신선들

이 먹는 황금약을 먹고 도사인 호자양의 손님이 되어야 한다. 만 가지 일 한꺼번에 모두 이루기 어렵고 백년은 해 뜰 때부터 아침밥 먹을 때까지인 아침나절처럼 짧기만 하다. 그대와 헤어지고 나 이백은 남동쪽 회양으로 가니, 아득하니 슬프고 괴로운 마음이 많다. 이전에 가진 뜻을 바꾸지 말고, 신선술을 연마하는 길을 따라 갈 것을 기약한다. 이제 그만 두고 돌아가는데, 낙양의 천진 다리 위에 흰 구름만 떠간다.

이백은 원단구와 헤어진 후 안휘성 채석기를 거쳐 남경 백로주까지 이르게 된다. 이렇게 장강을 따라가다가 가을에, 지금의 호남성 악양인 파릉에서 영남으로 유배 가던 중, 현종(玄宗)의 대사면을 받고 다시 장안으로 되돌아가던 왕창령(王昌齡)을 만나기도 하였다. 이백(39세)은 북쪽으로 계속 유람하여 양양에서 맹호연을 만났다.

「증맹호연(贈孟浩然맹호연에게 주다)」

나는 맹부자를 사랑하노라,	吾愛孟夫子오애맹부자,
풍류가 천하에 알려졌다.	風流天下聞풍류천하문.
홍안에 헌면(벼슬)을 버리고,	紅顔棄軒冕홍안기헌면,
늙어서는 소나무와 구름 속에 누웠다.	白首臥松雲백수와송운.
달에 취해서 성인에 꼭 맞고,	醉月頻中聖취월빈중성,
꽃에 홀려서 군주를 섬기지 않았다.	迷花不事君미화불사군.
높은 산을 어찌 가히 우러러 보리요?	高山安可仰고산안가앙,
다만 이곳에서 맑은 향기를 본받을 뿐이네.	徒此揖淸芬도차읍청분.

나는 천하의 풍류가 있는 맹부자를 사랑한다. 젊은 나이에 벼슬을 버렸고, 늙어서는 자연과 더불어 살아간다. 달에 취해 자주 술에 어울리는 사람이고, 꽃에 홀려서 왕을 섬기지 않았다. 내가 높은 산 같은 맹호연을 어찌 감히 우러러 볼 수 있겠는가? 다만 이곳에서 맑은 향기를 본받을 뿐이다. 이백이

맹호연을 얼마나 좋아했는지를 알게 하는 시이다. 이 해 가을 이백은 파릉으로 유배 가던 가지(賈至)를 만나 동정호를 함께 유람하기도 하였다.

740년은 양귀비가 도사가 되어 호를 태진(太眞)이라고 하였으며, 장구령이 사망한 해이기도 하다. 40세의 이백은 호남의 남양에서 최종지를 만나 숭산 아래 백수 강가에서 가을달과 강물 위를 떠내려가는 국화꽃을 바라보면서 호탕하게 놀았다고 하였다. 741년 이백이 동로에 있을 때 아들 명월아(明月奴)가 노중에서 태어났다. 이름을 백금(伯禽)으로 지었다. 이 무렵 허씨 부인도 병으로 죽었다. 이후 이백은 3번 더 결혼을 하였다. 유(劉)씨, 그리고 노(魯) 땅에서 어느 부인과 동거하여 아들 파려(頗黎)를 낳기도 하였으며, 말년에는 종(宗)씨와 결혼하여 살았다. 이백은 742년 여름까지 산동성 동로에 머물고 있었다. 이후 안휘성 회계로 들어가 도사 오균(五筠)과 함께 섬중에서 은거하였기도 하고, 또 지금의 양주 광릉으로 향하면서 은거하고 있던 상이(常二)를 만나기도 하였다. 항주에 가서는 조카 이량(李良)를 만나 바다를 유람하기도 하였다. 이백은 이 시기 절강성 소흥을 유람하였는데, 「서시(西施)」를 노래하였다.

「西施(서시)」

서시는 월나라의 빨래하던 아가씨,	西施越溪女서시월계녀,
저라산의 완사계(浣紗溪) 출신이다.	出自苧蘿山출자저라산.
빼어난 용모가 고금에 둘도 없어,	秀色掩今古수색엄금고,
연꽃도 옥안 앞에 부끄러워 했지.	荷花羞玉顔하화수옥안.
푸른 물결 일으키며 비단을 빨며,	浣紗弄碧水완사농벽수,
스스로 한가로이 맑은 물을 벗 삼았지.	自與清波閒자여청파한.
하얀 치아 좀처럼 보이지 않고,	皓齒信難開호치신난개,
나직이 부르는 노래 소리 구름 위로 올라갔지.	沈吟碧雲間심음벽운간.
구천이 이 절세가인을 불러들이매,	勾踐徵絶艶구천징절염,

눈썹을 치켜세우고 오나라로 들어갔지. 揚蛾入吳關양아입오관.
오왕이 손을 잡고 관왜궁에 올랐거니, 提攜館娃宮제휴관왜궁,
아찔하게 높은 그곳에 어떻게 올랐을까? 杳渺詎可攀묘묘거가반.
부차의 오나라를 물리치고 떠난 뒤로, 一破夫差國일파부차국,
천 년토록 끝끝내 돌아오지 않았지. 千秋竟不還천추경불환.

춘추(春秋)시대에 오(吳)나라 부차(夫差)와 월(越)나라 왕 구천(勾踐)과의 이야기로, 와신상담(臥薪嘗膽)의 주인공들이다. 위의 시는 월나라 구천이 회계산(會稽山)에서 벌어진 오(吳)나라의 부차(夫差)와의 싸움에서 크게 패한 뒤 이른바 '상담(嘗膽)'을 하고 있을 때, 월나라 대부 범려가 제기의 저라산(苧蘿山) 자락에 있는 완사계(浣紗溪)에서 빨래를 하고 있던 나무꾼의 딸 서시(西施)를 발견하고 궁으로 데려가서 교육을 시킨 뒤 오왕(吳王) 부차(夫差)에게 보내 원수를 갚을 수 있게 했다는 이야기이다.

구천과 범려의 계책대로 오나라 왕 부차는 날마다 서시와 함께 영암산(靈巖山)에 있는 관왜궁(館娃宮)에서 취생몽사(醉生夢死)하는 세월을 보냈다. 이리하여 월나라는 마침내 회계에서의 치욕을 씻을 수 있었다. 그 뒤 범려는 서시를 데리고 오호로 들어가 자취를 감추었다는 이야기이다. 이 시는 이백(李白)이 이러한 서시(西施)의 행적을 생각하여 지은 것이다. 아마 이백 자신도 서시처럼 나라를 위해 헌신하고는 그 공을 자랑하지 않고 자연 속으로 떠날 것 같은 느낌을 주고 있다. 공성신퇴(功成身退) 곧 '공적을 세운 후 관직에서 물러나다'

절강성 저라산에 위치한 서시의 옛집

는 정신이 시에 드러나고 있다.

월나라 구천의 이야기를 회고한 시도 있다.

「**월중람고(越中覽古)**」

월왕 구천이 오나라를 격파하고, 越王句踐破吳歸월왕구천파오귀,
의사(義士)들이 고향으로 돌아올 때는 비단옷을 입었네. 義士還鄕盡錦衣의사환향진금의.
꽃과 같은 궁녀들도 봄날 궁전에 가득했지만, 宮女如花滿春殿궁녀여화만춘전,
다만 지금은 오직 자고새만이 날고 있네. 只今惟有鷓鴣飛지금유유자고비.

월나라 구천이 회계지치(會稽之恥)를 씻기 위해 10여 년 간 상담(嘗膽)과 절치부심(切齒腐心)하여 마침내 오나라 부차를 고소성에서 사로잡아 항복을 받아내고 돌아왔다. 그때 함께 했던 충성을 다한 전사(戰士)들이 금의환향(錦衣還鄕)하였다. 그리고 구천을 섬기던 꽃 같은 궁녀들이 봄날의 궁전에 가득했는데, 지금은 황폐화되어 자고새(메추라기와 비슷한 새)만이 이리저리 날고 있다. 역사의 허망함을 느끼게 한다.

이백이 찾았던 고소대는 이미 허물어져 맥수지탄(麥秀之嘆)을 느끼게 하였다. 고력사의 모함으로 당나라 궁중에서 쫓겨난 이백은 옛날 오나라 왕 부차가 서시를 위해 만든 고소대(姑蘇臺)에 와서, 회고시 한 편을 더 남겼다.

「**소대람고(蘇臺覽古)**」

옛 궁원 황폐한 소대엔 버들만 새로운데, 舊苑荒臺楊柳新구원황대양류신,
마름 노래 맑게 부르니 춘정을 누를 길이 없구나. 菱歌淸唱不勝春능가청창불승춘.
다만 지금은 오직 서강의 달만 남았는데, 只今惟有西江月지금유유서강월,
일찍이 오왕의 궁녀들을 비춰 주었지. 曾照吳王宮裏人증조오왕궁리인.

춘추시대 말기 오나라 왕 부차가 서시를 비롯한 궁녀들과 살던 궁전은 지금은 황폐화되어 자취만 남아 버드나무들만 무성할 뿐이다. 그리고 마름 따는 여인들의 노래 소리에 춘정을 억누를 수가 없다. 지금은 오직 서강을 비추는 달만이 남아 있는데, 저 달도 옛날에는 오나라 궁중의 예쁜 궁녀들을 비추던 달이었다.

이백이 오나라 궁궐 터였던 고소대에 와 보니, 그 화려했던 궁궐과 궁녀들은 간 곳이 없고 오직 버드나무만이 실가지를 늘려 떨리고 무성하게 자라고 있다. 고소대 근처에는 마름 따는 아낙네들의 노래 소리가 들려 봄의 감정을 느끼게 하지만, 오로지 저 달만이 옛날과 변함없이 서강을 비추고 있다. 이 시를 통해 이백이 느끼는 인생무상(人生無常)을 감상할 수 있다.

이백 당대에 출사(出仕)의 길은 두 가지 방법이 있었다. 하나는 과거시험을 치르고 등용하는 방법이고 또 다른 하나는 지방관의 추천으로 벼슬자리에 나아가는 방법이었다. 이백은 과거시험에 응하지 않았고, 추천을 받기 위해 여러 관리들에게 구관시를 지어 바치기도 하였다. 731년 이백이 31살 되던 해에 종남산에 은거하며 당시 현종의 총애를 받던 사위 장게(張垍)에게 천거를 부탁하였기도 하고, 친구이면서 도사였던 원단구(元丹丘)의 도움을 받아 현주 장사 겸 양양의 자사였던 한조종(韓朝宗)에게 천거를 부탁하였지만 뜻을 이루지 못하였다. 결국 유람의 길로 들어선 이백은 수주(隨州) 도사 호자양(胡紫陽)을 만났고 후에 공소보(孔巢父)와 함께 산동의 조래산(徂徠山)에 들어가 '죽계육일(竹溪六逸)'과 함께 은거 생활을 하였다. 유람과 신선 추구의 생활

오나라 왕 부차 앞에서 춤추는 서시의 모습

가운데서도 이백은 포부를 펼치기 위한 출사에 대한 기대와 천거에 대한 희망은 버리지 않았다.

이 당시의 시작품은 『초사(楚辭)』와 악부가의 전통을 계승하여 풍부한 상상력, 자유로운 형식, 생동적인 언어와 참신한 표현으로 독창적인 시세계를 형성하였다.

2. 이백(李白)의 출사(出仕)

취중 시선(詩仙) 한림학사의 고민

셋째 시기(742~744)는 42세부터 44세까지로, 당나라 왕실에서 보낸 시절이다. 현종의 여동생인 옥진공주와 도사 오균, 그리고 하지장 등의 추천으로 한림학사가 된 이백은 이 기간 동안 궁중에서 정치참여를 했던 시기이기도 하다. 한림학사 벼슬은 왕의 조서를 짓는 자리로 왕을 최측근에서 모실 수 있는 자리였다. 그런데 이백의 궁중 생활은 평탄하지 않았다. 유년 시절부터 품고 왔던 유교적 가치관에 따라 도(道)를 펼쳐보겠다는 생각은 실천도 하기 전에 궁중의 환관과 훈척 세력의 횡포로, 조정에 대한 실망만 하고 장안을 떠날 것을 생각하게 되었다. 특히 환관 고력사와 양귀비의 사촌 오빠 양국충의 횡포를 보면서 당나라 조정의 부패에 대한 비판을 시로 표현하기도 하였다.

이백이 장안에 입성한 시기는 언제일까? 장안 입성 시기가 738년과 740년 두 번이라는 주장도 있고, 세 번이라는 주장도 있다 그러면서 3차는 753년이라고 하였다. 2번이냐 3번이냐 학계의 논쟁은 여전히 진행 중이다.

이백은 742년 현종의 부름을 받고 장안에 들어갔다. 현종이 이백을 한림학사에 임명하였기 때문이다. 당나라 궁중 진출이 어떤 원인으로 가능하였는지는 그 학설이 여러 갈래이다. 오균의 추천이라는 설은 『구당서(舊唐書)』「이백전(李白傳)」에 "천보 초에 회계 땅을 떠돌다가, 도사 오균과 함께 섬중에 은거하였다. 오균이 조정으로 가서 이백을 추천하여, 오균과 함께 한림학사가 되었다."라는 기록이 있기 때문이다.

그러나 중국의 일부 학자들은 오균의 행적을 바탕으로 이백과 오균이 같은 시기에 한림학사가 될 없다고 하면서 구당서(舊唐書)』「이백전(李白傳)」의 기록을 신뢰하지 않고 있다. 또 다른 학설은 하지장(賀知章)의 추천으로 보는 것이다. 『신당서(新唐書)』「이백전(李白傳)에 "천보 초에 이백이 하지장을 만났는데, 하지장이 이백의 문장을 읽고, 하늘에서 귀향을 온 적선(謫仙)이라 칭찬하고, 현종에게 이백을 천거하니, 현종이 불러 금난전(金鑾殿)에서 이백을 만나, 이백이 세상사를 논하고, 현종에게 글을 한 편 올려 칭송하였고, 현종은 그를 한림학사에 임명하였다."라고 되어 있기 때문이다.

그리고 당나라 궁궐에 입성 원인의 또 다른 원인으로는, 이백의 문장력이라는 것이다. 『구당서(舊唐書)』「현종기(玄宗記)」에 "이백은 박학하여 널리 사물에 통하여 문장이 뛰어나고, 군사의 지모와 무예도 갖추어 입경하도록 하였다."는 기록 때문이다.

마지막 학설은 원단구와 옥진공주와의 관련설이다. 위호(魏顥)의 『이한림집서(李翰林集序)에 "이백이 오랫동안 아미산에 살았고, 도사 원단구와 함께 지영법사(持盈法師, 옥진공주)를 통해 천거되어, 이 때문에 장안에 들어와 한림학사가 되어, 장안에 명성을 날렸다. 이백이 「대붕부(大鵬賦)」를 하지장이 읽고, 이백의 문장에는 풍골이 있어 적선자(謫仙者)라 불렸다."라는 내용이 있다. 지영법사는 당나라 현종의 여동생으로 712년에 출가하여 도사가 되었으며, 방사(方士) 숭현(崇玄)을 스승으로 모셨으며 이름도 옥진공주로 개명하였다. 그 후 사마승정에게 수도하면서 호를 지영법사라 하였던 것이다. 중국 안휘성 경정산에 가면 옥진공주의 무덤과 비문 그리고 동상이 있는데, 그 비문의 내용을 소개하면 다음과 같다.

옥진공주의 어머니 두씨(竇氏)가 조모인 측천무후에 의해 살해되었고, 옥진공주는 고모인 태평공주에 의해 양육되었다. 오빠 현종과 고모 등이 도교를 좋아하여 옥진공주도 그 영향을 받아 두구년화(豆蔻年華) 곧 13세~14세 무렵에 도교의 여관이 되었으며, 지영법사(持盈濩師)의 도호(道號)를 받았다. 숭창현의 세금을 받아 생활하였으며, 도교 입문 후에는 천하 명산을 돌아다녔으며, 식자들과 두루 교분 맺기를 좋아하였다. 평민 출신이면서 같은 도우(道友)인 이백을 총애하여 오빠인 이융기(현종)에게 천거하여 한림학사 벼슬을 내리게 하였다. 이백이 권력자들의 참언을 만나 현종으로부터 사금(賜金)을 받고 도교로 보내졌다. 이 일로 옥진공주는 기분이 우울하여 분노한 후에 상소를 올리고 공주의 직책도 버렸다. 읍사(邑司)에 근거하여 전하는 이야기이다.

중국 안휘성 선성시에 위치한 해발 317미터의 경정산 모습이다. 경정산 하단에는 옥진공주의 무덤이 있고, 7부 능선 즈음에 태백독좌루가 있다. 경정산의 크기는 인천시 계양구에 위치한 계양산 크기만 한 산이다.

경정산 속에 있는 옥진공주의 동상과 무덤이다.

옥진공주는 안사의 난 이후 이백이 은거하던 경정산에 와서 죽었다. 옥진공주의 비문의 내용을 보면 이백과의 인연을 짐작하게 한다. 그리고 이백이 생전에 7번이나 경정산에 올랐다고 하는데, 그것 또한 옥진공주와의 인연 때문이 아닐까?

경정산에는 옥진공주의 무덤만 있는 것은 아니다. 1987년에 재건된 '태백독좌루(太白獨坐樓)'도 있다. 이백이 여기 와서 「독좌경정산(獨坐敬亭山)」 시를 짓은 것을 기념하기 위해서 청(靑)나라 말기에 '태백루'를 경정산 8부 능선 지점에 세웠는데, 항일 전쟁 때 불타 버린 것을 오늘날 다시 세운 것이다.

「독좌경정산(獨坐敬亭山)」

뭇새들 높이 날아 가 버리고,	衆鳥高飛盡중조고비진,
외로운 구름 홀로 간 뒤 한가하네.	孤雲獨去閑고운독거한.
서로 보매 둘이 물리지 않는 것은,	相看兩不厭상간양불염,
다만 경정산이 있을 뿐이네.	只有敬亭山지유경정산.

모든 새들도 높이 날아 둥지로 날아가 조용하고, 푸른 하늘에 떠 있는 외로운 구름마저 홀로 떠난 뒤에는 한가롭게 느껴진다. 다만 서로 바라보는 것은 나와 경정산인데, 아무리 바라보아도 물리지 않는 것은 경정산뿐이다.

「독좌경정산(獨坐敬亭山)」은 53세의 이백이 경정산에 앉아 무심한 경정산을 유심한 인간이 느끼는 다정함을 수식 없이 지은 시이다. 유랑생활을 하던 이백은, 도교에 입문한 옥진공주의 추천으로 한림학사의 벼슬을 하게 되었는데 그 벼슬자리도 간신들의 참언 때문에 오래하지 못하고 3년 남짓하고는 다시 만유(漫遊)의 길을 떠나야 했다. 유랑의 10년이 다 되어 갈 때, 그는 이

경정산에 와서 자신의 심회를 읊었다. 함께 하던 새소리와 한가로운 구름도 이제는 떠나고 없다. 그런데 경정산만은 처음부터 그대로인 것이다. 옥진공주의 비석에 보면, 옥진공주가 이백을 천거했다고 했고, 간신들로부터 참언을 받고 이백이 벼슬에서 물러난 후에는 상소문을 올리기도 하였으며, 또 기분이 울적하고 화가 나서 모든 직책을 버렸다고도 하였다. 그러면서 안사의 난 후, 이 경정산에 와서 762년 죽을 때까지 경정산에서 은거하였다고 하였다. 사망 연대가 이백과 동일한 762년이다.

뭇새들이 다 날아 가버리듯 이제는 세상의 욕심을 버리고 나니, 모든 것이 허망한 것 같지만, 그래도 한가롭게 느껴지기도 한다. 나와 경정산을 서로 바라보지만 둘이 싫증나지 않은 것은, 무엇 때문일까? 경정산에 은거하고 있는 도우(道友) 옥진공주 때문은 아닐까? 자기를 무척 아껴준 옥진공주가 경정산에 있기 때문에 아무리 바라보아도 물리지 않고 한가로울 수 있다는 것이다. 이백이 경정산을 7번씩이나 찾았다는 것은 단지 경정산이 좋아서 그렇게까지는 하지 않았을 것이다. 자신의 재능을 알아주고 오빠인 현종에게 천거까지 해 준 옥진공주에 대한 사모의 마음도 있었을 것이다. 그래서 이백이 말년에 경정산이 있는 안휘성에 머물고 있었는지도 모른다. 아무리 보아도 물리지 않은 경정산만이 그 이유를 알 것 같다.

위의 내용에 살펴 본 바와 같이 이백이 당나라 궁궐에 한림학사로 천거된 배경에는 옥진공주의 역할이 있음을 확인할 수 있다. 또한 이백이 젊은 시절 도교에 관심을 가졌던 이유도 당시의 시대적 분위기도 있었지만, 천거를 받기 위한 목적도 있었을 것이다. 도교의 귀의한 원단구와 옥진공주와의 관계를 고려해 본다면 가능한 일이기 때문이다. 현종은 도교에 많이 경도된 왕이었다. 이백이 죽은 후 집안의 아저씨벌 되는 이양빙이 쓴 「초당집서(草堂集序)」에 보면, "천보 연간에 현종이 이백을 궁궐로 불러 친히 수레에서 내려 영접하였는데, 한고조 유방이 상산사호(商山四皓)를 접견하였던 것과 같았다. 이백에게 칠보 상에 음식을 들도록 하였으며, 왕이 손수 탕을 이백에게 가져다주면

중국 안휘성 선성시 경정산 중턱에 있는 태백독좌루(太白獨坐樓)이다. 태백독좌루에 앉아 이백과 옥진공주의 사랑에 대해서 잠시 생각해 보았다. 멀리 새가 날고 구름도 흐르고 있었다. 인생무상(人生無常)으로 다가왔다.

서 다음과 같이 말하였다. '그대는 평민의 신분으로, 그 이름이 짐에게까지 알려졌는데, 그대가 도의(道義)를 수양하지 않았다면 어떻게 이렇게 될 수 있었겠는가?'라고 하였다." 이 내용을 보면, 당 현종이 친히 이백을 맞이하였고 음식도 손수 가져다주었다는 것이다. 얼마나 이백을 생각했는지를 상상해 볼 수 있는 글이다. 그러면서 이백이 도교의 도법에도 밝았음을 어느 정도 가늠할 수 있다. 도의가 잘 수양되어 있다고 했기 때문이다. 도교에 관심이 있고 문장력 있는 인재를 아끼던 현종은 자기 여동생인 옥진공주의 추천을 받아 이백을 한림학사로 임명하였던 것 같다.

장안에 도착하여 궁궐에 입궐한 후 태자빈객 하지장(賀知章)을 자극궁(紫極宮)에서 만나, 자신의 시 「촉도난(蜀道難)」을 보여주었다.

「**촉도난(蜀道難**촉으로 가는 길의 어려움**)**」

아! 위태롭고도 높구나.	噫吁戲危乎高哉희우희위호고재.
촉으로 가는 길의 어려움은,	蜀道之難촉도지난,
푸른 하늘 오르는 것보다 어려워라.	難於上靑天난어상청천.
잠총과 어부 같은 촉나라 왕들이,	蠶叢及魚鳧잠총급어부,
아득한 옛날에 나라를 열었다.	開國何茫然개국하망연.
나라를 개국한 이래로 사만 팔천 년에,	爾來四萬八千歲이래사만팔천세,
진나라 변방과는 사람과 연기도 통하지 않았다네.	不與秦塞通人煙불여진새통인연.

서쪽으로 태백산을 대하여 조도(鳥道, 좁은 길)가 있으니,

西當太白有鳥道서당태백유조도,

가히 아미산 꼭대기를 가로지를 수 있다네. 可以橫絶峨眉巓가이횡절아미전.

땅이 무너지고 산이 꺾기고 장사가 죽어서야, 地崩山摧壯士死지붕산최장사사,

연후에 구름다리와 잔도가 서로 갈고리처럼 이어졌다네.

然後天梯石棧相勾連연후천제석잔상구련.

위에는 육룡이 해를 되돌린 높은 표지가 있고(산이 높아서 6마리 용이 끄는 해수레가 되돌아갔다는 뜻임),

上有六龍回日之高標상유육룡회일지고표,

아래에는 찌르는 파도 거꾸로 꺾어지는 빙빙 도는 시내가 있다네.

下有衝波逆折之回川하유충파역절지회천.

황학의 비상도 오히려 이곳을 지나갈 수 없고, 黃鶴之飛尙不能過황학지비상부능과,

원숭이도 건너고자 해도 어디를 붙잡고 가야 할지 근심한다네.

猿猱欲度愁攀緣원노욕도수반연.

청니 고개는 어찌 그리 구불구불한가? 靑泥何盤盤청니하반반,

하늘에 있는 삼성을 쓰다듬고 정성을 지나서 위로 쳐다보면 숨이 끊어질 듯하고,

捫參歷井仰脅息문삼력정앙협식,

손으로 가슴을 만지며 앉아서 길게 탄식하나니. 以手拊膺坐長歎이수부응좌장탄.

그대에게 묻노니, 서쪽으로 유람 가서 어느 때 돌아올 것인가?(못 돌아올 것이다.)

問君西游何時還문군서유하시환,

두려운 길과 높은 바위를 등반할 수가 없다네. 畏途巉巖不可攀외도참암부가반.

다만 보이는 것은 슬픈 새가 고목에서 우는 것만 보이고,

但見悲鳥號古木단견비조호고목,

수컷 날면 암컷 뒤따르면서 숲 사이를 둘러 있는 것만 보일 것이네.

雄飛雌從遶林間웅비자종요림간.

또 자규가 달밤에 울고, 又聞子規啼夜月우문자규제야월,

빈산을 수심하는 소리만 들을 수 있을 뿐이라네. 愁空山수공산.
촉으로 가는 길의 어려움은, 蜀道之難촉도지난,
푸른 하늘에 오르는 것보다도 어려워. 難於上靑天난어상청천.
사람들로 하여금 이말 듣게 되면 붉은 얼굴이 늙어버린다네.
使人聽此凋朱顔사인청차조주안.
이어진 봉우리들 하늘과의 거리가 한 자도 차지 않거늘,
連峰去天不盈尺련봉거천부영척,
마른 소나무가 거꾸로 걸리어 절벽에 의지해 있네. 枯松倒挂倚絶壁고송도괘의절벽.
날아 떨어지는 폭포의 물결 비단과 폭류가 시끄러움을 서로 다투니,
飛湍瀑流爭喧豗비단폭류쟁훤회,
언덕에 부치는 물결이 돌을 굴러 온 골짜기에 우레 소리네.
砯崖轉石萬壑雷빙애전석만학뇌.
그 험함이 이와 같으니, 其險也如此기험야여차,
아! 너 먼 길 가는 사람, 嗟爾遠道之人차이원도지인,
어찌 올 수 있을 것인가? 胡爲乎來哉호위호래재.
검각산이 높고 높고 또 높고 험해서, 劍閣崢嶸而崔嵬검각쟁영이최외,
한 지아비가 관문을 막으면 만 명이 열 수 없다네. 一夫當關萬夫莫開일부당관만부막개.
지키는 사람이 혹 친한 사람이 아니면, 所守或匪親소수혹비친,
지키는 사람이 변하여 이리나 승냥이가 되리라. 化爲狼與豺화위낭여시.
아침에는 사나운 호랑이 피하고 저녁에는 긴 뱀을 피하네.
朝避猛虎夕避長蛇조피맹호석피장사.
이를 갈고 피를 빨아 사람 죽이기를 삼대처럼 한다네.(삼대 같이 많다)
磨牙吮血殺人如麻마아연혈살인여마.
금성[성도]이 비록 즐겁다고 말하지마는, 錦城雖云樂금성수운낙,
일찍 집에 돌아가는 것만 못하다오. 不如早還家불여조환가.
촉으로 가는 길의 어려움은, 蜀道之難촉도지난,

푸른 하늘에 오르는 것보다도 어렵도다. 難於上青天난어상청천.
몸 돌려 서쪽을 바라보며 길게 탄식 하노라. 側身西望常咨嗟측신서망상자차.

아! 위험하고도 높도다. 촉 땅으로 가는 길의 어려움이 푸른 하늘에 오르는 것보다도 어렵도다. 촉 지방에 있었던 고대왕국의 잠총국과 어부국[잠총과 어부는 고대 왕국의 왕의 이름임]이 나라를 연 것이 얼마나 아득한가? 중간에 산이 험해서 나라를 개국한 이래로 4만 8천 년 만까지 진(秦)나라 변방과 인적 교류가 없었다. 서쪽으로는 태백산이 있어서 새나 날아다니는 길이 있어 겨우 새가 아미산 꼭대기를 가로 지를 수가 있었다. 전설(傳說)에 의하면, 잠총국 왕[촉나라 왕]이 진(秦)나라 혜왕이 보낸 5명의 미녀를 맞이하려고 5명의 장사를 보냈는데, 미녀들을 맞이하고 돌아오는 도중에 큰 뱀을 만났다. 그런데 그 뱀이 동굴로 들어가는 것을 보고, 그 꼬리를 잡아당기니 그만 산이 무너졌다. 그 바람에 장사와 미녀들은 모두 죽고, 그 무너진 곳이 길이 되었다고 한다. 그런 뒤에 하늘 사다리와 잔도가 차례로 놓이게 되어 지금의 촉도가 된 것이다. 위를 보면 6마리 용이 끄는 수레[태양]도 산이 높아서 돌아갈 정도이고, 아래를 보면 부딪치는 파도가 거꾸로 꺾이어 되돌아가는 시내가 있다. 단숨에 천리를 나는 황학도 오히려 이곳을 넘어갈 수 없고, 날쌘 원숭이들도 이곳을 넘어가려면 어디를 붙잡고 가야 할지 근심할 정도이다. 청니 고개는 어찌 그리도 구불구불한가? 백 걸음에 아홉 번은 구부러져 암반에 얽혀 있다. 이 고개를 넘어가려면 하늘에 있는 삼성[진나라에 있는 별]을 붙잡고 정성[촉나라에 있는 별]을 지나서 위로 쳐다보면 숨이 끊어질 듯하여 손으로 가슴을 어루만지며 곧장 길게 탄식한다오. 그대에게 묻노니, 서쪽으로 유람 가서 어느 때 돌아올 것인가? 험한 길에는 높은 바위들이 있어 붙잡고 오를 수도 없다오. 다만 보이는 것은 슬픈 새가 고목에서 우는 것만 보이고, 수놈이 날아가면 암놈이 뒤따르면서 숲 사이를 빙빙 돌뿐이라오. 또 들리는 것은 소쩍새가 달밤에 울면서 텅 빈 산에서 수심하는 소리만 들을 수 있을 따름이라오. 촉나라로 가는 어려움은 푸른 하늘에 오르는 것보다 어려워, 사람들이 이런 이야기만 들어도 아름다운 얼굴에 주름살이 생길 것 같이 늙는다오. 연달아 이어진 봉우리들은 하늘과의 거리가 한 자도 되지 못할 정도로 높고, 마른 소나무들은 거꾸로 걸려 절벽에 의지해 있고, 날아 떨어지는 폭포의 물결과 쏟아지는 폭포수는 서로 다투듯이 더욱 시끄럽고, 언덕에 부딪치는 물결이 돌을 구르니 온 골짜기에 우레 소리가 들리는 것 같다오. 그 험하기가 이와 같은데, 아! 먼 길 가는 당신은 어찌 다시 돌아 올 수 있겠는가? 검각산은 가파르고 높아 한 사람이 이 관문을 지키면 만 명이 열라고 해도 열 수 없다오. 혹 이곳을 지키는 사람이 황실과 친한 이가 아니라면, 지리적 조건을 이용하여 이리와 늑대로 돌변하여 반란을 일으킬 것이오. 지금 사람들은 아침에는 사나운 호랑이를 피하고, 저녁에는 긴 뱀을 피하면서 이곳을 지나야 하오. 맹호는 이빨을 갈고, 긴 뱀은 피를 빨아 사람들을 죽이기를 삼밭에서 삼대를 베듯 한다오. 촉나라 성도가 비록 즐거운 곳이라 하지만, 일찍 집으로 돌아가는 것만 못하다오. 촉나라로 가는 길의 험난함은 푸른 하늘에 오르는 것보다도 어려우니, 몸을 돌려 서쪽으로 바라보며 길게 탄식을 하노라.

촉도에는 길이 생기게 된 전설이 있다. 촉나라로 가는 길은 험난하여 넘기 어렵다. 그런데 산꼭대기에는 쇠로 만든 소가 있는데, 그 소가 금똥을 눈다고 한다. 그래서 산을 무너뜨릴 수 있는 장사 5명을 보내 그 소를 가져오게 하였다. 그로 인해 길이 개척되어 4만 8천 년 만에 비로소 개통되었다고 한다. 또 다른 전설이 있다. 산을 경계로 하여, 이쪽은 촉지방에 있었던 고대 왕국인 잠총국과 산 저쪽 편은 진(秦)나라로 나뉘어져 있었다. 잠총국 왕이 색(色)을 좋아한다는 것을 알고 진나라에서 미녀 5명을 보내겠다고 하였다. 그래서 잠총국 왕이 장사 5명을 보내 그 미녀들을 데려 오게끔 산꼭대기까지 가게 하였다. 장사 5명이 미녀들을 데리고 오는 도중에 큰 뱀을 만났다. 그런데 그 뱀이 동굴로 들어가기에 장사 5명이 뱀 꼬리를 당기니까 뱀은 나오지 않고 오히려 산이 무너졌다. 미인과 장사는 모두 죽었지만 새로운 길이 생기게 되었다고 한다.

전설의 내용처럼 촉도는 험난한 길이었다. 이백은 이런 전설을 바탕으로 세상살이의 위험함과 인생살이의 험난함을 풍자하기 위해 「촉도난」을 지은 것이다. 이백의 기발한 상상력과 낭만적 생각이 녹아 있는 시이기도 하다. 이백이 이 전설(傳說)의 내용을 용사(用事)[7]하여, 시를 지은 것으로, 촉도의 험난함을 신화와 역사적 사실을 연관 지어 표현했기에 더욱 더 촉도의 험난함을 함축적으로 드러낼 수 있었다. 그리고 이백의 자유분방하고 웅장한 필력, 풍부한 상상력 등이 잘 구사된 작품이기도 하다.

이백이 「촉도난」을 지은 유래는 몇 가지로 전해지고 있다.

첫째로는 현종이 안녹산의 난을 피해 촉 땅으로 가는 것을 만류하기 위해 지었다는 것과, 둘째로는 이백의 친구가 촉 땅으로 가는 것을 만류하기 위해서 지었다는 설, 셋째로는 이 세상에서 벼슬살이 하는 것 곧 경세제민(經世濟民)하는 것이 촉도로 가는 것만큼 어렵다는 것을 말하기 위해서 지었다는 것이다. 모두 옛날부터 전해져 오는 제설(諸說)일 뿐이다. 하지장이 이백을 장안에서 만나 「촉도난」을 보고 적선(謫仙)이라고 감탄한 것을 보면, 적어도 현종이 촉 지방으로 피난(756) 가기 오래 전에 지었을 것으로 짐작된다.

한림학사가 된 이백은 정식 직원은 아니고 일종의 계약직이었다. 그래서 처음에는 마땅히 해야 할 일도 없고 직책도 없었다. 다만 황제의 시종 직무를 보필하는 정도였다. 이 당시 이백의 궁중 생활을 알 수 있게 하는 시를 한 편 살펴보자.

7) 용사(用事)란 고사(故事)·인명(人名)·고어(古語)·사적(史蹟)·관명 등을 인용하여 자기주장의 논리적 근거를 획득하거나 또는 문장에서 새로운 뜻을 얻을 수 있는 것을 이르는 작법 평어류 용어이다.

「가거온천후증양산인(駕去溫泉后贈楊山人현종의 여산 온천궁 행행(行幸)에 시종(侍從)한 후기를 양산인에게 주다)」

소년 시절 중원 땅에서 살면서 실의에 빠져 있었고, 少年落魄楚漢間소년락백초한간,

세상살이가 으스스한 분위기에서 대부분 고생스러웠네.

風塵蕭瑟多苦顔풍진소슬다고안.

스스로는 관중과 제갈량과 같은 재주가 있다고 해도 누가 알아주어야지,

自言管葛竟誰許자언관갈경수허,

착각하지 말자고 더욱 문을 걸어 잠그고 장탄식만 하였다네.

長吁莫錯還閉關장우막차환폐관.

하루아침에 군왕으로부터 발탁되었음을 알려오니, 一朝君王垂拂拭일조군왕수불식,

정성을 다하여 고결한 생각으로 충성을 바칠 생각이네.

剖心輸丹雪胸臆부심수란설흉억.

군왕을 모실 기회가 홀연히 주어졌으니 받들어 모시어 보답한다면,

忽蒙白日回景光홀몽백일회경광,

곧장 푸른 꿈을 활짝 펼 수 있는 날개를 가지게 될 것이네.

直上青雲生羽翼직상청운생우익

군왕께서 행행하시는 수레를 시종하여 장안을 떠나는데,

幸陪鸞輦出鴻都행배란련출홍도,

내가 타는 준마는 군왕께서 내려주신 비룡말일세. 身騎飛龍天馬駒신기비룡천마구.

왕공이나 대인들도 입은 옷이나 명패의 색상을 핑계 대면서,

王公大人借顔色왕공대인차안색

허리에 찬 금색 패물과 붉은 수실을 자랑하며 서로 찾아와 굽신거리며 인사 나누네.

金璋紫綬來相趨금장자수래상추.

당시 서로들 교분을 맺으려고 어찌나 분주하던지, 當時結交何紛紛당시결교하분분,

그렇지만 한마디로 말하여 의기투합할 수 있는 사람은 오직 자네만이 있을 뿐이네.

片言道合惟有君편언도합유유군.

지금 나를 기다리고 있는 것은 충절을 다하여 현명한 군왕에게 보답하는 것이고,

待吾盡節報明主대오진절보명주,

그런 후에는 자네 있는 곳에서 자네와 함께 은둔해 사는 것일세.

然後相攜臥白雲연휴상휴와백운.

위의 시는 이백이 아직 현실정치에 적응하지 못하는 데에서 오는 불안감과 다소 실망감을 표현한 것이다. 젊은 시절 당나라 조정에 출사하기 위해 많은 노력을 했지만, 세상 사람들은 자신이 관중과 제갈량 같은 능력이 있는 데도 알아주지 않아 속이 상했다는 것이다. 그런데 하루아침에 당 현종의 부름을 받고 조정에 들어올 수 있어, 그 은혜에 보답하기 위해 충성을 다할 것을 맹세하기도 하였다. 현종은 나에게 비룡말을 하사하고 고관대작들이 입는 금색 패물과 붉은 수실을 매단 옷가지 하사하여 많은 사람들의 부러움을 한 몸에 받기도 하였다. 하지만 현종의 정치 현실과 고관들의 정치 행위에 실망하여 산속에 은거하는 산양인 당신만이 나와 의기가 맞는 사람이라는 것이다. 그래도 공을 세운 후 자연으로 물러나 산양인 당신과 함께 할 것이라는 공성신퇴(功成身退)를 다짐하였다.

당 현종과 양귀비의 온천을 위한 행궁인 화청지(華淸池)는 장안(長安, 지금의 서안)에서 동쪽으로 30km 쯤 떨어진 곳에 있다. 화청지가 있는 여산(驪山)은 산세가 뛰어나고 온천수가 풍부하여 주(周)나라 때부터 무려 3천여 년 간 온천 휴양지로서의 명성을 누려온 곳이다. 주(周)는 여궁(驪宮), 진(秦)은 여산탕(驪山湯), 한(漢)은 이궁(離宮), 당(唐)은 온천궁(溫泉宮) 또는 화청궁(華淸宮) 등으로 불렀는데, 모두 여산(驪山)에 건설된 역대 왕들의 별궁이다. 당나라 태종(太宗) 정관 18(644)년, 이곳에 탕천궁(湯泉宮)을 지었는데, 당 고종 함형 2(671)년에 온천궁(溫泉宮)으로 편액의 이름을 바꾸었다. 당 현종 천보 6(747)년에 여러 건축물을 확장하고 화청궁(華淸宮)으로 이름을 바꾸었다. 화청(華淸)이란, '온천의 물이 보글보글 끓어올라 스스로 물결을 이루고, 풍경이 화려하고 아주 맑으며 탕이 고상해 퇴색되지 않는다(溫泉瑟涌而自浪, 華淸蕩雅而難老).'에서 이름을 땄다. 당 현종은 양귀비를 데리고 이곳에 놀러와 겨울을 보냈다고 한다.

「**온천시종귀봉고인(溫泉侍從歸逢故人**온천궁 시종에서 친구 만나고 돌아오다**)**」

한(漢)나라 성제(成帝)가 축조한 장양원(長楊苑)에서, 漢帝長楊苑한제장양원,
화살 통을 짊어지고 돌아와 자랑하네. 誇胡羽獵歸과호우렵귀.
양웅(揚雄)은 황제를 시종(侍從)하는 은혜를 입고, 子雲叨侍從자운도시정,
장양부(長楊賦)를 지어 올려 빛나는 영광 있었네. 獻賦有光輝헌부유광휘,
지어올린 시부를 황제가 크게 칭찬을 하고, 激賞搖天筆격상요천필,
어의(옷)를 하사하시는 은혜를 베푸셨지. 承恩賜禦衣승은사어의.
어지신 군주께서 그를 만난 것처럼, 逢君奏明主봉군진명주,
후일 나 또한 함께 오르락내리락 했으면. 他日共翻飛타일공번비.

화청궁에서 장안으로 돌아오는 길에 친구를 만나, 한나라 때 양웅처럼 자기도 현종의 은총을 받고 싶음을 피력하고 있다. 한나라 양웅(揚雄)은 한나라 무제(武帝)에게 「장양부(長楊賦)」를 지어 올려 한 무제로부터 은총을 받았기에, 자신도 양웅처럼 당 현종에게 자신의 재능을 펼쳐 보이고 싶다고 하였다. 이런 내용으로 미루어 보자면, 이백이 아직 뜻을 펼쳐보지도 못하고 현종의 시종만 하는 것으로 보인다.

「**장상사(長相思)**」

매우 보고 싶소, 장안에 있는 당신이. 長相思장상사, 在長安재장안.
가을날 귀뚜라미 우물가 난간에서 울고, 絡緯秋啼金井闌낙위추제금정란,
조금 내린 서리 쓸쓸하고, 대자리 빛도 차가워요. 微霜淒淒簟色寒미상처처점색한.
등불마저 희미하니 그리워 애간장 끊어질 듯, 孤燈不明思欲絶고등부명사욕절,
휘장 걷고 달을 보니 실없는 한숨소리. 卷帷望月空長嘆권유망월공장탄.

꽃처럼 예쁜 당신, 구름 끝 저 너머에 있고. 美人如花隔雲端미인여화격운단.
위로 청명한 높은 하늘, 上有靑冥之長天상유청명지장천,
아래엔 맑은 강물에 이는 물결. 下有淥水之波瀾하유록수지파란.
하늘은 높고 길은 멀어 혼백이 날아가기도 괴로워, 天長路遠魂飛苦천장노원혼비고,
꿈속에도 가지 못하니 관산은 험난해라. 夢魂不到關山難몽혼부도관난산.
정말 보고 싶어, 애간장 다 끊어지네. 長相思장상사, 摧心肝최심장.

위의 시는 이백이 현종의 총애를 기대하는 마음을 비유한 시이다. 한없이 그리운 그대는 장안에 있다네. 여름이 가고 가을이 되자 귀뚜라미는 우물가에서 울고 얇은 서리가 가져온 쌀쌀함에 대자리에는 한기가 스며든다. 희미한 외로운 등을 대하니 그리움에 애간장이 끊어질 듯하고 휘장을 걷고 달을 보며 공연히 길게 탄식한다. 꽃같이 고운 그대는 구름 끝 저 멀리에 계시니, 위에는 푸르른 높은 하늘이 있고 아래에는 맑고 맑은 물결이 출렁인다. 이처럼 긴 하늘과 이처럼 먼 길은 혼(魂)도 날아가기 어려우니, 꿈에서도 날아가지 못할 만큼 관산(關山)을 지나가기가 어렵다네. 한없는 그리움에 애간장이 끊기는구나. 이처럼 시 자체가 현종을 알현하고자 하는 이백의 처절한 마음이 담겨 있다.

이런 안타까운 이백의 마음을 하지장은 알고 현종과의 만남을 주선하여, 한림원에 안치하여 현종의 밀령을 맡아보게 하였다. 그러나 환락에 빠진 현종은 이미 성세를 이끌 제왕은 아니었다. 환관 고력사의 아첨에 빠져 더 이상 군주로서의 모습은 찾아보기 어려웠기 때문이다. 협객과 의리와 문장력을 갖춘 이백도 마음에 품은 경국(經國)과 제민(濟民)은 시도도 해보지 못한 채 그 울분으로 인해 술에 취해 하루하루를 보내게 되었던 것이다. 두보의 「음중팔선가(飮中八仙歌)」에서도 이백을 묘사하기를, "이백은 술 한 말에 시를 백수나 짓고, 장안 시내 술집에서 잠을 잔다. 천자가 불러도 배에 오르지 않고, 스스로 취중의 신선이라 칭하네(李白一斗詩百篇, 長安市上酒家眠. 天子呼來不上船,

自稱臣是醉中仙).”라고 하였던 것이다.

장안에서 이백과 친하게 지낸 인물은 하지장과 최종지 정도였다. 이백이 하지장을 그리워하면서 남긴 시를 보자.

「대주억하감(對酒憶賀監술을 마시며 하지장 비서감을 추억하다)」

사명산에 한 광객이 있으니, 四明有狂客사명유광객,
풍류남아 하지장일세. 風流賀季眞풍류하계진.
장안에서 한 번 본 후, 長安一相見장안일상견,
나를 천상에서 귀향 왔다 했네. 呼我謫仙人호아적선인.
살아생전 술을 그리 좋아하시더니, 昔好杯中物석호배중물,
이제는 소나무 아래 한줌 흙으로 돌아갔네. 翻爲松下塵번위송하진.
금거북 빼지를 술로 바꿔 마신 추억에, 金龜換酒處금구환주처,
슬퍼져 눈물이 두건에 흘러내리네. 却憶淚沾巾각억루첨건.

위의 시를 통해 두 사람의 친함을 확인할 수 있을 것 같다. 이백 자신의 시를 보고 '적선인(謫仙人)'이라고 평을 해주었을 뿐만 아니라 관리의 신분을 증명하는 허리띠에 차던 금구(金龜) 곧 금으로 된 거북이 모양의 장식물을 술집에 저당 잡히고 두 사람이 술을 맘껏 마셨다는 것이다. 이런저런 추억을 생각하니 눈물이 난다는 것이다.

장안에서 친하게 지냈던 인물을 한 명 더 소개하자면 우사낭중(右司郎中) 벼슬을 지낸 최종지이다.

「수최오랑중(酬崔五郎中낭중 최종지에게 화답하다)」

북방의 찬 구름이 하늘에 걸려 있고, 朔雲橫高天삭운횡고천,
만리에 가을 기운 일어난다. 萬里起秋色만리기추색.
굳센 선비의 마음은 하늘 높이 날아올라, 壯士心飛揚장사심비양,

떨어지는 해에 공연히 탄식하네. 落日空嘆息낙일공탄식.
크게 소리 지른 뒤에 들판에 나서 보니, 長嘯出原野장소출원야,
쌀쌀하고 찬바람이 불어온다. 凜然寒風生늠연한풍생.
운 좋게 태평한 세상을 만났지만, 幸遭聖明時행조성명시,
공업을 아직 이루지 못하였다. 功業猶未成공업유미성.
어찌하여 큰 뜻 품고 있으면서도, 奈何懷良圖내하회양도,
시름에 잠겨 홀로 앉아 있는가? 鬱悒獨愁坐울읍독수좌.
지팡이 짚고 영웅호걸 찾아 나서니, 杖策尋英豪장책심영호,
잠깐 말을 나누었는데도 나를 알아주시네. 立談乃知我입담내지아.
최공은 백성들 중에서 특히 뛰어나, 崔公生民秀최공생민수,
까마득하니 푸른 구름 같은 모습이네. 緬邈靑雲姿면막청운자.
글을 지으면 천지와 함께하고, 制作參造化제작참조화,
사물에 기탁해 읊으면 신령을 머금은 듯하네. 托諷含神祇탁풍함신지.
바다와 산도 오히려 기울어질 수 있지만, 海岳尙可傾해악상가경,
한 번 승낙한 말은 절대로 거두지 않는다. 吐諾終不移토낙종불이.
이때에 서릿바람이 차가운데, 是時霜飆寒시시상표한,
기분 좋게 꽃핀 연못가에 올 수 있었네. 逸興臨華池일흥임화지.
일어나 춤추며 긴 검을 휘둘러, 起舞拂長劍기무불장검,
함께한 이들 눈 크게 뜨고 바라보았네. 四座皆揚眉사좌개양미.
마음껏 즐거워하시고는, 因得窮歡情인득궁환정,
나에게 새로 쓴 시를 주셨네. 贈我以新詩증아이신시.
또 한만(이백)과 노닐 기약을 맺어서, 又結汗漫期우결한만기,
하늘 밖에 멀리서 기다리고 있다고. 九垓遠相待구해원상대.
몸 높이 들어 봉래산에 쉬고, 擧身憩蓬壺거신게봉호,
발을 씻으며 창해를 노닐려 하네. 濯足弄滄海탁족농창해.
이제 하늘 높은 곳까지 올라가면, 從此凌倒景종차릉도경,

한 번 가면 다시는 돌아올 일 없으리라. 一去無時還일거무시환.
아침에는 명광궁에서 노닐다가, 朝游明光宮조유명광궁,
저물녘에 천문으로 들어갈 것이라네. 暮入閶闔關모인창합관.
다만, 오래도록 서로 소매 잡을 수 있다면, 但得長把袂단득장파몌,
반드시 숭산일 필요는 없으리라. 何必嵩丘山하필숭구산.

이백이 노래한 최종지는 두보가 노래한 음중팔선(飮中八仙) 중 한 사람으로, 상서예부원외랑·예부시랑·우사낭중 등의 벼슬을 지낸 인물이다. 이 시는 개원(開元) 22(734)년 가을, 이백이 낙양을 유람할 때 최종지를 만나 술을 마시며 교유를 시작하게 된 정경과 최종지의 인물됨을 묘사한 것이다.[8] 이는 최종지가 이백에게 보낸 시 「증이백십이(贈李十二)」에 대한 화답으로 보낸 시이기도 하다. 최종지는 이백에게 보낸 시 속에서 "맑은 담론에 손뼉을 치고, 오묘한 주장에 탄복하였으니(淸論既抵掌, 玄談又絶倒)"라고 하였으며, "초와 한나라의 싸움을 말하며, 왕도와 패도를 분명히 밝혔네(分明楚漢事, 歷歷王霸道)."와 같이 역사는 물론 왕도와 패도에 대해서도 분명하게 알고 있으며, "소매엔 비수를 숨기고, 품에는 무릉의 글을 품었네(袖有匕首劍, 懷中茂陵書)."라고 하여, 늘 공을 세우고 나서는 자연 속으로 떠날 준비를 하였다는 것이다. 그리고 시를 짓는 데 있어서도 사마상여를 넘었다고(詞賦凌子虛. 사와 부는 자허부를 능가하네.) 하면서 함께 숭산에 있는 자신의 별장으로 가서(我家有別業, 寄在嵩之陽. 우리 집안의 별장이 숭산의 남쪽에 있어) 천 년을 갈 우의를 다져보자고(子若同斯遊, 千載不相忘. 그대 만일 함께 여길 노닌다면, 천년 동안 잊지 못하리라.) 청하였다. 하지만 화답의 시에서 보듯 이백은 출사에 대한 강력한 의지를 드러내 보였다. 만약 최종지가 말하는 세상 밖 봉래산에 가게 된다면, 이 세상에 있던 최종지의

8) 「수최오랑중(酬崔五郎中)」 시는 747년 관직에 다시 나아가기 위해 지었다는 설도 있음.

숭산 별장보다는 나아야 될 것이라고 하였다. 아직 이백이 인간 세상을 등질 생각은 없다.

이백의 한림원 생활은 평탄하지만은 않았다.

「**한림독서언회정집현제학사(翰林讀書言懷呈集賢諸學士**한림원에서 독서하고 그 회포를 집현전 여러 학사께 말씀해 올리다)」

새벽에는 궁궐 안을 종종걸음으로 다니고,	晨趨紫禁中신추자금중,
저녁엔 금문에서 조서를 기다리네.	夕待金門詔석대금문조.
책을 보느라 옛 서적을 흩어놓고,	觀書散遺帙관서산유질,
오래된 깊은 뜻 헤아려보네.	探古窮至妙탐고궁지묘.
한마디 말이라도 마음에 깨치면,	片言苟會心편언구회심,
책 덮고 소리 없이 웃어도 보네.	掩卷忽而笑엄권홀이소.
쉬파리는 백옥을 더럽히기나 하고,	靑蠅易相點청승이상점,
백설곡은 함께 부르기 어렵네.	白雪難同調백설난동조.
본래 매이는 걸 싫어하는 사람이라,	本是疏散人본시소산인,
누차 편협하다는 질책을 받았네.	屢貽褊促誚누이편촉초.
구름 뜬 하늘은 마침 맑고 상쾌하여,	雲天屬淸朗운천속청랑,
숲과 계곡에서 유람하던 지난날을 떠올리네.	林壑憶游眺임학억유조.
혹 때때로 맑은 바람 부는 날이면,	或時淸風來혹시청풍래,
일없이 난간에 기대 휘파람을 불어보네.	閑倚欄下嘯한의난하소.
엄자릉은 동려계에서 한 평생을 살았고,	嚴光桐廬溪엄광동려계,
사령운은 임해의 산을 올랐지.	謝客臨海嶠사객임해교.
언젠가 공 이루면 인간세상을 떠나서,	功成謝人間공성사인간,
이제부터 낚싯대를 한 번 던져보리라.	從此一投釣종차일투조.

이백이 당나라 장안(長安) 궁중에서 한림학사(翰林學士)를 지낸 것은 현종(玄

宗) 천보(天寶) 원(742)년에서 천보 3(744)년까지 해수로는 3년 동안이었다. 이 시는 이때 지은 것으로, 한림공봉으로 있으면서 느낀 바를 시로 지어 집현전 학자들에게 준 것이다. 당시 장안에는 두 곳의 학사원(學士院)이 있었는데, 한 곳은 시독(侍讀) 및 내각의 문서를 기초하고 서적을 교감·정리·편찬하는 일을 맡고 있던 집현전 서원이고, 또 한 곳은 왕을 위해 주요 문건을 작성하던 한림학사 서원이었다. 두 곳의 구성원을 모두 5품 이상의 관원인 학사(學士)라고 불렀다. 하지만 왕에게 가까이 갈 수 있는 한림원 학사는 그 숫자가 많지 않았지만, 집현전 학사보다 지위가 높았다. 이백이 현종의 조서와 교지를 전담하며 총애를 받은 것으로 알려져 있지만 사실 현종이 아낀 것은 이백의 특출한 문재(文才)였고 그 때문에 번번이 그를 불러 시로써 왕의 유흥을 돕게 하였다. 당연히 이백은 하는 일이 자신의 이상으로부터 멀어진 것을 느꼈을 것이고 왕의 총애를 받는다는 이유로 자신을 질투하는 이들의 모함까지 더해지자 매임 없이 살아왔다고 스스로 토로한 것에서 짐작할 수 있는 것처럼, 이백에게 왕궁의 삶이 편안하게 느껴지지 않았을 것이다.

이백이 시에서 말한 백옥을 더럽히는 쉬파리는 당연히 조정의 간신이나 소인배들일 것이다. 음이 높아 따라 부르기 어려운 백설곡은 전국시대 초나라의 고상하고 우아한 곡 〈양춘〉과 〈백설〉이다. 어떤 사람이 쉬운 노래를 부르자 모두 따라 했는데, 수준 높은 곡인 〈양춘〉과 〈백설〉을 부르자 따라 부르는 사람이 수십 명에 불과하였다. 이는 이백의 높은 수준을 알아주는 사람은 없고 참언하는 소인배들은 많다는 것이다. 이처럼 이백은 자신이 품고 있는 뜻을 백설곡에 비유하여 당나라 조정에서 자신의 높은 뜻을 펼쳐보려고 하였다. 그런데 '쉬파리'를 통하여, 조정의 간신들의 조소를 받아 포부의 실현이 불가능함을 암시적으로 표현하였다. 시의 말미에 엄자릉과 사령운의 삶을 부러워하는 구절이 보이기는 하지만, 이백은 공을 세운 후 자연 속에서 삶을 살았던 엄자릉과 사령운 같은 삶을 살 수 있다고 하였다. 초지일관(初志一貫) 공성신퇴(功成身退)의 자세이다.

현종의 부름으로 당나라 조정에 나오기는 했지만 이백 자신의 정치적 역량을 발휘할 수 있는 기회는 주어지지 않았다. 단지 궁중의 잔치가 있으면 불려 나와 시흥에 맞게 시나 지는 것이 전부였다. 개원 연간에 옮겨 심은 모란이 만개하였을 때 이원의 제자들과 이구년이 와서 노래를 불렀는데, 술에 취한 이백도 차출되어 사(詞)를 짓게 되었다.

「청평조(淸平調)」 三首

구름 같은 옷을 입은 꽃 같은 얼굴, 雲想衣裳花想容운상의상화상용,
봄바람 스치는 난간에 맺힌 고운 이슬이라네. 春風拂檻露華濃춘풍불함로화농.
만약에 군옥산 꼭대기에서 본 여인이 아니라면, 若非群玉山頭見약비군옥산두견,
마땅히 요대의 달빛 아래서 만났을 테지. 會向瑤臺月下逢회향요대월하봉.

붉은 꽃 모란에 맺힌 이슬의 향기, 一枝紅艶露凝香일지홍염로응향,
구름과 비로 변하는 무산선녀로 애간장을 태우네. 雲雨巫山枉斷腸운우무산왕단장.
묻노니 한나라 궁궐에서 누가 이와 같은가? 借問漢宮誰得似차문한궁수득사,
어여쁜 조비연도 새로 단장했을 때만이라네. 可憐飛燕倚新粧가련비연의신장.

모란과 경국미녀 둘 다 좋아하여, 名花傾國兩相歡명화경국량상환,
황제는 오랫동안 웃으며 보네. 長得君王帶笑看장득군왕대소간.
봄바람에 끝없는 한 풀어 버리고, 解釋春風無限恨해석춘풍무한한,
침향정 북쪽 난간에 기대어 있네. 沈香亭北倚闌干침향정북의난간.

양귀비를 볼 때 옷맵시는 채색 구름인양 하늘거리고 고운 얼굴은 모란꽃 같습니다. 봄바람이 살며시 불어오면 이슬 먹은 꽃송인 양 농염합니다. 만약에 군옥산 산머리에서 못 뵈오면 달 밝은 밤 요대에서 만날 수 있을 것입니다.

농염한 붉은 꽃송이에 이슬 내려 향내 엉키니 구름 속 무산(巫山) 선녀인

양 애간장을 태웁니다. 옛날 한나라 궁궐에 누가 이리 고울까요? 날씬한 조비연(趙飛燕)이 새로 단장하고 나섰을 때나 비슷할 것입니다.

명화인 모란과 경국지색의 양귀비 모두 사랑스러워 황제께선 웃으며 자꾸 바라보고 있습니다. 그래서 양귀비는 봄바람에 끝임 없이 한(恨)을 풀면서 침향정 북쪽 난간에 기대어 서 있습니다.

청평조(淸平調)는 악곡이름으로, 침향정전작약개(沈香亭前芍藥開)[침향정 앞에 모란이 피다]라고도 한다. 당나라 현종 때 처음으로 침향정 앞에 모란을 심었다고 한다. 모란이 만발하자 현종은 모란 감상회를 열었던 것이다. 당시 궁정악단으로 이원제자(梨園弟子)의 책임자였던 이구년(李龜年)에게 현종이 말하기를, "모란과 양귀비를 감상하는데 새로운 노래가 없겠는가?"라고 하니, 그때 이백이 「청평조사(淸平調詞)」 3수를 지은 것이다. 이미 이백은 술이 취해 몸도 가누지 못할 정도가 되었다고 한다. 당시 환관으로 현종을 최측근에서 모시던 고력사가 이백의 신발을 벗기고, 양귀비가 먹을 갈았다는 일화도 전설처럼 전해 오고 있다. 이백이 이 가사를 다 쓴 후, 이구년은 악곡에 맞추어 연주를 하였다고 한다. 이백은 이 한시에서 양귀비의 풍만하고 탐스런 모습을 노래하였다.

그러나 이 시의 제2수 중 "묻노니 한나라 궁궐에서 누가 이와 같은가?(借問漢宮誰得似차문한궁수득사), 어여쁜 조비연도 새로 단장했을 때만이라네(可憐飛燕倚新粧가련비연의신장)."라는 구절이 동티가 되어, 궁중에서 쫓겨나게 되었다. 한나라 성제 때 날씬한 미인이면서 기녀 출신인 조비연(趙飛燕)에게 양귀비(楊貴妃)를 대비했다는 죄목이었다. 하지만 일설에는 이백이 늘 술이 취해 왕 앞에 오면 고력사가 그 뒤처리를 감당해야 하는 수모 때문에 이백을 모함하여 내쫓았다는 설도 있다.

조비연은 장안 사람으로 함양후(咸陽侯) 조림(趙臨)의 딸이었다. 춤추는 것이 마치 물 찬 제비가 날아가는 듯한 모습이라 하여 비연(飛燕)이라는 별호가 붙었다. 어느 날 한나라 왕인 성제(成帝)가 누님인 양아공주(陽阿公主)의 집에

갔을 때, 춤추던 조비연을 보고 비(妃)로 삼았다가 허왕후를 폐하고, 조비연을 왕후로 승격시켰다고 한다. 그리고 성제는 조비연의 동생 조합덕(趙合德)에게 현혹되어 함께 잠자리에 들었다가 갑자기 죽었다. 이에 조합덕은 왕의 살해 혐의를 받게 되자, 그만 자살하였다. 성제에게 후사가 없자 조카가 등극하니, 애제(哀帝)이다. 애제의 등극에 조비연이 협력했다고 하여 태후에 봉해졌지만 애제가 등극 6년 만에 죽자 조비연도 평민으로 강등되어 자살로 생을 마감하였다.

조비연과 양귀비는 중국 미인 중에서도 날씬한 미녀와 풍만한 미녀로 대비되는 두 사람이다. 그래서 예부터 '연수환비(燕瘦環肥)'라 일컬어 왔다. 그런데 이백이 양귀비를 기녀 출신의 조비연에 견준 것이었다. 이것을 환관인 고력사가 문제 삼았던 것이다. 언제나 술이 취해 오면 자신이 이백의 뒤처리를 했던 것이 못마땅했던 고력사는 양귀비에게 고하기를 중국 최고의 미인은 기녀 출신인 조비연이라 했다고 모함하기에 이른 것이다. 어쨌든 이백은 이 일로 당나라 궁중에서 쫓겨나 기나긴 방랑 생활을 하게 되었다.

양귀비는 촉의 사후(司後) 양현염(楊玄琰)의 막내딸이었다. 이름은 옥환(玉環)이었다. 어릴 때 부모를 여읜 후 작은 아버지인 하남부사조(河南府士曹) 양현규(楊玄奎) 슬하에서 자랐다. 숙부 양현규는 양옥환을 장안으로 보내 영왕(寧王)의 시녀로 있게 하였다. 이것이 인연이 되어 17살에 현종의 18번째 아들 수왕(壽王)의 비(妃)가 되었다. 개원 22년 정월에 현종이 겨울을 나기 위해 여산 화청궁을 찾았는데, 그때 양귀비도 수왕과 함께 온천을 하고 있었다. 현종은 이 온천에서 양귀비를 보았던 것이다. 환관인 고력사(高力士)는 이 사정을 알아채고, 영남도호부에서 올라온 상소를 언급하면서 수왕을 어사로 내려 보내는 칙서를 내리게 하였다. 현종과 며느리 양귀비와의 불륜이 장안에 소문이 나자 충신들의 상소도 끊이지 않았다.

상황이 점점 악화되자 고력사는 양옥환에게 태진(太眞)이라는 도명(道名)을 내리고 태진궁(太眞宮)을 지어 도교에 귀의하게 하여, 신분을 세탁하게 하였다. 그런 후 천보 초에 양귀비를 궁중으로 불러들이고 결국 양귀비를 왕후로 맞이하게 된다. 국정은 이임보와 환관 고력사에게 맡기고, 현종은 환락에 빠져들게 되었다. 현종 때 환관 고력사는 내시성 정삼품 내시감이라는 벼슬자리에 있기 때문에, 그의 정치 권력은 현종 다음이라 보면 될 것이다. 심지어 현종의 아들 숙종이 춘궁의 태자로 있을 때, 고력사를 둘째형으로 불렀으며 다른 왕자들은 영감님 또는 어르신네라고 불렀다. 이처럼 권력을 손에 쥔 고력사는 재상 이임보를 비롯하여 양귀비의 사촌 오빠 양국충·무장 안녹산·고선지 등을 천거하여 권력의 핵심을 모두 자기 사람으로 만들었다. 이런 정치적 폐단은 결국 안녹산의 난을 불러 일으켰다.

이백과 고력사에 대한 일화가 단성식(段成式)의 「유양잡조(酉陽雜俎)」에 실려 있다.

이백의 명성이 천하에 알려지자, 현종은 편전으로 이백을 불러 접견하였다. 그런데 정신과 기백이 절묘하고 고상하였으며 뛰어난 모습은 마치 저녁노을과 같았다. 황제는 만승(萬乘)의 존엄한 지위를 잠시 잊고 신을 벗으라고 하였다. 이백은 발을 벌리고서 고력사에게 자신의 신을 벗기라고 하였다. 고력사는 기가 꺾여 마지못해 신을 벗겨주었다. 이백이 물러나 나가자, 왕은 고력사에게 이백은 정말 곤궁한 궁상(窮相)이라고 말하였다.

권력의 핵심이었던 고력사를 단 번에 망신을 주었던 이 사건은 결국 이백을 궁중에서 쫓겨나는 계기가 되었던 것이다. 모든 정치적 권력의 정점에 있던 고력사를 망신 주었다면, 그 다음 행보도 대충 읽을 수 있는 대목이다. 그런데 이백은 오로지 경세제민(經世濟民)을 앞세워 간신인 고력사를 골탕을 먹였던 것이다. 이백의 청렴결백한 성품을 읽을 수 있는 일화이기도 하다.

결국 이백은 당나라 조정으로부터 버림을 받고 천보 3(744)년에 장안을 떠나게 되었다. 이 무렵 쓴 시를 통해 당시의 이백의 사정을 살펴보자.

「송배십팔도남귀숭산1(送裴十八圖南歸嵩山1 배씨 집안 18번째 도남이 남으로 숭산에 가려는 것을 전송하다)」

어느 곳이 이별할 만한 곳인가?	何處可爲別하처가위별,
서울 장안의 동쪽 문이라네.	長安青綺門장안청기문.
오랑캐 여인은 흰 손으로 나를 불러,	胡姬招素手호희초소수,
손님을 불러 술에 취하게 하네.	延客醉金樽연객취금준.
말에 올라 떠나려니,	臨當上馬時림당상마시,
내가 홀로 그대와 이야기하네.	我獨與君言아독여군언.
바람 불어 꽃다운 난초는 꺾이고,	風吹芳蘭折풍취방란절,
해가 지니 참새가 시끄러워지네.	日沒鳥雀喧일몰조작훤.
손 들어 날아가는 기러기 가리키니,	擧手指飛鴻거수지비홍,
이러한 정은 이루 말하기 어렵네.	此情難具論차정난구론.
똑같이 돌아감에 이르고 늦음이 없을 것이니,	同歸無早晚동귀무조만,
맑은 물 솟아나는 영수가 바로 그곳이리라.	潁水有清源영수유청원.

위의 시는 장안 동쪽 청기문에서 숭산으로 돌아가는 배도남을 전송하면서 쓴 시이다. 배도남을 전송하면서 이백은 자신의 이야기를 하고 있다. '바람이 불어 향기로운 난초가 꺾어지고, 해가 지니 참새 소리가 시끄럽다.'는 것이다. 곧 이백 자신을 상징하는 난초는 바람 곧 억압 세력에 부러졌다는 것이다. 그리고 왕을 상징하는 해는 이미 져버리니 새들이 시끄럽게 지저귄다는 것이다. 이는 왕의 밝은 덕이 사라지니 뭇간신배들이 새처럼 떠들어 조정으로부터 추방되었다는 것이다. 그래서 이백은 옛날 요 임금께서 천하를 물려주겠다고 하자 자신의 귀를 더럽혔다고 그 귀를 영수에 씻은 허유처럼, 그 맑은 샘물을 찾아가고 싶은 것이다. 제2수도 감상해 보자.

그대 영수의 푸름을 그리워하여,	君思潁水綠군사영수록,
홀연히 다시 숭산으로 돌아가네.	忽復歸嵩岑홀부귀숭잠.

돌아가서는 허유처럼 귀를 씻지 말고,	歸時莫洗耳귀시막세이,
나를 위해 그 마음을 씻어주시게.	爲我洗其心위아세기심.
마음을 씻으면 진정한 마음을 얻지만,	洗心得眞情세심득진정,
귀를 씻으면 헛되이 명성을 살 뿐이네.	洗耳徒買名세이도매명.
사안처럼 끝내 한 번 일어서서,	謝公終一起사공종일기,
함께 백성을 구제하자.	相與濟蒼生상여제창생.

이별하는 배도남이 숭산에 은거하더라도 허유처럼 완전히 세상을 등지지 말고 때가 되면 세상에 나와서 백성을 구제해야 된다고 하였다. 마지막 구절에 인용한 '사안(謝安)'은 진(晋)나라 사람으로 동산에서 기녀들과 노닐면서 출사를 거부하다가, 나라가 위험에 처하자 동산을 나와 백성을 구제한 인물이다. 이백도 배도남에게 은거만 할 것이 아니라 함께 세상을 구제하자고 제안하고 있다. 이백이 지닌 공성신퇴(功成身退)라는 일관된 삶의 모습을 드러내고 있는 시이다.

이백이 당나라 조정으로부터 추방된 이유는 여러 설이 있다. 그 하나는 고력사의 모함으로 쫓겨났다는 설이고, 다른 하나는 현종의 부마인 장게(張垍)의 모함을 받아 추방되었다는 설이다. 한편으로는 술 때문이라는 설도 있다. 모두 이백과 관련 있는 이유들이다. 이백이 당나라 조정에 참여하고자 한 뜻은 자신의 정치적 포부인 경세제민(經世濟民)을 실현하기 위해서이다. 그런데 조정에 들어 와보니, 간신들의 참언과 참소만 난무하고 자신은 정작 국정에 참여할 기회도 얻지 못해, 기대했던 포부의 실현은 고사하고 오히려 모함 받는 현실로 인해, 정치적 좌절감을 맛보게 되어 부득이 장안을 떠나게 된 것으로 보인다.

이백이 장안을 떠나면서 남긴 시도 살펴보자

「파릉행송별(灞陵行送別파릉을 노래하여 보내다)」

그대를 보내는 파릉정,	送君灞陵亭송군파릉정,
파릉의 물은 힘차게 흘러가는구나.	灞水流浩浩파수류호호.
위에는 꽃 피지 않는 늙은 나무,	上有無花之古樹상유무화지고수,
아래에는 상심케 하는 봄풀이 우거졌구나.	下有傷心之春草하유상심지춘초.
내가 진나라 사람에게 갈림길을 물으니,	我向秦人問路岐아향진인문로기,
이곳은 왕찬이 남쪽으로 오른 길이라 하네.	云是王粲南登之古道운시왕찬남등지고도.
옛 길은 뻗고 뻗어 서경으로 향하고,	古道連綿走西京고도련면주서경,
궁궐에 해 저물고 뜬구름 뒤덮고 있네.	紫闕落日浮雲生자궐락일부운생.
바로 오늘 밤이 애간장 끊어지는 이곳,	正當今夕斷腸處정당금석단장처,
이별가 소리 수심 겨워 차마 듣지 못하겠네.	驪歌愁絕不忍聽려가수절불인청.

장안 동쪽에 위치한 파릉에서 친구를 전송하면서 쓴 시이다. 봄이다. 그런데 나무 위쪽은 꽃이 피지 않았고 아래쪽은 봄풀이 우거져 있다. 옛날 동한(東漢) 시절 왕찬(王粲)의 고사를 통해, 장안을 떠나야 하는 사실이 평탄한 시절이 아님을 암시하였다. 동한 시절에 왕찬이 장안을 떠난 이유가, 장안에 난이 일어났기 때문이다. 왕찬은 남쪽의 형주로 내려가 유표에게 의탁하였는데, 장안을 떠나면서 칠애(七哀)시를 썼으며, 그 시에 "남쪽으로 패릉 언덕에 올라, 고개 돌려 장안을 바라보네(南登覇陵岸, 回首望長安)."라고 하였다. 이는 왕찬이 파릉 언덕에 올라 못내 장안을 떠나야 하는 아쉬움을 드러낸 것이다. 지금 이백도 이 장안을 떠나는 친구를 보내면서 장안을 바라보니 궁궐에 해는 저무는데, 뜬구름이 자욱하게 뒤덮고 있어 궁궐은 보이지도 않는다는 것이다. 그래서 애간장이 끊어진다. 이미 당나라 조정에는 간신배로 득실거린다는 것이다.

또 이 무렵 쓴 시를 감상해 보자.

「**월하독작(月下獨酌**달 아래서 홀로 술을 따르다**)**」

꽃 사이에 한 병 술을 마주하고, 花間一壺酒화간일호주,
홀로 술을 따르니 친한 사람 없네. 獨酌無相親독작무상친.
술잔을 들고 밝은 달을 맞이하니, 擧杯邀明月거배요명월,
그림자를 마주하고 셋 사람이 이루어졌다. 對影成三人대영성삼인.
달은 이미 술 마시는 것을 이해하지 못하고, 月既不解飮월기불해음,
그림자는 다만 내 몸을 따를 뿐이네. 影徒隨我身영도수아신.
잠시나마 달과 그림자를 짝하고서, 暫伴月將影잠반월장영,
행락이 모름지기 봄에 미쳐야 한다. 行樂須及春행락수급춘.
내가 노래하니 달이 배회하고, 我歌月徘徊아가월배회,
내가 춤을 추니 그림자도 나를 따라서 춤을 추는 것 같더라. 我舞影凌亂아무영능란.
깨어 있을 때 함께 서로 즐기지만, 醒時同交歡성시동교환,
취한 후에는 각각 흩어지고 만다. 醉後各分散취후각분산.
영원히 무정유를 맺고자, 永結無情遊영결무정유,
먼 은하수와 기약을 하노라. 相期邈雲漢상기막운한.

하늘에 주성이 있을 리가 없고, 酒星不在天주성부재천,
땅이 술을 사랑하지 않았다면, 地若不愛酒지약불애주,
땅에 응당 주천이 없을 것이다. 地應無酒泉지응무주천.
천지가 이미 술을 사랑했으니, 天地既愛酒천지기애주,
술 사랑함이 하늘에 부끄럽지 않네. 愛酒不愧天애주불괴천.
이미 청주를 성인에 비유함을 들었고, 已聞清比聖이문청비성,
다시 탁주를 현인에 견줌을 말하네. 復道濁如賢부도탁여현.
현인·성인이 이미 술을 마셨으니, 聖賢既已飮성현기이음,
어찌 반드시 신선을 구할 것인가? 何必求神仙하필구신선.

석 잔 술에 큰 도와 통하고,　三盃通大道삼배통대도,
한 말 술에 자연과 합치네.　一斗合自然일두합자연.
다만 술의 흥취를 얻을 뿐이니,　俱得醉中趣구득취중취,
술을 마실 줄 모르는 사람에게는 전하지 말라.　勿爲醒者傳물위성자전.

삼월이라 함양성에,　三月咸陽城삼월함양성,
갖가지 꽃핀 낮이 비단 같구나.　千花晝如錦천화주여금.
누가 능히 봄에 홀로 근심하는가?　誰能春獨愁수능춘독수,
이 풍경 마주하여 곧장 술을 마시네.　對此徑須飮대차경수음.
빈궁과 영달, 장수와 단명은,　窮通與修短궁통여수단,
일찍이 조물주로부터 받은 것이다.　造化夙所稟조화숙소품.
한 잔 술에 죽음과 삶이 같아지니,　一樽齊死生일준제사생,
세상만사가 진실로 헤아리기 어렵네.　萬事固難審만사고난심.
취한 뒤에는 천지도 잃어버리고,　醉後失天地취후실천지,
멍하니 외로운 베개를 베는구나.　兀然就孤枕올연취고침.
내 몸이 있는 것조차 알지 못하고,　不知有吾身부지유오신,
이런 즐거움이 최고의 기쁨이로다.　此樂最爲甚차락최위심.

궁핍한 근심 천만 갈래이니,　窮愁千萬端궁수천만단,
아름다운 술은 삼백 잔이라.　美酒三百杯미주삼백배.
근심은 많고 비록 술은 적지만,　愁多酒雖少수다주수소,
술을 기울이니 근심이 오지 않네.　酒傾愁不來주경수불래.
술을 성인에 비유함을 아는 바이라,　所以知酒聖소이지주성,
술이 거나해지자 마음이 스스로 한가하네.　酒酣心自開주감심자개.
곡식을 사절하고 수양산에 누웠고,　辭粟臥首陽사속와수양,
자주 비어 굶주린 안회.　屢空飢顏回누공기안회.

당대에 술 마시기를 즐기지 않았으니,	當代不樂飮당대불락음,
헛된 이름을 무엇에 쓸 것인가?	虛名安用哉허명안용재.
게와 가재가 곧 금액이요,	蟹螯卽金液해오즉금액,
술지게미 언덕이 바로 봉래산이네.	糟丘是蓬萊조구시봉래.
바야흐로 반드시 아름다운 술을 마시고,	且須飮美酒저수음미주,
달빛을 타고 높은 누대에서 취할지어다.	乘月醉高臺승월취고대.

꽃밭 가운데서 술 한 호리병 함께 한 이 없어 혼자 마신다. 잔 들어 달을 맞이해 오니 나와 달 그리고 그림자 더불어 삼인이 되었구나. 달도 본래 술 마실 줄 모르고 그림자 또한 그저 내 몸 따라 움직일 뿐 그런 대로 잠시 달과 그림자 데리고 재미있게 노는 것이 봄놀이처럼 즐겁게 놀아야 한다. 내가 노래하면 달은 서성이고 내가 춤추면 그림자 소리 없이 나를 따른다. 깨어 있을 때는 함께 즐기지만 취하고 나면 제각기 흩어지겠지. 영원히 달이나 그림자같이 인간의 감정이 없는 것들과 교유를 맺어 인간 세상이 아닌 천상의 세계에서 다시 만나기를 기약한다.

하늘이 술을 사랑하여 하늘에는 주성이 있고, 땅도 술을 사랑하여 땅에도 주천이 있다. 천지가 모두 술을 사랑하여 주성과 주천이란 말도 생겼으니 나라고 술을 사랑함이 어찌 하늘에 부끄러운 일인가? 옛날 위나라 조조는 금주령을 내려 술을 못 마시게 하였다. 그때 사람들은 맑은 술은 성인(聖人)에 비유하고 흐린 술은 또한 현인(賢人)에 비유하여 음주를 했으므로, 성현도 이미 마셨던 것을 헛되이 신선을 구하는가? 술에 취하면 신선이지. 석 잔술은 대도(大道)에 통하고 한말 술은 자연(自然)에 합할 수 있다. 이 좋은 술 속의 멋을 깨닫기 위해 술을 마시는 것이니, 술 못 마시는 사람에게는 이 술 가운데의 멋을 전해 주지 말 것이다.

3월 함양성에 온갖 꽃이 마치 대낮의 비단 같이 아름답다. 이 아름다운 봄에 누가 홀로 근심하는가? 이런 풍경을 마주하면 모름지기 술을 마셔야 한다. 가난함과 부귀영달, 오래 삶과 짧게 사는 것은 이미 조물주에 의해서 정해져 있다. 그러니 사람의 힘으로는 어찌 할 수 없는 것이다. 다만 한 잔 술에 죽음과 삶이 같아지고, 모든 일이 정말로 헤아리기 어렵다. 술에 취한 뒤에는 천지의 존재마저 있는지조차 모르게 되니, 이 술에 취하는 즐거움이 모든 즐거움 중에서도 최고인 것이다.

근심걱정은 천만 가지요, 아름다운 술은 겨우 삼백 잔이로다. 근심은 많고 비록 술은 적으나, 술잔을 기울이면 근심은 오질 않는다. 따라서 술을 성인이라고 하는 까닭을 알겠고, 그래서 술에 취하면 마음이 스스로 한가해진다. 옛날 수양산에서 은거했던 백이숙제나 공자의 제자 안회(안연)는 가난하여 굶기를 밥 먹듯이 했으나 의인(義人)이란 명예만 남겼다. 그러나 명예를 이루고도 그들은 즐겨 술을 마시지 못했으니, 그 남긴 허무한 이름이 무슨 소용이 있는가? 게의 집게발 안주는 신선의 약인 금액이요, 술지게미를 모아 놓은 언덕이 곧 삼신산이로다. 신선의 약과 삼신산이 따로 있는 것이 아니라, 맛 좋은 술과 훌륭한 안주가 바로 그것들이다. 그러니 반드시 맛 좋은 술을 마시고 높은 누대에 올라가 달빛 아래 취함이 천하 제일의 즐거움이로다.

달 아래에서 홀로 술을 따르는 고독한 이백의 시이다. 양귀비와 환관 고력사에 의해서 쫓겨나기 직전의 시로, 좌절감이 심하게 나타났다. 꽃 사이에서 술 담긴 호리병을 가지고 앉아 있다. 그런데 주위에 아는 사람이 아무도 없다. 다만 나와 달과 그림자 셋 사람을 이루었지만 애처로울 뿐이다. 억지로 셋 사람을 만들어 놓아 매우 고독한 이백의 풍경을 표출하였다. 달이 지기 전까지는 달과 그림자와 함께 이 봄날에 행락을 즐겨야지라고 마음먹었다. 그래서 내가 노래하면 달도 노래하고 내가 춤을 추면 그림자도 춤춘다. 이백은 달이 지기 전까지 억지로 셋 사람의 친구를 만들어 놓고 행락을 즐기려고 안간 힘을 쓴 것이다. 그만큼 인간 세계에 환멸을 느낀 것이다. 그래서 인간과 인간 사이에 맺는 교유보다는 정이 없는 '무정유'의 교류를 하고 싶다는 것이다. 인간관계에서 절망한 이백, 그래서 인간이 아닌 무정물과의 교유가 순수한 교유로 인식했던 것이다. 그래서 달, 그림자와 관계를 맺고자 한 것이다. 그러나 그것마저도 제대로 안 된다. 달이 져 버리면 달과 그림자와도 교유가 맺기가 힘든 것이 인간 세계이다. 이처럼 인간세계는 너무 절망적이다. 그래서 신선 세계를 꿈꾸게 되었는지도 모를 일이다. 참된 인간관계는 진짜로 변지 않는 무정유의 세계와 인간 세계가 아닌 천상의 세계에서만 가능한 것이다. 궁중에서 갑자기 쫓겨날 이백의 심리적 충격을 읽고도 남음이 있는 시이다.

하늘에는 주성(酒星)이 있고 땅에는 주천(酒泉)이 있어, 이백은 술을 안 마실 수 없다고 하였다. 그래서 주덕(酒德)이 신선보다 낫다는 이백의 술에 대한 본심을 드러내기도 하였으며, 술의 효용성으로 술에 취하면 가난과 부귀·장단(長短)·생사(生死)·만사(萬事)·천지(天地)·자신(自身)마저도 잊는 최고의 즐거움에 이른다고도 하였다. 그리고 좋은 술을 마시고 높은 누대에 올라 달빛 아래 취함이 천하 제일의 즐거움이라고 하여 음주의 풍류를 한껏 드러내었다. 술을 마시고 이 세상의 근심 걱정을 잊고 즐거움을 누리자는 것이다. 현실적 시련 앞에서의 이백은 술로써 그 근심을 달래고 있다. 신선의 세계를 선호했지만 지금은 현실적으로 도달할 수 없는 곳이다. 그래서 이 세상에 머무는 동안은 술로써 인간 번민을 달래 보고자고 한 것이다.

궁궐에서 쫓겨난 이백은 그 해(744) 지금의 개봉 근처인 상구(商丘) 양원(梁園)에서 종씨(宗氏)와 결혼을 하였다. 종씨는 당나라 무측천 대와 중종 대 3번씩이나 재상을 지닌 종초객(宗楚客)의 손녀이다. 이백 당시는 이미 몰락한 가문으로 경제적으로도 어려운 집안으로 이백 집안과 서로 비슷한 처지였다. 그리고 종씨는 도교를 신봉하는 사람이었다.

양옥환은 천보 4년 745년 정식으로 귀비(貴妃)가 되었다. 당나라 궁중에서 쫓겨난 이백도 장안에서 서북 지역인 빈주(邠州)를 거쳐 방주(坊州)로 유람하였다.

3. 2차 유람과 안녹산의 난

끊임없는 출사의 도전과 좌절

넷째 시기(744~755)는 이백의 나이 44세부터 55세까지로 당나라 궁중에서 쫓겨난 뒤 2번째 유람을 떠나는 시기이다. 이 시기 이백이 유람한 곳은 첫 번째 유람한 장소와 유사하다. 산동·산서·하남·하북·호북·강소·절강·안휘 등지를 다녔다. 이때 거주지는 산동(山東) 동로(東魯) 연주(兗州)였다.

당나라 궁정에서 쫓겨난 이백은 자신이 세상으로부터 버림을 받았다고 생각하고 북해(北海)의 고천사(高天師)에게 부탁하여 도록(道籙)을 받아 정식으로 도사(道士)가 되었다. 이 시기 이백의 시는 정치에 대한 비판과 그 비판을 넘어 혐오하기까지 하는 시를 창작하였다. 이백은 다시 장안으로 돌아와 잠시 머문 후 상주(商州)를 거쳐 동쪽으로 길을 떠났다. 그리고 이 무렵 이백은 자기보다 11살 아래인 두보(杜甫)를 낙양에서 처음 만나고 헤어졌다가 가을에 개봉(開封)과 상구(商丘)의 양송(梁宋)에서 만나 유람을 함께 하기도 하였다. 두보는 지금의 개봉 근처 언사에서 치러질 할머니 범양태군(范陽太君)의 상(喪)을 지내기 위해 양송과 언사를 오가고 있었다. 이때 두보가 이백을 만난 것이다. 44세의 이백과 33살의 두보가 세기적인 만남이 이루어진 것이다. 이들이 만나 함께 보낸 시간은 천보 3(744)년 초가을부터 이듬해 늦가을까지로 1년 정도의 기간이다. 이들이 헤어진 후 다시는 만나지 못했다는 설과 2번 정도 더 만났을 것이라는 설도 있다. 이후 그들이 남긴 시를 보면, 이백은 두보에 대해서 쓴 시가 4편 정도 전해지고, 두보는 이백에 대해서 쓴 시가 15편 정도 전해지고 있다.

이백은 이때 두보뿐만 아니라 고적도 함께 만났다. 한림학사의 자리에서 쫓겨난 이백, 과거 시험에 낙방한 두보, 유랑하던 고적 이 세 사람이 양송 곧 상구와 개봉에서 만나 서로 시를 주고받으며 술로 마음의 짐을 풀었던 것이다. 고적은 동쪽으로 유람을 가고 이백과 두보는 겨울에 황하를 건너 왕옥산(王屋山)의 청허동천(淸虛洞天)에 은거하는 도사 화개군(華蓋君)을 방문하여 도를 배우기로 하였다. 그러나 그를 찾아갔을 때는 이미 그는 이 세상 사람이 아니었다. 아마도 두 사람이 현실적 고통을 도교로써 벗어나고자 했던 것 같다.

두보와 이별한 이백은 양원으로 가서 진류채방사(陳留採訪使) 이언윤(李彦允)을 방문하고, 이언윤의 소개로 지금의 산동 역성인 제주(齊州)로 가 노자(老子)의 묘를 모신 자극궁(紫極宮)에서 도사 고여귀(高如貴)에게서 도록(道籙)을 받고 도사(道士)가 되는 의식을 거행하였다. 도교의 도록 행사는 정신적, 육체적 고통이 따른다. 손을 뒤로 묶은 채 모든 허물을 신에게 밤낮으로 쉬지 않고 고(告)하면서 목욕재계를 하고, 그 후 도록을 끈으로 묶어 자기 몸에 찬다. 그리고 음식을 먹지 않고 의식을 14일 동안 거행된다. 이처럼 가혹한 의식을 행한 이백의 의도는 어디에 있는 것일까? 진짜 신선이 되기 위해서일까? 아니면 끊어진 당나라 왕실과의 인연을 다시 이어가기 위한 목적성 있는 행위일까? 이후 끊임없이 당나라 왕실에 출사(出仕) 의지를 보인 이백의 행적을 보면, 아마도 도교를 숭상하는 당나라 왕실에 줄을 대기 위한 목적성 있는 의식이었을 수도 있을 것이다. 도교에 귀의한 옥진공주도 이백이 도교에 의지하게 하는 데 한 몫 했을 수도 있다.

천보 4(745)년 늦은 봄, 이백은 도록을 받은 후 도교 사원으로 가지 않고 임성(任城) 집으로 향했다. 이 무렵 두보를 동로(東魯)에서 다시 만나 제주로 가서, 북해태수(北海太守) 이옹(李邕)의 조카 이지방(李之芳)을 고적과 함께 만났다. 가을 무렵 이백은 두보와 함께 노군(魯郡)의 북쪽에 살고 있는 은사(隱士) 범십(范十)을 방문하기도 하였다. 두보는 이때 이백 및 범십과의 우정을 읊은 시가 있다.

「여이십이백동심범십은거(與李十二白同尋范十隱居이백과 함께 은거하고 있는 범십을 찾다)」

두보(杜甫)

이백에게 좋은 글귀 있는데, 李侯有佳句이후유가구,
때때로 음갱(陳 시인)의 시를 닮았다. 往往似陰鏗왕왕사음갱.
나 또한 동몽(사천성의 산)의 나그네로, 余亦東蒙客여역동몽객,
당신을 형제처럼 여겼네. 憐君如弟兄인군여제형.
취해 잠들면 가을 날씨라 함께 이불 덮고, 醉眠秋共被취면추공피,
손잡고 날마다 함께 다녔다. 携手日同行휴수일동행.
은거 기약한 곳 다시 생각나, 更想幽期處갱상유기처,
돌아와서 북곽 선생(후한, 요부)을 찾았다. 還尋北郭生환심북곽생.
문을 들어서니 고상한 흥취 발하고, 入門高興發입문고흥발,
시중드는 아이 해맑다. 侍立小童清시립소동청.
황혼에 다듬이 두드리는 소리 쓸쓸하고, 落景聞寒杵낙경문한저,
겹겹의 구름이 고성을 대하고 있네. 屯雲對古城둔운대고성.
저번에는 귤송(橘頌)을 읊었는데, 向來吟橘頌향래음귤송,
누구와 더불어 순갱(蓴羹, 고향)을 논할까? 誰與討蓴羹수여토순갱.
잠홀(簪笏, 벼슬)을 논하는 것 원치 않고, 不願論簪笏불원논잠홀,
아득한 창해를 그리워한다. 悠悠滄海情유유창해정.

이백은 좋은 시들은 남북조 시대 진(陳)나라 오언시를 잘 지었던 음갱을 닮았다. 나 두보 또한 사천성 명산현에 있는 몽산으로 이백의 찾아온 나그네로, 이백 당신을 형제처럼 사랑한다. 술이 취해 잠이 들면 쌀쌀한 가을 날씨라 함께 이불을 덮고 날마다 손을 맞잡고 함께 유람하였다. 은거하자던 기약 생각나 다시 노군 북쪽에 은거하고 있던 범십을 찾았다. 방문을 하니 고상한 흥취가 일어나고 시중드는 아이 해맑게 반긴다. 황혼 무렵인데 다듬이 소리 쓸쓸히 들리고 낮게 드리운 구름은 옛날 성을 덮고 있다. 지난 번에는 굴원이

지었다는 「귤송」을 읊었는데, 지금은 누구와 고향을 그리워할까? 벼슬 같은 세상사 부질없고 끝도 없이 멀고 푸른 바다를 그리워한다.

북곽 선생은 후한 때 사람으로 요부(廖扶)를 가리킨다. 평생 동안 은거하였다. 「귤송(橘頌)」은 전국시대 초나라 굴원이 지은 시인데, 여기서는 강직한 성품을 상징한다. 귤나무는 뿌리가 깊고 단단해 옮기기가 어렵기 때문이다. 순갱(蓴羹)은 순채와 국으로, 순갱노회(蓴羹鱸膾)에서 온 말이다. 곧 순채국과 농어회로 고향에서 먹던 순채국과 농어회를 이르는 말이다. 그래서 순갱은 고향을 그리워하는 정을 상징한다. 잠홀(簪笏)은 비녀와 홀로, 벼슬을 상징하는 말이다. 잠(簪)은 벼슬아치의 관(冠)에 꽂던 비녀이고, 홀(笏)은 왕명을 받아 쓰는 대나무 판을 이른다.

위의 시에서 두보는 이백을 찾아 사천성 명산현 몽산까지 찾아왔고 이백 당신을 형제처럼 생각한다고 하였다. 그러면 옛날에 은거하자던 생각이 나서 은둔자 범십을 찾았다는 것이다. 은둔자의 집을 방문하기는 했는데, 쓸쓸하고 지난 날 함께 굴원의 「귤송」을 읊던 생각이 나서 지금의 처지가 쓸쓸하다는 것이다. 마음 한 구석에는 출사에 대한 미련이 여전히 남아 있다.

늦가을 이백은, 자신의 정치적 뜻을 실현하고자 다시 장안으로 가기 위해 떠나는 두보와 지금의 곡부(曲阜) 석문산(石門山)에서 헤어졌다. 이후로 두 시인은 다시는 만나지 못한 듯하다. 이백은 두보와 헤어지면서 이별의 정을 노래하였다.

「**노군동석문송두이보(魯郡東石門送杜二甫**동석문에서 두보를 보내며)」

이별의 술 마시면 언제나 다시 만나리?	醉別復幾日 취별부기일,
산에 올라 연못과 대를 두루 돌아보네.	登臨徧池臺 등림편지대.
어느 때 석문의 길을 나서서,	何時石門路 하시석문로,
다시 금술잔 술을 나누리.	重有金樽開 중유금준개.
가을 사수강 물결 잔잔하고,	秋波落泗水 추파락사수,

바다가 조래산 밝게 비추네. 海色明徂徠해색명조래.
날리는 쑥처럼 각자 길을 떠나니, 飛蓬各自遠비봉각자원,
우선 손 안의 잔이나 마저 비우세. 且盡手中杯차신수중배.

석문산에서 두보와 이별한 뒤 이백은 동로 연주 사구에 기거하였다. 이백은 두보를 그리워하며 「사구성하기두보(沙丘城下寄杜甫)」를 지어 보내기도 하였다.

「사구성하기두보(沙丘城下寄杜甫사구성 아래서 두보에게 부치다)」

내가 온 것은 대체 무엇 때문이기에, 我來竟何事아래경하사,
사구성에 높이 누워있는가? 高臥沙丘城고와사구성.
성 주변에 오래된 나무가 있어서, 城邊有古樹성변유고수,
밤낮으로 가을 소리가 이어지네. 日夕連秋聲일석연추성.
노나라 술은 취할 만하지 않고, 魯酒不可醉노주불가취,
제나라 노래는 괜스레 또한 정겹구나. 齊歌空復情제가공부정.
그대를 향한 그리움이 문수와 같으니, 思君若汶水사군약문수,
넘실넘실 남으로 흐르는 물에 부치네. 浩蕩寄南征호탕기남정.

사구성은 지금의 산동성 액정으로, 이백의 집이 있던 동로 지역이다. 낙양에서 처음 만난 후 다시 가을에 양송 지역에서 두보와 고적 두 사람을 만나 유람하였지만, 헤어진 후 두보가 생각이 났던 것이다. 그래서 이백이 가을 동로에서 머물면서 함께 노닐던 두보를 그리워하고 있다. 그 그리움이 커서 술을 마시고 노래를 들음으로써 그리움을 삭히고 싶지만 뜻대로 되지 않는다. 그래서 산동성을 흐르는 문수의 강물처럼 그리움이 넘실넘실 넘친다.

이백은 동로 연주 사구에서 두보를 그리워하는 시를 부쳤고 두보도 이듬해 봄에 이백을 그리워하는 시 「춘일억이백(春日憶李白)」을 보냈다.

이백은 천보 3(744)년 궁중에서 쫓겨난 후 천보 14(755)년 안녹산의 난이 일어나기까지 약 10년 간 중국 각지를 유람하였다. 젊은 시절 1차 유람은 시가 대체로 협객에 관한 것으로 호방하고 장엄한 감정의 표출이 많았는데, 이 무렵 2차 유람은 3년 동안 당나라 왕실에서 자신의 뜻을 이루지 못하고 쫓겨난 것 때문인지 현실 불만의 시가 많다. 그러면서도 현실 초월의 시를 많이 지었다. 궁중에서 쫓겨난 후 이백은 생계를 위해 지방의 관리들로부터 시를 지어주고 그 보답으로 얼마간의 노자 돈을 받았던 것 같다. 한편으로는 냉대와 멸시 속에 삶을 이어가고 있었던 것이다.

이백은 두보와 헤어진 후 천보 5(746)년 가을에 소흥에 기거하는 하지장(賀知章)을 방문하기 위해 길을 나섰다. 천보 6(747)년 회남을 거쳐 회계를 유람하고 월중(越中) 절강성 소흥 하지장의 고향에 도착해 보니, 이미 하지장은 이 세상 사람이 아니었다.

「**대주억하감(對酒憶賀監**술을 대하니 하지장이 떠오르네**)**」

사명산에 광객이 있으니,	四明有狂客사명유광객,
풍류를 아는 하지장일세.	風流賀季眞풍류하계진.
장안에서 한번 서로 만났을 때,	長安一相見장안일상견,

중국 절강성 소흥에 있는 하지장의 고택

나를 귀양 온 신선이라 불렀지. 呼我謫仙人호아적선인.
옛날 잔속에 물건(술)을 좋아하더니, 昔好盃中物석호배중물,
지금은 소나무 아래 먼지가 되었구나. 今爲松下塵금위송하진.
금 거북을 술로 바꾸어 놓고 보니, 金龜換酒處금구환주처,
추억으로 눈물이 수건을 적시네. 却憶淚沾巾각억루첨건.

광객이 사명산으로 돌아가니, 狂客歸四明광객귀사명,
산음 도사들이 맞이하였네. 山陰道士迎산음도사영.
칙명으로 경호의 물을 내리니, 敕賜鏡湖水칙사경호수,
그대의 누대와 연못에는 영광이었지. 爲君臺沼榮위군대소영.
사람은 죽고 옛 집만 남았는데, 人亡餘故宅인망여고택,
공연히 연꽃만 피어있으리. 空有荷花生공유하화생.
이를 생각하니 아득하기가 꿈만 같아, 念此杳如夢염차묘여몽,
처연히 내 마음만 슬퍼지네. 凄然傷我情처연상아정.

장안에서 처음 만났을 때, 자신의 재능을 알아봐 주어 적선(謫仙) 곧 하늘에서 쫓겨난 신선이라고 하였던 하지장이 벼슬에 물러나 고향 땅으로 갔는데,

하지장이 하사 받은 감호(경호)의 모습이다.

그를 만나로 와 보니 이제 이 세상 사람이 아니라는 것이다. 술을 좋아해 3품 이상 관리가 관복의 띠에 매는 거북 모양의 금으로 된 장식물인 금구를 술집에 저당 잡히면서까지 술을 사 주었는데, 지금은 소나무 아래 먼지가 되었다는 것이다.

하지장이 고향 땅 사명산으로 돌아가니 고향의 도사들이 다 반겨주었다. 그리고 현종이 경호의 한 부분을 하사하니 집안의 영광이었다. 지금 그곳을 가보니 사람은 죽고 옛집만 남아 내 마음을 아프게 한다.

비통한 마음으로 금릉으로 가는 길에 다시 하지장을 추억하면서 「중억(重憶)」이라는 시를 지었다.

「중억(重憶거듭거듭 생각하다**)」**

강동으로 가고 싶은 생각 있지만,	欲向江東去욕향강동거,
가게 되면 누구랑 술을 마실까?	定將誰擧杯정장수거배.
회계산에 하노인 안 계시다니,	稽山無賀老계산무하로,
술 싣고 간 배 그대로 돌아오겠지.	却棹酒船回각도주선회.

하지장과의 인연을 짐작하게 하는 시이다.

금릉에 도착해 보니, 친구 최성보가 피살되었으며, 이적지는 자살하였고, 이옹도 죽음을 당하였다는 천청벽력 같은 소식을 듣게 된다. 당시 실권자 이임보가 권력을 독점하였으며 군사의 대권은 안녹산이 쥐고 있었다. 746년 형부상서 위견(韋堅)과 군사령관인 농우절도사 황보유명(皇甫惟明)은 이임보의 참언으로 참형을 당한다. 참언은 태자를 옹립하여 왕의 자리에 앉히려고 하였다는 것이다. 이 사건에 연류된 사람 가운데 위견과 친한 사이였던 이백의 친구인 이적지가 강서의 의춘 태수로 좌천된 후 압력을 받고 자살하게 되었던 것이다. 또 이백의 친구인 감찰어사 최성보는 위견의 선정(善政)을 칭송하였다는 이유로 호남의 상음(湘陰)으로 추방되었다. 그리고 북해 태수이옹과 산동 치천 태수 배돈복도 피살당했던 것이다. 이런 현실에 이백은 조정에는 간신만 득실거리고 충신은 모두 사라졌음을 한탄하는 시를 짓기도 하였다.

금릉에 있으면서 산동성 동로로 가는 벗 양연(楊燕)이나 소씨(蕭氏) 등에게 3년 동안 집을 비워둔 채 남매만 있는 집 걱정을 하면서 그들의 안부를 부탁하기도 하였다. 평양(平陽)과 백금(伯禽)에 대한 애정이 담긴 시를 감상해 보자.

「**기동로이치자재금릉작(寄東魯二稚子在金陵作**동로의 두 아이에게 보내려고 금릉에서 짓다**)**」

오나라 땅 뽕나무 잎이 푸르고,	吳地桑葉綠오지상엽록,
누에들은 벌써 세 번이나 잠을 잤네.	吳蠶已三眠오잠이삼면.
떠나온 집 동로로 글 써 보내니,	我家寄東魯아가기동로,
구산 밑 밭에는 누가 씨를 뿌렸을까?	誰種龜陰田수종구음전.
봄 농사 분명 때 맞추지 못했을 텐데,	春事已不及춘사이불급,
강가로 나가봐도 멍할 뿐이네.	江行復茫然강행부망연.
남풍에 부친 집으로 돌아가고픈 마음,	南風吹歸心남풍취귀심,
날아다가 선술집 앞에 떨어지고 마네.	飛墮酒樓前비타주루전.
집 동쪽에 한 그루 복숭아나무,	樓東一株桃누동일주도,
가지와 잎 푸른 아지랑이 쓰다듬겠네.	枝葉拂青煙지엽불청연.
그 나무 내가 심은 것으로,	此樹我所種차수아소종,
헤어진 지 삼 년이 되어가는 지금.	別來向三年별래향삼년.
집 높이로 훌쩍 자랐을 것인데,	桃今與樓齊도금여루재,
나는 여태껏 돌아가지 못하고 있네.	我行尙未旋아행상미선.
귀여운 딸아이 이름이 평양인데,	嬌女字平陽교녀자평양,
꽃을 꺾고 복숭아나무에 기대네.	折花倚桃邊절화의도변.
꽃 꺾어도 아비 얼굴 볼 수 없어서,	折花不見我절화불견아,
눈물 마치 샘물처럼 흘리고 있겠지.	淚下如流泉누하여유천.

이름이 백금인 아들 녀석은, 小兒名伯禽소아명백금,
지금쯤 누이만큼이나 자라 있으리. 與姊亦齊肩여자역재견.
둘이서 복숭아나무 밑 걸어가고 있을 때, 雙行桃樹下쌍행도수하,
누가 자식들을 어루만져주나. 撫背復誰憐무배부수련.
이런 생각 하다가 세상일 가늠 못하고, 念此失次第염차실차제,
슬퍼 애간장이 끊어지는 듯하다. 肝腸日憂煎간장일우전.
흰 비단 찢어 먼 곳의 그리운 맘 적어서, 裂素寫遠意열소사원의,
집 있는 문양천으로 띄워 보내네. 因之汶陽川인지문양천.

이백이 현종의 부름을 받기 전까지 산동성 동로 임성에 10여 년 살았다. 그때 자식들은 남겨두고 홀로 상경하였던 것이다. 그리고 벼슬길에 떨어져 나온 후, 유랑을 하였는데, 벌써 동로 곧 산동성 임성에 못간 지 3년이 되었다. 그래서 동로로 가는 벗에게 안부 시를 부친다는 것이다. 아버지의 정(情)이 물씬 느껴지는 시이다. 내가 떠날 올 때 심은 복숭아나무를 기점으로 하여, 아버지 보듯이 그 꽃을 하염없이 바라볼 딸 평양과 그 누이만큼 자랐을 아들 백금에 대한 그리움이 잘 묻어나고 있는 시이다.

천보 7(748)년 지금의 개봉 동남의 양원으로 가기 위해 지금의 안휘성 북부 지방인 호북의 호현을 지나다가 노군묘(老君廟) 곧 도교의 창시자인 노자(老子)의 묘를 배알하게 된다. 당 현종은 노자를 신격화하여 태상현원황제(太上玄元皇帝)로 봉하기도 하였다. 현종은 『도덕경(道德經)』을 직접 주석을 달아 일반 백성들의 집에 비치하도록 하였으며, 숭현학(崇玄學)을 세워 도교를 적극 장려하기도 하였다. 뿐만 아니라 도교의 저서들을 과거 시험 과목으로 채택하기도 하였다. 이런 시대적 분위기가 이백을 도교에 귀의하는 데 일조했을 것이다.

이후 이백은 천보 10(751)년 봄에 동로의 집으로 향하게 되었다. 집으로 돌아온 후 가을 남양에 은거하고 있는 원단구를 만나 잠시 생활을 함께 하는데, 그때 왕창령에게 편지를 보내 함께 석문산에 은거할 것을 권유하기도

하였다. 그러나 이백의 마음에는 아직도 세상을 구할 뜻이 남아 있었다. 그때 친구 하창호(何昌浩)가 유주절도사의 막부에서 판관(判官)을 맡았다는 소식을 접하고 북방 유주(북경 근처)행을 결심한다. 그러면서 부인 종씨가 유주행을 만류하는 것을 설득하고자 「공무도하」를 지은 것 같다. 한편으로는 장안에서 정치적 포부를 펼칠 기회를 박탈 당하자 새로운 활로를 찾기 위해 유주행을 선택했을 수도 있다.

「공무도하(公無渡河)」

황하는 서쪽에서 와 곤륜산(崑崙山)에서 넘쳐흐르고,	黃河西來決崑崙황하서래결곤륜,
만리를 포효하며 용문(龍門)에 닿네.	咆哮萬里觸龍門포효만리촉룡문.
물결이 하늘까지 그득하니,	波滔天파도천,
요(堯)임금은 탄식하네.	堯咨嗟효자차.
우(禹)임금이 뭇 강물 다스릴 적에,	大禹理百川대우리백천,
아이가 울어도 집에 들르지 않았다네.	兒啼不窺家아제불규가.
급류의 속도를 줄이고 홍수를 막아,	殺湍堙洪水쇄단인홍수,
온 땅은 비로소 누에 치고 삼도 심었네.	九州始蠶麻구주시잠마.
홍수의 해로움이 이에 없어짐이,	其害乃去기해내거,
바람에 모래 날아가듯 아득해졌네.	茫然風沙망연풍사.
머리 풀어헤친 노인은 미치고 망령들어서,	被髮之叟狂而癡피발지수광이치,
맑은 첫 새벽에 물가에 가서 무얼 하려나.	清晨臨流欲奚為청신임류욕해위.
남이야 상관 안 해도 아내는 그를 말리네,	旁人不惜妻止之방인불석처지지,
임이여, 강 건너지 말랬더니 애써 강을 건너는구려.	公無渡河苦渡之공무도하고도지.
호랑이는 때려잡을 수 있으나,	虎可搏호가박,
강을 걸어서 건너기는 어렵다네.	河難憑하난빙.
임이여, 끝내 물에 빠져 바다로 흘러가는구려.	公果溺死流海湄공과닉사류해미.

흰 이빨 설산(雪山) 같은 큰 고래 있어, 有長鯨白齒若雪山유장경백치약설산,
임이여, 임이여 뼈가 이빨 사이에 끼리라. 公乎公乎掛罥於其間공호공호괘견어기간,
공후는 님이 돌아오지 못할까 슬퍼하네. 箜篌所悲竟不還공후소비경불환.

우 임금이 홍수를 다스려 천하를 태평하게 만들었듯이 자신도 이 세상을 위해 정치적 포부를 크게 가지기 위해 유주(북경)로 떠날 것임을 암시하는 듯한 전반부이다. 우 임금이 홍수를 다스려 불후의 업적을 남긴 것처럼, 이백 자신도 큰 공을 세우고자 유주행을 결심한다는 것이다. 그리고 후반부는 마치 우리의 노래 「공무도하가」[9]에 나오는 백수광부처럼 강물 속으로 뛰어 들어가는 것을 만류하는 아내의 모습을 연상시킨다. 이는 유주로 가는 행보가 마치 흰 이빨을 드러낸 고래 속으로 들어감을 비유한 듯하다.

이 무렵 유주는 안녹산이 인재와 군대를 모집하고 있던 중이었다. 혹시 이백도 그 인재 등용에 관심을 두면서 한편으로는 장차 일어날 일을 근심하는 듯한 표현을 하였다. 이백 자신을 술 취해 강물로 뛰어 들어가는 미치광이에 비유하여 호랑이 굴 곧 안녹산의 무리 속으로 들어가 죽음마저 불사하겠다는 의지를 보인다. 마치 물속에 빠져 영원히 돌아오지 않는 백수광부처럼, 안녹산의 군대로 인하여 마지막일 수 있기에 아내 종씨가 만류하는 듯한 표현으로 끝을 맺었다. 고래는 안녹산의 무리이고 이백이 그들의 이빨에 걸려 빠져 나오지 못할 것이라고 부인 종씨가 슬퍼하고 있기 때문이다.

천보 10(751)년 봄에 산동성 동로에 있는 집에 갔다가, 잠훈과 함께 가을에 영양(穎陽)의 원단구(元丹丘)를 방문하였다. 그때 지은 시가 「장진주(將進酒)」이다. 「장진주(將進酒)」는 한나라 때 악부(樂府) 고취곡(鼓吹曲) 경가(鐃歌) 18곡 중의 하나이다. 악부의 구제(舊題)를 빌려, 능력은 있는데 펼칠 수 없는 현실을

9) 한치윤, 『海東繹史』 第22券 「樂志」.

노래하고 있다. 장(將)은 청(請)과 같은 의미로 '청한다'는 뜻으로 「장진주(將進酒)」는 권주가의 뜻이다. '술을 들게'라는 뜻이기 때문이다.

「장진주(將進酒)」

그대 보지 못하는가? 君不見군불견
하늘에서 쏟아지는 듯한 저 황하의 물도 黃河之水天上來황하지수천상래
바다로 흘러가 버리면 奔流到海분류도해
다시는 돌아오지 못하는 것을 不復回불부회
그대 보지 못하는가? 君不見군불견
고대광실 맑은 거울에 비친 백발을 슬퍼하는 모습을 高堂明鏡悲白髮고당명경비백발
아침에는 비단실 같은 검은 머리가 朝如青絲조여청사
저녁에는 눈 같이 하얗게 되고 말았네. 暮成雪모성설.
인생에 뜻을 얻었으면 마음껏 즐겨야 할 것이니, 人生得意須盡歡인생득의수진환,
황금술단지를 공연히 달빛 아래 두지 말라. 莫使金樽空對月막사금준공대월.
하늘이 나 같은 재목을 낸 것은 필히 쓸모가 있음이요. 天生我才必有用천생아재필유용,
천금을 다 쓰고 또 다시 돌아오려니, 千金散盡還復來천금산진환부래.
양을 삶고 소를 잡아 한바탕 즐겨 보세. 烹羊宰牛且爲樂팽양재우차위락.
한 번 마시면 응당 삼백 잔을 마셔야지 會須一飮三百杯회수일음삼백배.
잠부자(잠훈)! 단구생(원단구)아! 岑夫子잠부자, 丹邱生단구생!
잔을 멈추지 말고 술을 들게 將進酒장진주 君莫停군막정
그대를 위해 내 노래 한 곡 부르려 하니, 與君歌一曲여군가일곡,
청컨대, 그대 나를 위해 귀를 기울려 들어 주게 請君爲我傾耳聽청군위아경이청.
아름다운 음악도 진귀한 성찬도 귀할 바 아니러니, 鐘鼓饌玉不足貴종고찬옥불족귀,
다만 오랫동안 취해서 깨어나지 않기를 바랄 뿐이네. 但願長醉不願醒단원장취불원성.
예부터 성현은 모두 외롭고 쓸쓸하였고, 古來聖賢皆寂寞고래성현개적막,

오직 술 마시는 사람만 그 이름을 남겼노라. 唯有飮者留其名유유음자유기명.
그 옛날 진사왕(조식)은 평락관에서 잔치할 때 陳王昔時宴平樂진왕석시연평락,
한 말에 만금이나 하는 술도 마음껏 즐겼거늘, 斗酒十千恣讙謔두주십천자환학.
주인은 어찌하여 돈이 적다 하시나. 主人何爲言少錢주인하위언소전.
그대와 마음껏 마시게 어서 빨리 술을 사오시게. 徑須沽取對君酌경수고취대군작.
이 준마와 천금의 털옷도 五花馬오화마 千金裘천금구
아이 불러 좋은 술로 바꾸어 오시게. 呼兒將出換美酒호아장출환미주.
그대와 함께 만고수를 녹여 볼까 하노라. 與爾同銷萬古愁여이동소만고수.

황하가 바다로 가면 다시 돌아오지 못하는 것처럼, 우리 인생도 한 번 가면 되돌릴 수 없다. 그러니 만나서 술잔치나 한 번하자. 이백의 자유분방한 모습으로 인생무상을 노래하였다. 세상이 인재를 몰라주는 것에 대한 이백의 슬픔이다.

이후 이백은 북쪽 유주로 향했다. 황하를 건너 하북도 낙주와 광평, 임낙과 한단을 거쳐 마침내 이백은 천보 11(752)년 10월에 유주에 도착하였다. 유주에 도착한 후, 이백의 행적을 알 수 있게 하는 시 한 편을 감상해 보자.

「**출자계북문행(出自薊北門行**계의 북쪽 문을 나서며**)**」

북쪽 오랑캐 군진, 거칠은 북쪽들에 늘어서고, 虜陣橫北荒로진횡북황,
오랑캐별이 뾰족한 빛을 발하네. 胡星耀精芒호성요정망.
깃 달린 격서(檄書)가 번개처럼 날아들고, 羽書速驚電우서속경전,
봉화가 낮에도 연이어 타오른다. 烽火晝連光봉화주연광.
호죽(虎竹)으로 변새의 급난을 구하며, 虎竹救邊急호죽구변급,
싸움 수레 빽빽이 길을 떠났다. 戎車森已行융거삼이행.
영명한 군주는 자리가 편치 않아, 明主不安席명주불안석,
검을 빼어들고 마음을 떨치도다. 按劍心飛揚안검심비양.

수레 밀며 용맹한 장수 나가시고, 推轂出猛將추곡출맹장,
깃발이 잇달아 전쟁터에 등장한다. 連旗登戰場연기등전장.
병사들 위세는 변방에 드높고, 兵威衝絶幕병위충절막,
살기마저 하늘을 찌를 듯하네. 殺氣凌穹蒼살기릉궁창.
병졸들 적산 아래 늘어서 있고, 列卒赤山下열졸적산하,
군영은 자새(만리장성) 옆에 진을 쳤네. 開營紫塞旁개영자새방.
초겨울 모래 바람 거세어, 孟冬風沙緊맹동풍사긴,
깃발마저 찢어져 떨어지네. 旌旗颯凋傷정기삽조상.
화각(뿔피리)소리는 달 뜬 사막에 슬퍼, 畫角悲海月화각비해월,
병사의 옷에 서리 가득하네. 征衣卷天霜정의권천상.
칼날 휘둘러 오랑캐를 베며, 揮刃斬樓蘭휘인참루란,
시위 한껏 당겨 현왕(선우 참모)을 죽이노라. 彎弓射賢王만궁사현왕.
선우(單于)를 한바탕 토벌하고 나니, 單于一平蕩단우일평탕,
졸개들도 어느 틈에 달아났도다. 種落自奔亡종락자분망.
공을 거두어 천자께 보고하고, 收功報天子수공보천자,
행진곡 부르며 함양(咸陽)으로 돌아온다. 行歌歸咸陽행가귀함양.

이백이 유주(북경)에 도착한 후, 변방의 모습을 그린 시이다. 곧바로 오랑캐가 쳐들어 올 것 같은 분위기이다. 새 깃털을 붙여 긴급을 알리는 화살이 날아들고 병사들을 징집할 때 쓰는 부절이 급함을 구하니 싸움 수레가 빽빽이 길을 떠난다. 기세가 등등한 병사들은 오랑캐를 쳐부수고 천자께 보고하고 행진곡을 부르며 장안으로 돌아온다는 것이다. 마치 이백이 꿈꾸던 내용으로 마무리하고 있는 것 같다.

이백은 천보 12(753)년 봄 유주를 작별하고, 남쪽으로 요양 위주를 지나 분주를 유람하고 양송으로 들어갔다가, 가을에 남쪽 선성에 닿았다. 이백은, 746년 이임보의 참언으로 추방되었던 최성보를 선성에서 다시 만나 경정산

을 오르기도 하였다.

「유경정기최시어(遊敬亭寄崔侍御경정산을 노닐며 최성보 시어에게 부치다)」

내가 경정산 아래에 살고 있는데,	我家敬亭下아가경정하,
매번 사조의 시를 이어 읊네.	輒繼謝公作첩계사공작.
수백 년 전의 일이지만,	相去數百年상거수백년,
그 풍도가 어제 일인 듯 눈에 선하네.	風期宛如昨풍기완여작.
가을 달 떠오를 때 높은 곳에 올라,	登高素秋月등고소추월,
푸른 산의 성곽을 내려다보네.	下望青山郭하망청산곽.
무리 진 원앙과 백로를 굽어보니,	俯視鴛鷺郡부시원로군,
마시고 쪼느라 절로 지저귀며 뛰노네.	飮啄自鳴躍음탁자명약.
그대는 비록 뜻을 이루지 못했지만,	夫子雖蹭蹬부자수층등,
요대의 눈 속에 있는 학과 같네.	瑤臺雪中鶴요대설중학.
홀로 서서 떠다니는 구름 바라보며,	獨立窺浮雲독립규부운,
그 마음은 높은 하늘에 있었다.	其心在寥廓기심재요곽.
때때로 와서 나를 한 번 찾아주며,	時來一顧我시래일고아,
아욱과 콩잎(거친 음식)을 웃으며 먹었네.	笑飯葵與藿소반규여곽.
세상살이 마치 가을바람과 같아서,	世路如秋風세로여추풍,
서로 만나도 언제나 쓸쓸하였지.	相逢盡蕭索상봉진소삭.
내 허리에 옥으로 장식한 검이 있어,	腰間玉具劍요간옥구검,
마음속으로 승낙한 것은 저버리지 않으리라.	意許無遺諾의허무유낙.
씩씩한 선비를 가벼이 여길 수 없는 법이니,	壯士不可輕장사불가경,
운각(공신각)에서 만나기를 기약하네.	相期在雲閣상기재운각.

이백도 옛날 사조가 선성태수로 있던 경정산 아래에 살면서 사조의 시를 읊고 있다. 그러면서 경정산에 올라 아래를 내려다보니 무리 진 원앙과 백로

가 먹이 활동을 하는 모습도 본다. 이백이 경정산에서의 일상사를 보여주고 있다. 그리고 최성보가 비록 벼슬자리에서 물러났지만 여전히 학과 같은 풍모를 지니고 있으며, 세상 사람과 세상은 그를 버려도 때때로 나 이백을 찾아와 거친 음식도 웃으며 먹는다고 하였다. 그러면서 이백은 최성보와의 맺은 의리를 반드시 지키겠다고 계찰(季札)의 고사를 들어 다짐하기도 한다. 계찰이 진(晋)나라로 사신가면서 서(徐)나라에 들렀는데, 서나라 임금이 계찰이 차고 있는 검을 탐냈지만, 차마 달라고는 하지 못했다. 계찰은 서나라 임금의 마음을 알았지만 사신의 의전용이기 때문에 줄 수가 없었다. 계찰이 돌아오는 길에 서나라에 들렀는데, 서나라 임금은 죽고 없었다. 이에 계찰은 자신이 차고 있던 검을 풀어 서나라 임금의 무덤가 나무에 묶어두고 왔다는 이야기이다. 계찰이 마음 먹었던 바를 행한 것이다. 이백도 최성보와 맺은 의리를 계찰처럼 반드시 지키겠다는 다짐을 하였다. 또한 장래에 관직에 올라 공을 세울 것을 기약하였다.

이백은 경정산을 7번이나 올랐다고 했는데, 그 이유는 도우(道友)였던 옥진공주 때문일 수도 있다. 또 이백은 중국 남조 제(齊, 479~502)의 문학가인 사조를 몹시 흠모하였다. 사조가 선성 태수로 있던 선성에 와서 그를 기념하여 만든 사조루에 와서 시를 짓기기도 하였다.

「선주사조루전별교서숙운(宣州謝朓樓餞別校書叔雲선주의 사조루에서 교서 숙운을 전별하다**)」**

나를 버리고 간,	棄我去者기아거자,
지난 세월은 머물러 있게 할 수 없고.	昨日之日不可留작일지일불가유.
내 마음을 어지럽게 하는,	亂我心者난아심자,
현재의 세월은 번민과 근심이 많도다.	今日之日多煩憂금일지일다번우.
만 리까지 부는 긴 바람이 가을 기러기를 보내고,	長風萬里送秋雁장풍만리송추안,
이것을 대해서 이 높은 사조루에서 술 마실 만하도다.	對此可以酣高樓대차가이감고루.

봉래의 문장과 건안의 풍골, 蓬萊文章建安骨봉래문장건안골,
중간에 소사가 있어 또 맑게 문장을 발표했다. 中間小謝又清發중간소사우청발.
두 사람 다 일흥을 품고 있어서, 俱懷逸興壯思飛구회일흥장사비,
푸른 하늘에 올라 해와 달을 보고자 한다. 欲上青天覽日月욕상청천람일월.
칼을 뽑아 물을 갈라도 물은 다시 흐르고, 抽刀斷水水更流추도단수수갱류,
잔을 들어서 수심을 녹여보지만 수심이 다시 솟아난다.
擧杯銷愁愁更愁거배소수수갱수.
사람이 이 세상 살면서 세상과 뜻 맞지 않더라도, 人生在世不稱意인생재세불칭의,
내일 아침에는 산발한 머리로 작은 조각배를 희롱하련다.
明朝散髮弄扁舟명조산발롱편주.

나를 버리고 간 지난 세월은 붙잡아 둘 수 없고, 내 마음을 어지럽게 하는 오늘은 근심이 많다. 만 리 긴 바람에 가을 기러기 보내고 이러한 때 높은 누각에서 술 취하기 좋다. 교서 숙운의 문장은 봉래의 문장과 건안의 풍골이 있고, 중간에 소사처럼 이백 자신은 또 맑게 문장을 발표했다. 두 사람 다 표일한 흥취를 품고 있어서 푸른 하늘에 올라 해와 달을 구경해 보고자 한다. 칼을 뽑아 물을 끊어도 물은 다시 흐르고 술잔 들어 근심을 씻어도 수심은 더욱 수심이 된다. 사람이 이 세상 살면서 세상과 뜻 맞지 않더라도 내일은 산발한 머리로 일엽편주 타고서 떠나려고 한다.

사조루는 안휘성 선주(선성)에 있는 누각이다. 선주의 사조루에서 교서 벼슬을 지낸 아저씨뻘 되는 이운(李雲)과 전별하면서 쓴 시이다. 그런데 이 시를 감상해 보면 전별시의 느낌이 없다. 이운은 양귀비를 어릴 적 키워준 사촌 오빠 양국충의 잘못을 거론하다가 좌천된 인물이기도 하다. 제목에서의 '숙(叔)'은 친척 관계를 나타내는 것이 아니고 공경의 뜻으로 쓰인 글자이다. 지난 세월은 머물게 할 수 없고 내 마음을 어지럽게 하는 것은 현재의 근심과 번민이 많기 때문이라고 하였다. 전별시인데 자기 이야기만 하고 있다. 그러

면서 좌천되어 가는 이운의 문장을 높게 평하면서 자신의 문장도 사조에 비유하였다. 이백은 사조를 존경하여 죽을 때도 사조루 근처에서 죽었다. 또한 이 전별시에서 이백은 자신과 이운의 기상을 낭만적 상상력으로 표현하여 푸른 하늘에까지 올라가서 해와 달을 구경하자고 했다. 그러면서 수심은 칼로 물 베기처럼 베고 베도 끝이 없으며 그 수심을 술로 달래보고자 하나 자꾸 더 솟아난다고 하였다. 이 세상과 자신이 품은 뜻이 맞지 않으면 내가 이 세상을 미련 없이 떠나면 된다고 하였다. 이운과의 전별을 통해 이백은 자신의 과거와 이별하고 있다. 그래서 내일 아침에는 미련 없이 산발을 하겠다고 한 것이다. 이것은 벼슬에 대한 미련을 버린다는 뜻이기도 하다. 이백이 서서히 신선의 세계로 다가가고 있다.

이백은 겨울에 금릉으로 와서, 개봉 봉지에서 온 은자를 만나 「금릉강상우봉지은자(金陵江上遇逢池隱者)」라는 시를 지어, 나그네의 시름을 달래기도 하였다. 천보 13(754)년에 광릉을 유람하고 위만(魏萬)을 만나 금릉 진회로 다시 들어갔다가 유람한 후 다시 선성으로 돌아왔다. 이후 위만은 이름을 위호(魏顥)로 개명하였으며, 이백의 시를 모아 『이한림집(李翰林集)』을 편찬하기도 하였는데, 지금은 「이한림집서(李翰林集序)」만 전하고 있다. 『전당시(全唐詩)』 권261에 위만의 시 「금릉수이한림적선자(金陵授李翰林謫仙子)」 1편이 전하는데, 천보 12(753)년 가을에 이백을 만나러 양원(梁園, 개봉 부근)으로, 동로(東魯, 산동성) 등지로 다녔지만 결국 만나지 못한 아쉬움을 토로하고 있다. 이런 친분으로 인해 『이한림집(李翰林集)』을 편찬하기도 하고 「이한림집서(李翰林集序)」를 쓰기도 한 것이다.

이백은 천보 13년 겨울 안휘성에 위치한 구화산을 유람하게 된다. 고제(高霽)와 위권여(韋權輿) 등과 함께 구화산을 올랐다.

중국 안휘성 선성에 있는 사조루와 그 앞 마당을 지키고 있는 이백의 상

「개구자산위구화산연구(改九子山爲九華山聯句구자산을 구화산으로 바꾸어서 연구로 지음)」 병서(幷序)

청양현 남쪽에 구자산이 있는데 산 높이가 수천 장이며 그 위에 연꽃 같은 아홉 봉우리가 있다. 서적을 살펴 이름을 징험하려(이름의 유래를 살피는 것) 해도 근거할 바가 없고, 태사공 사마천이 남쪽을 노닐 때도 빠뜨리고 기록하지 않았다. 사적이 옛 노인의 입에서 끊어지고 또 어진 현인의 기록도 빠져 비록 신선이 왔다 해도 이를 읊은 것에 대해 거의 듣지 못하였다. 내가 그래서 옛 이름을 지우고 구화라는 명칭을 더하였다. 당시 강수와 한수 지역에서 도를 찾다가 하후회의 집에서 쉬면서 처마를 열고 두건을 제쳐 올리고 앉아서 소나무에 내린 눈을 바라보았는데, 이로 인해 두세 사람과 시구를 돌아가며 지어서 이를 후세에 전한다(靑陽縣南有九子山, 山高數千丈, 上有九峰如蓮華. 按圖徵名, 無所依據, 太史公南遊, 略而不書. 事絶古老之口, 復闕名賢之紀, 雖靈仙往復而賦詠罕聞. 予乃削其舊號, 加以九華之目. 時訪道江漢, 憩於夏侯廻之堂, 開檐岸幘, 坐眺松雪, 因與二三子聯句, 傳之將來).

모유(근원)가 음양의 기운을 나누어,	妙有分二氣묘유분이기,
신령스런 산에 아홉 꽃을 피웠네.	靈山開九華령산개구화. (李白)
층층이 높은 산은 봄 해를 막고,	層標遏遲日층표알지일,

절벽 절반에 아침노을이 밝네. 半壁明朝霞반벽명조하. (高霽)
쌓인 눈은 그늘진 골짜기에서 빛나고, 積雪曜陰壑적설요음학,
나는 듯한 물은 햇볕 드는 벼랑에서 뿜네. 飛流噴陽崖비류분양애. (韋權輿)
눈 덮인 나무의 빛은 푸르게 빛나고, 靑熒玉樹色청형옥수색,
신선의 집이 아득히 보이네. 縹緲羽人家표묘우인가. (李白)

세 사람이 구화산에 올라 지은 연구이다. 먼저 구자산을 구화산으로 이름을 바꾼 이유를 서문으로 제시하고, 이백·고제·위권여가 차례로 시를 지었고, 마지막 구는 이백이 한 번 더 지었다. 고제는 당시 은거하던 인물이었고 위권여는 청량현령이었던 위중감(韋仲堪)이다. 위중감의 자가 권여이다. 구화산은 지금의 안휘성 청양현 남쪽에 위치한 산이다. 이백은 구화산을 신선들이 사는 집으로 묘사하였으며, 고제와 위권여는 구화산의 절벽과 눈 덮인 모습을 그렸다. 이백이 청량현령 위중감에게 준 시도 있다.

「**망구화증청양위중감(望九華贈靑陽韋仲堪**구화산 바라보며 청양현령 위중감에게 주다**)**」

예전에 구강(九江) 배 위에서, 昔在九江上석재구강상,
멀리 구화봉 바라보았네. 遙望九華峰요망구화봉.
은하수 푸른 물 걸어두어, 天河掛綠水천하괘록수,
빼어난 아홉 송이 연꽃 피었네. 秀出九芙蓉수출구부용.
손 흔들며 세속을 떠나고자 하는데, 我欲一揮手아욕일휘수,
누구를 따를 수 있을까? 誰人可相從수인가상종.
그대 손님 접대하는 주인 되어, 君爲東道主군위동도주,
여기 구름 소나무에 누웠네. 於此臥雲松어차와운송.

앞부분에서는 옛날 구강의 배 위에서 보았던 구화산의 아름다운 모습을 그렸고, 후반부는 청양현령 위권여(위중감)와의 내용을 엮었다. 구화산 모습으

로는, 높은 절벽에서 쏟아지는 폭포와 연꽃을 닮은 아홉 봉우리를 묘사하였고, 위권여와의 내용으로는, 구화산을 보고 세속을 떠나고자 하였는데 자신을 이끌어 줄 사람이 소나무와 구름 사이에 누워 있는 위권여라는 것이다. 구름과 구름 사이에 유유자적하며 살고 있는 사람이 위권여이기 때문이다. 구화산의 선경과 위권영의 신선다운 풍모가 잘 드러난 시이다. 이백은 안휘성에서 독서당을 세우고 잠시 은거하기도 하였다. 그러면서 경현에 거주했던 지방의 호족 출신인 왕륜과 친분을 쌓기도 하였다. 이백이 천보 14(755)년 안휘성을 떠날 때 왕륜은 청익강(靑弋江)까지 나와서 전송하기도 하였다.

「**증왕륜(贈汪倫**왕륜에게 주다**)**」

나 이백이 배를 타고 떠나려 할 때,	李白乘舟將欲行이백승주장욕행,
문득 언덕 위로 답가소리가 들려오네.	忽聞岸上踏歌聲홀문안상답가성.
도화담의 깊이가 천 길이라지만,	桃花潭水深千尺도화담수심천척,
왕륜이 나를 보내는 정에는 미치지 못하네.	不及汪倫送我情불급왕륜송아정.

이백이 왕륜에게 대접을 받은 모양이다. 그러면서 떠날 때 청익강까지 나와서 답가 곧 발로 땅을 구르면서 박자를 맞추며 손을 잡고 부르는 노래로 송별(送別)하였던 것이다. 이백이 배를 타고 떠나려 할 때 왕륜이 식솔들을 이끌고 강가까지 나와 이별의 아쉬움을 노래로 달래 주었으며, 도화담의 깊이가 천 길이나 되지만 왕륜이 나를 보내는 마음의 깊이보다도 못하다는 것이다. 두 사람의 우의를 짐작할 수 있는 표현이다.

청나라 때 원매(袁枚)가 쓴 『수원시화(隨園詩話)』에 따르면 전혀 안면이 없는 왕륜이 이백이 곧 안휘성을 유람한다는 소문을 듣고, 그에게 편지를 보내 경천(經川) 지방에 오라고 요청하였다.

"선생께서는 유람을 좋아하시죠? 이곳은 십리 뻗은 복숭아 꽃(十里桃花)이 있습니다. 술을 마시기 좋아하시죠? 이곳에 술집이 만 집(萬家酒店)이 있습니다."

이백은 기쁜 마음으로 찾았다. 왕륜을 만나, '도원과 술집이 어디 있느냐?' 고 물으니 왕륜이 대답하기를

"도화(桃花)는 연못의 이름이고 만가(萬家)는 술집의 주인 성이 만(萬)씨이지 술집이 만 집이 있는 것은 아닙니다."

이백은 크게 웃고 며칠 묵고 떠나면서 이 시를 써 주었다고 한다.

다섯째 시기(755~762)는 55세부터 62세로, 안녹산의 난이 일어난 시기이기도 하다. 안녹산의 난이 일어나던 755년 이때 이백은 금릉(남경)을 여행하고 안휘성 선성(宣城)에 있었다. 종씨(宗氏)부인은 수양(睢陽, 지금의 강서성 남창)에 있었고, 아들 백금(伯禽)은 하구(瑕丘)에 머물고 있었으며, 딸 평양(平陽)은 출가하였다. 안녹산의 난이 일어났다는 소식을 접한 이백은 곧바로 종씨부인이 있는 수양으로 갔다.

이때 당나라 왕실은 당 현종이 양귀비에 빠져 정치를 게을리 하자 변방의 절도사였던 안녹산이 11월에 군사를 일으켜 장안으로 쳐들어왔던 것이다. 난이 일어난 지 1달 만에 동도 낙양이 안녹산의 군대에 넘어가고, 안녹산은 이듬해인 756년 정월 그곳 낙양에서 대연황제(大燕皇帝)에 즉위하였다. 동관을 지키던 가서한의 8만 군사가 무너지자, 놀란 당 현종을 양귀비를 데리고 촉의 성도로 피난 가다가 마외파 언덕에서 군사들의 요구로 양국충을 죽이고, 양귀비까지 죽였다. 이때 이백은 낙양이 함락되었다는 소식을 접하고 종씨부인과 함께 강남인 강서성 여산(廬山)인 병풍첩(屛風疊)으로 피난을 하였다. 피난을 가면서(756년) 지은 시를 감상해 보자.

「분망도중오수 기일(奔亡道中五首 其一 피난길에서 쓴 다섯 수 중 첫째 수)」

소무는 흉노에게 잡혀 천산 위에 있었고, 蘇武天山上 소무천산상,
전횡은 나라를 구하지 못하고 바닷가 섬으로 피했네. 田橫海島邊 전횡해도변.
만 겹의 변새 관문으로 길이 끊어졌으니, 萬重關塞斷 만중관새단,
언제나 돌아갈 수 있을까? 何日是歸年 하일시귀년.

난이 일어났지만 이 난세를 구할 인재가 없다는 것이다. 소무는 한(漢)나라 때 충신으로 흉노족에 사신 갔다가 19년간 억류당했던 인물이다. 그리고 전횡은 전국시대 때 제나라 사람으로 진(秦)나라 말기에, 제나라 부흥을 위해 군사를 일으켰던 인물이다. 그런데 한(漢)나라 유방(劉邦)이 항우(項羽)의 초(楚)나라를 멸망시키고 황제가 되자 전횡은 자신이 처형당할까 두려워 그를 따르는 무리 500여 명과 함께 섬으로 피신하였다가 자살한 인물이다. 이백은 소무처럼 고향으로 돌아가지 못함과 피신하여 자살을 택한 전횡과 같은 처지가 될까 염려하는 마음을 담았다.

「분망도중오수 기이(奔亡道中五首 其二 피난길에서 쓴 다섯 수 중 둘째 수)」

최정백은 떠나서 어디에 있는가? 亭伯去安在 정백거안재,
이릉은 항복하고서 돌아오지 않았네. 李陵降未歸 이릉항미귀.
새벽빛에 근심스런 얼굴로 바뀌니, 愁容變海色 수용변해색,
짧은 옷이 오랑캐 옷으로 바뀌어서라네. 短服改胡衣 단복개호의.

벼슬자리를 버리고 도망가는 관리들을 비판하면서 이백 자신의 근심을 표현하였다. 정백은 동한(東漢) 때 인물로 최인(崔駰)이다. 그는 거기장군(車騎將軍) 두헌(竇憲)의 주부(主簿)였는데, 두헌 장군이 그를 멀리하여 장잠현령(長岑縣令)으로 내보자 자기의 뜻을 펼칠 수 없다고 여겨 고향으로 낙향한 사람이다. 여기서는 안녹산의 난 당시 관직을 버리고 도망친 관리들을 정백에 비유

한 것이다. 그리고 한(漢)나라 무제(武帝) 때 이릉은 흉노족에 투항한 인물이다. 그를 통해서 안녹산 군대에 투항하거나 동조한 관리들을 비유한 것이다. 이런 상황을 통해 새벽녘에 일어난 이백은 중원이 함락되어 근심이 짙다.

「**분망도중오수 기삼(奔亡道中五首 其三**피난길에서 쓴 다섯 수 중 셋째 수**)**」

담소하며 삼군을 물리치는 계책을 가지고도,	談笑三軍卻담소삼군각,
일곱 귀족과의 교유는 드물었다.	交遊七貴疏교유칠귀소.
여전히 내게 화살 한 대가 남아있지만,	仍留一隻箭잉류일척전,
노중련처럼 편지를 묶어 쏘지는 못했다.	未射魯連書미사노연서.

노중련의 일화를 용사(用事)하여, 이백 자신도 노중련처럼 적을 물리칠 능력은 있지만 그러한 기회를 얻지 못함을 아쉬워하고 있다. 노중련은 전국시대 제(齊)나라 사람으로, 진(秦)나라가 조(趙)나라의 수도 한단(邯鄲)을 포위했을 때 진나라에 항복하라는 위(魏)나라의 사신 신원연(新垣衍)을 담화로 설복시켜 조나라를 위기에서 구한 인물이다. 20년 후 연나라의 어느 장수가 제나라의 요성을 공격하여 함락시킨 사건이 일어났다. 제나라에서는 전단 장군을 보내 요성을 되찾고자 하였으나 번번이 실패로 돌아갔다. 이때 노중련이 나타나 연나라 장수에게 편지를 묶은 화살을 쏘아 그를 설복시켰던 것이다. 이처럼 공을 이루고도 그 대가를 바라지 않고 산수자연에 은둔한 인물이 노중련이다. 이백도 나라를 위해 공을 세우고는 노중련처럼 은거하고자했던 것이다. 곧 성공신퇴(成功身退)를 꿈꾸었던 것이다. 노중련처럼 좋은 계책은 있지만 한나라의 일곱 외척[여(呂)·곽(霍)·상관(上官)·정(丁)·조(趙)·부(傅)·왕(王) 곧 조정의 귀족]과의 교류가 없어 조정에 등용되기 어렵고, 노중련처럼 난을 평정할 수 능력은 있지만 실현할 수 없음을 한탄하고 있는 것이다.

「분망도중오수 기사(奔亡道中五首 其四피난길에서 쓴 다섯 수 중 넷째 수)」

중원의 함곡관이 변새의 옥문관이 되었으니, 函谷如玉關함곡여옥관,
어느 때나 살아서 돌아갈 수 있을까? 幾時可生還기시가생환.
낙양이 역수가 되었고, 洛陽爲易水낙양위역수,
숭산도 연산이 되었네. 嵩岳是燕山숭악시연산.
풍속이 변해 변방 오랑캐 말을 하고, 俗變羌胡語속변강호어,
사람들의 얼굴에는 변새의 모래가 가득하다. 人多沙塞顔인다사새안.
신포서처럼 통곡만 하다가, 申包惟慟哭신포유통곡.
칠일 만에 귀밑털이 하얗게 되었다네. 七日鬢毛斑칠일빈모반.

낙양이 안녹산의 군대에 함락됨을 표현하면서, 이백 자신도 전국시대 초나라 신하인 신포서처럼 통곡하고 있다는 것이다. 두련은, 마치 하남성에 위치한 함곡관이 국경의 변방인 옥문관처럼 변해 장안으로 들어갈 수 없는 상황이 되었다는 것이다. 함련도 낙양과 숭산도 이미 안녹산 군대에 점령되어 안녹산의 본거지인 연(燕) 땅이 되었다는 것이다. 경련은 사람들의 말과 풍속도 오랑캐화 되었다는 것이다. 미련은 신포서의 고사를 인용하였다. 전국시대 초(楚)나라 신하인 신포서는 오(吳)나라가 초나라를 침략해 왔을 때 진(秦)나라 조정에 가서 도움을 청했던 인물이다. 그런데 진나라에서는 군사를 내주지 않자, 신포서는 진나라 조정에 7일 동안 통곡을 하였던 것이다. 신포서의 이런 노력으로 초나라를 위기에서 구할 수 있었다. 이백도 신포서와 같은 마음을 가지고 있음을 표현하였다.

분망도중오수 기오(奔亡道中五首 其五피난길에서 쓴 다섯 수 중 다섯째 수)」

끝없는 호수를 바라보니, 淼淼望湖水묘묘망호수,
푸른 갈대 잎이 가지런하네. 靑靑蘆葉齊청청로엽제.
돌아가려는 마음은 어디쯤에 있나? 歸心落何處귀심락하처,

해는 장강 서쪽으로 지는데.	日沒大江西일몰대강서.
봄 풀밭 가에 말을 멈춘 것은,	歇馬旁春草헐마방춘초,
떠나려니 먼 길 어디로 가야 할지 몰라서네.	欲行遠道迷욕행원도미.
누가 참을 수 있겠는가? 자규새가,	誰忍子規鳥수인자규조,
계속해서 자신을 향해 우는 것을.	連聲向我啼련성향아제.

고향을 떠나서 어디로 가야 할지 모르는 막막한 심정과 객지를 떠도는 나그네의 향수를 그렸다. 피난길을 재촉하면서 바라보니 호수는 일망무제(一望無際)로 끝이 없고 호숫가의 갈잎은 이제 막 돋아나기 시작하여 파릇파릇하며 그 높이가 가지런하다. 나는 어디로 가야 하는지? 내가 돌아갈 곳 떨어질 곳은 어디인지? 해는 장강 서쪽으로 져 길 가기 힘들 정도로 날은 어둑어둑 저물어간다. 피난길에 지친 말을 멈춰 봄풀 자라는 곳에서 쉬게 한 뒤 다시 길을 떠나 계속 가려니 길은 먼데다 어디로 가야 할지 모르겠다. 이렇듯 대책 없이 머무는데 소쩍새만 계속하여 쉬지 않고 나를 보고 슬피 울어대니 객지에서 떠도는 사람의 마음만 처량하게 만든다.

이백은 756년 겨울에 금릉(남경)으로 돌아왔다.

이백이 강남을 떠돌 때 당나라 현종은 촉지방으로 몽진(蒙塵)을 갔다. 몽진을 간 후 현종은 지금의 섬서의 남정인 한중(漢中)에서 재상 방관(房琯)의 건의를 받아들려 왕의 명의로 주서를 내려, 태자 이형을 천하병마대원수(天下兵馬大元帥)에 임명하고 삭방(朔方)·하동(河東)·하북(河北)·평로(平盧)의 절도사를 이끌고 황하유역을 수복하는 사명을 책임지게 하였다. 그리고 현종의 16번째 아들 이인은 산남동도(山南東道)·영남(嶺南)·검중(黔中)·강남서도(江南西道)의 절도사에 임명하고, 강릉대도독이 되어 장강 유역을 지키게 하였다. 이는 현종이 권력이 한 곳으로 모이는 것을 분산시키는 정책을 편 것이다. 그러나 이때는 이미 숙종이 당나라 왕으로 즉위한 후였다. 이후 재상 방관을 두둔하던 숙종의 좌습유 두보도 결국 숙종의 미움을 받게 되고 당나라 왕실로부터 쫓겨나는 계기가 되었다. 따라서 현종이 내린 주서는 숙종의 권력을 분산시키는 정책으로, 자신의 권력을 유지하고자 했던 것이다. 그러나 이미 실권은 숙종에게 넘어간 이후이기에 숙종은 영왕 이인을 인정은커녕 묵인도 하지 않았던 것이다.

그 당시 역사적 사실을 살펴보면, 현종의 태자 이형(李亨)은 천보 15(756)년 7월에 영무(靈武)에서 숙종(肅宗)에 즉위하였다. 숙종에 즉위한 후 연호를 지덕(至德)으로 바꾸었다. 그 해 12월에는 강릉대도독(江陵大都督) 영왕(永王) 이인(李璘)은 수군을 이끌고 광릉으로 내려갔으며, 양송과 기주에서 이백, 두보와 함께 놀았던 고적(高適)은 회남절도사(淮南節度使)에 임명되었다.

지덕 원(756)년 12월에 영왕 이인은 군대를 이끌고 강릉에서 금릉으로 내려갔다. 그의 부하 장수 계광침(季廣琛)의 계책에 따라 강회(江淮)의 정예군대로 안녹산 군대를 평정하려는 목적이었다. 지덕 2(757)년 정월에 영왕 이인은 심양(尋陽)을 지나다가, 이백이 강서성 여산(廬山)에 머물고 있다는 사실을 알고, 책사 위자춘(韋子春)을 3번씩이나 보내, 자신의 막부에 들어오기를 간청하였다. 이백은 경국제민(經國濟民)의 심정으로 영왕 이인의 군대에 참여하여 난을 평정하고 나라에 공을 세우고자 하였으나, 이인 군대는 숙종의 명령을 위반하는 꼴이 되어 결국 반란의 세력으로 간주되었다. 따라서 이백은 2개월 동안의 이인의 막부 생활도 막을 내렸다. 이백이 지금의 강서 팽택(彭澤)에 도착하였을 때 체포되어, 지금의 강서 구강(九江)인 심양의 감옥에 갇혔다가 결국 귀주성 야랑으로 유배를 가게 되었던 것이다.

이백은 지덕 2(757)년 12월에 심양에서 장강 상류인 삼협(三峽)으로 유배길에 올랐다. 이때 현종은 성도에서 장안으로 돌아오는데, 그때 귀환을 환영하기 위해 대 사면령을 내리게 되는데, 이백은 해당되지 않았다. 유배가면서 남긴 시 한 편을 감상해 보자.

「유야랑제규엽(流夜郞題葵葉야랑의 유배길에 해바라기를 보고 짓다)」

그대가 능히 뿌리 지키는 것을 보니 부끄럽고, 慚君能衛足참군능위족,
내가 멀리 뿌리 옮긴 것을 탄식하네. 嘆我遠移根탄아원이근.
밝은 태양이 만일 고르게 비춘다면, 白日如分照백일여분조,
고향에 돌아가 정원을 지키리라. 還歸守故園환귀수고원.

사면에 대한 기대와 가족과의 만남이 확연히 드러난 시이다. '햇빛 따라 돌며 잎으로 자신의 뿌리를 가려서 지키는 해바라기도 있는데, 나는 부끄럽게도 내 스스로를 지키지 못하고 뿌리째 뽑혀 먼 곳에 옮겨지듯이 야랑(夜郞)으로 유배되어 가니 참으로 한탄스럽다. 만약 햇빛이 고르게 나누어 비치듯 왕의 은총이 나에게도 미치어 사면이 된다면, 나는 고향에 돌아가 가족들과 농사를 지으면서 살겠노라.'라고 한 것처럼, 야랑으로 귀양 가면서 길가에 핀 해바라기를 보았던 것이다. 해바라기는 자신을 잘 지킬 줄 아는데, 이백은 자신을 지키지 못하고 먼 곳으로 쫓겨 가는 가여운 신세가 되었다는 것이다. 그러면서도 고향에 돌아가서 농사나 짓겠다는 뜻을 보여, 대사면령이 내려지기를 기다리는 이백의 속마음을 드러내었다.

건원(乾元) 2(759)년 삼협(三峽)을 지나며 쓴 시 「상삼협(上三峽)」도 감상해 보자.

「상삼협(上三峽삼협을 거슬러 오르며)」

무산이 푸른 하늘을 끼고 있고, 巫山夾靑天무산협청천,
파수(장강)가 이렇게 흘러가네. 巴水流若玆파수류약자.
파수가 홀연 다 갈 것 같지만, 巴水忽可盡파수홀가진,
푸른 하늘에는 닿을 수가 없네. 靑天無到時청천무도시.
사흘 아침을 황우협 거슬러 올라가지만, 三朝上黃牛삼조상황우,
사흘 저녁은 가는 것이 너무 더디구나. 三暮行太遲삼모행태지.

사흘 아침 또 사흘 저녁, 三朝又三暮삼조우삼모,
귀밑머리가 실처럼 희어졌네. 不覺鬢成絲불각빈성사.

삼협(三峽)을 거슬러 올라가는 과정의 험난함을 표현한 시이다. 중경시 무산현 남쪽에 위치한 무산은 험하여, 중경시 동쪽을 흐르는 장강은 3번씩이나 꺾여 세차게 흐른다. 그렇게 세차게 흐르는 장강도 다할 때가 있겠지만, 저 푸른 하늘에는 이르지 못할 것이라는 것이다. 호북성 의창현 서북쪽 골짜기에 마치 칼을 둘러멘 사람이 소를 끄는 모습을 한 바위가 있는 황우산은, 높을 뿐만 아니라 장강이 이 바위를 끼고 구불구불 굽이져 흐르고 있다. 길이 험난하여 3일 밤낮을 거슬러 올라도 황우산을 벗어나지 못해 머리가 다 셀 정도이다. 유배 길의 험난함을 묘사한 시로, 유배 가는 이백의 복잡한 심정을 이 유배 길에 기탁하였다.

건원 2(759)년 2월에 당나라 조정은 관중(關中) 지역에 발생한 가뭄으로 대사면령을 공포하였다. 이백도 포함되었다. 유배령이 내려진 지 1년 3개월만이다. 그때의 기쁨 마음을 「조발백제성(早發白帝城)」으로 표현하였다.

「조발백제성(早發白帝城아침 일찍 백제성을 출발하다**)」**

아침에 채운 속의 백제성을 떠나, 朝辭白帝彩雲間조사백제채운간,
천리의 강릉길을 하루에 돌아왔네. 千里江陵一日還천리강릉일일환.
강 양쪽엔 원숭이 울음소리 끝없고, 兩岸猿聲啼不盡양안원성제부진,
가벼운 배는 이미 첩첩 산을 지나왔네. 輕舟已過萬重山경주이과만중산.

아침 일찍 채색 구름 속에 있는 백제성을 떠나 강릉까지 천 리 길을 하루에 단숨에 배를 타고 내려왔다. 삼협은 급류라 배가 급하게 지나가는데, 강 양쪽 절벽에서는 원숭이 우는 소리가 그치지 않는다. 그런 강 위를 가벼운 배는 만 겹의 산 속을 순식간에 지나오는 것 같다.

1구의 '채운(彩雲)'은 이백 자신의 사면을 축하하듯이 구름도 아름다운 것이다. 2구의 천리나 떨어져 있는 강릉 땅을 하루 만에 돌아왔다고 한 것은 역시 사면의 기쁨을 과장적으로 표현한 것이다. 배도 가벼운 배로 표현함으로써 흘가분한 이백의 심정을 대변하였다. 삼협은 절경이다. 이백은 양쪽 경치를 구경하면서 내려 왔을 것이다. 하지만 시에서는 양쪽 주변의 풍경에 대한 언급은 없다. 다만 원숭이 울음소리만 들릴 뿐이다. 아주 빨리 돌아가고픈 심정 때문에 경치 구경할 여유가 없다. 그런데 원숭이 소리는 안 들려고 해도 자꾸 들린다. 만겹의 산을 벗어나도 원숭이 울음소리는 귀에 쟁쟁하다. 정말로 빨리 돌아가고픈 심정을 강조하기 위해 원숭이 울음소리만 강조한 것이다. 천재 시인의 고달픈 인생 역정과 시적 능력을 동시에 드러낸 시이다.

장강 삼협의 원숭이 모습

사면을 받은 이백은 강하(江夏)와 악양(岳陽)에서 잠시 요양을 하고 심양(尋陽)으로 돌아갔다. 심양에 돌아온 후 이백은 술로 세월을 보내면서 동정호를 유람하기도 하였다. 상원(上元) 원(760)년 이백은 예순의 나이로 강하로 갔다가 다시 심양에서 강서성 여산(廬山)의 여산폭포를 둘러보았다. 여산의 향로봉과 폭포 그리고 병풍첩을 구경한 이백은, 여산을 떠나 남쪽으로 길을 향했다. 지금의 강서 남창(南昌)인 예장(豫章)으로 가서 종씨 부인을 만나기 위해서이다. 이백은 이곳에서 군대에 징집당하는 장면을 목격하게 된다.

「**예장행(豫章行**예장의 노래**)**」

북풍이 대마(代馬, 오랑캐 말)를 불어 보내,	胡風吹代馬호풍취대마,
북쪽 노양관(魯陽關, 노산의 관문)을 감싸 도네.	北擁魯陽關북옹노양관.

오 땅의 군사가 파양호의 비치며,　吳兵照海雪오병조해설,
서쪽 토벌하러 가니 언제쯤 돌아올까?　西討何時還서토하시환.
상료(上遼) 나루를 반쯤 건널 제,　半渡上遼津반도상료진,
누른 구름 어둡고 낯빛마저 굳었다.　黃雲慘無顔황운참무안.
늙은 어미는 아들을 보내면서,　老母與子別노모여자별,
들풀 사이서 하늘 보고 울부짖네.　呼天野草間호천야초간.
흰 말들은 깃발을 에워싸고,　白馬繞旌旗백마요정기,
구슬피 울며 서로 쫓아 나아간다.　悲鳴相追攀비명상추반.
백양(白楊)나무도 가을 달빛 괴로워서,　白楊秋月苦백양추월고,
서둘러 예장산에서 잎을 떨구네.　早落豫章山조락예장산.
본래 태평한 시대의 사람이라,　本爲休明人본위휴명인,
오랑캐 베기가 애당초 쉽지 않네.　斬虜素不閑참로소불한.
어찌 싸우다 죽는 것을 꺼리랴,　豈惜戰鬪死기석전투사,
군주 위해 흉악한 놈들 쓸어버려야지.　爲君掃凶頑위군소흉완.
정성이 지극하면 바위도 꿰뚫나니,　精感石沒羽정감석몰우,
어찌 험난한 것 꺼리리오.　豈云憚險艱기운탄험간.
누선은 고래처럼 나는 듯 달려,　樓船若鯨飛누선약경비,
낙성만에 거센 물결 일으킨다.　波蕩落星灣파탕락성만.
이 곡은 연주해서는 안 되니,　此曲不可奏차곡부가주,
삼군(三軍)의 머리카락 희끗희끗 세리라.　三軍髮成斑삼군발성반.

안녹산의 군대가 아직 평정되지 않아 남쪽 예장에서 군사들을 징집하는 장면을 직접 보고 쓴 시이다. 전쟁터로 끌려 나가는 아들의 얼굴빛은 사색이 되었으며 그를 지켜보며 이별하는 어머니는 하늘을 보고 울부짖는다. 전쟁의 비참함이 여실히 드러난 시이다. '오랑캐 바람이 불어 오랑캐 말을 보내 지금의 하남성 노산현의 관문을 사사명의 군대가 차지하였다. 오나라 땅 지역에

서 징발된 병사가 파양호에 자신들의 모습을 비추며 서쪽으로 토벌하러 가는데, 언제쯤 돌아올 수 있을까? 강서성 영수현 있는 상료의 나루를 반쯤 건너갈 때 누런 구름이 암담하게 어둡고 징집되는 아들의 얼굴은 무안색이다. 늙은 어미는 하늘을 향해 울부짖는다. 백마는 깃발을 에워싸고는 구슬피 울며 서로 좇아 나가고 백양나무도 가을 달빛이 괴로워서 예장산에서 일찌감치 잎이 떨어졌다. 곧 예장산에 있던 백양나무가 가을에 베어져, 나무뿌리는 그대로 예장산에 있지만 둥치는 낙양궁으로 옮겨져 서로 헤어졌다는 말이다. 이는 북쪽 사사명의 군대를 토벌하러 가는 병사들이 가족과 생이별을 한다는 의미를 고악부 「예장」의 내용을 점화(點化)하여 표현하였다. 본성이 착하고 태평성대의 사람이라 오랑캐 죽이는 것을 애당초 못하지만 우리 군주를 위해서는 어찌 죽음을 두려워할 수 있겠는가?

옛날 한(漢)나라 이광(李廣)이 사냥을 하다가 호랑이가 누워있는 것을 보고 화살을 쏘았는데, 다시 살펴보니 호랑이 형상을 한 바위였다. 그래서 다시 쏟아보니 화살이 박히지 않았는데, 모든 일이 정성을 다하면 이룰 수 있기에 어찌 이 험난한 토벌 여정을 꺼리할 것이 있겠는가? 싸움하는 배가 고래처럼 날아가니 파양호 북쪽에 있는 낙성호에 거센 물결이 일어난다. 이 슬픈 노래를 출정하는 병사들에게 들려주면 근심과 번민으로 사기가 꺾일 것이니 그들에게 들려주지 말라'고 이백은 노래하고 있다.

이백의 공원묘지 안에 있는 동상의 모습이다. 「월하독작(月下獨酌)」에 나오는 "거배요명월(擧杯邀明月)"을 조각해 놓은 듯하다. 잔을 들고 밝은 달을 맞이하는 낭만적 이백의 모습이다.

아직도 평정되지 않은 사사명의 군대를 물리치기 위해 남쪽으로 징집되어 가는 병사들의 모습을 그려 가족들과 헤어지는 안타까움과 슬픔을 그렸다. 또 군주를 위해 힘차게 나아가려는 모습 너머로 전쟁에 대한 공포감과 두려움이 겹치면서 한편으로 전쟁으로 인해 일어날 근심도 아울러 드러내었다.

62세 생을 마감한 이백은 60세 이후 2년 동안의 삶의 행적은 안휘성 선성과 강소성 금릉(남경) 일대를 오가며 말년을 보냈다. 상원 2(761)년에 사사명(史思明)이 아들 사조의(史朝義)에게 살해되었다. 사조의가 하남성 송주(宋州)를 포위하자, 당나라 조정에서는 이광필(李光弼) 장군을 앞세워 그들의 남하를 저지하였다. 이때 61살의 이백은 마지막 보국의 기회로 알고 이광필의 군대에 가담하고자 하였으나, 중도에 병이 나서 부득이 금릉으로 돌아오게 되었다.

대종(代宗) 상원 2(761)년 가을에 이백은, 금릉을 떠나 안휘성 당도(當塗)로 갔다. 당도에 도착한 이백은 친척뻘 되는 당도현령인 이양빙(李陽氷)에게 몸을 의탁하였다. 보응(寶應) 원(762)년 11월 이백은 중병에 걸려 병상에서 그의 작품을 이양빙에게 맡겼고, 이양빙은 그것을 모아 『초당집(草堂集)』10권을 만들었으나, 현재는 전하지 않고 「초당집서(草堂集序)」만 전한다. 이백은 결국 병을 털고 일어나지 못하고 11월 62세의 일기로 세상을 떠났다.

이백이 죽기 전 일생을 종결하는 절필시를 지었는데, 「임로가(臨路歌)」이다.

「임로가(臨路歌임종의 노래**)」**

이백

대붕이 세상 끝까지 떨쳐 날다가,	大鵬飛兮振八裔대붕비혜진팔예,
중천에서 날개 꺾여 힘이 모자라는구나.	中天摧兮力不濟중천최혜력부제.
남은 바람은 만세에 떨치련만,	餘風激兮出萬世여풍격혜출만세,
부상나무에서 노닐다 왼 소매가 걸렸다.	游扶桑兮掛左袂유부상혜괘좌메.
후대 사람들이 이 소식을 들어 전하려 해도,	後人得之兮傳此후인득지혜전차,
공자가 없으니 누가 눈물 흘려줄까?	仲尼亡兮誰爲涕중니망혜수위체.

절필시 「임로가(臨路歌)」에서 이백은 자신을 대붕에 비유하였다. 큰 뜻을 품은 대붕이 날개가 꺾인 모습은 이상을 품은 이백 자신이 뜻을 펴지 못한 모습을 이르는 말일 것이다. 대붕의 남은 힘은 만세에 전할 수 있는데, 세상이 비좁아 왼 소매가 뽕나무 가지에 걸렸다. 날개가 꺾인 붕새가 뽕나무 가지에 걸린 것은 정치적 좌절을 의미한다. 이와 같은 일과 시작품을 후세에 전해지기는 하겠지만, 이를 알아 줄 사람은 춘추시대를 살았던 공자만이 시를 남기는 그 뜻을 알아 줄 것이라는 것이다. 이미 타계한 공자만이 자신의 뜻을 알라 줄 것이라고 한 것은 이 세상에 자신의 이런 뜻을 알아 줄 사람이 아무도 없다고 본 것이다. 이백의 고독한 삶이 절로 느껴진다. 시선은 이렇게 62세의 생을 마감하고 있다.

중국 안휘성 마안산시 당도현 청산 아래 위치한 이백의 묘지이다. 비문에 "당명현이태백지묘(唐名賢李太白之墓)"라고 적혀 있다. 비석 상단의 문양이 이채롭다.

창의적으로 생각하기

1. 이백은 과거 시험을 보지 않고 추천에만 의존해서 관직에 나아가고자 했다. 관직에 나아가는 목적은 경국제민(經國濟民: 나라를 경영하고 도탄에 빠진 백성을 구제함)이었다. 그런데 추천으로 출사했던 시기에도 그가 바라던 정치적 활동은 하지 못했다. 그리고 궁중에서 쫓겨난 후에도 계속해서 추천에만 의존하여 출사하고자 했다. 그래서 유명인을 찾아다니기도 하였으며 당나라 왕실과 연줄 있는 도사들을 찾아 교류를 이어가고자 했다. 이백이 정말 경국제민의 뜻이 있었다면, 추천에만 의존할 것이 아니라, 과거제도에도 도전해야 되는 것이 아닌가? 이런 이백의 태도에 대해 어떻게 생각하는가?

2. 이백의 불우한 환경과 문학과의 연계성이 있다고 보는가?

11장 한시를 통해 본 시성 두보의 생애

1. 장정(壯丁) 시절의 삶

두보(712~770)는, 자(字)가 자미(子美)고, 호(號)는 소릉(少陵)이다. 지금은 시성(詩聖)으로 일컬어진다. 이백이 생전(生前)에 시선(詩仙)으로 평가받던 것과는 달리, 두보는 사후(死後)에 시의 성인(聖人)으로 평가받았다. 그래서 11살 살 차이가 나는 두보가 생전에 이백을 몹시 따랐다. '두릉(杜陵)의 포의(布衣)' 또는 '소릉(少陵)의 야로(野老)'라고 자칭한 것은 장안(長安)의 남쪽 근교에 있는 두릉 땅에 두보의 선조가 살았기 때문이다. 벼슬을 좌습유와 공부원외랑(工部員外郞)을 지냈으므로 두습유(杜拾遺)와 두

하남성(河南省) 공의시(鞏義市) 강점촌(康店村) 참가진(站街鎭) 필가산(筆加山)의 두보 고향. 붓을 놓은 붓걸이처럼 생겨서 필가산이라 했음. 두보 탄생지 '두보탄생요'가 있는 곳임.

공부(杜工部)라고도 한다.

두보탄생요 안의 두보 어릴 적 모습

두보는 당 현종(玄宗)이 즉위한 해인 선천(先天) 1(712)년에 하남성 공의현에서 태어났다. 두보의 조부(祖父)는 두심언(杜審言)으로 초당(初唐) 시대에 시(詩)로 이름이 세상에 알려진 인물이다. 조부(祖父)의 영향으로 두보는 7세 때부터 시를 지었다고 한다. 일찍 어머니가 돌아가시자, 아버지는 노씨를 후처로 들였다. 이후 두보는 낙양(洛陽)의 둘째 고모(姑母)의 보살핌 속에서 자랐는데, 그의 시에 대한 재능은 일찍이 낙양의 명사들에게 인정을 받았다고 한다. 20세를 전후하여 8~9년간 각 지방을 유람했는데, 처음에 강소성(江蘇省)과 절강성(浙江省)을 여행하고 난 후, 24세에 일단 낙양으로 돌아와서 진사(進士) 시험에 응시했으나 뜻을 이루지 못하고 다시 유람의 길을 떠나, 산동성(山東省)과 하북성(河北省)을 전전하였다고 한다. 이때 명산대천을 보고 많은 시를 썼다고 하나 이 시기의 시는 전해지는 것이 거의 없다.

50세에 성도에서 지은 10대 시절을 회고하는 장면이 나오는 시가 있다. 「백우집행(百憂集行)」이다.

그 옛날 열다섯인데도 그저 어린애여서,	憶昔十五心尚孩억석십오심상해,
거센 황송아지처럼 달음박질하기를 거듭했네.	健如黃犢走復來건여황독주부래.
팔월이라 앞마당의 대추와 배가 익으면,	庭前八月梨棗熟정전팔월리조숙,
하루에도 천 번씩이나 나무를 오르내렸다.	一日上樹能千回일일상수능천회.
지금은 갑자기 이미 쉰이 넘고 보니,	卽今倏忽已五十즉금숙홀이오십,
앉거나 눕기에 바쁘고 서는 것은 질색이라.	坐臥只多少行立좌와지다소행립.

억지로 집주인과 우스갯소리나 주고받고, 强將笑語供主人강장소어공주인,
한평생 온갖 근심을 슬프게 본다. 悲見生涯百憂集비견생애백우집.

대문에 들면 여전히 네 면이 비어 허전하고, 入門依舊四壁空입문의구사벽공,
늙은 아내의 나를 보는 낯빛이 매일반이다. 老妻覩我顔色同노처도아안색동.
못난 아이놈은 부자간의 예절도 모른 채, 癡兒不知父子禮치아부지부자례,
성을 내며 밥을 달라 부엌에서 투정부린다. 叫怒索飯啼門東규노색반제문동.

성도에서 초당을 짓고 가족들과 모여 살 때 모습으로, 옛일을 회상한 부분이 있다. 두보가 지학(志學) 무렵 때의 일을 회상하였다. 엉덩이에 뿔난 송아지처럼 온 천지를 뛰어다녔으며, 과일이 익는 8월이 되면 앞마당의 배와 대추가 온통 자기 차지라 하루에도 몇 번씩 나무를 오르내렸다는 것이다. 그런데 지천명(知天命)의 나이가 되고 아들이 15살쯤 되었나보다. 그 아들은 내가 15살 때 행했던 것과는 달리 부자간의 예의도 모르고 밥 달라고 보채고 있다. 그래서 온갖 근심이 생겼나보다. 시성(詩聖) 두보(杜甫)도 어린 시절은 우리네 어린 시절과 다를 바가 없었던 것 같다. 제목에 보이는 '행(行)'은 노래라는 뜻이다.

두보가 24세 되던 해에 고향에서 치르는 초시에서는 합격하여, 그 해 겨울에 대과를 치르게 된다.

「**장유(壯遊)**」

두보

돌아오는 뱃길은 천모산을 거쳐, 歸帆拂天姥귀범불천모,
24세에 고향에서 과거를 치렀다. 中歲貢舊鄕중세공구향.
실력은 굴원과 가의를 깔아뭉개고, 氣劘屈賈壘기마굴가루,
안목은 조식과 유정도 눈에 차지 않았다. 目短曹劉墻목단조유장.

장안에서 본 시험에서 잘못되어 떨어져,　　　　忤下考功第오하고공제.
혼자만이 경윤당을 하직하고 돌아섰다.　　　　獨辭京尹堂독사경윤당.

당나라 전체에서 초시에 합격한 3,000명 정도의 수험생이 장안에 올라와 대과를 치르고 그 중에 27명 정도가 합격을 했다. 그런데 초시에서의 당당했던 두보는 대과에 이름을 올리지 못했다. 6구의 '獨(독)'자는 될 사람은 다 붙었는데, 왜 나만 홀로 떨어졌는가하고 하는 항변의 의미도 담겨 있는 듯하다. 이 해에 현종은 18번째 아들 수왕의 비었던 양옥환을 비로 맞아들이는 해이기도 하다. 당나라 조정이 망조의 길로 접어들고 있는 듯하다.

과거에 낙방한 두보가 만유(漫遊)의 길에 오르게 되는데, 그때 지은 시로 「유용문봉선사(遊龍門奉先寺)」가 있다. 전하는 두보 시집 첫 편을 장식하는 시이기도 하다.

이미 절에서 실컷 놀았는데,　　　　已從招提遊이종초제유,
다시금 경내에서 잠을 자네.　　　　更宿招提境갱숙초제경.
음의 성지에는 영적인 바람이 일고,　　　　陰壑生靈籟음학생영뢰,
달 밝은 수풀에는 맑은 그림자 흩어진다.　　　　月林散清影월림산청영.
하늘을 둘러보니 별들이 다가오고,　　　　天闕象緯逼천궐상위핍,
구름에 누웠으니 옷자락이 싸늘하네.　　　　雲臥衣裳冷운와의상랭.
깨우치게 하고자 새벽종 들리고,　　　　欲覺聞晨鍾욕교문신종,
사람으로 하여금 깊은 성찰의 마음 일어나게 하네.　　　　令人發深省영인발심성.

낙방한 후 하남성 동도인 낙양 서남쪽에 있는 용문산 봉선사에서 하룻밤을 묵었다는 것이다. 초제(招提)는 사액한 절로 산스크리트어로 절을 의미한다. 그 초제에서 처음 자는 것은 아니고 다시금 자게 되었다는 말이다. 바람이 부는 달밤에 잠을 이루지 못하고 있는데 새벽종이 울려 자기 자신을 돌아보게

한다고 하였다.

이후 만유(漫遊)는 계속되었다. 만유는 사방지지(四方之志)라고 하여, 집을 떠나 사방을 돌아다니며 명승지뿐만 아니라 옛 명인들의 발자취를 따라 유람하면서 각 지역의 명 문장가들과 실력을 겨루고 안면도 익히면서 견문을 넓히는 당나라 당시의 입신출세의 한 방편의 여행이었다. 그 만유 도중 두보가 25세 때 태산에 올랐다. 그때 지은 「망악(望嶽, 태산을 바라보며)」이다.

태산은 그 어째서, 岱宗夫何如대종부하여,
제와 노 땅에 푸른 빛이 끝나지 아니하였는가? 齊魯青未了제노청미료.
조물주가 신령스럽게 빼어남을 모았고, 造化鍾神秀조화종신수,
산의 북쪽과 남쪽이 어두우며 밝음을 나누었도다. 陰陽割昏曉음양할혼효.

태산 표지석과 태산 오르는 길 안내도

층층이 피어나는 구름에 가슴을 훤히 하고, 盪胸生層雲탕흉생층운,

눈시울을 찢어지게 떠 날아가는 새를 뚫어지게 바라본다. 決眥入歸鳥결자입귀조.

마땅히 높은 끝에 올라, 會當凌絶頂회당릉절정,

뭇 산이 적음을 한 번 보리라. 一覽衆山小일람중산소.

두보의 웅장한 포부가 느껴지는 시이다. 두련과 함련에서 태산의 장관을 노래하였으며, 경련과 미련에서는 두보의 호탕한 마음인 호연지기(浩然之氣)가 느껴진다. 두보도 과거시험에 낙방한 후, 태산을 통해 큰 꿈을 꾸었던 것이다. 큰 이상을 품어 어려운 현실을 극복하고자 한 것이다. 또한 마지막 구절은 『맹자(孟子)』「진심(盡心)」장(章) "등동산이소노, 등태산이소천하(登東山而小魯, 登泰山而小天下)"를 용사(用事)하였다. 공자의 말씀으로 큰 포부를 품었을 때, 꿈을 이루 수 있다는 것이다. 원문 중에 "層(층)" 대신 曾(증)으로 된 곳이 있는데, 層(층)의 의미로 '층층이'의 뜻이며, 독음은 층으로 읽는다. "會當(회당)"은 '반드시'라는 의미로 당시 방언이다.

태산 정상 천가(天街)의 모습

29세 때(740) 당시 산동성 연주(兗州)에서 관리로 있던 아버지 두한(杜閑)을 방문했을 때 지은 시가 남아 있다.

「등연주성루(登兗州城樓)」

두보

산동에 계신 아버지를 뵈러가는 날에,	東都趨庭日동도추정일,
처음으로 남루에 올라가 맘대로 경치를 보았다.	南樓縱目初남루종목초.
뜬 구름은 바다와 태산에 이어 있고,	浮雲連海岱부운연해대,
넓은 뜰은 청주와 서주까지 펼쳐졌다.	平野入青徐평야입청서.
외로운 산마루엔 진시황의 비석이 있고,	孤嶂秦碑在고장진비재.
거친 성에는 노나라 영광전의 자취 아련하다.	荒城魯殿餘황성노전여.
종래로 예 뜻이 많으니,	從來多古意종래다고의,
올라서 바라보니 홀로 머뭇거리며 망서린다.	登眺獨躊躇등조독주저.

두보가 아버지가 근무하는 산동성 연주에 가는 길에 연주 성루에 올라 지은 인생무상의 시이다. 첫 구절에 나오는 "추정(趨庭)"은 『논어』에 나오는 말로, 공자의 아들 공리(孔鯉)가 아버지 공자 앞을 종종 걸음으로 지나가다가 『시경』시를 읽어야 한다는 가르침을 받았다는 내용에서 온 말이다. 두보도 그 공자와 아들의 일을 인용하여 아버지 뵈러 가는 날로 용사하였다. 그 가는 도중에 연주성 남루에 올라 산동성의 경치를 바라보니, 저 멀리 태산이 보이고 넓은 평야는 산동성 청주와 하남성 서주까지 뻗어 있다는 것이다. 그리고 산동성 역산(嶧山)에 정상에는 이사가 쓴 진시황의 공덕을 새긴 비석도 있을 것이고, 예전 노라라 땅이었던 이곳은 지금과는 달리 화려했던 영광전이 있었던 고장이었다는 말이다. 따라서 예전부터 고적과 유물이 많았던 곳을 바라보니 괜히 마음이 뒤숭숭해져 홀로 성루에 올라 역사의 무상감을 느끼고 있다는 것이다.

다음해(30세) 산동성에서 돌아와 평생의 반려자였던 사농소경(司農少卿) 양이(楊怡)의 딸 양(楊)씨를 부인으로 맞아들였다. 그리고 30세에도 출사(出仕)하지 못했다.

두보는 천보(天寶) 3(744)년(33세), 때마침 장안의 궁중에서 추방되어 산동성으로 향해가고 있던 이백과 낙양에서 처음 만났다. 두 사람의 만남은 그 당시 두 사람도 몰랐지만, 세기적인 사건이었다. 이백을 사모하던 두보는 이백과 함께 양송(梁宋, 지금의 하남성) 지방으로 유람을 다니기도 하였다. 이 유람에는 이백 외에 시인 고적(高適)·잠삼(岑參) 등과도 함께 하였다. 그해 겨울 두보는 이백과 노군 석문 동쪽에서 헤어졌다.

천보 4(745)년(34세) 겨울 장안에서 이백을 그리워하면 쓴 시를 보자.

「**동일유회이백(冬日有懷李白**겨울날 이백을 그리워하다**)**」

두보

서재에 고요히 앉았노라니,	寂寞書齋裏적막서재리,
아침 내내 그대 생각뿐이라오.	終朝獨爾思종조독이사.
다시금 가수의 전기를 더듬고,	更尋嘉樹傳갱심가수전,
각궁의 시를 잊지 못하오.	不忘角弓詩불망각궁시.
짧은 저고리에 바람 스미고,	短褐風霜入단갈풍상입.
단사를 달이자니 세월 더디오.	還丹日月遲환단일월지.
흥겹게 찾아갈 인연 없으니,	未因乘興去미인승흥거,
헛되이 녹문의 기약만 믿소.	空有鹿門期공유녹문기.

전반부는 이백에 대한 생각이다. 『좌전(左傳)』에 나오는 '가수(嘉樹)'와 '각궁(角弓)'을 용사하여 이백과 형제의 우의를 다지고 있다. 진(晉)나라 한선자(韓宣子)가 노(魯)나라 소공(昭公)에게 사신으로 와서 『시경(詩經)』의 「각궁」장을 읊었다. 「각궁」은 형제의 의를 노래한 시이다. 진나라와 노나라가 형제처럼

잘 지내자는 의미로, 이백과 두보 자신과의 관계를 드러내었다. 그런데 노나라 계무자(季武子)가 한선자를 초대한 자리에서 가수(嘉樹) 곧 아름다운 나무를 탐냈다. 그래서 이 나무를 잘 키워 「각궁」 시를 읊은 뜻을 저버리지 말라 했다는 고사이다. 후반부에서는 두보 자신의 처지를 노래한 것으로 신선의 경지에 들지 못함을 아쉬워하고 있다.

그리고 두보가 35세(746)되던 해 봄날 장안에서 이백을 간절히 그리워하면서 시를 지었다.

「춘일억이백(春日憶李白봄날에 이백을 그리워하며**)」**

두보(杜甫)

이백의 시는 천하무적	白也詩無敵백야시무적,
표연히 그 시상이 군속에 속하지 않네.	飄然思不群표연사불군.
맑고 새로움은 유개부와 같고,	清新庾開府청신유개부,
준수하고 빼어나기는 포참군과 같도다.	俊逸鮑參軍준일포참군.
위수 북쪽 봄날 나무 밑에 서 있는 나,	渭北春天樹위북춘천수,
장강 동쪽 해 저무는 구름 밑에 있는 그대.	江東日暮雲강동일모운.
어느 때에 한 동이 술로써,	何時一樽酒하시일준주,
거듭 함께 문장을 세밀히 논할까?	重與細論文중여세논문.

이백의 시에는 겨룰 자가 없고, 그대의 시상은 자유분방해서 속세의 범위를 벗어났도다. 그대 시의 맑고 새로움은 양나라 유신[양나라 문인]과 같고, 빼어남은 송나라 포조[육조시대 송나라 문인]와 같다. 지금 나는 위수 북쪽 봄하늘 나무 아래에 있으면서 그대를 생각하고 있는데, 당신이 있는 강동의 해 저물녘에는 구름이 자욱이 덮여 있겠지? 언제쯤 당신과 만나 한 동이 술을 마시며, 거듭 자세히 문학을 논해볼까? 재회를 기약하지만 이후 만남은 이루어지지 않았다.

그 후 약 10년 동안 장안에서 과거시험에 급제하지도 못하고 벼슬자리도 얻지 못한 채 곤궁한 생활을 계속하였다. 출사(出仕)를 하기 위해 다양한 방법으로 노력을 했지만, 허사였다. 『맹자(孟子)』 「양혜왕(梁惠王)」 장(章)에 보면, "사람이 어려서 배우는 것은 커서 행하고자 하는 것이다."[1]라고 한 것도, 유자(儒者)란 배운 것을 실천하는 자라는 뜻이다. 실천을 위해서는 출사를 하는 것이 최상의 방법일 수 있다. 그래서 두보도 일찍이 과거 공부를 하여 벼슬자리에 나아가고자 했던 것이다. 그러나 쉽사리 출사의 길은 열리지 않았다.

당나라 정세는 더욱 나빠지면서 두보도 사회의 부조리로 관심을 가지게 되었다. 751년 천보 10년에 남조(南詔)·대식(大食)·거란에게 크게 패하자 병사를 보충하기 위해 농민들을 징집해 가면서 세금도 더욱 무겁게 부과하였다. 변방 지역 외세와의 전쟁 과정에서 싸움터로 내몰린 병사와 그 가족들의 고통을 하소연한 시 「병거행(兵車行)」은 이 해에 쓴 작품이다.

「병거행(兵車行)」

두보

수레소리 덜거덕 말 울음이 시끄러운데,	車轔轔馬蕭蕭차린린마소소,
부역 가는 병사들 활과 화살을 허리에 차고	行人弓箭各在腰행인궁전각재요.
부모 처자 총총걸음 뒤쫓으며 전송하네.	耶娘妻子走相送야랑처자주상송,
먼지 날아 함양교 뒤덮었고	塵埃不見咸陽橋진애불견함양교.
옷 잡고 발을 굴러 길을 막고 통곡하니	牽衣頓足攔道哭견의돈족난도곡,
울음소리 하늘 구름 뚫을 듯하네.	哭聲直上干雲霄곡성직상간운소.
길을 가던 내가 병사에게 물으니	道傍過者問行人도방과자문행인,

1) 『孟子』 「梁惠王」 章(下). "人, 幼而學之, 壯而欲行之."

병사는 징발 잦다며 말하기를	行人但云點行頻행인단운점행빈.
어떤 이는 열다섯에 북쪽 황하 수비에 나가	或從十五北方河혹종십오북방하,
마흔 살 오늘까지 서쪽 둔전 병영에 있소.	便至四十西營田편지사십서영전.
떠날 때 촌장께서 두건 싸주셨거늘	去時里正與裹頭거시리정여과두,
돌아와 백발에도 여전히 변방의 수자리 지키지요.	歸來頭白還戍邊귀래두백환수변.
변경에 흘린 피 바다 같지만	邊庭流血成海水변정유혈성해수,
황제의 정벌 의욕 가시지 않네.	武皇開邊意未已무황개변의미이.
그대여 못 보았는가?	君不見군불견,
이 나라의 산동 땅 2백 주에	漢家山東二百州한가산동이백주.
모든 촌락 가시덤불 잡초에 덮여	千村萬落生荊杞천촌만락생형기,
설혹 젊은 아낙 호미 쟁기 잡았어도	終有健婦把鋤犁종유건부파서려,
곡식 마구 키우니 농사 엉망 되었네.	禾生隴畝無東西화생농무무동서.
더구나 관서 병사들은 싸움에 익숙하다 하여	況不秦兵耐苦戰황불진병내고전,
개나 닭과 다름없이 마구 몰아 부치네.	被驅不異犬與鷄피구불이견여계.
그대 설혹 묻는다 해도	長者雖有問장자수유문,
나의 원한 풀길이 없소.	役夫散申恨역부산신한.
또한 금년 겨울에도	且如今年冬차여금년동,
관서 땅의 징발이 계속되었다오.	未休關西卒미휴관서졸.
관리는 세금 내라 성화이지만	縣官急索租현관급색조,
어디서 세금 낼 돈 만들어내리	租稅從何出조세종하출,
어이없게도 아들 낳으면 좋지 않고	信知生男惡신지생남오,
오히려 딸을 낳으면 좋음을 알았소.	反是生女好반시생녀호.
여자로 태어나면 이웃에 시집도 가련만	生女猶是嫁比隣생녀유시가비린,
남자로 태어나서 흙에 묻혀 풀에 엉키네.	生男埋沒隨百草생남매몰수백초.
그대 못 보았소? 청해 벌판에	君不見青海頭군불견청해두,
예부터 백골 거두는 이 없어	古來白骨無人收고래백골무인수

새 귀신 원통해 몸부림 치고 옛 귀신 울어 新鬼煩寃舊鬼哭신귀번원구귀곡,
비 오는 날 훌쩍훌쩍 우는 소리 들린다오. 天陰雨濕聲啾啾천음우습성추추.

수레 소리와 말 울음 소리가 몹시 시끄러운데, 행역 가는 사람들 모두 활과 화살을 허리에 찼도다. 부모와 처자가 달려가 서로 보내니 흙먼지가 자욱이 일어나서 함양교가 보이지 않는다. 옷을 잡아당기고 발을 구르며 길을 막고 서서 우니, 통곡하는 소리가 하늘을 찌르는구나. 길가는 이가 행인에게 물으니, 행인이 오직 대답하기를 징발하는 일이 빈번하다고 한다. 어떤 이는 십오 세부터 북쪽 강에 가서 지키고 있다가 곧 나이 마흔에 이르러 서쪽으로 가서 농사를 짓는다고 한다. 떠날 때는 마을 어른이 머리 싸주더니, 돌아오니 머리가 백발인데도 다시 변방 수자리로 보내는구나. 변방에 흐르는 피가 바다를 이루는 데도 변방을 개척하려는 황제의 뜻은 꺾일 줄 모른다. 그대는 듣지 못했소. 한나라 산동의 200 고을 방방곡곡 온 마을에 가시덤불 다 생긴 것을 비록 건장한 부녀가 호미와 쟁기 잡고 일을 한다지만 벼는 이랑에 아무렇게나 자라네. 하물며 진 땅의 병사들 힘든 전투 잘 견딘다 하여 몰아댐이 개나 닭과 다르지 않네. 어르신은 묻습니다마는, 행역 가는 군사가 감히 마음 속 한을 다 말하리오. 또 올 겨울의 경우 관서 사졸의 일이 아직도 그치지 않았는데, 현의 관리들은 급하게도 세금을 찾으니 세금 낼 돈이 어디서 생기겠습니까? 진실로 알겠노라, 아들 낳은 일은 나쁘고 도리어 딸을 낳는 일이 좋다는 것을, 딸을 낳으면 그래도 이웃으로 시집보낼 수 있으나 아들을 낳으면 잡초 따라 묻힐 뿐입니다. 그대는 보지 못했는가? 청해 언저리에는 예부터 백골을 거두어주는 사람 아무도 없어 신 귀신은 괴로워하고 구 귀신은 통곡하여 흐려 비 내리고, 습하면 귀신들 통곡소리 들려온다.

위의 시는 변방으로 끌려 나가 부역당하는 행렬을 보고 백성들의 처참한 생활상을 노래한 시이다. 한 번 끌려 나가면 평생 변방의 오랑캐와 싸워야 하는 남편과 그 남편을 떠나보내고 어려운 현실을 견디어야 하는 아내와

그 가족들의 모습을 그리면서 권력자의 무한한 책임감을 되묻고 있다.

현종이 처음 치세(治世)를 할 때는 풍년이 계속되었으나, 그 후 변방 오랑캐의 거듭된 침략과 기근이 잇달아 일반 백성들의 삶은 더 궁핍해졌다. 754년 천보 13년에는 장마가 계속되어 기근은 점점 더 심해졌다. 두보도 이런 사회적·자연적 영향으로 생활이 점점 더 어려워져 한때 처자를 봉선현(奉先縣)의 친척집 농가에 맡겼다. 755년 처음으로 우위솔부(右衛率府)의 주조참군(胄曹參軍), 곧 금위군(禁衛軍)의 무기고 관리인 정팔품하(正八品下)라는 말단 관직을 얻어 기쁜 마음으로 서둘러 처자가 있는 봉선현으로 향했다. 집으로 가는 도중 장안 근처에 있는 여산(驪山) 기슭에 다다르니, 현종과 양귀비의 사랑 노름의 풍악 소리가 여기저기서 들렸다. 그리고 집과 터전을 잃고 떠도는 유랑민들의 모습도 보였다. 이처럼 두보는 그 여정에서 현종의 문란한 생활과 민초들의 어려운 삶의 모습을 직접 목격하였으며, 봉선현에 당도해보니 처자는 굶주림에 시달려 어린 자식 하나가 굶어죽은 상태였다. 이때 두보는 울분과 서글픔으로 장편의 시 「자경부봉선현영회오백자(自京赴奉先縣詠懷五百字)」를 지었다.

중국 섬서성 여산(驪山)에 위치한 화청궁의 모습이다.

「자경부봉선현영회오백자(自京赴奉先縣詠懷五百字장안에서 봉선현에 이르며 읊은 오백자)」

두보

두릉에 베옷 입은 이 있어,	杜陵有布衣두릉유포외,
늙어갈수록 그 뜻은 더욱 치졸해졌다.	老大意轉拙노대의전졸.
어찌 그리 어리석은지,	許身一何愚허신일하우,
옛 명신(名臣) 직(稷)과 설(契)에 비하기도 한다.	竊比稷與契절비직여설.
어느덧 영락한 몸 되어	居然成濩落거연성확락,
머리가 희어져도 애쓰기를 달갑게 여긴다.	白首甘契闊백수감결활.
관 뚜껑이 닫힌 후에야 모든 일이 끝나지만	蓋棺事則已개관사즉이,
이 뜻 한번 펴기를 항상 바라왔다.	此志常覬豁차지상기활.
평생 백성들을 근심하여	窮年憂黎元궁년우여원,
탄식하며 속을 태우며 산다.	歎息腸內熱탄식장내열.
같은 동기들 노인 비웃음 받아도	取笑同學翁취소동학옹,
호탕이 노래하며 더욱 우쭐하다.	浩歌彌激烈호가미격렬.
실없는 세상 떠나 살고 싶은 생각	非無江海志비무강해지,
후련히 세월 보내고도 싶었도다.	蕭灑送日月소쇄송일월.
생전 요(堯)나 순(舜)같은 임금 만나	生逢堯舜君생봉요순군,
차마 죽을 수가 없도다.	不忍便永訣불인편영결.
지금 조정에서는 인재들 많아	當今廊廟具당금낭묘구,
큰 집을 짓는데도 모자람이 없건만	構廈豈云缺구하기운결,
해바라기가 태양을 향하듯	葵藿傾太陽규곽경태양,
성품이야 빼앗을 수 없도다.	物性固難奪물성고난탈.
돌아보면, 개미와 땅강아지 같은 무리들	顧惟螻蟻輩고유누의배,
단지 거처할 구멍만 찾는구나.	但自求其穴단자구기혈.
어쩌자고 큰 고래를 사모하여	胡爲慕大鯨호위모대경,
겁도 없이 넓은 바다를 생각하네.	輒擬偃溟渤첩의언명발.

이로써 사는 이치를 깨달았으나 以玆悟生理이자오생리,

청탁하는 일을 스스로 부끄럽게 여긴다. 獨恥事干謁독치사간알.

꿋꿋이 버티며 지금에까지 이르러 兀兀遂至今올올수지금,

흙먼지 속에 묻혀 사는 것도 참아왔다. 忍爲塵埃沒인위진애몰.

옛 은사(隱士) 소보(巢父)와 허유(許由)에게는 끝내 부끄럽지만,
終愧巢與由종괴소여유,

그 기절을 바꿀 수는 없어라. 未能易其節미능역기절.

거나하게 술이나 마시고 스스로 뜻을 펴 沈飮聊自遣침음료자견,

큰 소리로 노래 불러 시름을 잊기도 한다. 放歌破愁絶방가파수절.

한 해는 저물어 풀들은 시들었는데 歲暮百草零세모백초령,

모진 바람에 높은 언덕마저 찢어진다. 疾風高岡裂질풍고강렬.

하늘은 어둑하고 높기만 한데 天衢陰崢嶸천구음쟁영,

나그네는 한밤중에 길을 떠난다. 客子中夜發객자중야발.

서리는 차서 옷의 띠가 끊어져도 霜嚴衣帶斷상엄의대단,

손가락이 곱아 매기도 어렵다. 指直不能結기직불능결.

이른 새벽 여산을 지나니 凌晨過驪山능신과여산,

임금 계신 곳은 저 높은 곳이지. 御榻在嵽嵲어탑재체얼.

호위하는 깃발 차가운 하늘 가리고 蚩尤塞寒空치우색한공,

벼랑과 계곡을 걸어가니 미끄럽기도 하네. 蹴踏崖谷滑축답애곡활.

온천에서는 더운 김이 모락모락 나고 瑤池氣鬱律요지기울률,

임금을 모시는 친위대의 창소리는 쨍그랑거린다. 羽林相摩戛우림상마알.

군왕과 신하는 머물러 즐기니, 君臣留歡娛군신유환오,

음악소리 아득히 울려 퍼진다. 樂動殷膠葛악동은교갈.

목욕을 하사받은 이 모두 갓끈 긴 사람들이고 賜浴皆長纓사욕개장영,

잔치에 참여한 이도 백성들은 아니구나. 與宴非短褐여연비단갈.

궁궐에서 비단을 하사하는데 彤庭所分帛동정소분백,

본래 가난한 집 아낙에서 나왔을 테지. 本自寒女出본자한녀출.
그 남편과 가족을 매질하여 鞭撻其夫家편달기부가,
모질게 거둔 것을 공물로 궁궐에 바친 것이다. 聚斂貢城闕취렴공성궐.
임금이 이 물품들을 하사한 뜻은 聖人筐篚恩성인광비은,
실은 나라를 살리려는 소망이로다. 實願邦國活실원방국활.
신하가 지극한 뜻을 이루기를 소홀히 하여 臣如忽至理신여홀지리,
군왕이 내린 이 물건들의 뜻을 어찌 버릴 수 있나요? 君豈棄此物군기기차물.
많은 선비들 조정에 넘친다지만 多士盈朝廷다사영조정,
어진이라면 마땅히 두려워 떨어야 하리. 仁者宜戰慄인자의전률.
하물며 대궐 내 황금기물은 況聞內金盤황문내금반,
위씨와 곽씨 집으로 갔다더라. 盡在衛霍室진재위곽실.
집안에는 신선 같은 여인들 中堂有神仙중당유신선,
안개 같은 옷으로 옥 같은 살결 가린다. 煙霧蒙玉質연무몽옥질.
손들을 따뜻하게 하는 것은 값진 털옷이고 煖客貂鼠裘난객초서구,
구슬픈 피리소리는 맑은 거문고소리를 따른다. 悲管逐淸瑟비관축청슬.
손에게 낙타 굽으로 만든 탕을 권하고 勸客駝蹄羹권객타제갱,
서리 맞은 등자나무 향기로운 귤이 있다. 霜橙壓香橘상등압향귤.
고관들의 문 안에서는 술과 고기 냄새요, 朱門酒肉臭주문주육취,
길에는 얼어 죽은 사람들의 뼈가 구른다. 路有凍死骨노유동사골.
영화로움과 어려움이 지척 간에 판이하니 榮枯咫尺異영고지척이,
슬픈 마음 이루 다시 표현할 수 없다. 惆悵難再述추창난재술.
북으로 수레를 돌려 경수와 위수로 나아가, 北轅就涇渭북원취경위,
공설 나루터에서 다시 수레를 갈아탄다. 官渡又改轍관도우개철.
큰 물줄기 서쪽으로부터 내려와 群水從西下군수종서하,
시야 끝까지 바라보니 높이도 흘러간다. 極目高崒兀극목고줄올.
아마도 공동산에서 내려오는 듯하니, 疑是崆峒來의시공동래,

하늘을 떠받치는 기둥에 부딪혀 부러질까 두려워라. 恐觸天柱折공촉천주절.

강의 다리는 다행히 부러지지는 않았지만 河梁幸未坼하량행미탁,

교각이 지탱하고는 있으나 삐걱거리는 소리 불안하다. 枝撑聲窸窣지탱성실솔.

길가는 나그네들 서로 끌어 도와주는데, 行旅相攀援행려상반원,

강이 넓어 넘기가 매우 힘들다. 川廣不可越천광불가월.

늙은 처는 딴 고을에 부쳐 사는데 老妻寄異縣노처기이현,

열 식구가 눈바람 때문에 떨어져 있다. 十口隔風雪십구격풍설.

뉘라 오래 돌보지 않으리오? 誰能久不顧수능구불고,

굶주림도 목마름도 같이 하자며 왔네. 庶往共饑渴서왕공기갈.

문을 들어서니 부르며 우는 소리 들리는데, 入門聞號咷입문문호도,

어린 자식이 굶주려 이미 죽었다 한다. 幼子餓已卒치자아이졸.

내 어찌 애달파함을 외면하리, 吾寧捨一哀오영사일애,

마을 사람들도 역시 흐느껴 우는구나. 里巷亦嗚咽이항역오열.

사람의 아비가 되어 부끄러운 바는 所愧爲人父소괴위인부,

먹을 것이 없어 요절하게 만들었다는 것이다. 無食致夭折무식치요절.

어찌 가을 곡식이 익어감을 몰랐던가? 豈知秋禾登기지추화등,

가난한 집에는 이런 변고 당하는구나. 貧窶有倉卒빈구유창졸.

나야 나면서 조세도 면제되었고 生常免租稅생상면조세,

이름도 병적에는 오르지 않았다. 名不隷征伐명부예정벌.

이내 몸 어루만져도 오히려 쓰라리고 고생스럽고 撫跡猶酸辛무적유산신,

평민들이야 진실로 처량하노라. 平人固騷屑평인고소설.

가만히 일자리 잃은 무리 생각하고 默思失業徒묵사실업도,

멀리 수자리 사는 병졸들 떠올려본다. 因念遠戍卒인념원수졸.

걱정은 종남산(終南山)만큼 높아 憂端齊終南우단제종남,

혼란스러운 생각 종잡을 수 없어라. 澒洞不可掇홍동불가철.

두릉의 벼슬하지 못한 사람, 늙어 갈수록 마음이 치졸해진다. 몸가짐이 어찌 그리도 우직하여 순 임금의 직과 설에 비겨본다. 어느덧 영락한 몸 되어 머리가 희어져도 애쓰기를 달갑게 여긴다. 관 뚜껑을 덮으면 일이 끝나건만, 마음속에 품은 이 뜻 한 번 펴기를 항상 바라면 살아왔다. 평생토록 민생을 근심하고 탄식하며 속을 태우며 산다. 같은 동기들 노인 비웃음 받아도 호탕이 노래하며 더욱 우쭐해진다. 실없는 세상 떠나 살고 싶은 생각 후련히 세월 보내고도 싶었다. 그러나 살아서 태평성대인 요와 순의 세상만날까 차마 죽을 수가 없었다. 지금의 조정에 자리가 갖추어져 큰 나라를 다스림에 아무 문제가 없건만, 해바라기 태양을 향하는 것처럼 성품이야 빼앗을 수 없도다. 돌아보면, 개미와 같은 무리들 다만 자기들 이익을 위해 구멍이나 찾는구나. 어찌 큰 고래를 사모하여 겁도 없이 넓은 바다를 생각하리. 이러한 데서 삶의 이치 깨달아 혼자 아첨하여 벼슬을 구하는 행위 부끄럽다. 이럭저럭 마침내 오늘에 이르도록 티끌 같은 삶을 살아왔도다. 결국 옛날 은거하던 선비 소보와 허유에게 부끄러우나 아직은 백성을 위해 정치를 펼치고 싶은 그 기절을 바꿀 수가 없다. 거나하게 술이나 마시고 스스로 뜻을 펴 마음대로 노래하니 시름이 끊어진다. 해는 저물고 온갖 풀은 시드는데 모진 바람에 높은 언덕마저 찢어지는 것 같다. 하늘은 어둑하고 높기만 한데, 나그네 한 밤에 길을 떠난다. 서릿발 사나워 허릿끝이 끊어지는 듯하고 손이 곱아 옷의 매듭을 짓지도 못한다. 새벽이 되어 여산을 지나는데, 황제 계신 곳이 저 높은 화청궁이겠지? 호위하는 깃발 차가운 하늘 가리고 벼랑과 계곡을 걸어가니 미끄럽기도 하다. 온천에는 더운 기운 서리어 있고 황제 모시는 친위대의 창소리는 쨍그랑 거린다. 황제와 신하가 같이 머물며 즐거운 가운데 풍악 소리 은은히 울려 퍼진다. 온천 목욕을 하사 받은 이 모두가 고관들이고 잔치를 함께 한 사람들 중에는 일반 백성은 없다. 대궐에서 내리는 비단들 본래는 가난한 집안 아낙에서 나왔을 테지, 그 남편과 가족을 채찍질하여 긁어모아 대궐에 바친 것이다. 황제가 고관들의 광주리에 넣어 준 하사품은 실은 나라를 살리려는 소망일 것이다. 신하가 지극한 이치를 소홀히 한다면, 황제가 하사하신 이 물건들의 뜻을 어찌 버릴 수 있겠는가? 많은 선비들이 조정에 가득하니, 어진 사람들이라면 마땅히 두려워해야 한다. 그런데 궁궐의 황금 소반은 모두가 인척들의 집에 가 있도다. 안마루에는 노래하는 미녀들 있어, 안개 같은 비단옷으로 옥 같은 살을 가린다. 손님들은 따뜻하게 해주는 값진 털옷 입고, 구성진 악기소리는 맑은 거문고에 맞춘다. 귀한 낙타 발굽 국으로 손님을 대접하고 서리 맞은 등자 나무 아래 향기로운 귤들이 가득하다. 고관들의 대문에는 술과 고기 냄새가 나는데, 길가에는 얼어 죽은 백골들이 나뒹굴고 있다. 영화로움과 말라죽은 것이 지척 사이로 다르니, 너무나 서글퍼 다시 적기가 어렵도다. 수레를 북으로 돌려 경수와 위수로 나아가 관에서 운영하는 나루터에서 또 배를 바꿔 탄다. 몰려오는 물은 서쪽에서 쏟아져 내려와 끝간 데 없이 바라보니 멀리도 흘러간다. 아마도 동공산에서 내려오는 듯하니, 하늘의 기둥에 닿아 꺾어질까 두려웠다. 다행이도 다리는 꺾어지지 않은 채 떠받친 기둥이 삐걱거린다. 나그네 서로 붙잡고 건너는데, 강이 하도 넓어서 건널 수가 없었다. 늙은 아내가 이미 다른 고을에 사는지라, 열 식구가 바람과 눈 때문에 떨어져 사는구나. 누가 능히 오래도록 돌보지 않을까마는, 가족들이 있는 곳으로 가서 굶주림을 함께 하기를 원하노라. 문에 들어서니 울부짖는 소리 들리는데, 어떤 아이가 굶어서 이미 죽었다 한다. 내 어찌 애달파함을 외면하리, 마을 사람들도 따라서 우는구나. 아버지가 되어 부끄러운 바는 먹이지 못해 아이를 요절하게 했다는 것이다. 어찌 가을 곡식이 익어감을 몰랐던가? 가난한 집에는 이런 변고를 당하는구나. 나는 항상 세금도 면제받고 병적에도 오르지 않아 징병도 나아가지 않았다. 이내 몸 어루만져도 오히려 쓰라리고 고생스러운데, 일반 백성들이야 진실로 더 처량하다. 삶의 터전을 잃은 많은 사람들 생각해 보고, 멀리 전쟁터에 나간 사람들 생각해 본다. 남산만큼이나 높은 근심의 실마리 골짜기를 흐르듯 하는 끝없는 생각 거칠 수가 없다.

755년 10월에 태자의 무기 출납을 관리하는 우위솔부 주조창군을 제수받고, 가족들을 만나로 봉선현으로 가는 도중에 보고 느낀 것들을 읊은 시이다. 자신은 이런 부패한 조정에 벼슬을 구하기 위해 동분서주(東奔西走)한 것이 부끄러울 따름이고, 그래도 자신이 품었던 정치적 이상을 실현하기 위해 출사를 해야 함을 주장하기도 하였다. 따라서 이 시는 당시 왕과 고관들의 사치스러운 생활상과 민중들의 궁핍한 처지를 대비시켜 사회의 부패상을 사실적으로 그린 사회시의 하나이다.

한 달 후, 755년 11월 9일 범양·평로·강동 3진의 절도사 안녹산이 난을 일으켜 파죽지세로 중원을 정복하였다. 난이 일어나자 두보는 가족들을 데리고 섬서성(陝西省) 백수현(白水縣) 부주(鄜州) 등지로 난을 피해 옮겨 다녔다. 안녹산의 군대가 낙양을 함락하자 안녹산은 자신을 웅무(雄武) 황제라 자칭하였다. 이 소식을 들은 현종은 급하게 촉 땅으로 피난을 갔다. 현종의 셋째 아들이면서 황태자 이형(李亨)도 난을 피해 현종을 따라 촉(蜀)으로 달아나다 마외(馬嵬) 언덕에 이르렀을 때, 임금의 호위군이 양국충(楊國忠)을 살해하는 것에 찬성했으며, 현종을 압박해 양귀비(楊貴妃)가 목매 자살하도록 하였다. 그는 영무(靈武)로 돌아와 숙종에 즉위하였다.

2. 안녹산의 난과 두보의 벼슬살이

두보는 어려운 피난길을 계속하다가 홍수를 만나 가족을 부주 교외의 강촌(羌村)에 남겨두고, 자신은 영하성(寧夏省) 영무(靈武에서 즉위한 숙종(肅宗) 휘하로 가던 도중 반란군에게 잡혀 장안으로 끌려갔다. 장안은 황폐해졌으며 반란군은 거리에 넘쳐나고 있었다. 두보는 장안에서 겨우 아는 사람의 도움을 받아 나날을 보내면서 망국의 비애를 몸소 느끼면서 가족의 안부를 염려하였다. 이 무렵 「춘망(春望)」·「월야(月夜)」·「애왕손(哀王孫)」·「애강두(哀江頭)」 등

많은 유명한 시를 지었다. 두보 46세 되던 해 봄, 757년 안녹산에게 점령당한 장안에 볼모로 있을 때 지은 「춘망(春望)」·「월야(月夜)」·「애왕손(哀王孫)」·「애강두(哀江頭)」 등을 감상해 보자.

「춘망(春望)」

두보

장안은 파괴되었지만 산천은 여전하고,	國破山河在국파산하재,
장안성에 봄이 오니 초목만 무성하다.	城春草木深성춘초목심.
시절에 느껴서 꽃이 눈물을 뿌리게 하고,	感時花濺淚감시화천루,
이별을 한탄해서 새가 마음을 놀라게 한다.	恨別鳥驚心한별조경심.
세 달을 연이어서 봉화가 일어나니,	烽火連三月봉화연삼월,
가족들에게 온 편지는 만금의 값어치가 있다.	家書抵萬金가서저만금.
흰머리를 긁으니 다시금 짧아지고,	白頭搔更短백두소갱단,
온통 비녀를 이기지 못하려고 하더라.	渾欲不勝簪혼욕불승잠.

안녹산의 난으로 인해 나라가 망하니 산과 내는 그대로 있고, 장안성에 봄이 와서 풀과 나무가 무성하다. 당시의 일에 느껴서 꽃만 보아도 눈물이 나고, 가족들과 이별을 해서 평상시 아름답던 꽃마저도 눈물을 뿌리게 한다. 전쟁이 석 달이나 이어졌으니, 집에서 오는 편지는 받아 보기가 어렵다. 머리카락은 자꾸 빠지고 짤막해져서 남은 머리카락을 다 모아도 비녀를 감당하지 못할 것 같구나. 전란의 아픔을 읊조리고 있다.

'국파산하재(國破山河在)'는 두 가지로 해석이 가능하다. 산과 내만 남아 있어, 모든 것이 다 파괴되었다. 또는 반란군이 장안성은 점령해도 산하는 파괴할 수 없다. 그래서 앞으로 장안성을 회복할 수 있는 희망은 있다. 등으로 해석이 가능하다. '성춘초목심(城春草木深)'은 옛날 같으면, 장안성에 봄이 오면 봄나들이 인파로 넘쳐났을 것이다. 그런데 지금은 사람은 보이지 않고 초목만 무성하다. '감시화천루(感時花濺淚)'는 주체가 사람일 때와 꽃일 때, 해석의 차이가 있다. 시국을 슬퍼해서 꽃도 눈물을 뿌리고, 아니면 그 시절에 느껴서 꽃을 봐도 눈물이 나오고 등으로 해석이 가능하다. '한별조경심(恨別鳥驚心)'도 이별이 한스러워 새도 가슴을 놀래더라. 아니면 이별이 한스러워 새소리만 들어도 가슴이 두근거리더라. 혹시 나쁜 소식이 올까봐서 걱정이 된다는 것이다. 이 난리통에 가족들은 무사한지 애들은 굶지나 않는지 등 두보의 애간장이 타는 모습이 엿보인다. 그래서 수심을 달래려고 머리를 긁는데, 자꾸만 머리카락이 빠지는 것이다. 개인의 불행에 대한 생각과 나라에 대한 걱정을 동시에 행하고 있기 때문이다.

율시는 3구와 4구, 그리고 5구와 6구가 대구가 되어야 명시이다. 이 시도 3구의 '화(花)'와 4구의 '조(鳥)' 그리고 '천루(濺淚)'와 '경심(驚心)' 등의 문법적 구조가 대구로 되어 있다. 5구와 6구에서는 '봉화(烽火)'와 '가서(家書)'의 명사구로 대구가 되고, '연(連)'과 '저(抵)'의 동사끼리 대구가 되며, '삼월(三月)'과 '만금(萬金)'에서는 숫자끼리 대구가 되었다. 율시를 평가할 때는 이처럼 대구의 구절을 보고 잘잘못의 평가를 하기도 한다.

「월야(月夜)」

두보

오늘밤 부주의 달을,	今夜鄜州月금야부주월,
규중에서 아내가 단지 혼자 쳐다보고 있겠지.	閨中只獨看규중지독간.
저 멀리 있는 어여쁜 자식들은,	遙憐小兒女요련소아녀,
장안을 생각하는 것을 이해하지 못할 것이다.	未解憶長安미해억장안.
향기로운 안개구름 같은 머릿결이 젖어 있겠지,	香霧雲鬟濕향무운환습,
맑은 달빛에 옥 같은 팔이 찰 것이다.	淸輝玉臂寒청휘옥비한.
어느 때나 얇고 투명한 휘장에 기대어선,	何時倚虛幌하시의허황,
눈물 흔적 마른 두 사람의 얼굴을 비춰줄 것인가?	雙照淚痕乾쌍조루흔간.

지금 장안 하늘 위에 떠 있는 저 달을 부주에 있는 아내가 보고 있겠지, 규중에서 아내는 홀로 저 달을 보고 있을 것이다. 그런데 어린 자식들은 아내가 저 달을 보면서 장안을 생각하는 것을 아직 이해하지 못할 것이다. 아내는 밖에 오랫동안 서 있다 보니 머릿결이 촉촉이 젖어 있겠지, 그리고 맑은 달빛에 하얀 팔이 시리겠지. 창가에 기대어서 눈물 흔적이 마른 두 사람을 어느 땐가 비춰줄 것인가?

이 시는 두보 나이 46세(756) 무렵에 쓴 시이다. 안녹산의 난이 일어나자 두보는 가족들을 부주의 강촌으로 피난 시켰다. 그러나 본인은 숙종이 영무에서 즉위했다는 말을 듣고 그곳으로 가려다가 반란군에 붙잡혀 장안에 유폐되었다. 그때 장안의 달을 보고 부주에 있는 아내의 안부가 염려되어 지은 것이다. 그런데 이 시는 내가 달을 보고 있으면서도 내가 장안의 달을 보고 있다고 하지 않고 아내가 있는 부주의 달을 아내가 보고 있겠지라고 독특하게 표현하였다. 달은 이곳과 저곳을 비춰주는 것이므로 두보는 달을 보고 아내를 생각하였을 것이다. 그러면서 아내도 저 달을 보고 나를 그리워할 것이라고 상상하고 있다. 그리고 저 멀리 부주에 있는 내 어여쁜 자식들은 아직 어려서 장안에 있는 아버지를 생각하지 못할 것이다. 그러면서 아이들이 아직 철이 없어 어머니가 왜 달을 보고 넋을 잃고 있는지도 모를 것이라고 하였다.

아내에 대한 그리움을 머릿결에서 향기가 나는 것으로 표현하여 늙은 아내를 미화시켰다. 부주에 있는 아내는 오랫동안 밖에서 장안에 떠 있을 달을 쳐다보고 있었기에 이슬이나 안개에 머릿결은 다 젖었고 옥 같은 팔은 차가울 것이다. 상상으로 부주에 있는 아내를 그리면서 그 구절구절마다 절절히 아내에 대한 생각이 배어 있다. 달은 지금 장안에 있는 나와 부주에 있는 아내 모두에게 빛을 비추고 있다. 그런데 지금 두 사람 모두 눈물을 흘리고 있다. 그러나 후일 다시 만나면 눈물 흘리지 않는 두 사람을 비춰줄 것이다. 지금은 두 사람 모두 울고 있다. 두보는 자기 자신의 이야기를 한 마디도 하지 않으면서 아내에 대한 그리움을 애절하게 잘 표현하였다. 정말 시성(詩聖)이라는 평을 받을 수 있는 시이다.

「애왕손(哀王孫왕손의 슬픔)」

두보

장안성 언저리의 흰 머리 까마귀, 長安城頭頭白烏장안성두두백오,
밤에 날아와 연추문(延秋門) 위에서 울네. 夜飛延秋門上呼야비연추문상호.
인가를 향해 날아가 큰 집을 쪼아대니, 又向人家啄大屋우향인가탁대옥,
집 안의 대관들은 오랑캐 피해 달아난다. 屋底達官走避胡옥저달관주피호.
금채찍 끊어지고 구마(九馬)는 죽었는데, 金鞭斷折九馬死금편단절구마사,
피붙이들 함께 달아나지도 못했네. 骨肉不待同馳驅골육부대동치구.

허리에는 옥패와 푸른 산호를 차고서, 腰下寶玦青珊瑚요하보결청산호,
가련하다 왕손이여, 길가에서 울고 섰네. 可憐王孫泣路隅가련왕손읍로우.
누구인지 물으니 이름은 말하려하지 않고, 問之不肯道姓名문지불긍도성명,
그저 힘들고 괴로우니 종으로 삼아 달라고만 하네. 但道困苦乞為奴단도곤고걸위노.
이미 백일이 넘도록 가시밭길로 도망 다녀, 已經百日竄荊棘이경백일찬형극,
몸에는 피부가 온전한 곳 없어라. 身上無有完肌膚신상무유완기부.
고제(高帝, 한 고조)의 자손 콧마루가 높다더니, 高帝子孫盡隆準고제자손진륭준,
왕손은 스스로 보통사람과 다르구나. 龍種自與常人殊용종자여상인수.
이리떼는 도읍에 있고 용은 들에 있으니, 豺狼在邑龍在野시랑재읍룡재야,
왕손이여 천금 같은 옥체를 잘 보전하시길. 王孫善保千金軀왕손선보천금구.
네거리에서 감히 길게 말하지 못하고, 不敢長語臨交衢불감장어임교구,
왕손을 위하여 잠시 서 있기만 하였다. 且爲王孫立斯須차위왕손립사수.

"어젯밤 동풍에 피비린내 실려 불어오더니, 昨夜東風吹血腥작야동풍취혈성,
동쪽에서 온 낙타 옛 도읍에 가득 찼습니다. 東來橐駝滿舊都동래탁타만구도.

북방의 건아들은 솜씨가 좋다했는데, 朔方健兒好身手삭방건아호신수,
예전엔 용맹하더니 지금 어찌 그리 우둔한지. 昔何勇銳今何愚석하용예금하우.
듣자니 천자께서 이미 왕위 물려주어, 竊聞天子已傳位절문천자이전위,
거룩한 덕으로 북쪽의 남선우(南單于)를 복종시켰다 하고,
聖德北服南單于성덕북복남선우.
화문의 회흘(回紇,위구르)이 얼굴 그어 설욕하길 청했답니다,
花門剺面請雪恥화문리면청설치,
다른 사람 엿들을까 말조심 하소서" 愼勿出口他人狙신물출구타인저.
애닯구나 왕손이여 삼가 소홀히 하지 마시길, 哀哉王孫愼勿疏애재왕손신물소,
오릉의 상서로운 기운은 없을 때가 없었으니. 五陵佳氣無時無오릉가기무시무.

장안성 언저리에 흰 머리의 까마귀가 밤에 연추문 위로 날아와 울자, 현종이 그 문을 통해 달아났다. 흰 머리 까마귀가 다시 큰 집으로 나아가 쪼아대자 집에 있던 고관대작들은 모두 안녹산의 반군을 피해 달아나기 바쁘다. 천자의 수레가 속력을 내며 달리니 금 채찍이 끊어지고 임금의 수레를 끌던 구마(九馬)는 모두 도주하던 중에 죽어버렸다. 이렇게 몰래, 그리고 황급히 피난가느라 임금의 피붙이조차 함께 가지 못하는 상황이었다.

가련한 왕손이 길가에 서서 울고 있는데, 차림을 보니 허리에는 옥패와 푸른 산호 같은 보옥(寶玉)을 차고 있다. 그의 성명을 물었으나 말하려 하지 않고, 단지 매우 힘드니 다른 이의 종이라도 되게 해달라는 말을 한다. 그는 매우 오랜 기간 동안 가시덤불 속에 몸을 숨기며 도망 다녀 피부가 온전한 곳 없이 모두 상처가 나 있었다. 한고조(漢高祖)의 자손은 콧마루가 높다고 하더니 임금의 자손이라 그런지 보통 사람과는 다른 모습이다. 지금 이리떼와 같은 반군들은 장안에 있는데 임금께서는 타향에 유락해 있으니, 왕손께서 천금 같은 옥체를 잘 보전하시길 바랄 뿐이다.

나는 네거리에 서서 감히 왕손과 많은 이야기를 하지 못하지만 잠깐이나마

그를 모시며 함께 서 있었다. 나는 왕손에게 말한다. “어젯밤 동풍이 불어올 때 안녹산의 반군이 사람들을 무수히 죽여 생긴 피비린내가 실려 오더니, 수많은 낙타들이 황실의 보물을 싣고 동쪽에서부터 장안(長安)으로 와 있습니다. 가서한(哥舒翰)이 북방의 군사들을 통솔함에, 평소에는 솜씨가 좋고 용맹하여 싸움에 능하더니 이번에는 어찌된 연유로 동관(潼關)의 수비에 실패하여 이렇게 우둔함을 보이는지요. 듣건대, 현종께서는 이미 숙종에게 보위를 물려주셨다고 합니다. 천자의 성덕(聖德)으로 남선우(회흘, 위구르)를 복종시켰고, 회흘은 얼굴을 긋는 의식으로 당(唐)을 도와 설욕하기를 청하고 있다 합니다. 하지만 이러한 말을 왕손께서는 다른 이에게 함부로 해서는 안 되니, 그들이 왕손을 해칠 기회를 염탐하고 있기 때문입니다.” 애닯구나 왕손이여. 부디 소홀히 하지 말기를 바랄 뿐이다. 오릉의 상서로운 기운은 결코 멈추지 않을 것이다.

「애왕손(哀王孫)」 시는 왕손(王孫)이 안녹산(安祿山)의 난 때 곤액을 당한 모습을 보고 애달파 하는 내용의 기사시(紀事詩)이다. 이는 지덕(至德) 2(757)년 봄, 두보가 장안에 있을 때 지은 작품으로 「애강두(哀江頭)」와 대체적으로 비슷한 시기에 지어진 것이다. 두보는 당시 장안에 억류되어 있으면서 겨울 내내 밖으로 다니지 못하다가, 봄이 오자 곡강(曲江) 등지를 몰래 다녔는데, 길가에서 우연히 왕손을 만난 것이다. 그는 왕손에게 매우 깊은 동정을 느끼고 위로해주며, 아울러 옥체를 잘 보존하라는 당부의 말을 전한다.

「애왕손(哀王孫)」은 의미상 세 단락으로 나누어진다. 첫째 단락은 『시경』시 ‘흥(興)’의 작법을 사용하여 당시 혼란했던 세사(世事)를 암시하였다. 비극을 암시하는 흰머리 까마귀를 통해 자연물을 노래한 후, 인간사인 현종의 몽진을 서술하였기 때문이다. 둘째 단락은 왕손이 미쳐 피난가지 못하고 장안에 뒤쳐져 어려운 상황에 처한 비굴한 모습을 묘사하였다. 셋째 단락은 전해들은 내용으로 시대를 걱정하는 작자 자신의 심회를 표현하면서도 왕손은 끊어질 리가 없을 것이라 위로하는 내용이다.

현종이 노닐던 곡강에서 화려했던 과거를 회상하면서 슬퍼하는 두보의 심리를 알 수 있게 하는 시가 「애강두(哀江頭)」이다.

「**애강두(哀江頭**강가에서 슬퍼하다**)**」

두보

소릉의 촌 늙은이 울음 삼키면서 곡하고	少陵野老呑聲哭소능야노탄성곡,
어느 봄날 몰래 곡강 굽이진 곳으로 나아간다.	春日潛行曲江曲춘일잠행곡강곡.
강가 궁전은 문마다 잠겨 있고,	江頭宮殿鎖千門강두궁전쇄천문,
가는 버들과 새 부들은 누굴 위해 푸른가?	細柳新蒲爲誰綠세류신포위수녹.
옛날을 회상하노니, "무지개 깃발 남원으로 내려가면	憶昔"霓旌下南苑억석예정하남원,
부용원의 만물은 안색에 생기가 돌았다네.	苑中萬物生顔色원중만물생안색.
소양전 안의 제일인은	昭陽殿裏第一人소양전리제일인,
함께 수레를 타고 따르면서 곁에서 모시었네.	同輦隨君侍君側동련수군시군측.
수레 앞 재인은 활과 화살을 메었고,	輦前才人帶弓箭연전재인대궁전,
백마에게는 황금 굴레를 물리었네.	白馬嚼嚙黃金勒백마작교황금륵.
몸을 돌려 하늘 향해 구름 속으로 쏘면,	翻身向天仰射雲번신향천앙사운,
한 화살에 정확히 날던 비익조가 떨어졌네."	一箭正墜雙飛翼일전정추쌍비익."
맑은 눈동자 하얀 이는 지금 어디 있는가?	明眸皓齒今何在명모호치금하재,
피로 더럽혀져 떠도는 혼 돌아오지 못하네.	血汚游魂歸不得혈오유혼귀부득.
맑은 위수는 동으로 흐르고 검각은 깊숙한데,	淸渭東流劍閣深청위동류검각심,
떠난 자와 남은 자 피차간에 무소식이라.	去住彼此無消息거주피차무소식.
인생은 유정하여 눈물이 가슴을 적시는데,	人生有情淚沾臆인생유정누첨억,
강물과 강가의 꽃은 어찌 다함이 있겠는가?	江水江花豈終極강수강화기종극.
황혼에 오랑캐 말이 성안 가득 먼지를 일으키니,	黃昏胡騎塵滿城황혼호기진만성,
성남으로 가고자 하나 성북을 바라보네.	欲往城南望城北욕왕성남망성북.

두보가 곡강 가에 몰래 나와 옛날 현종의 화려했던 시절을 회상하고 있다. 천자의 깃발인 무지개 깃발이 부용원의 남쪽으로 내려오면 천지 만물이 생기가 돌았으며, 천자를 모시는 재인들의 재주와 화려한 백마의 행차 모습을 통해, 그 화려했던 당나라 궁실을 그리워하고 있다.

지금은 모든 궁궐 문들은 잠겨 있고 버들가지와 부들만 옛전 모습을 하고 있다. 그래서 더욱 슬프다. 자연의 영원함과 인간의 유한성이 교차되면서 인생무상을 느끼게 한다.

지덕(至德) 2(757)년 반란군에 내분이 일어나서 아들 안경서에 의해 안녹산이 살해되었다. 현종의 아들 태자는 장안성이 756년 6월 17일에 점령당하자 북방으로 피신하여 근왕병을 모집하면서 섬서성 북쪽 국경에 가까운 영무(靈武)에 이르러, 백성들의 추대로 7월 12일에 임금 직위에 올랐다. 그가 숙종이다. 촉 땅 성도로 몽진한 현종은 8월 12일에 이 소식을 듣게 되고 8월 19일에 재상(宰相) 방관(房琯)을 시켜 임금의 자리를 물러 주었다. 숙종은 영무로부터 장안에서 가까운 봉상(鳳翔)으로 행재소(行在所)를 옮겼다.

두보는 757년 4월에 장안을 탈출해서 봉상으로 급히 달려갔다. 숙종 임금은 그 공을 가상히 여겨 두보를 5월에 좌습유(左拾遺)에 임명했다. 그러나 패군의 재상 방관을 변호하다가 숙종의 노여움을 사고 말았다. 아마도 상왕인 현종과 권력 투쟁의 혼란한 시기에 두보가 재상 방관을 두둔하는 상소를

중국 섬서성 서안 곡강(연못)의 야경

중국 섬서성 서안의 부용원의 야경

올려 정쟁에 휘말린 것 같다. 상왕 현종이 권력의 분산 정책을 시도했기 때문이다. 이때의 심정이 잘 반영된 시가 「곡강」 2수이다.

시인들의 작품에는 자신이 살던 자연이 곧 시적 배경이 된다. 시인 자신이 살던 시대적·사회적 환경의 차이에 따라 그 자연에 대한 생각도 차이가 난다. 그러면 시인들은 자신들의 시대적 배경에 따라 자연의 아름다움은 어떻게 느꼈을까? 다음에 소개할 시는 두보가 장안을 탈출한 후 숙종에게로 달려가서 수복한 장안에서 습좌유라는 벼슬을 하면서 지은 시이다. 두 달 전에는 안녹산 군대의 볼모로 있으면서 「애강두」를 지었고 지금은 수복한 장안에서 벼슬까지 하는 처지에서 지은 「곡강」 2수이다. 그런데 그 심정이 복잡하다.

「곡강(曲江)」 二首

두보

꽃잎 하나 떨어져도 봄빛이 줄어들고, 一片花飛減却春일편화비감각춘,
수만 꽃잎 바람에 흩날리니 사람을 정녕 시름에 잠기게 하네. 風飄萬點正愁人풍표만점정수인.
또 눈앞에서 수만 꽃잎 지는 모양 보면서, 且看欲盡花經眼차간욕진차경안,
많은 술이 입술 안으로 들어간다고 싫어하지 말라. 莫厭過多酒入脣막염과다주입순.
강가 작은 집에 물총새가 둥지를 틀고, 江上小堂巢翡翠강상소당소비취,
부용원 가의 높은 무덤에는 기린 석상이 뒹군다. 苑邊高塚臥麒麟원변고총와기린.
세상의 이치를 자세히 살피니 모름지기 즐거움을 행할 뿐, 細推物理須行樂세추물리수행락,
어찌 헛된 명리에 묶여 살 일 있겠는가? 何用浮名絆此身하용부명반차신.

조정에서 돌아와 날마다 봄옷을 전당잡혀, 朝回日日典春衣조회일일전춘의,
매일 곡강 가에서 만취하여 돌아오네. 每日江頭盡醉歸매일강두진취귀.
술빚은 늘상 가는 곳마다 있고, 酒債尋常行處有주채심상행처유,

인생 70세는 예부터 드무네. 人生七十古來稀인생칠십고래희.
꽃 사이를 누비는 나비들은 꽃 속 깊은 곳에도 꿀을 빨고, 穿花蛺蝶深深見천화오접심심견,
물 위에 점찍는 잠자리 찰랑찰랑 나네. 點水蜻蜓款款飛점수청정관관비.
풍광에게 말을 전하기를 함께 유전하면서, 傳語風光共流轉전어풍광공류전,
잠시라도 서로 칭찬하면서 서로 어울려 보세. 暫時相賞莫相違잠시상상막상위.

꽃잎 한 잎만 떨어져도 봄이 줄어 든 것 같은데, 바람이 많은 꽃잎을 나부끼니 사람들의 근심은 더해진다. 지금 떨어지는 꽃잎을 보고 서글퍼져 술로 달래니 지나치게 많은 술을 마신다고 나무라지 말라. 강가의 작은 누각에 물새가 와서 둥지를 틀고 부용원 곁에 있는 지체 높은 분들의 무덤에는 석상들이 자빠져 있다. 세상사를 살펴보니 인생은 즐길 수 있을 때 맘껏 즐겨라. 어찌 헛된 명예욕에 이내 몸을 얽매일 수 있단 말인가?

퇴청 후 날마다 봄옷을 맡기면서까지 술을 마시고 곡강 가에서 질탕하게 취해서 놀다가 귀가한다. 그래서 외상 술값은 가는 곳마다 달아 놓았다. 그러나 인생은 예부터 70세가 드물다 한다. 인생 살면 얼마나 사는가? 꽃밭 속을 누비는 나비들은 깊은 곳에서도 꿀을 빨고, 물위에 점 찍는 잠자리는 한가로이 날아다닌다. 봄 경치에게 말을 전하노니 세상 모든 것은 변하여 가는 것 잠시나마 서로서로 어울려 보세.

두보가 757년 4월에 안녹산의 군대의 감시를 피해 장안을 탈출하여 숙종 임금이 있는 봉상으로 달려간다. 숙종은 그 공을 가상히 여겨 5월에 좌습유에 임명하였다. 숙종이 장안에 돌아온 후 두보도 장안에서 좌습유의 벼슬살이를 하게 되는데, 이 「곡강」 2수는 그때 지은 것이다. 지난 해 봄에는 장안이 안녹산 군대에 점령되어 있었고, 자신은 감금되어 있었다. 그러나 올 봄에는 수복이 되었을 뿐만 아니라 출사까지 하고 있으니 감회(感懷)가 남달랐을 것이다.

안녹산 군대의 감금과 조정에서의 출사 모든 것이 꿈만 같다. 그래서 인생은 무상하다. 두보는 왜 지금 당장 노닐자고 했을까? '노세노세 젊어서 놀아, 늙어지면 못 노나니'라고 한 노래 구절을 연상하게 한다. 그러면서 두보는 사람도 자연의 일부이기 때문에 자연의 변화에 맞춰가면서 서로 어울리면 살아가자고 하였다. 모진 풍파를 겪은 두보의 심정을 알 수 있게 하는 시이다. 아마도 조정에서의 불안한 위치 때문일 것이다. 1년 후 화주의 사공참군으로 좌천되었기 때문이다.

70세의 나이를 '고희(古稀)'라고 한다. 그 고희의 유래가 이 두보의 「곡강」 "人生七十古來稀(인생칠십고래희)."에서 유래되었다. 『논어(論語)』에서는 '종심(從心)'이라고 하여, "七十而從心所欲不踰矩(칠십이종심소욕불유구)." 곧 '칠십은 마음의 하고자 하는 바를 따라 해도 법도를 넘어서지 않게 되었다'는 뜻이다. 70세의 연세가 되면 마음먹은 대로 행동해도 법도를 어기지 않는다는 뜻으로, 성인의 경지가 되는 나이라는 뜻에서 공자님이 한 말씀이다. '종심'은 여기서 유래한 것이다.

이 무렵 숙종으로부터 부주 강촌에 있는 가족에게 돌아보고 오라는 휴가령을 받게 된다. 말이 휴가이지 거의 추방령이다. 하지만 두보는 귀향길에서 많은 걸작시를 남겼다. 「구성궁(九成宮)」·「옥화궁(玉華宮)」·「행차소릉(行次昭陵)」·「강촌삼수(羌村三首)」 및 장편의 「북정(北征)」이 그것이다. 특히 「북정」은 「자경부봉선현영회오백자」와 더불어 두보 시 가운데서도 훌륭한 작품으로 꼽히는데, 나라와 군주에 대한 충성, 가족에 대한 애정을 노래한 것으로 비장미가 넘친다.

장편의 「북정(北征)」을 감상해 보자. 이 「북정」은 앞에서 예를 든 「자경부봉선현영회오백자」와 더불어 두보 시 가운데서도 가족애와 국가에 대한 충정 등의 내용으로 인해 걸작으로 꼽힌다.

「북정(北征)」

두보

숙종 황제 제위 2년 가을,	皇帝二載秋황제이재추,
윤 팔월 초하룻날.	閏八月初吉윤팔월초길.
나 두보는 북으로 길을 잡아,	杜子將北征두자장북정,
멀고 아득한 가족을 찾아나선다.	蒼茫問家室창망문가실.
어렵고 근심스런 때를 만나,	維時遭艱虞유시조간우,
조정과 민간에 조용한 날이 드물다.	朝野少假日조야소가일.
돌아보건대 부끄럽게도 나만 은총 입어,	顧慙恩私被고참은사피,
집에 돌아가도록 허락을 받았다.	詔許歸蓬蓽조허귀봉필.
하직 인사 드리고 대궐문에 이르렀으나,	拜辭詣闕下배사예궐하,
근심스레 주저하며 문을 나서지 못했다.	怵惕久未出출척구미출.
비록 간언하는 관리의 능력은 없지만,	雖乏諫諍資수핍간쟁자,
군주께 허물이 있을까 두렵다.	恐君有遺失공군유유실.
군주께서는 참으로 중흥의 영주(英主)이시니,	君誠中興主군성중흥주,
나라 다스리는 일에 진실로 애를 쓰신다.	經緯固密勿경위고밀물.
동쪽 오랑캐 반란이 그치지 않으니,	東胡反未已동호반미이,
신하 두보는 복받쳐 오는 분노에 치를 떤다.	臣甫憤所切신보분소절.
눈물 뿌리며 행궁을 그리는 마음,	揮涕戀行在휘체련행재,
길을 가면서도 갈피를 못 잡는다.	道途猶恍惚도도유황홀.
하늘과 땅이 전쟁의 상처뿐이니,	乾坤合瘡痍건곤합창이,
근심걱정은 어느 때 그칠까?	憂虞何時畢우우하시필.
느릿느릿 논과 밭 넘어가니,	靡靡踰阡陌미미유천맥,
연기 오르는 집은 드물어 쓸쓸하도다.	人煙眇蕭瑟인연묘소슬.
만나는 사람은 대부분 부상당했고,	所遇多被傷소우다피상,

신음하면서 또한 피를 흘린다.　　呻吟更流血신음갱유혈.
고개를 봉상현 쪽으로 돌리니,　　回首鳳翔縣회수봉상현,
깃발들은 저녁 빛에 아스라하다.　　旌旗晚明滅정기만명멸.
앞으로 차가운 산을 거듭 오르니,　　前登寒山重전등한산중,
말에 물 먹일 동굴도 여러 곳 만났다.　　屢得飮馬窟누득음마굴.
움푹 파인 빈주의 들과　　邠郊入地底빈교입지저,
경수의 물줄기는 그 속에서 세차게 흐른다.　　涇水中蕩潏경수중탕휼.
사나운 범이 내 앞에 서서,　　猛虎立我前맹호립아전,
울부짖으니 절벽이 갈라지는 듯하다.　　蒼崖哮時裂창애효시렬.
국화는 올 가을꽃으로 피어 있고,　　菊垂今秋花국수금추화,
바위에는 옛날 수레자국 나 있다.　　石戴古車轍석대고거철.
푸른 구름에 높은 흥취 일고,　　靑雲動高興청운동고흥,
그윽한 멋도 즐거워할 만하다.　　幽事亦可悅유사역가열.
산 열매 잘고 작은 것이 많으니,　　山果多瑣細산과다쇄세,
상수리 밤도 섞여 열렸네.　　羅生雜橡栗나생잡상율.
혹은 붉기가 단사(丹砂)와 같고,　　或紅如丹砂혹홍여단사,
혹은 검기가 칠을 점찍은 듯.　　或黑如點漆혹흑여점칠.
비와 이슬이 축축이 적셔,　　雨露之所濡우로지소유,
달고 쓴 것이 제각기 맺혀 있다.　　甘苦齊結實감고제결실.
무릉도원이 이러할까 생각하다가,　　緬思桃源內면사도원내,
탄식할수록 신세가 초라하다.　　益歎身世拙익탄신세졸.
높고 낮은 부주의 산들,　　陂陀望鄜畤피타망부치,
바위와 골짜기는 나타났다 사라졌다 한다.　　巖谷互出沒암곡호출몰.
나는 이미 강가를 걷고 있지만,　　我行已水濱아행이수빈,
내 종은 아직 나무 끝 산길을 오르고 있다.　　我僕猶木末아복유목말.
올빼미는 누런 뽕나무에서 울고,　　鴟鳥鳴黃桑치조명황상,

들쥐는 어지러운 구멍에서 앞발을 비벼댄다. 野鼠拱亂穴야서공난혈.
밤이 깊어 전쟁터를 지나는데, 夜深經戰場야심경전장,
찬 달이 백골을 비춘다. 寒月照白骨한월조백골.
동관 지키던 백만 대군들, 潼關百萬師동관백만사,
지난번에 어찌 그리 창졸히 패하고 흩어졌나? 往者散何卒왕자산하졸.
징발된 진나라 장정이 태반으로, 遂令半秦民수령반진민,
죽어 저승의 귀신이 되게 하였다. 殘害爲異物잔해위이물.

하물며 나는 오랑캐의 티끌에 떨어졌다가, 況我墜胡塵황아추호진,
탈출해 돌아와 보니 백발이 되어 있었다. 及歸盡華髮급귀진화발.
해를 넘겨 내 초가집에 이르니, 經年至茅屋경년지모옥,
아내와 자식의 옷은 누더기이다. 妻子衣百結처자의백결.
통곡의 소리는 솔바람에 감돌고, 慟哭松聲廻통곡송성회,
슬픔은 샘물과 함께 목이 메어 운다. 悲泉共幽咽비천공유열.
평소에 귀여움 받던 예쁜 아이, 平生所嬌兒평생소교아,
안색이 창백하여 눈보다 더 희다. 顔色白勝雪안색백승설.
아비를 보자 돌아서서 우는데, 見耶背面啼견야배면제,
때 묻은 발에는 버선도 신지 않았다. 垢膩脚不襪구니각불말.
침상 앞의 두 계집아이, 牀前兩少女상전양소녀,
기운 옷이 터져 겨우 무릎을 가린다. 補綻才過膝보탄재과슬.
옷무늬 바다 그림은 파도 둘로 찢기고, 海圖柝波濤해도탁파도,
오래된 수는 서로 어긋나 구부러져 있다. 舊繡移曲折구수이곡절.
바다의 신 천오와 보랏빛 봉황새는, 天吳及紫鳳천오급자봉,
짧은 저고리 위에 거꾸로 매달려 있다. 顚倒在裋褐전도재수갈.
늙은 아비는 속이 상해서, 老夫情懷惡노부정회오,
토사(吐瀉)로 며칠이나 몸져누웠다. 嘔泄臥數日구설와수일.

어찌 이 보따리에 든 옷감으로, 那無囊中帛나무낭중백,
너희들 추위를 막아 주지 못할까? 救汝寒凜慄구여한름률.
분과 눈썹먹도 보퉁이에서 나오고, 粉黛亦解苞분대역해포,
이불감도 적으나마 늘어놓는다. 衾裯稍羅列금주초나열.
수척한 아내 얼굴에 다시 생기 돌고, 瘦妻面復光수처면부광,
철없는 계집아이도 스스로 빗질을 한다. 癡女頭自櫛치녀두자즐.
어미를 본받아 못하는 것이 없어, 學母無不爲학모무불위,
새벽 화장을 마구 찍어 바르는구나. 曉粧隨手抹효장수수말.
한참 동안 분 바르고 곤지 찍더니, 移時施朱鉛이시시주연,
요란하게도 눈썹을 넓게도 그려다. 狼藉畵眉闊낭자화미활.
살아와서 어린 것들을 대하니, 生還對童稚생환대동치,
배고픔이나 목마름도 잊은 듯하다. 似欲忘飢渴사욕망기갈.
지난 일을 물으며 다투어 수염을 당기지만, 問事競挽鬚문사경만수,
누가 곧 화내고 호통을 칠 수 있겠는가? 誰能卽嗔喝수능즉진갈.
문득 적에게 잡혀서 있던 때를 생각하니, 翻思在賊愁번사재적수,
떠들썩함도 달게 받아 들여진다. 甘受雜亂聒감수잡란괄.
새로이 돌아와 마음이 편안해지니, 新歸且慰意신귀차위의,
앞으로 살아갈 방도야 어찌 말하겠는가? 生理焉能說생리언능설.

지존께서는 아직도 피난살이, 至尊尙蒙塵지존상몽진,
어느 날에나 전쟁이 끝날 것인가? 幾日休練卒기일휴련졸.
우러러 하늘을 보니, 하늘빛이 변하여, 仰觀天色改앙관천색개,
요사한 기운 사라지는 것을 앉아서 느끼노라. 坐覺妖氛豁좌각요분활.
음산한 바람이 서북쪽으로부터 와서, 陰風西北來음풍서북래,
참담함이 회흘군(回紇軍, 위구르군)에 따라 왔다. 慘憺隨回紇참담수회흘.
위구르족의 왕은 우리를 돕기 원하는데, 其王願助順기왕원조순,

그 풍속이 저돌적인 족속이다.	其俗善馳突기속선치돌.
지원군 병사를 오천 명을 보내왔고,	送兵五千人송병오천인,
군마는 일만 필을 몰고 왔다.	驅馬一萬匹구마일만필.
이들은 적은 숫자이지만 긴요하게 여기고,	此輩少爲貴차배소위귀,
사방을 용감함으로써 굴복시켰다.	四方服勇決사방복용결.
움직일 때는 모두 매처럼 날쌔고,	所用皆鷹騰소용개응등,
적을 무찌름이 화살처럼 빠르도다.	破敵過箭疾파적과전질.
군주께서는 마음을 비우고 기다리고 계시지만,	聖心頗虛佇성심파허저,
여론은 그 기세가 해를 끼칠까 염려한다.	時議氣欲奪시의기욕탈.
이수와 낙수는 쉽게 수복될 것이고,	伊洛指掌收이락지장수,
서경을 되찾음도 그치지 않을 것이다.	西京不足拔서경부족발.
우리 군사도 청컨대 깊이 들어가,	官軍請深入관군청심입,
정예 부대를 모아 진군해야 할 것이다.	蓄銳可俱發축예가구발.
이 싸움으로 청주와 서주를 열고,	此擧開靑徐차거개청서,
곧 돌아서 항산과 갈석산을 공략해야 한다.	旋瞻略恒碣선첨략긍갈.
하늘에는 서리와 이슬 내리니,	昊天積霜露호천적상로,
정의로운 기운이 불의를 없앨 것이다.	正氣有肅殺정기유숙살.
재앙이 바뀌어 오랑캐가 패망할 해이고,	禍轉亡胡歲화전망호세,
세력을 이루어 오랑캐를 잡아야 할 달이다.	勢成擒胡月세성금호월.
오랑캐의 운명이 길 수 있으며,	胡命其能久호명기능구,
군주의 기강이 끊어질 리가 없다.	皇綱未宜絶황강미의절.

얼마 전 낭패스럽던 때 생각하면,	憶昔狼狽初억석낭패초,
일 처리가 그 옛날과는 달랐다.	事與古先別사여고선별.
간신은 마침내 소금에 절여졌고,	姦臣竟菹醢간신경저해,
그 악당도 따라서 소탕되고 제거되었다.	同惡隨蕩析동악수탕석.

들어보지 못했네, 하나라와 은나라가 쇠할 때, 不聞夏殷衰불문하은쇠,
스스로 말희와 달기를 처벌했다는 말을. 中自誅妹妲중자주말달.
주나라와 한나라가 다시 일어선 것은, 周漢獲再興주한획재흥,
선왕과 광무제가 명철했기 때문이라네. 宣光果明哲선광과명철.
훌륭하도다. 피난 시절 숙종의 호위했던 진장군이시여, 桓桓陳將軍환환진장군,
양국충을 죽일 때 도끼로 그 충성을 떨쳤다. 仗鉞奮忠烈장월분충렬.
그대 아니면 사람들은 다 죽었고, 微爾人盡非미이인진비,
그대 때문에 지금까지 나라는 살았도다. 于今國猶活우금국유활.
처량한 것 대동전이며, 凄涼大同殿처량대동전,
적막한 것 백수문이다. 寂寞白獸闥적막백수달.
도성의 백성들이 비취 깃발 바라니, 都人望翠華도인망취화,
상서로운 기운은 황금 대궐 향한다. 佳氣向金闕가기향금궐.
능에는 조종의 신령이 지키고 계시고, 園陵固有神원릉고유신,
쓸고 닦아 제례도 거르지 않으셨다. 掃灑數不缺소쇄수불결.
빛나고 빛나는 태종의 업적이여, 煌煌太宗業황황태종업,
이 나라를 심히 크게 우뚝 세우시리다. 樹立甚宏達수립심굉달.

군왕 제위 2년 되는 가을 윤 팔월 초하룻날 좋은 날씨에 나 두보는 북쪽 부주로 나아가 멀리 가족을 찾아보련다. 아아, 어려운 시기를 당하여 조정과 민간에 한가한 날 드물다. 돌아 보건데 부끄럽게도 나만 군왕의 은총을 입어 집에 돌아가는 것 허락받았다. 대궐 아래 나아가 하직 여쭙고 떨리는 마음에 오래도록 대궐문을 나서지 못했다. 내 비록 간언하는 신하의 자질은 모자라지만 군왕께 잘못 있으실까 두렵기만 하다. 군왕께서는 참으로 안녹산의 난으로 피난 중에 등극한 중흥의 군주로 나라 일에 진실로 애를 쓰신다. 동쪽 오랑캐 반란이 그치지 아니하니 나 두보는 이것이 심히 분노가 치민다. 눈물

뿌리며 행궁을 그리니 가는 길이 오히려 어질어질하도다. 하늘과 땅이 모두 전쟁의 상처뿐이니, 근심 걱정은 언제 끝날 것인가? 느릿느릿 논과 밭 넘어가니 연기 오르는 집은 드물어 쓸쓸하도다. 만나는 사람은 부상당한 사람이 대부분이고 신음하면서 또한 피를 흘린다. 고개를 봉상현으로 돌리니, 군주의 깃발들은 저녁 빛에 보였다 사라졌다 한다. 앞으로 차가운 산을 거푸 오르니 말에 물 먹일 동굴도 여러 곳 만났다. 빈주의 성 밖은 움푹 꺼져 있고 경수의 물줄기는 그 속에서 세차게 흐른다. 사나운 범이 내 앞에 서서 울부짖으니 그 소리에 절벽이 갈라지는 듯하다. 국화는 이제 가을꽃으로 피어 있고 바위에는 옛날 수레자국 나 있다. 푸른 하늘 구름에 높은 흥취 일고 그윽한 멋도 즐거워할 만하도다. 산의 열매는 하찮은 것이 많지만 늘어선 온갖 도토리와 밤이 많기도 하다. 단사처럼 빨간 것도 있고 옻칠처럼 까만 것도 있다. 그것은 비와 이슬에 젖은 것, 달게도 익었고 쓰게도 익었도다. 멀리 복사꽃 피는 무릉도원(武陵桃源)을 생각하다가 탄식할수록 내 신세가 초라해진다. 높고 낮은 부주의 산들 바위와 골짜기는 나타났다 사라졌다 한다. 나는 이미 강가를 걷고 있지만 내 종은 아직 나무 끝에 가려져 조금 보인다. 올빼미는 누런 뽕나무에서 울고 들쥐는 어지러운 구멍에서 앞발을 비벼댄다. 밤이 깊어 전쟁터를 지나가니 찬 달이 백골을 비춘다. 동관 지키던 백만 대군들 지난번에 흩어져 달아남이 어찌 그렇게도 빨랐는가? 마침내 징집된 진나라 백성의 절반을 죽여서 저승의 귀신이 되었다.

하물며 나는 안녹산의 군대에 잡혀 억류당했다가 돌아와 보니 머리카락이 희끗희끗해졌다. 해를 넘겨 내 초가집에 이르니 아내와 자식의 옷은 누더기를 연상하게 한다. 통곡의 소리는 솔바람에 감돌고, 슬픔은 샘물과 함께 흐느껴 운다. 평소에 귀여움 받던 아이 안색이 창백하여 얼굴빛 흰 것이 눈보다 더 희다. 아비를 보자 돌아서서 우는데, 때 묻은 발에는 버선도 신지 않았다. 침상 앞의 두 계집아이 기운 옷이 터져 겨우 무릎을 가린다. 화폭으로 만들어 입은 옷무늬 바다 그림에는 물결치는 파도가 동강 나 있고, 옛날에 놓은 자수

(刺繡)가 서로 어긋나 구부려져 있다. 바다의 신 천오와 보랏빛 봉황새는 짧은 저고리 위에 거꾸로 매달려 있다. 초라한 모습을 한 아이들의 모습을 본 늙은 아비는 속이 상해서 아무 것도 먹지 못하고 며칠씩 몸져누웠다. 어찌 이 보따리 속에 비단 옷감이 없어 너희들 추위를 막아 주지 못할까? 분과 눈썹먹도 보퉁이에서 나오고 이불감도 적으나마 펼쳐 놓는다. 수척한 아내 얼굴에 다시 생기 돌고 철없는 계집아이는 머리를 혼자 빗는다. 어미를 본받아 못하는 것이 없어 새벽부터 화장을 마구 찍어 바른다. 한참 동안 분 바르고 곤지 찍었으니 요란하게도 널따란 눈썹을 그렸다. 그래도 내가 살아와서 어린 것들을 대하니 배고픔이나 목마름도 거의 잊은 듯하다. 지난 일을 물으며 다투어 수염을 당기지만 누가 곧 화내고 호통을 칠 수 있겠는가? 문득 적에게 잡혀서 있던 때를 생각하니 이렇게 복잡하고 시끄러움도 달게 받아 들여진다. 새로이 돌아와 마음이 편안해지니, 앞으로 살아갈 방도야 어찌 고민이 되겠는가?

지존께서는 아직도 행궁에 계시는데, 어느 날에나 전쟁이 끝날 것인가? 우러러 하늘을 보니, 하늘빛이 변하여 요사한 기운 점차 사라지는 것을 앉아서 느낀다. 스산한 바람 서북쪽에서 불어오니 당나라를 돕겠다고 나선 위구르족의 회흘(위구르)의 군사들이 참담하게 우리 땅에 들어 왔다. 그 위구르족 왕이 우리를 돕고 싶어 하는데, 그 풍속이 저돌적인 족속이다. 지원군 병사를 오천 명을 보내왔고, 거기에다 군마는 일만 필을 몰고 왔다. 이들은 적은 숫자이지만 긴요하게 여기고 사방을 용감함으로써 굴복시켰다. 움직일 때는 모두 매처럼 날쌔고 적을 무찌름이 화살보다 빠르도다. 군주께서는 마음을 비우고 바라보고 계시지만, 여론은 그 기세가 우리에게 해를 끼칠까 염려한다. 이수와 낙수는 쉽게 수복될 것이고 서경도 곧 되찾을 것이다. 우리 군사도 제발 깊이 들어가 정예부대를 모아서 진군해야 할 것이다. 이 싸움으로 청주와 서주를 열고 다시 항산과 갈석산도 공략해야 한다. 하늘에는 서리와 이슬 내리니 정의로운 기운이 불의를 없앨 것이다. 재앙은 바뀌어 오랑캐군이 패망할 해이고, 세력을 이루어 전국을 잡아야 할 달이다. 오랑캐의 운명이 길 수 있다지만, 군주의 기강은 끊어질 리가 없다.

얼마 전 낭패스럽던 때를 생각하면 일 처리가 그 옛날과는 달랐다. 간신은 끝내 소금에 절여 죽였고 그 악당도 따라서 소탕되고 꺾어졌도다. 하나라와 은나라가 망함에 그 중에 말희와 달기를 스스로 베었다는 말을 듣지 못했다. 주나라와 한나라가 다시 일어선 것은 선왕과 광무제가 명철했기 때문이다. 훌륭하도다. 피난 중에 숙종을 호위하던 진 장군 진현례이시여, 양국충과 양귀비 죽일 때 도끼로 그 충성을 떨쳤다. 그대 아니면 사람들은 다 죽었고 그대 때문에 지금까지 나라는 살았도다. 처량한 것은 당의 홍경국 안의 있는 대동전이며, 적막한 것은 백수문(당나라 무양궁에 있는 백호문. 이 백호문의 호랑이는 당 고조를 상징한다고 함)이다. 도성의 백성들이 비취 깃발 바라니 상서로운 기운은 황금 대궐 향한다. 능에는 진실로 신령이 지키고 계시니 쓸고 닦아 제사도 거르지 않으셨다. 빛나고 빛나는 태종의 업적이여, 이 나라 심히 크게 우뚝 세우시리다.

두보가 46세 때인 757년 5월에 좌습유 곧 황제 곁에서 바른 소리하는 직책으로, 패군(敗軍)의 재상 방관(房琯)을 변호하다가 숙종의 노여움을 샀고, 자신은 옥에 갇히는 신세가 되었다. 그러나 신임 재상 장호영(張鎬營)의 도움으로 6월에 복직되었다. 복직은 되었으나 숙종의 노여움이 풀리지 않아 숙종으로부터 가족들을 찾아보라는 명을 받고 부주로 떠나게 된 것이다. 「북정(北征)」은 그때 지은 시로, 700자 40구로 된 5언 배율(五言排律)이다. 이 시는 두보가 봉성에서 그의 식솔들이 있는 북쪽의 부주로 떠나면서 시작된다. 두보의 말이 임금이 내린 은총이라고 했지만, 일종의 근신에 가까운 것이다. 그래서 자꾸 임금이 계신 행궁을 바라보면서 쉽게 떠날 수가 없다. 두보의 애잔한 심정과 임금에 대한 연군지정이 잘 드러났다. 한편으로는 난을 종식시키기 위해 외세인 위구르족 회흘군의 군대를 끌어 들리는 정치적 상황에 염려하는 마음을 드러내었는데, 이는 장차 외세의 간섭을 걱정하는 두보의 애국 충정의 시각을 볼 수 있는 부분이다.

행궁을 벗어난 두보는 주변 풍경을 묘사하여, 기행문적인 요소를 가미하기도 한다. 그리고 치열했던 싸움터의 잔해를 보면서 처참했던 그때의 일을 회상하면서 무고한 일반 백성들이 전쟁터로 끌려와서 죽어간 사실을 기록하기도 하였다.

가족들이 있는 부주의 집에 오니, 난으로 인해 궁핍했던 생활상을 사실적으로 보여주었다. 옷감이 없어 화폭으로 해 입은 아이의 옷은 파도치는 바다가 양쪽으로 갈라진 모습이었고, 또 바다의 신과 봉황을 수놓은 저고리는 거꾸로 매달려 있는 장면을 보고는 음식을 도저히 삼킬 수가 없었다는 가장으로서의 책임감을 느끼기도 하였다. 궁핍하지만 그래도 가족과 일상적인 삶에서 오는 즐거움이 더 크다고 하면서 가족과의 부대기면 사는 것이 오히려 더 좋다는 인자한 아버지와 가장(家長)의 시각을 보여주었다.

그 해도 저물어 장안은 관군에 의해 탈환되고 숙종과 상왕(上王: 현종)도 장안으로 돌아왔다. 두보도 장안의 궁정에서 좌습유의 관료생활을 계속하게 되었다. 그러나 반란군은 아직도 중원의 각지를 황폐시키고 있었고 시국은 여전히 불안했다. 정치의 결함을 보완한다는 좌습유라는 간직(諫職)에 있던 두보는 그의 의견이 하나도 중시되지 않았고, 모든 것이 그의 기대에 어긋났다. 지덕 2(757)년 11월부터 다음해인 건원(乾元) 1(758)년 5월까지 그는 장안의 조정에 있었으나, 6월에 화주(華州)의 사공참군(司功參軍)이라는 지방관으로 좌천되었다. 화주는 섬서성 화산 기슭에 있는 촌마을로, 궁중으로부터 쫓겨났음을 단적으로 보여는 예이다. 사공참군은 제사나 학교, 선거 등에 관한 일을 관리하는 직책이다. 전관 대우를 고려하지 않은 한직이었다.

3. 두보의 시련과 현실인식

두보가 부주 강촌에 있는 가족들에게 돌아와 그때의 정경을 읊은 시가 「강촌」 3수이다.

「강촌(羌村)」 3수

두보

높고 험한 저녁 붉은 구름이 서쪽에 있고,	崢嶸赤雲西쟁영적운서
햇발은 평지로 쏟아져 내리네.	日脚下平地일각하평지
사립문에 새들이 지저귈 때,	柴門鳥雀噪시문조작조
돌아온 나그네 천리 길을 왔다네.	歸客千里至귀객천리지
처자식 내 살아 있는 것 믿지 않다가,	妻孥怪我在처노괴아재
놀라움 진정시키고 눈물을 닦네.	驚定還拭淚경정환식루
세상 난리에 이리저리 떠돌다가,	世亂遭飄蕩세란조표탕
살아 돌아왔으니 우연한 일이로다.	生還偶然遂생환우연수
이웃 사람 담장에 빼곡한데,	隣人滿墻頭인인만장두
감탄하며 또한 한숨짓네.	感嘆亦歔欷감탄역허희
밤이 깊어 다시 촛불 켜니,	夜闌更秉燭야난갱병촉
서로 마주함이 마치 꿈 속 같구나.	相對如夢寐상대여몽매
늘그막에 쫓겨 와 구차하게 살자니,	晚歲迫偸生만세박투생,
집에 돌아와도 즐거움은 적도다.	還家少歡趣환가소환취.
귀여운 아이 무릎에서 떠나지 않더니,	嬌兒不離膝교아불이슬,
내가 무서워 다시 물러가 버리네.	畏我復却去외아부각거.
옛날 생각하니 잘도 시원한 곳을 찾아,	憶昔好追凉억석호추량,
일부러 못가 나무 밑을 거닐었는데.	故繞池邊樹고요지변수.

쓸쓸히 북풍이 거세게 불어　蕭蕭北風勁소소북풍경,
세상사로 인해 온갖 근심 애를 태우네.　撫事煎百慮무사전백려.
다행히 벼와 기장을 거두어들인다 하니,　賴知禾黍收뢰지화서수,
술 짜는 곳에 술방울 떨어질 것을 깨닫네.　已覺糟牀注이각조상주.
우선 흡족하게 술잔을 기울여,　如今足斟酌여금족짐작,
늙은이 심정 잠시나마 풀어보세.　且用慰遲暮차용위지모.

뭇 닭이 바로 그때 어지러이 울어대며,　群鷄正亂叫군계정란규,
손들이 왔을 때 그 닭들의 싸움 시작되었네.　客至鷄鬪爭객지계투쟁.
닭을 쫓자 나무 위로 올라가는데,　驅鷄上樹木구계상수목,
비로소 사립문 두드리는 소리를 들었네.　始聞叩柴荊시문고시형.
보로(동네 노인들) 네댓 사람이　父老四五人보로사오인.
오래도록 먼길을 온 나를 위로하러 왔네.　問我久遠行문아구원행.
손안에는 각기 지닌 물건이 있었는데,　手中各有攜수중각유휴.
술단지를 기울이니 탁주와 청주로다.　傾榼濁復淸경합탁부청.
“술맛이 없다고 사양하지 마시오,　莫辭酒味薄막사주미박,
기장 밭을 맬 사람도 없다오.　黍地無人耕서지무인경.
전쟁이 아직 끝나지 않아,　兵革旣未息병혁기미식,
아이들은 모두 동쪽 출정에 나갔다오.”　兒童盡東征아동진동정.
청컨대 보로들을 위하여 노래 부르리다.　請爲父老歌청위보로가,
어려운 시절 깊은 정에 부끄럽다 하였네.　艱難愧深情간난괴심정.
노래 끝내고 하늘 우러러 탄식하니,　歌罷仰天歎가파앙천탄,
그 자리의 모든 사람 눈물바다가 되었네.　四座淚縱橫사좌루종횡.

서쪽의 높고 험한 구름 속, 붉은 노을 사이로 햇살이 비치고 있다. 이때 사립문 쪽에는 새 떼가 지저귀고 천리 밖에서 나그네였던 주인이 돌아온다.

아내와 아이들은 내가 살아 있는 것을 의심하더니, 곧 놀라서 울어댄다. 난으로 인해 사방으로 흩어졌다가 다행히 살아 돌아오니 모두가 우연한 일이라고 한다. 이웃 사람들은 우리 집 담에 몰려와서 넘어다보고는 감탄하고 울기도 한다. 밤이 되자 불을 밝히고 서로 대하니 모든 것이 꿈 속 같다.

늘도록 죽지 않고 욕되게 살기를 꾀하다가 가족이 있는 집으로 돌아오니 기쁜 일이라곤 없다. 귀여운 아이 내 무릎 위를 떠나지 않더니, 어쩐 일로 나를 무서워한다. 옛날을 생각해보니, 더위를 피하기 위해 일부러 연못가 나무 밑을 걷고 하였다. 쓸쓸한 북풍이 거세지자 온갖 일에 대한 근심이 내 가슴을 태운다. 다행이 금년의 곡식을 거두어들이니 그것으로 술을 빚어올 줄을 깨달았다. 그래서 지금은 술을 마실 수 있으니, 이런 술 마시는 일로 내 노년을 위로 받고 싶다.

한 무리의 닭들이 마구 울어 댄다. 그때 손님들이 왔는데, 두 마리 닭이 마침 싸움을 벌이고 있었다. 내가 그 싸우는 닭을 쫓으니, 그 닭들이 나무 위로 날아 올라갔다. 그제서야 누가 우리 사립문을 두드리고 있다는 것을 알았다. 시골에 사는 촌로 네댓 명이 내가 돌아온 것을 위로하기 위해 왔다. 그들 손에는 각기 지니고 온 것이 들려 있었는데, 그것은 술단지로 탁주와 청주였다. 촌로가 말하기를, '술맛이 없다고 사양하지 마오. 기장 밭을 맬 사람이 없다오. 아이들은 모두 동쪽 낙양 방면의 전쟁터에 나가 있다오.'라고 하였으며, 내가 화답하기를, '내 동네 노인들을 위하여 노래 부르리다. 이렇게 어려운 시국에 여러분의 후의에 감사드린다.'라는 내용으로 노래를 마치고 하늘을 우러러 탄식하니 그 자리에 있던 모든 사람들이 통곡한다.

이 시는 두보가 숙종에게 버림을 받고 가족들이 머무는 부주의 집으로 돌아와서 쓴 시이다. 돌아와서 자기를 맞아주는 가족들의 모습과 마을 사람들의 호기심 어린 시선 그리고 위로하기 위해 찾아온 촌로들의 대화를 통해 당시 민중들의 어려운 생활상을 사실적으로 보여 주고 있다. 「강촌」 3수는 소박한 삶의 모습과 솔직한 심정을 잘 묘사한 시로, 한 마디 한 마디가 모두 진정에서 나온 명시로 평가받는다.

757년 지덕 2년, 10월에 장안이 수복되어 숙종의 조정은 장안으로 들어왔으며, 두보는 11월 가족을 데리고 부주에서 장안으로 돌아왔다. 다음해(758)인 건원(乾元) 1년 5월까지 그는 장안의 조정에 있었으나 6월에 화주(華州)의 사공참군(司功參軍)이라는 지방관으로 좌천된다.

장안에 돌아와서 쓴 시로 「곡강(曲江)」이 있다. 지난해 봄에는 안녹산의 군대에 의해 장안이 점령당해 곡강 머리에서 그 애달픔을 「애강두」로 노래하기도 하였으며, 올 봄에는 다행히 장안이 수복되어 조정에 나가 벼슬살이는 하고 있는데 심중에는 고민이 잔뜩 있다. 그 고민을 노래한 작품이 「곡강」이다. 아마도 지방관으로의 좌천을 생각하고 있었던 것 같다.

두보가 화주 사공참군 좌천 전후의 시를 감상해 보자.

「**곡강대우(曲江對雨**곡강에서 비를 마주하다**)**」

두보

성 위 봄 구름이 부용원의 담장을 덮고, 城上春雲覆苑墻성상춘운복원장,
곡강 정자의 저문 빛에 봄철이 고즈넉하네. 江亭晩色靜年芳강정만색정년방.
숲에 핀 꽃은 비에 닿아 연지 빛으로 젖어 있고, 林花著雨燕支濕임화저우연지습,
마름나물은 바람에 이끌려 푸른 띠가 길구나. 水荇牽風翠帶長수행견풍취대장.
새로운 근위대 깊숙이 천자의 수레가 멈춰 있는데, 龍武新軍深駐輦용무신군심주연,
부용원 별전에선 속절없이 향을 사르고 있구나. 芙蓉別殿漫焚香부용별전만분향.
어느 때나 조서를 내려 금화를 뿌리는 잔치를 열고, 何時詔此金錢會하시조차금전회,
잠시 미인의 거문고 곁에서 취하게 하리오. 暫醉佳人錦瑟傍잠취가인금슬방.

늦봄 곡강에 비오는 풍경을 노래하면서 숙종에 의해 현종이 남내(南內)에 유폐된 상황을 소개하고 있다. 그러면서 상왕인 현종대의 화려했던 시절을 그리워하고 있다. 7구의 "금전회(金錢會)"는 현종이 개원 원년에 문무 백관들

을 모아놓고 금화를 뿌려 줍게 했던 일이고, 8구의 "금슬(錦瑟)"은 개원 중 상사절(上巳節)에 백관들을 곡강 정자로 불러내어 궁중의 교방악을 들려주었던 일이다. 봄비 오는 곡강에 나와 지금은 유폐되어 곡강 근처에도 나올 수 없는 현종을 생각하면서, 그 어느 시절에 화려했던 일을 회상하고 있다. 이는 숙종으로부터 두보의 마음이 멀어지고 있다는 것을 단적으로 보여주고 있는 것이다.

화주로 좌천되면서 지은 시를 보자.

「지덕이재보자경금광문출간도귀봉상건원초종좌습유이화주연여친고별인출차문유비왕사(至德二載甫自京金光門出間道歸鳳翔乾元初從左拾遺移華州掾與親故別因出此門有悲往事지덕 2년 나는 금광문을 나서서 사잇길로 봉상으로 갔었는데, 건원 초에 좌습유에서 화주연으로 발령 나 친지들과 이별하고 이 문을 나서면서 지난날을 슬퍼하다**)」**

두보

이 길로 예전에 천자께로 갈 적에,	此道昔歸順차도석귀순,
서쪽들에는 적군들 정말 많기도 했지.	西郊胡正繁서교호정번.
지금까지 여전히 놀란 가슴 있으니,	至今猶破膽지금유파담,
응당 아직 부르지 못한 혼이 있으리.	應有未招魂응유미초혼.
가까이 모시다가 경읍으로 가는데,	近侍歸京邑근시귀경읍,
벼슬을 옮아감이 어찌 지존의 뜻이겠나?	移官豈至尊이관기지존.
재주 없이 날로 노쇠해지는 몸	無才日衰老무재일쇠로,
말을 멈추고 궐문을 바라본다네.	駐馬望千門주마망천문.

위의 시는 화주로 가면서 궁궐을 바라보며 지은 시이다. 전반부는 장안이 안녹산의 군대에 점령당했을 때 봉상에 있는 숙종에게로 달려가던 때를 회상하고 있고, 후반부는 지금 화주 사공참군으로 좌천되는 심정을 노래하고 있는 것이다. 757년 1월에 안녹산이 아들 안경서에 의해 피살되고 숙종은 2월에

팽원에서 봉상으로 행재소를 옮김에 두보도 4월에 장안 서쪽 금광문을 탈출하여 봉상에 있는 숙종에게 달려갔던 것이다. 그로부터 1년 2개월 후 두보는 좌습유라는 간언을 행하는 직책에서 좌천되어 758년 6월 화주사공참군으로 가게 되었던 것이다. 한 마디로 하면 숙종의 참모에서 한 지방 군청의 문화공보관 주사로 좌천된 것이다.

화주에 부임한 사공참군의 업무는 어떠했는지를 알려주는 시가 있다.

「**조추고열퇴안상잉(早秋苦熱堆案相仍**초가을에 더위로 고생하는데 서류뭉치마저 연이어 닥치다)」

두보

7월 6일 찌는 듯한 더위에 지쳐,	七月六日苦炎蒸칠월육일고염증,
음식을 앞에 두고 잠시도 먹지 못하네.	對食暫餐還不能대식잠찬환불능.
밤중에는 전갈 투성이라 늘 근심하는데,	常愁夜來皆是蝎상수야래개시갈,
가을이 온 뒤로는 파리가 더욱 기승을 부리네.	況乃秋後轉多蠅황내추후전다승.
관대를 매고 있자니 발광이 나서 울화통이 터지고,	束帶發狂欲大叫속대발광욕대규,
서류 뭉치는 어찌 이리도 급하게 연이어 오는가?	簿書何急來相仍부서하급래상잉,
남쪽을 바라보니 푸른 소나무가 골짜기에 걸려 있는데,	南望靑松架短壑남망청송가단학,
어찌하면 맨발로 두꺼운 얼음을 밟을 수 있을까?	安得赤脚踏層冰안득적각답층빙.

화주의 사공참군으로 좌천된 후의 두보의 일상이 그려졌다. 초가을 무더위로 인해 음식도 먹지 못하고 밤에는 전갈로 인해 밤잠조차 설치고 있는 모습이다. 게다가 파리 떼까지 기승을 부려 사람을 피곤하게 한다. 이런 현실에 미칠 것 같아 소리를 치르고 싶지만 그럴 기회도 없이 서류 뭉치들이 끝없이 들이닥치고 있다. 당나라 궁중에서 임금 곁에서 직언하던 관리를 전관대우도 없이 평범한 하급관리도 대하니, 답답하기도 하고 분한 생각도 드는 것이다. 자기를 골탕 먹이는 지방관에 대해서 고함도 지르고 싶고 모든 것을 내팽겨치고도 싶은 것이다. 그래서 남쪽 푸른 소나무가 있는 골짜기로 달려가서

맨발로 두꺼운 얼음을 밟고 싶다. 화기를 다스려야 하기 때문이다.

안녹산은 아들 안경서에게 피살되고, 부장 사사명(史思明)은 당나라 군대에 투항하면서 안경서를 살해하였다. 이처럼 안녹산의 군대는 내부 분열로 인해 자멸하였고, 그로 인해 당나라 군대는 장안과 낙양을 수복하였다. 그래서 758년 건원 1년의 가을에서 겨울 무렵에는 낙양으로 가는 길도 뚫렸으므로 두보는 고향으로 돌아갈 수 있었다. 그러나 뒤에 사사명은 다시 반군을 이끌고 낙양을 공격하는 바람에, 두보는 낙양으로 돌아가지 못하고 다시 화주로 돌아왔다. 화주로 돌아오는 길은 전란의 분위기가 팽배해져 민심도 어수선하였다. 그때 신안(新安, 하남성 신안현 소재) 부근에서 본 상황을 두보는 이른바 '삼리삼별(三吏三別)', 곧 「신안리(新安吏)」·「동관리(潼關吏)」·「석호리(石壕吏)」의 삼리와 「신혼별(新婚別)」·「수로별(垂老別)」·「무가별(無家別)」 등 삼별의 시를 지은 것이다.

759년 곽자의·이사업·이광필 등 9명의 절도사가 아버지인 안녹산을 죽이고 반란군 우두머리가 된 안경서를 치자, 사사명이 안경서를 도와 오히려 반란세력이 당나라 관군을 대파하였다. 그때 두보가 낙양에 거지 못하고 화주로 가는 도중 신안에 이르렀을 때 군사를 모집하는 장면을 보고 지은 것이 「신안리(新安吏)」이다. 그리고 두보가 동관을 지나면서 안사의 침입을 대비하기 위해 성을 수리하는 장병들의 노고를 읊은 것이 「동관리(潼關吏)」이다. 아들 3명을 모두 싸움터로 보내고 두 아들을 잃은 후 또 징집하려온 관리에게 붙들려가는 어느 할미와 며느리 이야기가 「석호리(石壕吏)」이다. 차례대로 감상해 보자.

「신안리(新安吏)」

두보

나그네가 신안 길을 지나다가,	客行新安道객행신안도,
시끄럽게 군대 점호하는 소리를 들었네.	喧呼聞點兵훤호문점병.

신안의 관리에게 잠시 물어보니,	借問新安吏차문신안리,
'고을이 작아 더 뽑을 장정도 없는데,	縣小更無丁현소갱정무,
관청에서 소집영장이 어제 밤에 내려와서,	府帖昨夜下부첩작야하,
2차로 뽑아 중남이 가게 되었다.'고 한다.	次選中男行차선중남행.
중남은 너무나 체구가 작아,	中男絶短小중남절단소,
어떻게 왕성[낙양]을 지킬까?	何以守王城하이수왕성.
건장한 사내는 모친이 배웅 나왔는데,	肥男有母送비남유모송,
야윈 사내 홀로 비리비리 서 있다.	瘦男獨伶俜수남독영빙.
흰 물결은 저물녘 동으로 흐르고,	白水暮東流백수모동류,
푸른 산은 오히려 곡소리를 내네.	靑山猶哭聲청산유곡성.
저절로 눈물이 마르게 하지 말고,	莫自使眼枯막자사안고,
이제 마구 쏟아지는 눈물을 거두라.	收汝淚縱橫수여누종횡.
눈물이 마르고 뼈가 드러나도	眼枯却見骨안고각견골,
천지는 끝내 무정한 것이라.	天地終無情천지종무정.
아군이 상주를 수복하여,	我軍收相州아군수상주,
밤낮으로 적이 평정되기를 희망하였네.	日夕望其平일석망기평.
뜻밖에도 적의 세력 헤아리기 어려워,	豈憶賊難料기억적난료,
패전한 군사들 별처럼 흩어져 돌아올 줄이야.	歸軍星散營귀군성산영.
식량을 찾아 옛 보루로 다가가,	就糧近故壘취량근고루,
옛 수도 낙양에 의지해 군졸을 훈련시키네.	練卒依舊京련졸의구경.
참호를 파도 물이 나오는 데까지 파지 않고,	掘壕不到水굴호부도수,
말을 기르되 그 일 또한 쉽다네.	牧馬役亦輕목마역역경.
더구나 관군은 순리를 따르니,	況乃王師順황내왕사순,
잘 먹이고 보살핌이 매우 분명하다오.	撫養甚分明무양기분명.
장정 보내며 피눈물 흘리지 마오,	送行勿泣血송행물읍혈,
지휘관도 부형처럼 친절할 것이다.	僕射如父兄복야여부형.

내가 나그네가 되어 신안의 길을 가는데, 시끄럽게 군대를 점호하는 소리를 들었다. 그래서 신안의 관리에게 다가가서 그 이유를 물었다. 그가 말하기를, "이 고을은 작은 마을이라 징집될 장정이 더 없는데 엊저녁에 관청에서 소집영장이 내려 왔습니다. 그래서 아직 군대에 갈 나이도 안 된 중남을 제2진으로 내 보내는 것입니다."라고 한다. 이에 중남을 보니, 신체 조건이 너무 작고 약한 데가 있어, '이들이 어떻게 낙양을 지킬 수가 있을까?' 하는 의문이 든다. 그나마 살찐 중남은 모친이 배웅까지 나와 주었는데, 비쩍 마른 중남은 혼자 나와 비리비리 서 있다. 황혼 무렵 허옇게 비치는 시냇물이 동쪽으로 흘러가는 것처럼, 징집된 사내들은 동쪽으로 가고, 푸른 산이 통곡하는 것처럼 모인 부모 형제들이 통곡을 한다. 여기 모인 여러분 눈물샘이 마를 때까지 울지 마시오. 줄줄 흘리는 눈물을 거두시오. 눈물이 마르자 광대뼈가 튀어나와도 천지는 끝내 무정할 것이오. 아군이 안경서 군대가 주둔하고 있는 상주를 공략한다고 해서 우리는 밤낮으로 난이 평정되기를 바랐는데, 어찌 반란군의 힘이 예측하기 어렵다오. 아군이 패하여 각 진영으로 흩어져 돌아올 줄을 생각이나 했겠소. 그래서 아군은 식량을 찾아 옛 부로로 와서 옛 수도 낙양에서 군사 훈련을 받고 있소. 군인들은 거기에서 참호를 파는데, 물도 안 나오는 곳까지 얕게 파고, 말을 길러도 그 노역은 심하지 않소. 더군다나 우리 관군은 모든 것이 순리를 따르고, 군사들을 훈련시켜도 모든 제도가 분명하오. 그러니 싸움터로 보내되 피눈물은 흘리지 마소. 군대의 총책임자인 곽자의 장군은 부형과 같이 인자한 분이오.

위의 시는 두보가 48세 되던 해(759) 화주의 사공참군으로 있을 때, 낙양을 떠나 화주로 돌아오는 길에 하남성 신안현에서 군인들을 징집하는 장면을 보고 쓴 시이다. 얼마나 다급했으며, 나이도 차지 않은 미성년자들까지 싸움터로 내보고 있다. 그런 미성년자를 싸움터로 내보낼 수밖에 없는 당시의 현실을 잘 고발하였다. 그러면서 한 편으로는 징집된 군인들은 잘 먹게 될 뿐만 아니라 군사 훈련도 순리에 맞게 받게 될 것이고 하는 일도 고되지 않을 뿐만 아니라 장군은 부형처럼 친절하게 군졸들을 돌보아 줄 것이라고 하면서, 부형들을 안심을 시키고 있다. 애국 충절의 시로, 궁중의 좌습유 시절에 보지 못했던 참여시이다.

「동관리(潼關吏)」도 살펴보자

「동관리(潼關吏동관의 벼슬아치)」

두보

병사들 어찌 저리 초초히 바쁜가?	士卒何草草사졸하초초,
동관 길목에 성을 쌓네.	築城潼關道축성동관도.
큰 성은 철옹성도 못 당하고,	大城鐵不如대성철불여,
작은 성은 만여 장 높은 데 있네.	小城萬丈餘소성만장여.
동관 벼슬아치에게 물어보니,	借問潼關吏차문동관리,
관문 고쳐 오랑캐 다시 대비한다네.	修關還備胡수관환비호.
나를 말에서 내려 걷게 하고,	要我下馬行요아하마행,
나에게 산모퉁이 가리키네.	爲我指山隅위아지산우.
늘어선 방책 구름에 닿아,	連雲列戰格연운열전격,
나는 새도 넘을 수 없다네.	飛鳥不能踰비조불능유.
오랑캐가 와도 자연히 다 지키니,	胡來俱自守호래구자수,
어찌 다시 장안을 걱정하리.	豈復憂西都기부우서도.
어르신 요새를 보시오,	丈人視要處장인시요처,
좁아서 겨우 수레 하나 지나가요.	窄狹容單車착협용단거.
어려울 때 긴 창 휘둘러,	艱難奮長戟간난분장극,
오랫동안 한 사람이면 되지요.	萬古用一夫만고용일부.
슬프도다 도림의 전투여,	哀哉桃林戰애재도림전,
백만 병사 고기밥 되었네.	百萬化爲魚백만화위어.
관문 지키는 장수에게 부탁하오니,	請囑防關將청촉방관장,

부디 가서한을 본받지 마시오. 愼勿學哥舒신물학가서.

병사들은 어찌 저렇게 바삐 움직이는가? 동관 길목에 성을 쌓기 위함이로다. 큰 성은 철옹성도 못 당하고 작은 성은 만여 장 높은 데 있다. 마치 큰 성은 철옹성보다 견고해 보이고 작은 성은 만여 장 높은 산에 솟아 있다. 동관의 벼슬아치 있어 물어보니, 관문 고쳐 다시 반란군의 군대를 대비한다고 하네. 나를 말에서 내려 걷게 하면서 산모퉁이를 가리키면서 하는 말이 늘어선 방책이 구름까지 닿아 있어 나는 새도 넘을 수 없다고 하네. 반란군의 군대가 다시 쳐들어와도 방책이 잘 되어 있어, 다시 장안을 걱정 안 해도 된다고 일러 주네. 나리 요새를 보세요, 길이 좁아 겨우 수레 한 대 다닐 정도에요. 어려울 때 한 사람이 긴 창을 휘두르고 막아서면 오랫동안 당할 자가 없지요. 하남성 영보현 도림에서 반란군 군대에 대패해서 고기밥이 된 백만 군사가 슬프도다. 관문 지키는 장수에게 부탁하노니, 부디 동관 전투에서 분전하다가 전사(戰死)한 투르크인 가서한의 전철을 밟지 마시오.

두보가 「동관리」에서 도림천 패배와 동관 전투에서 가서한이 20만의 대군으로도 대패한 사실을 환기하면서 부디 이길 수 있도록 수비를 단단히 할 것을 당부하고 있다.

장안이 수복되고 숙종이 환도하여 좌습유의 벼슬하면서 화주의 사공참군으로 좌천될 때까지 두보는 현실참여적인 시를 그다지 남기지 않았다. 아마도 개인적인 문제가 더 급선무였을 것이다. 그러나 화주의 사공참군으로 좌천된 후부터 그의 건강한 시선이 시로 화하기 시작하였다.

삼리(三吏) 중에서도 「석호리(石壕吏)」가 가장 잘된 작품으로 평을 받는다.

「석호리(石壕吏석호 지방의 아전)」

두보

날 저물어 석호라는 마을에 투숙하니, 暮投石壕村모투석호촌,

관리가 있어 밤에 사람을 잡으려 왔네.	有吏夜捉人유리야착인.
늙은 할아비는 담 넘어 달아나고,	老翁踰墻走노옹유장주,
늙은 할멈은 문 밖에 나가본다.	老婦出門看노부출문간.
관리의 호출이 어찌 그리도 노했으며,	吏呼一何怒리호일하노,
할멈의 울음은 어찌 그리도 괴로운가?	婦啼一何苦부제일하고.
할멈이 관리 앞에 나아가 하는 말 들으니,	聽婦前致詞청부전치사,
'세 아들이 업성에서 싸우는데,	三男鄴城戍삼남업성수,
한 아들이 편지를 보내오기를,	一男附書至일남부서지,
두 아들이 새로 전사했다 하오.	二男新戰死이남신전사.
살아있는 자는 억지로라도 살아가겠지만,	存者且偸生존자차투생,
죽은 자는 영영 그만이로다.	死者長已矣사자장이의.
집안에는 다시 사람이라곤 없소.	室中更無人실중갱무인.
오직 젖먹이 손자만 있다오.	惟有乳下孫유유유하손.
손자에게 안 떠난 어미가 있지만,	孫有母未去손유모미거,
출입할 온전한 치마도 없다오.	出入無完裙출입무완군.
이 늙은 할멈 기력은 비록 쇠하나,	老嫗力雖衰노구력수쇠,
청컨대 나리를 따라 이 밤중으로 가서,	請從吏夜歸청종리야귀,
급히 하양 부역에 응해서,	急應河陽役급응하양역,
오히려 새벽밥을 지을 수 있다오.'	猶得備晨炊유득비신취.
밤이 깊어 말소리 끊어지고,	夜久語聲絶야구어성절,
마치 울며 목 메인 소리 들리는 것 같다.	如聞泣幽咽여문읍유열.
날이 밝아 길 떠날 때에,	天明登前途천명등전도,
홀로 늙은 할아비와 작별하였다.	獨與老翁別독여노옹별.

날이 저물어 하남성 석호촌에 잠자리를 마련했는데, 밤중에 관리가 와서 사람들을 마구 잡아간다. 이에 놀란 할아버지는 담을 넘어 도망치고, 할머니

는 문 앞에 나아가 관리를 맞이한다. 관리 계속해서 큰 소리로 호통하고, 할머니는 꼼짝 못하고 서서 울면서 괴로워한다. 그때 할머니가 관리 앞에 나아가 하는 말을 들으니, "우리 집 아들 3명이 모두 업성의 싸움터에 참가하고 있다오. 한 아들이 편지를 보내 왔는데, 두 아들이 새로 전사했다고 하였소. 그러니 살아 있는 아들도 마지못해 살고 있는 것이오. 죽은 아들은 모든 게 끝장난 거지요. 그러니 집안에는 다시 사람이라곤 없소. 오직 젖먹이 손자 하나 있는데, 그 어미는 아직 남편 따라 죽지 못하고 있으나, 외출할 때 입을 변변한 치마 하나 없소이다. 그러나 이 늙은 할멈이 비록 기력은 쇠약하지만, 청컨대 나리를 따라 이 밤중으로 급히 가서 하양의 싸움터에 당도하면 새벽밥 짓는 일에 참여할 수 있을 것입니다."라고 한다. 밤이 깊어지자 말소리 끊어지고, 울며불며 오열하는 소리만 들렸다. 날이 밝자 다시 여정에 오르는데 할머니는 보이지 않고 할아버지만 보여, 이별을 고하였다.

위의 시는 759년 곽자의와 이사업 등 관군 연합군이 안경서와 사사명의 반란군에게 패하자 새로운 침입에 대비하기 위해 무자비한 징병의 폐해를 진솔하게 표현한 사회시이다. 아들 3명을 싸움터로 보내고 2명은 이미 전사자가 되었는데도 다시 징병하러 와서 늙은 노인을 끌고 가려고 한 것이다. 이에 할머니가 자청해서 내가 대신 가서 군사들의 밥 짓는 일을 하겠다고 한 것이다. 다음 날 아침에 보니, 할머니는 물론 과부가 된 며느리도 끌려가고 보이지 않는 상황이다. 전란으로 인한 백성들의 피해를 사실적이면서 담담한 어조로 잘 형상화한 시라고 평할 수 있다.

두보의 「신혼별」·「수노별」·「무가별」은 삼별(三別)로, 전란으로 인한 이별을 사실적으로 형상화한 시이다. 작품을 감상해 보자.

「**신혼별(新婚別**신혼에 이별하다**)**」

두보

새삼이 쑥이나 삼에 붙어, 兎絲附蓬麻토사부봉마,

넝쿨을 뻗더라도 자라지 못하네.	引蔓故不長인만고부장.
출정 군인에게 딸을 시집보냄은,	嫁女與征夫가녀여정부,
길가에 버리는 것보다 못하네.	不如棄路傍불여기노방.
머리 올려 임의 아내가 되었지만,	結髮爲君妻결발위군처,
잠자리는 임의 침상을 덥히지도 못한다네.	席不煖君牀석불난군상.
저녁에 결혼하고 새벽에 이별을 고하니,	暮婚晨告別모혼신고별,
곧 너무도 급한 것 아닌가요?	無乃太匆忙무내태물망.
임이 가시는 곳 비록 멀지 않다지만,	君行誰不遠군행수불원,
변방을 지키러 하양 땅으로 가시지요.	守邊赴河陽수변부하양.
첩의 신분이 아직 분명하지 않으니,	妾身未分明첩신미분명,
어떻게 시부모를 뵙나요?	何以拜姑嫜하이배고장.
부모님 나를 기를 때,	父母養我時부모양아시,
밤낮으로 나로 하여금 잘 되기를 바랐지요.	日夜令我藏일야령아장.
딸을 낳으면 시집보내야 하고,	生女有所歸생녀유소귀,
닭이나 개도 또한 제 짝이 있지요.	鷄狗亦得將계구역득장.
임이 이제 사지로 가시니,	君今生死地군금생사지,
침통함이 뱃속까지 치민다오.	沈痛迫中腸침통박중장.
맹세코 임 가는 곳을 따르고 싶지만,	誓欲隨君去서욕수군거,
그러면 상황은 도리어 어려워져요.	形勢反蒼黃형세반창황.
신혼이라는 생각은 하지 마시고,	勿爲新婚念물위신혼념,
노력하시어 오랑캐 정벌에만 힘쓰세요.	努力事戎行노력사융행.
아녀자가 군영 안에 있으면,	婦人在軍中부인재군중,
병사들의 사기 떨치지 못할까 두렵습니다.	兵氣恐不揚병기공불양.
가난한 집 딸이 스스로 한탄하되,	自嘆貧家女자탄빈가녀,
오랜만에 비단치마 저고리를 장만했다오.	久致羅襦裳구치라유상.
비단 옷을 다시는 입지 않을 것이고,	羅襦不復施나유불부시,

임을 위하여 화장을 지웁니다.	對君洗紅粧대군세홍장.
고개 들어 새들 나는 것을 보니,	仰視百鳥飛앙시백조비,
큰 새도 작은 새도 반드시 쌍쌍으로 납니다.	大小必雙翔대소필쌍상.
인간사 어긋나는 일 많아도,	人事多錯迕인사다착오,
임과 영원히 서로 바라보며 살아갈게요.	與君永相望여군영상망.

새삼이 쑥과 삼에 기생하니 의지할 것이 작아 넝쿨을 제대로 뻗어 나가려 해도 길게 갈 수는 없다. 그와 만찬가지로 딸을 싸움터로 나가는 병사에게 시집보내는 것은 차라리 길가에 내버리는 것만도 못하다. 머리를 땋아 쪽을 찌고 당신의 아내가 되어 잠자리에서 당신의 침대를 따뜻하게 해 주지도 못하고, 저녁에 혼인하고 새벽에 이별을 고하니 매우 촉박한 것이 아닌가요? 당신이 비록 집에서 멀리 떠나지 않고 하양 전쟁터에 나가 변방을 지킨다고 하지만, 저는 아직 신부로서의 완전한 의식으로 사당에 정식으로 인사를 올리지 못한 불분명한 신분이니 어떻게 시부모를 뵈어야 합니까? 우리 친정 부모님 저를 기를 제 밤낮으로 잘 되기를 빌었지요, 딸을 낳으면 으레 시집을 보내야 하고 닭이나 개가 제 짝을 찾는 것과 같은 이치이지요. 그런데 지금 당신은 사지로 가니 그 침통함이 저의 창자를 끊는 것 같습니다. 기어코 당신을 따라가고자 하나, 지금의 형편이 도리어 촉박하여 그럴 수도 없습니다. 제발 신혼의 꿈을 버리시고 병졸의 임무에 최선을 다해 주세요. 한나라 때 이릉의 군대처럼 부인이 군영에 있으면 사기가 떨어질까 두려워 따라 가지 않겠습니다. 저 스스로 한탄합니다. 제가 가난한 집안에 태어나 오랜만에 비단 옷을 만들어 왔는데, 앞으로 비단 옷을 다시는 입지 않을 것이고 그대를 위하여 화장도 하지 않을 것입니다. 저 온갖 새가 날아감을 볼 때 큰 새든 작은 새든 모두 암수 쌍쌍이 날아가지만 사람의 일이란 대개가 착오 투성이라 당신과는 영원히 멀리서 서로 바라만 보고 있을 운명입니다.

결혼한 지 하룻밤 만에 남편을 싸움터가 있는 변방으로 보내야 하는 신부의 하소연으로, 당시의 민중들의 괴로움을 잘 형상화한 작품이다. 시집 와서 3일이 되어야 시가의 조상 사당에 고하여 정식으로 며느리 신분이 정해지는데, 혼인한 이튿날에 남편을 싸움터로 보내니 신부의 신분이 애매한 것이다. 위의 시 「신혼별」은 첫 2구는 『시경(詩經)』의 흥(興)과 같다. 흥은 먼저 객관적 사물을 노래하고 나중에 정서를 인간사에 비유하는 시작법 중의 하나이다. 『시경』「관저」장에서 먼저 물가에 있는 저구새의 정이 두터운 점을 노래한 후, 문왕과 태사와의 군자호구(君子好逑)를 노래한 것을 말한다. "관관히 우는 저구새는, 하수의 모래섬에 있도다. 요조숙녀가 군자의 좋은 짝이다(關關雎鳩관관저구, 在河之洲재하지주. 窈窕淑女요조숙녀, 君子好逑군자호구)."라고 한 것은, 시집오는 태사가 덕이 있어 보여 저구새가 하수의 모래섬에서 화(和)하게 울고 있으니, 이 요조숙녀가 어찌 군자의 좋은 짝이 아니겠는가?라는 뜻이다. 여기서도 새삼은 신부에, 쑥이나 삼은 싸움터에 끌려가는 남편에 비유하였다. 소나무와 전나무처럼 큰 나무에 달라붙어 크면 새삼의 넝쿨도 무한정으로 뻗어 나갈 수 있는데, 키가 작은 쑥이나 삼에 의지하면 길게 뻗을 수 없다. 이는 쑥이나 삼 같은 남편이 사지인 싸움터로 가기 때문에 전사할 남편과 해로하지 못할 것을 암시하였다. 첫날밤만 보내고 떠나보내야 하는 신부의 애련한 독백조가 심금을 울린다.

「**수로별(垂老別**늙그막의 이별**)**」

두보

성 외곽 사방이 아직 안정되지 않아, 四郊未寧靜사교미녕정,
늘그막에 편안하지 못하네. 垂老不得安수로부득안.
자손은 전사하여 아무도 없으니, 子孫陣亡盡자손진망진,
어찌 이 몸 홀로 안전할까? 焉用身獨完언용신독완.
지팡이 내던지고 문을 나서니, 投杖出門去투장출문거,
동행하는 사람도 마음 아파한다. 同行爲辛酸동행위신산.

다행히 치아는 남아 있으나, 幸有牙齒存행유아치존,
슬픈 것은 골수가 마른 것이다. 所悲骨髓乾소비골수건.
남아가 이미 갑옷과 투구를 갖추었으니, 男兒旣介冑남아기개주,
길게 읍하고 상관과 작별하리라. 長揖別上官장읍별상관.
늙은 아내는 길에 누워 우는데, 老妻臥路啼노처와노제,
세모에 입은 옷은 홑옷이어라. 歲暮衣裳單세모의상단.
누가 이것이 사별인 줄을 알랴만, 孰知是死別숙지시사별,
또한 아내가 추운 것이 마음 아프다. 且復傷其寒차부상기한.
이번 떠나면 반드시 돌아오지 못하니, 此去必不歸차거필불귀,
밥을 권하는 말 거듭거듭 들린다. 還聞勸加餐환문권가찬.
토문관 성벽은 매우 견고하며, 土門壁甚堅토문벽심견,
적군이 행원을 지나기는 또한 어렵다 한다. 杏園度亦難행원도역난.
지금의 형세는 업성(상주)의 일과 다르니, 勢異鄴城下세이업성하,
설사 죽더라도 시간적으로 여유가 있다고 한다. 從死時猶寬종사시유관.
인생에는 헤어지고 만남이 있으나, 人生有離合인생유이합,
어찌 늙었을 때와 젊었을 때의 구분이 있는가? 豈擇衰盛端기택쇠성단.
옛날 젊은 시절을 회상하고, 憶昔少壯日억석소장일,
지체하고 머뭇거리다가 길게 탄식하네. 遲廻竟長嘆지회경장탄.
온 나라가 모두 전쟁 중이라, 萬國盡征戍만국진정수,
봉화가 산과 언덕을 뒤덮었네. 烽火被岡巒봉화피강만.
초목에 쌓인 시체 썩는 냄새는 비릿하고, 積屍草木腥적시초목성,
흐르는 피로 언덕과 산이 온통 붉네. 流血川原丹유혈천원단.
어느 고을이 낙토가 되겠는가? 何鄕爲樂土하향위낙토,
어찌 감히 서성이고 머뭇거리겠는가? 安敢尙盤桓안감상반환.
쑥대 집 같은 오막살이 버리고 떠나려니, 棄絶蓬室去기절봉실거,
덜컥 가슴이 찢어지네. 塌然摧肺肝탑연최폐간.

사방이 평화롭지 못하니 늘그막에 나도 편안할 수가 없다. 아들과 손자는 싸움터에서 모두 죽었으니 어찌 내 몸만 홀로 안전할까? 지팡이 던지고 문을 나서니 동행자가 다 괴로워한다. 나는 다행이 치아는 성하지만 뼛속이 말라 버렸음이 슬프다. 그렇지만 나도 남아로서 전투복을 입었으니 상관에게 고별을 해야 한다. 싸움터로 끌려가는 나를 본 늙은 아내는 길바닥에 누워 뒹굴면서 우는데, 겨울 날씨라 추운데도 홑옷만 걸치고 있다. 누가 이것이 사별이 될 줄을 알랴? 또한 부인이 추위에 떠는 것이 안타깝다. 이번에 가면 다시는 돌아오지 못할 줄 알면서도 밥 많이 먹으라는 부인의 당부하는 소리가 귓가에 들린다. 하양 근처인 토문 땅의 성벽은 단단하고 하남성 급현의 행원진으로는 반란군들이 건너오기 어렵다고 한다. 지금 형세가 지난 번 업성 밑에서 곽자의, 이사업 등 9명의 절도사 연합군이 반란군에게 대패했던 때와는 달라 비록 죽는다 해도 그렇게 다급하지 않고 여유가 있을 것이다. 인생에는 굴곡이 있는 법이지만 노년과 장년의 구별은 없는 것이다. 옛날 젊었을 때를 생각하고 주저하면서 길이 탄식한다. 온 나라가 전쟁 중이라 봉화는 모든 산에 이어졌고 초목에는 시체가 쌓여 비린내가 코를 찌르며 개울과 언덕에는 피가 흘러 붉다. 이런 판국에 어디라고 낙토가 있겠는가? 왜 주저하고 머뭇거리는가? 저 다북쑥 같은 오막살이일망정 버리고 떠나자니 덜컥 가슴이 찢어지는 것 같다.

안녹산의 난 막바지에 군사들이 모자라 아들과 손자까지 싸움터에서 잃은 늙은 노인을 징집하는 처참한 상황을 시로 표현하였다. 모든 것을 체념하고 싸움터로 떠나는 노인과 그 노인을 길바닥에서 뒹굴면서 붙잡으려는 늙은 부인, 그러면서 밥 많이 먹고 잘 견디어 내라는 당부까지 하는 노파의 모습에서 애처로움이 묻어난다. 늙은 부부의 한탄과 서러움으로 당시의 비참했던 사회상을 사실적으로 묘사되었다.

「**무가별(無家別**집 없는 이별**)**」

두보

적막하고 쓸쓸한 천보 이후에, 寂寞天寶後적막천보후,
밭과 오두막에 다만 쑥과 명아주뿐이다. 園廬但蒿藜원려단호려.
우리 마을은 백여 호가, 我里百餘家아리백여가,
세상이 어지러워 각자 사방 흩어졌네. 世亂各東西세란각동서.
산 사람은 소식 없고, 存者無消息존자무소식,
죽은 이는 흙과 티끌이 되었네. 死者爲塵泥사자위진니.
천한 이 몸 전쟁에 패하여, 賤子因陣敗천자인진패,
고향에 돌아와 옛 길을 찾아보네. 歸來尋舊蹊귀래심구혜.
오래 떠돌다 와 빈 골목을 보니, 久行見空巷구행견공항,
햇살도 침침하고 공기도 처량해 보이네. 日瘦氣慘悽일수기참처.
다만 여우와 살쾡이 만나니, 但對狐與狸단대호여리,
털을 세우고 노하여 나에게 으르렁대네. 豎毛怒我啼수모노아제.
사방 이웃에는 무엇이 있는가? 四隣何所有사린하소유,
한 두 늙은 과부뿐이라네. 一二老寡妻일이노과처.
깃들던 새도 본래의 가지를 그리워하는데, 宿鳥戀本枝숙조연본지,
어찌 또한 궁핍한 처소라고 사양할까? 安辭且窮棲안사차궁서.
바야흐로 봄이 되어 홀로 호미 메고, 方春獨荷鋤방춘독하서,
저물녘에 밭두렁에 물을 대네. 日暮還灌畦일모환관휴.
현의 관리 내가 돌아온 것 알고, 縣吏知我至현리지아지,
나를 불러 북 치는 연습을 시키네. 召令習鼓鞞소령습고비.
비록 고을 안의 일을 하나, 雖從本州役수종본주역,
안을 둘러보아도 데리고 갈 사람이라곤 없네. 內顧無所携내고무소휴.
가까운 곳에 가도 오직 내 한 몸 신세, 近行止一身근행지일신,
멀리 가면 마침내 떠돌이 신세일세. 遠去終轉迷원거종전미.

집과 고향 이미 다 없어져, 家鄕旣蕩盡가향기탕진,
멀거나 가깝거나 이치는 매 한 가지네. 遠近理亦齊원근리역제.
영원히 애통하기는 오랜 병들어 돌아가신 어머니, 永痛長病母영통장병모,
오년 동안이나 구렁에 버려 둔 일이네. 五年委溝溪오년위구계.
나를 낳아 누리시지도 못하고, 生我不得力생아부득력,
종신토록 우리 모자는 슬퍼서 울었을 뿐이네. 終身兩酸嘶종신양산시.
사람이 살아 집 없는 이별을 하니, 人生無家別인생무가별,
어찌 백성이라 하겠는가? 何以爲烝黎하이위증려.

천보 14(755)년 안녹산의 난이 일어난 후 세상은 온통 황폐화되어 다북쑥과 명아주 같은 잡초만 우거져 있다. 내가 살던 마을은 원래 백여 가구였는데, 난리가 나자 각자 사방으로 흩어져 버렸다. 그래서 산 사람은 소식도 없고 죽은 사람은 이미 흙이 된 상태이다. 보잘 것 없는 나도 전쟁에서 패하고 고향으로 돌아와 동네의 옛 골목길을 찾아보았다. 오래 떠돌다 와 보니 골목은 텅 비어 있고 햇살도 야윈 듯 공기마저도 처량하다. 다만 들짐승인 여우와 살쾡이를 만나니 털을 곤두세우고 나를 위협한다. 사방을 둘러보아도 아는 사람들은 보이지 않고 한두 늙은 과부만 보인다. 나무에 깃들던 새도 본래의 나뭇가지를 찾는데 나도 고향에 왔으니 궁한 살림살이라고 어찌 내버릴 수가 있는가? 바야흐로 봄철이라 나 홀로 호미 메고 밭에 나가 일을 하다가 저녁에는 또한 밭에 물을 주기도 한다. 그런데 고을의 관리가 내가 돌아온 것을 알고 전쟁 때 치는, 북치는 연습을 시킨다. 비록 북 치는 일이 이 고을에서의 일이지만, 집안을 둘러봐야 데리고 가거나 가지고 갈 것 하나도 없다. 이제는 이 몸은 혼자요 멀리 가도 나 혼자 떠돌이가 되는 신세이다. 고향이 황폐화 되었으니 원근을 불문하고 외톨이 신세는 마찬가지이다. 항상 가슴 아픈 것은 오랫동안 병으로 앓다가 돌아가신 어머니를 정식으로 장사지내지 못하고 임시로 매장해 5년 동안 골짜기에 방치한 것이다. 어머

니는 나를 낳았으나 나에게 아무런 도움을 받지 못했고, 우리 모자는 둘 다 고생만 하였다. 사람으로 태어나 가정도 없이 떠나니 어찌 내가 하나의 백성이라고 할 수가 있겠는가?

싸움터에 끄려갔다가 천신만고(千辛萬苦) 끝에 살아서 고향집으로 돌아왔더니, 고향 집에는 아무도 없다. 단지 반기는 것은 들짐승들뿐이다. 그리고 고을 관리가 찾아와서 다시 북치는 일을 시킨다. 「무어별」은 전쟁으로 인해 외톨이가 된 노병이 다시 싸움터로 끌려가야 하는 기막힌 운명을 거침없는 표현으로 민중들의 괴로운 삶을 고발한 작품이다.

「신혼별(新婚別)」은 신혼부부의 이별을 신부의 입을 빌어 읊은 시인데, 결혼한 이튿날 출정하는 남편을 보내는 아내의 애처로운 마음을 표현하였고, 「수노별(垂老別)」은 늙은 몸으로 징집되어 싸움터로 가는 이의 설움을 적은 시이다. 자식과 손자는 싸움터에서 다 죽고, 늙은 처는 겨울인데도 홑옷 바람으로 떨면서 변방으로 가는 늙은 나에게 밥 많이 먹고 몸조심하라고 당부하고 있다. 이제 가면 영영 못 오는 길인데, 오히려 늙은 아내의 안부를 걱정한다. 「무가별(無家別)」은 패잔병이 되어 고향에 돌아 왔으나 이별할 가족도 없다. 그런데 또 재입대하라고 한다. 외톨이 노병의 고달픈 삶이 드러났다.

두보의 삼별(三別) 시는 안녹산의 난 때의 사회의 모습을 적나라하게 표현하면서도 감정에 치우치지 않고 담담한 어조로 당시의 민중들의 아픔을 작가의 미적 기능과 정서적 기능에 의해 예술적으로 형상화되었다. 정확하게 그 당시 최고의 고통을 받았을, 신혼의 신부·늙은 군인·재징집되는 외톨이 패잔병 등의 처지를 작가의 예리한 시각으로 잘 표착하였다. 그래서 두보를 시성(詩聖)이라고 하는가 보다.

유한한 인생과 고달픔

장안을 수복한 후 759년(48세)에 낙양에서 지은 시도 있다.

「세병마행(洗兵馬行병기와 군마를 씻으며)」

두보

중흥의 여러 장수들 산동을 수복하니, 中興諸將收山東중흥제장수산동,
승전보가 밤에도 보고되어 대낮 같다오. 捷書夜報淸晝同첩서야보청주동.
황하가 넓다지만 소문에 작은 배로 지날 수 있다 하니, 河廣傳聞一葦過하광전문일위과,
오랑캐의 위태로운 운명도 파죽의 처지에 있다네. 胡危命在破竹中호위명재파죽중.
다만 업성이 남아 있으나 하루도 못되어 되찾을 것이니, 祗殘鄴城不日得지잔업성불일득,
홀로 삭방[곽자의]에게 맡겨 무한한 공 이루었다네. 獨任朔方無限功독임삭방무한공.
장안 사람들 모두 한혈마[천리마] 타고, 京師皆騎汗血馬경사개기한혈마,
회흘[위구르족]은 포도궁에서 내린 고기를 먹었다오. 回紇餧肉葡萄宮회흘위육포도궁.
임금의 위엄으로 동해와 대산 깨끗이 소탕함 기쁘나, 已喜皇威淸海岱이희황위청해대,
항상 선왕이 공동산 지나 파천했던 일 생각나네. 常思仙仗過崆峒상사선장과공동.
삼년 동안 강족의 피리 소리에 관산의 달 바라보았고, 三年笛裏關山月삼년적리관산월,
만국(萬國)의 군진 앞에 초목을 흔드는 바람 몰아쳤네. 萬國兵前草木風만국병전초목풍.
성왕께선 공을 세우고도 매사에 신중하시고, 成王功大心轉小성왕공대심전소,
곽 재상[곽자의]은 깊은 책략 예부터 드물었다오. 郭相謀深古來少곽상모심고래소.
사도[이광필]의 인재를 가려내는 눈 밝은 거울 매단 듯하고, 司徒淸鑑懸明鏡사도청감현명경,
상서 왕사례의 기개는 가을 하늘처럼 높아 아득하네. 尙書氣與秋天杳상서기여추천묘.
두 세 명의 호걸들이 때를 타고 나오니, 二三豪俊爲時出이삼호준위시출,
천지를 바로잡고 세상을 구제하였네. 整頓乾坤濟時了정돈건곤제시료.
동쪽으로 달려가며 농어회 생각하는 이 없고, 東走無復憶鱸魚동주무부억려어,
남쪽으로 날아가는 새들도 둥지에 깃들이게 되었다. 南飛各有安巢鳥남비각유안소조.

봄기운이 다시 임금 따라 장안에 돌아오니, 青春復隨冠冕人청춘부수관면인,
대궐[皇居]에 아름다운 안개와 꽃에 둘러싸이게 되었다.
紫禁正耐煙火繞자금정내연화요.
태자의 수레와 임금의 수레 늘 대기하고 있다가, 鶴駕通宵鳳輦備학가통소봉련비,
첫닭 울면 상황(上皇)의 침소에 문안하러 용루문 나선다오.
鷄鳴問寢龍樓曉계명문침용루효.
영주 좇아 싸움터를 달려 얻은 위세 크기만 하니, 攀龍附鳳勢莫當반용부봉세막당,
천하 사람들 모두 제후와 왕이 된 듯하네. 天下盡化爲侯王천하진화위후왕.
그대들 어찌 임금의 은혜 입음을 알겠는가? 汝等豈知蒙帝力여등기지몽제력,
때가 왔다 하여 자신의 강함 자랑하지 마오. 時來不得誇身强시래부득과신강.
관중(장안)에 이미 소승상[소하]이 머물고, 關中旣留蕭丞相관중기유소승상,
막하(군진)에는 다시 장자방 같은 장호를 등용하였네. 幕下復用張子房막하부용장자방.
장공[장량]은 일생 동안 강호의 나그네라, 張公一生江海客장공일생강해객,
신장이 구척이요, 수염과 눈썹 세었다오. 身長九尺鬚眉蒼신장구척수미창.
부름 받고 나오니 마침 풍운의 기회 만났고, 微起適遇風雲會미기적우풍운회,
넘어지는 나라 붙드니 비로소 계책 훌륭함 알게 되었다. 扶顚始知籌策良부전시지주책량.
푸른 옷에 백마 탄 자(안녹산의 잔당) 다시 어찌 있을 수 있겠는가?
青袍白馬更何有청포백마갱하유,
후한 광무제나 지금 주나라 다시 창성함 기뻐하네. 後漢今周喜再昌후한금주희재창.
한 치의 땅과 한 자의 하늘(천하의 모든 나라) 모두 들어와 조공 바치고,
寸地尺天皆入貢촌지척천개입공,
기이한 상서로움 다투어 보내오네. 奇祥異瑞爭來送기상이서쟁래송.
알지 못하겠노라. 어느 나라에서 흰 옥고리 바쳤는가? 不知何國致白環부지하국치백환,
다시 여러 산에서 은 항아리 얻었다고 말하네. 復道諸山得銀甕부도제산득은옹.
은사들은 자지곡[거문고 곡조의 은둔 노래] 노래하지 않고,
隱士休歌紫芝曲은사휴가자지곡,

문인들은 하청송[태평성대의 노래] 지을 줄 아네. 詞人解撰河淸頌사인해찬하청송.
농가에서는 바라고 바라며 빗물이 마름 애석해하고, 田家望望惜雨乾전가망망석우간,
뻐꾸기는 곳곳에서 울어 파종함 재촉하네. 布穀處處催春種포곡처처최춘종.
기수 가에 건장한 병사들 돌아오기 게을리 하지 말라. 淇上健兒歸莫懶기상건아귀막나,
성남에 (난에 참여한 남편을) 그리워하는 부인들 시름에 겨워 꿈이 많다오.
城南思婦愁多夢성남사부수다몽.
어이하면 장사 얻어 하늘의 은하수 끌어다가, 安得壯士挽天河안득장사만천하,
갑옷과 병기 깨끗이 씻어 영원히 쓰지 않을는지. 淨洗甲兵長不用정세갑병장불용.

나라를 중흥시킨 여러 장수들 산동을 수복하니, 승전보가 밝은 낮처럼 밤에도 전해졌다. 황하의 강 넓어도 갈대배처럼 건너가니, 오랑캐의 운명도 파죽의 처지에 있다. 곧 안녹산의 무리가 점령하고 있던 위주를 갈대잎 하나로 건너가 그 잔당들을 공격할 것이다. 오직 잔당들이 점령하고 있는 업성(상주)도 하루가 안 되어 되찾을 것이니, 그것은 삭방 절도사 곽자의 공이다. 장안의 병사들 모두 말을 타고 싸우고, 회흘(위구르족) 병사도 포도궁에서 내린 고기를 먹는다. 회흘(위구르) 군대가 곽자의를 도와 안사의 난을 평정하였기 때문에 임금이 음식을 하사했다. 임금의 위력은 동해와 대산 부근(태산 지방과 산동 하북 지방을 평정한 것)을 청소하듯 소탕한 것은 기쁘나, 임금께서 공동산(계두산)을 지나 피난 간 일 늘 생각난다. 삼년(755~757) 동안이나 망향의 노래인 '관산월'(고악부의 이름, 진중의 병사들이 고향을 그리워하는 노래) 들려왔고, 만국의 군진 앞에 초목을 흔드는 바람 몰아쳤다. 성왕은 큰 공을 세우고도 매사에 신중하시고, 곽 재상의 깊은 책략 예부터 드물었다. 사도 이광필의 인재를 알아보는 안목은 거울처럼 분명하고 상서 왕사례(고구려인)의 기개는 가을 하늘처럼 높아 아득하다. 이들 세 사람 곽자의·이광필·왕사례 등의 호걸은 세상을 위해 하늘이 낸 사람들로 천하를 바로잡고 세상을 구했다. 농어회 생각하여 동쪽으로 달아나려는 사람 없어졌고, 곧 반란을 일으키려는 무리를

피하여 세상을 등지려는 사람들 없어졌고, 남쪽으로 날아가는 새들 곧 군웅들이 의지할 곳을 잃고 멀리 달아나는 일 없고, 둥지에 깃들이게 되었다. 군신뿐만 아니라 천하의 사람들도 안주하게 되었다. 봄기운 다시 임금 따라 장안에 돌아오니, 대궐은 아름다운 안개와 꽃에 둘러싸이게 되었다. 태자의 수레와 임금의 수레 늘 대기하고 있다가 첫닭 울면 상황 현종께 문안드리려 용루문 나선다. 영주 좇아 싸움터를 달려 얻은 위세 크기만 하니, 온 천하 사람들 모두 제후와 왕이 된 듯하다. 그대들 어찌 임금의 은혜를 입었음을 알겠는가? 운을 탔다고 자신의 강함을 뽐내서는 안 된다. 장안에는 소하 같은 명재상 두홍점이 있고, 군진에는 장량 같은 지장 장호가 있다. 장공은 큰 뜻을 품고 평생토록 강호를 누빈 인물로 아홉 척 키에 눈썹이 검푸른 호걸이었다. 그가 임금의 부름받아 쓰인 것은 범이 바람을 만나고 용이 구름을 본 것으로, 훌륭한 군주가 뛰어난 신하를 만남과 같다. 기울어져가던 나라 일어서니 비로소 그의 계책 훌륭함을 알게 되었다. 푸른 옷에 흰 말 탄 반란군이 다시 있을 수 있겠는가? 후한 광무제나 주나라 선왕 때 같은 나라의 중흥 이루게 되어 기쁘기만 하다. 천하의 모든 나라가 조공을 하게 되고, 기이한 상서들을 다투어 보내온다. 어느 나라인지 알 수 없으나 흰 옥으로 만든 고리를 보내왔고, 여러 산에서 은 항아리가 나왔다 한다. 은둔하는 선비들은 '자지곡'(진(秦)나라 말기 세상을 피하여 섬서성 상산에 숨어 살던 상산사호가 지었다는 노래) 부르지 않게 되고, 문인들은 '하청송'(포조가 지은 노래로 태평성대가 되었음을 노래한 것) 짓게 되었다. 농가에선 농사지을 빗물 마르는 것 애석히 여기고 뻐꾸기 곳곳에서 울어 씨뿌리기 재촉한다. 기수(안녹산 잔당이 있는 곳)가의 병사들이여 집으로 돌아가기 게을리 말게, 남편 그리는 장안성 남쪽의 부인들 밤마다 수심어린 꿈을 꾼다오. 어찌하면 장사를 구하여 은하수 끌어다 갑옷과 무기 깨끗이 씻어 영원히 쓰지 않게 할 수 있을까?

이 시는 336자 48구의 칠언배율로 된 시이다. 안사(안녹산과 사사명)의 난을 평정한 공신을 찬양하며 전쟁이 종식되어 이제는 태평스러운 세상이 되기를 바라는 간절함이 담겨 있기도 하다. 우리나라 경남 충무에 가면, 임진왜란 때 이순신 장군이 세운 삼군수군통제영 객사 이름이 '세병관(洗兵館)'이다. 아마도 이순신 장군도 임진왜란이 빨리 끝나고 태평스러운 날이 오기를 바라는 뜻에서 객사의 이름을 그렇게 지었을 것이다.

「세병마행」은 시의 마지막 구인 "淨洗甲兵長不用(정세갑병장불용)"의 '세병(洗兵)' 두 자를 따서 제목으로 삼았다. 이본에는 「세병행(洗兵行)」이라고도 되어 있다. 세상이 평화로워 다시는 전쟁할 필요가 없으므로 갑옷과 병기를 씻어 두고 군마(軍馬)를 풀어 사용하지 않음을 읊은 노래로 나라를 구한 곽자의·이광필·왕사례 등 여러 장수들의 높은 공을 고사(故事)로 인용하면서 찬양하였다.

『두소릉집(杜少陵集)』 6권에는 제목 아래에 "건원(乾元) 2(759)년 봄에 장안을 수복한 후 낙양에서 지은 것이다."라고 주를 달아 놓았다. 세상이 태평하여 하늘의 은하수에 무기를 씻어 두고 영원히 쓰지 않았으면 하는 바람을 담았다. 두보가 안녹산 난을 당한 후 국운(國運)에 대한 관심과 태평성대가 지속되기를 바라는 마음에서 이 시를 지은 듯하다. 조선시대 두보 시를 한글로 번역한 이유를 알 수 있게 한다. 구구절절이 나라와 군주에 대한 충(忠)이 배어 있기 때문이다.

건원 2(759)년 봄 두보가 화주에 있을 때 죽은 줄도 모르고 20년 만에 옛 친구를 찾아 갔지만 만나지 못해 창자가 끊어지는 듯한 아픔을 느낀다. 친구의 아들은 모르는 사이에 장가를 들어 아들딸이 줄줄이 거느리고서 반갑게 맞아주는 두터운 인정을 드러내기도 하였다. 그러면서 두보는 죽은 친구를 슬퍼하는 등 만감이 교차되는 기분을 느끼게 된다. 그때 지은 시가 「증위팔처사(贈衛八處士)」이다.

「증위팔처사(贈衛八處士위팔처사에게 주다)」

두보

사람살이 서로 만나지 못함은,	人生不相見인생부상견,
아침저녁에 따로 떠오는 삼성과 상성 같구나.	動如參與商동여삼여상.
오늘 밤은 다시 어떤 밤인가?	今夕復何夕금석부하석,
이 등잔 이 촛불을 함께 하였구나.	共此燈燭光공차등촉광.
젊고 건장한 때 얼마나 되는가?	少壯能幾時소장능기시,
귀밑머리와 머리털 각기 이미 세었구려.	鬢髮各已蒼빈발각이창.
옛 친구 찾아보면 반은 귀신이 되었으니,	訪舊半爲鬼방구반위귀,
놀라 소리치매 창자 속이 답답하네.	驚呼熱中腸경호열중장.
어찌 알았으랴, 이십 년 만에,	焉知二十載언지이십재,
다시 그대의 집을 찾을 줄을.	重上君子堂중상군자당.
옛날 헤어질 때에는 그대가 아직 장가들지 않았더니,	昔別君未婚석별군미혼,
아들딸이 문득 줄을 이루었구나.	兒女忽成行아녀홀성항.
기쁜 듯이 아버지의 친구를 공경하여,	怡然敬父執이연경부집,
나에게 묻기를, ‘어디서 오시는 길입니까?’ 하네.	問我來何方문아내하방.
문답이 미처 끝나기도 전에,	問答未及已문답미급이,
아들딸이 술과 술국을 늘어놓는구나.	兒女羅酒漿아녀나주장.
밤비에 봄 부추 베어 오고,	夜雨剪春韭야우전춘구,
새로 지은 밥엔 누런 찰기장이 간간이 끼어 있다네.	新炊間黃粱신취간황량.
주인이 일컫기를 ‘만나 뵙기 어렵습니다’ 하여,	主稱會面難주칭회면난,
대번에 열 잔의 술을 포개 마셨구나.	一擧累十觴일거누십상.
열 잔을 마셔도 취하지 않으니,	十觴亦不醉십상역불취,
아들의 옛정이 깊에 감동해서라네.	感子故意長감자고의장.
내일이면 산 넘어 서로 멀리 떨어지리니,	明日隔山岳명일격산악,
세상 일 양편 모두 어찌될지 아득해라.	世事兩茫茫세사양망망.

사람이 태어나서 서로 만나지 못하는 것이 초저녁에 뜨는 별 삼성과 새벽에 뜨는 별 상성 같아 만날 수가 없다. 오늘 저녁이 또 어떤 저녁인가? 이 등잔 불빛을 함께 하다니, 정말 오랜만의 만남이다. 젊고 건장한 시절이 얼마나 되랴? 귀밑머리와 머리털이 각기 이미 하얗게 되었구나. 옛 친구를 방문하니 난리 통에 반은 귀신이 되었으니 놀랄 울부짖으니 창자 속이 끓어 오른다. 어찌 알았으리오. 20년 만에 그대의 집을 다시 찾을 줄을, 옛날 이별했을 때는 그대는 아직 장가가지 않았더니 아들딸이 줄을 이루었다. 기쁜 듯이 아버지의 친구를 공경하여, 나에게 묻기를 '어디서 오시는 길입니까?' 하고 묻는다. 문답이 미처 끝나기도 전에 아이들을 몰아서 술과 안주를 벌려 놓는다. 밤비 속에 봄 부추(정구지)를 짤라 오고 새로 지은 밥에는 누런 기장이 섞여 있다. 위씨 집안의 같은 항렬의 8번째 되는 위 8처사가 일컫기를, '얼굴 뵈기가 어렵습니다.'라고 하여, 단순에 수십 잔을 들이 켰다. 내일 내가 산 넘어 가면 세상일이 다 아득할 것이다.

안녹산의 난으로 뿔뿔이 흩어졌던 옛 친구 집을 찾아가서 쓴 시이다. 건원 2(759)년 봄 두보가 화주에 있을 때 옛 친구를 찾아 갔지만 만나지 못해 아픔을 느끼면서 쓴 시이다. 옛 친구를 죽은 줄도 모르고 20년 만에 찾아간 작가 두보가, 죽은 친구를 만나지 못해 창자가 끊어지는 듯하고, 이미 머리가 허옇게 세어 오는 친구의 아들(위8처사)이 왕래가 없는 사이에 장가를 들어 아들딸을 줄줄이 거느리고서 반갑게 맞으면서, 갖은 정성을 다해 대접하는 모습을 보게 된 것이다. 죽은 친구의 손자 손녀들이 시키지 않아도 술과 술국을 날라다 놓고, 없는 살림에 정성을 다하느라 밤비가 부슬부슬 오는 데도 봄에 막 자란 부추를 베어 술안주로 가져오고, 손님을 위해 새로 지은 밥에는 입맛이 깔깔해 먹기 어려울까봐 끈끈한 찰기장을 간간이 섞어 놓기도 하였다. 주인 곧 친구의 아들인 위8처사가, "그동안 저희들이 찾아뵙지 못해서 죄송합니다마는, 어쩌면 그렇게도 만나 뵙기가 어렵습니까?"라고 말하는 사이에, 죽은 친구를 슬퍼하는 등 만감이 교차하여 대번에 열 잔의 술을 연거푸 마신 것이다.

이때 지은 시가 「증위팔처사(贈衛八處士)」이다. 안녹산의 난으로 세상이 어수선한 틈에 옛 친구는 잘 있는지 찾아 나섰지만, 이미 반은 귀신이 되었고, 위처사의 아버지도 죽고 없다. 두보가 48세 때의 작품으로 쓸쓸한 삶의 모습에서 친구의 빈 자리를 확인하고 있다. 죽마고우(竹馬故友)·관포지교(管鮑之交) 등으로 친구와의 우정을 강조하는 고사성어도 있다. 친구와의 우정도 옛날 같이 않은 이 시대에 한 번쯤 옛 친구들을 떠올리면 그들의 안부도 물어보며 주변을 살피는 삶을 살면 더욱 좋을 것 같다. 아마도 「증위팔처사(贈衛八處士)」를 노래한 두보도 그렇게 하기를 바랄 것이다.

정성을 다해 아버지 친구인 두보 자신을 대접하는 이런 현실의 묘사가 자연묘사이다. 자연의 일부도 인간의 삶이기 때문이다. 곧 인간의 삶이 자연이기도 하다. 이와 같은 두보의 사실적 묘사가 선비의 자연관이라 할 수 있다. 산천초목만 노래하는 것이 자연이 아니라, 자연의 일부인 우리의 삶을 노래한 이런류의 시가 유자의 자연관이다.

759년 두보 나이 48세(건원 2년) 가을에 관직을 버리고 국경에 있는 감숙성(甘肅省) 진주(秦州) 천수현(天水縣)로 옮겨갔다. 진주에서 겨우 4개월간 머물렀지만 생활이 몹시 곤궁하여 감숙성 성현(成縣) 동곡(同谷) 땅이 기후도 좋고 식량도 구하기 쉽다는 소리를 듣고 10월에 동곡으로 향했다. 그곳에서 1개월을 지냈지만 생활은 더욱더 궁해져서 12월초에 사천성(四川省) 성도(成都)로 갔는데 가는 길에 각각 12수의 기행시를 남겼다. 760년 봄 두보가 성도성 서북에 있는 제갈무후사(諸葛武侯祠)를 찾아보고 제갈량의 사당과 풍경을 보고 회고의 정을 읊은 시가 있다.

「촉상(蜀相)」

두보

승상의 사당을 어느 곳에 가 찾을까? 丞相祠堂何處尋승상사당하처심,

금관성 밖에 잣나무 무성하게 우거진 곳이로다. 錦官城外栢森森금관성외백삼삼.
댓돌에 비친 푸른 풀은 저절로 봄빛인데, 映階碧草自春色영계벽초자춘색,
나뭇잎 사이 꾀꼬리의 소리 공연히 좋네. 隔葉黃鸝空好音격엽황려공호음.
삼고초려로 자주 천하를 안정할 계획을 말했고, 三顧頻繁天下計삼고빈번천하계,
유비·유선 양조에서 노신의 마음을 다 바쳤다. 兩朝改濟老臣心양조개제노신심.
출정하여 이기기 전에 몸이 먼저 세상을 떠나니, 出師未捷身先去출사미첩신선거,
길이 영웅들로 하여금 눈물이 옷깃에 가득 하네. 長使英雄淚滿衿장사영웅누만금.

촉한의 재상 제갈공명의 사당이 어디에 있는가? 성도의 서성(西城)인 금관성 밖의 잣나무 숲이 바로 그곳이다. 사당의 섬돌에 비치고 있는 푸른 풀들은 그것들 멋대로 봄빛을 띠고 있고, 나무 위 잎 사이로 들려오는 꾀꼬리 소리는 들어주는 사람 없어도 좋은 소리로 울고 있다. 옛날 선주(先主) 유비는 제갈량을 삼고초려(三顧草廬)해서 천하를 통일할 계획을 빈번히 물었고, 제갈공명은 유비와 유선 두 황제를 모시면서 창업과 수성을 이루느라고 늙은 신하의 진심을 다했다. 그러나 위나라를 치러 군사를 출동하여 전쟁터에 나섰으나, 싸움에 이기기도 전에 제갈공명 자신이 위나라 장수 사마의와 대치하던 중에 섬서성 미현 서남쪽에서 54세의 일기로 병사(病死)를 하니, 이 사실을 아는 후세의 영웅들이 길이 눈물을 흘리고 있다.

이 「촉상」은 두보가 제갈공명을 존경하면서 사모하는 마음이 잘 드러난 시이다. 760년 성도 완화계(浣花溪)에 초당을 짓고 생활을 하면서 제갈량의 사당을 둘러보고 애국충절 한 제갈공명의 치적을 당시 난국과 대비하면서 제강공명을 회고한 시이다.

두보는 성도의 교외 완화계(浣花溪) 부근에 초당(草堂)을 마련하고 여기에서 비교적 평온한 나날을 보냈다. 그리고 성도에서 두보는 친분이 있던 승려와 친척 두제(杜濟)의 도움도 받았다. 옛날 당나라 궁중에서 좌습유 벼슬할 때 재상이었던 방관파에 속했던 엄무(嚴武)가 성도윤(成都尹) 겸 검남서천절도사

(劍南西川節度使)로 재임하고 있어서 두보에게 누구보다도 큰 후원자였다. 이 무렵 그의 시는 국가의 운명과 백성의 고난을 우려하고, 멀리 떠돌아다니고 있는 동생들을 그리워하는 절절한 시도 있긴 하지만, 강촌 마을의 한가로움과 자연을 읊은 시들이 창작되면서 두보의 유유자적한 심경을 보여 준다.

760년 두보 49세 때 작품인 「강촌(江村)」을 감상해 보자.

「강촌(江村)」

두보

맑은 강 한 굽이 마을을 안고 흐르는데,	清江一曲抱村流청강일곡포촌류,
긴 여름 강가 마을에는 일마다 한가롭다.	長夏江村事事幽장하강촌사사유.
절로 가며 절로 오는 것은 들보 위의 제비고,	自去自來梁上燕자거자래양상연,
서로 친하며 서로 가까운 것은 물 위의 갈매기로다.	相親相近水中鷗상친상근수중구.
늙은 아내는 종이 위에다 바둑판을 만들고,	老妻畵紙爲棋局노처화지위기국,
어린 자식은 바늘 두드려 낚시를 만든다.	稚子敲針作釣鉤치자고침작조구.
많은 병에 필요한 것은 오직 약물이니,	多病所須唯藥物다병소수유약물,
보잘것없는 몸이 이 밖에 다시 무엇을 구하리오.	微軀此外更何求미구차외갱하구.

맑은 강이 한 번 굽이 돌아 마을을 안고 흐르고, 긴긴 여름에 강가 마을은 한가하여 조용하기만 하다. 대들보 위에 집을 짓고 사는 제비는 스스로 들락날락 하는 모습이 보이고, 아무 욕심이 없으니 서로 가까워진 것은 강물 위의 갈매기로다. 예쁠 것 없는 아내는 종이 위에다 바둑판을 그려 놓고, 귀여운 자식은 바늘을 두드려 낚시 바늘을 만들고 있다. 이렇게 한가한 생활 속에 여러 병이 겹친 나지만, 지금 필요한 것은 요양하는 것이다. 약한 이 몸 이외에 다시 무엇을 바라겠는가?

정말 오랜만에 느껴보는 가정의 단란한 풍경이다. 여름날 강촌의 평화로운 풍경과 초당에서의 안분지족(安分知足)하는 삶의 태도가 두보의 안정적인 생

중국 사천성 성도 초당의 두보상

활상을 반영해 주고 있다.

제4구는 망기고사(忘機故事)가 반영된 것이다. 고사를 인용하는 것을 한시 작법 용어로는 '용사(用事)'라고 한다. 고사(故事)는 『열자(列子)』「황제(黃帝)」 편에 나오는 바다 갈매기 이야기로, 소개 하면 다음과 같다. '바닷가 사람 중에 갈매기를 좋아하는 사람이 있었다. 매일 아침 바닷가로 가서 갈매기를 따라 노닐면 갈매기가 이르는 것이 백 마리도 더 되었다. 그 아버지가 말하기를, "내가 들으니 갈매기가 모두 너를 좇아 다닌다고 하니 네가 잡아오너라. 내가 그들을 가지고 놀리라." 다음날에 바닷가로 가니 갈매기들이 춤만 추고 내려오질 않았다.' 이미 갈매기는 어부(漁夫)의 나쁜 마음을 알고 다가오지 않았다는 것이다. 이것을 '기심(機心)'이라고 한다. 곧 '남을 상하게 하고 사물을 해치려는 마음'이라는 뜻이다. 이와 반대의 뜻은 '망기(忘機)'로, '기심을 잊어버렸다'는 뜻이다. 어부가 '망기'의 마음을 가지고 있을 때는 갈매기들이 날아와 함께 놀다가 갔지만, 아버지 말씀대로 한 마리 잡으려는 마음, 곧 '기심'을 지니고 있으니 갈매기가 한 마리도 날아들지 않았다는 것이다. 두보도 이제는 관직에 나가서 젊을 때 품은 정치적 이상을 펴고 싶다는 뜻을 접고 자연 속에서 유유자적하니, 절로 '망기'가 일어난 것이다. 그래서 지금의 자기 생활에도 만족을 느낄 수 있었던 것이다.

다음 해인 761년 두보 나이 50세 지은 작품도 감상해 보자.

「춘야희우(春夜喜雨봄밤에 내린 비)」

두보

좋은 비는 시절을 알고 내리나니,	好雨知時節호우지시절,
봄을 맞자 곧 오기 시작한다.	當春乃發生당춘내발생.
봄바람 따라 밤에 몰래 스며들어,	隨風潛入夜수풍잠입야,
가는 게 소리도 없이 만물을 적신다.	潤物細無聲윤물세무성.
들길 구름 낮게 깔려 어둡고,	野徑雲俱黑야경운구흑,
강가에 배만이 홀로 불 밝다.	江船火燭明강선화촉명.
새벽녘 붉게 젖은 곳 보니,	曉看紅濕處효간홍습처,
금관성 묵직한 꽃이 활짝 피었다.	花重錦官城화중금관성.

좋은 비는 때를 알아, 봄이 되자마자 내려 만물을 싹트게 한다. 비는 바람 따라 밤에 몰래 스며들어 소리 없이 촉촉이 만물을 적신다. 들길 구름 낮게 깔려 어둡고, 강 위에 뜬 배의 불만이 밝다. 날이 밝아 새벽이 되어 붉게 물든 곳을 보니, 금관성(성도) 밖의 꽃들이 비에 젖은 채 활짝 피어 묵직하게 느껴진다.

봄밤에 비 내리는 밤의 풍경과 비가 갠 후의 이른 새벽의 풍경을 감각적으로 잘 표현한 시이다. 삶에 대한 고민과 생활고에 대한 표현은 없고 자연 만물에 대한 흥미를 읊고 있다. 안녹산의 난 때 보여준 사회에 대한 비판적 시각과 군주에 대한 충성스런 다짐은 사라지고 일상생활에서 오는 소소한 아름다움을 노래함으로써 이전보다는 생활의 안정감을 보여주고 있다. 그러나 성도에서의 한가로운 기간도 2년밖에 지속되지 못했다. 762년에 자신의 후원자였던 엄무가 장안으로 가고 성도 부근에서 서지도(徐知道)의 난이 일어나자 두보는 난을 피해 각지를 떠돌아다녔다. 763년 1월 드디어 9년에 걸친 안사의 난도 완전히 종식되었으나 이어지는 위구르족과 토번(吐番)의 침입으로 북쪽 고향으로 돌아가지 못하고, 여전히 사천 지방을 떠돌아 다녔다. 그런

중에 엄무가 다시 성도에 돌아오게 되어 광덕 2(764)년 3월에 성도의 완화 초당으로 돌아왔다. 이 무렵으로, 53세인 764년 봄에 지은 「절구」 2수를 감상해 보자.

「절구(絶句)」 2수

두보

더디게 지나가는 햇볕에 강과 산이 곱고,	遲日江山麗지일강산려,
봄바람에 꽃과 풀이 향기롭다.	春風花草香춘풍화초향.
진흙이 녹으니 제비가 날아와 물어가고,	泥融飛燕子이융비연자,
모래밭 따뜻하자 원앙새 앉아 조네.	沙暖睡鴛鴦사난수원앙.
강이 푸르니 새 더욱 희고,	江碧鳥逾白강벽조유백,
산이 푸르니 꽃 빛이 불타는 듯하다.	山靑花欲燃산청화욕연.
올 봄도 보기만 하면서 또 그냥 보내니,	今春看又過금춘간우과,
어느 날이 나 곧 돌아갈 해인가?	何日是歸年하일시귀년.

긴 봄날에 강산이 아름답고, 봄바람에 꽃들과 풀도 향기롭다. 날씨가 완전히 풀려 진흙이 녹자 제비가 그것을 물어다 집을 짓느라고 야단이고, 강가 모래사장에는 모래들이 따뜻하니 원앙이 쌍쌍이 그 위에서 졸고 있다.

강물은 벽옥처럼 짙푸르니 그 위에 떠 있는 새는 더욱 희게 보이고, 산이 푸르니 그 산속에 피는 꽃은 마치 불이 타는 듯이 붉다. 이런 봄을 구경하며 또 헛되이 지나가니 어느 날이 고향으로 돌아갈 날인가?

봄날이 풀리니까 제비는 집을 짓느라 분주히 오가고, 따뜻한 강가 모래밭 위의 원앙새는 졸고 있다. 봄 풍경을 한 편의 그림처럼 묘사하였다. 그리고 강 위의 흰 새와 불타는 산, 이런 봄날에 고향이 더욱 생각난다.

광덕 2년 764년 정월 검남절도사로 다시 촉에 부임하게 되었다. 엄무는

6월에 두보를 천거해서 절도참모(節度參謀)·검교공부원외랑(檢校工部員外郎)으로 삼았다. 그러나 두보는 막부의 젊은 관료들과의 불화로 관직 생활이 이제는 자신에게 맞지 않음을 알았으며, 하지 마비와 두통이라는 잔병 등으로 더 이상 벼슬자리에 있다는 것이 마땅하지 않다는 것을 알고 765년 1월 관직을 사퇴하고 다시 초당의 생활로 돌아갔다. 그리고 두보의 후원자였던 엄무가 765년 4월에 갑자기 죽자, 더 이상 사천성 성도에 머물러 있을 이유가 없었다. 가족을 데리고 장강을 떠돌아다니는 유랑 생활을 시작하였다. 당시 시대적 배경은 북방의 티베트족과 위구르족이 침입해와 시국은 혼란스럽기만 하였다. 그래서 가족들을 데리고 고향으로 돌아가려는 두보의 소망은 점점 멀어지고 있었다.

가족을 이끌고 장강을 따라 여러 지역을 전진하다가 운안(雲安)에 이렀게 되었다. 운안에서 병이 깊어지자, 대력 원(766)년 봄까지 머물게 되었다. 병이 깊어지니, 친구가 병문안을 왔던가 보다.

「**별상징군(別常徵君**상징군과 이별하다**)**」

두보

아이가 부축해도 오히려 지팡이를 짚어야 하고,	兒扶猶杖策아부유장책,
온 가을 지나도록 병으로 누웠다네.	臥病一秋强와병일추강.
백발을 새로 감았더니 숱이 적고,	白髮少新洗백발소신세,
겨울옷은 몸이 말라 헐렁하고 길기만 하네.	寒衣寬總長한의관총장.
친구가 걱정하여 보러왔으니,	故人憂見及고인우견급,
이 이별 눈물로 서로 바라보네.	此別淚相望차별루상망.
각기 부평초처럼 떠도는 신세이니,	各逐萍流轉각축평류전,
편지할 적에는 자세하게 쓰도록 하시게.	來西細作行내서세작행.

친구 상징군과 거의 영결 수준의 이별이다. 두보 자신의 병이 깊다고 인근

에 소문이 난나 보다. 그래서 가까운 친구 상징군이 병문안을 온 것이다. 몰골이 말라, 보기도 흉측할 정도이다. 그리고 두 사람 다 떠돌이 신세이니 다시 만나기가 어려울 것 같다. 그래서 마지막 작별을 고하는 것이다.

다음해인 766년 두보 나이 55세 때부터 768년 3월 봄까지 대략 2년간 기주에서 보낸다. 기주는 사천성 삼협의 하나인 구당협 부근에 위치해 있다. 그리고 이 기주에서 430여 편의 시를 짓는다. 766년 가을 기주 서각에 있으면서 지은 「추흥팔수(秋興八首)」를 감상해 보자.

「추흥팔수(秋興八首)」

두보

1

옥 같은 이슬 단풍 든 숲을 시들게 하여,	玉露凋傷楓樹林옥로추상풍수림,
무산과 무협에 가을 기운 소슬하고 스산하네.	巫山巫峽氣蕭森무산무협기소삼.
장강에서 이는 파도 하늘 향해 치솟고,	江間波浪兼天涌강간파랑겸천용,
변방을 덮은 풍운은 땅에 닿아 음침하네.	塞上風雲接地陰새상풍운접지음.
무더기 국화가 두 번 피니 지난날이 눈물겹고,	叢菊兩開他日泪총국양개타일루,
묶여 있는 배 한 척 고향 생각나게 하네.	孤舟一系故園心고주일계고원심.
겨울 옷 마련하느라 곳곳에서 바느질 재촉하니,	寒衣處處催刀尺한의처처최도척,
백제성이 높은데 저녁 다듬이질 소리 급하네.	白帝城高急暮砧백제성고급모침.

2

기부의 외로운 성에 지는 해가 비끼니,	夔府孤城落日斜기부고성락일사,
언제나 북두성에 의지하여 장안 쪽을 바라보네.	每依北斗望京華매의북두망경화.
원숭이 소리 서너 번만 들어도 눈물 나는데,	聽猿實下三聲泪청원실하삼성루,
사명을 받들고 8월의 뗏목을 헛되이 따르네.	奉使虛隨八月差봉사허수팔월사.
화성의 향로는 베개의 엎드림과 어긋나고,	畵省香爐違伏枕화성향로위복침,

산루의 칠한 담벽에서는 슬픈 피리 소리 은은하네. 山樓粉堞隱悲笳산루분첩은비가.
바위 위 덩굴에 걸린 달빛 보시게, 請看石上籐蘿月청간석상등라월,
이미 모래 톱 앞 갈대꽃도 비추고 있네. 已映洲前蘆荻花이영주전로적화.

3

천여 호 산성에는 아침 햇살에 고요한데, 千家山郭靜朝暉천가산곽정조휘,
날마다 산 중턱에 있는 강가 누각에 앉아 있네. 日日江樓坐翠微일일강루좌취미.
이틀 밤을 묵고 있는 어부들은 배타고 강 위를 떠다니고,
信宿漁人還泛泛신숙어인환범범,
맑은 가을에 모여 있는 제비는 멋대로 펄펄 날고 있네.
清秋燕子故飛飛청추연자고비비.
광형을 본받아 상소를 올렸으나 나는 공명이 박해졌고,
匡衡抗疏功名薄광형항소공명박,
유향처럼 경전을 전하려 하나, 나는 심사가 어긋나 버렸네.
劉向傳經心事違유향전경심사위.
함께 배우던 소년들 대체로 귀한 직위에 올라, 同學少年多不賤동학소년다불천,
장안에서 가벼운 옷 입고, 살찐 말 타고 다니네. 五陵衣馬自輕肥오릉의마자경비.

4

장안 정세 듣자니 바둑 형세 같다는데, 聞道長安似弈棋문도장안사혁기,
평생 동안 겪은 것이 슬픈 일 뿐이로세. 百年世事不勝悲백년세사불승비.
왕후장상 귀한 저택은 모두 주인 바뀌고, 王侯第宅皆新主왕후제택개신주,
조정의 문무대관의 의관이 옛날과 다르네. 文武衣冠異昔時문무의관이석시.
곧바로 북쪽 관산에는 쇠북소리 울리고, 直北關山金鼓振직북관산금고진,
서쪽을 정벌하는 군대는 가장 빠른 회신을 띄워 오네.
征西車馬羽書馳정서거마우서치.

어룡이 적막하고 가을 강이 찬데, 魚龍寂寞秋江冷어룡적막추강냉,
고국에 대하여는 평생에 생각하는 바가 있도다. 故國平居有所思고국평거유소사.

5
봉래궁은 남산을 마주하고 있고, 蓬萊宮闕對南山봉래궁궐대남산,
이슬 받는 쟁반의 쇠기둥은 높은 하늘 사이에 솟아 있네.
承露金莖霄漢間승로금경소한간.
서쪽으로 요지를 바라보니 서왕모가 내려오고, 西望瑤池降王母서망요지강왕모,
동쪽으로 붉은 기운이 다가와 함곡관에 가득차네. 東來紫氣滿函關동래자기만함관.
큰 부채가 옮기니 궁선이 열리고, 雲移雉尾開宮扇운이치미개궁선,
해가 용의 비늘에 어리니 성상의 용안인 줄 알겠네. 日繞龍鱗識聖顔일요용린식성안.
한 번 창강에 누워 해가 늦어감에 놀라니, 日臥滄江驚歲晩일와창강경세만,
몇 번이나 청쇄문으로 조회반열에 참석했는가? 幾回靑瑣點朝班기회청쇄점조반.

6
구당협 입구와 곡강의 머리가, 瞿塘峽口曲江頭구당협구곡강두,
만리의 풍연으로 가을에 이어져 있네. 萬里風煙接素秋만리풍연접소추.
화악루의 협성에는 왕기가 통해 있었으나, 花萼夾城通御氣화악협성통어기,
부용원 소동산이 변경을 방황하는 내 근심 속으로 들어오네.
芙蓉小苑入邊愁부용소원입변수.
구슬발과 수놓은 기둥은 황색의 고니를 둘러싸 있고,
珠簾繡柱圍黃鵠주렴수주위황곡,
비단 닻줄과 상아 돛대는 흰 갈매기를 날게 했네. 錦纜牙檣起白鷗금람아장기백구.
돌아보니 아리따운 노래하고 춤추던 곳, 回首可憐歌舞地회수가련가무지,
진나라 지방(장안)은 예부터 제왕의 고을이라. 秦中自古帝王州진중자고제왕주.

7

곤명지의 물은 한나라 때 파서 만든 공적인데, 昆明池水漢時功곤명지수한시공,
무세의 깃발을 눈앞에서 보는 듯하네. 武帝旌旗在眼中무제정기재안중.
달뜨는 밤이면 직녀가 베틀에 앉아 베를 짜고, 織女機絲處夜月직녀기사처야월,
돌고래의 비늘과 껍데기는 가을바람 속에 움직이네. 石鯨鱗甲動秋風석경린갑동추풍.
파도는 고미를 띄워 물속에 잠긴 구름 같이 검고, 波漂菰米沈雲黑파표고미침운흑,
이슬에 연밥을 차게 하니 떨어지는 화분이 붉네. 露冷蓮房墮粉紅노랭연방타분홍.
하늘 닿은 변방에 산새들만 넘나드는데, 關塞極天惟鳥道관새극천유조도,
강호 모든 땅에서 하나같이 어옹 신세일세. 江湖滿地一漁翁강호만지일어옹.

8

곤오산과 어숙천이 구불구불 이어지고, 昆吾御宿自逶迤곤오어숙자위이,
자각봉 산그늘이 미피호에 드네. 紫閣峯陰入渼陂자각봉음입미피.
하얀 쌀은 앵무새가 쪼다 남긴 것이고, 香稻啄餘鸚鵡粒향도탁여앵무립,
벽오동 굵은 가지에는 봉황새가 깃들었네. 碧梧棲老鳳凰枝벽오서노봉황지.
가인(佳人)들은 푸른 풀을 따서 봄에 서로 주기도 하고, 佳人拾翠春相問가인사취춘상문,
신선과 함께 배 타고 놀다 저물어 다시 갈아타네. 仙侶同舟晚更移선려동주만갱이.
아름다운 문필은 그 전에는 칭찬도 받았는데, 彩筆昔曾干氣象채필석증간기상,
백두음 읊으며 괴로운 마음 고개를 떨군다네. 白頭吟望苦低垂백두음망고저수.

1

옥같이 맑은 이슬이 단풍 든 숲을 시들어 떨어지게 하니, 무산 무협의 가을 기운도 쓸쓸하다. 장강의 거센 물결은 하늘도 삼킬 듯이 치솟아 오르고, 변방의 바람과 구름은 땅까지 깔려 근방을 컴컴하게 만든다. 성도를 떠나 이번에 무더기 국화가 작년에도 피고 올 가을에도 두 번째로 피는 것을 보고, 지난날을 생각하니 눈물뿐이로다.

또 외로운 배를 한 번 강가에 매어두고 움직이지 않으니, 한결같이 고향을 그리는 마음을 매어 둔 것 같다. 사방에서는 겨울 옷 준비에 바느질을 재촉하는데, 백제성 높은 곳에서는 저물녘 다듬이 소리가 다급하게 들려온다.

2

외로운 기주성에 해가 질 무렵, 나는 늘 북두칠성을 기준으로 하여 장안 하늘을 바라본다. 원숭이 울음소리 세 번만 들으면 이곳 어부들의 노래에 나오는 대로 눈물이 흐르고, 지금 황제의 명령을 받들어 장건은 뗏목을 타고 하늘로 갔으나, 두보 자신은 사명을 받들지 못해, 하늘은 고사하고 검교공부원랑에 있으면서 관리로서의 제구실을 다하지 못했네. 저 장안의 벽화가 그려져 있는 상서성의 향로는 지금 내가 베개에 엎어져 자는 것과는 아주 거리가 멀고, 저 기주성의 성루의 흰 담 근처에서는 서글픈 피리 소리가 들려오고 있다. 조금 전까지 정원 돌 위의 등나무와 댕댕이 넝쿨 위를 비추던 달이 벌써 저 강가 모래사장 앞에 피어 있는 갈대꽃에 비치고 있다.

3

천호의 집쯤이 사는 산에 의지한 성에 아침 햇빛이 조용한데, 나는 매일 강을 향한 산 중턱에 위치한 누각에 앉아 있다. 강 위에는 며칠 전부터 묵고 있는 어부들이 배를 띄워 오락가락하고, 가을이 깊었는데도 제비들은 제 맘대로 이리저리 알고 있다. 옛날 한나라 원제 때 문인 광형마냥 나는 황제에게 상소를 올렸다가 도리어 공명이 깎였고, 한나라 성제 때 학자인 유향마냥 후대에 경전을 전하려 했으나 그런 소원도 어긋났다. 옛날 동문 수학했던 소년들은 지금은 대개 귀하게 되어 장안 근처에서 부귀영화를 누리고 있다.

4

들은 바에 의하면, 장안은 바둑 내기와 같아 뺏고 뺏기는 곳이기도 하다. 백 년도 안 되는 세상일에 슬픔을 이기지 못하겠다. 예전의 왕후의 저택들은 지금은 모두 새로 주인이 바뀌고 문무고관들도 옛날과는 완전히 다르다. 곧장 북쪽 국경의 산에는 종과 북소리가 사방으로 진동하고, 서쪽을 정벌하는 군대 편에 위급을 알리는 문서가 치달려 간다. 지금은 물고기나 용도 조용히 잠기는 계절인 가을이라 강이 차가운데, 나는 항상 국도인 장안에 대하여 생각하는 바가 많다.

5

봉래궁의 궁문은 종남산을 마주 대하고 있고, 이슬 받는 쟁반의 구리 기둥은 공중에 높이 솟아 있다. 서쪽을 바라보면 멀리 요지에서 서왕모가 내려오는 것이 보이고, 동쪽을 보면 붉은 기운이 함곡관에 가득 차는 것이 보인다. 이런 궁궐 안에서 구름이 움직이는 것 같은 꿩의 꼬리털로 장식한 큰 부채가 궁선을 열리게 하고, 햇빛이 곤룡포에 비칠 때 황제의 용안(龍顔)을 대할 수 있다. 그러나 나는 지금 창강에 누워 올해도 저물어 가는 것을 놀라니, 지난날 좌습유 벼슬을 하면서 몇 번이나 조회에 참석하는 점호를 응하기 위하여 청쇄문으로 드나들었는가?

6

여기 구당협 입구와 저 장안 곡강 근처와의 사이는 만 리나 되게 멀지만 가을이 되어 바람과 안개로 이어져 있다. 일찍이 임금의 근엄한 분위기는 흥경궁 서남쪽에 있는 화악루로부터 협성을 지나 부용원까지 통해 있으니, 그 부용의 작은 동산이 변두리를 방황하는 나의 수심 속으로 스며들어 온다. 거기에는 구슬로 장식한 발이나 자수한 기둥으로 꾸민 건물들이 그 가운데 뜰에서 노는 황색의 백조들을 둘러싸 있고, 비단으로 만든 닻줄과 상아로 꾸민 돛대를 단 멋있는 배들을 연못 속에 있는 흰 갈매기들을 놀라 날게 하였다. 그러나 옛날을 생각하며 고개 돌려 바라보니, 그 아름답던 춤추고 노래하던 곳도 지금은 놀랄 만큼 변해 있겠지? 그러나 저 진나라 지방인 장안은 역대로 여러 왕조의 수도였다.

7

장안의 곤명지는 한나라 때, 대공사로 만들어진 연못으로, 한 무제가 수군의 배에 매달았던 깃발들이 지금도 눈에 선하다. 그러나 지금은 그 연못가에 있는 직녀의 석상이 베 짜는 실타래를 손에 들고 헛되이 밤 달빛 아래 서 있으며, 연못 속에 있는 돌로 만든 고래의 비늘과 껍데기도 가을바람에 움직이는 것 같다. 그 연못의 물결은 줄로 뜨게 한 것이 마치 물속에 그림자 진 구름과 같이 검고, 이슬이 찬 연꽃 화방에서는 넘쳐 떨어지는 화분이 붉다. 여기 변방 땅에서 서울 장안 쪽을 바라보니 외가닥 새가 날아다니는 길, 나는 여기 물가 촌락에서 외로이 있는 한 늙은 어부 같은 신세이다.

8

장안 서남쪽에 있는 곤오정과 어숙천을 지나가는 길은 꾸불꾸불 하고 그 길을 따라가면 자각봉의 북쪽 반쪽이 미피호에 그림자를 던지는 곳에 이른다. 그 도중에는 앵무새가 향기로운 벼이삭을 쪼아 먹다가 남기기도 하고, 봉황새가 벽오동 가지에서 살며 늙어가기도 한다. 나는 봄에는 아름다운 사람들과 함께 푸른 풀을 뜯으며 서로 문답도 하고, 신선의 짝이 되어 배를 함께 타고 놀다가 저물녘에는 배를 바꿔 타고 또 다시 놀이를 시작하기도 하였다. 그 당시에 나의 아름다운 문필은 하늘의 기상을 움직일 수 있을 정도로 훌륭했는데, 현재는 백발로 시나 읊조리면서 장안을 바라보며 흰머리가 내려뜨려지는 것을 괴로워한다.

깊어 가는 가을날에 두보는 고향을 생각하기도 하고, 출세한 동학들을 상상해 보기도 하며, 당나라 현 정세에 대해 불안해하기도 한다. 그리고 자신이 좌습유 벼슬자리에 있을 때, 당나라 조정에 나가 조회했던 화려한 날도 추억하였다. 그런데 그런 장안을 지금은 갈 수 없다. 그래서 신세를 한탄하기도 하면서 현재의 늙음으로 괴로워한다. 53세의 두보가 쓸쓸한 가을날을 맞아 가슴 속에서 치밀어 오르는 가을의 감흥을 술술 써내려간 듯하다. 이 「추흥(秋興)」 8수는 두보의 시 중에서도 백미로 쳐서 후대인들이 차운한 시가 많다. 1연~3연은 기주에 대한 내용이고, 4연~8연은 장안에 대한 내용이다. 8연이 대체로 독립된 내용으로 되어 있지만 두보는 추흥(秋興)으로 뭉뚱그려 묶었다.

767년 봄에 서각(西閣)에서 적갑산(赤甲山) 기슭으로 옮겼고 3월에는 양서(瀼西)의 초당으로 옮겼다. 이 무렵의 생활은 기주의 도독(都督) 백무림(柏茂林)의 도움으로 비교적 여유가 있었다. 767년 9월 두보 56세 때 기주에서 중양절에 지은 시가 있다.

「등고(登高)」

두보

바람은 빠르고 하늘은 높아 원숭이 울음소리 슬프며, 風急天高猿嘯哀풍급천고원소애,
물가는 맑고 모래는 희며 새는 날아 돌아온다. 渚清沙白鳥飛迴저청사백조비회.
끝없이 펼쳐진 숲에선 나뭇잎 쓸쓸히 지고, 無邊落木蕭蕭下무변낙목소소하,
다함이 없이 흐르는 장강은 도도히 흘러간다. 不盡長江滾滾來부진장강곤곤내.
만 리 밖 서글픈 가을에 항상 나그네 되어, 萬里悲秋常作客만리비추상작객,
한평생 많은 병에 홀로 누대에 오른다. 百年多病獨登臺백년다병독등태.
어려움과 고통에 귀밑머리 다 희어지고, 艱難苦恨繁霜鬢간난고한번상빈,
늙고 쇠약한 몸이라 새로이 탁주잔에 손이 멈추네. 潦倒新停濁酒杯요도신정탁주배.

오늘은 9월 9일 중양절, 높은 대에 오르니, 바람은 세차고 하늘은 높은데 원숭이 울음소리 처량하게 들린다. 내려다보니 장강 유역 모래사장은 깨끗하면서 모래도 희고 새들이 빙빙 돌며 날고 있다. 여기저기 끝이 없는 숲에서 낙엽은 우수수 떨어지고, 끝없이 흘러가는 장강의 물은 출렁출렁 흘러간다. 고향 만 리 떠나 있어 쓸쓸한 가을에 늘 나그네 신세가 되어 일생 동안 많은 병 지녔고 오늘 홀로 이 높은 곳에 올라왔다. 온갖 어려움 속에서 백발이 짙어짐을 몹시 한스러워하는데, 늙고 쇠한 이 몸 또 다시 탁주잔에 손이 가 머문다.

객지 타향에서 홀로 등고한 쓸쓸함이 배어 있다. 중양절은 중국 고유의

풍속으로, 가족이나 친구들과 근처의 산 위로 올라가서 머리에는 산수유 가지를 꽂고 국화주를 마시며 하루 동안의 액을 피하는 풍습이다. 그런데 두보는 병든 몸을 이끌고 혼자 등고하였다. 두보 말년의 신세타령이 고스란히 담겨 있다.

두보는 768년 정월 중순경, 당양에 살고 있는 동생 두관의 편지를 받고, 자기가 소유하고 있던 과수원 40무를 친구 남경형에게 넘기고 기주를 떠났다. 또다시 배를 타고 삼협(三峽)을 내려가 강릉(江陵) 쪽으로 갔다. 그러나 강릉에 와보니 남들에게 신세를 지기도 어렵고 생활이 궁해져서 늦가을에 다시 배를 타고 악주(岳州)로 내려갔다. 「등악양루(登岳陽樓)」는 768년 겨울 두보 57세 때 지은 시이다. 이 시의 웅대하고도 수구초심(首丘初心)의 외로운 신세를 잘 표현한 시로 평가받고 있다.

「등악양루(登岳陽樓)」

두보

옛날에 동정호의 (절경을) 말로만 듣다가,	昔聞洞庭水석문동정수,
오늘에야 악양루에 오르는구나.	今上岳陽樓금상악양루.
오나라와 초나라가 동남으로 갈라졌고,	吳楚東南坼오초동남탁,
하늘과 땅이 밤낮으로 떠 있네.	乾坤日夜浮건곤일야부.
친한 벗이 한 자 글월도 없으니,	親朋無一字친붕무일자,
늙고 병든 몸에 외로운 배 한 척뿐이로다.	老去有孤舟노거유고주.
전쟁은 관산 북쪽에서 아직도 일고 있으니,	戎馬關山北융마관산북,
난간에 기대어서 눈물을 흘리노라.	憑軒涕泗流빙헌체사류.

나는 전부터 동정호에 대해서는 많은 이야기를 들어왔는데, 이제야 비로소 동정호 가에 있는 악양루에 올라 본다. 여기서 내려다보니 천하가 탁 트였는데, 이곳의 동쪽은 옛날 오나라 땅이고, 남쪽은 초나라 땅이었다. 그리고 하도

넓어서 하늘과 땅이 밤낮으로 이 동정호 안에 다 떠 있는 것 같다. 지금 나에게 친척이나 친구로부터는 편지 한 장 없고, 늙고 병든 이 몸과 외로운 배 한 척이 있을 뿐이다. 지금 고향 쪽을 바라보니 북쪽의 요새마다 전쟁이 일어나고 있으니, 나는 이 악양루 난간에 기대어 눈물만 줄줄 흘릴 따름이다.

안사의 난이 평정되니, 이번에는 토번의 침략이 2차에 걸쳐 있었다. 767년 9월의 1차 침략은 격퇴하였으나, 768년 8월 2차 침략은 당나라가 고전을 면치 못하였다. 그래서 두보는 나라에 대한 우국의 심정과 고향에 가지 못하는 외로운 신세로 인해서 눈물을 흘리는 것이다. 병든 몸과 돌아갈 고향도 갈 수 없는 처지에다 나라마저 위태롭게 되자 저절로 서글퍼지는 것이다.

이후 두보는 769년 1월 악주에서 배를 타고 동정호(洞庭湖)로 흘러 들어갔다. 이로부터 1년 수개월간 두보 일가는 동정호를 떠돌아다녔고 다시 담주(潭州)로 가서 궁핍한 생활을 이어 갔다. 호남을 유랑하던 두보는 770년 봄 당나라 궁중 음악가였던 이구년을 만나서 그 감회의 시를 적기도 하였다.

「강남봉이구년(江南逢李龜年)」

두보

기왕의 집 안에 늘 보더니,	岐王宅裏尋常見기왕택리심상견,
최구의 집 앞에서 몇 번이나 들었던가?	崔九堂前幾度聞최구당전기도문.
참으로 이 강남의 풍경이 좋으니,	正是江南好風景정시강남호풍경,
꽃 지는 시절에 또 너를 만나보는구나.	落花時節又逢君낙화시절우봉군.

두보 자신의 생애에서는 마지막 봄인 꽃 지는 시절에 왕년에 날렸던 명창 이구년을 만나게 된 것이다. 젊은 시절은 현종의 아우인 기왕의 집 안에서 보았고, 당대의 권세가였던 최구의 집 앞에서 소리를 듣던 그 이구년을, 인생의 말년이면서 꽃 지는 시절에 강남땅에서 만났는데, 그 모습이 초라해 보인 것이다.

그해 4월 담주에서 장개의 난이 일어나자, 두보 일가는 난을 피해 상강(湘江)을 거슬러 올라가 침주(郴州)에 있는 외가 쪽 숙부를 찾아가는 도중에 뢰양(耒陽)에서 홍수를 만나 방전역(方田驛)에 정박했는데, 5일간 먹지 못해 죽을 지경에 처했다. 뢰양의 현령이 이 소식을 듣고 술과 음식을 보내주자 두보는 감격해서 감사의 시를 지어 보냈다. 그러나 그는 이미 병이 회복할 수 있는 단계는 지나고 있었다. 가을과 겨울에 걸쳐 상강을 떠돌아다녔다. 770년 겨울 담주에서 악양(岳陽)으로 가는 도중 두보는 배 안에서 59세의 일생을 끝마쳤다.

가족은 그의 관을 향리로 운반할 비용이 없어 오랫동안 악주에 두었는데, 그 후 40여 년이 지난 뒤 두보의 손자 두사업(杜嗣業)이 낙양(洛陽) 언사현(偃師縣)으로 운반하여 수양산(首陽山) 기슭에 있는 선조 두예(杜預)의 묘 근처인 할아버지 두심언의 묘 옆에 이장(移葬)하였다. 시성(詩聖)은 그렇게 잠들었다.

중국 사천성 성도의 초당(成都草堂)에 있는 두보 동상이다.

창의적으로 생각하기

1. 두보의 많은 시중, 안녹산의 난 중 두보가 화주의 사공참군으로 좌천된 후 하남성 신안현 부근에서 본 참상을 삼리삼별(三吏三別) 곧 신안리·동관리·석호리·신혼별·수로별·무가별 등으로 표현했는데, 최고의 작품으로 평가한다. 그 이유는 무엇이라고 생각하는가?

2. 두보의 성도 시절의 작품인 「강촌」을 보면 가정의 단란함이 느껴진다. 그런데 벼슬할 때 지은 「곡강」이나 「북정」 등의 작품에는 근심과 슬픔이 잔뜩 묻어 있다. 어느 때 삶이 더 행복할까?

3. 두보의 일생을 통해 알 수 있는 것처럼, 혼란의 역사는 개인의 삶에 얼마간 영향을 미친다고 할 것이다. 이런 굴곡의 역사에 개인은 어떻게 대처해야 할까?

12장 지성인으로서의 경서 한 구절

: 사람을 훌륭한 인물로 이루어주는 법(성인)

● 子曰(자왈), 弟子(제자)가 入則孝(입즉효)하고 出則弟(출즉제)하며 謹而信(근이신)하며 汎愛衆(범애중)하되 而親仁(이친인)이니 行有餘力(행유여력)이어든 則以學文(즉이학문)이니라.

(「學而」篇 '弟子'章)

공자께서 말씀하시기를, "아우나 자식 된 사람이 (집안에) 들어와서는 효도하고, 나가서는 공손히 하며, (언행을) 삼가고 미덥게 하며, 널리 대중을 사랑하되 (그 중에서도) 어진 사람을 가까이해야 할 것이니, (그렇게) 행하고도 남은 힘이 있거든, (그 남은 힘으로)써 글을 배우느니라." 하셨다.

위의 공자의 말씀에 제자(弟子)는 후대에 스승의 상대적인 개념으로 사용되는 말과는 차이가 있다. 여기서는 부형(父兄)의 상대적 개념으로 '아우나 자식 된 사람'의 의미로 사용되었다. 집 안에 들어 와서는 조부모나 부모님께 효도하고, 집 밖에 나가서는 형뻘 되는 사람이나 웃어른께 항시 공손한 태도를 잃지 않아야 한다는 말이다.

또한 말과 행동은 매사에 조심히 하면서 믿음 있게 행하고 모든 사람을 다 편애(偏愛) 없이 사랑하되, 그 중에서도 나의 잘못을 바로잡아줄 어진 사람을 가까이 하여, 내 몸이 바로잡힐 수 있도록 하여야 한다. 요즘 사람들은 간혹 학연(學緣)·지연(地緣)·혈연(血緣) 등에 사로잡혀 남을 사귀는 경우도 있는데, 공자는 편애하는 그와 같은 태도를 일찍이 경계하였던 것이다.

효도하고 언행을 삼가고 널리 대중을 사랑하되, 어진 사람을 가까이하여 나의 잘못을 바로잡고 하는 등, 사람의 기본적인 도리를 다하고 나서 남은 힘이 있거든 그 남은 힘으로써 글을 배운다고 하였다. 이는 사람의 도리를 다 한 후에 글공부할 자격이 생긴다로 오해하면 안 될 말씀이다. 다만 글공부보다 사람의 도리가 우선이라는 뜻을 밝히고자 한 말씀이기 때문이다. 따라서 사람 노릇을 잘해 나가면서 글공부도 하고 글공부를 하면서 사람 노릇을 잘해 나가되, 그 중에서도 사람 노릇을 잘하는 것이 더욱 중요한 일임을 알아야 한다.

사람이 살아가는데 근본은 덕행(德行)이고 글재주는 말(末)에 해당된다. 따라서 그 본말과 선후를 알아 어느 것이 더 중요한 일인가를 알아야, 마침내 도덕적인 경지 곧 도덕군자의 경지에 들어갈 수 있는 것이다. 이렇게 알고 실천하면 훌륭한 인물이 저절로 될 것이다.

● 子曰(자왈), 君子(군자)가 食無求飽(식무구포)하며 居無求安(거무구안)하며 敏於事而愼於言(민어사이신어언)이요, 就有道而正焉(취유도이정언)이면 可謂好學也已(가위호학야이)니라.

(「學而」 '好學'章)

공자께서 말씀하시기를, "먹음에 배부름을 구하지 않으며, 거처함에 편안함을 구하지 않으며, 일에는 민첩하고 말씀에는 삼가며, 도(道) 있는 데에 나아가서 (제 몸을) 바로잡는다면, 가히 '배우기를 좋아한다'고['배우기를 좋아하는 사람'이라고] 이를 만하니라." 하셨다.

'군자'는, 도(道)를 배워 실천하고자 하는 사람 곧 도(道)에 뜻을 둔 사람이다.

군자는 그와 같이 뜻을 둔 바가 있기에, 먹음에 배부름을 구하지 않으며 거처함에 편안함을 구하지 않는다. 도를 추구하는 것보다 중요하지 않은 일에 뜻이 미칠 겨를이 없기 때문이다. 먹음에 배부름을 구하지 않기에, 먹을 것에 여유가 있더라도 그것을 다 쓰지 않고서 어려운 사람들을 위해 베풀게 되고, 벼슬자리에 있으면서도 봉록(俸祿, 월급)만을 탐하거나 이익을 꾀하지 않는다. 거처함에 편안함을 구하지 않기에, 크고 넓은 집에서 거처한다거나 쓸데없이 자동차를 대기시키는 것을 마음 편히 여기지 않는다.

뿐만 아니라 군자는, 실질을 숭상하며 학문 등의 일에 부지런히 힘쓴다. 그리고 입으로 나오려는 말이 있어도, 실천하기가 쉽지 않을 것을 생각하여 말을 썩썩 내뱉지 않는다. 그리고 '일에는 민첩하게 행한다'는 말씀은 일을 졸속(拙速)으로 빨리 행하려고만 하는 것을 의미하는 것이 아니라 '근면성실하게 부지런히 힘쓰는 것'을 말씀한 것이다.

군자는, 그처럼 자기 몸 하나를 위한 안일함을 꾀하지 않고 언행을 삼가 신중하게 행하며, 제 몸을 바로잡아 줄 만한 '도 있는 사람'에게 나아가서 제 몸을 바로잡는다. 군자는 매사를 행하되, 자식으로서 부모를 섬기거나 신하로서 그리고 백성으로서 임금을 섬기고 국가에 충성하거나 하는 등, 사람이면 마땅히 그럴 수밖에 없는 당연한 이치 곧 마땅히 행해야 할 길이라고 할 '도리'에서 벗어나지 않도록 하는 것이다.

● 子曰(자왈), 君子(군자)는 不器(불기)니라.

(「爲政」篇 '不器'章)

공자께서 말씀하시기를, "군자는, (어느 한가지만의) 그릇 노릇 하지 않느니라." 하셨다.

흔히 '군자불기(君子不器)'로 말하기도 한다. 이는 문(文)·사(史)·철(哲)에 능통한 군자는 어느 한 가지 그릇에 얽매이지 않는다는 뜻이다. 일부 학자는

‘군자는 일체 그릇 노릇하지 않는다’ 혹은 ‘군자는 기술을 천시했다’ 등으로 번역하였는데, 그렇게 해석하면 안 되는 것이다. 이 세상에 눈에 보이는 것은 모두 그릇인 것이다. 『주역(周易)』 「계사(繫辭)」상전(上傳)에 “이 세상에서 눈에 보이지 않는 정신적인 세계의 형이상적인 것을 일러 도(道)라고 하고, 대개 눈에 보이도록 형체를 지닌 것을 일러 기(器)이다.”라고 한 부분이 있다. 따라서 사람이든 물건이든 형체를 지닌 일체의 물(物)은 기(器)가 되는 것이다.

바가지, 간장 종지, 체 등은 한 가지 기능에 얽매이는 그릇임, 군자는 능력이 있기 때문에 모든 기능을 다 해 낼 수 있음.

한 가지 그릇에 얽매인다는 말은 ‘바가지’는 물을 뜨는 기능에 국한되고, ‘체’는 술을 거르는 그릇에 국한된다. 그리고 ‘간장 종기’는 간장만 담을 수 있다. 이런 그릇이 한 가지 기능에 얽매이는 것이다. 그런데 군자는 한 가지 그릇에 얽매이지 않기 때문에, 그 군자로부터 소설가가 나오라면 나오고, 국방부 장관이 나오라면 나오고, 초등학교 선생님이나 대학 교수가 나오라면 나와서 크거나 작거나 간에 어떤 그릇의 역할도 수행할 수 있는 존재인 것이다. 이런 군자가 되기 위해 공부도 하는 것이다.

○ 子曰(자왈), 吾(오)가 十有五而志于學(십유오이지우학)하고 三十而立(삼십이립)하고 四十而不惑(사십이불혹)하고 五十而知天命(오십이지천명)하고 六十而耳順(육십이이순)하고 七十而從心所欲(칠십이종심소욕)하며 不踰矩(불유구)호라.

(「爲政」篇 ‘志學’章)

공자께서 말씀하시기를, “내가 열 하고도 다섯살[열다섯살]이 되었을 때에 배움에 뜻을 두었으며, 서른살에는 학문적 자세가 확립되었으며, 마흔살에는 의혹되지 않게 되었으며, 쉰살에는 천명(天命)을 알게 되었으며, 예순살에는 귀가 순(順)하게 되었으며, 일흔살에는 마음의 하고자 하는 바를 따라 하되 법도(法度)를 벗어나지 않게 되었느니라." 하셨다.

위의 공자 말씀은 겸사이다. 15살에 배움에 뜻을 두었다는 것은 처음부터 공부를 시작한다는 말씀이 아니라, 이미 15세 이전에 『시경(詩經)』·『서경(書經)』 등의 책을 다 읽고 익혔으나, 그럼에도 비로소 그 15세에 본격적으로 배움에 뜻을 두었다고 한 것이다.

그리고 30살에 학문의 기초와 학문적 자세가 확립되어 다시금 인생의 방향을 바꾸지 않을 만큼 학문적으로 확고해졌다는 말이다.

40살에는 세상 물정에 환해지고 사리에 밝아져 시비곡직 등의 판가름에 분명해지게 되었다는 말씀이다.

50세는 어두운 세상을 밝히라는 하늘의 뜻을 분명히 알게 함으로써 혼란한 세상을 자신이 아니라면 누가 구하겠는가 하는 뜻으로서의 사명감을 절실히 느끼게 되었다는 의미이다.

60세는 이미 천명을 알고 난 후이므로, 익히 천리를 알아서 귀를 통해 들어오는 인간 세상 일체의 시비(是非)가 역(逆)으로 들림이 없고 따라서 귀에 거슬리는 말이 없게 되어, 마음으로 새겨 듣게 되었다는 말씀이다.

70에는 마음이 하고자 하는 바를 따라 해도 법도를 어기지 않는다는 말씀이다. 일거수일투족(一擧手一投足)이 모두 사리에 맞고 법도에 들어맞았기에 마음 내키는 대로 하더라도 법도에 어긋나거나 법도를 벗어나는 점이 없었다는 말이다. 그래서 70의 나이는 성인(聖人)의 나이라고도 한다. 두보의 「곡강(曲江)」이라는 시에서 70세를 고희(古稀)라고 하였다. 공자가 말씀한 대로 나이살에 맞게 행동을 행한다면 반드시 훌륭한 인물로 거듭 날 것이다.

● 子曰(자왈), 溫故而知新(온고이지신)이면 可以爲師矣(가이위사의)니라.

(「爲政」篇 '溫故'章)

공자께서 말씀하시기를, "옛것을 익히고서 새것을 알면, 가히 (써) 사표(師表)가 될 만하니라." 하셨다.

'온고(溫故)'는 옛 성현의 도나 옛 성현의 도를 밝힌 옛 경서나 고전에 담긴 의미와 스승으로부터 배운 그런 내용의 가르침의 의미를 익히고 실천적으로 계승한다는 뜻의 말씀이다. 그리고 '지신(知新)'은 새 시대의 지성으로부터 듣는 것을 알아 나가거나 새로운 세계의 질서와 급변하는 국제 정세 등을 알아서 그에 대처해 나가며 신서(新書)·신문(新聞) 등에 담긴 의미를 실천적으로 터득해 나간다는 뜻의 의미이다. 따라서 온고지신(溫故知新)을 행하면 가히 스승이 되고 남에게 본보기가 될 수 있다고 한 것이다. 훌륭한 인물이 되기 위해서는 고서만 읽어도 안 되고 신서만 읽어도 안 되는 것이다. 고서(古書)도 읽고 새로 나온 신서(新書)도 읽어 자신의 처지에 맞게, 독서를 융통성 있게 해 나가면 될 것이다.

● 子曰(자왈), 見賢(견현)이어든 思齊焉(사제언)하며 見不賢(견불현)이어든 而內自省也(이내자성야)니라.

(「里仁」篇 '思齊'章)

공자께서 말씀하시기를, "어진 사람을 보거든 (그 사람과) 같아질 것을 생각하며, 어질지 못한 사람을 보거든 마음속으로 스스로를 살펴보느니라." 하셨다.

공자의 말씀은, '자기 자신보다 나은 어진 사람을 보거나 남의 어진 점을 보게 되면, 내 자신이 그 어진이와 같아질 것을 생각하고 그리하여 그 사람의 어진 점을 따라갈 것을 생각해야 하며, 어질지 못한 사람을 보거나 남의 어질지 못한 점을 보게 되면, 혹시 내 자신에게도 그런 착하지 못한 점이 있는가 하여 마음속으로 스스로를 돌이켜서 살펴보고 그 착하지 못한 점을 찾아내서 반드시 고쳐 나가야 한다.'는 뜻의 말씀이다. 이렇게 좋은 점은 따라 행하고 나쁜 점은 책망(責望)하면서 고쳐 나간다면 반드시 훌륭한 사람이 될 것이다.

● 子游曰, 事君하되 數이면 斯辱矣요, 朋友하되 數이면 斯疏矣니라.
자유왈 사군 삭 사욕의 붕우 삭 사소의

(「里仁」篇 '君友'章)

자유가 말하기를, "임금을 섬기되 (충간하기를) 번거롭게 자주(번삭)하게 하면 이에 욕을 보게 되며, 벗을 사귀되 (책선하기를) 번삭하게 하면 이에 (관계가) 소원해 지느니라." 하였다.

공자의 제자 자유의 말씀이다. 신하가 임금을 섬기되 진실된 마음으로 내 마음을 다 바쳐 간하기를 번거롭게 자주하면 욕을 보게 되고, 벗을 사귀되 잘되기를 바라서 착한 말로 충고해 주는 것 곧 책선(責善)하기를 번거롭게 자주 하면 관계가 멀어질 수 있다는 말이다.

『맹자』 「이루」장상(「離婁」章上)의 '교자'장('敎子'章)에는, "부자지간(父子之間), 불책선(不責善)."이라고 하여, "부자지간에는, (잘되기를 바라서 착한 말로 충고해 주는) 책선(責善)을 하지 않는다."고 하였다. 그리고 "책선(責善), 붕우지도야(朋友之道也)."라고 하여, "잘되기를 바라서 착한 말로 충고해 주는 책선(責善)은, 친구 간의 벗사귐의 도리이다."라고 하였다.

아버지와 아들 간에 만약 잘되기를 바라서 착한 말로 충고해 주려고 한다면, 그것이 심할 경우에는 마침내 은정(恩情)을 상하게 할 것이다. 따라서 부득이한 경우가 아니고서는, 부자지간에 '책선(責善)'을 행하지 않아야 하는 것이다.

그러나 친구 간에는, 다소 심한 말로 충고하더라도 그런 충고를 받아들이는 일이 대체로 가능하다. 하지만 '책선(責善)'이 비록 좋은 일이라고는 해도, 충고를 듣는 벗이 제대로 받아들이려고 하지 않는다면 친구 간의 사이가 소원해질 수도 있기 때문에, 진실되게 일러주려고 하는 그 충고의 말을 자주 번거롭게 하기가 어려운 것이다. 그런데 그런 일은, 임금과 신하 사이에서 특히 경계해야 할 일이라고 할 것이다.

임금을 제아무리 진실되게 섬기며 바른 말로 충간(忠諫)하고자 하더라도,

바른 말을 자주 번거롭게 하다 보면 욕(辱)을 보기 마련이다. 그렇기는 하나, 충간할 만한 자리에 있는 신하로서, 나라가 잘못될 위기의 상황에 처했음에도 위험을 무릅쓰고서 행해야 할 말을 전혀 하지 않을 수는 없을 것이다. 그처럼 충간하는 말을 들을 줄 알고 충간하는 말을 예의를 지켜 행할 줄 아는 것이 어렵기 때문에, 임금 노릇 하기가 어렵다고 하고 신하 노릇 하기가 어렵다고 한 것이다.

● 子曰(자왈), 吾未見剛者(오미견강자)케라. 或(혹)이 對曰(대왈), 申棖(신정)이니이다. 子曰(자왈), 棖也(정야)는 慾(욕)이어니 焉得剛(언득강)이리오.

(「公冶長」篇 '見剛'章)

공자께서 말씀하시기를, "내가 아직 '추진력(推進力) 있는 자'[剛者(강자)]를 보지 못하겠도다." 하셨다. 어떤 사람이 대답하여 말씀 드리기를, "신정(申棖)입니다." 하였다. 공자께서 말씀하시기를, "'정'은 욕심만 앞세우니, 어찌 추진력[굳세고도 끈질긴 극복의 의지를 보여 줌]이 있을 수 있으리오?"하셨다.

위의 공자 말씀은 추진력 있는 사람을 아직 보지 못했다는 말이다. 이에 어떤 사람이 공자의 제자인 신정이 추진력이 있다고 말씀 드리니, 신정은 욕심만 앞세우니 추진력이 있을 수 없다고 하였다. 추진력과 욕심이 다르다는 것이다.

위의 말씀에서 추진력으로 번역된 '강(剛)'은 '굳셀 강'자로, '과단성 있게 결단하는 성격으로서의 강단'과 '굳센 기강이 있어 끈질기게 추진해 나가는 강건한 자세' 등으로 일컫는 말이다. 이에 맞는 말로는 '추진력' 또는 '추진력 있음'이 있다. 우리가 살아나가면서 온갖 풍파를 겪을 수 있다. 이럴 때마다 극복할 수 있는 힘이 필요하다. 그것이 끈질긴 극복의 의지를 보일 수 있는 자질 곧 '추진력'인 것이다. 공자가 나무란 신정의 욕(慾)은 '욕심만 앞세운다'는 뜻으로, 뜻만 커서 의욕만을 앞세우니 그것만으로는 추진력이 될 수 없다는 것이다. 따라서 추진력은 욕심 없는 순수한 마음에서 나올 수 있다. 사욕(私慾)을 위해 어떤 일을 박력 있게 해 나간다면 그것은 욕심이 되는 것이다. 그러면 추진력은 떨어질 수밖에 없다. 일제 치하의 독립 운동가들이 행한 독립 운동이야말로 추진력 있는 행동이었을 것이다. 사욕 없이 마음을 비운 채 끈질긴 극복 의지로 추진력 있게 행했기에, 조국의 독립도 쟁취할 수 있었기 때문이다.

● 子貢(자공)이 問曰(문왈), 孔文子(공문자)를 何以謂之文也(하이위지문야)이니잇고. 子曰(자왈), 敏而好學(매이호학)하며 不恥下問(불치하문)이라, 是以謂之文也(시이위지문야)니라.

(「公冶長」篇 '諡文'章)

자공이 여쭈어서 말씀 드리기를, "공문자(孔文子)['공문자'의 시호(諡號)]를 어째서 '文(문)'이라고 이르게 되었습니까?" 하였다. 공자께서 말씀하시기를, "(학문 등의 하는 일에) 민첩하고 배우기를 좋아하며 아랫사람에게 묻는 것을 부끄러워하지 않았는지라, 그래서 '文(문)'이라고 이르게 되었느니라." 하셨다.

위의 내용은 공자의 제자 자공이 '공문자라는 사람은 행실이 그다지 높지 않아 보이는데 어째서 시호에 '문(文)'이라는 글자를 쓰게 되었습니까?'라고 여쭈고 있다. 공문자는 위(衛)나라대부로, 이름이 어(圉)이다. 그런데 자공의 관점에서 보면 공문자의 평소 행실이 뛰어나지 않았다. 태숙질이라는 사람을 이혼 시켜 자신의 사위로 삼았기 때문이다. 그래서 그의 시호(諡號: 죽은 사람의 호)가 '문(文)'이라는 좋은 의미의 글자가 쓰인 것이 의아스럽다는 것이다. 그래서 자공이 이와 같은 질문을 하였던 것이다. 그런데 공자의 답변은 남의 단점을 들춰내지 않고 남의 착한 점을 세상에 알려야 한다는 의미의 교훈으로써 제자를 깨우쳐 준 것이다. 단점은 감추고 장점만 말씀하였기 때문이다.

성품이 민첩한 사람은 배우기를 좋아하지 않는다고 한 것은 사람들이 대개 자기의 타고난 바탕만을 믿고서 배움에 태만해지는 경우가 흔히 있기 때문이다. 그리고 지위가 높은 사람은 아랫사람에게 묻는 것을 부끄럽게 여긴다고 하였는데, 사람들이 대개 직위가 높으면 스스로 교만해져서 지위가 낮은 사람에게 묻는 것을 부끄럽게 여기기 때문이다. 그런데 공문자는 배우기를 좋아하고 아랫사람에게 묻는 것도 부끄러워하지 않는 장점이 있기에 시호를 공문자로 할 수 있었다는 말이다. 그러면서 한편으로는 남의 착한 점을 감추지 않고, 남의 악한 점을 들춰내지 않는다는 교훈까지 제자에게 깨우쳐 주고 있다. 공자의 이런 태도를 익히게 되면 자연히 훌륭한 인물로 성장할 것이다.

○ 子曰, 晏平仲은 善與人交로다. 久而敬之오녀.
자왈 안평중 선여인교 구이경지

(「公冶長」篇 '善交'章)

공자께서 말씀하시기를, "안평중은, 남과 더불어 사귀기를 잘하도다. 오랠수록 공경할 줄 아는구나." 하셨다.

안평중은 제(齊)나라 대부 안영(安嬰)이다. 사람이 오래 사귀면 공경하는 마음이 사라져 너무 쉽게 막 대할 수 있다. 그런데 안평중은 오래도록 사귀어도 능히 공경할 줄 알았다는 것이다. 이런 사귐이 오래가고 관계도 좋아진다는 말씀이다. 친하다고 함부로 대하면 그 관계는 소원해질 수 있다. 그런 사람과 관계는 또한 좋은 관계로 유지되기도 어렵다. 서로 존중하면 관계도 좋아질 것이다.

● 冉求가 曰, 非不說子之道언마는 力不足也이로이다. 子曰,
염구 왈 비불열자지도 역부족야 자왈

力不足者는 中道而廢하나니 今女는 畫이로다.
역부족자 중도이폐 금녀 획

(「雍也」篇 '女畫'章)

염구가 말씀 드리기를, "선생님의 도(道)를 좋아하지 않는 것은 아니건마는, 힘이 부족합니다." 하였다. 공자께서 말씀하시기를, "힘이 부족한 자는, 길을 가다가 중간에 지쳐서 쓰러지나니, 지금 (보자니까) 너는 (더 이상 못 가겠다고) 금을 그어 놓고 있구나." 하셨다.

공자의 제자 염구가 '선생님께서 평생을 살아오신 도(道)이며 동시에 자기 자신과 같은 제자들에게 가르침으로써 보여 주신 삶의 도(道)이면서 학문의 도를 좋아하지 않는 것은 아니지마는, 힘이 부족하여 더 이상 그 가르침대로 따라가지 못하겠습니다.'라고 꾀병을 부리면서 한 말이다.

이에 공자는 '진정으로 힘이 부족한 자는 스스로 힘써 나가다가 정말로 힘에 부쳐 중간에 지쳐 쓰러지는 경우가 있을 수 있는 일인데, 지금 보니 염구 너는 미처 노력도 해보기도 전에 더 이상 못 가겠다고 딱 금을 그어 놓고 있구나.'라고 나무라고 있다.

진정으로 힘이 부족하다고 말할 수 있는 자는 최선을 다하려고 끝까지 노력하다가 정말로 힘이 부족하여 지쳐 쓰러지는 일은 있겠으나, 미처 노력도 해 보지 않고서 지레 힘이 부족하다는 말부터 미리 하는 자는 정말로 힘이 부족하여 그러는 것이 아니라는 뜻이다. 시도도 하기 전에 미리 포기한다는 말이다. 이런 태도로 삶을 살다가는 훌륭한 인물로 거듭 나기도 전에 실패의 인물로 낙인찍힐 것이다.

● 子(자)가 謂子夏曰(위자하왈), 女爲君子儒(녀위군자유)요 無爲小人儒(무위소인유)하라.

(「雍也」篇 '爲儒'章)

공자께서 자하에게 일러 말씀하시기를, "너는 군자로서의 '선비 공부'를 할 것이요, 소인으로서의[소시민적인] '선비 공부'를 하지 마라." 하셨다.

'군자유(君子儒)'는 '자기 몸을 위해서 하는 학문[爲己之學(위기지학)]'이며, '소인유(小人儒)'는 '남을 위해서[남 때문에] 하는 학문[爲人之學(위인지학)]'이다. 제자 자하는 문학에 능통한 제자이다. 그런 제자에게 스승 공자는 혹시라도 제자 자하가 이익을 추구하는 소시민적인 학문과 삶의 태도를 지닐까 염려되기에 결코 그래서는 안 될 것이며 반드시 원대한 목표에 뜻을 두는 포부가 큰 사람으로서의 군자적인 학문적 자세를 지닐 것을 바라는 관점에서 일부러 위와 같은 가르침을 내리게 된 것이다. 공자가 제자 자하에게 권장한 '군자유(君子儒)'는, 자기 몸부터 잘 다스려 바로잡고, 나아가 경세지학(經世之學)으로 만민을 구제하라는 뜻의 '선비공부'이다.

● 子曰(자왈), 質勝文則野(질승문즉야)요, 文勝質則史(문승질즉사)이니 文質(문질)이 彬彬然後(빈빈연후)에 君子(군자)니라.

(「雍也」篇 '文質'章)

공자께서 말씀하시기를, "본바탕이 겉꾸밈보다 나으면 촌스럽고, 겉꾸밈이 본바탕보다 나으면 '기계적인 글쟁이'[史(사)]에 지나지 않으니, 겉꾸밈과 본바탕이 조화 있게 빛난 연후에야 (진정한) 군자이니라." 하셨다.

사람이 살아가는 데에는, '진실됨과 미더움' 곧 '충신(忠信)'이 본바탕이 되며, '예(禮)'가 겉꾸밈이 된다. 따라서 사람에게는, 진실되고 미더운 사람이 되도록 노력하는 것이 급선무이며, 아울러 '예'를 알아서 '예'를 지키고 행할 줄 아는 자세를 갖추어야 하는 것이므로, '진실됨과 미더움' 그리고 '예'가 조화 있게 빛난 연후에야 진정한 '군자' 곧 훌륭한 사람으로서 행세할 수 있는 것이다. 사람이 진실되면서 예의도 반듯한 사람이 되어야 한다는 말이다. 내면과 겉모습이 조화를 이룰 때 성덕(成德)의 경지에 이르게 된다.

● 樊遲(번지)가 問知(문지)한대 子曰(자왈), 務民之義(무민지의)요 敬鬼神而遠之(경귀신이원지)면 可謂知矣(가위지의)니라. 問仁(문인)한대 曰(왈), 仁者(인자)가 先難而後獲(선난이후획)이면 可謂仁矣(가위인의)니라.

(「雍也」篇 '樊遲'章)

'번지'가 지혜로움에 대하여 여쭈었는데, 공자께서 말씀하시기를, "백성으로서의 '마땅히 해야 할 일'[義(의): 도의(道義)]에 힘쓰고 귀신을 공경하면서도 멀리 여긴다면, 가히 지혜롭다고 이를 수 있을 것이니라." 하셨다. (번지가) 인(仁)에 대하여 여쭈었는데, 말씀하시기를, "인(仁)을 행하는 자가 어려운 일은 (내가) 먼저 하고 얻는 일은 (나를) 뒤로 돌린다면, 가히 인(仁)하다고 이를 수 있을 것이니라." 하셨다.

번지가 공자에게 지혜에 대해서 물었다. 그에 대한 공자는 인인시교(因人施敎)의 가르침을 내렸다. '사람의 도리로서 마땅히 할 바인 도의(道義)에 오로지 힘쓰고, 귀신의 알 수 없는 것[세계]에 미혹되지 않는 것은 지혜로운 자의 일이다.'고 하였다. 다시 말하자면 사람이 귀신을 많이 믿으면 미혹되나, 믿지 않는 자는 또 능히 공경할 줄 모르니 과불급이 없도록 능히 공경하고 멀리 여기면 지혜롭다는 것이다. 조상신을 잘 모시고 신(神)이 아닌 귀(鬼)에 해당되는 잡귀는 멀리해야 한다는 말이다. 인(仁)에 대한 물음에 대답은, '그 일의 어렵게 여기는 것을 내가 먼저 하고 그 효과로서 얻는 것을 (나를) 뒤로 돌리는 것은 인(仁)한 자의 마음이다.'라고 하였다. 어려운 일을 행하기를 앞세우는 것은 자기의 사사로운 욕심을 이기는 것이니[극기(克己)], 어렵게 여기는 것으로써 급선무를 삼아 얻을 것을 꾀하지 않는 것이 인(仁)이라 하였다. 공자는 이와 같은 일이 반드시 번지의 부족한 점을 말미암아 일러주신 것이다.

제사상의 모습이다. 조(棗)·율(栗)·리(梨)·시(柹) 순으로 정성껏 차리면 될 것이다.

● 子曰(자왈), 君子(군자)는 成人之美(성인지미)하고 不成人之惡(불성인지악)하나니, 小人(소인)은 反是(반시)니라.

(「顔淵」篇 '成美'章)

공자께서 말씀하시기를, "군자는 남의 아름다운 점을 이루어 주고 남의 악한 점은 굳혀 주지 않나니, 소인은 이를 뒤집어서 행하느니라." 하셨다.

위의 공자의 말씀은 군자와 소인의 차이점이기도 하다. 군자는 도의심과 두터운 인정으로 남을 상대하고 소인은 야박한 인정으로 남을 상대한다. 그래서 군자는 남의 장점은 말하고 자랑하지만 남의 단점을 들춰내지 않는다는 것이다. 반대로 소인은 남을 생각하는 마음이 엷어서 칭찬보다는 비난하는 말을 하고 다닌다는 것이다. 훌륭한 인물은 다른 사람을 세상에 설 수 있도록 도와주는 인물일 것이다.

● 子路가 問, 聞斯行諸잇가. 子曰, 有父兄이 在하니
자로 문 문기행저 자왈 유부형 재
如之何其聞斯行之리오. 冉有가 問, 聞斯行諸잇가. 子曰,
여지하기문사행지 염유 문 문사행저 자왈
聞斯行之니라. 公西華가 曰, 由也가 問聞斯行諸어늘, 子曰,
문사행지 공서화 왈 유야 문문사행저 자왈
有父兄이 在라 하시고, 求也가 問聞斯行諸어늘, 子曰, 聞斯行之라
유부형 재 구야 문문사행저 자왈 문사행지
하시니, 赤也가 惑하여 敢問하노이다. 子曰, 求也는 退라 故로
적야 혹 감문 자왈 구야 퇴 고
進之하고 由也는 兼人이라 故로 退之호라.
진지 유야 겸인 고 퇴지

(「先進」篇 '兼人'章)

자로가 여쭙기를, "(도의를) 들으면, 곧[이에] 행합니까?" 하였다. 공자께서 말씀하시기를, "부형(父兄)이 계시니, 어떻게 (그) 듣는다고 곧[바로] 행하리오?" 하셨다. 염유가 여쭙기를, "들으면 곧[이에] 행합니까?" 하였다. 공자께서 말씀하시기를, "들으면 곧 행하느니라." 하셨다. 공서화가 말씀 드리기를, "유(由)[중유(仲由)]가 여쭙기를, 들으면 곧 행합니까 하였거늘, 선생님께서 말씀하시기를, '부형이 계신다' 하시고, 구(求)[염구(冉求)]가 여쭙기를, 들으면 곧 행합니까 하였거늘, 선생님께서 말씀하시기를, '들으면 곧 행하느니라' 하셨으니, (저) 적(赤)[공서적(公西赤)]이 의혹되어 감히 여쭙습니다." 하였다. 공자께서 말씀하시기를, "구(求)는 후퇴하는지라 그러므로 전진하게 하였으며, 유(由)는 여러 사람의 몫을 아우르는지라[아울러 행하는지라] 그러므로 후퇴하게 하였노라." 하셨다.

위의 내용은 공자의 제자가 각기 도의를 들으면 행합니까?를 여쭈니, 사람에 따라 달리 대답을 하였다. 이에 공서적이 의혹되어 어째서 답이 다 다릅니까?로 묻고 있는 장면이다.

사람이 도의를 행하면서 학문을 해 나가자면, '지행쌍수(知行雙修)'해 나가야 한다. 곧 도의를 들어서 아는 것과 그것을 실천적으로 행하는 것을 모두 다 잘 닦아 나가야 하는 것이다. 그런 점에서, 아는 것을 제대로 아는가 알지 못하는가의 '지우(知愚)'와, 행하는 것을 제대로 행하는가 그렇지 못한가의 '현불초(賢不肖)'가 나뉘어지는 것이다. 그런데 위의 글에서도 알 수 있듯이, '자로'는 행하는 측면에서 매우 적극적이어서 다소 지나치는 점이 있었고, '염유'는 그런 측면에서 다소 부족한 점이 있었다. 따라서 공자는, 행하는 데 적극적이었던 '자로'에 대해서는 '부형께서 살아 계시니, 제 마음대로 할 수 없는 점이 있다.'라는 뜻으로 다소 억눌러 주었으며, 행하는 데 적극성이 부족했던 '염구'에 대해서는 적극성을 북돋우어 주었던 것이다. 공자의 말씀과 가르침은, '그 사람을 말미암아 가르침을 베푼다'는 '인인시교(因人施敎)'의 교육 방법에 의해, 이와 같이 제자의 타고난 자질과 품성에 따라 달리 행해졌던 것이다.

○ 子曰(자왈), 泰伯(태백)은 其可謂至德也已矣(기가위지덕야이의)로다. 三以天下(삼이천하)로 讓(양)하되 民無得而稱焉(민무득이칭언)이오녀.

(「泰伯」篇 '三讓'章)

공자께서 말씀하시기를, "태백(泰伯)은, 가히 '지덕(至德)'이라고 이를 만할 따름이로다. 세 번이나 천하를[천하로써] 사양하였으되, 백성들이 (그 덕이 너무도 지극하기에) (무엇이라고) 칭송할 길이 없더구나." 하셨다.

위의 공자의 말씀에서, 태백을 논평하여 '지덕(至德)'이라는 말을 썼다. 태백은 주나라 태왕 고공단보(古公亶父)의 장자이다. 둘째가 중옹(仲雍)이고 셋째가 계력(季歷)이었다. 태왕 때에 상(商)[은(殷)]나라의 도가 차츰 쇠하고 주(周)나라가 날로 강대해졌는데, 계력이 또 아들 창(昌)[문왕(文王)]을 낳았으니 성덕(聖德)이 있었는지라, 태왕이 그로 인하여 '상[은]나라를 치고자 하는 뜻[翦商之志(전상지지)]'이 있었으나 태백이 따르지 않았으니, 태왕이 마침내 임금의 지위를 계력에게 전해서 창[昌, 문왕]에게 미치게 하고자 하였는지라, 태백이 (그런 뜻을) 알고서 곧 중옹과 더불어 형만(荊蠻) 땅으로 달아났거늘, 이에 태왕이 마침내 계력을 세워 나라를 전하여 창[문왕]에게 이르게 하셨는데, 천하를 셋으로 나눔에 그 둘을 차지하셨으니, 그분이 바로 문왕이셨다.

문왕(창)이 돌아가시고 아들 발[發, 무왕(武王)]이 (임금의 지위에) 즉위하여 마침내 상(商)나라를 이기고서 천하를 차지하셨으니, 그분이 바로 무왕이셨다. 태백은 장자로 임금 자리를 차지할 수 있었는데, 3번씩이나 사양하고 결국 셋째 동생 계력에게 왕위 자리를 물려주려는 아버지의 뜻을 알고 둘째 중옹과 함께 남쪽 오랑캐가 사는 형만 땅으로 달아났던 것이다. 그래서 지극한 덕을 지닌 분이라 했던 것이다.

우리나라에도 노량진(鷺梁津)에 있는 '양녕대군(讓寧大君)'의 사당(祠堂)에 정조(正祖) 임금이 '지덕사(至德祠)'라는 액호(額號)를 쓰게 하였는데, 그것은 '양녕대군'이 아우 세종(世宗) 임금에게 임금의 지위를 사양한 것이 주나라 문왕(文王)의 아버지 계력(季歷)[왕계(王季)]에게 임금의 지위를 사양한 태백의 덕을 공자가 '지덕(至德)'이라고 칭송한 까닭과 같다는 뜻에서 견주어 부르게 한 것이다.

주자는 "삼양(三讓), 위고손야(謂固遜)[세번 사양했다는 말은, 굳이 사양한 것을 이른 말이다]."라고 하였다. 주자는 또한 이 문제에 관하여『논어비지』에 수록된 주석에서 보다 구체적으로 논의하기를, "고인사양(古人辭讓), 이삼위절(以三爲節), 일사위예사(一辭爲禮辭), 재사위고사(再辭爲固辭), 삼사위종사(三辭爲終辭)[고인들은, 사양하는 일에 관하여 세 번으로써 절도(節度)를 삼았으니, 한번 사양하는 것으로써 '예사(禮辭)'를 삼고, 거듭 사양하는 것으로써 '고사(固辭)'를 삼고, 세 번 사양하는 것으로써 '종사(終辭)'를 삼았다].”라고 하였다.

『몽구(蒙求)』에 있는 내용으로, 사람을 훌륭한 인물로 만드는 구체적 예를 소개하고자 한다.

『사기(史記)』에 보면, 안평중영(安平仲嬰)은 제(齊)나라 정승인데 어느 날 외출을 하였다. 그 말부리는 자의 아내가 문틈으로 그 남편을 엿보니, 그 남편이 정승을 위해서 말을 부리는데 큰 일산을 쓰고 사마(駟馬: 4마리가 끄는 수레)를 몰면서 몹시 잘난 체하였다. 이윽고 집에 돌아오자 그 아내가 집을 나가겠다고 했다. 남편이 그 까닭을 묻자 아내가 말하기를, “안자(晏子, 안영)는 키가 6척도 되지 못하건만 제(齊)나라의 정승이 되어 이름을 제후들에게 알리고 있습니다. 그렇지만 내가 그 분이 외출할 때 보니 뜻이 깊어서 항상 스스로 몸을 낮추는 모습이 있었는데, 이제 당신은 키가 8척이나 되면서 남의 말 부리는 사람이 되어 말을 몰면서도 당신의 뜻은 스스로 만족해 보였습니다. 나는 그 까닭에 집을 나가기를 청합니다.”라고 하였다.

그로부터 그 남편은 스스로 억제하여 몸을 굽혔다. 안자(晏子, 안영)가 괴이하게 여겨 물어보니, 말부리는 자는 사실대로 대답하였다. 이에 안자(晏子)가 천거하여 대부(大夫)로 삼아 주었다.[1)]

춘추시대 제나라 재상 안영의 마부로 있던 사람의 부인이 그 남편의 거만한 모습을 보고 충고해주자 겸손하고 예의 바른 사람이 되어 훗날 높은 벼슬을 할 수 있었다. 주변인들의 충고가 중요함을 알게 해주는 이야기이다.

수레 모는 남편의 태도를 본 아내가 조금은 극단적이 처방으로 그 남편을 훌륭한 인물로 만들었다는 이야기이다. 자기

1) 李民樹 譯, 「晏御揚揚」 『蒙求』 上, 明文堂, 2002, 410쪽.

능력보다 못한 일에 만족해하는 남편을 보고 자극을 주어 더 나은 사람으로 성장할 수 있도록 해주는 것도 주변에서 그 사람을 잘 아는 사람이라는 것이다. 그만큼 그 사람의 장·단점을 잘 알고 있기 때문일 것이다. 혹시 주변인 중에 자기가 지니고 있는 능력을 제대로 발휘하지 못하는 사람이 있다면, 마부의 아내처럼 최고의 조언을 하기 바란다. 가까운 사람의 조언은 다른 한 사람을 훌륭한 인물로 만들 수 있기 때문이다.

○ 子曰, 中庸之爲德也가 其至矣乎인저. 民의 鮮久矣니라.
자왈 중용지위덕야 기지의호 민 선구의

(「雍也」篇 '中庸'章)

공자께서 말씀하시기를, "중용(中庸)의 덕(德) 됨이 그 지극하다고나 할까. (그 도를) 백성들이 오래 견지하는 경우가 드무니라." 하셨다.

● 子曰, 苗而不秀者가 有矣夫며 秀而不實者가 有矣夫니라.
자왈 묘이불수자 유의부 수이불실자 유의부

(「子罕」篇 '秀實'章)

공자께서 말씀하시기를, "싹이 나고 이삭이 패지 못하는 것이[경우가] 있으며, 이삭이 패고서도 알맹이가 여물지 못하는 것이[경우가] 있느니라." 하셨다.

창의적으로 생각하기

1. 자기 자신을 훌륭한 사람으로 만들기 위해서는 어떻게 해야 하는가?

2. 다른 사람을 훌륭한 인물로 만들기 위해서는 어떻게 하는 것이 좋은가?

13장 지성인으로서의 경서 한 구절

: 학문과 성찰

1. 학문(學問)이란?

學問(학문)의 개념

『중용(中庸)』의 제20장 ‘문정’장(‘問政’章)에 “박학지(博學之)·심문지(審問之)·신사지(愼思之)·명변지(明辨之)·독행지(篤行之).”라는 구절이 있다. ‘참된 도를 널리 배우며, 살펴서 물으며, 신중하게 생각하며, 분명히 가리며, (그렇게 하여 터득한 도를) 독실하게 행한다.’는 뜻을 나타낸 구절이다. 그런데 『주역(周易)』의 ‘건’괘(‘乾’卦) 「문언」전(「文言」傳)에도 “군자(君子), 학이취지(學以聚之), 문이변지(問以辨之).”라는 구절이 있다. ‘군자가, 배워서 (자기의 덕을) 모으며, 물어서 (덕을) 분변해 나간다.’는 뜻을 나타낸 구절이다. 동양에서는, 이 두 고전(古典)에서 ‘學(학)’·‘問(문)’이라는 말이 쓰이면서 ‘學問(학문)’이라는 말이 생겼다.

세상을 살아가는 도리를 배워서 알고 또 실천해 나가는 과정을 모두 다 나타낼 수 있는 어휘를 만드는 데에는, 아마도 위의 『중용』 구절에 있는 그

다섯 가지의 조항(條項) 곧 '학(學)'·'문(問)'·'사(思)'·'변(辨)'·'행(行)'의 다섯 글자들을 모두 합하여 하나의 어휘를 만들기가 어려웠을 것이다. 따라서 『주역』에 있는 두 어구와 『중용』 구절의 앞쪽에 있는 두 어구에서 '學(학)'·'問(문)'이라는 두 글자만을 따서, 발음하기 편한 '學問(학문)'이라는 하나의 어휘를 만들었던 것이다.

그러므로 '學問(학문)'이라는 말은, 『중용』에서의 뒷쪽 어구에 있는 '사(思)'·'변(辨)'·'행(行)'이라는 세 글자들을 부득이 생략하고서 쓴 것이지만, 그 '學問(학문)'이라는 말에는 이미 '사(思)'·'변(辨)'·'행(行)'의 의미를 포함하는 의미가 담겨 있다. 도리를 알아 가는 과정을 밝힌 '학(學)'·'문(問)'·'사(思)'·'변(辨)'이라는 말의 의미와, 그 도리를 알게 된 뒤에 실천적으로 행하는 과정을 밝힌 '행(行)'이라는 말의 의미가 대등하게 중요하거나, 오히려 그 양자(兩者)의 상대적인 의미 중에서도 후자(後者)에 해당하는 '행(行)'이라는 말의 의미가 더욱 중요하다는 점을 염두에 둔다면, '학문(學問)'이라는 말은 실천적으로 행해야 될 말임을 알아야 한다.

'지행쌍수(知行雙修)'해 나감으로써 알고 행하는 것을 양쪽으로 닦아 나가야 비로소 진정한 '학문(學問)'이 될 수 있다는 점을 의식할 때, 오늘날 그저 연구를 행하여 저서를 내고 논문을 쓰기도 하며 학교에서 배우고 도서관에서 탐구하거나 하는 것만을 '학문(學問)'이라고 하는 것은, 옳지 않은 생각임을 알아야 할 것이다. 말하자면 '학문(學問)'은, 학교나 도서관이나 연구실 등에서만 행해지는 것이 아니라, 교육과 연구에 종사하든 정치에 종사하든 사업을 하든 전원 생활을 하며 농사를 짓든, 장사를 하든 어느 곳에서 무슨 일을 하든지 간에, 이 세상 도처에서 행해질 수 있는 것이다. 책을 읽고 탐구하며 글을 쓰거나 말로만 주장하며 논설(論說)을 펴는 것만으로는 결코 학문이 될 수 없다. 어떤 방법을 택하여 어떤 과정을 거치더라도, 인생의 참된 길 곧 도(道)를 터득하여 실천하는 것을 '학문'이라고 해야 할 것이다.[1)]

子夏가 曰, 博學而篤志하며 切問而近思하면 仁在其中矣니라.
자하 왈 박학이독지 절문이근사 인재기중의

(「子張」篇 '博學'章)

자하가 말하기를, "널리 배우고 뜻을 독실하게 하며, 절실하게 묻고 (자기의 몸과 같은) 가까운 데서부터 생각하면, 인(仁)이 그 가운데 있느니라." 하였다.

자하가 말한 박학(博學) 널리 배우고, 독지(篤志) 뜻을 독실하게 하며, 절문(切問) 간절하게 묻고, 근사(近思) 가까운 데서부터 생각한다. 곧 남의 마음도 진실된 것을 좋아하는 내 마음 같은 것이라고 미루어 헤아리는 충서(忠恕)의 자세를 이른다. 진실된 자기 몸을 미루어 남에게 미쳐 간다는 의미로, 내 몸으로부터 생각하여 수신(修身)을 잘해야 된다는 뜻이다. 따라서 이 네 가지를 힘써 행하면 인(仁)에는 미치지 못해도 마음이 부귀 공명 같은 외물에 매달리지 않아 오히려 인(仁)에 가깝게 갈 수 있다는 것이다. 따라서 이를 제대로 행하면 위로는 천도(天道)에 통하고 아래로는 인도(人道)에 통하는 도가 될 것이다.

康誥에 曰如保赤子라 하니 心誠求之면 雖不中이나 不遠矣니
강고 왈여보적자 심성구지 수불중 불원의

未有學養子而后에 嫁者也니라.
미유학양자이후 가자야

(『大學』)

『서경』「강고」편에 이르기를, 마치 갓난 아이 안보하듯이 하니, 마음으로 진실로 구한다면, 비록 도리에 딱 들어맞지는 않는다 하더라도 그 도에서 멀지 않을 것이니, 아직 자식 기르는 방법을 배운 뒤에 시집가는 자가 있지 않았느니라.

『대학』에 나오는 구절로 『서경』「강고」편의 내용이다. 시집가는 아가씨가

---

1) 정요일, 『논어강의』 天, 새문사, 2009, 141~142쪽 참조.

아기 기르는 방법을 배운 후에 결혼을 하는 것은 아닐 것이다. 그런데 처음 아기를 양육할 때 정성껏 마음으로 진실로 구한다면 그 도에 딱 맞는 적중(的中)은 아닐지 모르지만 그 도에서 멀어지지는 않는다는 말이다. 학문도 마찬가지이다. 자기가 추구하고자 하는 방향에 최선을 다하면 그 추구하고자 하는 방향에 가깝게 갈 수 있다는 말이다.

> 子曰(자왈), 學而時習之(학이시습지)면 不亦說乎(불역열호)아. 有朋(유붕)이 自遠方來(자원방래)면 不亦樂乎(불역락호)아. 人不知而不慍(인부지이불온)이면 不亦君子乎(불역군자호)아.
>
> (『論語』「學而」篇 '時習'章)

공자(孔子)께서 말씀하시기를, "배우고 때로 익히면, 또한 기쁘지 않겠는가? 벗이 먼 곳으로부터 찾아오면, 또한 즐겁지 않겠는가? 남이 알아주지 않아도 안타까워하지 않으면, 또한 군자답지 않겠는가?" 하셨다.

『논어』의 3대 강령에 해당되는 구절이다. 학문과, 교우, 그리고 수양이다. 학문에 관한 말씀으로 배우고 때로 익힌다는 말씀은 한편으로는 삶의 참된 길 곧 도를 배우고 또 한편으로는 살아가면서 배운 것을 그때그때 몸으로 익히고 행동으로 실천한다는 뜻의 말씀이다. 배워 알고 있으면서도 실천하지 않으면 아무 소용이 없기 때문에, 언제든 몸으로 익히고 행동으로 실천할 때에 비로소 진정한 배움의 기쁨을 느낄 수 있는 것이다. 그러므로 도를 터득하여 실천하고 몸소 행할 때 우리는 실천궁행(實踐躬行)이라는 말을 쓰는 것이다.

학문은 잃어버린 마음을 찾는 것이다. 우리 주변을 보면 사방이 쓰레기로 나뒹굴고 있다. 이는 잃어버린 양심일 수 있다. 양심 없이 먹고 아무렇게 버린 커피 잔처럼, 여기저기 흘리고 다닌다. 그래서 조심(操心) 곧 '마음을 붙잡아야 한다.'고 하는 것이다.

맹자는 『맹자(孟子)』의 「고자(告子)」장(章) 상(上)에서 학문은 잃어버린 양심을 찾는 것이라 했다.

孟子曰, "仁은 人心也요 義는 人路也니라. 舍其路而不由하며
맹자왈 인 인심야 의 인로야 사기로이불유
放其心而不知求하나니 哀哉라. 人有雞犬放이면 則知求之하되
방기심이부지구 애재 인유계견방 즉지구지
有放心而不知求하나니, 學問之道는 無他라 求其放心而已矣니라.
유방심이부지구 학문지도 무타 구기방심이이의

(『孟子』「告子」章 上)

맹자께서 말씀하시기를, "인(仁)은 사람의 마음이고 의(義)는 사람의 길이다. 의(義)인 그 길을 버리고 가려 하지 않고 인(仁)인 그 마음을 방치하고 구할 줄을 알지 못하니, 슬프구나! 사람이 닭과 개를 잃어버리면 그것을 구할 줄 알지만, 마음을 잃어버리고선 구할 줄을 알지 못하니, 학문하는 방법은 다른 것이 없다. 잃어버린 마음을 찾는 것일 뿐이다."라고 하였다.

맹자는, '학문은 잃어버린 마음을 찾는다.'고 하였다. 인(仁)은 사람의 마음이고 의(義)는 사람의 길이라고 하였다. 의로운 생각으로 살아가다 보면 인(仁)을 행할 수 있다는 것이다. 그 의로운 길을 행하여 인(仁)한 마음을 찾아가는 것이 학문인 것이다. 그런데 사람들은 그 의로운 길을 버리고 따르지도 않으며, 인(仁)한 마음을 잃어버리고 찾을 줄 모르니 슬프다는 것이다. 사람들이 닭과 개가 도망가면 찾을 줄은 알지만, 마음을 잃고서는 찾을 줄 모른다는 것이다. 지극히 가볍고 작은 것은 찾을 줄 알지만 지극히 소중하고 중요한 것을 찾으려고 하지 않으니, 그래서 슬프다는 것이다. 그래서 성현들의 말씀으로 공부하게 하여 그 잃어버린 양심을 찾고자 한다는 것이다. 그러면 욕망이나 물욕(物慾) 때문에 자신의 삶을 망가지게 하지 않을 뿐 아니라 양심대로 살아가기 때문에 늘 존경의 대상이 될 수 있다는 것이다. 이것이 맹자가 말한 학문을 하는 큰 이유 중의 한 가지인 것이다.

2. 성찰(省察)

성찰(省察)이란 '자신의 삶을 되돌아보고 살핀다.'는 뜻이다. 『중용(中庸)』의 구절을 보자.

> 君子(군자)는 以人治人(이인치인)하다가 改而止(개이지)니라. 忠恕(충서)가 違道不遠(위도불원)하니 施諸己而不願(시저기이불원)을 亦勿施於人(역물시어인)이니라.
>
> (『中庸』)
>
> 군자는 자기 몸을 돌이켜 봄으로써(사람의 도리로써) 남을 다스리다가 그 사람이 고쳐지거든 그만두느니라. 충서(忠恕, 진실된 마음으로 남의 마음도 내 마음 같다고 헤아려 주는 것)가 도(道)와 멀지 않으니 자기 몸에 베풀어질 때에 원치 않는 것을 또한 남에게 베풀지 말 것이니라.

군자가 다른 사람의 허물을 어떻게 고쳐야 하는지를 알려주는 구절이다. 사람의 도리로써 그 사람의 허물을 고치고 그 허물이 고쳐지거든 그만 둔다는 말이다. 충서(忠恕) 곧 진실된 마음으로 남의 마음도 내 마음 같다고 헤아려 주는 도이다. 혈구지도(絜矩之道)와 같은 의미로, 한 모서리를 알면 나머지 모서리의 각을 알 수 있듯이 나를 미루어 남을 헤아려 주는 도이다. 촌탁(忖度: 남의 마음을 미루어 헤아림)과 같은 의미이다. 항상 나를 미루어 남을 헤아려주는 태도로 성찰하면 삶이 알차게 전개될 것이다.

혈구지도(絜矩之道)
한 모서리를 알면 나머지 세 모서리를 알 수 있다는 뜻으로 나를 미루어 남을 헤아려 주는 도를 이르는 말이다.

子曰 射가 有射乎君子하니 失諸正鵠이어도 反求諸其身이니라.
자왈 사 유사호군자 실저정곡 반구저기신

(『中庸』)

공자께서 말씀 하시기를, 활쏘기가 군자[군자의 삶의 태도]와 같은 점이 있으니, 정곡[과녁]에서도 벗어나고도 돌이켜 제 몸에서 (잘잘못의 탓을) 구하느니라.

'반구저기신(反求諸其身)'은 화살이 과녁의 중앙에 맞지 않으면 화살을 탓할 것이 아니라, 자기를 성찰해야 한다는 말이다. 군자는 자기가 하는 일이 잘못되어도 남을 탓하거나 세상을 원망하지 않고 자기를 돌아보아야 한다는 의미이다.

군자가 세상을 살아가는데 뜻대로 안 되면 자기 정성이 부족함을 알고 되돌아보아야 한다는 말이다. 남을 탓하기 전에 먼저 자기 자신부터 반성하라는 뜻이다. 우리는 활쏘기를 할 때, 화살이 과녁의 한 가운데인 정곡(正鵠)에 맞지 않으면, 자신을 반성하기 전에 화살을 탓한다는 말이다. 활을 쏘기 전에 자세가 잘못 되지나 않았는지, 호흡이 급하지나 않았는지 등 활 쏘는 자신의 태도와 상태를 먼저 점검해야 하는데, 우리는 대부분 화살을 탓하고 나무란다는 것이다.

이는 마치 어느 회사에 면접을 갔는데, 그 결과가 잘못되었다면, 내 자신을 되돌아보기 전에 나를 뽑아 주지 않은 회사를 탓한다는 말이다. 더 나아가서는 우리가 살고 있는 사회와 세상을 원망하면서 "이놈의 회사가 인재를 몰라보다니?" "이놈의 세상 언제 망하나?" 등 서운한 감정을 분출시킨다. 이는 마치 화살을 탓하는 것과 같다.

이렇게 자기를 성찰하기도 전에 남이나 세상을 탓하고 원망하다보면 자기 발전은 없다. 원망하기 전에 자기 자신부터 돌아보아야 한다. '어느 부분이 부족한가?' '다음에 잘 보완해서 목표를 달성해야지.' 이런 마음가짐으로 세상을 살아나가면 분명히 좋은 결과를 얻을 수 있다. 화살을 탓하기 전에 자기 자신부터 성찰해 보라. 그러면 우리의 꿈은 점점 더 빨리 이루어질 것이다.

『논어』에 나타난 성찰도 살펴보자.

> 曾子曰(증자왈), 吾(오)가 日(일)로 三省吾身(삼성오신)하노니 爲人謀而不忠乎(위인모이불충호)아 與朋友交而不信乎(여붕우교이불신호)아 傳(전)(을) 不習乎(불습호)아이니라.
>
> (『論語』「學而」篇 '三省'章)

증자가 말하기를, "내가 날마다 세 가지 관점으로 내 몸을 살피노니, 남을 위하여 꾀하되 진실된 마음으로써 하지 못했는가?, 붕우와 더불어 사귀되 미덥게 하지 못했는가?, 전수(傳受)받은 것을 익히지 못했는가? 이니라." 하였다.

내가 날마다 세 가지로 반성한다는 말은 '매일 3번 반성한다.'로 풀이하면 안 될 말이다. 잘못이 있다면 3번만 반성할 것이 아니라 백 번이고 천 번이고 그 잘못이 고쳐질 때까지 반성해야 하기 때문이다. 여기서 세 가지는, 세 가지 관점에서 반성한다는 뜻이다. 첫 번째 관점이 남과 더불어 일을 꾀할 때 내 마음 다 바쳐 진실 되게 하지 않았는가? 반성해야 된다는 말이다. 여기서의 충(忠)은 '진실된 마음을 다 바칠 충'자이다. 두 번째 관점은 붕우와 더불어 사귈 때 믿음 있게 하지 않았는가를 살핀다는 말이다. '붕(朋)'은 지동도합자(志同道合者)로 뜻이 같고 길도 같은 자를 붕이라 한다. '우(友)'는 범범연(汎汎然)히 널리 사귀는 벗으로 누구나 우(友)가 될 수 있다. 이렇듯 뜻이 같고 가는 길이 같은 붕(朋)과 같은 강좌를 듣거나 오늘 술집에서 만나 친해진 사람인 우(友)에게도 신의(信義)를 지켰는지, 지켰지 못했는지를 따져 믿음 있는 자세로 나아가야 한다는 말이다. 다시 말하자면 친소를 떠나 이 세상 나와 친분이 있는 사람 모두에게 신의를 지켜야 한다는 말이다. 그리고 마지막 세 번째 관점으로 오늘 배운 학습을 복습했는지 만약 하지 않았다면 벌떡 일어나 복습을 하고 잠을 자야 한다는 관점이다. 이렇게 매일 세 가지 관점에서 자신을 성찰하면 삶은 윤택해지고 나날이 발전할 것이다.

노자(老子)도 『도덕경(道德經)』에서 자기를 성찰하는 시선이 필요하다고 역설하였다.

> 知人者(지인자)는 智(지)하고 自知者(자지자)는 明(명)이라. 勝人者(승인자)는 有力(유력)하고 自勝者(자승자)는 强(강)이라. 知足者(지족자)는 富(부)하고 强行者(강행자)는 有志(유지)라. 不失其所者(부실기소자)는 久(구)하고 死而不亡者(사이불망자)는 壽(수)라.
>
> (『道德經』 33章)

사람을 아는 사람은 지혜롭고, 스스로를 아는 사람은 현명하다. 사람을 이기는 사람은 힘이 있고, 스스로 이기는 사람은 강하다. 만족을 아는 사람은 부자이고, 힘써 행하는 사람은 뜻이 있다. 그곳을 잃지 않는 사람은 변하지 않고, 죽어도 잊히지 않는 사람은 오래 산다.

남을 잘 아는 사람은 지혜로운 사람이고, 스스로를 아는 사람은 현명한 사람이라고 하였다. 그리고 남을 이기는 사람은 힘 있는 사람이고, 스스로를 이기는 사람은 굳센 사람이라고 하였다. 분수를 알고 현재의 생활에 넉넉함을 아는 사람은 부유한 사람이라고 하였으며, 자연의 도를 힘써 터득하는 사람은 뜻이 있는 사람이라고 하였다. 뿐만 아니라 스스로의 분수를 알아 지키면 잃지 않고 오래 사는 것이고, 그 지위를 오래 지속하고 죽어도 잊히지 않는 사람은 영원토록 사는 것이라고 하였다. 이는 인간의 참다운 지혜와 참다운 부(富)와 그리고 참다운 용기와 영원한 생명에 대해 노자가 설명한 부분이다.

우리의 관심은 내면이 아니라 외부 세계에 있다는 것이다. 남들이 지닌 직위나 재력 등에 의해 품위를 정하는 것을 두고 지혜롭고 현명하다고 여긴다. 또한 힘이나 권력 등으로 남을 지배하고 굴복시키는 사람을 굳세고 유력하다고 한다. 그러나 노자는 세상 사람들이 외부적인 것에 관심과 뜻을 두는 것에 반박하여 시선을 내면으로 돌려서 자신을 성찰하게 하였다.

노자(老子)는 자기 자신을 바라보는 시선은 자기 존재의 근원에서 도를 발견하는 성찰이며, 도를 터득함에 따라 자신의 모든 것을 이해하여 나간다는 관점이다. 인간은 도를 깨달아 가면서 자신과 세상 만물을 이해하게 될 때에 참다운 슬기가 어떤 것이며, 참다운 힘이 어떤 것인가를 알게 된다. 뿐만 아니라 참다운 만족이 어떤 것이며, 영원한 생명이 어떤 것인가도 알게 된다.[2] 남을 안다는 것은 어려운 일이다. 그러나 자기 자신을 제대로 안다는 것은 더욱 어려운 일이다. 남을 이긴다는 것은 유능한 사람이나 할 수 있는 일이다. 그러나 자기 자신을 이긴다는 것은 남을 이기는 것보다 더 어렵다. 곧 나태·비겁함·변명·자기합리화 등 인간적 약점을 극복하기란 참으로 힘들기 때문이다. 이런 단점을 극복하기 위해서도 성찰(省察)은 반드시 필요한 것이다.

2) 이창성 편저, 『노자의 도덕경』, 나무의꿈, 2020, 120~122쪽.

3. 치국(治國)보다 수신(修身)이 먼저다

『대학(大學)』의 3대 강령을 먼저 살펴보자.

> 大學之道는 在明明德하며 在親民하며 在止於至善이니라.
> 대학지도 재명명덕 재친민 재지어지선
>
> (『大學』)
>
> 태학의 교육 목표는 명덕(인륜)을 밝히는 데 있으며, 백성들을 내 몸 같이 친히 대하는 데에 있으며, 지극한 선한 경지에 도달해서 멈추자는 데에 있는 것이니라.

『대학(大學)』은 위정자의 도리를 밝히는 책이다. 태학이 나아갈 길[목표]은 명덕(明德)을 밝히는 데에 있다고 했는데, 명덕(明德)은 사람 노릇 잘 하는 것으로 인륜(人倫)에 해당된다. 임금은 임금답게 신하는 신하답게 백성은 백성답게 자기의 본분 일을 잘 하면 되는 것이다. 인륜을 밝히면 천하가 잘 다스려지기 때문이다. '친민(親民)'은 주자(朱子)가 '신민(新民)'으로 해석하여 '백성을 새롭게 해주자'로 해석하기도 하는데, 이는 잘못이다. 『대학(大學)』의 3대 강령은 위정자의 도리를 밝힌 부분이다. 그러니 주자가 해석한 것처럼, '백성을 새롭게 해주자'로 해석하면, '이전의 헌 백성을' '이제는 새 백성'으로 하자는 식의 해석이 되기에 논리에 맞지 않는다. 그보다는 원래 글자 그대로 '친민(親民)'으로 '백성을 내 몸 같이 친히 대해주자' 곧 '백성의 아픔이 내 아픔이요, 백성의 기쁨이 내 기쁨으로 여겨 함께 동고동락한다.'는 의미로 해석하는 것이다. 그리고 '지어지선(止於至善)'은 '지극한 선한 경지에 도달해서 멈추어야 한다.'는 말이다. 위정자가 백성들을 위해 정책을 입안할 때 자신들의 이익을 위한 정책 결정이 아니라 백성들의 입장에서 바라봤을 때 지극히 선한 경지에 도달해서 정책의 방향이 잡히고 결정되어야 한다는 말이다. 모두가 위정자가 행해야 할 정책들이다.

物有本末하고 事有終始하니 知所先後면 則近道矣리라.
물유본말 사유종시 지소선후 즉근도의

(『大學』)

물(物)에는 근본과 끝이 있고 일에는 시작과 끝이 있으니 먼저하고 나중에 할 바를 안다면 도(道)에 가까우니라.

일을 행할 때 일의 우선 순위를 일러 준 말이다. 『대학(大學)』은 성(誠)·정(正)·수(修)·제(齊)·치(治)·평(平)의 책이다. 다시 말하자면 성의(誠意)·정심(正心)·수신(修身)·제가(齊家)·치국(治國)·평천하(平天下)로 이루어진 책이라는 말이다. 이를 6조목이라 한다. 성의와 정심이 본(本)이고 치국과 평천하가 말(末)인 것이다. 본말(本末)이 전도(顚倒)되면 세상의 이치가 어긋나게 된다. 그래서 격물치지(格物致知)도 필요한 것이다. 격물치지(格物致知)는 '물(物)을 헤아려 앎을 지극히 한다.'는 의미로 6조목을 잘 아는 방법을 일컫는 말이다.

주자(朱子)의 「대학집주 장구 서(大學集註 章句 序)」에 가르치는 술법의 차례와 절차가 소개되어 있다.

敎之之術이 其次第節目之詳이 又如此하니라.
교지지술 기차제절목지상 우여차

(朱子, 「大學集註 章句 序」)

가르치는 술법의 그 차례, 절차·세목의 상세함이 또한 이와 같다.

가르치는 술법의 차례는 6조목의 본(本)에서 말(末)로, 시(始)에서 종(終)으로 진행하면 될 것이다. 그리고 절차는 쇄소응대(灑掃應對)를 먼저 한 후에 군자의 도를 가르치면 된다.

『소학』의 내용도 살펴보자.

『소학』의 교육 방법은 물 뿌리고 빗질하여 청소하며 호응하고 대답하며, 집에 들어와서는 효도하고 나아가서는 공손하여, 동작이 혹시라도 어긋남이 없게 하는

> 것이니, 이것을 행하고 여력이 있거든 『시경』을 외우고 『서경』을 읽으며, 읊고 노래하며 춤추고 뛰어, 생각이 혹시라도 넘음이 없게 하는 것이다.[3)]

가르치는 방법의 차례를 서술한 곳이다. 먼저 청소하고 물 뿌리고 호응하고 대답하는 것을 먼저 배운다는 것이다. 귀족자제들에게 먼저 '쇄소응대'를 가르치는 이유는 교만하고 방자하여 오만한 기운을 꺾기 위해서였다. 그래서 "어른을 위한 청소하는 예절은 반드시 비를 쓰레받기 위에 놓으며, 소매로 앞을 가리고 쓸면서 뒤로 물러나 그 먼지가 장자 곧 어른에게 미치지 않게 하고 쓰레받기를 자기 쪽으로 향하여 거두어 담는다."[4)]고 하여, 쓰레기를 어른 쪽으로 향하지 않게 한다는 것이다. 그리고 대답하는 예절로, "아버지가 부르시거든 느리게 대답하지 말며, 선생이 부르시거든 느리게 대답하지 말고 빨리 대답하고 일어나야 한다."[5)]라고 하였다. 그래서 부모의 명령에 더 빨리 달려가려고 "손에 일감을 잡고 있으면 던지고, 음식이 입에 있으면 뱉으며 달려가야 한다"[6)]고도 하였다. 집에 들어와서는 어버이를 사랑하고 나아가서는 어른을 공경하며 여력이 있다면 그 다음에 군자의 도를 배운다고 하였다. 이는 차례대로 하는 것이 아니라, 동시에 행할 수도 있다. 어버이를 사랑하고 동네 어른을 사랑한 후에만 군자의 도를 익히는 것은 아니기 때문이다.

남송 시대 사상가 육구연(陸九淵, 1139~1192)은 '어려서 다만 대구 짓는 것만 가르치고, 점점 자라면서 곧 허탄한 글을 짓도록 가르치니, 이는 모두 그 성(性)의 바탕을 무너뜨리는 것이'[7)]라고 하였다. 송나라 때나 지금의 공부

---

3) 『小學集註』「小學題辭」. "小學之方은 灑掃應對하며 入孝出恭하여 動罔或悖니, 行有餘力이어든 誦詩讀書하며 詠歌舞蹈하여 思罔或逾니라."

4) 『小學集註』「明倫76」. "凡爲長者糞之禮는 必加帚於箕上하며 以袂로 拘而退하여 其塵이 不及長者하고 以箕로 自鄕而扱之니라."

5) 『小學集註』「明倫13」. "父召어시든 無諾하며 先生召어시든 無諾하고 唯而起니라."

6) 『小學集註』「明倫15」. "手執業則投之하고 食在口則吐之하며 走라."

이유가 별반 다르지 않다. 모두 출세를 위한 공부이기 때문이다. 타고난 착한 본성을 지키기 위해서라도 배움의 차례를 잘 지켜나가야 할 것이다. 그렇게 했을 때 등급을 뛰어넘지 않아 더불어 살아가는 데 필요한 인간다운 성품과 역량을 기르게 될 것이기 때문이다. 그러면 "선을 보면 따르고 의를 들으면 실행하며, 온화하고 유순하며 효도하고 공순하여, 교만하여 힘을 믿지 않을"[8] 것이다. 또한 "행실은 반드시 바르고 곧게 하며, 놀고 거처함에 항상 일정한 곳이 있되 반드시 덕(德) 있는 사람에게 나아갈"[9] 것이다. 수신(修身)과 제가(齊家)의 중요함을 강조하고 있다.

수신(修身)과 제가(齊家)가 이루어지면 치국(治國)과 평천하(平天下)도 가능할 것이다. 본(本)이 서면 말(末)은 따라오기 때문이다.

경우에 따라서는 불필요한 동정을 베풀다가 심한 손해를 입기도 한다. 이 또한 자기의 처지를 제대로 살펴보지 못한 경우라 할 것이다. 이와 같은 경우를 나타내는 말이 송양지인(宋襄之仁)이다. '송양지인'의 고사는 『좌전(左傳)』 희공(僖公) 22(B.C.638)년에 다음과 같이 기록되어 있다.

> 겨울 11월 초하루, 송(宋) 양공(襄公)이 홍수(하남성 자성현)에서 초(楚)나라 군사와 싸웠다. 송나라 군대는 전열을 갖추었으나 초나라 군대는 아직 강을 건너지 못했다. 사마(司馬, 자어)가 말하길, "저쪽은 수가 많고 우리는 적습니다. 아직 건너지 못했으니 지금 치도록 합시다."라고 하였다. 송 양공이 말하길, "안 되오."라고 했다. 초나라 군대가 강을 건넜으나 아직 전열을 갖추지 못했다. 자어가 공격하자고 다시 말하자 송 양공은 또 '안 된다'고 했다. 초나라 군대가 전열을 갖춘 다음에

7) 『小學集註』「小學集註 總論」. "自小只敎做對하고 稍大엔 卽敎作虛誕之文하니 皆壞其性質也니라."

8) 『小學集註』「立敎9」. "見善從之하고 聞義則服하며 溫柔孝弟하여 毋驕恃力이니라."

9) 『小學集註』「立敎9」. "行必正直하며 游居有常하되 必就有德이니라."

송나라가 공격을 했으나 송나라 군대는 크게 패배하였고, 송 양공은 다리를 다쳤다.[10]

이는 본(本)과 말(末)을 구분하지 못한 경우이다. 송양지인(宋襄之仁)이 춘추시대 나온 고사이기는 하지만, 먼저하고 나중에 해야 할 일의 우선 순위를 알았다면 전쟁에서 패배하지는 않았을 것이다. 전쟁의 목적은 적과의 싸움에서 이겨 영토를 넓히거나 적을 굴복 시켜 자신에게 유리하게 일을 진행 시키는 데에 있다. 그런데 송나라 양공은 전쟁의 우선 순위를 망각한 채, 인의만 강조하였다. 인의를 적용할 시기가 아님에도 적용하여 일을 낭패로 만든 경우이다. 이런 경우도 일의 순서 곧 본말이 전도된 경우라 할 것이다. 일의 순서만 알아도 도(道)에 가깝다고 하였다. 따라서 송양지인(宋襄之仁)은 실제로 아무런 의미도 없는 어리석은 대의 명분을 내세우거나 불필요한 인정 또는 동정을 베풀다가 오히려 심한 손해를 입는 것을 비유한 고사성어이다.

10) 『左傳』 僖公 22年. "冬十一月己巳朔, 宋公及楚人戰于泓. 宋人既成列, 楚人未既濟. 司馬曰, 彼衆我寡, 及其未既濟也, 請擊之. 公曰, 不可. 既濟而未成列. 又以告. 公曰, 未可. 既陣而後擊之, 宋師敗績. 公傷股."

창의적으로 생각하기

1. 학문(學問)의 유래와 뜻을 써 보시오.

2. 충서(忠恕)의 뜻을 써 보시오.

3. 6조목을 써 보시오.

14장 21세기는 인성이 필요한 시대

1. 인성과 『소학(小學)』

인성교육(人性教育)이 필요한 이유는 여러 가지일 것이다. 최소한 인간으로서의 예의범절을 위해서도 필요할 것이고, 더 나아가서는 올바른 지식 활용을 위해서도 필요한 것이다. 고도의 과학 기술이 발전한 현 단계에서 과학자나 생명공학자들의 바르지 못한 생각으로 인해 인류의 발전에 저해하는 연구도 이루어질 수 있기 때문이다. 다시 말하자면 각 개인 또는 집단의 이익만 앞세워 도덕적인 면을 등한시하거나 무시한 채 물질적 이익만을 앞세워 장차 일어날 수 있는 과학기술의 폐해를 간과한 연구가 이루어질 수 있다는 것이다. 그 결과는 장차 인류의 생존과도 연결될 수 있기에 연구자들의 인성(人性)은 정말로 중요한 문제라고 할 것이다.

동양적 사고의 핵심 중 하나인 『중용(中庸)』은 성(性)에 대해서 "천명지위성(天命之謂性)이요, 솔성지위도(率性之謂道)요, 수도지위교(修道之謂教)니라."고 하였다. 곧 '하늘이 명하는 것을 일러 성(性)이라 하고, 성대로 거느려 나가는 것을 일러 도(道)라고 하고, 도를 닦아 나아가는 것을 일러 교(敎)라고 한다.'로 풀이 되는데, 하늘이 준 착한 본성을 잃어버리지 않기 위해 매일 도를 닦으면서 배워야 한다는 것이다. 천명(天命)은 분명히 '착하게 살라고 한 것'이다. 하늘이 주체일 때는 명(命)이 되고, 사람이 주체일 때는 성(性)이 된다. 따라서 성명(性命)은 목숨이면서 본성인 것이다. 그 본성대로 따라 나아가는 것을 일러 도(道)인데, 이는 착한 본성대로 살아가는 것을 이르는 말이다. 따라서 이 착한 본성을 닦아 나아가는 것이 교(敎)이다. 어제 갔던 길보다 오늘 가는 길이 더 낫게 되도록, 매일 닦아 나아가게 해야 하는 것이다. 교(敎)는 가르침인 동시에 배움이다. 그래서 타고난 본성인 착함을 잊지 않기 위해서라도 매일 도(道)를 닦고 공부해 나아가야 한다. 사람이 태어날 때는 착한 본성을 지니고 태어나지만, 세상에 태어 난 후, 주변 환경에 영향 받아 나쁜 성품이 싹 틀 수도 있다. 마침 밭에 씨앗을 뿌리면 식물의 싹만 나는 것이 아니라 잡초가 먼저 자리를 잡는 것처럼, 사람도 매일 도를 닦지 않으면 우리 마음속에 잡초가 자라게 된다는 논리이다. 이처럼 잡초를 제거하기 위해 가르침을 행하고 배우는 것이다. 이 배움의 행위 중에는 인성의 교육도 포함된다. 교육은 인간만이 행할 수 있는 거룩한 행위인 것이다.

배금주의 사고의 팽배라는 시대적 분위기와 나와 우리만 좋으면 괜찮다는 소시민적 사고가 결합하여, 공동체를 위한 대승적 차원의 안목이 사라진 지금 무엇이 가치 있는 삶이고 우리 모두를 위한 삶인가를 생각해 볼 수 있는 시간이 되게 하는 것도 21세기 인재형에 필요한 과정일 것이다. 타인을, 동료를 짓밟아야만 높은 지위에 오를 수 있는 사회 구조에 내몰린 미래 인재들에게 왜 공동체의 삶이 중요하고, 남을 배려했을 경우 얻을 수 있는 삶의 윤택부분을 일러 주어 보다 나은 삶을 지향할 수 있도록 안내하는 것도 인성교육이 필요한 이유 중 하나이다.

따라서 물질적 사고가 정신적 사고를 지배하기 시작한 21세기, 미래의 주역이 될 우리 학생들에게 바른 인성을 가지고 제대로 된 가치관을 지닐 수 있도록 하기 위해서라도 본 인성교육은 필요한 것이다. 과학 기술의 발달로 인해 한 명의 이탈자가 인류를 파멸로 내몰 수 있는 그런 시대에 살기 때문에 인성 교육의 중요성은 강조할수록 좋다. 지식인의 바른 지식 활용을 위한 인성 교육은 필수의 과정이기도 하다.

『소학(小學)』에서 강조한 인성(人性)을 살펴보자.

> 무릇 남의 자식 노릇하는 예는 겨울에 따뜻하게 해드리고 여름에 서늘하게 해드리며, 날이 저물면 잠자리를 안정 시켜드리고 새벽에 안부를 살펴 여쭈며 나갈 때에는 반드시 아뢰고, 돌아와서는 반드시 얼굴을 뵈며, 노는 바에 반드시 떳떳함이 있게 하며, 익히는 바를 반드시 일삼음(중요한 일)이 있도록 하며, 평소 말에 어른 앞에서 늙었다고 일컫지 않는다.[1)]

『예기(禮記)』「곡례(曲禮)」편에 나오는 내용으로, 자식이 부모를 어떻게 모셔야 함을 잘 드러낸 글이다. 철따라 이부자리를 봐드리고 반드시 새벽에 안부를 여쭈울 뿐만 아니라 외출 시 방소와 시간을 알려 부모님의 걱정과 근심을 덜어드리는 것이다. 나가 놀 때에도 떳떳한 도리가 있게 환락가에서 놀지 않으며 돌아와서는 얼굴을 보여드려 안심하게 하는 것이다. 이는『논어(論語)』「이인(里仁)」편의 "부모가 살아 계시거든 멀리 노닐지 않으며, 노닐더라도 반드시 방소를 두어야 한다."[2)]의 내용과 같은 것으로, 부모가 반드시 자기가 있는 곳을 알아 근심이 없게 하고, 자기를 부르면 반드시 이르러 실수가 없게 하여야 한다는 의미이다. 일을 익힘에 중요한 일을 행하고 평상시

1) 『小學集註』「明倫5」. "凡爲人子之禮는 冬溫而夏凊하며 昏定而晨省하며 出必告하며 反必面하며 所遊를 必有常하며 所習을 必有業하며 恒言에 不稱老니라."

2) 『論語』「里仁」篇 '遠遊'章, 『小學集註』「明倫8」. "父母가 在시어든 不遠遊하며 遊必有方이니라."

하는 말에 어른 앞에서 늙었다고 일컫지 않는다. 스스로 늙었다고 일컬으면 존귀함이 부모님과 같아지고 부모는 너무 늙은 것이 되기 때문이다. 옛사람 '노래자가 색동옷을 입고 즐겁게 논 것도 부모의 마음을 편안하게 하기'[3) 위해서였다 증자도 "효자가 연로하신 부모님을 봉양함에는 그 마음을 즐겁게 하며, 그 뜻을 어기지 않으며, 그 귀와 눈을 즐겁게 해드리며, 그 잠자리를 편안하게 해드리며, 음식으로 진실되게 봉양해야 한다."[4)]라고 하였다.

형제간의 우애는 어떠해야 할까?

> 지금 사람들은 많이 형제의 우애를 알지 못한다. 우선 예를 들면 여염집의 백성이 한 음식을 얻으면 반드시 먼저 부모에게 먹이니, 무슨 까닭인가? 부모의 입이 자기의 입보다 중하기 때문이다. 한 옷을 얻으면 반드시 먼저 부모에게 입히니, 무슨 까닭인가? 부모의 몸이 자기의 몸보다 중하기 때문이다. 개와 말에 이르러서도 그러하니, 부모의 개와 말을 대하기를 반드시 자기의 개와 말보다 다르게 한다. 그런데 다만 부모의 자식인 형제를 사랑하는 것은 도리어 자기의 자식보다 가벼이 하여, 심한 자는 원수처럼 여김에 이르러 온 세상이 다 이와 같으니, 미혹됨이 심하다.[5)]

부모를 사랑하는 것과 그 부모님의 말과 개까지도 사랑하는 것이 천리(天理)의 밝음이라는 말이다. 그런데 지금은 부모의 자식 곧 형제를 사랑하기보

3) 『小學集註』「稽古14」. "老萊子孝奉二親하더니 行年七十에 作嬰兒戲하여 身著五色斑斕之衣하며 嘗取水上堂할새 詐跌仆臥地하여 爲小兒啼하며 弄雛於親側하여 欲親之喜하니라."

4) 『小學集註』「明倫18」. "曾子曰, 孝子之養老也는 樂其心하며 不違其志하며 樂其耳目하며 安其寢處하며 以其飮食으로 忠養之니라."

5) 『小學集註』「嘉言49」. "今人이 多不知兄弟之愛로다 且如閭閻小人이 得一食하면 必先以食父母하나니 夫何故오 以父母之口重於己之口也요 得一衣하면 必先以衣父母하나니 夫何故오 以父母之體重於己之體也라 至於犬馬하여도 亦然하니 待父母之犬馬를 必異乎己之犬馬也로되 獨愛父母之子는 却輕於己之子하여 甚者는 至若仇敵하야 擧世皆如此하니 惑之甚矣니라."

다 자기의 자식을 사랑하고 있는 것이 앞서, 형제 보기를 심한 자는 원수처럼 여긴다고 하였다. 이는 욕심이 앞서 밝은 도를 이루지 못하는 예라 하겠다. 부모를 사랑하면 그 자식도 사랑해야 할 것이다. 형제는 부모의 혈육을 나누어 태어났기 때문이다. 형제는 부모와 같다는 의미이다.

이웃의 어른을 만났을 때의 예절은 어떠했는가?

> 나이가 많아 곱절이 되면 아버지처럼 섬기고, 10년이 많으면 형처럼 섬기고, 5년이 많으면 걸을 때에 어깨를 나란히 하되 조금 뒤에서 따른다.[6]

무릇 사람을 만날 때 어떻게 섬겨야 함을 밝힌 곳이다. 인생은 10년을 한 단위로 삼는다. 나이가 곱절이 많다는 것은 20년이 되는 것이다. 그래서 내 나이보다 20살이 많으면 아버지처럼 공경해야 되고 10살이 많으면 형님처럼 대우하면 된다. 5살이 많으면 어깨를 나란히 하지 않고 걷는다는 말인데, "천천히 걸어가 장자(長者)보다 뒤에 함을 공경한다 이르고, 빨리 걸어가 장자보다 앞섬을 공경하지 않는다고 이른다."[7]라고 한 것처럼, 연장자보다 앞서 걸어가지 않는 것이 예의인 것이다. 그리고 나이가 많고 덕이 높은 선생과 함께 길을 가거나 만났을 때 "선생을 따라 갈 때에는 길을 건너가 남과 말하지 않으며, 선생을 길에서 만나면 종종걸음으로 나아가 바로 서서 두 손을 마주 잡고서 선생이 함께 말씀하면 대답하고 함께 말씀하지 않으면 종종걸음으로 물러간다."[8]라고 하였다. 선생과 함께 길을 가다가 길을 건너가 남과 함께

---

6) 『小學集註』「明倫72」. "年長以倍則父事之하고 十年以長則兄事之하고 五年以長則肩隨之니라."

7) 『孟子』「告子」章下, 『小學集註』「明倫70」. "徐行後長者를 謂之悌요 疾行先長者를 謂之不悌니라."

8) 『小學集註』「明倫74」. "從於先生할새 不越路而與人言하며 遭先生於道하여 趨而進하여 正立拱手하여 先生이 與之言則對하고 不與之言則趨而退니라."

말하면 공경이 분산되기 때문이다. 그리고 나이가 많은 어른을 따라 높은 곳에 오르면 반드시 '나이가 많은 장자가 보는 곳을 향해야'[9] 한다. 행여 물음이 있으면 본 것을 가지고 대답해야 하기 때문이다. 그리고 '선생을 모시고 앉을 때에 선생이 물으시면 질문이 끝나면 대답하며, 학업을 청할 때에는 일어나고, 더 물을 때에도 일어나서'[10] 질문을 한다. 이는 공경함을 극진히 하기 위한 행동인 것이다.

2. 남을 헤아리는 마음

『대학』의 내용을 통해 기업 경영자와 관리자는 어떤 인성(人性)을 지녀야 하는지 살펴보자.

> 맹헌자(노나라 현대부)가 말하기를, 말과 수레 치는 것은 닭이나 돼지새끼에 대해서는 살피지 않고 얼음 베는 집안[대부집안]은 소와 염소를 치지 않고, 백승의 집안(큰 제후 국가의 경대부)은 백성들에게 빼앗아 재물을 모으고 거두어들이는 신하를 치지 않나니, 그 재물을 모으고 거두어들이는 신하를 두기보다는 차라리 제후 자신의 재물을 도둑질하는 신하를 두는 것이 낫다고 하니, 이런 것을 일러 나라는 이익으로써 이익을 삼지 않고 의리[도리]로써 이익을 삼는다고 하느니라.[11]

---

9) 『小學集註』「明倫74」. "從長者而上丘陵이며 則必鄕長者所視니라."

10) 『小學集註』「明倫78」. "侍坐於先生할새 先生이 問焉이어든 終則對하며 請業則起하고 請益則起니라."

11) 『大學』. "孟獻子가 曰, 畜馬乘은 不察於鷄豚하고 伐氷之家는 不畜牛羊하고 百乘之家는 不畜聚斂之臣하나니 與其有聚斂之臣으론 寧有盜臣이라 하니 此謂國은 不以利爲利요 以義爲利也니라."

위의 글은 상업의 도리를 밝힌 글이다. 말과 수레를 치는 집안은 대부의 집안이다. 그런 대부가 닭이나 돼지새끼를 치는 가난한 백성들의 생계수단을 빼앗지 말라는 뜻이다. 역시 초상(初喪)이나 제사 때 얼음을 쓸 수 있는 집안은 공경대부의 집안이다. 그런 집안에서 소와 염소를 기르면 안 된다는 말이다. 이는 중소기업을 말살시키려고 큰 사업하는 재벌들이 마치 이쑤시개까지 독점하려는 것을 비난한 말이다. 그리고 백성들에게 세금을 함부로 거두어들여 취렴하는 신하를 두기보다는 차라리 도둑질하는 신하가 더 낫다고 하였다. 도둑질한 물건은 사용하기 때문에 백성들에게 돌아갈 수 있기 때문이다. 이는 집안에 물건을 쌓아두는 신하보다는 그 물건을 사용할 수 있게 하는 신하가 더 낫다는 말이다. 요즘 우리 기업의 잘못된 형태와 졸부들의 한 단면을 보는 것 같다. 더불어 사는 사회가 되기 위해서는 어떻게 해야 하는지를 알 수 있게 한다.

대기업의 문어발식 기업 경영은 영세 자영업이나 중소기업을 말살 시킬 수 있다. 대기업의 배려 문화가 필요한 때이다.

그러면 어떤 인성교육이 필요한가?

내가 만일 윗사람이 나에게 무례함을 원하지 않거든, 반드시 이로써 아랫사람의 마음을 헤아려서 나 역시 감히 이 무례함으로써 아랫사람을 부리지 말며, 아랫사람이 나에게 불충함을 원하거든, 반드시 이로써 윗사람의 마음을 헤아려서 나 역시 이 불충함으로써 윗사람을 섬기지 말아야 한다.12)

위의 내용은 혈구지도(絜矩之道) 곧 나를 미루어 남을 헤아려주는 도이다. 윗사람에 대해서 싫어하는 바로써 아랫사람을 부리지 말 것이며 아랫사람에 대해서 싫어하는 바로써 윗사람을 섬기지 않는 것이 한 모서리로써 나머지 세 모서리를 알 수 있다는 혈구지도(絜矩之道)이다. 나를 미루어 남의 처지를 헤아려 주는 도야 말로 지금의 시대에 필요한 교육 방법이 아닐까 ? 지금의 상황은 자기만 아는 이기주의와 배금주의 사상이 팽배하기 때문이다. 이는 앞에서 언급한 노나라 대부 맹헌자가 말한 높은 벼슬아치가 되어서는 가난한 백성들의 생계수단을 빼앗지 말라고 한 뜻과 서로 상통한다. 대기업은 이익만 되면 문어발씩 사업을 확장하는 시기이기에 더욱 혈구지도가 필요하다. 남의 사정을 돌아볼 줄 아는 아량을 위해서도 인성교육은 필요한 것이다.

『중용(中庸)』에서 도를 실천하는 것이 어려운 것이 아니라, 자기로부터 이루어질 수 있다고 하였다.

공자께서 말씀하시기를, 도가 사람에게서 멀지 않으니, 사람이 도를 행하면서 사람이 멀리 한다면 도라 할 수 없다고 하셨다. 『시경』에 이르기를, 도끼자루를 벰이여, 도끼자루를 벰이여 그 베는 법칙이 멀지 않다 하였으니 도끼자루를 잡고서 도끼

12) 朱子, 『大學章句』. "如不欲上之無禮於我어든 則必以此度下之心하여 而亦不敢以此無禮使之하며 不欲下之不忠於我어든 則必以此度上之心하여 而亦不敢以此不忠事之라."

자루를 베되 눈을 흘겨보고 오히려 어렵게 여겨나니, 그러므로 군자는 사람으로서 남을 다스리다가 그 사람이 고쳐지거든 그만 두느니라. 충서 곧 진실된 마음으로 남의 마음도 내 마음 같다고 여기는 바가 도와 거리가 멀지 않으니 자기 몸에 베풀어 질 때에 원하지 않은 것을 또한 남에게 베풀지 말 것이니라.[13]

위의 충서(忠恕)도 『대학』의 혈구지도와 같은 의미이다. 도라는 것은 멀리 있는 것이 아니라 우리 주변에 있다는 것이다. 마치 『시경』에서 도끼자루를 가지고 도끼자루를 베는 것을 어렵게 여기는 것처럼, 도는 우리 주변에 있는데 어렵게 여긴다는 것이다. 곧 '내가 하기 싫어 하는 일은 남도 하기 싫어하기에 시키지 말라'는 말이다. 『논어』「위령공」편 '일언'장의 "내 몸이 바라지 않는 바를, 남에게 베풀지 말라(己所不欲을 勿施於人니니라)."와 같은 것이다. 이처럼 충서의 도는 우리 주변인들부터 배려해 나가는 데서 시작이 된다. 그리고 군자는 자기 몸을 돌이켜 봄으로써 남을 다스리다가 그 사람이 잘못을 고쳐지거든 그만 둔다고 하였다. 그 사람의 입장에서 나 자신을 돌이켜 보는 것이다. 그것이 충서라는 것이다. 진실된 마음으로 남의 마음도 내마음 같다고 헤아려 주는 도이다. 나를 미루어 남을 헤아려주는 것이다. 역지사지(易地思之)의 입장인 것이다.

군자(君子)의 도를 통해 인성적인 면을 살펴보자.

군자는 제 지위를 바탕삼아서 행하고 그 분수 밖의 것은 바라지 않느니라. 부귀에 바탕삼아서는 부귀한 처지에 맞게 행하며, 빈천을 바탕삼아서는 빈천한 처지에 맞게 행하며 이적(오랑캐)을 바탕삼아서는 이적의 처지에 맞게 행하며 환난을 처해서는

13) 『中庸』. "子曰 道不遠人하니 人之爲道而遠人이면 不可以爲道니라. 詩云 伐柯伐柯여 其則不遠이라 하니 執柯以伐柯하되 睨而視之하고 猶以爲遠하나니 故로 君子는 以人治人하다가 改而止니라. 忠恕가 違道不遠하니 施諸己而不願을 亦勿施於人이니라."

환난에 맞게 행하니 군자는 어느 처지에 들어서든지 스스로 얻지 못하는 법이 없느니라. 윗자리에 있으면서 아랫사람을 능멸하지 않으며 아랫자리에 있으면서는 윗사람을 끌어 잡아 이용하지 말 것이요. 자기 몸을 바로잡고서 잘잘못의 탓을 남에게서 구하지 않는다면 곧 원망할 사람도 없을 것이니 위로는 하늘을 원망하지 않으며 아래로는 남을 탓하지 않느니라. 그러므로 군자는 평탄한 데 거처하면서 천명을 기다리고 소인은 험한 길을 가면서 요행수를 바라느니라.[14]

군자는 선비 중의 선비이다. 거의 성인(聖人)과 같은 경지의 사람을 군자라 칭한다. 군자는 자기 분수에 맞게 행하고 그 분수 밖의 것은 바라지 않는다. 그래서 부귀한 처지에 처하면 그 부귀에 맞게 행동하는 것으로 어려운 사람에게 관대해지는 것이다. 그리고 빈천하면 빈천한 처지에 맞게 행하고 오랑캐 땅에서는 오랑캐의 법도에 맞게 행동한다는 것이다. 이는 남의 문화를 존중한다는 의미도 된다. 프랑스에 가면 달팽이 요리나 거위의 간 요리를 존중해 주고, 우리나라의 음식문화도 이해할 수 있어야 한다는 것이다, 또한 근심스러운 일과 어려운 일에 처해서는 그 환난에 맞게 행동해야 한다는 것이다. 친척이나 이웃이 상(喪)을 당했을 경우는 음주가무를 삼가는 일도 여기에 해당될 것이다. 그래서 군자는 어느 처지에 처해도 참되게 살고자 하는 제 뜻을 얻지 못하는 법이 없다. 일제치하의 독립 운동가들과 군사독재시절의 민주화 운동가들이 이에 해당될 것이다. 윗자리에 있으면서 아랫사람을 능멸하지 않으며 아랫자리에 있으면서 윗사람을 이용하지 않는 것이다. 자기 몸을 바로잡고서 잘잘못의 탓을 남에게서 구하지 않는다면 나에게 오가는 원망

14) 『中庸』. “君子는 素其位而行이요 不願乎其外니라. 素富貴하여는 行乎富貴하며 素貧賤하여는 行乎貧賤하며 素夷狄하여는 行乎夷狄하며 素患難하여는 行乎患難이니 君子는 無入而不自得焉이니라. 在上位하여 不陵下하며 在下位하여 不援上이요 正己而不求於人이면 則無怨이니 上不怨天하며 下不尤人이니라. 故로 君子는 居易以俟命하고 小人은 行險以徼幸이니라.”

도 없을 것이다. 위로는 하늘을 원망하지 않으며 이래로는 남을 탓하지 않는다. 그러므로 군자는 마음이 편안한데 거처하면서 천명을 기다릴 수 있고, 소인은 억지로 행하면서 요행수를 바라는 것이다.

세상을 알기 위한 배움과 소통의 방법은 어떻게 해야 할까?

원래가 정성스러운 것은 하늘의 도(道)요 정성스럽게 하는 것은 사람의 도리이니, 정성스러운 것은 억지로 힘쓰지 않고서도 도리에 들어맞으며 억지로 생각하지 않고서도 도를 터득해서 조용한 가운데 도에 들어맞으니 그래서 성인이고 정성스럽게 하는 것은 선을 가려서 단단히 잡는 자이니라. 널리 배우며 살펴서 물으며 신중하게 생각하며 분명하게 가리며 독실하게 행하느니라. 배우지 않으면 모르게지만 배울진댄 잘 배우지 못하는 것을 그대로 내버려 두지 않으며 묻지 않으면 모르겠지만 물을진댄 알지 못하는 것을 그대로 내버려 두지 않으며 생각하지 않으면 모르겠지만 생각할진댄 터득하지 못하는 것을 그대로 내버려 두지 않으며 가리지 않는다면 모르겠지만 가릴진댄 분명하게 가리지 않는 것을 그대로 내버려 두지 않으며 행하지 않는다면 모르겠지만 행할진댄 알차게 행하지 못하는 것을 그대로 내버려 두지 않아서 남이 한 번에 능히 하거든 낸 몸은 백 번이라도 하며 남이 열 번에 능히 하거든 내 몸은 천 번이라도 하여야 한다. 과연 이 도(방법)를 능히 한다면 비록 처음에는 어리석을지라도 반드시 현명해지며 비록 우유부단할지라도 반드시 다부지게 되느니라.[15] (『中庸』)

15) 『中庸』. “誠者는 天之道也요 誠之는 人之道也이니 誠者는 不勉而하며 不思而得하여 從容中道하나니 聖人也요 誠之者는 擇善而固執之者也니라. 博學之하며 審問之하며 愼思之하며 明辨之하며 篤行之니라. 有弗學이언정 學之인댄 弗能을 弗措也하며 有弗問이언정 問之인댄 弗知를 弗措也하며 有弗思이언정 思之인댄 弗得을 弗措也하며 有弗辨이언정 辨之인댄 弗明을 弗措也하며 有弗行이언정 行之인댄 弗篤을 弗措也하여 人一能之어든 己百之하며 人十能之어든 己千之니라. 果能此道矣면 雖愚나 必明하며 雖柔나 必强이니라.”

'성자(誠者)'와 '성지자(誠之者)'의 차이를 밝히면서 '성지자(誠之者)'의 삶의 태도는 어떠해야 하는가를 밝힌 부분이다. '성자(誠者)'는 성인의 경지이기에 억지로 힘쓰지 않고 생각하지도 않아도 도에 들어맞지만, '성지자(誠之者)'는 진실됨이 없어 사사로운 욕심이 있기에 착함을 단단히 잡지 않으면 도에 이르지 못한다. 그에 이르는 성실한 자세는, 널리 배우고 살펴서 물으며 신중하게 생각하며 아는 과정을 분명하게 가리며 알차게 행하는 것이다. 이 다섯 가지 중에 하나만 폐하여도 학문(學問)은 아닌 것이다. 그래서 배우고 질문하고 생각하고 가리고 행하기를 남이 한 번에 능히 한다면 나는 백 번을 하고 남이 열 번에 능히 한다면 나는 천 번을 행한다고 하였다. 세상과 소통하고 배우는 과정이 어떻게 하여야 하는지를 잘 보여준 글이다. 따라서 군자의 도를 배우고 행한다면 처음은 비록 어리석고 유약하나 나중에는 반드시 밝아지고 강해지게 되는 것이다. 이런 자세로 배우고 행해 나간다면, 인성이 갖춰진 인재로 거듭날 것이다.

3. 인성의 필요성

자신의 내면을 바르고 건전하게 가꾸고 타인이나 공동체와 더불어 살아가는 데 필요한 인간다운 성품과 역량을 기르는 것을 목적으로 하는 교육이 인성 교육이다.

인성을 갖춘 행동은 어떤 것일까?

『예기』「곡례」편에 이르기를, "함께 앉았을 때에는 팔을 옆으로 뻗지 않으며, 서 있는 사람에게 물건을 줄 때에는 무릎 꿇지 않으며, 앉아있는 사람에게 물건을 줄 때에는 서지 않는다."라고 하였다.[16]

이는 상대방의 배려로 인성을 갖춘 사람의 몸가짐을 이르는 내용이다. 팔뚝을 옆으로 뻗으면 함께 앉은 사람에게 방해가 된다. 무릎 꿇지 않고 서지 않음은 모두 받는 사람에게 불편함을 이른다. 상대방이 불편함을 고려해서 행동하는 것이 인성을 지닌 행동일 것이다.

『예기』「소의」편에 이르기를, "빈 그릇을 잡되 가득 차 있는 그릇을 잡듯이 하며, 빈 방에 들어가되 사람이 있는 방에 들어가듯이 해야 한다."라고 하였다.[17]

빈 그릇을 잡기를 마치 물건이 가득찬 그릇을 잡듯이 하고, 빈 방에 들어가기를 마치 사람이 있는 방에 들어가듯이 한다고 한 것은 공경하는 마음이 항상 있어서이다. 이처럼 상대가 있고 없고를 따져 행하는 것이 아니라, 남이 보거나 보지 않거나 언제나 한결같이 공경심을 지니고 사물이나 타인을 대하는 행동이 인성을 갖춘 행위일 것이다.

공직자가 가질 바른 몸가짐도 바른 인성을 가지는 것에서 나올 것이다. 『소학』에 "벼슬 맡은 자는 우선 갑자기 성냄을 경계하여, 일에 불가함이 있거든 마땅히 자세히 처리하여야 하니, 이렇게 하면 반드시 맞지 않음이 없거니와 만약 먼저 갑자기 성내면 다만 자신을 해칠 뿐이니, 어찌 남에게 해롭겠는가?"[18]라고 하여, 갑자기 성냄은 자기 자신에게 해롭다고 하였다. 특히 고위직에 있는 사람일수록 인성을 길러 성숙한 인격을 갖추어야 할 것이다. 조직이나 단체를 위해 일해야 하기 때문이다. "동몽훈에 이르기를 '관직을 맡는 법이 오직 세 가지가 있으니, 청렴함과 신중함과 근면함이다. 이 세 가지를 알면 몸가질 바를 알 것이다."라고 하였다. 이는 관리자는 청렴하여 몸과 마음을 더럽히지 않아야 하고, 예와 법을 삼가 지켜야 하며, 자기가 종사하는

16) 『소학(小學)』「경신(敬身)」 제삼(第三) 29. "曲禮曰, 並坐不橫肱하며 授立不跪하며 授坐不立이니라."

17) 『소학(小學)』「경신(敬身)」 제삼(第三) 31. "少儀曰, 執虛하되 如執盈하며 入虛하되 如有人이니라."

18) 『소학(小學)』「가언(嘉言)」 제오(第五) 37. "當官者는 先以暴怒爲戒하여 事有不可어든 當詳處之니 必無不中이어니와 若先暴怒면 只能自害니 豈能害人이리오."

직업에 부지런해야 한다. 이 세 가지에 능하면 자기 몸을 닦아 남을 다스릴 수 있다. 따라서 수기(修己)의 차원에서도 인성은 필요한 것이다.

인성(人性)의 필요성을 효(孝)와 공감력으로 살펴보고자 한다. 먼저 공자(孔子)께서 효에 대해, 어떻게 가르침을 베풀었는지 알아보자.

> 맹의자가 '효'에 대하여 물었는데, 공자께서 말씀하시기를, "(예를) 어김이 없는 것이니라." 하셨다.[19]라고 하였으며, 노나라 대부 맹의자의 아들 맹무백이 효에 대해서 여쭈자 "부모는 오직 그 병을 근심하시느니라."[20]라고 하였으며, 공자의 제자 자유에게는 "오늘날의 '효'는 그 바로 (그저) 잘 봉양하는 것을 이르는 말이니, 견마(犬馬)에 이르러서도 모두 능히 길러줌이 있으니, 공경하지 않는다면 (개나 말을 기르는 것과) 무엇으로써 구별하리오?"[21]라고 하였으며, 제자 자하에게는 "얼굴빛을 가지기가 어려우니, 일이 있거든 아우나 자식된 사람이 그 수고로움을 맡아서 행하며 술과 밥이 있거든 먼저 나신 분께 대접하는 것, 일찍이 이로써 '효'를 삼겠는가?"[22]라고 하였다.

이는 인인시교(因人施敎)의 가르침으로, 교육을 받는 사람의 능력과 처지에 따라 그 방법을 달리 하는 교육법인 것이다. 노나라 대부 중손씨인 맹의자가 효를 여쭈었을 때 공자의 가르침은 예에 어긋남이 없게 하라고 하였다. 이때 노나라 맹손씨 지인을 비롯하여 세 집안 중손씨와 계손씨가 노나라 임금을 업신여기며 도리에 어긋나는 짓을 하였으므로 그 사람됨에 말미암아 가르침

---

19) 『論語』「爲政」篇 '無違'章. "孟懿子가 問孝한대 子曰, 無違니라."

20) 『論語』「爲政」篇 '憂疾'章. "父母는 唯其疾之憂시니라."

21) 『論語』「爲政」篇 '能養'章. "今之孝者는 是謂能養이니 至於犬馬하여도 皆能有養이니 不敬이면 何以別乎리오."

22) 『論語』「爲政」篇 '色難'章. "色이 難이니 有事어든 弟子가 服其勞하고 有酒食어든 先生饌이 曾是以爲孝乎아."

을 내린 것이다.

맹의자의 아들 맹무백이 효에 대해서 여쭈자, 허약체질인 맹무백에 대해 공자께서 건강관리를 당부하였다. 부모님의 기와 체를 받아 태어난 몸이기에 자기 자신의 몸 관리를 잘하는 것이 효도의 한 가지 방법이라는 것이다. 세상의 자식 가진 부모는 오직 자기 자식이 병에 걸리지 않고 건강하게 자라기를 바랄 것이다. 그래서 내 스스로 내 몸의 건강을 지켜 부모님의 마음을 편안하게 해드리는 것이 첫 번째 효도일 것이다. 맹무백이 건강하지 못했기 때문이다.

공자의 제자 자유에게는 물질적으로만 공양할 것이 아니라 공경하는 마음까지도 지닐 것을 당부하였다. 공경함이 없다면 개와 말을 기르는 것과 별반 차이가 없기 때문이다. 아마도 공경심이 부족했던가 보다. 제자 자하가 효에 대해서 여쭈니, 온화한 얼굴빛을 가지고 섬겨야 부모님이 불편해 하지 않음을 이르신 것이다.

공자께서 가르침을 내린 효도에는 재질의 높고 낮음에 따라 그 모자라는 점을 인정해 주신 것이다. 맹의자에게는 일반 대중들에게 당부하여 일러 주신 뜻으로 도리에 어긋남이 없게 행하는 것이 효도라고 하였다. 그리고 어린 아들 맹무백에게는 평상시 부모님께서 근심할 만한 것으로 깨우침을 내렸다. 몸이 약한 어린 자녀들에 대한 부모님의 근심은 끝이 없기에 평상시 잘 먹고 건강을 유지하기를 당부한 것이다. 문학에 능한 제자 자유와 자하는 능히 봉양하기는 하되 간혹 공경심과 온화한 기색이 부족했던가 보다. 그래서 그 모자란 부분을 허여하여 부족한 점을 채울 수 있게 했던 것이다. 그 가르침을 받는 사람에 따라 달랐던 인인시교의 교육 방법으로 맞춤 교육을 행하였다. 이런 교육은 받은 제자들은 반드시 훌륭한 인성을 지닌 사람으로 거듭날 것이다.

『맹자』「이루」장(상)에 있는 증석, 증삼(증자), 증원의 3대에 걸친 효 이야기를 통해, 진정한 효(孝)에 대해서 생각해 보자.

증자께서 증석을 봉양할 적에 밥상에 반드시 술과 육고기를 올렸는데, 장차 밥상을 치울 적에 증자는 반드시 '누구에게 주시겠습니까?' 하고 청하였으며, 증석이 '남은 것이 있느냐?' 하고 물으면 반드시 '있습니다.' 하고 대답하셨다. 증석이 돌아가시자, 증원이 증자를 봉양하였는데, 밥상에 반드시 술과 육고기를 올렸다. 그러나 밥상을 치울 적에 증원은 '누구에게 주시겠습니까?' 하고 청하지 않았으며, 증자가 '남은 것이 있느냐?' 하고 물으시면, 반드시 '없습니다.' 하고 대답하였으니, 이는 그 음식을 다음 끼니 때 다시 올리려고 해서였다. 이것은 이른바 '구체만을 봉양한다'는 것이니, 증자와 같이 하면 '뜻을 봉양하다'고 이를 만하다.[23]

춘추시대를 살았던 증자가 아버지 증석이 연로하시어 식사를 잘 하지 못하자, 매 끼니마다 고기반찬을 해서 올렸다.

증자는 '양지자(養志者)'를 행했고 증원은 '양구체자(養口體者)'를 행한 효로, 정신적 효도와 물질적 효도의 예를 보여주었다. 증자는 아버지 증석[증점]이 '남은 반찬을 후손들에게 나누어주고 싶어한다'는 뜻을 알아차리고 남은 고기반찬이 있다고 고(告)했고, 증석의 손자이면서 증자의 아들인 증원은 아버지의 참뜻을 헤아리지 못하고 단지 입과 몸뚱이만을 섬기는 물질적인 효를 행하였다. 증자가 행한 정신적인 효도는 지금의 세대들이 행하기도 어려울 수도 있지만 못할 것도 없다. 평소에 부모님의 뜻이 어디에 있는지 그 의중을

23) 『孟子』「離婁」章上. "曾子養曾皙하시되 必有酒肉이러시니 將徹할새 必請所與하시며 問有餘어든 必曰有라하시다. 曾皙이 死어늘 曾元이 養曾子하되 必有酒肉하더니 將徹할새 不請所與하며 問有餘어시든 曰亡矣라하니 將以復進也라. 此가 所謂養口體者也니 若曾子면 則可謂養志也니라."

조금만 살펴보면 알 수 있기 때문이다. 이것이 차원 높은 효라 행하기 어렵게 느껴지면 물질적인 효도라도 하면 된다. 맛있는 음식이 있으면 함께 먹고, 명승지 나들이와 철 따라 예쁜 옷도 사드리면서 기쁨을 안겨주는 것이다. 자꾸만 각박해지는 세상인심에 부화뇌동할 것이 아니라, 차원 높은 정신적 효도를 행할 것을 당부하지만, 그것이 어려우면 물질적이 효도라도 행하면 주변인들로부터 효자 소리를 들을 수도 있다. 맹자는 '섬기는 일 중에 가장 큰 것이 어버이를 섬기는 일이라고 하였으며, 지키는 일 중에 가장 큼이 자신의 지조를 지키는 일'[24]이라고 하였다. 어버이 섬기기를 효로써 하면 충성스러운 군주에게 옮겨가고 순종함은 웃어른에게 옮겨가 몸이 바루어지며 집안이 가지런해지고 나라가 다스려져 천하가 평안할 수 있는 것이다.

율곡(栗谷) 이이(李珥) 선생의 『격몽요결(擊蒙要訣)』의 효에 대한 내용을 살펴보자.

무릇 사람들이 부모에게 마땅히 효도해야 함을 알지 못하는 이가 없되 효도하는 자가 심히 드무니, 이것은 부모의 은혜를 깊이 알지 못하는 데서 말미암은 까닭이다. 『시경』에 이르지 않았던가. "아버님! 나를 낳으시고, 어머님! 나를 기르시니, 그 은덕을 갚고자 할진댄 하늘같아 다함이 없다."고 하였으니, 자식이 생명을 받을 적에 성명과 혈육이 모두 어버이가 남겨주신 것이다. 숨을 쉬어 호흡함에 기맥이 서로 통하니, 이 몸은 나의 사유물이 아니요, 바로 부모께서 남겨주신 기운이다. 그러므로 『시경』에 "슬프고 슬프다. 부모님이여! 나를 낳으시느라 수고로우셨도다." 하였으니, 부모의 은혜가 어떠한가. 어찌 감히 스스로 자기 몸을 사유하여 부모에게 효도를 다하지 않을 수 있겠는가? 사람이 항상 이 마음을 지닐 수 있다면 저절로 부모를 향한 정성이 생길 것이다. 무릇 부모를 섬기는 자는 한 가지 일과 한 가지 행실을

24) 『孟子』 「離婁」章上. "孟子曰 事孰爲大오 事親이 爲大하니라. 守孰爲大오 守身이 爲大하니라."

> 감히 스스로 오로지 하지 않아, 반드시 부모에게 명령을 받은 뒤에 시행해야 할 것이다. 만일 일 중에서 해야 할 것을 부모가 허락하지 않으시거든 반드시 자세히 말씀드려서 허락하신 뒤에 시행할 것이요, 만일 끝내 허락하지 않으시더라도 또한 곧바로 자기 뜻을 이루어서는 안 된다.[25]

율곡 선생이 살던 조선 시대에도 효도를 행하지 못하는 사람이 있었던가 보다. 그래서 『시경』의 내용을 통해서 효도해야 하는 이유를 설명하고 있다. 그러면서 해야 할 일이 있으면 부모님께 먼저 상의하고 허락을 받은 후 시행하라고 했다. 혹시 허락하지 않더라도 곧바로 행동으로 옮기면 안 된다고 하였다.

> 부모의 뜻이 만일 의리에 해로운 것이 아니면, 마땅히 부모의 뜻을 따라 부모의 뜻보다 먼저 알아차리고 받들어 순종하여 조금이라도 어기지 말 것이요, 만일 의리에 해로운 것이면 기운을 온화하게 하고 얼굴빛을 부드럽게 하며 음성을 따뜻하게 하여 간해서, 반복하여 아뢰어 반드시 들어 따르시게 하기를 기약하여야 한다.[26]

의리에 견주어 부모님의 뜻과 나와의 뜻이 맞을 경우와 맞지 않을 경우의 공감력을 말한 부분이다. 의리에 견주어 부모님 말씀이 옳다면 말씀하기도

---

25) 李珥, 『擊蒙要訣』 「事親」章 第五. "凡人이 莫不知親之當孝로되 而孝者甚鮮하니 由不深知父母之恩故也라 詩不云乎아 父兮生我하시고 母兮鞠我하시니 欲報之德인댄 昊天罔極이라 하니 人子之受生에 性命血肉이 皆親所遺라 喘息呼吸에 氣脈相通하니 此身이 非我私物이요 及父母之遺氣也라 故로 曰 哀哀父母여 生我劬勞라 하니 父母之恩이 爲如何哉아 豈敢自有其身하여 以不盡孝於父母乎아 人能恒存此心이면 則自有向親之誠矣리라. 凡事父母者 一事一行을 毋敢自專하여 必稟命而後行이니 若事之可爲者를 父母不許어시든 則必委曲陳達하여 頷可而後行이요 若終不許라도 則亦不可直遂其情也니라."

26) 위의 책. "父母之志 若非害於義理어든 則當先意承順하여 毫忽不可違요 若其害理者는 則和氣怡色柔聲以諫하여 反覆開陳하여 必期於聽從이니라."

전에 먼저 알아서 따르고, 만약 의리에 맞지 않아 따르기 어려운 일이면 온화한 얼굴빛과 부드러운 말로 거듭 간하여 공감력을 얻어 따를 수 없음을 아뢰어야 한다. 효도는 이런 공감력에서부터 시작되기 때문이다.

공감력이 생기기 위해서는 소통이 잘 되어야 한다. 공자가 남과의 소통시 우선시 한 것은 무엇일까?

『논어』「학이(學而)」편 '불환(不患)'장에 "남이 자기를 알아주지 않는 것을 근심하지 않고, 내 자신이 남을 알아주지 못하는 것을 근심하느니라."[27]라고 하였으며, 『논어』「이인(里仁)」편 '입위(立位)'장에도 "지위가 없는 것을 근심하지 말고 무슨 방법으로 그런 자리에 설 수 있는지 설 수 있는 방법을 근심하며, 자기를 알아주지 않는 것을 근심하지 말고 알아줄 만한 일을 할 것을 구해야 하느니라."[28]했다. 그리고 『논어』「헌문(憲問)」편 '환인(患人)'장에 "남이 자기를 알아주지 않는 것을 근심하지 않고, 제 능하지 못한 것을 근심하느니라."[29]가 있고, 『논어』「위령공(衛靈公)」편 '무능(無能)'장에 "군자는 자기에게 능력이 없는 것을 마음의 병으로 여기고, 남이 자기를 알아주지 않는 것을 병으로 여기지 않느니라."[30]고 하였다. 모두 남을 탓하거나 세상을 원망하는 것이 아니라 자기 자신의 문제로 돌렸다. 자기 자신이 능력이나 재주가 없어서 남이 몰라주는 것이야 어쩔 도리가 없을 것이다. 그러므로 세상을 살아나가면서 이 세상에 필요한 사람이 되고 소통을 원하는 사람이 되기 위해서 마땅히 세상에 도움이 될 만한 능력이나 재주를 먼저 갖추어야 한다는 것이다. 타인을 탓하기 전에 자신의 실력부터 갈고 닦으며 노력해야 할 것을 당부하였다. 다시 말하자면 세상에 나아가 참된 일을 하기 위해서는 부단히 자기

---

27) 『論語』「學而」篇 '不患'章. "不患人之不己知요 患不知人也니라."

28) 『論語』「里仁」篇 '立位'章. "不患無位요 患所以立하며 不患莫己知요 求爲可知也니라."

29) 『論語』「憲問」篇 '患人'章. "不患人之不己知요 患其不能也니라."

30) 『論語』「衛靈公」篇 '無能'章. "君子는 病無能焉이요 不病人之不己知也니라."

자신을 갈고 닦아 실력을 쌓음으로써 마침내 스스로 어떤 지위에 오를 수 있도록 노력해야 하고 자기에게 지위가 없는 것을 근심하거나 탓하지 말고 남들이 자연히 알아줄 만한 참된 일을 하는 것이 급선무이며, 어떤 지위나 명성을 얻기 위하여 자기 자신을 알아주는 사람이 없는 것을 근심하는 것은 바람직하지 못하다는 것이다. 결국 이 세상과의 소통은 자기 자신에게 달려 있다.

『논어』「학위」편 '시습'장 중 "남이 알아주지 않아도 안타까워하지 않으면, 또한 군자답지 않겠는가?(人不知而不慍이면 不亦君子乎아.)"라는 말도 남과의 소통과 관련이 있다. 남이 알아주지 않는다는 것은 내가 아직도 실력이 부족하거나, 아니면 나를 알아 줄만한 시대적 환경이 갖추어지지 않았을 수도 있다. 진정으로 소통을 원한다면, 남이 알아주기만을 바랄 것이 아니라, 남이 알아줄 만한 실력을 갖추도록 내 자신을 갈고 닦으며 더욱 노력해야 할 것이다. 이렇듯 인성이 갖추어짐은 남을 탓하기보다 자신을 되돌아보게 하는데 일조하여, 더욱 자신을 발전하게 할 것이다. 따라서 공감력을 위한 소통도 자기 자신의 노력에서 시작되는 것이다.

공감에 대한 사례를 보자.

옛날에 황희 정승이 벼슬을 하지 않았을 때 길을 가다가 길 위에서 쉬고 있는데, 농부가 두 마리 소에 멍에를 하고 밭을 가는 것을 보고서 " 두 마리 소 중, 어느 쪽이 낫습니까?" 하고 물으니, 농부가 대답하지 않고 밭갈기를 그치고 와서 귀에 대고 가만히 말하기를, "이 소가 낫습니다." 하였다. 공이 괴상히 여겨 말하기를, "어찌 귀에 대고 작은 소리로 말합니까?" 하니, 농부가 말하기를 "비록 짐승이지만 마음은 사람과 같습니다. 이것이 나으면 저것이 못 하니 소로 하여금 이 말을 듣게 한다면 어찌 불평하는 마음이 없겠습니까?" 하니, 공이 크게 깨달아 드디어 남의 잘잘못을 말하지 않았다 하더라.[31]

남의 단점을 함부로 말하면 안 되는 이유를 농부의 가르침을 통해 알았다는 것이다. 올바른 인성을 지닌 사람은 농부와 같은 마음을 지닌 소유자일 것이다. 배려하면서 아끼는 마음이 인성이기 때문이다. 이렇듯 황희 정승도 자기보다 조건이 못한 농부에게 배워 깨달음을 얻은 것도 인성이 갖추어져 있기 때문이다. 그래서 정승의 자리까지 오를 수 있었다. 독자 여러분도 인성을 갖추어 정승의 자리까지 오르기 바란다.

31) 李睟光, 『芝峯類說』. "昔者에 黃相國喜가 微時行役이라가 憩于路上할새 見田夫駕二牛耕者하고 問曰, '二牛何者爲勝고' 하니, 田夫不對하고 輟耕而至하여 附耳細語曰, '此牛勝이라.' 하거늘, 公이 怪之曰, '何以附耳相語오.' 하니, 田夫曰, '雖畜物이라도 其心은 與人同也라. 此勝이면 則彼劣하리니 使牛聞之면 寧無不平之心乎아. 公이 大悟하여 遂不復言人之長短云이러라."

창의적으로 생각하기

1. 『소학(小學)』에서 주장한, 어른 앞에서 평소에 늙었다고 하지 않아야 하는 이유는?

2. 율곡(栗谷)의 『격몽요결(擊蒙要訣)』에서 부모님과 뜻이 맞지 않을 경우 어떻게 해야 된다고 했는가?

3. 황희 정승의 예에서 인성의 기본적인 것은 어디에 있다고 할 수 있는가?

참고문헌

宋刊本十三經注疏附校勘記『詩經』, 藝文印書舘, 1981.

宋刊本十三經注疏附校勘記『尙書』, 藝文印書舘, 1981.

宋刊本十三經注疏附校勘記『周易』, 藝文印書舘, 1981.

宋刊本十三經注疏附校勘記『禮記』, 藝文印書舘, 1981.

宋刊本十三經注疏附校勘記『春秋左傳』, 藝文印書舘, 1981.

宋刊本十三經注疏附校勘記『論語』, 藝文印書舘, 1981.

『孟子』·『大學·中庸』, 景文社, 1979.

『古文眞寶』, 景仁文化社, 1983.

王逸, 『楚辭章句』, 台北: 黎明文化事業公司, 1973.

司馬遷, 『史記』 卷八十四, 「屈原賈生列傳

司馬遷, 『史記』, 樂天出版社, 1974.

朱熹, 『楚辭集注』, 台北: 中華書局, 1974.

朱熹, 『朱子大全』, 曺龍承 影印本, 1978.

朱熹, 『朱子語類』, 啓明大 圖書館 所藏本.

朱熹, 「離騷經」 朱子 序.

郭沫若, 『郭沫若劇作全集』 第一卷, 「屈原」, 中國戲劇出版社, 1982.

朴趾源, 『燕巖集』, 景仁文化社, 1974.

李白, 『李太白全集』, 中華書局, 1975.

杜甫, 『分類杜工部詩』, 『杜詩諺解』本, 景仁文化社, 1975.

『呂氏春秋』「察今」.

『列國演義』.

韓非子, 『韓非子』 卷19 第49篇 「五蠹」.

李滉, 『退溪全書』, 成均館大 大東文化硏究院, 1958.

曺植, 『南冥集』, 亞細亞文化社, 1981.

李珥, 『栗谷全書』, 成均館大 大東文化硏究院, 1958.

丁若鏞, 『與猶堂全書』, 서울대 古典刊行會, 1966.

굴원·송옥 지음, 권용호 옮김, 『초사』, (주)글항아리, 2015.

김학주 역주, 『古文眞寶』 後集, 明文堂, 1994.

남윤수, 『韓國의 和陶辭 硏究』, 亦樂, 2004.

배인·사마정·장수절, 『신주 사마천 사기』 6~7, 한가람역사문화연구소, 2020.

成百曉 譯註, 『古文眞寶』 後集, 傳統文化硏究會, 1994.

成百曉 譯註, 『論語集註』, 傳統文化硏究會, 1990.

成百曉 譯註, 『孟子集註』, 傳統文化硏究會, 1991.

成百曉 譯註, 『大學·中庸集註』, 傳統文化硏究會, 1993.

成百曉 譯註, 『小學集註』, 傳統文化硏究會, 1994.

신동준 역주, 『春秋左傳』 상, 인간사랑, 2020.

신하윤·이창숙 옮김, 『영원한 대자연인 이백』, (주)이끌리오, 2004.

우가오페이 지음, 김연구·김은희 옮김, 『굴원』, (주)이끌리오, 2009.

유성준, 『楚辭』, 문이재, 2002.

윤인현, 『한시 달궂대』, 한국학술정보(주), 2012.

윤인현, 『한시나들이』, 학자원, 2014.

윤인현, 『고전읽기의 즐거움』, 지성인, 2017.

李民樹 譯, 『蒙求』 上·下, 明文堂, 2002.

李丙疇, 『杜甫 시와 삶』, (주)民音社, 1993.

이영주·임도현·신하윤 역주, 『이택백 시집』 1~7권, 學古房, 2015.

이창성 편저, 『노자의 도덕경』, 나무의꿈, 2020.

이해원, 『이백의 삶과 문학』, 고려대학교 출판부, 2002.

정요일, 『논어강의』 天, 새문사, 2009.

정요일, 『논어강의』 地·人, 새문사, 2010.

한비자 지음, 김원중 옮김, 『『한비자』 제왕학과 법치의 고전』, (주)휴머니스트출판그룹, 2020.

지은이 윤인현

서강대학교 국어국문학과에서 문학박사 학위를 받았다. 연세대 선비학당과 전통문화연구회에서 經書 공부를 하였으며, 西溟 鄭堯一 선생으로부터 四書를 師事하였다. 가톨릭대와 서강대, 그리고 인하대, 웅지세무대에서 강의를 하였으며, 한국한문학회 총무이사와 감사도 역임하였다. 지금은 근역한문학회 지역이사를 맡고 있으며, 인하대학교 교수로 재직 중이다.

저서

『한국한시비평론』(아세아문화사, 2001)
『한국 고전비평과 고전시가의 산책』(역락, 2004)
『한국한시와 한시비평에 관한 연구』(아세아문화사, 2007)
『한국한시 비평론과 한시 작가·작품론』(다운샘, 2011)
『한문학 연구』(지성人, 2015)
『한문학의 이해와 연구』(경진출판, 2021) 외 다수

논문

「용사와 점화의 차이」(1998)
「이규보의 굴원불의사론에 나타난 역사의식의 문제점」(2006)
「남명의 출처와 문학을 통해 본 선비정신」(2008)
「한국 시가론에서의 시경시 이론의 영향」(2009)
「다산의 한시에 나타난 선비정신과 자연관」(2011)
「『논어』에서의 시경시」(2014)
「고려·조선 유자의 만시 연구」(2014)
「이규보 설(說)에서의 작가의식」(2015)
「한시를 통해 본 허난설헌의 지향의식」(2017)
「중국과 한국의 굴원론」(2019)
「4차 산업혁명시대에 필요한 인간상」(2021) 외 다수

오래된 미래
: 동양 고전에서의 인간다움

1판 1쇄 인쇄_2021년 09월 01일
1판 1쇄 발행_2021년 09월 10일

지은이_윤인현
펴낸이_양정섭

펴낸곳_경진출판
등록_제2010-000004호
이메일_mykyungjin@daum.net
사업장주소_서울특별시 금천구 시흥대로 57길(시흥동) 영광빌딩 203호
전화_070-7550-7776 **팩스**_02-806-7282
일러스트_김나현

값 24,000원
ISBN 978-89-5996-826-8 93800